KNAUR

Über die Autorin:
Karen Best stammt aus einer Familie von Geschichtenerzählern und Weltenbummlern. Sie hat Kunstgeschichte studiert und viele Jahre als Journalistin gearbeitet. Die Autorin ist gerne an fremden Orten und fühlt sich am Meer am wohlsten. Sie mag Reisen in die Vergangenheit, klassische Musik und die überraschenden Abenteuer beim Schreiben.

Karen Best

UNTER WILDEN STERNEN

Roman

KNAUR

Besuchen Sie uns im Internet:
www.knaur.de

FSC
www.fsc.org
MIX
Papier aus verantwortungsvollen Quellen
FSC® C083411

Vollständige Taschenbuchausgabe August 2013
Knaur Taschenbuch

Ein Unternehmen der Droemerschen Verlagsanstalt
Th. Knaur Nachf. GmbH & Co. KG, München

Redaktion: Dr. Heike Fischer
Umschlaggestaltung: ZERO Werbeagentur, München
Umschlagabbildung: Emus on the Trap Plain, Baines, Thomas (1820-75) / © Royal Geographical Society, London, UK / The Bridgeman Art Library; Trevillion Images / Susan Fox; FinePic®, München
Satz: Adobe InDesign im Verlag
Druck und Bindung: CPI – Clausen & Bosse, Leck
Printed in Germany
ISBN 978-3-426-51062-9

2 4 5 3 1

»Das Wissen wohnt in Erzählungen,
es ist nicht der Zeit unterworfen,
es gibt kein Vorher und Nachher.«
Weisheit der Aborigines

PROLOG

Sie hatte nie heiraten wollen. Aber sie hatte geliebt. Was für ein Geschenk war die Liebe gewesen. Die Magie des ersten Augenblicks, der Rausch, Gefühle wie ein dramatischer Sonnenaufgang.

Und dann die Farben: Zinkweiß, Kobaltgelb und die Palette flammender Rosentöne – Purpur, Bordeaux und Karmesin. Ein schimmerndes Universum, hell und leicht, wie mit Wasser gemalt. Und das Licht – die Welt hatte aus Licht bestanden. Selbst die Wolken spiegelten das Glück.

Sie hatte das Glück nie festhalten können.

Beim Aufwachen hatte sie noch gedacht, dass ihr Leben wie eine Reise ins Ungewisse gewesen war: exotisch und gegen die Zeit. Doch wie malte man Zeit? Wie zeichnete man den Blick zurück? Welche Farbe hatte die Erinnerung?

Die Motive ihres Lebens, sie reichten bis an das Ende der Welt. Bis ans Ende der Welt …

Am Horizont ihrer Erinnerung tauchten Klippen auf – wie von goldenem Glanz überzogen. Eine Küstenlinie verdichtete sich in der schäumenden Gischt zur Gewissheit, verband Gegenwart und Vergangenes.

Australien. Der magische Kontinent.

Sie hielt den Atem an, flüsterte, die Stimme schwer von Sehnsucht: »Australien …«

Aber nein, sie täuschte sich. Das war alles Illusion, eine Sinnestrübung. Mit Mühe griff sie nach dem Handspiegel, der auf dem zierlichen Tisch neben ihrem Bett lag. Ihre Knochen schmerzten, die Gelenke knackten wie trockenes Holz – die Qualen des Alters. Sie versuchte, nicht auf die steifen, rheumatischen Finger zu blicken. Hände, die keinen

Pinsel mehr halten konnten. Sie waren ihr fremd. Sie konzentrierte sich auf ihr altes, stolzes Katzengesicht, das im bläulichen Morgenlicht nur vage erkennbar war. Sie folgte den Linien, die es wie Schnitte teilten. Craquelée, die Schraffuren ihres Lebens.

Ihr Blick hatte sich nicht verändert. Noch immer leuchteten die Augen wie Smaragde, die dunklen Pupillen schwammen in der grünen See der Iris. Lichtpunkte blitzten darin auf, sprühten Funken. Die Neugier einer jungen Frau. Sie lächelte wehmütig.

Aus dem Augenwinkel heraus sah sie, wie sich die Tür zu ihrem Schlafzimmer öffnete. Lilly schlüpfte herein.

»Guten Morgen, Liebes«, murmelte sie und legte den Spiegel zur Seite.

Ein Lächeln stahl sich auf das Gesicht der Enkelin. »Granny … Du bist wach, ich bringe den Tee.«

Flink huschte das Mädchen zum Fenster und raffte die leichten Vorhänge zur Seite. Und noch bevor sie etwas erwidern oder einen Kuss einfordern konnte, war Lilly mit der heiteren Sorglosigkeit der Jugend wieder aus dem Zimmer gesprungen.

Lilly, die wunderbare Tochter von Rosa … Und Rosa, die Strahlende, Unnachgiebige, Mitreißende, die das Temperament ihres Vaters besaß.

Sie seufzte, stopfte die Kissen in ihren Rücken und versuchte, sich in ihrem Bett aufzurichten. Ihr Nachthemd war über die Knie nach oben gerutscht, und mit zittrigen Fingern strich sie es wieder herunter.

Die Berührung löste eine Erinnerung aus, und eine Woge warmer Erregung floss durch ihren alten Körper. Die Konturen eines Gesichts schälten sich aus dem endlosen Strom der Zeit.

Ein Sonnenstrahl fiel durch das Fenster auf ihr Bett. Geblendet und von einem diffusen Schamgefühl gerührt, schloss sie die Augen, während Tränen über ihre Wangen strömten.
Wann hatte das alles begonnen, dachte sie.
Wann hatte das alles nur begonnen?

ERSTES BUCH

1872–1874

SOPHIENLUND

Eins

Solange Ella zurückdenken konnte, hatte das Haus ein Geheimnis vor ihr verborgen. Es war nicht offensichtlich. Nichts, was sofort ins Auge stach – wie ein Fleck auf einem gemusterten Stoff. Und doch hatte sie über die Jahre ein Gespür für das Unbestimmbare entwickelt. Etwas war anders, passte nicht, hinterließ das irritierende Gefühl eines Makels. Es war, als hörte sie eine Stimme, die beharrlich etwas Unverständliches flüsterte. Als lauschte sie einer Melodie, die zu ihr gehörte. Das Echo einer vor langer Zeit verblassten Erinnerung. Die Frage nach dem Ursprung des Rätsels begleitete Ella. Auch in glücklichen Momenten ließ sie der Gedanke daran nicht los.

Es war später Vormittag. Das Herrenhaus, stolz und seit fünf Generationen im Besitz der Familie von Carlsburg, vibrierte vor Geschäftigkeit. Aus der Halle im Erdgeschoss drang das aufgeregte Hin und Her des Personals. Von den Fluren und Treppen hallten die Befehle der Hausdame wider, und wenn Ella die Augen schloss und sich ganz dem Spürsinn ihrer Nase hingab, roch sie Appetitliches, ein Geruch, der durch alle drei Stockwerke zog.

Ella lächelte, verschwitzt schälte sie sich aus ihrem Reitkostüm. Die Sommersprossen auf ihrem Nasenrücken bis hinauf zu den hohen Wangenknochen leuchteten auf, als sie sich Wasser ins Gesicht spritzte. Mit wenigen Griffen ordnete sie das lange, wellige Haar in ihrem Nacken zu einem Knoten. Dann erst blickte sie in den Spiegel.

»Einundzwanzig«, flüsterte Ella und zog die Silben genüsslich in die Länge. »Ein – und – zwan – zig …«
Nach altem, preußischem Recht war sie nun erwachsen, auch wenn die Volljährigkeit in vielen Gegenden Deutschlands erst mit fünfundzwanzig Jahren eintrat. Das junge Deutsche Reich hatte noch nicht alle Gesetze vereinheitlichen können, doch die Beamten des Kaisers arbeiteten daran.
Prüfend musterte sie sich, verglich ihr Spiegelbild mit dem Mädchengesicht der vergangenen Wochen. Hatte sie sich überhaupt verändert? Verlieh die Mündigkeit ihr endlich Würde? Nein, dachte sie, das war eine alberne Vorstellung. Ellas Blick flackerte, ein Lächeln segelte auf ihren Lippen. Sie verstand nicht, warum dieser Tag so wichtig sein sollte.
Ella schüttelte den Kopf, zog die Nase kraus und begann sich umzukleiden. Noch einmal atmete sie tief durch und sog die Küchengerüche ein. Anderes kam ihr in den Sinn: ein Stillleben, überreife Früchte und welkende Rosen im Glanz einer silbernen Schale – so, wie die alten Meister sie vor Jahrhunderten auf die Leinwand gebannt hatten.
In Gedanken versuchte sie, den Duft in ein Bild zu verwandeln, eine verspielte Skizze, dann rasch wenige Farben – Englischrot, Kadmiumorange, Karmin und etwas Kobaltviolett. Vielleicht hätte sie nach dem Frühstück ja noch Zeit, im Atelier zu arbeiten? Ella dachte, dass dieser Morgen dann vollkommen wäre – so vollkommen wie eines der Gemälde William Turners, dessen Landschaften, mehr Stimmung als Realität, sie verehrte.
Doch auch in diesem Augenblick versprach der Tag Besonderes: Ihr Geburtstag fiel auf Mittsommer, und Ellas Vater, Freiherr Friedrich August von Carlsburg, Gutsherr und Geheimer Rat im Dienst des deutschen Kaisers, hatte beschlossen, seine Tochter hochleben zu lassen. Für den Abend wurden

fast einhundertfünfzig Gäste zum Ball auf Gut *Sophienlund* erwartet.
Auf einer Schneiderpuppe neben dem Biedermeierschrank aus Nussbaum hing das Kleid, das sie später tragen würde: ein modischer Reifrock, eine Tournüre, die nur über dem Gesäß aufbauschte und den Saum einige Zentimeter vom Boden hob. Und erst die Stoffe – silbergraue Seide und moosfarbener Satin mit schwarzem Samt gefasst und zur Betonung von Hals und Händen mit Spitze besetzt.
Eigentlich machte Ella sich nichts aus Putz und Chichi. Wenn sie wählen könnte, verbrächte sie den Morgen lieber in Reitkleidung auf den Feldern und den Rest des Tages in einem lockeren Organdykleid, das Bewegungsfreiheit ließ für die Malerei. Doch die Robe war mehr als ein Festkleid: Sie repräsentierte den Glanz der Familie von Carlsburg, deren Tradition und Noblesse. Sie würde sie dem Vater zuliebe tragen, das Dekolleté geschmückt mit dem dreireihigen Perlencollier, das schon ihre Mutter, Großmutter und Urgroßmutter besessen hatten.
»Haltung …«, pflegte Ellas Vater, selbst geradlinig, verbindlich und unbeugsam wie eine hundertjährige Stieleiche, zu predigen, »Haltung und Verlässlichkeit sind das Herzblut unseres Geschlechts. Die Leute müssen wissen, dass sie auf die Familie von Carlsburg zählen können.«
Verantwortung. Für einen Augenblick verdüsterte sich Ellas Blick. Ein zähes Wort, dachte sie, so langatmig und umständlich wie ihr Taufname, der sie in die Pflicht nahm: Freiin Elisabeth Katharina Friederike Constanze Marie von Carlsburg. Irgendwann würde sie Verantwortung für das Gut und mehr als dreißig Bauernfamilien, für eine Schar von Knechten, Mägden und sonstigem Gesinde tragen müssen. Ein stattliches Erbe. Und ein schweres Erbe.
Wenn Ella sich in ihrem Zimmer umblickte, war von Haltung

nicht viel zu spüren. Seine Tochter sei ein Wirbelwind, seufzte ihr Vater gelegentlich. Spontan, stürmisch und ganz von ihren Gefühlen geleitet. In jedem Raum, den Ella betrat, verbreitete sie mit Hingabe ein Durcheinander. Das war kein böser Wille, es genügte, dass sie sich umkleidete, Schuhe und Röcke von sich schleuderte, Jacken und Blusen, Strümpfe, Handschuhe und Hüte. Allein die Schneiderpuppe und das Ballkleid stachen wie ein Leuchtturm aus der Brandung der textilen Sturmflut hervor. Ella dachte, dass sie an ihren Aufgaben wachsen müsste.

Es klopfte. »Baroness ...«, hörte sie die Stimme des Dienstmädchens. »Ihr Vater wartet mit dem Frühstück.«

Ella sprang zur Tür und riss sie auf. Erschrocken wich das Mädchen einen Schritt zurück und knickste.

»Du musst mir helfen.« Ella erwischte Minna am Ärmel und zog sie energisch ins Zimmer. Dann drehte sie sich um und neigte den Kopf, worauf das Mädchen flink die Perlmuttknöpfe in ihrem Nacken schloss.

»Unten geht's drunter und drüber«, seufzte Minna. »Der Baron ist schon laut geworden. Eigentlich sollte der Tanzboden längst unter den Linden liegen. Aber die Knechte kommen nicht hinterher. Jetzt ist auch noch der Eber ins Gemüse entwischt.«

»Greta wird toben.« Ella sah das Gesicht der Hausdame vor sich, die flammenden Wangen und hochgezogenen Brauen unter dem streng zurückgebundenen, grauen Haar. Wenige Striche nur, und sie hätte die Wut des Faktotums treffend skizziert. Greta diente der Familie seit mehr als dreißig Jahren, führte Haushalt und Personal, war Vertraute und gute Seele zugleich. Der Freiherr hielt große Stücke auf *seine Greta.* Und der Ball heute Abend, so hatte sie verkündet, sollte ihr Meisterstück sein.

»Na, sie wird's schon richten«, murmelte Ella und scheuchte Minna vor sich her die Treppen hinunter. »Sie findet immer eine Lösung.«
Die Antwort des Mädchens ging im Galopp der Baroness unter; ungestüm polterte Ella die Stufen hinab. Zwanzig Schritte zählte sie bis hinunter in den ersten Stock, vierundzwanzig bis ins Erdgeschoss, rechts das gedrechselte Geländer mit dem eleganten Handlauf, links die Galerie der schwermütig blickenden Ahnen aus mehr als drei Jahrhunderten.
Ella waren die Porträts so vertraut wie die wenigen Freunde aus Kindertagen. Ja, sie meinte sogar, den Charakter der Abgebildeten zu kennen und ihre Gedanken lesen zu können. Die Alten, so dachte sie, flüsterten, dass sie nur ein winziges Glied in einer stolzen Kette war. Über die Jahre hatte Ella sich die wachsbleichen Gesichter der Vorfahren eingeprägt. Die hohe Stirn der väterlichen Linie, die markante Nase, der prüfende Blick aus wasserblauen oder seegrauen Augen. Urgroßväter und Urgroßmütter in steifen Krägen, Großonkel und entfernte Tanten, Frauen und Kinder, die sich mit einem hochnäsig blickenden Jagdhund um den Patriarchen im Mittelpunkt gruppierten. Nur das Bild der Mutter fehlte.
Einmal – Ella erinnerte sich, dass sie fünf oder sechs Jahre alt gewesen war und mit dem Kindermädchen Versteck gespielt hatte – war sie auf einem der Speicher auf eine große Holztruhe gestoßen. Neugierig hatte sie den gewölbten Deckel geöffnet und darin Kleider und das Bildnis einer jungen Frau entdeckt. Diese lächelte sanft und schien sie wie um Verzeihung bittend anzusehen.
»Mama«, hatte Ella geflüstert, denn sie war sicher gewesen, das Grab der Mutter entdeckt zu haben. »Da bist du ja, Mama.« Wie hätte das Kind auch ahnen sollen, dass man die Toten in geweihter Erde auf einem Kirchenacker begrub? Nie

hatte Ella einen Friedhof besucht, und nie hatte man mit ihr über die Mutter gesprochen. Doch aus dem beharrlichen Schweigen der Erwachsenen hatte sie geschlossen, die Mutter sei tot.

Dort lag sie also, so schön wie eine Göttin. »J'ai trouvé ma mère«, hatte Ella dem Kindermädchen, mit dem sie Französisch sprechen musste, abends nach dem Gebet anvertraut. *Ich habe meine Mutter gefunden.*

Als sie der Mutter am nächsten Tag jedoch einen Kranz aus Stiefmütterchen und Wiesenschaumkraut bringen wollte, konnte sie die Truhe nicht mehr finden. Es war, als hätte sie nur geträumt, wäre da nicht ein Abdruck auf den staubigen Dielen zurückgeblieben. In diesem Moment hatte sie verstanden, dass sie an einem Geheimnis gerührt hatte. An einer Geschichte, über die man auf *Sophienlund* nicht sprach. Das Gefühl, dass sie an der scheinbar so unversehrten Oberfläche des Familienbildes nicht kratzen und zu den untersten Farbschichten vordringen durfte, hatte sie nie mehr verlassen.

Ella wusste, sie hatte zu warten, bis ihr Vater von sich aus darüber sprach. Und sie hatte zugleich gespürt, dass es vielleicht nie dazu kommen würde.

Zwei

Das Frühstück war im Wintergarten mit Blick auf den Park eingedeckt. Blau-weiß beranktes Geschirr, altes Silber und gestärktes Leinen schmückten den Tisch. Kerzen, ein Rosenstrauß und Früchtekuchen, liebevoll auf einer Étagère plaziert, erhoben die intime Morgenrunde in den Stand einer festlichen Tafel. Durch die hohen Sprossenfenster schimmerten die Sommerfarben des Blumengartens, dessen Rabatten die Rasenfläche einfassten und fast bis hinunter zum Wasser der Ostsee reichten. Ein Spalier von Rosen, Rittersporn, Malven und Margeriten rahmte den Blick auf die See.

Ellas Vater hatte sich herausgeputzt. Statt des üblichen gedeckten Sakkos samt Hose und farbiger Krawatte trug der Baron die Uniform der kaiserlichen Marine: einen zweireihigen, bis zum Knie reichenden Rock aus feierlich dunkelblauem Tuch, darunter ein weißes Hemd mit hochstehendem Eckkragen und schwarzem Querbinder. Silberfarbene Epauletten und Tressen, ein Überschnallkoppel aus schwarzem Moiréband und der silberne Marinesäbel zeigten den Dienstgrad des kaiserlichen Beamten. Die üppigen, längst altmodischen Bartstreifen an den Wangen und der gepflegte Schnauzbart eiferten dem Bild des Kaisers nach, und doch ähnelte der Baron in Statur, Haltung und dem nur mühsam gebändigten Haupthaar einer Gestalt aus der nordischen Sagenwelt – kraftvoll, herrschaftlich und stolz. Unter buschigen Augenbrauen blickten Ella melancholisch umwölkte Augen an.

Freiherr Friedrich August von Carlsburg entstammte altem Adel. Als junger Mann hatte er Rechtswissenschaften studiert, und er sprach dank zahlreicher Reisen ausgezeichnet Englisch und Französisch. Nach der Eroberung Schleswig-Holsteins durch Preußen war er im Auswärtigen Amt beschäftigt gewesen, und nach dem Deutsch-Französischen Krieg hatte man ihn nach Versailles berufen, wo er unter anderem für die Übersetzung der Kapitulationsdokumente zuständig gewesen war. Anfang dieses Jahres hatte der Kaiser ihn zum Geheimen Rat befördert, der Baron war nun für die Belange des Marinedepots im Kieler Reichskriegshafen zuständig.

Einen Großteil seiner Zeit verbrachte Ellas Vater jedoch nicht in Berlin oder Kiel, sondern auf dem Familiengut bei Eckern-

förde. Dort verschmolzen die kaiserlichen Pflichten mit den Belangen des Gutshofs.
»Wenn ich das Meer vor Augen habe, spüre ich, was die Flotte nötig hat«, behauptete der Baron, wenn er von seinem Arbeitszimmer im Nordflügel des Herrenhauses auf die See blickte. Ella jedoch ahnte, dass der Vater an den Schollen seiner Vorfahren hing. Je älter er wurde, desto mürrischer gab er sich, wenn ein Termin eine Dienstreise erforderte. Dennoch vernachlässigte der Baron sein kaiserliches Amt nicht: Täglich trafen Depeschen und Kuriere aus Berlin und Kiel ein, und neben dem Gutshof beschäftigte ihn die Marine bis spät in die Nacht.

Während der Baron auf seine Tochter wartete, hatte er beobachtet, wie die Arbeiten im Park voranschritten. Endlich begannen die Knechte damit, den Tanzboden unter dem Lindenkarree zu verlegen. Es war Gretas Idee gewesen, die Tanzfläche und das Podest für die Kapelle unter den Bäumen aufzubauen. »Die Linden und der Sternenhimmel sind eine wunderbare Kulisse«, hatte sie geschwärmt, und so war das Büttenpapier der Einladungskarten mit Sternen verziert worden. Im Ort sprach man schon vom »Sternenball«, und es hieß, der Baron habe nicht nur beste Verbindungen zum Kaiser, sondern auch zu einer höheren Instanz. Denn es war nicht nur die kürzeste Nacht des Jahres, zu später Stunde würde auch noch ein majestätischer Vollmond über der See stehen.
»Düwel ook!«
Baron von Carlsburg schrak aus seinen Gedanken auf. Er sah, wie Greta in Richtung der Gemüsegärten davonstürmte. Wenig später folgten die Knechte, wieder war die Arbeit am Tanzboden unterbrochen.
Nix as Maleschen. »Ja, macht denn heute jeder, was er will?«

Fluchend stemmte der Baron sich aus dem Lehnstuhl, um die Burschen zur Ordnung zu rufen.
»Papa!« Jetzt platzte Ella in den Wintergarten, Minna im Schlepptau, die knickste und sich daranmachte, den Kuchen aufzuschneiden und dampfend heißen Kaffee zu servieren.
»Min Deern …« Galant zog der Baron den Stuhl für seine Tochter zurück und wartete, bis sie sich gesetzt hatte. Ihr Anblick versetzte ihm einen Stich. Sein Herz stolperte. Fast schien es ihm, als wäre Ella, die doch eben noch sein wildes, eigensinniges Mädchen gewesen war, über Nacht zur Frau gereift. Auf einmal durchfuhr ihn der Gedanke, dass er sie bald an einen anderen verlieren könnte, und er forschte nachdenklich in ihrem Gesicht nach den Spuren einer Verliebtheit. Vielleicht gab es ihn schon, den eifrig buhlenden Kavalier? Oder eine kleine Tändelei, einen Schwarm? Als Kind hatte sie ihm ewige Liebe versprochen. Immer noch hallten die bonbonverklebten Worte in seinem Ohr, roch er ihren Karamellatem, spürte die kleine Mädchenhand in seiner Pranke.
Doch was wusste er heute von den Sehnsüchten seiner Tochter? *Er war ahnungslos.* Der Baron dachte, dass er blind war für die verwinkelten Gedankengänge der Frauen. Er hatte seine Lektion gelernt. Damals … Schwer verwundet an Herz und Seele hatte er sich gerade noch retten können, und die Zeit hatte diesen schmerzhaften Abschnitt in seinem Leben inzwischen zu einer längst vergangenen Episode verblassen lassen.
»Sie haben ihn!« Lachend wies Ella in den Garten. Durch die geöffneten Flügeltüren drang empörtes Grunzen. »De Ever …«
Der Baron sah, wie das massige Zuchttier abgeführt wurde. Die Knechte hatten den Eber mit einem Seil gebändigt. Kopfschüttelnd folgte Greta dem Zug, ein Bündel abgerissener Kräuter und Blumen im Arm, die sie offensichtlich betrauerte.

»Weißt du noch, wie sich das Biest einmal in mein Atelier verirrt hat? Ich war nur kurz im Haus, um etwas zu holen, und hatte die Tür offen stehen lassen. Als ich dann zurückkam, waren alle Bilder von den Staffeleien gerissen.« Ella verdrehte die Augen. »Un cauchemar!« *Ein Alptraum!*
Das Atelier, dachte von Carlsburg und nickte, während er in ein Stück Kuchen biss. Das mit grünlicher Patina überzogene Kupferdach des Pavillons schimmerte durch die Büsche hindurch. Schon als Kind hatte Ella mit Begeisterung gezeichnet, und ihr Strich, ihr Gespür für Farben hatten bald eine besondere Begabung erkennen lassen. Der Baron hatte das Talent der Tochter gefördert, Mal- und Zeichenlehrer beschäftigt und schließlich ein Atelier in den Park setzen lassen. Einen Ort nur für Ella, ihr Reich.
Und er wusste, wenn Ella träumte, schuf sie Bilder: üppige Gärten, blühenden Raps, Reiter, die über schimmernde Felder jagten, Schiffe mit gebauschten Segeln. Wenn sie unter freiem Himmel malte, durchzogen fremde Gerüche nach Öl, Alkohol, Fischleim und Terpentin den Park. Die Welt seiner Tochter bestand aus Licht; sie sprach durch ihre Hände. Sie brauchte nur Nuancen einer Farbpalette, um einen Menschen zu charakterisieren.
Ellas größter Wunsch war es, eine Zeitlang in Paris zu leben. Sie wollte an der Akademie studieren, im Louvre den großen Meistern begegnen und den Pariser Salon besuchen, doch die derzeitigen politischen Realitäten verhinderten die Reise. Nach dem für Frankreich verlorenen Krieg, der Kapitulation und der blutigen Mai-Revolution hatte die Stadt in Flammen gestanden. Erst seit kurzem hatten die Regierungstruppen Paris wieder unter Kontrolle gebracht, und allmählich begann die Stadt, sich von den Verwüstungen des Krieges zu erholen.
»Ella, dein Geschenk …« Der Baron griff nach einem längli-

chen Paket, das er unter einer Serviette versteckt hatte. »Du weißt, das alles wird einmal dir gehören«, sagte er und wies unbestimmt durch die Flügeltür auf eine Gruppe von Bäumen im Park. Sie hatten bereits über die Nachfolge auf dem Gut gesprochen, und wenn Ella fünfundzwanzig wäre, wollte er sie noch stärker in die Geschäfte einbinden und ihr und einem möglichen Gatten Prokura erteilen.
Ella winkte gequält ab. Sie konnte es nicht leiden, wenn er davon anfing. Trotzdem, so fand der Baron, musste man über das Unausweichliche sprechen. Selbst der alte Kaiser – *Gott schütze Seine Majestät* – würde nicht ewig leben.
»Der Ball ...«, protestierte sie und pustete in ihren heißen Kaffee. »Du schenkst mir doch schon das Fest.«
Wortlos reichte ihr Baron von Carlsburg das Paket über den Tisch. Als Ella danach griff, streifte er die zarte, milchweiße Haut ihrer schlanken Finger. Eine Erinnerung blitzte schmerzhaft auf, die er mit einem Räuspern unterdrückte. Er dachte, dass Ella auch eine passable Pianistin abgegeben hätte, wenn sich ihre Leidenschaft nicht ausschließlich auf die Malerei konzentriert hätte.

Ella nahm noch einen Schluck Kaffee, dann schlug sie das Papier vorsichtig auseinander. Vielleicht hatte sie ein Schmuckstück erwartet, einen Ring oder eine Kette aus dem schier unerschöpflichen Fundus der Familienerbstücke. Doch es war ein Buch, handlich und in rotes Leder gebunden: »Reise durch Spanien«, las sie und verstand zuerst nicht. Dann entdeckte sie ein Lesebändchen zwischen den Seiten und schlug den Reiseführer auf.
»Valencia«, hörte sie die Stimme ihres Vaters, Stolz schwang darin. »Du fährst mit deiner Tante nach Valencia. Sechs Wochen, schon im September.«

Ella lächelte dankbar, doch ihre Gefühle waren widersprüchlich. Sie freute sich auf die Reise, das Licht des Südens, die neuen Eindrücke. Sie würde ihre Skizzenbücher füllen und das Gesehene später, in Motiv und Farbe verdichtet, in Öl auf die Leinwand übertragen. Wieder erschienen Turners Werke vor ihren Augen: Seine Italienreise hatte den Künstler nicht mehr losgelassen. Wie im Rausch, so hatte sie gelesen, hatte er damals mehr als zweitausend Bleistiftskizzen geschaffen, die zu einer radikalen Wende in seinem Schaffen geführt hatten.

Im nächsten Moment fühlte sie Bedauern, die Erkenntnis, dass sie selbst nie zu den Großen zählen würde. Insgeheim hatte sie sich in den vergangenen Monaten ein Leben als Künstlerin ausgemalt. Das Malen als Aufgabe und Existenz – und nicht als Liebhaberei einer wohlsituierten, von Ehe und Alltag gelangweilten Frau. Doch für eine erfolgreiche, alleinstehende weibliche Künstlerin gab es keinerlei Vorbild. Und ein Ausbruch aus dem Korsett ihres Standes, ein Sprung über die Mauer des Möglichen, kam nicht in Frage. Das zeigte das Geschenk des Vaters nur allzu deutlich: Die Reise war eine Aufmerksamkeit, so etwas wie ein Schmuckstück, das er ihr vermachte. Es sollte sie zieren, ihr Freude bereiten, aber es war nicht dazu gedacht, sie zu einem anderen Menschen reifen zu lassen. Sechs Wochen, dachte sie, so knapp bemessen war die Spanne an Freiheit, die man ihr gewährte. So viel Zeit, wie eine Raupe benötigte, um sich in einen Schmetterling zu verwandeln. Doch den Schmetterlingsflug, das wusste sie, würde sie nicht mehr erleben. In diesen wenigen Wochen konnte sie nicht über sich hinauswachsen. Sie bliebe eine begabte Dilettantin. Eine Künstlerin würde sie nie werden.

Ella stand auf und gab ihrem Vater einen Kuss auf die hohe, glänzende Stirn. »Du bist so lieb, vielen Dank.«

Zurück an ihrem Platz blieb sie stehen und blickte hinaus in den Park. »Wenn du erlaubst, werde ich noch ein Weilchen im Atelier arbeiten.«
»Du hast Gretas Kuchen noch gar nicht probiert.«
Entschuldigend umfasste Ella ihre Taille mit den Händen. »Ich habe heute Morgen schon ein Hörnchen aus der Küche stibitzt. Und wenn ich heute Abend noch in das Kleid passen will …« Sie lächelte und zwinkerte ihm zu – verführerisch wie eine Kokotte.
Baron von Carlsburg nickte ergeben und entließ seine Tochter mit einer Handbewegung. Nachdenklich blickte er Ella nach, die durch die Flügeltüren hinaus in den Garten trat. Von der Dogge, dem Freund ihrer Mädchentage, verfolgt, strebte sie quer über den Rasen auf ihren Sehnsuchtsort zu.
Den Reiseführer hatte Ella neben ihrem Teller mit dem zu Krümeln zerbröselten Kuchen liegen lassen. Seufzend ließ der Baron sich noch eine Tasse Kaffee reichen, die er nachdenklich trank.

Drei

»Willkommen, willkommen …« Der Ball hatte soeben begonnen. Ohne Unterbrechung fuhren die Kutschen eine nach der anderen auf *Sophienlund* vor und entließen die Gäste am Fuß der Freitreppe, die mit Blumen und Fackeln geschmückt war. Ein Rauschen, Flattern, Zwitschern wie aus einer Voliere drang aus den Sälen des alten, reichen Herrenhauses, und wer über das Schachbrettmuster der Halle geschritten war und durch den Wintergarten auf die Terrasse trat, blickte über den herrlichen Park. Zwischen den Bäumen flanierten bereits die ersten Ballbesucher. Die Geigenklänge einer Tanzkapelle

übertönten den Wellenschlag der Ostsee, und in der warmen Abendluft schaukelten bunte Lampionketten.
Der Baron und seine Tochter begrüßten die Gäste auf der Veranda, ein Glas Champagner in der Hand. Der Bürgermeister der nahen Stadt war mit Familie erschienen, die Töchter in seichtes Himmelblau gekleidet. Der Adel des Landes, Hautevolee, Jung und Alt, Gecken und Offiziere, Freunde und Familie trafen ein. Ein Strom leuchtender Roben und strahlender Gesichter ergoss sich über die Rasenflächen, und Ella hatte ihre Freude an dem Bild, das sich ihr bot.
Obwohl sie sich am Nachmittag nur zögerlich von ihren Leinwänden und Pinseln losgerissen und ihre Toilette, die Frisur und alle weiteren Vorbereitungen seltsam unbeteiligt verrichtet hatte, fühlte sie sich nun wohl in ihrem raffinierten Kleid. Es war, als wäre sie in diesem wogenden Meer aus Seide, Spitze und Satin zur Welt gekommen. Sie dachte an Aphrodite, die Sinnliche und Schaumgeborene. Minna hatte ihre widerspenstigen Haare über ein heißes Eisen gezogen und danach nach oben zur Mitte hin eingeschlagen, dramatisch gekrönt von Rosenblüten. Und als sie sich erst Greta und dann ihrem Vater gezeigt hatte, meinte sie, einen Ausdruck in deren Augen wahrzunehmen, den sie noch nie bemerkt hatte. Plötzlich fühlte sie sich besonders – erregt und aufgeregt zugleich. Sie wollte diese Nacht genießen, alles andere war gleichgültig.
»Guten Abend, Baroness. Herr Baron …«
Die Reihe der Kavaliere riss nicht ab. Ella lächelte und nickte, nahm Handküsse und Blumen entgegen, versprach Tänze und errötete, wenn ein geflüstertes Kompliment an ihr Ohr drang. Dann spürte sie ein Kribbeln an den bloßen Schultern und Armen, ein Gefühl, das sie noch nicht kannte.
Der erste Tanz gehörte ihrem Vater, und endlich, endlich

schritten sie auf den Tanzboden zu. Nach einem Tusch verstummte die Musik, und der Baron begrüßte die Gäste in einer kurzen Ansprache. Ella fand, dass der Frack ihm besonders gut stand. Orden schmückten den dunklen Stoff, die das Licht der Fackeln und Lampions reflektierten. Nachdem die Gesellschaft für Ella gesungen hatte und man sie hochleben ließ, schmiegte sie sich stolz in die väterlichen Arme. Der Baron gab ein Zeichen, die Kapelle setzte in einem heiteren Dreivierteltakt ein, und mit einem Walzer eröffneten sie den Tanz.

Nach den ersten Walzerrunden folgte eine wilde Quadrille, und Ella wechselte in die Arme des jungen Barons von Bernstorff. Auf der Veranda hatte sie dem hochgewachsenen Kavalier den zweiten Tanz versprochen, der sie nun dankbar, als habe er ein kostbares Geschenk erhalten, zunächst an sich drückte, um dann ausgelassen mit ihr über das Parkett zu wirbeln.

»Sie sehen zauberhaft aus, Ella«, flüsterte er außer Atem, als die Musik ruhiger wurde und er einen flackernden Blick auf die Perlen und ihr schimmerndes Dekolleté warf. Ella schüttelte den Kopf und strich sich eine Locke hinters Ohr. Doch bevor sie antworten konnte, verneigte sich bereits der nächste Tänzer vor ihr. Forsch zog er sie mit sich, ein triumphierendes Lächeln auf den Lippen.

Ein vierter, fünfter, sechster Kavalier folgte; Ella war es unmöglich, jedem Bewerber ihre Gunst zu gewähren. In den kurzen Tanzpausen ließ sie sich Champagner bringen, trank in winzigen Schlückchen, streifte Arme und Schultern und plauderte Belangloses. Nichtigkeiten, die heiter in den Sonnenuntergang schwebten.

»Was für ein herrlicher Abend.«

»Das Wetter …«

»Und die Gäste …«

Wieder fluteten Walzerklänge den Park, und wieder ließ Ella sich aufs Parkett führen. Die Söhne des holsteinischen Adels hofierten sie, die ritterlichen Jünglinge der edlen Familien warben um ihre Gunst, und sie kam kaum dazu, Luft zu holen. Sie war der umschwärmte Mittelpunkt des Abends, und wenn sie die Szene in einem Bild hätte festhalten wollen, so hätte sie eine charismatische Schönheit entworfen, deren Reize dem Betrachter entgegensprangen, und flirrende Farben gewählt.

Ella hatte nicht viele Freundinnen. Immer schon hatte die Malerei ihr mehr bedeutet als die Nähe zu Gleichaltrigen, und darüber hinaus bot ihr auch das Leben auf dem Gutshof genug Anregung und Abwechslung. Bisweilen hatte sie zwar gedacht, sie könnte dadurch eine besondere Sicht auf die Welt und das Leben verpassen. Doch in diesem Moment war sie dankbar, keine Rücksichten nehmen zu müssen auf die Gefühle einer Vertrauten. Wie hätte diese auf ihren Erfolg reagiert? Und auf ihre eigene Erregung über den Erfolg?

Schon jetzt sah sie im Vorbeitanzen das Blitzen in den Augen der anderen, weniger Begehrten. Gesprächsfetzen drangen an ihr Ohr, sie sei zu überschwänglich, unbeherrscht und zu wenig Dame. Und manchmal meinte sie sogar einen ihrer Gedanken lesen zu können, den keine wagte, laut auszusprechen: Sie sei unmöglich, deplaziert, ja, unter einem wilden Stern geboren. An diesem Punkt, der ihr seltsam bekannt vorkam, so als hätte sie diesen Satz schon einmal gehört, gingen die Worte im Grundrauschen der Musik und der Gespräche unter. Aber sie war sich sicher, dass dieser Gedanke in den Köpfen der anderen vorhanden war, und ganz tief in ihrem Inneren spürte sie, dass er an etwas rührte, was in der Vergangenheit lag. An jenes Rätsel, das sich um das Haus und das

Schicksal ihrer Mutter rankte und das sie bisweilen mit einer unerklärlichen Verlorenheit bedrückte. Doch wenn sie den Blick ihres Vaters suchte, der Baron hatte sich mit den älteren Herrschaften auf die Terrasse zurückgezogen, sah sie nur Stolz, Liebe und Bestätigung in seinen Augen.
So wirbelte Ella durch den Abend. Die Menge, die Gesichter, das Lachen, die Gespräche, die Zeit – alles drehte sich um sie wie ein Kaleidoskop, und der Farbrausch verschlang sie in seinem heiteren Sog. Als sich der Himmel über der See verdunkelte und die kurze Nacht sich nach dem endlosen Tag herabsenkte, bemerkte Ella, dass sie noch nichts gegessen hatte. Plötzlich war ihr flau. Sie entschuldigte sich und ließ sich zu einer Gruppe von Sesseln führen, die Greta in der Nähe des Ateliers zwischen Fliederbüschen plaziert hatte. Während der junge Wilhelm von Blome sich aufmachte, um ihr ein Dessert vom Buffet zu bringen, ruhte Ella sich aus. Zum ersten Mal an diesem Abend atmete sie tief durch, und noch immer erhitzt beobachtete sie aus ihrem Versteck heraus die Schatten der Tanzenden.

Vier

Ella kam zur Ruhe. Ihr Blick glitt über die Paare, wirbelnde Scherenschnitte vor dem honigfarbenen Grund des Tanzbodens. Sie wunderte sich, dass sie nicht hatte aufhören können zu tanzen. Verträumt und wie ein kleines Mädchen zog sie die Beine an und schlang die Arme um die Knie. Müdigkeit überflutete sie und das Gefühl großen Glücks. Ihre Augen suchten den Mond, der nun prall und gewaltig über dem Meer stand und Märchen zu erzählen schien. Sein muschelfarbenes Licht fiel auf die See und ließ die Wellen gleich einem silbernen Band funkeln.

Was für ein seltsames Wesen ist doch der Mond, dachte Ella, denn der ferne Himmelskörper kam ihr in diesem Moment seltsam belebt vor. Staunend folgte sie der breiten Bahn des Mondlichts und begann zu träumen. Sie sah einen Ballsaal auf dem Meeresgrund, darin einen Schwarm glitzernder Heringe, die sich eitel zum Takt der Musik der Wassermänner drehten. Dann verschwand das Bild. Ella musste lachen, ihr Blick wanderte über den Strand. Einige Herren, darunter auch Offiziere, schlenderten am Wasser entlang und bewunderten den Vollmond. Nachdenklich blieb ihr Blick an einem der Gäste hängen. Er trug Zivil, seine Silhouette und Haltung waren ihr fremd. Ella war sicher, diesem Mann noch nie zuvor begegnet zu sein.

Wie war das möglich? Noch immer fixierte Ella den Unbekannten, etwas an seiner Art zog sie in seinen Bann. War es das Fremde? Sie konnte ihren Blick nicht von ihm lösen und beobachtete ihn fast schon mit angehaltenem Atem. Seine Bewegungen faszinierten sie, sie waren kraftvoll und doch harmonisch wie die eines Tänzers – Hände und Arme im Einklang mit dem schlanken Körper.

Plötzlich drehte der Unbekannte sich um und zeigte hinauf zum Herrenhaus. Obwohl er Ella im dunklen Park nicht sehen konnte, fühlte sie sich von seinem Blick getroffen, und seine Hand schien direkt auf ihr Herz zu zielen.

Ella zuckte zusammen. Obgleich sie ein gutes Stück entfernt saß, schien die Distanz keine Rolle zu spielen und Zeit und Raum ihre Gültigkeit verloren zu haben. Ella bildete sich ein, jedes Detail seines Gesichts erkennen zu können. Seine großen, dunklen Augen fesselten sie, die markanten Brauen, die kräftige Wangenpartie und vollen Lippen. Gesichtszüge, die sie sofort malen wollte. Und auch der Umriss des Fremden war so scharf gezeichnet, dass die der Umstehenden, nur

mehr Statisten, im Mondlicht zu Milch zerflossen. Sein Körper hob sich ab vor dem silbernen Hintergrund der See.
Heiß schoss Ella das Blut durch die Adern.
»Wer ist das?«, fragte sie, sehr ernst und atemlos, als Wilhelm von Blome zurückkam. Achtlos nahm sie den Teller mit Kuchen und Konfekt entgegen, um ihn sofort wieder abzustellen.
»Wo?« Der Freund folgte ihrem Blick.
»Dort unten, am Strand. Warte, jetzt dreht er uns wieder den Rücken zu.«
Ella zeigte hinunter und sprang auf.
»Ich möchte ans Wasser.«
Sie nahm Wilhelms Arm und zog ihn über den Rasen, er musste ihr folgen.
Zwischen Park und Wasser verlief ein Kiesweg oberhalb der tiefer liegenden Strandpartie, den Ellas Vater scherzhaft als »Promenade« bezeichnete. Schnell kreuzte sie den Weg und sprang in den Sand, der sich in ihre offenen Schuhe drängte. Lachend schleuderte Ella die Tanzschuhe von sich und lief auf die Männer zu. Der Sand war herrlich kühl, und erst jetzt bemerkte sie, wie sich die Füße beim Tanzen in den engen Schuhen gequält hatten.
Wilhelm hatte Mühe, ihr zu folgen. Er hatte Ellas Schuhe aus dem Sand geborgen und trug sie ihr nun vorwurfsvoll nach.
Als die Männer Ella kommen hörten, unterbrachen sie ihr Gespräch und drehten sich zu ihr.
»Meine Herren … Sie haben sich zurückgezogen?«
Ella nickte in die Runde und erkannte Christian Tetzlaff und dessen Cousin Heinrich, beide Kaufmannssöhne aus Lübeck. Sie hatte bereits mit ihnen getanzt.
»Mein alter Herr spendiert 'ne Zigorr.«
Christian verbeugte sich leicht vor Ella und zauberte, wie aus

dem Nichts, eine Zigarre aus dem Frackärmel. Er war nur wenig älter als Ella, doch in seiner charmanten Selbstsicherheit sah sie schon jetzt die Gewitztheit des alten Tetzlaff aufblitzen, der einen florierenden Getreidehandel in der Travestadt betrieb. Vermutlich würde Christian in späteren Jahren auch einen ebenso imposanten Bauch vor sich hertragen wie sein alter Herr.

Lachend nahm Ella das Geschenk entgegen und applaudierte dem Zauberkünstler.

»Un Fuur …? Können die Herren mir auch mit Feuer dienen?« Herausfordernd blickte Ella in die Runde, und es entging ihr nicht, dass sowohl Heinrich Tetzlaff als auch die beiden Offiziere erröteten.

Doch es war Wilhelm, der ihr Feuer reichte und damit ihre Aufmerksamkeit zurückgewann.

Vorsichtig zog Ella an der Virginia, so, wie sie es viele Male bei ihrem Vater beobachtet hatte, trotzdem überraschte sie der scharfe Geschmack des Tabaks. Der Rauch der Zigarre legte sich wie Pelz über Zunge und Rachen.

»Chapeau …«

Grinsend verneigte Christian sich vor ihr, dann zog er weitere Zigarren aus dem Ärmel, die er in die Runde reichte. »Das sieht gar nicht mal so übel aus. Hätte nicht gedacht, dass die Zigarre auch eine Dame kleidet.«

»Lass das mal nicht die Alten sehen!« Heinrich schüttelte den Kopf und ließ das Feuer kreisen. Orangerote Punkte glimmten in der Dunkelheit auf.

»Warum sollte eine Frau nicht rauchen?«, stichelte Ella. Sie bemerkte, dass der Unbekannte sie scharf anblickte.

Sie wartete schon auf einen Kommentar, doch dann lächelte er, und sein Lächeln übertrug sich auf Ella.

»Na, solange sie nicht öffentlich schmökt«, murmelte Heinrich. »Schickt sich doch einfach nicht.«

»Es schickt sich also nicht«, setzte Ella nach und trieb ihr Spiel mit den Herren. »Aber wenn es doch schmeckt?«
»Man nenne mir eine Dame, die es in Gesellschaft wagen würde«, kam Christian seinem Cousin zu Hilfe.
Die Runde schwieg.
»George Sand.« Der Name zerschnitt die Stille wie ein Schwert, und wieder lächelte der Unbekannte. Ella verschluckte sich am Rauch. »Die französische Schriftstellerin. Sie raucht Zigarren – auch öffentlich.« Seine Stimme, warm und stolz, hallte in ihrem Innersten nach.
»Sie ist geschieden. Und überhaupt ist sie mehr Mann als Frau – ein Ungeheuer, wenn man mich fragt«, empörte sich der ältere Tetzlaff. »Alle Welt weiß, dass sie Hosen trägt. Sie fordert die Gleichstellung der Frau, das Wahlrecht …«
»Warum nicht?«, murmelte Ella und reichte ihrem Verbündeten die Hand. »Ich glaube, Sie sind mir noch nicht vorgestellt worden.«
»Jacob von Saalmuth. Mein Onkel war so freundlich, mich mitzunehmen. Ich bin für einige Wochen zur Sommerfrische auf Gut *Hohenfels.*«
»Ich erinnere mich«, nickte Ella und überließ ihre Hand einen Moment länger als nötig dem Griff ihres Gastes. Es waren seine Augen, die sie faszinierten – funkelnd, fast schwarz und von aufreizender Reserviertheit. Jetzt fiel es ihr wieder ein. Ihr Vater hatte erst vor einigen Tagen erzählt, dass die Familie von Saalmuth noch einen Verwandten aus Berlin mitbringen würde. »Sie kommen doch aus der Hauptstadt. Erzählen Sie …! Mein Vater berichtet, dass Berlin sich verändert – schneller, als ihm lieb ist.«
Jacob von Saalmuth lachte. »Was wollen Sie wissen?«
»Alles …« Plötzlich mochte sie nicht mehr rauchen. Achtlos ließ sie die Zigarre in den Sand fallen. »Technik, Industrie und

Wissenschaft, in den großen Städten scheint sich die Welt rasend schnell zu entwickeln.«

»Nun ja, die Industrie wächst wohl eher in Oberschlesien«, erwiderte ihr Gast zögernd, doch dann gewann seine Stimme an Volumen, als bewegte er sich auf vertrautem Terrain. »Und im Saarland und im Ruhrgebiet wird das Schienennetz ausgebaut, man schafft dort neue Verkehrswege. Eisenbahnen und Dampfschiffe transportieren die Güter, die Telegrafie sorgt für die schnelle Verbreitung von Nachrichten. Sie haben recht, eine ganze Gesellschaft scheint mobil zu werden. Aber das Kapital sitzt im Rheinland, in Frankfurt und in Oppenheim, nicht in Berlin.«

»Krupp und Stumm, Warburg und Rothschild, Borsig und Siemens«, zählte Heinrich die Namen der Großindustriellen auf. »Keine Sorge, die Euphorie nach der Reichsgründung wird auch in Berlin zu einem Aufschwung führen.«

»Das hat man in Deutschland schon einmal geglaubt …« Jacob von Saalmuth spielte auf die gescheiterte Märzrevolution von 1848 an. »Viele Bürger haben vergeblich auf politische Veränderungen gehofft.«

Ella nickte. Damals hatte König Friedrich Wilhelm IV. von Preußen liberale Hoffnungen geweckt und diese dann bitter enttäuscht. Er hatte nicht von einer göttlich legitimierten Monarchie abrücken wollen.

»Nichtsdestotrotz begann danach das erste große bürgerliche Zeitalter in Deutschland. Wir haben alle davon profitiert.« Eifrig mischte sie sich wieder ein, doch ihr war bewusst, dass sie die Worte ihres Vaters wiederholte. Es war nicht ihr Duell, das sie ausfocht.

»Glauben Sie wirklich, dass alle Bürger profitieren werden?« Spöttisch zog Jacob von Saalmuth eine Augenbraue in die Höhe. »Mir scheint, das Reich erstickt in Widersprüchen.

Schikane, Ängste und Unsicherheit sind doch für viele Bürger alltäglich. Gewiss …«, er blickte sich um und breitete die Arme aus, wobei er Ellas Schulter streifte, »hier muss man sich keine Sorgen machen. Aber auch auf dem Land kann doch niemand leugnen, dass Pomp und Wahnsinn miteinander ringen. Dass Unterwürfigkeit und Machtanbetung den Fortschritt verdrängen. Der Säbel regiert, und über dem Säbel steht noch die Vergötterung des Geldes … Wer sich schwach zeigt, gilt doch nichts.«
»Na, dat is ja nu mol bannig storker Tobak«, mischte sich Christian wieder ein. Gönnerhaft klopfte er Jacob von Saalmuth auf den Rücken. »Dieses Sozialistengeschwätz können Sie einer Dame doch nicht zumuten wollen.«
»Aber ich finde seine Ausführungen interessant.« Ella sah, dass sich die beiden Offiziere darauf kopfschüttelnd aus der Runde entfernten. »Fahren Sie bitte fort …!«
»Ach, mir fehlt es einfach an Menschlichkeit.« Ein Lächeln umspielte seine Lippen, ein Kranz feiner Fältchen legte sich um die Augen. Wieder drang seine Stimme bis in Ellas Innerstes vor, wo sie Wellen schlug. »Im Grunde werden die Menschen hierzulande doch dazu erzogen, Schwäche zu verachten. Und dann noch die Vergötterung der Armee … Dieses furchtbare Erbe Preußens! Verzeihen Sie mir, aber ein Leutnant oder Offizier geht doch per se schon als junger Gott durch die Welt.«
»Darf ich fragen, was Sie tun?« Ella zog ihren Gast zur Seite und drehte den anderen den Rücken zu.
»Ich bin Arzt, praktischer Arzt. Im April habe ich mein Studium bei Professor Herzberg an der Charité beendet.«
»Wollen Sie sich in Berlin niederlassen?«
Ella dachte an die kleine, nach Alkohol riechende Praxis des Landarztes im Nachbarort. Doktor Gröde war Seelsorger,

Chirurg und Hebamme in einem. Und packte außerdem noch mit an, wenn ein Kälbchen nicht rechtzeitig auf die Welt kommen wollte.

Jacob von Saalmuth schüttelte den Kopf. »Ich denke gerade über meine Zukunft nach. Ich bin gut ausgebildet, aber mir fehlt die Routine. Vielleicht sollte ich mit einer Assistenz bei einem renommierten Arzt beginnen. Doch ich bin mir noch nicht sicher, ob ich das wirklich will.«

Ella blickte ihm in die Augen und verstand. »Die Menschlichkeit …?«

Er senkte die Stimme. »Ich engagiere mich in Berlin in einem Cholera-Hilfsverein, und die Genossen wollen einen weiteren Verein gründen. Für öffentliche Gesundheitspflege … Sie können sich vorstellen, dass die Verhältnisse in den Arbeitervierteln katastrophal sind. Die Menschen dort leben in Löchern, in engen Gassen und feuchten Wohnungen, und sie trinken schmutziges Wasser. Cholera, Masern, Keuchhusten, Diphtherie und Scharlach …«, Jacob von Saalmuth schleuderte die Worte wie Speere von sich. »Immer wieder kommt es in den dunklen Hinterhöfen zu Epidemien. Diese Menschen brauchen dringend Ärzte; die bürgerlichen Haushalte sind dagegen gut versorgt.«

»Was halten Sie von Bebel und Liebknecht?« Ella war ein paar Schritte gegangen und hatte sich noch weiter von den anderen entfernt. Immer noch überzog der Mond den Strand mit dem Zauber seines unwirklichen Lichtes. Für einen Moment hatte sie das Bild der beiden Sozialdemokraten vor Augen, die in Leipzig in Untersuchungshaft saßen.

»Können Sie sich das nicht denken?« Jacob von Saalmuth schwieg einen Moment, dann fuhr er fort: »Ihre Haft und der Prozess sind ein Skandal.«

»Mein Vater sagt, sie seien Hochverräter.«

»Die Mehrheit der Deutschen denkt so. Aber ihre Forderung nach einem sofortigen und ehrenvollen Frieden mit Frankreich und die Ablehnung weiterer Kriegskredite hätte großes Leid und viele Tote erspart – auf deutscher wie auf französischer Seite.«

Ella schwieg, sie versuchte das soeben Gehörte in ihr Weltbild einzuordnen. Sie wusste, dass diese Worte gefährlich waren. Und sie war sicher, dass keiner der anderen heutigen Gäste die Meinung des Arztes teilte. Trotzdem erschienen ihr seine Sätze plausibel und wahr. Ihr gefiel das kompromisslose Denken des Berliners, seine durch und durch eigene Sicht auf das deutsche Kaiserreich, auf Politik, Stände und Gerechtigkeit. Sie spürte, dass dieser nachdenkliche junge Mann sie mit einer anderen Wirklichkeit vertraut machte. Einer Realität, die hinter den wogenden Getreidefeldern des Gutshofs begann.

»Erzählen Sie mir mehr.« Sie hatten den Wassersaum erreicht, Ella hob ihren Rock an und tauchte die Fußspitzen in die flachen Wellen. Das Wasser war weich wie Samt. Es fühlte sich kühl auf der Haut an, und sie dachte, dass es herrlich wäre, alle Kleider abzulegen und sich in die Wellen zu stürzen, um die schmeichelnde See mit jeder Pore ihres Körpers spüren zu können.

»Sie wissen gar nicht, in was für einem Paradies Sie hier draußen leben«, wich Jacob von Saalmuth aus und reichte ihr die Hand, um sie wieder auf den Strand zu ziehen. »Ich sollte Sie besser nicht aus diesem Garten Eden vertreiben.«

»Jetzt reden Sie wie mein Vater.« Ella wollte ihm spielerisch in die Seite boxen, doch er fing ihre Faust ab und zog ihre Hand zu sich heran. Versunken betrachtete er seine Beute und den funkelnden Brillanten an ihrem Ringfinger.

»Man sagte mir, Sie malen.«

Ella nickte.

»Ernsthaft?«
Wieder bejahte Ella.
»Sehen Sie ... das Paradies.« Er gab ihre Hand frei und sah Ella in die Augen. »Es ist spät, man wartet sicherlich schon auf mich. Lassen Sie uns zurückgehen.«
Er bot ihr den Arm und führte sie über den Sand. Auf dem Strandweg kam ihnen Jago entgegen. Hechelnd drängte sich die Dogge an Ellas Seite.
Es musste Mitternacht sein, denn plötzlich schoss ein Feuerwerk über den Linden in den Himmel. Magische Bilder lösten sich in funkelnden Fontänen auf – wie Sternenregen fielen die Funken hinab.
»Das ist die vollendete Form der Kunst«, schrie Ella gegen den Lärm der Raketen an. »Sehen Sie doch, das Bild löst sich im Moment seiner Vollkommenheit auf.«
Das Knallen und Pfeifen des Feuerwerks war ohrenbetäubend, und der Geruch nach Schwefel und Schwarzpulver strich durch den Park. Jago jaulte auf, und Ella ging in die Knie und versuchte, den Hund zu beruhigen.
Als sie wieder aufsah, war ihr Begleiter verschwunden. Irritiert suchte sie die Reihen der Gäste ab, die dem Schauspiel am Himmel folgten. War er gegangen, ohne sich zu verabschieden? Oder hatte sie ihn nur aus den Augen verloren?
Auf der Terrasse lief sie ihrem Vater in die Arme, der das Feuerwerk vom höchsten Punkt des Gartens aus verfolgte. Liebevoll zog er sie an sich. »Gefällt es dir?«
»Es ist wunderschön, majestätisch.«
Ella blickte sich um, konnte Jacob von Saalmuth aber nach wie vor nirgendwo entdecken. »Sind die Hohenfelser schon gegangen?«
Der Baron nickte. »Sie haben sich soeben verabschiedet, die lange Fahrt ...«

Ella löste sich aus den Armen des Vaters. »Mir ist kalt, ich muss mir etwas überziehen.« Rasch lief sie ins Haus, durchquerte den Gartensaal und die Halle, um auf der anderen Seite wieder ins Freie zu gelangen. Die Fackeln auf der Treppe waren fast heruntergebrannt, auf dem Vorplatz warteten die Kutschen der Gäste.
»Ist Familie von Saalmuth schon abgefahren?«
Der Diener nickte. »Soeben, vor fünf Minuten.« Er wies die Allee hinunter, die jetzt nur noch schemenhaft erkennbar war. »Vier Personen, der Wagen war voll besetzt.«
Die Enttäuschung fiel wie ein kaltes, nasses Tuch auf Ella herab. Plötzlich merkte sie, dass sie tatsächlich fröstelte. Müde ging sie ins Haus zurück, der Ball hatte jeden Reiz für sie verloren.
Als Ella am frühen Morgen in ihr Bett fiel, war sie erschöpft. Doch sie konnte nicht schlafen. Immer wieder tauchte das Bild des jungen Arztes gestochen scharf hinter ihren geschlossenen Lidern auf.

Fünf

»Wo steckt Ella?« Der Baron passte seine Hausdame zwischen Garten und Terrasse ab. »Wir sind verabredet, ein Ritt über die Felder. Der Weizen hinten beim Wäldchen und oben an der Meierei ist bald reif. Wir müssen die Ernte planen.«
Greta sah auf, sie wischte sich die Hände an der Schürze sauber. In einem Korb, den sie auf einem Mauervorsprung abgestellt hatte, lagen Gemüse und Kräuter für eine leichte Suppe. Kopfschüttelnd wies sie in Richtung Atelier. »Sie malt. Als ich heute Morgen um sechs in die Küche kam, sah ich sie schon arbeiten. Ich habe ihr einen Kaffee bringen lassen.«

Der Baron runzelte die Stirn. »Schläft sie überhaupt noch? Und isst sie? Gestern habe ich sie überhaupt nicht zu Gesicht bekommen. Und zum Abendessen hat sie sich auch entschuldigt. Als ich weit nach Mitternacht zu Bett ging, brannte immer noch Licht im Atelier.«

»Sie wird sich wohl ein ganz bestimmtes Motiv in den Kopf gesetzt haben. Wenn sie sich an etwas Neuem versucht, gibt sie nicht eher Ruhe, bis es gelingt. Das war doch früher schon so.« Greta griff nach ihrem Korb.

»Steckt nicht doch etwas anderes dahinter?« Von Carlsburg blickte seine Haushälterin scharf an. Wenn Ella etwas vor ihrem Vater verbergen wollte, würde ihr das vielleicht gelingen. Aber Gretas feinem Gespür entging für gewöhnlich nichts.

Greta zuckte mit den Schultern. »Ich bin mir nicht sicher. Seit dem Ball ist sie schon ein wenig … Na, wie soll ich sagen, launisch. Kaprietsch … Aber vielleicht wird sie auch nur erwachsen. Sie sucht ihren Weg, wird ja auch Zeit.«

»Ja, sie ist kein Kind mehr …« Der Baron sah wieder das Bild der in Samt und Seide gekleideten Ballkönigin vor sich – schillernd wie eine Nixe. Schon wegen ihrer schimmernden Augen und der schmalen Taille hatte sie Aufmerksamkeit erregt. Und die Blicke der jungen Herren erst!

»Na …«, brummte er, »sie soll sich ja auch verlieben dürfen. Den Fehler werde ich nicht noch einmal begehen, dass ich die Liebe unterschätze. Aber wissen möchte ich's schon!«

»Ich kümmere mich drum.« Besänftigend legte Greta eine Hand auf seinen Arm, und die Geste zeigte, dass sie in den vergangenen Jahrzehnten in eine Rolle hineingewachsen war, die über den dienenden Charakter hinausging.

Dankbar nickte der Baron ihr zu. »Ist ja nur wegen der alten Geschichte. Und wo ihr doch die Mutter fehlt … Vielleicht braucht sie jemanden, dem sie sich anvertrauen kann?«

Greta drückte seinen Arm. »Wird schon nichts sein. Es ist sicher die Malerei, es war doch immer die Malerei.«

Trotzdem gab Greta sich besondere Mühe mit dem Essen. Sie wies die Köchin an, neben der Suppe und dem Fisch – es war Freitag – auch Crêpes zu backen, die Ella besonders liebte und die Greta mit sonnenwarmen Erdbeeren füllte und zuckerte. Um die Mittagszeit machte sie sich mit einem Tablett auf den Weg in den Garten und deckte den kleinen Tisch, der vor dem Atelier im Schatten einer Buche stand. Durch die Fensterfront sah sie, dass Ella sich an einem Porträt versuchte. Doch sie konnte nicht erkennen, um wen es sich handelte. Sie dachte, dass es niemand war, den sie kannte.
»Ella …« Sanft klopfte sie an die Ateliertür, die einen Spaltbreit offen stand. Der durchdringende Farbgeruch stach ihr in die Nase, und sie wunderte sich, warum das Mädchen bei diesem herrlichen Wetter nicht im Freien arbeitete.
»Hm …?« Ella drehte den Kopf ein wenig zur Seite.
»Ich habe dir dein Essen gebracht. Komm, du musst dich einen Moment ausruhen.«
Ella steckte den Kopf aus der Tür und musterte den Tisch. Sie sah blass aus, blaue Schatten unter den Augen verrieten, dass sie in den vergangenen Nächten zu wenig Schlaf gehabt hatte.
»Komm …!« Lächelnd versuchte Greta, ihren Schützling aus seiner Festung zu locken.
»Suppe, Fisch und … sind das Crêpes?«
»Mit Erdbeeren und Puderzucker …«
»Also gut, ein wenig Suppe und den Nachtisch …« Blinzelnd trat Ella in die Sonne und beschirmte die Augen mit den Händen. »Das Licht ist fast schon zu grell«, klagte sie und ließ sich erschöpft auf einen Stuhl fallen. Ihr Kittel war über und über mit Farbresten gesprenkelt, und als sie sich eine Haarsträhne

hinters Ohr strich, hinterließ sie auch Farbspuren an der Schläfe.

»Du siehst müde aus.« Greta füllte die Suppe in einen tiefen Teller und drückte Ella den Silberlöffel in die Hand.

»Ich komme nicht voran. Und immer wenn ich meine, den richtigen Ausdruck gefunden zu haben, stört mich das Licht. Es verdirbt mir alles.«

»Du kannst doch sonst nicht genug Licht bekommen.«

»Ja, ja, ja …« Ungeduldig ließ Ella den Löffel in die Suppe fallen, sie hatte nur wenig gekostet. »Ich versuche mich an einer Nachtszene … Ich brauche ein ganz bestimmtes, milchig weißes Licht … Ein Licht, das eigentlich kein Licht ist.«

»Mondlicht?«

Ella nickte und zog den Teller mit den Crêpes zu sich heran.

»Und der Fisch?«

Ella schüttelte den Kopf. »Ich will noch ein bisschen weiterarbeiten.«

»Dein Vater hat dich heute Morgen vermisst.«

»Unser Ausritt …« Schuldbewusst sah Ella Greta an. »Und – was ist mit dem Getreide, ist es reif? Vor ein paar Tagen machte es schon einen ganz ordentlichen Eindruck. Wahrscheinlich können wir bald mit dem Schneiden anfangen. Was sagt Vater?«

»Er macht sich Sorgen.«

Ella stocherte in den süßen Crêpes. »Warum?«

»Na, weil du dich seit Tagen in deiner Malstube einschließt und wir dich kaum noch zu Gesicht bekommen. Er fragt sich, ob dich etwas bedrückt.«

»Nein, nein …« Jetzt lachte Ella und schob sich eine Gabel voll Erdbeeren in den Mund. »Mmh … Also Greta, wenn du es genau wissen willst, dann bin ich nicht bedrückt, sondern erdrückt – inspiriert. Ich weiß gar nicht, womit ich anfangen soll. Der Sternenball, das Feuerwerk, das Mondlicht, die Tänzer … So viele Szenen, die ich festhalten möchte. Ich sage dir, wenn die Fotografie nicht so eine triste, eintönige Sache wäre, hätte sie die Malerei schon längst abgelöst. Aber ein Feuerwerk, aufgelöst in schwarz-weißen Pünktchen und Schlieren, wer will das schon sehen?«

Greta nickte. Doch sie fühlte sich noch nicht beruhigt. Dieses Porträt, das Ella in Atem hielt, beschäftigte sie. Ein Bildnis auf schwarzem Grund – was sollte das werden? Es war doch ein fröhliches Fest gewesen, Ella hatte getanzt und gelacht und wieder getanzt, und die Herren hatten sie umschwirrt wie Bienen einen Honigtopf. Nie hatte das Mädchen strahlender auf sie gewirkt. Es war ein wunderbarer Abend gewesen, und noch in derselben Nacht hatte der Baron sich vor ihr, Greta, verbeugt und ihr einen Strauß champagnerseliger Komplimente überreicht. Er hatte gesagt, dass man noch nie so fröhlich und ausdauernd auf *Sophienlund* gefeiert hatte. Und überhaupt werde man von ihrem Buffet noch nach der Jahrhundertwende schwärmen, so man denn den Epochensprung erlebe. Und nun malte Ella Porträts auf schwarzem Grund. Ein Trauerrand? Das war nicht zu begreifen.

»Darf ich sehen, woran du arbeitest?«

Bisweilen gewährte Ella Einblicke in ihr Reich. Sie zeigte, was sie für gelungen hielt, und der Freiherr hatte zwei besondere Ansichten des Herrenhauses in seinem Arbeitszimmer hängen. Ein Selbstporträt, das Ella im Alter von vierzehn Jahren mit Pastellkreide gemalt hatte, zierte sein karges Schlafzimmer. Es zeigte seine Tochter bezopft und sommersprossig, die Wangen vom Reiten und dem Toben durchs Heu gerötet. Es war das Bild eines unbeschwerten Kindes, und Greta ahnte, dass der Baron seine Tochter am liebsten so und hinter Glas, wie ein Sammlerstück, für die Ewigkeit konserviert hätte.

Ella schüttelte den Kopf. »Ich bin noch nicht zufrieden, Greta. Du weißt doch, wie ich bin. Ich ertrage es nicht, Unfertiges vorzuführen.«

Greta nickte, sie wollte nicht darauf bestehen. Und sie würde sich auch nicht heimlich ins Atelier schleichen, obwohl sie wusste, wo Ella den Zweitschlüssel aufbewahrte. Ellas Reich war tabu, niemand durfte die Werkstatt ohne ihre Erlaubnis betreten. Schon als kleines Mädchen hatte Ella auf dieser privaten Sphäre bestanden, und der Baron hatte ihr dieses Recht zugestanden. Sein Wort war ihm heilig, und niemals würde er sein Versprechen brechen. Die Liebe zu seiner Tochter eröffnete Ella Freiräume, die das Mädchen zu nutzen verstand. Greta hoffte nur, dass sie ihre Freiheiten nicht über Gebühr strapazierte. So, wie …

Innerlich seufzte Greta auf. Sie atmete tief durch, wischte den Gedanken beiseite, sammelte die Teller zusammen und stapelte sie auf dem Tablett.

Den Nachtisch hatte Ella nicht verschmäht, und um den kalten Fisch könnte Jago sich mit den Hühnern streiten. Ein letzter Blick auf Ella, die noch einen Moment in der Sonne sitzen wollte, dann machte Greta sich auf den Weg zurück ins Haus.

Sechs

Ella hielt die Augen geschlossen. Sie spürte die Sonne auf der Haut, warme Strahlen, die wie Finger über ihren Körper glitten. Wohlig atmete sie durch. Sie bemerkte, dass sie für einen Augenblick zur Ruhe kam. Doch der Moment der Entspannung war nur kurz. Immer wieder brachen ihre Gedanken aus, sie konnte sie einfach nicht im Zaum halten. Die Ereignisse der Ballnacht, der nicht enden wollende Tanz, alles kreiste in ihrem Kopf. Wieder sah sie Jacob von Saalmuth vor sich, sein Bild, wie auf eine innere Leinwand gebannt. Sie wusste, dass sie es in sich trug, und konnte es doch nicht bergen. Es war dieser besondere Ausdruck seiner Augen, den sie nicht deuten konnte, verletzlich und doch gleichzeitig stark und kompromisslos. Sie dachte, dass es das Porträt eines früh Vollendeten war. Oder war es das Bildnis eines Suchenden? Und dann das diffuse Mondlicht – warum nur konnte sie es nicht auf die Leinwand bannen?

Ärgerlich öffnete sie die Augen und stand auf. Zwei, drei Stunden konnte sie noch arbeiten, am frühen Abend würde sie dann noch einen Blick auf den Weizen werfen, das würde ihren Vater versöhnen.

Aus der Sonne trat sie in den Schatten des Ateliers. Der achteckige Raum war sparsam möbliert. Bodentiefe Fenster, die sich nach Norden hin öffneten und dadurch optimale Lichtverhältnisse schufen, dominierten den Pavillon. Ein Tisch mit Malutensilien, Stifte, Farben, Pinsel, Leim und Öle, zwei Stühle, diverse Staffeleien, Leinwände und ein Diwan unterstrichen seinen nüchternen Charakter. In Kisten und auf Regalbrettern lagerten Bücher und einige Fundstücke: Muscheln, Schneckenhäuser und kurios geformte Steine, die sie zeichnen wollte – irgendwann.

Ella trat an die Staffelei und betrachtete nachdenklich das Bild. Aus dem Dunkel des Raumes trat ihr ein junger Mann in weißem Hemd und bläulich schwarzem Frack entgegen. Vage erhellte eine Lichtquelle den Körper des Modells, ließ die Wangenknochen, Schultern und Hüften aufleuchten und schälte die Silhouette aus der Nacht heraus.

»Das bist du nicht«, flüsterte Ella und trat noch näher an das Bild heran. »Das bist du nicht … Noch nicht …« Sie fuhr mit den Fingern über die noch feuchte Farbe, modellierte die Linie, kratzte, trug ab. Immer wieder, bis sie kopfschüttelnd aufgab.

Eine neue Leinwand. Aus dem Stapel der grundierten Bildwände griff sie sich ein passendes Format und beugte sich darüber. Konzentriert rief sie ihre Erinnerungen an den Fremden ab, während der Bleistift in ihrer Hand ihre Gedanken in kraftvollen Linien auf die Leinwand übertrug. Sie atmete schnell ein und aus. Das Versprechen, das in einem neuen Bild schlummerte, versetzte Ella immer wieder in Erregung. Ein Moment des Glücks, aber auch der Neugier und der Ungeduld: Der Anblick der bloßen Leinwand auf der Staffelei, das unbefleckte Weiß, das auf ihren energischen Strich wartete, der ihm bald Gestalt verleihen würde – all das begeisterte sie in höchstem Maß.

Wann hatte die Malerei sie gefunden? Ella erinnerte sich, dass sie bald nach der seltsamen Begegnung mit dem Bildnis der Mutter begonnen hatte, die schöne Frau in ihren kindlichen Zeichnungen zu verewigen. Sie wollte die Erinnerung festhalten. Nach einer Serie feenhafter Bildnisse von Frauen, die mit wallendem Haar wie Ertrunkene in Seerosenteichen schwebten, war sie plötzlich zu wuchernden Blumenmotiven gewechselt, bevor sie sich an galoppierenden Pferden versuchte und an dem komplexen Wechselspiel von Bewegung und Perspektive verzweifelt war. Sie war acht Jahre alt gewesen, als ihr Vater einen ersten Zeichenlehrer für sie engagiert hatte, der sie in die Geheimnisse des räumlichen Sehens einführte. Schräge Striche und Schraffuren – monatelang.

Ein neuer Lehrer war gekommen – und mit ihm die Farben. Fröhliche Farben, ängstliche Farben, widerspenstige Farben … Farbtöne, für die sie fast so etwas wie Liebe empfand, und Farben, die sie noch nicht bändigen konnte. Mit sechzehn Jahren hatte sie sich zum ersten Mal an Ölfarben versucht, sie entsprachen ihrer Vorliebe für alles, was sich schwer beherrschen ließ: Luft und Wasser, Tempo, Transparenz und Flüchtiges. Sie sei begabt, bescheinigten ihr die Lehrer. Besäße Geschmack und Leidenschaft. Sie aber wusste, dass sie nach etwas suchte. Und dass ihre Malerei sie dabei begleitete. War es das Rätsel?

Plötzlich fuhr Ella aus ihren Gedanken auf. Sie hatte die Linie gefunden, die das Bild von etwas Beliebigem trennte.

Atemlos blickte Ella auf ihre Skizze.

»Das bist du also!«, staunte sie und blickte auf den vertrauten Fremden. Etwas hatte sie angeleitet, unbemerkt ihre Hand dirigiert, und so hatte sie Jacob von Saalmuth entkleidet. Mit bloßem Oberkörper sah sie ihn vor sich, Hals und Rumpf in leichtem Schwung gedreht, den Kopf mit den ins Gesicht fallenden Haaren ein wenig nach vorne gerückt. Forsch und selbstbewusst folgten die kühnen, dunklen Augen seiner Schöpferin. In der Hand, wie eine Tasse aus schimmerndem Porzellan, hielt der rätselhafte Jüngling den Mond, als habe er ihn eben vom Himmel gepflückt.

Ella lachte, aber ihr gefiel, was sie sah.

»Die Farben, jetzt die Farben«, murmelte sie beschwörend und mischte die Töne auf der Palette an. Rebschwarz und warmes Grau, Ultramarin und Magenta, Zinkweiß, Indischgelb und Kadmium. Flink tupfte sie die Töne in den dunklen Vorhang der Nacht.

Es war perfekt, und plötzlich gelang, woran sie fast eine Woche lang verzweifelt war. Sie genoss den Moment, der ihr als einer der magischen Augenblicke ihres Lebens in Erinnerung bleiben sollte. Ohne Pause arbeitete sie bis in den Abend hinein, dann genoss Ella ihren Ritt durch die Felder und am Ufer der See.

Sieben

Nur wenige Wochen danach war Ella zur Fuchsjagd auf Gut *Reinsdorf* geladen. Die Ländereien im östlichsten Zipfel des Landes umfassten ein Gebiet von mehreren hundert Hektar, ein Mosaik aus Hügeln, dicht belaubten Wäldern, Seen und fruchtbaren Feldern, die von niedrigen Knicks umsäumt wurden. Die Gegend war wildreich, besonders Wasservögel – Haubentaucher, Reiherenten und die scheuen Rohrdommeln – bevölkerten die Ufer. Bisweilen kreiste auch ein Seeadler auf Beutesuche über den schilfreichen Gewässern.
Es war einer jener kühleren Sommertage, wie sie sich oftmals zwischen zwei Hitzeperioden drängen. Ein Wolkenschleier verdeckte die Sonne, trotzdem waren mehr als sechzig Reiter zusammengekommen, um dem Rotfuchs nachzustellen. Die Hatz auf *Reinsdorf* folgte alten Traditionen: Eine Hundemeute suchte, verfolgte und tötete den Fuchs, die Jäger wiederum folgten der Meute zu Pferde.
Ella liebte die Parforcejagd, denn ganz offensichtlich besaß jeder Fuchs einen eigenen Charakter, den es zu überlisten galt. Und selbst wenn das schlaue Tier am Ende entkam, war die Jagd immer noch ein sportliches Vergnügen – eine reizvolle Mischung aus Pferderennen und Dressur, aus Spannung, Konzentration und Freude an der Arbeit mit den Hunden. Sie dachte, dass es eigentlich keine Rolle spielte, ob die Jäger den Fuchs erlegten oder nicht. Die Hatz war das eigentliche Vergnügen.
Ella konnte nicht sagen, an wie vielen Fuchsjagden sie bereits teilgenommen hatte. Schon als Kind hatte sie ihren Vater begleiten dürfen, vor einigen Jahren hatte sie sogar seinen Platz im Feld eingenommen. Meist freute sie sich schon Wochen vorher auf die Jagd, auf den Moment, in dem Meute und Pfer-

de über die Felder stürmten – ein eindrucksvoller Akt von Kraft und Geschwindigkeit. Dieses Mal jedoch hatte der Baron sie an die Einladung erinnern müssen. Die Gedanken an Jacob von Saalmuth, die Arbeit an seinem Porträt, hatte sie gefangen genommen und beherrscht. Ella hatte erfahren, dass es Gerüchte über dessen politische Ansichten gab. Nach dem Ball hatten die Tetzlaffs getönt, von Saalmuth werde wegen seiner Verbindungen zu gewissen sozialistischen Kreisen in Berlin gesucht. Ein vages Zweifeln überlagerte das Bild des Fremden. Hatte er ihr Interesse überhaupt verdient?
Am liebsten hätte Ella mit ihrem Vater über das Gerede gesprochen, denn der Baron war in allen politischen Dingen bewandert. Er wusste, wie derartige Nachrichten zu deuten waren, las die einschlägigen politischen Blätter, die bedeutsam knisterten, und war durch seine Dienste für den Kaiser bestens vernetzt. Doch sie meinte, ihr Interesse für den Berliner könnte den Vater beunruhigen. Und wenn Ella ehrlich mit sich selbst war, fürchtete sie sich selbst ein wenig vor dieser stürmischen Faszination für Jacob. Etwas war mit ihr geschehen, hatte Besitz von ihr ergriffen, und trotzdem weigerte sie sich empört, sich diese Gefühle offen einzugestehen.
So war Ella fast erleichtert, dem Atelier für einen Tag fernbleiben zu können. Am Vorabend hatte sie sorgfältig Tür und Fenster verschlossen. Obwohl sie nicht befürchtete, dass man in ihr Reich eindringen könnte, spürte sie doch, dass die mehr als dreißig Skizzen, Zeichnungen und Bilder von Jacob, die inzwischen aus dem Gedächtnis entstanden waren, auf eine Obsession schließen lassen könnten. Und sie wollte kein lästiges Geschwätz riskieren.
Die Jagd hatte noch nicht begonnen, doch Ella hatte ihr Pferd bereits auf den Hofplatz geführt. Der englische Hunter tänzelte erwartungsvoll an ihrer Seite. Der riesige Vollblüter war

der perfekte Begleiter für die Jagd: flink und mutig, mit kräftigen Beinen und gelassenem Temperament. Er galoppierte ausdauernd über die Felder, gehorchte auf den leisesten Schenkeldruck, auf jedes geflüsterte Kommando und überwand sicher Zäune und andere Hindernisse. Es war ein Vergnügen, das noch vom Vater ausgebildete Pferd zu reiten, und sie freute sich auf den Tag. Lächelnd wartete sie in der brodelnden Menge der Reiter auf das Zeichen des Masters aufzusitzen. Wenn die Treiber einen Fuchs aus seinem Bau aufgescheucht hatten und das flüchtende Tier ausreichend Vorsprung gewonnen hatte, durfte die Jagdgesellschaft sich nähern.

»Was für ein Spektakel.« Eine Stimme an ihrem Ohr ließ Ella herumfahren.

»Jacob …«, flüsterte sie heiser, sie hatte ihre Stimme verloren. Sie räusperte sich verlegen. »Herr von Saalmuth.«

»Baroness …« Erfreut verbeugte sich Jacob vor ihr und deutete einen Handkuss an. »Ich wollte Sie nicht erschrecken, verzeihen Sie. Wie schön, Sie so unverhofft wiederzusehen.«

Ella versuchte ein Lächeln, doch sie rang um Fassung. Wie oft hatte sie sich in den vergangenen Wochen eine Begegnung vorgestellt? In ihrer Phantasie hatte sie sich einen einsamen Strandspaziergang vor wilder Kulisse ausgemalt, ein Tennisspiel, eine Abendgesellschaft, aber nie war ihr in den Sinn gekommen, dass sie Jacob auf der Jagd treffen könnte. Erstaunt registrierte sie, dass er den traditionellen, englisch-roten Rock und ein Plastron trug. Das weiße Halstuch konnte auch als Verband nach einem Sturz dienen.

»Ich dachte, Sie seien bereits zurück in Berlin.« Dankbar bemerkte Ella, dass die Stimme ihr wieder gehorchte.

Jacob schüttelte den Kopf. »Ich habe noch keine Entscheidung getroffen. Nein, treffen können …«

»Die Zukunft betreffend?« Ella sah, dass sich seine Augen kurz verschatteten. Es war nur ein Moment, dann blinzelte er die Sorgen weg.
Jacob nickte und trat auf ihr Pferd zu. »Ein prachtvolles Tier.« Behutsam klopfte er dem Hunter auf die breite Brust, hinter der Herz und Lungen arbeiteten.
»Wo haben Sie Ihr Pferd?«
»Oh, ich habe mir eines aus dem Stall meines Onkels geliehen. Er ist gestürzt und kann nicht kommen, ich vertrete ihn heute.« Verlegen strich er über den Rock, der ihm, nun bemerkte es Ella, ein wenig zu weit war. »Ich weiß nicht, ob ich mich geschickt anstellen werde.«
»Hier hätte ich Sie am allerwenigsten erwartet ...« Ella suchte noch immer nach Worten.
»Warum nicht? Rot steht mir doch, oder?«
Ella lachte. »Besser als so manch anderem. An Ihnen wirkt es, wie soll ich sagen, so aufrichtig.«
Jacob sah ihr in die Augen, so, als tauchte er in ihre Seele ein. »Nein, Sie haben recht. Ich bin hier fehl am Platz. Aber mein Onkel sagte, dass es ein wildes Gerenne querfeldein geben wird. Am Ende ruft man noch nach einem Arzt?«
Vielleicht war es die Wahrheit, dachte Ella. Vielleicht war es aber auch nur ein Vorwand, eine Ausrede, die er für sich gesucht hatte, damit er kommen konnte. Denn Ella sah, dass sich auf dem Grund seiner Augen etwas anderes verbarg. Ein Strudel ... Es war ein Sog, den auch sie kannte. Sehnsucht und Verlangen, die sie in den vergangenen Wochen jeden Tag an die Staffelei getrieben hatten.
Er also auch. Sie erkannte ihn. Ein Stich fuhr ihr durch den Magen. Wieder suchte sie nach Worten. Doch bevor sie etwas erwidern konnte, ertönte das Signal zum Aufsitzen.
»Es geht los – allez-hop ...!« Wie ein Zirkusdirektor hielt

Jacob ihr den Steigbügel, und Ella ging auf sein Spiel ein. Geziert setzte sie den Fuß in den Bügel und schwang sich auf den Rücken des Hunters. Dann beugte sie sich noch einmal hinunter, als ob sie ihm etwas zuflüstern wollte. Doch im Trubel des Aufbruchs konnte er ihre Worte nicht verstehen. Er winkte ihr zu, dann beeilte er sich, zu seinem Pferd zu kommen, um den Anschluss nicht zu verlieren.

Acht

Jacob folgte dem Pulk der Reiter. Er ärgerte sich über seinen geistlosen Auftritt. Wie viele brillante Sätze hatte er sich in den vergangenen Wochen für ein Wiedersehen zurechtgelegt? Wie sehr hatte er sich danach gesehnt, die widerspenstige Schöne – halb unbedarftes Mädchen, halb wissende Frau – noch einmal sehen zu dürfen. Ein Gefühl, etwas, das er bislang nicht gekannt und wofür er sich unempfänglich geglaubt hatte, brannte in seinem Körper und quälte ihn.

Eine Adlige, eine Baroness – ausgerechnet! Das Gefühl war schlimmer als Fieber, schmerzhafter als jede eiternde Wunde, und doch genoss er jeden Moment, jeden Gedanken an Ella von Carlsburg. Seine Sehnsucht nach ihrem forschenden Blick, nach einer Berührung war quälender als jede andere irdische Versuchung. Die Erinnerung überdeckte alles, was ihn in Berlin zermürbt hatte, mit brennendem Verlangen. Seine Welt war hinter ihrem strahlenden Wesen zurückgetreten.

Nur kurz hatte er sich über seine Schwäche gewundert, dann hatte er sich dem Rausch hingegeben. Ruhelos, mit flackerndem Blick und brennenden Wangen war er durch die Tage und Wochen getaumelt und hatte sich dafür verflucht, dass er den Ball verlassen hatte, ohne sich – *comme il faut* – von ihr zu verabschieden.

Jacob erinnerte sich, dass er in jener Nacht geglaubt hatte, nur die Flucht könne ihn retten. Doch der feige Akt hatte die Sehnsucht nach dem Unerreichbaren verschlimmert, bis es nur noch ein Heilmittel gab – ein letztes Wiedersehen.

Das war die Diagnose, die er sich gestellt hatte, und er war bereit, die bittere Medizin zu schlucken. Einmal noch wollte er die Baroness sehen, einmal noch mit ihr reden, kurz in ihren Augen versinken, ihren Körper mit Blicken umfassen, ihre Wärme unter der kühlen Oberfläche spüren. Eine winzige Portion des Giftes aufnehmen, um sich gegen das Unheil zu wappnen. So gestärkt, hatte Jacob sich ausgemalt, könnte er den dunklen Nachrichten begegnen, die ihm die Genossen aus Berlin zukommen ließen. Und die ihn vielleicht zu etwas zwingen würden, was eine Frau wie Elisabeth von Carlsburg nie verstehen könnte.

Doch als er sie plötzlich in der Menge erkannte, hatte er gespürt, dass alle nüchterne, ärztliche Kunst versagen würde. Ihr Anblick war ein Bild aus seinen Träumen. Die Baroness sah atemberaubend aus, die Reiterkluft war ihr wie auf den Leib gegossen. Die hohen Stiefel und schmale Hose, die sie gegen jede Konvention selbstbewusst trug, zeichneten ein waghalsiges Bild ihrer Weiblichkeit. Und in einem Moment aufwallender Eifersucht hatte Jacob sich gewünscht, sie möge ein Reitkleid tragen, das ihre Formen nicht so angriffslustig betonte. Sie war nicht die Baroness von Carlsburg, sie war eine Göttin, eine Amazone, die aus der Meute der Rotröcke herausstach. Flammend und wild – als ob sie die Welt in eine neue Zeit führen wollte. Er war bereit, bis zum Äußersten zu gehen.

Stöhnend und mit wildem Schenkeldruck trieb er sein Pferd

voran, um ihr zu folgen. Er sah, wie Ella im sicheren Galopp ihrer sattelfesten Kindheit über die Feldwege preschte, um sich an die Spitze des Feldes zu setzen. Wann immer er für einen Moment auf gleiche Höhe zu ihr aufgeschlossen hatte, wagte sie es, ihm kühne Blicke zuzuwerfen. Sie signalisierte ihm, dass sie ein Spiel mit ihm trieb. Und sein Herz, dieser verlässliche, zähe Muskel, stolperte erschrocken.

Es war ein wildes Rennen, vom jaulenden Gekläffe der Meute, von schwer atmenden Pferden und den Kommandos der Reiter untermalt. Irgendwann blickte sie sich nach ihm um und ließ sich kurz zurückfallen. Als sie die Horde verließ und querfeldein ritt, folgte er ihr auf den Wald zu.

Sie schien sich im Gelände auszukennen oder gab vor, es zu tun. Obwohl sie einen schmalen Pfad gewählt hatte, zog sie das Tempo wieder an. Sie fegte durchs Gehölz, und Jacob versuchte, ihr, so gut es ging, zu folgen. Zweige schlugen ihm ins Gesicht, er schmeckte Blut, und einmal strauchelte sein Pferd in einer Senke. Doch er gab nicht auf und genoss es, die Schöne zu verfolgen. Erregt bemerkte er, dass das Jagdfieber Besitz von ihm ergriffen hatte.

An einem Weiher hielt sie plötzlich an. Sie glitt vom Pferd, und er folgte ihr, stand mit weichen Knien auf dem Waldboden. Es hatte zu nieseln begonnen, und feine Tropfen verfingen sich in ihrem Haar, das sich wild um ihren Kopf bauschte. Sie kam auf ihn zu, und so nah, wie es nur ging, standen sie voreinander und maßen sich mit Blicken. Er hätte sie in die Arme nehmen können, so als berge er einen kostbaren Schatz. Doch er war wie erstarrt.

»Endlich …«, flüsterte sie plötzlich. »Regen … Ich hatte doch recht.«

Jetzt fiel es ihm wieder ein. Sie hatte ihm noch etwas zugerufen, das er nicht verstanden hatte, bevor sie der Meute gefolgt

war. Und in diesem Augenblick fügte sich das Unverständliche in seinem Bewusstsein zu einem Satz zusammen.
»Es wird regnen«, hatte sie wohl gerufen. »Und wenn ich recht behalte, darf ich mir etwas von Ihnen wünschen …«
Er nickte und wagte es endlich, sie zu berühren. Vorsichtig strich er die feuchten Strähnen aus ihrem Gesicht. Er sah, dass eine Ader an ihrer Schläfe pochte. Würde er sie küssen, wenn sie ihn darum bat?
»Ein Ausritt …«, sagte sie und trat einen Schritt zurück. »Ich möchte Ihnen mein Paradies zeigen.« Sie lachte ein wenig kiebig.
Verblüfft nickte er.
»Morgen?«
Wieder nickte er. Er hatte in jedem Fall geplant, eine Nacht von *Hohenfels* fortzubleiben. Und er dachte, dass es gleich war, ob er hier oder dort in einem Gasthaus übernachtete.
»Ganz früh, bei Sonnenaufgang?« Wieder sah sie ihn an, sie prüfte ihn.
»Am Strand?« Jacob hatte beschlossen, sich auf das Spiel einzulassen.
Sie lachte. »Am Strand.«
»Ich werde da sein.«
»Dann sehen wir uns wohl.« Mit einem Satz saß sie wieder auf und trieb das Pferd an. »Passen Sie auf, dass Sie sich nichts tun.«
Sie preschte auf den Weiher zu, und mit einem gewaltigen Sprung setzte der Hunter über das Hindernis hinweg. Für einen Moment sah es so aus, als trete das große, kräftige Pferd ins Leere. Die Flanken zuckten, die schweren Hufe schienen zu rudern, dann war das Wasser sicher übersprungen. Matsch spritzte auf, und Sekunden später war das Pferd mit seiner Reiterin zwischen den Büschen verschwunden.

Kopfschüttelnd führte Jacob sein Pferd um den Tümpel herum, erst dann stieg er auf und folgte dem Pfad, den die Baroness eingeschlagen hatte.
Was hatte sie ihm nur beweisen wollen?

Neun

Der Regen war stärker geworden, ein zäher Landregen, der den Hunden die Fährte verwässerte. Die Feldwege verwandelten sich in rutschige Pfade, die Reiter mussten das Tempo drosseln, und so war der Fuchs tatsächlich entkommen. Trotzdem endete die Jagd mit einem ausgelassenen Umtrunk auf dem Gut. Sie kehrte spät nach *Sophienlund* zurück.
Ella genoss das Gefühl, nach Hause zu kommen. Als sie mit dem Knecht, der sie begleitet hatte, auf das Herrenhaus zuritt, spürte sie jeden Knochen in ihrem müden Körper. Das letzte Licht, schon mit den blauen Schatten der Dunkelheit durchtränkt, umhüllte das Gutshaus wie eine Draperie, in deren Faltenwurf sich das Flüstern der Nacht verbarg. Doch durch die Fenster schimmerte warmes Licht, und Ella freute sich darauf, noch einen Moment mit dem Vater über die Jagd zu sprechen. Gewöhnlich wartete der Baron in seinem Arbeitszimmer auf seine Tochter, wo er versuchen würde, sie zu einem Glas Rotwein zu überreden.
Nachdem Ella das Pferd den Stallburschen übergeben hatte, stiefelte sie durch die Küche in die Halle. Auf dem blank gescheuerten Tisch in der Vorratskammer entdeckte sie noch einen Teller mit Resten des Abendessens. Sie nahm sich ein Stück Brot und eine Scheibe kalten Braten, die sie sich gierig in den Mund stopfte, und aß im Gehen. Als sie die Tür zum Kabinett, wie der Vater sein Refugium bezeichnete, erreicht

hatte, schluckte sie den letzten Bissen hinunter und wischte mit dem Handrücken über den Mund. Der Baron konnte es nicht leiden, wenn man das Essen hinunterschlang. Die Franzosen waren ihm ein Vorbild. Ein förmlich gedeckter Tisch und eine üppige Speisenfolge, die er mit den Schätzen seines Weinkellers bereicherte, waren ihm heilig.

Ella klopfte und wartete, bis sie die Stimme des Vaters hörte. Der Baron saß an seinem Schreibtisch, ein mächtiges Möbel aus Eichenholz, dessen Platte mit dunklem Leder überzogen war. Die kannelierten Tischbeine endeten in Messingfüßen, die wie Klauen geformt waren. Auch der Stuhl mit hoher, geschnitzter Lehne und Armstützen, die sich zu Drachenköpfen auswuchsen, war eindrucksvoll. Die Stücke stammten noch aus dem Besitz von Ellas Urgroßvater, und wenn man ihnen Aufmerksamkeit schenkte, erzählten sie Geschichten. Die Wände waren von hohen Bücher- und Aktenschränken bedeckt, Andenken erinnerten an die Reisen des Hausherrn.

Erfreut blickte der Baron von seinen Papieren auf, die er im Licht der Petroleumlampe studierte. Ella erkannte das Wappen des Kaisers, den schwarzen, nach links blickenden Adler, das einige Dokumente zierte.

»Neuigkeiten aus Berlin?« Sie drückte ihrem Vater einen Kuss auf die Wange und setzte sich an seine Seite. Die schlammbespritzten Stiefel versuchte sie, unter dem Stuhl zu verbergen.

»Das Übliche.« Baron von Carlsburg raffte die Papiere zusammen und legte sie in eine Mappe. Dann drehte er das Licht der Lampe herunter und lehnte sich zurück. »Kostenbewilligungen, Manöverpläne, Ankündigungen … Bismarck scheint auf einen Ausgleich der Mächte zu setzen. Ich denke, dass er alles dafür tun wird, das Kräftegleichgewicht aufrechtzuerhalten. Vielleicht gelingt es ihm, einen Bund zwischen Öster-

reich, Russland und dem Deutschen Reich zu schmieden.«
Sein Blick streifte Ellas verkrustete Stiefel, aber er schwieg.
»Ein Dreikaiserbund?« Ella fiel es noch immer nicht leicht zu begreifen, dass der preußische König nun Kaiser aller Deutschen war. Sie wusste, dass Wilhelm I. nicht Kaiser hatte werden wollen. Ihr Vater hatte berichtet, dass er noch einen Tag vor der Proklamation den Titel und die »Schmutzkrone« abgelehnt hatte, weil er ihn als Pro-forma-Beförderung ohne jede Machtbefugnis verachtete. Wilhelm von Preußen hatte sich immer als König von Gottes Gnaden verstanden. Wenn er aber Kaiser wäre, so hatte er getobt, sei er nicht mehr als ein Charaktermajor. Doch Wilhelms Sohn und der gewiefte Taktiker Bismarck hatten ihn dazu überreden können, den Titel anzunehmen.
»Hat der Kaiser dem Reichskanzler inzwischen verziehen?«
Der Baron nickte. »Das hat er wohl, auch wenn er ihm nicht vergessen hat, dass er nur zum Deutschen Kaiser und nicht zum Kaiser von Deutschland ernannt wurde.«
»Es war also doch ein Kuhhandel …«
Erstaunt sah Baron von Carlsburg seine Tochter an. »Ella!« Ein Tadel lag in seiner Stimme. »Wer sagt denn so etwas?«
Sie lachte. »Man hört das so – hier und da.«
Tatsächlich hatte es der Zustimmung der Bundesfürsten bedurft, um den Preußenkönig zum Kaiser ausrufen zu lassen. Dreiundzwanzig deutsche Fürsten, darunter drei Könige, mussten dazu gebracht werden, den Hohenzollern als Kaiser anzuerkennen. Als Bismarck es schließlich geschafft hatte, Bayern zu kaufen, und der bauwütige König Ludwig gegen eine Zahlung von dreißigtausend Goldmark jährlich sein Einverständnis gegeben hatte, stellte dieser noch die Bedingung, dass der künftige Titel nicht der eines Kaisers von Deutschland sein dürfe. Wilhelm wollte aber gerade diesen Titel. Von

den vielen Vorschlägen, die dann gemacht worden waren, setzte sich schließlich »Deutscher Kaiser« durch.

»Na, ein Funken Wahrheit ist ja auch daran.« Der Baron erinnerte sich an die Proklamation, die er im Spiegelsaal von Versailles miterlebt hatte. Was für eine Provokation! Im Herzen des besiegten Frankreichs riefen die Deutschen ihr Kaiserreich aus. Der Schwager des Kaisers, Großherzog Friedrich von Baden, hatte den heiklen Akt zu vollziehen. Da er nicht wusste, wie er den Kaiser ausrufen sollte, umging er das Problem und rief: »Seine Kaiserliche und Königliche Majestät Kaiser Wilhelm, er lebe hoch, hoch, hoch!«

»Ich sehe noch, wie der Kaiser nach der Proklamation von der Tribüne ging, ohne Bismarck eines Blickes zu würdigen. Er dankte lediglich den Generälen Moltke und Roon. Außerdem hat er bestimmt, dass die Familienmitglieder Königliche Hoheiten bleiben sollten.«

Auch Ella hatte die Berichte rund um die kaiserliche Familie verfolgt. Sie nickte zustimmend. »Was für ein Wirrwarr.« Müde fuhr sie sich über die Augen. »Aber dem Reich hat es doch nicht geschadet?«

»Im Gegenteil.« Ellas Vater stand auf und ging um den Schreibtisch herum, um Ella ein Glas Wein einzuschenken. »Nie hat es ein besseres Deutschland gegeben.«

»Aber es protestieren so viele Menschen – die Sozialisten …« Ella trank einen Schluck und merkte, dass der Alkohol sie noch müder machte.

»Ach, die fordern doch Unmögliches. Und das wissen sie auch. Die absolute Gleichheit von Mann und Frau … Wir können uns doch nicht über die Schöpfung erheben.« Der Baron war an den Schreibtisch zurückgekehrt, setzte sich jedoch nicht, sondern lehnte sich gegen den Stuhl. »Bismarck ist ein Bündnis mit den gemäßigten Liberalen eingegangen, er setzt

Reformen durch. Man muss ihn nicht lieben, aber man muss ihn achten und ihm Zeit geben. Ich meine, er ist der klügste Politiker, den Deutschland je hervorgebracht hat.«

Vor vielen Jahren war der Reichskanzler, damals noch Ministerpräsident von Preußen und Kanzler des Norddeutschen Bundes, zu Besuch auf dem Gut gewesen, um mit dem Baron über die Interessen der Junker zu sprechen. Ella erinnerte sich an einen beeindruckend großen, fast kahlen Schädel und kräftige Hände, die nie stillzustehen schienen.

»Dann kann ich ja beruhigt zu Bett gehen.« Sie nahm noch einen tiefen Schluck und merkte, wie der Wein sie in eine friedliche Stimmung versetzte.

»Wie war die Jagd?« Aufmerksam musterte der Vater ihr Gesicht. »Habt ihr den Fuchs gestellt?«

»Es waren zwei, Fuchs und Fähe. Nein …«, sie schüttelte den Kopf. »Sie sind entkommen, obwohl die Meute sie einmal fast erwischt hat. Das Wetter … Der Regen war dann doch zu stark. Die beiden Räuber hatten einfach Glück.«

Glück. Der Freiherr schien dem Klang des Wortes nachzuspüren. »Glück – was ist das schon? Vielleicht war es ein glücklicher Zufall, nicht mehr.« Liebevoll strich er Ella über die Wange. »Gute Nacht, min Deern.«

Gemeinsam verließen sie das Arbeitszimmer und stiegen die stillen Treppen hinauf – vorbei an den ausdruckslosen Mienen der Ahnen, die schon seit Stunden zu schlafen schienen. Ella fragte sich, wie viel Glück ihren Vorfahren in ihren mehr oder weniger bedeutsamen Leben wohl begegnet war.

Im Bett fiel Ella sofort in einen tiefen, ruhigen Schlaf. Sie hatte gedacht, dass die Gedanken an Jacob sie wach halten und sie sich aufgeregt hin und her wälzen würde. Doch sie hatte schon zuvor, auf dem Weg nach *Sophienlund*, jede mögliche Wendung ihrer Begegnung durchgespielt. Sie hatte gespürt,

dass er kommen wollte. Und er würde kommen, er hatte sich ja bereits in jeder Faser ihres Körpers festgesetzt. Kaum hatte sie sich das Nachthemd übergestreift und sich zwischen die Laken gerollt, fielen ihr die Augen zu.
Ella war vollkommen gelassen – als ob sie etwas Selbstverständliches erwartete. Sie dachte, dass die Tür zu ihrer Seele bereits sperrangelweit offen stand und Jacob nur durch sie hindurchmarschieren müsste. Und sie wusste, dass sie rechtzeitig aufwachen würde.
Als die Dämmerung sich in ihr Zimmer schlich, war sie bereits im Stall und sattelte ein Pferd.

Zehn

Ella führte den Rappen durch den Park hinunter zur Promenade. Dort saß sie auf. Sie überlegte, ob Jacob sich von ihr malen ließe. Ein offizielles Werk, ein Porträt, würde ihr die Gelegenheit geben, Jacob von Saalmuth einige Male sehen zu können.
Die Morgenluft war sanft und klar, das Wetter hatte sich gebessert. Die Wolken waren nach Westen abgezogen. Über der Ostsee begrüßte sie schimmerndes Rot, horizontale Streifen, die mit jeder Minute, die verstrich, intensiver leuchteten. Ein Fest der Farben.
Faszininiert beobachtete Ella das Schauspiel über dem Meer. Als der Farbrausch unerträglich wurde und sie die Augen abwenden musste, änderte sich das Licht. Wie ein Feuerball stieg die Sonne aus der brodelnden See, dann warf sie von einem Moment zum anderen ein höfliches, weißes Tageskleid über, als ob sie ihr flammendes Wesen vor der Welt verstecken müsste. Das Spektakel hatte nur wenige Minuten

gedauert, trotzdem fühlte sie sich wie mit etwas Kostbarem beschenkt.

»Jetzt haben Sie den Sonnenaufgang verpasst«, sagte sie, als sie Jacob in ihrem Rücken hörte. Sie drehte sich um.

Jacob schüttelte den Kopf und wies auf die Promenade in ihrem Rücken. »Ich habe Sie beobachtet, wie Sie von Feuerzungen übergossen wurden, und habe mich gefragt, ob ich Sie retten müsste.«

Ella lachte.

Jacob ritt noch näher heran, fast stießen ihre Pferde zusammen, doch er neigte lediglich den Kopf, ohne sie zu berühren. »Zeigen Sie mir Ihr Paradies!«

Ellas Herz tat einen Sprung, und die Spannung übertrug sich auf ihr Pferd. Mit einem Satz galoppierte der Wallach an, und fort ging es durch den schweren, feuchten Sand.

Die Lage des Herrenhauses am Ufer der Ostsee, umgeben von Gärten, gerahmt von Wasser, Wiesen und dunklen Wäldern, bot den Anblick eines schwärmerischen Landschaftsgemäldes. Ella ritt voran durch die abgeernteten Getreidefelder, die den Gutshof umschlossen. Sie führte Jacob hinauf zu den Wirtschaftsgebäuden und Kornscheunen, zur Meierei auf dem Hügel oberhalb des Parks, zur Mühle, zu den Weiden für das Milchvieh, zum Gärtnerhaus und dem anschließenden Jägerhaus, zu den Höfen der Pächter und Wohnungen für die Knechte und Mägde und zur winzigen Kapelle, versteckt im Park.

»Ursprünglich besaß das Gut an die dreihundert Hektar«, erläuterte sie, als sie von Westen kommend wieder auf den Hof zuritten, wo sich der Flügelbau der Orangerie an das Herrenhaus anschloss. »In den letzten Jahren sind dann noch einmal fast zweihundert Hektar dazugekommen.«

»Die Geschäfte gehen gut?« Jacob schien beeindruckt.

Ella nickte. »Die Bevölkerung wächst, Milch und Getreide finden überall reißenden Absatz. Und unsere Milch ist die beste – fett und sahnig.«
»Können Sie sich vorstellen, dass viele Kinder in Berlin nur von wässrigen Hafersuppen leben?«
Wieder traf sie sein Blick ins Herz.
»Sie sind dünn und blass mit aufgeblähten Hungerbäuchen. Und jedes Fieber, jeder Husten fällt über ihre schwachen Körper her.«
»Wir tun doch nichts Falsches«, antwortete Ella betroffen. Sie fühlte sich angegriffen. Trotzig fuhr sie fort: »Wir bestellen unser Land. Wir sind Bauern – mit Leib und Seele. Und die Pächter hat schon mein Großvater von der Leibeigenschaft befreit. Wir helfen ihnen in allen Notlagen, wir sind großzügige Herren.«
Jacob ritt wieder an ihrer Seite, die Pferde waren in leichten Trab gefallen.
»Das war kein Vorwurf, Ella«, sagte er, und sie bemerkte, dass er sie zum ersten Mal mit ihrem Kosenamen anredete, mit dem man sie schon von Kindesbeinen an gerufen hatte.
»Es ist nur so schwer zu verstehen: Auf der einen Seite dieser Überfluss und dann die Not und Armut, die mich wirklich umtreibt und meine Seele trifft. Es sind die Verhältnisse, aber die Verhältnisse kann man verändern.«
»Was würden Sie tun? Wie wollen Sie das Leben der Arbeiter und Bauern denn verbessern?«
»Ach Gott, Ella. Sie wollen doch jetzt keine revolutionären Reden von mir hören?«
»Nur zu, wir sind unter uns. Ich werde Ihre Worte ganz bestimmt für mich behalten.«
Jacob sah sie zweifelnd an, er zügelte sein Pferd und griff nach ihrer Hand. »Mensch sein, Ella, das ist die Hauptsache. Wenn

ich träume, dann sehe ich, wie wir die Herrschaft des Kapitals abschaffen. Kein privates Eigentum an Produktionsmitteln mehr. Das Land, die Fabriken, die Maschinen – alles gehört dem Volk. Und dann: mehr Rechte für Arbeiter und Bauern. Das Recht auf Arbeit, Schulbildung, Gesundheit, Würde … Eine friedliche, klassenlose, sozialistische Gesellschaft und das Wahlrecht für jedermann – und für jede Frau.«

»Eine Revolution?« Ella schüttelte den Kopf. »Wie viele Deutsche wollen das? Wir haben so lange auf die Einheit gewartet, und jetzt wollen Sie schon wieder alles aufs Spiel setzen?«

»Sie werden sehen … Es mag noch viele Jahre dauern, vielleicht Jahrzehnte, vielleicht ein halbes Jahrhundert, aber die Kraft und die Empörung der Massen werden über die bestehenden Verhältnisse siegen. Der wichtigste Antrieb des Aufstands ist doch die Fähigkeit, sich eine bessere Gesellschaft vorzustellen!«

Jacob blickte zum Herrenhaus. »Es wird zu viel nach oben und zu wenig nach unten geschaut. Dieses satte, selbstgefällige Land schaufelt sich sein eigenes Grab.«

»Und wer soll dann regieren?«

»Das Volk, Ella. Eine freiheitliche, parlamentarische Regierung, eine sozialistische Republik.« Jetzt schüttelte Jacob den Kopf. »Verzeihen Sie mir mein Temperament. Aber die einfachen Menschen liegen mir am Herzen. Sie hätten mich nicht ermutigen sollen. Jetzt habe ich Sie erschreckt, und nun kennen Sie meine dunkle Seite.«

Er lachte, und dieses entwaffnend ehrliche, fast erleichterte Lachen enthüllte die Verletzlichkeit seiner Seele. »Vielleicht werden wir beide diese neue Zeit nicht mehr erleben, aber ich bin mir sicher, dass sie kommt.«

»Was sagen Ihre Eltern zu Ihren Ansichten?«

»Nichts. Sie sind schon lange tot. Meine Mutter starb kurz nach meiner Geburt. Ich bin in Berlin bei einer Tante aufgewachsen, die mich nicht aus Liebe, sondern aus Pflichtgefühl bei sich aufgenommen hat. Ich kann sie also gar nicht verletzen. Mein Onkel hat meine Ausbildung und das Studium finanziert. Er ahnt wohl, wie ich denke. Aber er spricht mich nicht darauf an. Solange ich nicht öffentlich zum Umsturz aufrufe … Er redet sich wohl ein, es handele sich um eine Schwärmerei. Und Sie … Sie haben mir ja versprochen, dass Sie schweigen.«

»Wie ein Grab …« Ella lachte, erleichtert ging sie auf seinen spöttischen Ton ein, der sie aufforderte, das Thema zu wechseln.

»Ich möchte Ihnen mein Atelier zeigen. Kommen Sie!«

Für einen Moment sah sie ein Zögern in seinen Augen, ein kurzes Verharren, als ob er sich etwas ins Gedächtnis rufen müsste.

»Ich würde Sie so gerne zeichnen«, flüsterte sie und bemerkte, dass ihre Stimme wieder belegt war. Heiser wie ein Rabenvogel.

Noch immer zögerte Jacob. »Ich werde nicht lange bleiben können.«

»Bitte …«, flüsterte sie und drückte seine Hand. »Das ist mein Paradies, mein Ort der Freiheit.«

Schließlich nickte er und folgte ihr zu den Stallungen. Sie ließen die Pferde dort, die Knechte würden sich um sie kümmern.

Es ging auf sechs Uhr zu. Auf dem Weg durch den Park bemerkte Ella, dass das Herrenhaus erwachte. Fensterläden wurden aufgestoßen, aus der Küche drangen die vertrauten Morgengeräusche. Der Duft nach frischem Brot und Kaffee durchzog den Garten.

»Ella, ich möchte Sie nicht kompromittieren.« Wieder zögerte Jacob. Unsicher blickte er sich nach der ernsten Fassade des Herrenhauses um.
»Niemand hat uns gesehen, und kein Mensch wird mir nachspionieren. Das Atelier ist mein Reich, ich kann dort tun und lassen, was ich will.« Sie zog den Schlüssel aus der Tasche und öffnete die Tür.

Als sie über die Schwelle traten, veränderte sich etwas. Der Geruch der Farben legte sich um sie, Alkohol- und Terpentindunst schärften ihren Blick füreinander. Neben das Sichtbare war etwas Unsichtbares getreten. Sprachlos betrachtete Jacob die Bilder, deren Mittelpunkt er war und die Ella – halb kokett, halb nachlässig – nicht zur Seite geräumt hatte.
»Das ist … beeindruckend.« Vorsichtig fuhr er mit den Fingerspitzen über die getrocknete Farbe, als spüre er den eigenen Konturen, seinem Wesen nach. Plötzlich schien er zu begreifen, wie sehr Ella sich in den vergangenen Wochen mit ihm beschäftigt hatte. Wie nah sie ihm gewesen war.
»Wie haben Sie …?« Er sah auf und begegnete ihrem Blick, entdeckte ihren Sehnsuchtspunkt, ihr unausgesprochenes Verlangen.
Ella hatte ihre Jacke abgelegt und die feinen Bahnen aus Musselin vor die Fenster gezogen, um das Morgenlicht abzumildern. Sie wollte nach ihrem Zeichenblock greifen, doch Jacob schüttelte den Kopf. Er schwieg. Sie maßen sich mit Blicken, lauschten ihrem Atem, in den sich der Gesang der Vögel mischte. Wortlos schoben sie jeden Zweifel zur Seite, die Angst vor dem nächsten Schritt, der jetzt unausweichlich war. Es war Jacob, der auf sie zukam, der jede Grenze überschritt. Sanft legte er seine Hände auf ihre bloßen Arme. Seine Berührung fühlte sich richtig an, bestimmt und sicher, so als wüsste

er, was er zu tun hätte. Doch als ihre Gesichter sich einander näherten, spürte sie, dass er aufgeregt war. Für einen Moment dachte sie, dass er sich abwenden oder sie abweisen würde. Dann schmeckte sie seinen Mund – Moos, Salbei und etwas Salziges.

Sie zögerte kurz, ließ von ihm ab, doch er zog sie wieder an sich, fester noch. Sie küssten sich erneut, vergaßen zu atmen, und eine Welle von Selbstvertrauen und Dankbarkeit flutete sie. Mutig spielte Ella mit seiner Zunge, sie öffnete sich ihm, gab nach, ganz und gar. Alles floss von ihr, ihre Kleider sanken wie schwerelos zu Boden, sie merkte es nicht, hörte nur diesen seltsamen Laut, der aus seinem Innersten kam und in sie einzudringen schien. Sein Seufzen klang ungeduldig und machte sie ebenso ungeduldig. Hastig drängte er sie in die Ecke zum Diwan. Sie küsste ihn, zerrte an seinen Kleidern, ließ sich fallen und riss ihn mit sich. Sein Körper lag schwer auf ihr, sie stießen mit den Köpfen aneinander, lachten und küssten sich erneut. Vorsichtig fuhr sie mit den Händen über seinen nackten Rücken. Zum ersten Mal spürte sie fremde Haut, so nah, so nah … Ein Körper, der sich an ihrer Blöße rieb, etwas Fremdes, das sich mit ihrem Wesen vereinigte, verschmolz. Das Gefühl war überwältigend, hilflos schnappte sie nach Luft.

Es schien kaum möglich, dass in diesem Moment noch eine Welt außerhalb des Ateliers existierte. Dass das Leben auf dem Gut seinem unabänderlichen Rhythmus folgte. Es gab nur noch dieses allumfassende Gefühl, Haut auf Haut. Ihr Wissen war gering, sie wusste nur aus verschämten Erzählungen, den Andeutungen in Romanen und Gedichten, was zu tun war. Aber sie wusste, dass sie es wollte. Wieder küsste sie ihn, tiefer noch, wenn das überhaupt möglich war, und diese Küsse veränderten etwas, forderten ihn heraus. Zwischen den

Küssen suchte er ihren Schwerpunkt, hob sie an, und sie kam ihm entgegen, während er ihr in die Augen sah.
Sie hatte überhaupt keine Erfahrung. Wortlos hob sie ein Bein und legte es über ein Polster. Sie schuf Platz für ihn, unbeholfen. Als er bei ihr war, entsprach sein wagemutiger Blick ihrem Empfinden. Doch es gab nun nichts mehr, das sie hielt, und sie konnten nichts anderes tun, als sich aufeinander zuzubewegen – heftig und ausweglos.

Elf

Irgendwann hatte Ella sich aus seiner Umarmung gelöst. Jacob lag noch auf der Seite, sie dachte, dass er schlief. Seine Augen blieben geschlossen, als sie sich leise anzog. Sie huschte zur Tür hinaus und lief über den Rasen zum Herrenhaus.
In der Küche empfing sie morgendliche Geschäftigkeit. Ella ließ sich eine Schale heißer Milch mit wenig Kaffee bringen, so, wie sie es liebte. Unbemerkt steckte sie zwei Hörnchen in die weiten Taschen ihres Malkittels, den sie über den Reithosen trug. Dann naschte sie aus der Schale mit Erdbeeren.
Freundlich nickte sie den Köchinnen zu, doch es fiel ihr schwer, ihre Aufgeregtheit hinter einem harmlosen Morgengesicht zu verbergen. Ella war froh, dass Greta nicht im Raum war. Ganz bestimmt hätte sie ihr angesehen, dass etwas Ungeheuerliches geschehen war. Dass sich alles, alles, alles verändert hatte – in der vergangenen Stunde und den Armen des Geliebten.
Alles war vollkommen. Ella fühlte sich wie ausgewechselt, frei. Sie hatte sich aus den Fängen der kindlichen Verspieltheit befreit, jede Scham und Scheu abgelegt. Ihr Körper bebte, die Haut glühte. Sie glaubte, einer Blume zu gleichen, deren Blüte endlich aufgesprungen war.

Und es war ihr ernst. Was für eine Entdeckung war die Liebe, das Körperliche, Sinnliche. Die Vereinigung zu einem einzigen rauschhaften Glücksstrudel, der Gleichklang ihres Wollens und Begehrens. Es schien, als habe sich der Klang, die Farbe ihres Körpers verändert. Ella fühlte sich strahlend, schön, erfüllt und unsagbar aufgeregt. In weiten Sprüngen überquerte sie den Rasen, der Kaffee schwappte aus der Schale. Übermütig bellend sprang Jago neben ihr her.
Vor dem Atelier legte sie einen Finger auf die Lippen. Jago blickte sie aufmerksam an, so als ob er verstand. Gehorsam setzte sich der Hund, dann faltete er seinen riesenhaften Körper zusammen, bis er quer wie ein Hindernis vor der Tür lag. Vorsichtig schlüpfte Ella zurück in den Kokon ihrer Liebe.
»Da bist du …«
Jacob hatte sich aufgesetzt. Er war noch nackt, sein bloßer Körper rührte sie.
»Komm!« Sehnsüchtig streckte er seine Arme nach ihr aus, doch sie schüttelte den Kopf. Sie konnte nicht anders, sie musste ihn zeichnen. Mit einem Kuss wechselte der Kaffee in seine Hände, und Ella griff nach einem Block. In rascher Folge warf sie Skizzen aufs Papier, noch nie war es ihr so leichtgefallen, den Körper eines Mannes zu bändigen.
Vor dem Hintergrund der Liebe machte die männliche Anatomie endlich Sinn. Das beunruhigend Physische, die Kraft der langgestreckten Muskeln, das Geschlecht … Ella hatte früher immer gedacht, dass dem männlichen Akt die Vollkommenheit des weiblichen Körpers fehlte. Wie sollte der panzerhafte Torso eines Mannes auch gegen die sanfte Makellosigkeit einer weiblichen Brust bestehen? Wie die provokant hervorstechende Männlichkeit gegen den verborgenen Schatz der weiblichen Scham? Doch jetzt entschlüsselte das Begehren ihr den geheimnisvollen Reiz. Nun war sie eine Wissende.

Jacob bemerkte ihr Schmunzeln. »Du machst dich lustig über mich.« Er stand auf, kam auf sie zu, umarmte sie, bis ihr der Block aus den Händen glitt. Nach einem tiefen Kuss wanderte sein Mund an ihr Ohr.

»Ich muss gehen.«

»Wann sehen wir uns wieder?« Ella schmiegte sich an ihn, noch immer glühte sein Körper wie ein Kohleofen. Ihr Herz schlug in wilden Stößen.

»Ich weiß nicht, wie lange ich noch auf *Hohenfels* bleiben kann.«

»Du musst zurück nach Berlin?«

Einen Moment lang schwieg Jacob. Dann löste er sich von ihr und bückte sich nach seinen Hosen. »Es kann sein, dass ich Deutschland für eine Weile verlassen muss.«

Ella verstand, doch sie wollte nicht begreifen. »Du verreist? Ich dachte, du wolltest dich um deine Hinterhofkinder kümmern?«

Jacob lächelte wehmütig. »Meine Hinterhofkinder ...« Er streifte sich das Hemd über und schloss die Knöpfe. »Sie werden sich eine Zeitlang ohne meine Hilfe durchschlagen müssen.«

»Ich verstehe nicht ...« Ella schüttelte ungläubig den Kopf. Wie gelähmt ging sie in die Knie, um ihren Block aufzuheben. Zärtlich zog Jacob sie wieder in seine Arme. »Ella«, flüsterte er, und noch nie hatte jemand ihren Namen so betont, wie er es tat. *El-la ... El-la ...* Es klang wie *Stella* – Stern. »Sie suchen mich. Die Regierung verfolgt jede freiheitliche Regung scharf. In Berlin sind schon wieder Genossen verhaftet worden, man wirft ihnen Verrat vor. Verrat!« Seine Stimme überschlug sich empört. »Wir versuchen den Ärmsten der Armen zu helfen, den Kindern. Das versteht man hierzulande also unter Verrat.«

»Wie hast du davon erfahren?« Immer noch wollte Ella an ein

Missverständnis glauben, an einen üblen Scherz. Sie hatte sich doch schon in Berlin gesehen – ein Spaziergang über die prächtigen Boulevards der Stadt. Und ein Blick in die Wohnküchen der Armen. Nein, mehr als nur ein Blick … Sie hätten gemeinsam gegen Hunger und Krankheiten kämpfen können. Gewiss ließe sich das fette Milchgeld in nahrhafte Suppen und Medikamente für die Kinder verwandeln. Ella hätte ihren Vater schon überzeugen können. Außerdem verfügte sie über ein eigenes, kleines Vermögen. Ihre Großmutter hatte ihr vor einigen Jahren Münzen und Schmuck vererbt.

»Die Genossen haben mich gewarnt. Als ich aus Berlin abgereist bin, war die Situation angespannt. Einige Freunde lebten schon im Untergrund, aber mich hat mein Name, dieses vermaledeite *von Saalmuth*, geschützt. Und der Geldbeutel meines Onkels.«

»Dann verhalte dich ruhig. Geh in Deckung! Du bist doch ein Fuchs, sie werden deine Fährte verlieren. Ich kann dir helfen.«

»Ach Ella …!« Wider Willen lächelte Jacob. »Ich will dich nicht gefährden. Und ich will mich nicht verstecken. Das bin ich nicht.«

»Aber wenn du im Gefängnis sitzt, wirst du niemandem helfen können. Deine Kraft liegt doch in deiner Präsenz. Deine Überzeugung, deine Stimme und Ausstrahlung … Die Menschen werden dich lieben. Sieh doch nur, wie du mich in deinen Bann gezogen hast.«

Er zog ihre Hand an seine Lippen und küsste sie. »Komm her!«, sagte er bestimmt und zog sie auf den Diwan zurück. Wieder küsste er sie, dann rückte er ein wenig von ihr ab, als wolle er Distanz schaffen. »Ich hätte nicht hierherkommen dürfen, Ella.«

Sie schüttelte den Kopf und versuchte, ihn wieder an sich zu ziehen. Doch Jacob widerstand ihrem Drängen.

»Du hast mir schon so viel gegeben, Ella. Ich hätte es nicht so weit kommen lassen dürfen.« Unbestimmt wies er in den Raum, und Ella spürte, dass die Geste das Geschenk ihrer Hingabe umschrieb. »Ich bin ...« Er zögerte, suchte nach Worten. »Ich bin dein erster Mann gewesen, und ich wünschte, ich wünschte ...«

»... dass du verzichtet hättest?« Sie drehte sein Gesicht mit den Fingerspitzen zu sich, berührte seine Lippen. »Du hättest dich immer gefragt, wie es gewesen wäre«, flüsterte sie. »Wie wir gewesen wären. Du hättest mich nie vergessen können.«

»Ich werde dich nicht vergessen. Niemals. Und ich wünschte, ich könnte bei dir bleiben. Nein, ich wünschte, ich könnte dich mit mir nehmen. Aber ich darf dich nicht aus deinem Paradies entführen, das wäre selbstsüchtig und niederträchtig. Du gehörst hierher, *Sophienlund* ist dein Leben. Es muss genug sein.«

»Wohin wirst du gehen?« Ella stiegen die Tränen in die Augen. Schnell wandte sie den Kopf ab. Sie hatte begriffen, dass Jacob nicht auf eine Vergnügungsreise ging. Vielleicht würden sie sich für lange Zeit nicht sehen können.

»Nach Australien.«

Australien! Nur langsam sickerte die Ungeheuerlichkeit in ihr Bewusstsein ein. Meinte Jacob wirklich Australien ... Australien? Ein unbestimmtes Bild von öden Wüstenlandschaften kam ihr in den Sinn. Wilde, die in der Steppe lebten. Brutale, primitive Siedler in derber Kleidung aus Kängurufellen – die Nachkommen der britischen Strafgefangenen.

Ella wirbelte herum, atemlos, ihre Stimme überschlug sich, sie schnappte nach Luft. »Das ist das Ende der Welt.«

»Ja, es ist weit weg, mehr als zehntausend Seemeilen, um genau zu sein. Aber es ist nicht das Ende der Welt. Im Gegenteil, es ist eine neue Welt.«

»Aber warum Australien? Warum nicht England? Oder wenigstens Amerika? Nordamerika? Willst du dich selbst bestrafen? Wofür das alles?«
Ella konnte nicht anders, sie sprang auf und begann, im Atelier auf und ab zu gehen. Sie kannte die Auswanderer-Geschichten, die Zeitungen waren voll von ihnen. Doch die meisten Aussiedler zog es über den Atlantik nach Amerika. Nordamerika, Kanada und bisweilen auch der Süden des Kontinents waren das Ziel der deutschen Emigranten. Seltener verschlug es die Glückssuchenden nach Afrika. Die britischen Kolonien in Australien jedoch waren erst im Zuge der jüngsten Goldfunde für einige Abenteurer interessant geworden.
»Willst du dein Leben etwa auf den Goldfeldern riskieren?« Sie funkelte ihn ungläubig an und wartete auf eine Erklärung. »Willst du all deine Begabungen hinter dir lassen und Schafe scheren?« Sie lachte hysterisch auf.
»Ella, bitte … Lass mich doch zu Wort kommen.« Jacob versuchte, sie mit einer Umarmung zu beruhigen, doch sie riss sich wieder los.
»Ich verstehe dich nicht«, murmelte sie hilflos.
»Ein Bruder meiner Mutter ist vor mehr als zwanzig Jahren nach Melbourne ausgewandert. Inzwischen besitzt er eine Farm im Hinterland, es geht ihm gut. Hier, lies selbst!« Jacob reichte ihr einen zerknitterten Brief, den er aus seiner Hosentasche gefischt hatte.
Ella schüttelte den Kopf und wischte ihm das Papier aus der Hand. Es segelte zu Boden. »Ich will es von dir hören«, sagte sie, und ihre Stimme zitterte vor Aufregung.
»Ja, vielleicht ist es Abenteuerlust …« Trotzig funkelte er sie an, doch dann stahl sich der warme Glanz wieder in seine Augen. Er schwieg, trat auf sie zu. Schließlich gelang es ihm, sie

wieder in seine Arme zu schließen. Ella spürte, dass sie am ganzen Körper zitterte. Alles Glück, der überwältigende Farbrausch, den sie eben noch geradezu körperlich gespürt hatte, war zerbrochen und hatte sich zu schrecklicher Enttäuschung gewandelt. Wie schwarze Tinte breitete sich ein dunkles Loch in ihrem Innersten aus.

»Der wilde Kontinent zieht mich an«, fuhr Jacob leise fort. Seine Stimme hatte etwas Beschwörendes. »Die ungezügelte, zum Teil noch unerforschte Natur und eine Gesellschaft, die aus den Nachkommen von Strafgefangenen, Abenteurern und Goldsuchern besteht. Ella, dort scheint sich tatsächlich eine freiere, klassenlose Gesellschaft heranzubilden.«

»Deine Flucht dient also dem Sozialismus?« Ella wollte nicht bitter klingen, doch sie konnte nicht anders reagieren. »Denkst du, du könntest deine Erkenntnisse aus diesem gesellschaftlichen Experiment später auch auf Deutschland übertragen?«

»Ella, ich bin kein Narr. Aber inzwischen gibt es genug Deutsche, die in Australien leben. Es sind Menschen aus den unteren Ständen, Kleinstbauern, Handwerker, Heuerleute, Einlieger und nachgeborene Bauernsöhne mit ihren Familien. Menschen, die bei uns keine Chancen haben.« Ein versöhnlicher Kuss landete auf Ellas Stirn. »Die Zahl der Auswanderer steigt doch deshalb so dramatisch an, weil die unteren Schichten immer weiter verarmen. Und die größte Zahl der Auswanderer geht mit der ganzen Familie nach Übersee. Das heißt, es werden auch Ärzte in Australien gebraucht. Dort kann ich wertvolle Erfahrungen sammeln – in meinem Beruf und für eine neue Gesellschaftsordnung. Und dort bin ich frei – frei in meinem Denken und Handeln.«

Ella schluchzte auf, sie lehnte sich gegen Jacob, drückte ihr Gesicht gegen seine Brust. Sie wollte nicht, dass er ihre Tränen sah. *Haltung.*

Du musst ihn verstehen!, hämmerte die innere Stimme der Vernunft gegen ihre Schläfen.
Du liebst ihn, und er wusste, dass er dich verlassen muss, flüsterte das Herz. Er hat deine Gefühle missbraucht. Du bist ihm wie ein naives Ding in den Schoß gefallen. Hättest du dich ihm hingegeben, wenn er ehrlich gewesen wäre?
»Wann fährst du ab?« Ella räusperte sich, plötzlich konnte sie ihre Stimme wieder kontrollieren. Sie rückte von ihm ab, straffte die Schultern. Das Tintenloch in ihrem Bauch hatte sich inzwischen mit Eis gefüllt, die Kälte kroch in alle Winkel ihres Körpers. Ellas Stimme war heiser, wie mit Reif belegt.
Jacob bemerkte die Veränderung. »Das nächste Schiff nach Melbourne geht Ende kommender Woche von Bremerhaven ab. Ich habe mich erkundigt, es sind noch Plätze frei.«
»Hast du Geld?«
Er nickte. »Geld und Papiere. Solange man mich noch nicht öffentlich sucht, wird die Ausreise kein Problem sein.«
»Dann geh!«
Seine großen, dunklen Augen forschten in ihrem Gesicht nach einer Erklärung.
Ella wich seinem Blick aus und versteckte die zitternden Hände in den Taschen des Malkittels. Die Hörnchen hatten sich inzwischen in einen Teigklumpen verwandelt. Sie durfte nicht zulassen, dass Jacob ihren Stolz ebenso aufweichte. Haltung!, klang die Stimme ihres Vaters beschwörend in ihrem Kopf. Du bist doch eine von Carlsburg.
Jacob zog seine Reitjacke über und griff nach seinen Stiefeln. Es tat ihr weh, ihm dabei zuzusehen, doch sie rührte sich nicht.
»Wenn ich weiß, wann ich fahre, komme ich zurück und verabschiede mich von dir.«
»Wie du meinst.« Sie schwieg, ging zur Tür und hielt sie für ihn auf. »Du findest den Weg zu den Ställen?«

Jacob nickte und sah sie hilflos an. »Danke, Ella«, sagte er und ließ offen, ob er sich für ihre Hingabe oder ihre Contenance bedankte. Noch einmal beugte er sich über sie, um sie zu küssen, doch Ella drehte den Kopf zur Seite, und der Kuss rutschte auf die Wange.

»Jago, *allez* …« Die Dogge hatte sie bereits mit aufgestellten Ohren beobachtet. Jetzt sprang sie auf und gab die Tür frei. Jacob lächelte kurz und tätschelte den Hund. Noch einmal drehte er sich zu Ella um. Ein langer Blick, ein Strom von Gedanken, der zu ihr drängte, dann riss er sich los und ging. Einen Moment lang schaffte Ella es, Jacob nachzublicken. Sie sah noch, wie er die Hand hob, ein unmerkliches Winken, leicht und aus dem Handgelenk. Ein letzter Gruß, dann verschwand er zwischen den Bäumen. Als Jago sich zwischen ihren Beinen hindurchdrängte und auf den Diwan sprang, bemerkte sie, dass sie weinte. Schluchzend schloss sie die Tür.

Zwölf

Bis zum Abend schloss Ella sich ein. Sie konnte niemanden ertragen. Nähe tat jetzt weh. Und es war ihr egal, was man auf dem Gutshof denken mochte. Doch niemand kam ins Atelier, um nach ihr zu sehen. Greta hatte sich inzwischen an ihre Launen gewöhnt. Und den Vater hatte sie erst am Vorabend von ihrem Wohlbefinden überzeugt.

Ella legte sich zu Jago auf den Diwan und vertraute der verschwiegenen Hundeseele ihren Kummer an. Geduldig lauschte die Dogge ihren Schluchzern, ab und zu stupste die Schnauze des Tieres gegen ihre Schulter – eine unbeholfene Zärtlichkeit.

Als die Tränen endlich versiegten, fütterte Ella den Hund mit den matschigen Hörnchen. Sie selbst trank den Rest des kalten Kaffees, essen mochte sie nichts. Dann begann sie, das Atelier aufzuräumen. Alle Bilder und Zeichnungen, die sie von Jacob gemalt hatte, verbannte sie aus ihrem Blickfeld. Die Leinwände schob sie hinter den Diwan und deckte sie mit einem Tuch ab, die Skizzen stopfte sie dagegen in eine Mappe. Das Papier raschelte. Noch einmal wanderten die Blätter durch ihre Hände, und Jacobs Blick, die darin schwingende Zärtlichkeit, brannte sich in ihr Gedächtnis ein. Die Zeichnungen waren wie beseelt. Ella wusste, sie hatte nie etwas Besseres gezeichnet, trotzdem wollte sie die Porträts nicht mehr sehen.

Als sie sich nach den Papieren bückte, die unter den Tisch gefallen waren, bemerkte sie, dass Jacob den Brief seines Onkels vergessen hatte. Unschlüssig hielt sie den Bogen, der schon viele Male gefaltet worden war, in den Händen. Sie strich über das brüchige, weiche Papier. Was sollte sie damit tun?

Durfte sie den Brief öffnen? Sie dachte, dass Jacob ihr angeboten hatte, das Schreiben zu lesen. Trotzdem zögerte Ella einen Moment, bevor sie das Blatt vorsichtig auseinanderfaltete und ratlos auf die fremde Schrift starrte. Doch als sie begonnen hatte zu lesen, konnte sie nicht mehr aufhören. Die Zeilen des Auswanderers eröffneten ihr eine fremde Welt.

Jacobs Onkel schien sein Glück gefunden zu haben. Er schrieb von seiner Farm und dem Land, das er erworben hatte. Die Deutschen waren in Australien willkommen, offensichtlich schätzte man dort ihren Fleiß und ihren Willen, sich eine eigene Existenz aufzubauen. *Wenn die Deutschen in Australien an Land gehen,* las Ella, *bleiben sie erst einige Nächte in Melbourne, danach ziehen sie weiter. Lange Zeit hört man nichts von ihnen, doch nach zwei oder drei Jahren spuckt das*

Buschland sie wieder aus. Meist geht es ihnen gut. Alle sind wohlgenährt, ordentlich gekleidet, und die ganze Familie macht ein fröhliches Gesicht.

Doch der Brief warnte auch davor, Deutschland voreilig und mit falschen Hoffnungen zu verlassen: *Wer sich auf seinen Geist verlässt, auf eine kaufmännische Ausbildung oder künstlerische Tätigkeit hofft, wird scheitern,* hieß es. *Für junge Kaufleute, Künstler, Literaten ist, zumal wenn sie nicht mit robuster Gesundheit ausgestattet sind, gar keine Aussicht vorhanden.*

Und mehr noch, Jacobs Onkel führte einige Beispiele gescheiterter Existenzen an: *Es kommt vor, dass ein Pfarrer in Australien Schafe hütet, Doktoren der Medizin statt des Seziermessers das Schlachtmesser führen und Apotheker als Maurergehilfen Kalk löschen und Mörtel einrühren. Vor einiger Zeit begegnete ich einem ehemaligen Leutnant, er trug einen Bauchladen vor sich her und bot Bonbons, Seife und verschiedene Toilettengegenstände an.*

Erschrocken las Ella diese Passage noch einmal. Dann ließ sie den Brief sinken und blickte hinaus in den Garten. Es war später Nachmittag geworden, das Herrenhaus warf lange Schatten auf die Rasenflächen.

Der Brief war fast sieben Jahre alt, im Oktober 1865 war er aus Australien abgeschickt worden. Sie dachte daran, dass Jacob seine Hoffnungen auf diese widersprüchlichen Zeilen gründete. Wollte auch er als Schlachter enden, Wolle sortieren oder Zuckerstangen verkaufen? Waren das die Erfahrungen, die er dort unten sammeln wollte? Unter der sengenden australischen Sonne würde sein rebellischer Geist vertrocknen, sein Verstand verkümmern. Er wäre nicht mehr als ein beliebiger Handlanger. Eine Krämerseele.

Ella faltete den Brief zusammen und legte ihn unter einen

Stein auf das Regal. Wenn ihre Gefühle ihn schon nicht umstimmten, vielleicht konnte sie ihn mit Argumenten überzeugen. Mit Fakten und der unumstößlichen Macht des Wissens. Sie wusste, dass sie Informationen sammeln müsste, möglichst schnell, denn Jacob würde bald zurückkehren. Er hatte versprochen, sich von ihr zu verabschieden. Vielleicht könnte sie ihn doch noch zum Bleiben überreden.

Es kostete Ella Anstrengung, in ihr altes Leben zurückzukehren und sich den Alltäglichkeiten auszuliefern – auch wenn sie es erst vor wenigen Stunden verlassen hatte. Sie fühlte sich wie ein Pferd, das man in vollem Galopp gezügelt und zurückgerissen hatte. Es schien ihr, als wäre sie gegen eine Wand gelaufen. Ihr Kopf schmerzte, jeden klaren Gedanken musste sie sich mühsam erkämpfen, und die Tränen brannten immer noch in ihren Augen. Doch am Abend erschien sie, ganz Tochter und scheinbar gut gelaunt, zum Abendessen mit ihrem Vater.
Ella hatte sich umgezogen und die Haare sorgfältig aufgesteckt. Kaltes Wasser, ein Hauch von Farbe auf den Wangen, die sie ihrer Pastellkreide verdankte, und einige Spritzer eines frischen Eau de Toilette gaben ihr Halt.
Erstaunt registrierte der Baron den Auftritt seiner Tochter. »Du siehst ganz wunderbar aus.« Er begrüßte sie mit einem Kuss. »Als ob … Na …« Er fächelte die unausgesprochenen Worte mit den Händen davon. Der Gedanke an ein Rendezvous versteckte sich wieder in den abgelegenen Winkeln seiner Erinnerung.
Der Abend war lau, Greta hatte den Tisch auf der Terrasse decken lassen. Mit einem forschen »Guten Appetit!« ließ sie Vater und Tochter allein.
Ellas Blick verlor sich im Garten. Zu ihren Füßen umarmte der dunkle Park den Rasen, ab und zu durchbrach der Abend-

gesang einer Amsel die Stille. Sie griff zu ihrem Löffel. Die Suppe dampfte und verbreitete ein feines Aroma. Ella roch Gretas Gartenkräuter, doch sie verspürte keinen Appetit. Noch immer dehnte sich das schwarze Loch in ihrem Inneren aus, und ihr Magen war wie zugeschnürt. Bis hinauf zur Kehle schwappte die Tinte.

Der Baron sprach über die Ernte, noch immer war nicht alles eingefahren. Ella kämpfte, Kartoffeln, Braten und Gemüse erschienen ihr wie ein unüberwindbares Hindernis. Unauffällig schob sie das Essen auf dem Teller hin und her, ab und zu wanderte etwas davon unter den Tisch, wo Jago sich darüber hermachte.

Nach dem Dessert zog Ella eine Zeitung hervor, die sie in den Gesinderäumen gefunden hatte. »Was hältst du davon?« Sie wies auf eine Anzeige, die für Schiffspassagen nach Übersee warb.

»Reklame?« Der Baron griff nach dem Blatt und las den Text, der eine bequeme Dampfschiffverbindung von Hamburg nach New York anpries. »Na, die Reedereien verdienen sich dumm und dämlich an den Träumereien der Auswanderer.« Er reichte ihr die Zeitung zurück. »Sie profitieren von der Naivität dieser Menschen.«

»Sind sie wirklich so naiv?« Ella hielt dem argwöhnischen Blick ihres Vaters stand.

»Ein Land, in dem Milch und Honig fließen, wird man auch in Übersee nicht finden«, antwortete er trocken. Ernst fuhr er fort: »Es wird sicherlich Auswanderer geben, die dort ihr Glück machen. Aber das ist die Ausnahme. Auch in Amerika muss man hart arbeiten, um sich sein Brot zu verdienen. Und kein Agent, kein Reeder wird über das Schicksal der Gescheiterten sprechen, die noch ärmer als zuvor wieder zurückkehren. Dabei gibt es viele, die alles verlieren.«

»Kennst du Zahlen?« Ella hoffte, dass der Vater ihr Interesse für das Schicksal der Auswanderer auf ihr plötzlich erwachtes politisches Bewusstsein schob. Unter dem Tisch leckte Jago ihr die Hände.

Der Baron dachte nach. »Na, es werden wohl so um die einhunderttausend Deutsche sein, die jährlich das Reich verlassen. Die meisten zieht es nach Nordamerika. Nach dem Ende des Amerikanischen Bürgerkriegs sind die Zahlen jedenfalls wieder angestiegen.«

»Und nach Australien?«

»Du lieber Gott, Ella! Australien …! Einige hundert nur, vielleicht tausend im Jahr. Die lange Schiffsreise und die teure Passage schrecken die meisten ab.«

»Wie steht der Kaiser dazu?«

Jetzt kniff der Baron die Augen zusammen und fixierte seine Tochter. Sie konnte förmlich sehen, wie die Gedanken in seinem Kopf Wellen schlugen. »Was soll das, Ella? Woher hast du überhaupt dieses Blatt? Und warum interessierst du dich für die Auswanderer?«

Ella schüttelte den Kopf und lächelte unschuldig. Unter dem Tisch kraulte sie unablässig Jagos weiche Ohren. »Na, im Dorf hört man doch ab und zu von einem, der jemanden kennt, der wiederum jemanden kennt, der Deutschland verlassen hat. Immer sind es die unglaublichsten Geschichten, und jedes Mal finden die Glücklichen einen Topf mit Gold in Übersee.«

Ellas Vater gab sich mit dieser Erklärung zufrieden. Ärgerlich schüttelte er den Kopf. »Hör um Gottes willen nicht auf diese Geschichten, die das Leben in Amerika oder Australien verherrlichen. Das ist alles Unsinn. Blanker Unsinn. Dumm Tüch … Wenn du genauer nachfragst, wirst du feststellen, dass die meisten nur vom Hörensagen sprechen oder dass es sich um verkappte Agenten handelt, die für die Schiffsexpedienten arbeiten und Provision kassieren wollen.«

Ella nickte. »Und der Kaiser, was hält er davon? Ist es überhaupt erlaubt, das Reich zu verlassen?«

Bedächtig nickte ihr Vater, dann fuhr er sich mit den Händen durchs Haar. »Der preußische König hat es der Presse früher untersagt, Berichte von und über Auswanderer zu verbreiten. Und die Verleger haben sich daran gehalten. Aber nun verdienen die Hafenstädte viel zu gut an den Emigranten. Der Auswandererverkehr über See ist zu einem guten Geschäft geworden. Hamburg und Bremen haben sogar Konsuln nach Übersee entsandt. Die Auswanderung nach Australien wird inzwischen wohlwollend begleitet, um den Handel zwischen Deutschland und den Kolonien zu stärken.«

Ellas Vater seufzte. »Auch die Bedingungen auf den Schiffen sind besser geworden. Früher waren die Segler die reinsten Seelenverkäufer. Die Passagiere konnten sich glücklich schätzen, wenn sie das Ziel ihrer Reise lebend erreichten.«

Ella sah ihren Vater bestürzt an. »Wie meinst du das?«

»Ach, es gab da diverse Skandale und diplomatische Verwicklungen … Besonders auf den Schiffen nach Australien waren die Bedingungen katastrophal.«

Der Baron versuchte sich zu erinnern, wie seine gekrauste Stirn bewies. »Ich habe es noch in meinen Akten: Ende der fünfziger Jahre alarmierten ungewöhnlich viele Todesfälle die australischen Behörden. Und eine Untersuchungskommission kam zu dem Schluss, dass weder in Hamburg noch in Bremen die Unterbringung und die Versorgung der Passagiere mit Proviant und Trinkwasser ausreichend kontrolliert worden waren. Damals empfahl man der Kolonialregierung, die strengeren, britischen Bestimmungen auch auf deutsche Schiffe anzuwenden.«

»Und? Ist das auch geschehen?« Die schwarze Tinte in Ellas Magen schien sich zu einem Stein zu verklumpen.
»Die Städte taten sich schwer mit einer Antwort auf die Anschuldigungen. Dabei war es offensichtlich, dass die Reeder ihre Pflichten vernachlässigt und gegen alle Gesetze des Anstands und der Menschlichkeit verstoßen hatten. Nach langem Hin und Her vereinbarte man schließlich Maßnahmen, die den britischen Forderungen entgegenkamen und den Passagieren Erleichterung brachten.«
»Mehr Platz und bessere Verpflegung?«, fragte Ella.
Der Baron nickte. »Der den Auswanderern zustehende Raum unter Deck wurde von zwölf auf vierzehn Quadratfuß vergrößert, was natürlich lächerlich ist. Dieser Platz reicht keinesfalls aus, um die lange Fahrt in ständigem Kontakt mit Hunderten von zum Teil kranken Mitreisenden unbeschadet zu überstehen.«
Ella schüttelte sich. Sie wagte sich nicht vorzustellen, unter welchen Bedingungen die Auswanderer unter Deck hausen mussten.
»Und dann kommt es immer wieder zu sklavenähnlichen Verträgen, in denen sich die Emigranten ihren Dienstherren in den Kolonien für mehrere Jahre gegen geringen Lohn verpflichten.«
Der Baron sah seine Tochter streng an. »So schlimm kann es in Deutschland gar nicht sein, als dass man dieses Wagnis auf sich nehmen müsste. Und wie ich dir gestern Abend schon sagte: Bismarck muss Veränderungen durchsetzen. Und er wird es tun. Die sozialen Bedingungen werden sich in Deutschland zum Besseren verändern. Die meisten Regierungsbeamten wissen auch, dass sie das Wohl der Arbeiter und Bauern nicht länger vernachlässigen dürfen. Berlin erkennt, dass der Staat eine soziale Verantwortung für die Ar-

beiterschaft hat.« Er lächelte, als ob er ihre Gedanken lesen könnte. »Dafür wird keine Revolution notwendig sein.«
Einen Moment lang schwiegen Vater und Tochter. Ella beobachtete, dass die Augen ihres Vaters durch den Park wanderten und zwischen den Bäumen einen Blick auf die glitzernde See erhaschten. Zufrieden zündete der Baron sich eine Zigarre an und stieß den Rauch in kompakten Wolken aus.
Der Duft des Tabaks nach Holz, Leder und karibischen Aromen erinnerte Ella an die Nacht des Sternenballs. Sie dachte, dass sie an jenem Abend Jacobs Herzschlag gespürt hatte – noch bevor sie ihn überhaupt kennengelernt hatte. Unmerklich seufzte sie auf, mit der Serviette wischte sie sich über die Augen.
In diesem Moment drehte ihr Vater sich wieder um. »Ella, mein Liebling ...« Er hatte ihre Tränen bemerkt. »Du musst mir erzählen, was dich bedrückt. Sind es die Pächter? Gibt es Unruhe unter unseren Leuten?«
»Nein, nein ...« Ella schüttelte den Kopf, und es gelang ihr zu lächeln. »Ach, ich bin nur sentimental. Weißt du, ich musste an die Ballnacht denken, und da stiegen mir plötzlich die Tränen in die Augen. Es ist nichts, verzeih mir.«
Skeptisch forschte der Baron in ihrem Gesicht nach einer weiteren Erklärung. Sein Blick tastete sich über die geröteten Wangen und die zitternden Lippen seiner Tochter.
»Es ist nichts.« Ella stand auf und warf ihrem Vater eine Kusshand zu. »Wahrscheinlich bin ich einfach nur müde, heute Morgen war ich schon vor Sonnenaufgang auf den Beinen.«
»Gehst du schlafen?«
Ella nickte. »Ja, ich lege mich ins Atelier, das wollte ich schon den ganzen Sommer über tun.«
»Dann lass Jago bei dir schlafen. Er wird alle Alpträume in die Flucht schlagen.«

Auch der Baron erhob sich jetzt. »Ich werde Greta Bescheid geben, dass sie dir morgen ein ordentliches Frühstück bringen lässt.« Nachdenklich blickte er auf den noch halb gefüllten Teller seiner Tochter. »Viel gegessen hast du ja nicht«, bemerkte er. »Ich glaube, wir müssen dich ein wenig päppeln, damit du wieder zu Kräften kommst. Du solltest weniger arbeiten und dich auf die Reise vorbereiten.«

Ella nickte ergeben. Die Reise nach Valencia – sie hatte überhaupt nicht mehr daran gedacht. »Gute Nacht, Papa.«

Sie rief den Hund und stieg die Treppe in den Garten hinunter. Auf dem feuchten Rasen begann sie zu laufen. Plötzlich sehnte sie sich heftig danach, auf den Diwan zu sinken und dem Körper des Geliebten nachzuspüren. Sie dachte, dass sie in der tröstlichen Illusion seiner Umarmung schlafen könnte. Und am nächsten Morgen wäre alles nur noch halb so schlimm.

Doch die Kissen rochen nur nach Farbe und Hund. Seufzend rollte Ella sich auf die Seite und schloss die Augen. Sie wollte nicht mehr weinen. Leise begann sie die Namen all der Farben aufzusagen, die sie mit Licht und Freude verband. Und als der Hund zu ihren Füßen leise zu schnarchen begann, war auch sie eingeschlafen.

Dreizehn

Acht Tage nachdem er Ella verlassen hatte, bestieg Jacob das Schiff nach Australien. Als der Segler in Bremerhaven ablegte und in der Wesermündung auf die See traf, stand er lange an Deck. Das Meer schlug ungeduldig gegen die Schiffswände der *Passat.* Schaumkronen ritten auf der von Wellen bewegten See. Heiser klagten die Möwen über den Köpfen der Passagiere, so als betrauerten sie den Abschied von Freunden. Ihr Blick war starr und ausdruckslos, die Flügel raschelten wie Seidenpapier.

Jacob liefen Tränen über die Wangen. Er hatte Ella nicht wiedergesehen. Er hatte ihr auch nicht schreiben können. Nur ein radikaler Bruch, ein Schnitt hatte ihn vor dem Geschwür der Liebe retten können, und wieder war er nicht stark genug gewesen, sich ihr zu erklären. Eine Begegnung, wenn auch nur in Gedanken, hätte ihn überwältigt. Er dachte, dass seine Gefühle für Ella zu einer Bedrohung für seine Freiheit geworden waren. Und es waren nicht nur seine persönliche Freiheit und eine Gefängnisstrafe, die er fürchtete. Auch die Fesseln der Liebe ängstigten ihn.

»Es ist besser so, liebste Ella«, murmelte er und beugte sich über die Reling, um den Geruch des Meeres einzuatmen. »Du hast einen Besseren verdient.« Er dachte, dass sie ihm irgendwann sicher dankbar wäre, weil er wie ein flüchtiger Spuk aus ihrem Leben verschwunden war. *Zeit.* Die Zeit würde helfen. Die Erinnerung an ihn würde verblassen, ein neuer Mann könnte ihr Herz erobern. So war das Leben. Vielleicht blickte sie in ein paar Jahren verwundert auf die Bilder und Skizzen, die sie von ihm gemacht hatte, und fragte sich, was sie überhaupt in ihm gesehen hatte.

Die Nordsee erschien Jacob dunkel und unheimlich, trotz der sommerlichen Temperaturen wirkte sie kalt und abweisend. Das schieferfarbene Wasser hatte überhaupt keine Ähnlichkeit mit dem weichen, schmeichelnden Vlies der Ostsee.

Jacob fragte sich, welche Farben Ella der See wohl verleihen würde. Und wie würde sie die Menschen an Bord skizzieren? Jetzt erst, in sicherem Abstand, gestattete er seinen Gedanken, zurück an den Strand von *Sophienlund* zu reisen. Er sah Ella vor sich, ihr schönes Gesicht mit den schmalen, grünen

Augen, ihren schlanken, beweglichen Körper, und er stellte sich vor, wie sie beide in die Wellen tauchten und sich in den warmen Fluten von ihrer Leidenschaft davontragen ließen.
Es war ein romantisches Bild, gefühl- und sehnsuchtsvoll. Wie Gift rann das Verlangen durch seine Adern. Er musste sich davon befreien. Doch er wusste, dass ihn die Erinnerung noch lange begleiten würde. Jacob schnappte nach Luft, aber der schwere, salzige Geruch der See verstärkte sein Begehren nur noch.
Ungeniert wischte Jacob sich das Wasser aus den Augen. Er schämte sich nicht. Links und rechts drängten sich die Auswanderer an der Reling, und die Augen vieler waren schwarz vor Schmerz. So hart ihr Leben in Baden, Bayern, Hessen, Thüringen oder Sachsen auch gewesen war, so schwer fiel es ihnen nun doch, sich von allem Vertrauten zu trennen. Das Vaterland zu verlassen, war viel mehr als ein unbedachter Schritt. Es war eine Lebensentscheidung, die von allen Opfer verlangte. Die Emigranten tauschten eine kümmerliche Existenz gegen das vage Versprechen auf ein besseres Leben ein. Und sie hatten begriffen, dass diesem Abschied vielleicht kein Wiedersehen folgte. Abschiedsschmerz und Nachdenklichkeit sprachen aus ihren Gesichtern.
Die Armut treibt sie aufs Wasser hinaus. Jacob sah, dass die meisten wohl vom Land kamen. Sie hatten nicht genug Ackerfläche besessen und von schlecht bezahlten Tätigkeiten leben müssen. Alles, was sie an Besitz nicht bei sich tragen konnten, war vor der Abreise zu Geld gemacht worden. Nun vertrauten sie auf das Versprechen von einem Stück Land in ausreichender Größe, um die Familie ernähren zu können. Sie mussten es schaffen. Wenn sie scheiterten, wäre alles verloren.
In diesem Moment – Jacob sah, wie die Erkenntnis die Menschen plötzlich traf – wurde ihnen bewusst, was für einen un-

geheuerlichen Schritt sie wagten. Ängste und Zweifel spiegelten sich in den blassen Gesichtern der Umstehenden. Die Männer, meist kräftige Burschen in derber Kleidung, hatten die Hände in den Taschen zu Fäusten geballt und die Mützen tief ins Gesicht gezogen. Die Frauen, viele hager, ausgezehrt und in farblosen Kleidern, trugen Kinder im Arm, die im Wind schrien. Es waren auch Schwangere darunter, junge Frauen, selbst noch Kinder, die nicht wussten, wie ihnen geschah, und die ihre Arme fest um den geschwollenen Leib geschlungen hatten.
Jacob blickte auf seine Arzttasche, die er bei sich trug. Die Instrumente und Arzneien gaben ihm ein Gefühl von Sicherheit. Vor der Abreise hatte er noch einige Medikamente besorgt, und so fühlte er sich den Herausforderungen der langen Überfahrt gewachsen. Am Morgen hatte er sich dem Kapitän vorgestellt und erklärt, dass er sich bei Bedarf um die Gesundheit der Passagiere kümmern könnte. Der Kommandant, ein vom Wetter zerzauster Kap Hoornier mit eisgrauen Augen und beeindruckender Autorität, hatte ihn erfreut an Bord begrüßt und ihm eine Kajütenpassage angeboten.
Eine bequeme Überfahrt. Trotzig hatte Jacob den Kopf geschüttelt und die Koje in einer Kabine der ersten Klasse und den Platz in der Offiziersmesse abgelehnt. Stattdessen hatte er sein Gepäck auf einem der engen Zwischendecks verstaut, wo es nach Teer, Stroh, Feuchtigkeit und Moder roch.
Ursprünglich war der Segler ein Frachtschiff gewesen, die Zwischendecks waren erst später für die Auswanderer eingezogen worden. Ein Raum von ungefähr elf Schritt Länge und neun Schritt Breite war das jeweils pro Deck, nicht einmal acht Fuß hoch und an beiden Seiten mit Schlafstellen versehen. Je zwei Holzverschläge oder Kojen lagen übereinander, in denen bis zu zehn Personen liegen konnten, fünf oben und

fünf unten. Wohl an die hundert Passagiere der dritten Klasse sollten auf diesem Zwischendeck schlafen, rund zweihundertfünfzig waren es insgesamt. Auf der Rückfahrt von Australien verstaute man dort die Fracht, hauptsächlich Wolle.
Noch konnte Jacob sich nicht vorstellen, wie man es in diesem Raum bei schlechter Witterung und ohne jede Rückzugsmöglichkeit aushalten sollte: die Ausdünstungen, das Kindergeschrei und Getobe, das Übergeben und Lamentieren. Schlechtes Essen und Seekrankheit würden die ohnehin schon miserablen Zustände von Woche zu Woche verschärfen.
Wie alle anderen Passagiere auch hatte Jacob sein eigenes Bettzeug und Essbesteck mit an Bord gebracht, denn im Preis für die Überfahrt war lediglich die Versorgung mit Trinkwasser und Grundnahrungsmitteln enthalten. Die tägliche Ration bestand aus einer Schale Haferbrei, Schiffszwieback und gesalzenem Hering. Jacob dachte, dass sie in ein paar Wochen die ersten Maden im Getreidebrei finden würden. Auch das Wasser wäre dann von Algen durchsetzt und abgestanden. Zwar hatte er beim Beladen des Schiffes auch Schafe, Ziegen, Hühner und Schweine gesehen, doch deren Eier, Milch und Fleisch versorgten ausschließlich die hart arbeitende Mannschaft und die Passagiere der ersten Klasse.
Auch Waschmöglichkeiten gab es für die Passagiere der Zwischendecks nicht. Die Toilette bestand aus einem großen Eimer, der täglich geleert wurde, wenn der Seegang es erlaubte. Und die meiste Zeit würden die Passagiere unter Deck verbringen müssen. Nur wenn das Wetter es zuließ, durften sie täglich für eine halbe Stunde an Deck und frische Luft atmen. Außer den Mahlzeiten, einem Rundgang an Deck, dem Räuchern der Zwischendecks, um Läuse und Wanzen zu vertreiben, sowie dem vergeblichen Versuch, die eigene Wäsche mit Meerwasser zu reinigen, gäbe es keine Beschäftigung.

Doch es half nichts, eine dieser Kojen würde für die nächsten Monate sein schwankendes Zuhause sein. Jacob hatte einen der oberen Bettkästen gewählt, darunter hatte sich eine siebenköpfige Familie aus Bayern eingerichtet, das jüngste Kind war gerade einmal ein knappes Jahr alt. Ein älteres Ehepaar lagerte gemeinsam mit Jacob in der Koje. Jacob dachte, dass ihm auf der langen Route über die Nordsee, den Atlantik und durch den Indischen Ozean bis nach Melbourne viel Zeit bliebe, um das Wesen der einfachen Leute zu studieren und mit ihnen ins Gespräch zu kommen.

»Mein Herr, mein Herr!« Ein Junge zupfte an seiner Jacke und riss Jacob aus seinen Gedanken. »Sind Sie der Arzt?«

Jacob nickte und wischte sich noch einmal mit dem Ärmel über die Augen. »Brauchst du Hilfe?«

»Meine Mutter, sie liegt da und rührt sich nicht mehr ... Vater ist bei ihr und hat mich zu Ihnen geschickt.«

Beruhigend legte Jacob dem Kind die Hand auf den Kopf. »Wie heißt du?«

»Hannes ... Hannes Wolkow.« Der blasse Junge zog ungeduldig an seinem Arm.

»Hannes, ich komme mit. Mach dir keine Sorgen.«

Die Anwesenheit eines Arztes an Bord hatte sich offenbar schnell herumgesprochen. Schnell folgte Jacob dem Jungen durch ein dunkles Loch in den Schiffsbauch und zur Koje der Familie. Im Halbdunkel sah er eine bewusstlose Frau im Stroh.

»Was ist passiert?« Jacob drängte Kinder und Ehemann zur Seite und beugte sich über die Bewusstlose. Schnell tastete er nach dem Puls, der unruhig flatterte.

»Sie ist einfach so umgekippt, ohne ein Wort.« Hilflos zuckten die Schultern des Mannes nach oben. »Das ist noch nie passiert.«

»Das wird die Aufregung sein.« Vorsichtig tastete Jacob den Leib der Frau ab. Sie war noch bleicher als ihre Kinder. Unter dem Rock stieß er auf ein eng geschnürtes Mieder, das offenbar eine Schwangerschaft kaschieren sollte. »Sie ist nur ohnmächtig …« Er lockerte die Schnürung, legte ihr ein Bündel Stroh unter die Beine und ließ sich einen Lappen mit kaltem Wasser bringen. Wenig später kam sie wieder zu sich und sah ihn erstaunt an. Als Jacob ihr ein wenig frisches Wasser einflößte, kehrte die Farbe in ihr Gesicht zurück. Erleichtert umringten die Kinder ihre Mutter.

»Sie erwartet ein Kind.« Jacob war aufgestanden und hatte ihren Mann behutsam zur Seite gezogen. »Fünfter oder sechster Monat. Vielleicht wird sie noch an Bord gebären. Sie müssen gut zu ihr sein, sie braucht kräftiges Essen, frische Luft. Können Sie dafür sorgen?«

Wolkow nickte erschrocken. Sein freundliches Gesicht verzog sich. »Sie hat mir nichts gesagt. Noch ein Kind …« Seine Gedanken verloren sich im Auf und Ab der Schiffsbewegungen. »Was bin ich Ihnen schuldig?« Dankbar drückte er Jacobs Hände.

»Nichts …« Jacob schüttelte den Kopf. »Ich möchte nur, dass Sie gut für sie sorgen. Ich werde da sein, wenn sie mich braucht.«

»Gott schütze Sie!«

»Na, ich hoffe, er beschützt uns alle auf dieser Reise«, erwiderte Jacob lächelnd. Er wusste nicht, an was für einen Gott er glauben sollte. Aufmunternd nickte er der Familie zu, dann stieg er hinauf an Deck.

Als er wieder an der Reling stand, merkte er, dass er sich leichter fühlte. Es hatte ihm gutgetan, der Frau helfen zu können. Es war nur eine Kleinigkeit gewesen, trotzdem hatte er einmal mehr gespürt, dass es seine Bestimmung war, Menschen beizustehen. Er war auf dem richtigen Weg, auf seinem Lebensweg.

Alles Neue kommt doch von vorn, dachte er trotzig und hielt sein glühendes Gesicht in den Wind. Jacob hoffte, dass die Sehnsucht nach Ella schwinden würde – mehr und mehr. Und eines Tages vielleicht im Wolkendunst verschwunden wäre, so wie die Küste, die in seinem Rücken bereits zu einer undeutlichen Linie zusammengeschmolzen war.

Vierzehn

In den nächsten Tagen kreisten Ellas Gedanken unaufhörlich um Jacobs verwegenen Plan. Tagsüber schloss sie sich im Atelier ein und gab vor zu malen, während sie reglos auf dem Diwan hockte und grübelte. Am späten Abend jedoch, nach dem Essen und wenn ihr Vater und das Gesinde schliefen, schlich sie sich in das Kabinett und stöberte nach Akten und Aufzeichnungen über das Geschäft mit den Auswanderern. Sie wusste, dass ihr Vater regelmäßig Berichte aus Hamburg und Bremen über die Ereignisse auf See erhielt, die er archivierte. Und tatsächlich fand sie in den Akten vieles, das sie atemlos in ihre Skizzenbücher übertrug. Ella dachte, dass sie Jacob mit den Schrecken dieser Seereise konfrontieren müsste.

Denn was sie im Schein der Petroleumlampe las, war furchtbar. Die Auswanderer begleitete nicht nur der Schrecken vor Stürmen über den Ozean, sondern auch die Furcht vor einem Schiffsbrand. Immer wieder war es in der Vergangenheit zu schweren Schiffskatastrophen gekommen, vor allem auf der Route zwischen Europa und Nordamerika. 1858 etwa stand das untergegangene Schiff *Austria* im Mittelpunkt der Berichte. Es war auf der Fahrt von Hamburg nach New York in Brand geraten.

Die Überlebenden berichteten, dass beim Ausräuchern des Zwischendecks ein Teergefäß umgestürzt war und Feuer gefangen hatte. *Der Brand war nicht mehr zu löschen,* las Ella in den Akten, *und als das Schiff nun vollends wieder gegen den Wind abdrehte, schlugen die Flammen mit rasender Schnelligkeit immer weiter gegen das Quarterdeck, so dass die Passagiere es selbst auf dem äußersten Hinterdeck des Schiffes kaum mehr vor Hitze aushalten konnten. Viele sprangen, ohne sich um irgendetwas zu kümmern, in den Ozean.*

Auch die Bemühungen der Mannschaft, die Verzweifelten zu retten, waren fehlgeschlagen: *Mehrere Boote, die man hinunterließ, wurden vom Kielwasser in die Schraube gezogen und von dieser zerschmettert. Der größere Teil der Passagiere lief auf Deck umher, um irgendwo Gegenstände zu entdecken, die wohl auf See treiben mochten. Wer etwas gefunden hatte, warf es entweder denjenigen zu, die schon über Bord gesprungen waren, oder sprang selbst damit über Bord. Überall herrschte größte Verwirrung.*

Ella schloss die Augen. Sie sah Menschen, die panisch über Bord sprangen, um noch einen Platz in den überfüllten Rettungsbooten zu bekommen. Sie sah schreiende, fallende Körper. Sie sah auch Mütter, die sich an ihre ertrunkenen Kinder klammerten, Väter, die über den Verlust der gesamten Familie in den Wahnsinn getrieben worden waren. Die Zahlen, die sie in den Berichten über die *Austria* gelesen hatte, machten sie sprachlos. Von mehr als fünfhundert Personen, die sich an Bord befunden hatten, waren weniger als einhundert gerettet worden.

Und die Schrecken nahmen kein Ende. Selbst wenn die Einwanderer nach mehrwöchiger Überfahrt endlich einen Hafen an der Ostküste erreicht hatten, lauerten dort bereits die nächsten Gefahren auf sie: Betrüger verkauften ihnen ungültige Billetts für die Weiterreise mit Planwagen und Kanalbooten. Andere schwatzten den ahnungslosen Auswanderern wertloses Farmland auf. Auch wenn diese Berichte auf die Amerikaauswanderer gemünzt waren, war es doch ein Leichtes, sie auf das Abenteuer Australien zu übertragen.

Ella fand auch heraus, dass Dampfschiffe die Auswanderersegler auf der Amerikaroute so gut wie verdrängt hatten. Die Hamburg-Amerikanische Paketfahrt-Aktiengesellschaft und der in Bremen gegründete Norddeutsche Lloyd waren inzwischen die größten Dampfschiffreedereien der Welt. Doch die noch um einiges längere Strecke nach Australien befuhren immer noch die günstigeren Segler.

Zuständig waren, so fand Ella heraus, unter anderen die Hamburger Reeder und Expedienten Godeffroy, Dieseldorff und Sloman.

Die Reederei Godeffroy war seit 1851 im Australiengeschäft tätig und eines der größten Schifffahrtsunternehmen Hamburgs. Allerdings war die Reederei durch die Zustände an Bord mehrerer Auswanderersegler ins Gerede gekommen. Todesfälle an Bord der *La Rochelle* und *Wandrahm* hatten staatliche Untersuchungen in Australien nach sich gezogen. Dort war eine Schuld des Schiffspersonals ausgeschlossen und als die eigentlich Verantwortlichen die Schiffseigner benannt worden. Der Firma war vorgeworfen worden, sie nutze ihren politischen Einfluss aus, um die Kontrolle der Schiffe und des Proviants zu verhindern.

Trotzdem schienen Godeffroy & Sohn nach wie vor das Vertrauen der Regierung von Südaustralien zu besitzen. Ella schüttelte ungläubig den Kopf und dachte, dass ein Menschenleben auf See weniger als nichts zu gelten schien. Und sie nahm sich vor, ihren Vater auf das Geschäft der Reedereien anzusprechen.

Doch es kam anders. Am nächsten Morgen überreichte der Baron seiner Tochter während des Frühstücks ein Kuvert.
»Deine Tante fragt an, warum du dich noch nicht bei ihr gemeldet hast. Sie steckt mitten in den Vorbereitungen für die Reise.«
Ella schaute ihren Vater erschrocken an. »Der Brief liegt oben auf meinem Sekretär«, entschuldigte sie sich. Sie war noch nicht dazu gekommen, die Post nach Hamburg abzuschicken.
»Na, die Fahrkarten sind inzwischen da. Erste Klasse von Hamburg nach Valencia.«
Ella zog die Fahrscheine mit zittrigen Fingern aus dem Umschlag. »Godeffroy & Sohn!«, rief sie überrascht, als sie den Namen der Reederei las.
»Ein zuverlässiges Unternehmen«, erwiderte ihr Vater. »Godeffroy transportiert auch die Früchte für deinen Onkel. Sie arbeiten schon lange zusammen, deshalb haben sie ihm besondere Konditionen geboten. Ihr werdet eine bequeme Kajüte bekommen, und der Kapitän wird sich höchstpersönlich um euer Wohl kümmern.«
Ella nickte wie betäubt. Als Abreisedatum war der 16. September eingetragen, sie würde Anfang September zu ihrer Tante nach Hamburg reisen. Sie rechnete, dass ihr nicht einmal mehr drei Wochen auf *Sophienlund* blieben.
»Greta wird sich heute mit dir zusammensetzen und deine Garderobe durchgehen. Tante Auguste hat eine Liste mit allem erforderlichen Gepäck zusammengestellt. Vielleicht solltest du dich auch noch einmal von Doktor Gröde untersuchen lassen, in letzter Zeit bist du ein bisschen blass um die Nasenspitze, min Deern.«

Ella schüttelte den Kopf. Noch immer musste sie sich zum Essen zwingen, und inzwischen war eine leichte Übelkeit hinzugekommen, aber die Erklärung für ihren Zustand war nicht schwer. Sehnsucht quälte sie, die Sehnsucht nach dem Geliebten. Doktor Gröde würde wohl von einer nervösen Unruhe sprechen und ihr frische Luft verordnen. Ein Medikament würde er ihr bestimmt nicht verschreiben, dachte sie.

»Ella, du musst besser auf dich achtgeben!« In den vergangenen Tagen hatte der Baron seine Tochter sorgenvoll beobachtet. Ihm gefiel nicht, was er sah. Wieder versuchte er, seiner Tochter ins Gewissen zu reden. »Du überanstrengst dich noch, Tag und Nacht bist du in deinem Atelier. Wozu soll das gut sein, wenn du deine Bilder doch niemandem zeigst?«

»Das ist mein Leben.« Trotzig wagte Ella es, gegen den Vater aufzubegehren.

»Papperlapapp! Ich sehe dich noch vor mir, wie du an deinem Geburtstag strahlend durch die Gäste geschwebt bist. Das war dein Leben, da hast du mir gefallen. Und den Kavalieren erst …« Ihr Vater lächelte, doch sie sah die Sorge wie Wolkenschleier in seinen Augen. »Seitdem hast du Gewicht verloren, Ella. Viel zu viel. Ich kann ja inzwischen mit beiden Händen um deine Taille fassen. Wenn du so weitermachst, werde ich dir das Malen verbieten müssen. Bis du wieder zur Vernunft kommst.«

»Das kannst du nicht tun.« Entrüstet sprang Ella auf, wieder schossen Tränen in ihre Augen.

»Ella, Ella …« Besänftigend legte der Baron den Zeigefinger auf die Lippen. »Du kannst doch immer mit mir reden. Du bist doch mein Mädchen, meine Tochter. Was schlägt dir denn nur so auf den Magen?«

»Du kannst mir die Malerei nicht nehmen.« Ella begann zu weinen und wandte sich ab.

»Mein Liebling, min Deern …« Sie hörte, dass der Vater aufstand und hinter sie trat. Behutsam legte er die Hände auf ihre Schultern und drehte sie zu sich. »Verstehst du denn nicht? Mich treibt doch nur die Sorge um dich. Was fehlt dir? Ich kann dir nicht helfen, wenn du nicht mit mir sprichst.«
Schluchzend legte Ella den Kopf an seine Schulter. Der vertraute Geruch des Vaters tat ihr gut, es war tröstlich, seine Wärme und Kraft zu spüren. Aber sie dachte auch, dass sie ihm nicht sagen könnte, dass sie sich verliebt hatte. Dass es einen anderen Mann in ihrem Leben gab, der sie ganz und gar ausfüllte. Der ihre Gedanken beherrschte und dem sie ihre Tugend geschenkt hatte. Sie konnte ihm doch nicht erklären, dass sie ihr Herz an Jacob von Saalmuth verloren hatte. An diesen Sozialisten aus Berlin, wie man ihn inzwischen ringsum auf den Dörfern nannte. Schließlich hatte sie sich so sehr in ihm getäuscht. Mehr als eine Woche war mittlerweile seit ihrer letzten Begegnung vergangen, und Jacob hatte sich nicht mehr bei ihr gemeldet. War er schon abgereist? Besaß er noch nicht einmal den Anstand, sich von ihr zu verabschieden, wie er es versprochen hatte? War er tatsächlich nur ein feiger Filou? Hatte sie sich so blenden lassen?
J'ai trouvé ma mere. »Es ist …«, hörte sie sich zu ihrer eigenen Überraschung plötzlich in das Jackett des Vaters schluchzen. »Es ist … Mir fehlt meine Mutter.«
»Ach Ella …« Sie spürte, wie der Körper des Vaters sich versteifte. Vorsichtig schob er sie ein wenig von sich. »Dann bin ich ja ganz und gar falsch.« Er räusperte sich und gab ihr einen Kuss auf die Wange. »Ich werde dir Greta schicken, Liebes. Ihr kannst du doch alles anvertrauen. Und sie liebt dich genau wie eine Mutter.«
Ella schwieg, aber der Ausbruch hatte sie von einer Last befreit. Der Tränenstrom riss ab, sie hatte ihre Fassung zurück-

gewonnen. Erschöpft ließ sie sich wieder auf ihren Stuhl fallen und versuchte, ein wenig zu essen, die schwarze Tinte in ihrem Magen zu überlisten. Während sie den winzigen Bissen Brot in ihrem Mund hin und her schob, dachte sie über ihre Worte nach. Hätte sie sich tatsächlich ihrer Mutter anvertrauen können?

Am späten Nachmittag erschien Greta im Kabinett. Der Baron hatte sie schon erwartet. Als sie klopfte, stand er schnell auf und öffnete ihr die Tür.

»Und?«, fragte er gespannt, als sie sich gesetzt hatte. »Wie geht es ihr nun wirklich? Was hat sie gesagt?«

Greta schwieg. Sie hatte die Hände im Schoß gefaltet, erstaunt bemerkte der Baron, dass sie keine Schürze trug. Das einfache, aber gepflegte dunkelblaue Kleid unterstrich den Ernst in ihrem Gesicht.

»Ja, rückt denn hier keiner mit der Sprach raus?«, polterte er los, denn plötzlich kroch die Angst in ihm hoch. Die tief stehende Sonne warf Schatten in den Raum und ließ die Masken und Skulpturen, Erinnerungen seiner Reisen, bedrohlich wirken. »Was ist denn nur los in diesem Haus?«

»Baron …« Greta blickte ihn vorwurfsvoll an, und entschuldigend senkte er den Blick. Er dachte, dass er sich wie ein zeternder Sonderling seiner treuen Hausdame gegenüber benahm.

»Es ist nicht die Malerei«, fuhr sie fort. »Soweit ich Ella in den letzten Tagen beobachtet habe, malt sie überhaupt nicht. Ihre Kleider landen ohne Farbspritzer in der Waschküche, und ihre Hände sind abends so sauber wie am Morgen.«

»Aber warum sitzt Ella dann den lieben langen Tag zwischen den Leinwänden herum?«

»Melancholie?« Das fremde Wort rutschte Greta nur zögerlich über die Lippen.

»Melancholie, Melancholie!«, echote der Baron. »Was soll das sein? Woher kommt dieser Weltschmerz so plötzlich?«
»Ich weiß es nicht. Und Ella schweigt. Ich habe versucht, sie darauf anzusprechen, als wir vorhin die Liste mit allem Notwendigen für die Reise durchgegangen sind. Aber sie hat so getan, als wüsste sie nicht, was ich meine. Sie murmelte etwas von einer leichten Magenverstimmung und fragte nach einem Kamillentee.«
»Und die Sache mit ihrer Mutter? Hat sie darüber gesprochen?« Der Baron war aufgesprungen, unruhig lief er vor den Fenstern auf und ab. Normalerweise beruhigte ihn der Blick auf die See.
»Nein, kein Wort.«
»Und nun? Sollen wir Doktor Gröde zu Rate ziehen? Oder einen Spezialisten aus Hamburg? Einen Nervenarzt?« Der Freiherr drehte der Ostsee den Rücken zu. Gespannt wartete er auf die Antwort seiner Wirtschafterin.
Plötzlich lächelte Greta. »Ich versuche mich gerade daran zu erinnern, wie ich in ihrem Alter war«, erwiderte sie. »Und ich meine, dass ich in einer ähnlich desolaten Verfassung war, als ich mich das erste Mal verliebt hatte.«
»Also doch …« Der Baron hielt den Atem an. »Wer ist es?« In Gedanken ging er die Riege der Kavaliere durch, die sich auf dem Ball um Ellas Gunst bemüht hatten. Dann fiel ihm auf, dass Greta schwieg. Sie hatte nie geheiratet, was war aus ihrer Liebe geworden? Er schaute sie an, forschte in ihrem Gesicht, sah das ergraute Haar, die gutmütigen Augen, die brüchige Haut, die Falten, die ihr Alter verrieten. Er dachte, dass auch Greta einmal grazil und anmutig gewesen war, ein junges Mädchen mit zum Himmel stürmenden Träumen. So, wie es auch in seinem Leben eine Zeit höchsten Glücks gegeben hatte, war sie den Versprechungen ihres Herzens gefolgt.

Lächelnd hielt sie seinem Blick stand, und die unausgesprochenen Worte schwebten zwischen ihnen. »Wie geht es ihr?«, wagte Greta ihn schließlich auf die Vergangenheit anzusprechen.
Der Baron schüttelte den Kopf. »Sie ist krank, seit Jahren schon. Ich schicke ihr Geld für Medikamente.« Hilflos zuckte er mit den Schultern. Für einen Moment sah er das geliebte Gesicht in seiner Erinnerung aufblitzen, alles Katzenhafte, auch die grünen Augen, hatte Ella von ihr geerbt.
»Ist es falsch gewesen, Ella die Mutter zu nehmen?« In den letzten Wochen hatte sich der Baron immer wieder diese Frage gestellt.
»Ihre Mutter hat sich so entschieden.« Gretas Züge verhärteten sich wieder, das junge Mädchen von einst verschwand. »Wir haben nur reagieren können. Aber vielleicht hätten wir über sie sprechen sollen, damals, nachdem Ella die Truhe auf dem Spitzboden entdeckt hatte?«
»Da ging es noch nicht.« Der Baron wandte sich ab und suchte Halt, indem er wieder über die See blickte. Er sprach gegen das Flüstern der Wellen an, das durch die geöffneten Fenster hereinwehte. »Der Schmerz war noch zu groß. Er ist immer noch groß … Nur die Freude an Ella hat mich nicht zerbrechen lassen. Und jetzt ist es zu spät. Wie könnte sie uns die ganzen Heimlichkeiten verzeihen?«
»Sie wird also nie etwas über ihre Mutter erfahren?«
»Wenn es nach mir geht, nein. Und Charlotte weiß, dass sie kein Geld mehr von mir bekäme, sobald sie den Kontakt suchen würde. Sie hat uns, sie hat Deutschland verlassen, und jetzt ist sie nicht mehr in der Lage zu reisen.«
Charlotte … Greta seufzte, als sie den Namen hörte. Wie viel Leid hatte diese eigensinnige Frau damals über *Sophienlund* gebracht? Sie war zu jung und ungestüm gewesen für das Le-

ben an der Seite eines reifen, vernunftgeleiteten Mannes. Nein, überlegte sie, der Baron hatte recht. Was geschehen war, war abgeschlossen und vergangen und nicht wieder rückgängig zu machen. Was half es, an das alte Leid zu erinnern, den Schmerz wieder freizulegen? Sie dachte, dass Ella sich nur noch mehr quälen und um die gemeinsame Zeit trauern würde, die Mutter und Tochter durch die Umstände gestohlen worden war.

»Die Reise wird ihr guttun«, kehrte sie zum Ausgangspunkt der Unterhaltung zurück. »Ganz bestimmt. Heute Mittag machte sie schon einen besseren Eindruck. Ich meine, dass sie sich jetzt auf Valencia freut. Und wenn die Spanier ihr erst schöne Augen machen, dann wird sie ihren Kavalier ganz schnell vergessen.«

»Wer immer das auch sein mag.«

»Ja«, nickte Greta. »Wer auch immer mit ihrem Herzen spielt.« Sie stand auf und trat neben den Baron ans Fenster. Prächtig, wie ein Feld tiefblauer Kornblumen, lag die See zwischen den Bäumen. »Es ist doch tröstlich, das Meer als guten Freund an seiner Seite zu wissen«, flüsterte sie.

Der Baron antwortete nicht. Doch er hob die Hand und strich Greta dankbar und vertraut über den geraden Rücken.

Fünfzehn

Nach ein paar Wochen hatte Ella die schwarze Tinte überlistet. Wenn sie sich morgens der Übelkeit auslieferte und sich übergab, kehrte der Appetit über den Tag zurück. Mittags gelang es ihr, etwas Zwieback oder Brot zu essen. Und am Abend konnte sie sich so weit beherrschen, dass ein gemeinsames Essen mit dem Vater möglich war. Ja, inzwischen bewältigte sie sogar ein dreigängiges Menü – etwa Kraftbrühe, Roastbeef, Schokoladencreme und vielleicht noch etwas Käse. Und verwundert bemerkte sie, dass sie sogar Hunger verspürte. Jago musste auf die ihm sonst unter den Tisch gereichten Happen verzichten. Gekränkt verzog die Dogge sich an die Seite des Barons.

Ella war erleichtert, dass der größte Schmerz überwunden schien. Die Sehnsucht, Jacob wiederzusehen, war immer noch groß, aber sie konnte das Gefühl inzwischen von ihrem Wohlbefinden trennen. Sie hatte begriffen, dass er nicht zurückkehren würde. Wenn Jacob das Schiff nach Australien erreicht hatte, musste er sich längst auf See befinden. Irgendwo zwischen den Britischen Inseln und der Küste Afrikas, so hatte sie es, mit dem Finger auf dem väterlichen Globus reisend, berechnet. Im Ort hieß es zwar, Jacob von Saalmuth sei nach Berlin zurückgekehrt, aber da es in der Hauptstadt wieder zu Verhaftungen gekommen war, glaubte Ella den Gerüchten nicht. Etwas sagte ihr, dass der Geliebte sich mit jedem Tag weiter von ihr entfernte. Es schien, als könnten ihre Gedanken ihn nicht mehr erreichen.

Ella dachte, dass der elende Zustand des Wartens, zu dem Jacobs vages Versprechen sie verdammt hatte, beendet war. Und die Gewissheit, dass alles Hoffen vergebens war, führte sie langsam zu sich selbst zurück. Wenn sie in den Spiegel blickte, sah sie, dass ihre Wangen sich wieder röteten, ab und zu huschte ein Lächeln über ihre Lippen, und sie konnte die Gedanken wieder nach vorne richten.

Erleichtert registrierte Ella, dass in ihrem Blut doch eine Neige des Familienerbes zu fließen schien. Sie nahm wieder Haltung an. Alles Fließende, Sehnende, Sinnliche hatte sie tief in ihrem Herzen verschlossen. Und sie hatte sich geschworen: Nie, nie, nie wieder würde sie sich von einem Mann derart aus

der Fassung bringen lassen. Jacob von Saalmuth hatte sie Stolz gelehrt.
Endlich kehrte Ella auch wieder zur Malerei zurück. Mit dem Geruch der Farben und den frischen, weiß grundierten Leinwänden aus festem Stoff versuchte sie, jeden Gedanken an den Geliebten zu vertreiben, und ganz bewusst wählte sie Motive, die sie nicht an Jacob und das Fest erinnerten. Immer noch blühten die Rosen im Garten, und Ella arrangierte prächtige Sträuße, die sie mit ihrem Duft bezauberten und deren fein gezeichnete Blütenblätter aus Samt Ella zu fassen suchte.
Bisweilen jedoch blitzte das Geschlechtliche in den Blüten auf. Ella sah deren provokante Sinnlichkeit, die sie an einen nach außen gekehrten Schoß erinnerte. Doch schnell verdrängte sie jeden Gedanken an den Morgen in Jacobs Armen. Nur Jago, der sich den Diwan endgültig erobert hatte und dessen dunkle Augen sie unablässig beobachteten, schien auf den Grund ihrer Seele blicken zu können.
Die Nachmittage gehörten Greta und den Vorbereitungen für die Spanienreise. Die Schneiderin kam und besprach die Garderobe, einige Kleider wurden verändert, neue waren bestellt worden. Ella benötigte praktische Kleidung, Stoffe, die nicht allzu empfindlich waren. Sie bestand auf weich fließenden, einteiligen Röcken, die ohne Tournüre auskamen, leichten Blusen, schlichten Jacken und Strohhüten ohne aufwändige Dekoration. Für die Ausflüge aufs Land wählte sie Reithosen.
»Ich will nicht wie ein verpackter Ballen Ware reisen«, hatte sie erklärt. »Ich will sehen, hören, lernen, und dazu eignet sich nur Männerkleidung.«
Nach und nach füllte sich der riesige Schrankkoffer in ihrem Zimmer mit allem Notwendigen. Es roch nach gestärkter und gebügelter Wäsche, die unter keinen Umständen, ja, nicht einmal auf einer Reise ans Ende der Welt, Falten werfen würde.

Ella beobachtete, wie sich ihr Vater und Greta erleichtert zunickten. Es tat ihr gut, dass man nicht mehr in Sorge um sie war. Wie würde es in Valencia sein? Auch Greta schien darüber nachzudenken, denn sie fragte Ella nach ihren Erwartungen, und gemeinsam blätterten sie in dem Reiseführer, der seinen Weg nun endlich hinauf in Ellas Zimmer gefunden hatte.
Aus den Erzählungen der Tante, die schon einmal mit ihrem Mann nach Spanien gereist war, wusste Ella, dass Valencia sie mit prächtigen, alten Palästen und einer wechselvollen Geschichte empfangen würde. Die belebte Stadt mit ihren mittelalterlichen Häusern lag an der Mündung des Río Turia direkt am Mittelmeer, weitläufige Parkanlagen und gepflegte Gärten ließen Valencia blühen.
»Valencia es la tierra de las flores«, las Ella Greta vor und übersetzte: »Die Spanier sagen, das Königreich sei das Land der Blumen.«
Greta nickte, während sie Ellas Garderobe in den Schrankkoffer ordnete. »Das klingt herrlich. Ach, ihr werdet eine schöne Zeit haben!«
»Und im botanischen Garten kann man exotische Pflanzen studieren«, fuhr Ella fort. »Sogar Gewächse aus Afrika und Südamerika.«
Greta schloss für einen Moment die Augen und lehnte sich gegen den Schrankkoffer. »Ich stelle mir die Orangenbäume vor«, schwärmte sie und breitete die Arme wie eine Tänzerin aus. »In jedem Garten duften Zitronen- und Orangenbäume – ist das zu fassen?«
»Wir werden auch die Plantagen im Umland besuchen, die Lieferanten meines Onkels.« Ella nahm sich vor, Greta ein Bild mit blühenden Gärten zu widmen. Außerdem wollte sie Setzlinge mitbringen, die man in der Orangerie kultivieren könnte. Vielleicht würde es ihnen gelingen, ein Orangen-

bäumchen auf *Sophienlund* zu ziehen? Sie blätterte zurück und vertiefte sich in die Geschichte Valencias. »Seit ihrer Gründung im zweiten Jahrhundert vor Christus war die Stadt ein Schmelztiegel verschiedenster Kulturen«, las sie weiter vor und blickte auf. »Vor allem wegen der strategisch günstigen Lage am Mittelmeer.«

»Na, vermutlich waren die Römer zuerst da«, erwiderte Greta und öffnete eine Kommode mit Wäsche. Sie nahm einige Stücke heraus und hielt sie prüfend vor sich. »Und danach, lass mich raten, kamen die Goten.«

Ella kicherte und applaudierte. »Bravo!« Sie legte das Buch zur Seite und ging Greta zur Hand. »Nach den Goten kamen dann die Mauren, afrikanische Berberstämme, die von den Arabern islamisiert worden sind, an die Macht«, flüsterte sie mit geheimnisvoll verstellter Stimme.

Plötzlich freute sie sich auf das Fremde, nie Gesehene. Die wohlhabende Stadt lockte sie mit ihren Wahrzeichen, der alten Kathedrale und dem achteckigen Glockenturm. In der bischöflichen Kirche konnte man Arbeiten von Goya, Jacomart und Cellini sowie Gemälde der valencianischen Schule aus dem fünfzehnten bis siebzehnten Jahrhundert bewundern. Und im Kapitular-Saal befand sich angeblich der heilige Kelch, aus dem Christus und seine Jünger beim letzten Abendmahl getrunken hatten.

»Du wirst mit einem Packen Zeichnungen im Gepäck zurückkommen«, unterbrach Greta ihre Gedanken. »Wie willst du deine Malutensilien transportieren?«

»Darüber habe ich auch schon nachgedacht.« Ella hatte noch keine Lösung gefunden. »Vielleicht packe ich nur ein paar Skizzenbücher, Zeichenstifte und Pastellkreide ein. Dann könnte ich den kleinen Lederkoffer nehmen. Wenn mir etwas fehlt, kaufe ich es vor Ort.«

»Dann ist dein Atelier verwaist. Vielleicht kann ich deine Abwesenheit nutzen und endlich einmal gründlich aufräumen.«
»Untersteh dich!« Ella sah die Hausdame entsetzt an. »Es soll alles so bleiben, wie es ist.«
»Das war ein Scherz, Ella. Ich weiß doch, dass du niemanden zwischen deinen Leinwänden haben willst.« Greta drehte sich zu Ella und lächelte ihr verschwörerisch zu. Ihre Augen blitzten, und der Kranz von Falten tanzte. »Ich freu mich so, dass es dir wieder besser geht.«
Ella nickte, verstohlen strich sie über das Ballkleid, das wieder auf der Schneiderpuppe hing. Es war an der Zeit, dass es völlig aus ihrem Blickfeld verschwand. »Was machen wir damit?« Sie zupfte an der Seide.
»Willst du es nicht noch einmal anziehen?« Greta sah sie verwundert an. »Du hast reizend darin ausgesehen.«
Ella schüttelte den Kopf. »Ich kann es nicht mit nach Spanien nehmen, und auf der Puppe staubt es uns ein.«
»Gut, dann kommt es in die Truhe. Vielleicht können wir es im Winter ein wenig umarbeiten lassen. Man wird dich auf viele Feste einladen. Ich hörte, dass Familie Brüggestraat einen Ball plant, um die jüngste Tochter in die Gesellschaft einzuführen.«
Ella nickte, obwohl sie sich nicht vorstellen konnte, jemals wieder in das Seidenungetüm zu schlüpfen. Sie dachte, dass die Erinnerung an Jacob in jeder einzelnen Stofffaser steckte. Vorsichtig half sie Greta, das Kleid von der Puppe zu ziehen, dann hielt sie ihr die Tür auf.
»Ach Ella …« Greta drehte sich noch einmal um, bevor sie auf den Flur hinaustrat. »Ich lasse dir noch frische Wäsche bringen.«
Ella nickte, sie wusste, was Greta meinte. Überrascht rechnete sie nach. »Du hast recht.« Ein Monat war vergangen, und

ihre Blutungen würden bald einsetzen. »Danke, Greta.« Sie seufzte auf, schloss die Tür und ließ sich auf ihr Bett fallen.
Wenn sie den Männern etwas neidete, dann war es ihr verlässlicher, auf Stärke pochender Körper. Niemals wurden sie durch den Ausfluss peinlicher Flüssigkeiten bloßgestellt, niemals von Krämpfen und anderen unangenehmen Begleiterscheinungen ihrer Fruchtbarkeit gequält. Sie mussten keinen Gedanken an rutschende Einlagen verschwenden, die man nur mühsam mit Riemen an Bauch oder Beinen befestigen konnte. Und erst der Schrecken, wenn das furchtbare Ereignis zum ersten Mal eintrat.
Ella war fünfzehn Jahre alt gewesen, und als sie das Blut in ihrer Wäsche bemerkte, hatte sie befürchtet, sterbenskrank zu sein. Drei endlose Tage und Nächte hatten sie entsetzliche Ängste gequält, bis sie sich schließlich schluchzend Greta anvertraut hatte. Greta hatte sie stumm getröstet, um sie dann mit wenigen, dürren Worten mit dem Unabänderlichen der Weiblichkeit vertraut zu machen.
»Jetzt musst du dich vor den Männern in Acht nehmen«, war alles, was Ella über das Geheimnis der Liebe erfahren hatte. Kein Wort über die geschlechtliche Vereinigung von Mann und Frau. Auf ihrer neugierigen Suche nach dem Ursprung des Lebens war Ella in der Bibliothek ihres Vaters fündig geworden. Auch die Vorgänge auf dem Hof, die Zucht und die geflüsterten Andeutungen der Mädchen hatten ihre Ahnungen zu vagen Gewissheiten reifen lassen. Doch erst Jacob hatte sie an die Quelle des Wunders geführt. Aber daran wollte Ella nicht mehr denken.

Sechzehn

In der Nacht hatte Ella einen schrecklichen Traum. Sie spazierte am Strand, der Sand glühte unter ihren nackten Füßen. Als sie die Hitze nicht mehr aushalten konnte, zog sie sich aus und rannte in die See, so, wie sie es als Kind getan hatte. Zunächst war es herrlich, sich den Fluten zu überlassen. Sie lag auf dem Rücken und ließ sich treiben, bis sie merkte, dass das Wasser immer heißer wurde und zu brodeln begann. Panisch versuchte sie, an den Strand zu flüchten, doch die See hielt sie gefangen. Sobald sie flaches Wasser erreicht hatte, rissen die Wellen sie wieder zurück, und eine geheimnisvolle Strömung trieb sie hinaus.

Aller Kampf war vergeblich. Es war, als ob eine fremde Macht entschieden hätte, sie auf den Grund des Meeres zu ziehen. Wieder und wieder versuchte sie, das rettende Ufer zu erreichen. Doch ihr Körper wurde immer schwerer, blähte sich auf, und schließlich gab sie sich den glühenden Massen hin, die nun Lavaströmen glichen und über ihr zusammenschlugen, um sie in die Tiefe zu ziehen. Als ihr Kopf unter die Wasseroberfläche geriet, wusste sie, dass sie sterben würde. Schreiend wachte sie auf, bis sie merkte, dass Jago ihr über das Gesicht leckte.

Verstört setzte Ella sich auf und schlug die Decke zurück. Ihr Körper war von kaltem Schweiß bedeckt, die Haare klebten ihr im Nacken und an den Schläfen. Es war noch früh, vielleicht fünf Uhr. Das erste diffuse Morgenlicht tastete sich ins Atelier. Staub tanzte in der Luft wie eine Säule zuckender, goldener Mückenleiber. Sie gähnte und stand auf.

Die Übelkeit traf sie wie ein Schlag, Ella stolperte und schaffte es gerade noch vor die Tür. Keuchend würgte sie zähen Schleim heraus. Wann ist das nur vorbei?, dachte sie matt und

stützte sich auf einen Stuhl. Gut, dass sie immer noch draußen im Garten schlief. Im Herrenhaus wäre man längst auf ihr Unwohlsein aufmerksam geworden. Neue Sorgen, die sie nicht befeuern wollte.
Nach einer Weile beruhigte sich ihr Körper. Ella atmete tief ein und aus. Es war merkwürdig still, der Himmel glimmte in schwefligem Gelb, Wolken türmten sich wie Mauerwerk am Horizont. Ein letztes Sommergewitter, das sich über der See zusammenbraute?
Besorgt tastete Ella sich zurück in den Pavillon, sie setzte sich auf den Diwan, zog die Beine an und dachte über ihren Traum nach. Die damit verbundenen Empfindungen verstörten sie. Noch nie hatte sie sich so hilflos gefühlt. Und der Eindruck des kochenden Wassers und ihres geschwollenen Körpers war so erschreckend real gewesen. Sie meinte, die Traumbilder malen zu können. Hastig strich sie über ihren zitternden Körper, um sich seiner Unversehrtheit zu versichern.
Ellas Herz klopfte, ihre Brüste schmerzten und fühlten sich schwer und fremd an, als gehörten sie nicht zu ihr. Was war nur mit ihr geschehen? War es die Luft, die stickige Atmosphäre? Oder war sie krank, eine Sommergrippe?
Gretas Blick, die Wäsche. Plötzlich beschlich sie eine Ahnung. In Gedanken rechnete Ella nach, zählte die Tage und Wochen zurück. Achtundzwanzig Tage lautete die magische Zahl, auf deren Rhythmus sich ihr Körper verständigt hatte. Heute war der dreiunddreißigste Tag. Es war nun nicht ganz drei Wochen her, dass sie in Jacobs Armen gelegen hatte. Dass sie von seinem und ihrem Verlangen überwältigt worden war. Die Ahnung verdichtete sich zur Erkenntnis.
»Schwanger …«, flüsterte sie entsetzt, und ihr Magen krampfte sich erneut zusammen. »Ich bin schwanger.« Immer wieder hatte sie ihr Unwohlsein auf den Kummer und die Aufregung

vor der Reise geschoben und sich so über den Ursprung der Übelkeit getäuscht.
Der morgendliche Brechreiz, das Ziehen im Unterleib … Wie war das möglich? Noch einmal rechnete sie nach, zählte die Tage wie ein Kind an den Fingern ab. Die Zahlen veränderten sich, umschlangen einander, glichen einem Stoßgebet. »Bitte, bitte, bitte, lass es nicht wahr sein.«
»Jago …« Sie zog den Hund zu sich, drückte ihr Gesicht in das warme Fell. »Was soll ich nur tun? Das kann doch nicht sein.«
Aus der Ferne rollte ein Grollen heran. Der Alptraum schien sich in den Tag hineinzuziehen. Selbst die Vögel klangen besorgt, nur zaghaft war das Morgenlied der Rotkehlchen, Zaunkönige, Amseln und Meisen zu hören. Die Sänger schienen ihr Unglück in die Welt hinauszuposaunen. »Die Baroness erwartet ein Kind«, trällerten ihre Stimmen.
Das Fräulein ist doch ledig, echote es in Ellas Kopf. Sie sah die Mienen der anderen vor sich, Münder, aus denen schwarzer Speichel quoll und die hässliche Worte ausstießen: »Ein illegitimes Kind …«
»Ein Bankert …«
»Ein Bastard …«
»Und der Vater erst, ein Sozialist und Vaterlandsverräter auf der Flucht.«
»Sie hat dem Baron das Herz gebrochen.«
»Niemals wird er ihr diese Schande verzeihen können.«
Ella stöhnte auf und rollte sich auf die Seite.
Was sollte sie nur tun? Ihre Gedanken waren wie blockiert, die dunklen Schatten in ihrem Leib hatten sich zu einem ungebetenen Gast verdichtet. Ein winziges Herz schlug darin, unerbittlich und zäh.
Fieberhaft suchte Ella nach einem Ausweg. Sie kannte nie-

manden, dem sie sich hätte anvertrauen können. Der Pfarrer? Ausgeschlossen. Doktor Gröde? Nein, das war unmöglich. Und Greta? Sie würde sich nicht verstellen können und das Geheimnis ihrem Vater offenbaren. Und dessen Reaktion konnte Ella sich ausmalen. Die Baroness von Carlsburg schwanger, eine ledige Mutter auf *Sophienlund* – nein, das durfte nicht sein. Daran war nicht einmal zu denken. Und eine Freundin, eine Vertraute, die schweigen könnte und zu ihr halten würde, gab es nicht. Ella war allein.

Das Grollen in der Atmosphäre verstärkte sich, die Vögel verstummten erschrocken. Im Pavillon lief Jago unruhig auf und ab. Ella sah, dass sich seine Nackenhaare zu einer Bürste aufgestellt hatten. »Es ist nur ein Gewitter, Jago«, flüsterte sie. »Ein Gewitter.«

In Ellas Kopf schwirrten die Gedanken. Vielleicht könnte man das Kind nach der Geburt weggeben? Ella hatte von Instituten gehört, die sich der heiklen Last des Adels annahmen. Und die Zeit bis zur Geburt könnte sie in der Kur an einem unbekannten Ort verbringen. Die letzten vier oder fünf Monate, in denen der Bauch anschwoll und das neue Leben für alle Welt sichtbar wurde – auch das war durchaus üblich. Aber was wäre mit Jacob? Hätte er nicht auch ein Recht auf das Kind? Auf eine Entscheidung über das Schicksal seines Sohnes oder seiner Tochter?

Wieder grollte der Himmel, und Ella stöhnte auf. Sie sah das Gesicht ihres Vaters vor sich, seine Enttäuschung und Wut, seinen Zorn. Wie hatte sie ihn nur so hintergehen können? Gedankenlos hatte sie ihre Freiheiten ausgenutzt und alle Grenzen des Anstands überschritten, schamlos und ohne Rücksicht auf die Familie.

Ein weiterer furchtbarer Gedanke quälte sie und verdichtete sich zur Gewissheit: Er würde ihr die Malerei verbieten.

Schließlich hatte sie ihm das Vertrauen, das er ihr großherzig geschenkt hatte, so schändlich gedankt.
Und wenn es nicht der Vater war, der sie künftig einschränkte, so wäre es vielleicht ihr Gatte, denn eine Hochzeit war nun unausweichlich – so schnell wie möglich, um dem Gerede in der Gesellschaft sofort zu begegnen. Sicherlich würden sich Bewerber finden, schließlich galt die Baroness von Carlsburg als hervorragende Partie. Sie brachte Geld und Land mit in die Ehe, ein Vermögen, das den Makel ihrer sittlichen Verfehlung aufwiegen würde.
Ella sah Wilhelm von Blome vor sich, auch Christian und Heinrich Tetzlaff verbeugten sich vor ihrem inneren Auge, freundliche, junge Herren mit harmlosen Ambitionen. Sie waren geeignete Kandidaten, die ihr in ihrem früheren Leben nicht einmal völlig abwegig erschienen wären. Aber sie hatte Jacob kennengelernt, die Magie seiner Liebe gespürt. Ella wusste, an der Seite eines Gutsherren oder Kaufmanns würde sie an der Bedeutungslosigkeit ihres Lebens ersticken.
Sie schluchzte auf, und ihre Tränen glichen einem Schwur. Sie würde ihren Zustand für sich behalten. Und sie musste einen Ausweg finden, so schnell wie möglich.
Ein Blitz erhellte den Raum und ließ Jago aufheulen. Plötzlich schien es draußen wieder Nacht geworden zu sein, die Dunkelheit war zurückgekehrt. Mit zitternden Händen suchte Ella nach Streichhölzern und zündete eine Kerze an. Als sie an die Fensterfront trat, sah sie, wie Lichter über der Ostsee zuckten. Der Sturm, dessen Kern sich irgendwo über dem Meer gebildet hatte, rollte heran. Eine blauschwarze Wand hatte sich vor den Horizont geschoben. In rascher Folge wechselten Blitz und Donner, mit jeder Minute, die verstrich, gewann der böige Wind an Kraft. Erschrocken und fasziniert zugleich beobachtete Ella, wie die jungen Bäume sich im

Sturm bogen. Äste, die von Jago angebellt wurden, prasselten auf das Atelier.

Ella konnte sich nicht von dem Schauspiel lösen. Gebannt verfolgte sie das Wüten des Unwetters. Inzwischen war es zu spät, um im Herrenhaus Schutz zu suchen. Sie wagte es nicht, durch den Park zu laufen. Besorgt dachte sie an die hohen Bäume, die den Pavillon umstanden. Ein Blitz würde wohl in die Kronen der Eichen und Buchen fahren und das Atelier verschonen. Doch ein starker, abgerissener Ast oder ein entwurzelter Baumriese könnten das Häuschen unter sich begraben.

Noch nie hatte sie ein ähnlich heftiges Unwetter erlebt. Ella sah sich um, suchte Schutz. Das Donnern glich nun gewaltigen, metallischen Schlägen, der Boden schien unter ihren Füßen zu beben. Selbst die Blitze waren zu hören, ein gefährliches Zischen, das durch die Luft fuhr und die Atmosphäre in Blöcke zu teilen schien. Der Himmel hatte sich inzwischen fast schwarz gefärbt, die Blitze tauchten ihn in ein dunkelviolettes Grauen. Das Gewitter musste nun so gut wie über ihnen stehen.

»*Allez*, Jago!«, schrie sie und zerrte den Hund von der Tür weg. »Unter den Tisch!« Doch die Dogge riss sich los, stellte sich auf die Hinterbeine und drückte die Klinke hinunter. Ein Windstoß schlug die Tür auf, und Jago stürzte panisch in den Sturm.

»Jago …« Ellas Schreie verloren sich im tosenden Geheul. Sie zerrte an der Tür, versuchte sie wieder zu schließen, doch der Wind zog sie hinaus, drückte sie zu Boden.

Es war wie in ihrem Traum: Etwas hielt sie gefangen, zog sie hinab in die Fluten, und aus eigener Kraft gab es kein Entrinnen. Entsetzt und starr vor Schreck wartete Ella auf die glühenden Lavamassen, die sie überrollen würden.

»Ella!« Die Stimme des Vaters an ihrem Ohr. »Ich bin da, min

Deern …« Er umfasste ihre Taille, zog sie hoch, riss sie mit sich über den Rasen. Eine Winzigkeit schneller als der Sturm. Ella wusste nicht, wie sie durch das Inferno gekommen waren, wie sie die Stufen zur Terrasse bewältigt hatten, wie sie schließlich durch die zitternden Glastüren ins Herrenhaus gelangt waren. Der Wind hatte sie vor sich hergeschoben. In ihrem Rücken schien das Ende der Welt über *Sophienlund* hereinzubrechen.

»Ella!« Sie spürte, wie man sie in Decken hüllte, sie in einen Sessel drückte, ihr einen Becher mit heißem Tee reichte. Auch Jago war da und umschmeichelte sie.

Ella hatte keine Zeit, sich um das Atelier Sorgen zu machen. Alles war auf den Beinen, und schon sah sie, wie der Vater Kommandos brüllte und Aufgaben verteilte. Würden sie die Tiere retten können, die schutzlos auf den Feldern standen? Ella betete darum, dass den Pferden nichts geschah. Fluchend machten sich die Knechte auf den Weg zu den Koppeln und Ställen, während Greta die hysterisch schluchzenden Dienstmädchen zur Ordnung rief.

Plötzlich war es still. Der Sturm schien für einen Moment Atem zu holen. Vereinzelt war das Wiehern der Pferde zu hören. Dann zerriss ein Blitz die Atmosphäre, ein gewaltiger Donnerschlag folgte. Die Fensterscheiben klirrten, das Geschirr tanzte in den Schränken, und in der Küche sprangen die Gläser. Ella verschüttete Tee. Das heiße Wasser verbrühte ihre Hand, doch sie spürte den Schmerz nicht.

»Ein Blitzschlag!« Die Mädchen liefen an die Fenster und versuchten, etwas zu entdecken. Auch Ella sprang auf und spähte hinaus.

Wieder Stille, der Wind ließ nach. Atemlos starrten sie alle in die Dunkelheit.

»Die Scheune …« Greta sah es zuerst. Ein Glutpunkt tanzte

auf dem Dachreiter – wie ein glimmender Vogel, der den First entlang trippelte.

»Der Feuerhahn …« Die Mädchen liefen durcheinander, öffneten die Fenster, schrien es hinaus. »Fuur, Fuur …!«

Entsetzt sah Ella zu Greta, doch die Hausdame hatte schon die Türen geöffnet. »Alle raus!«, schrie sie. »Alle packen mit an, das Feuer darf nicht überspringen.«

Als Ella hinauslief, setzte der Regen ein. Das Wasser stürzte über das Anwesen herein und verwandelte die Welt in einen rauschenden Strom.

Siebzehn

Die Nachricht vom Unglück auf *Sophienlund* hatte sich rasch verbreitet. Ein Lauffeuer, das dem Brand gefolgt war. Alle Welt sprach über die Ereignisse der Gewitternacht. Und Ella dachte, dass die Stimmen der Leute wie gefräßige Flammen knisterten.

Trotzdem war das Mitgefühl groß, und die Nachbarn boten Hilfe an. Zwar war die Scheune nicht bis auf die Grundmauern niedergebrannt, doch der gesamte Dachstuhl, Stroh und Heu waren den Flammen zum Opfer gefallen. Verkohlte Balken ragten aus den Trümmern, noch immer hing ein beißender Brandgeruch in der Luft. Nur der Regen und das beherzte Löschen der Pächter und Knechte hatten Schlimmeres verhindert. Furchtlos hatten sie das Feuer bekämpft und das Herrenhaus gerettet. Mit einem Sonderlohn hatte der Baron sich für ihren Einsatz bedankt. Der Wintervorrat an Streu und Futtermitteln jedoch war verloren. Sie mussten Ersatz beschaffen.

In den folgenden Tagen war Ella damit beschäftigt, die Schäden auf dem Gut zu besichtigen. An der Mühle war ein

Stoffflügel zerrissen, nutzlos hing er herab. Der Wind hatte Dächer abgedeckt, Löcher klafften wie offene Wunden im Gebälk. Das Gärtnerhaus und die Höfe einiger Pächter mussten gerichtet werden. Auf Weiden und Koppeln hatte der Sturzregen riesige Lachen hinterlassen, Kühe waren verendet, als sie in Panik Zäune übersprungen und sich dabei die Beine gebrochen hatten. Wie gestrandete Wale lagen ihre aufgedunsenen Leiber im Gras. Man musste die Körper verbrennen. Im Wald und auch im Park hatte der Sturm Bäume entwurzelt. Und am Strand hatte die peitschende See Teile der Böschung und des Strandwegs weggerissen. Die Promenade glich einem schlammigen Acker.

Ellas Atelier hatte dem Unwetter erstaunlicherweise getrotzt. Allein die Tür hatte der Wind aus den Angeln gerissen und durch den Garten gewirbelt. Die Knechte hatten sie zwischen den Gemüsebeeten gefunden, wo sie wie ein Mahnmal aufrecht im Schlamm steckte. So hatte der Sturm Regen in den schutzlos offen liegenden Raum peitschen können und alles verwüstet. Ein Teil der Leinwände und Bildermappen war völlig durchnässt, alle Rosenbilder waren aufgelöst und zerstört. Die welken Blüten schienen auf dem nassen Grund zu schwimmen. Traurig dachte Ella, dass sie sich in farblose Seerosen verwandelt hatten.

Die Porträts, die sie von Jacob gemalt hatte, fand Ella jedoch unversehrt. Hinter dem Diwan und von den Tüchern geschützt, hatten sie den Sturm überstanden. Es war wie ein Zeichen, das sie allerdings nicht lesen wollte.

Ella wusste nicht, was sie zuerst anpacken sollte. Sie kam nicht zur Ruhe. Sie stand ihrem Vater zur Seite, beruhigte und tröstete die Leute, verteilte Aufgaben, organisierte Stroh und Heu für den Winter. Und sie musste ihr eigenes Unglück bewältigen. Stundenlang saß sie auf dem Pferd und galoppierte

über das Anwesen. Sie funktionierte, hielt sich gerade, drückte das Kreuz durch und versuchte, nicht über den nächsten Tag hinauszudenken.
Am Abend widmete sie jede freie Minute dem Atelier, denn sie wollte sich ihr Reich noch vor der Abreise nach Valencia zurückerobern. Selbstverständlich hatte sie ihrem Vater angeboten, auf die Reise zu verzichten. Doch der Baron hatte nichts davon hören wollen. »Das Gut hat schon so manchen Sturm erlebt«, hatte er gebrummt und seine Tochter in die Arme gezogen. »Du wirst auf jeden Fall fahren.«
Erleichtert hatte Ella zugestimmt. Jacob und die Schwangerschaft hatten sie aus ihrer Welt gerissen, und sie sehnte sich danach, *Sophienlund* für eine Weile zu verlassen. Ella dachte, dass Valencia ihr Zeit verschaffen würde. Zeit, die Schande zu verbergen und nach einem Ausweg zu suchen. Sie wollte die Herrschaft über ihr Leben zurückgewinnen und durch stundenlanges, wildes Reiten über das Anwesen hoffte sie, ihren Körper in Aufruhr zu versetzen. Vielleicht verlöre er ja auf diese Weise das noch formlose Wesen? Sie nahm jeden Auftrag an, und jeden Ritt absolvierte sie in einem noch waghalsigeren Tempo, als es ohnehin schon ihre Art war.
Auf dem Rückweg von Gut *Pankert,* wo sie fünf Fuder Heu gekauft hatte, rastete Ella mit den Knechten in einem Gasthof. Am Tresen fiel ihr eine Auswandererzeitung in die Hände. Das Blatt warb für Amerikaauswanderungen über Hamburg. Hastig blätterte Ella durch die Seiten, auch Passagen nach Australien waren darin angezeigt. Mit dem Rücken zu ihren Männern las sie, dass der Segler *Südstern* Mitte September von Hamburg nach Melbourne ablegte. Es war die letzte Fahrt des Jahres.
Ella wusste nicht, warum, aber sie hatte die Anzeige mit klopfendem Herzen herausgerissen und in die Tasche gesteckt.

Später hatte sie das Blatt in ihr Skizzenbuch gelegt. Doch in der Hektik danach hatte sie das Papier wieder vergessen.

So verging die Zeit bis zur Abreise nach Hamburg. Ella hetzte durch die Tage. Sie dachte, dass die Stunden vor ihr flohen. Sie konnte kaum Schritt halten mit allem, was noch zu erledigen war. Erst am letzten Abend auf *Sophienlund* kam sie dazu, ihre Malutensilien in einem robusten Lederkoffer zu verstauen, der schon ihrem Vater auf seinen Reisen gedient hatte.
Das Atelier war inzwischen wieder in Ordnung gebracht, der Schreiner hatte die Tür repariert und Ella alle Spuren der Verwüstung beseitigt. Würde sie unterwegs malen können? Nachdenklich sammelte sie Stifte und Skizzenbücher zusammen und legte den Kasten mit der Pastellkreide, die sie den schweren Öltuben vorzog, in den Koffer. Die Pastellfarben ließen sich auf Papier gut mischen, so könnte sie unterwegs zeichnen und gleichzeitig malen, denn durch das Verwischen der Kreide ließen sich zarte Farbübergänge und neue Farbnuancen schaffen. Ella stellte sich vor, wie sie in den Gärten Valencias saß und die Natur sie mit immer neuen Bildideen überschüttete.
Als sie fertig war, blickte Ella sich um. Sie nahm jeden Winkel ihres Reichs in Augenschein, prägte sich jedes Detail ein, die Leinwände, Farben, Paletten, Bücher, die Lage der Fundstücke und die Abstände, die sie auf dem Regal zueinander hatten, als ob sie für eine lange Zeit fortführe. Nachdenklich nahm sie einen Stein vom Regal, ein besonderes Stück, oval mit dunkelblauen Einsprengseln auf weißem Grund. Sie hatte ihn zu Beginn des Sommers am Strand gefunden. Das Muster bildete die Form einer Landkarte. Ella betrachtete den Stein, dann steckte sie ihn ein. Sie ordnete die farbigen Kissen auf ihrem Diwan und zog die Tücher noch einmal fest über die Leinwände mit den Porträts des Geliebten. In eines der Skizzenbücher, die sie

auf die Reise mitnehmen wollte, hatte sie eine Zeichnung von Jacob gelegt, dazu die Anzeige aus der Auswandererzeitung. Jetzt fiel ihr der Brief seines Onkels wieder in die Hände, den sie ebenfalls zwischen die Seiten legte.

Danach zog sie die Vorhänge vor die Fenster und bedeckte Möbel, Staffelei und Malutensilien mit Tüchern. Zuletzt stand Ella reglos in der Mitte des Raumes und nahm Abschied. Wie würde sie zurückkehren? Unbewusst fuhr sie mit den Händen über den noch flachen Bauch, das Zentrum ihrer Ängste. Was sollte sie tun, wenn sich keine Lösung auf der Reise fände? Was, wenn ihr Körper sich weigerte, die verbotene Frucht abzustoßen? Sie wollte nicht, dass das Ungeborene zu jenen Kindern zählen würde, die aus Versehen auf die Welt gelangt waren. Ausgetragen von einer Mutter, die es nicht lieben konnte.

Seufzend trat Ella hinaus in den Garten. Jago erwartete sie. Sie schloss die Tür, drehte den Schlüssel zweimal im Schloss und fädelte ihn auf eine silberne Kette, die sie sich um den Hals legte. Ella dachte, dass sie etwas mehr als sechs Wochen Zeit hätte, um einen Ausweg zu finden. Mühsam schluckte sie die Übelkeit hinunter, die wieder Wellen in ihrem Magen schlug und den bitteren Geschmack der Furcht in ihrem Mund hinterließ.

Was war nur mit ihrem Leben geschehen? An ihrem Geburtstag hatte sie noch geglaubt, dass sie an ihren Aufgaben wachsen könnte. Und dass die Reise ihr nicht mehr als ein wenig Amüsement bieten würde. Wie schnell sich die Dinge doch änderten, jetzt ging es um nicht weniger als ihr Lebensglück. Jacob war wie ein Blitz in ihr Herz gefahren. Doch innerhalb von wenigen Stunden hatte sie alle Gewissheiten ihres Lebens verspielt. Und mit der Liebe, gleichsam wie ein Zwilling des Glücks, hatte das Leid sich an ihre Seite geschlichen.

UNTERWEGS

Eins

Die Reise nach Hamburg war komfortabel. Von Travemünde aus fuhren sie mit der Bahn erster Klasse über Lübeck nach Altona, wo man sie mit einer Droschke abholen ließ. Ellas Schrankkoffer, ein Ungetüm in Mannshöhe, reiste wie ein Zirkuselefant auf einem eigenen Fuhrwerk hinterher.

Schon vom Bahnhof aus hatte Ella die Elbe sehen können. Schuten, Schoner und die weißen Banner der Segelschiffe vermittelten eine Ahnung von fremden Welten. Wie ein unendliches, muschelfarbenes Band dehnte der Fluss sich zu ihrer Linken. Ella dachte, dass er die Stadt seit Jahrhunderten ernährte und Hamburg seinen gediegenen, weltläufigen Charakter verliehen hatte. Der Strom erschien ihr sehr groß und sehr still. Freundlich begleitete das Wasser die Frauen die Elbchaussee entlang, bis sie das Anwesen von Otto Wilhelmi in Othmarschen erreicht hatten. Von den Gewinnen des Fruchtimports hatte Ellas Onkel sich eine prächtige, weiße Villa errichten lassen.

Da der Baron zu Gesprächen nach Berlin beordert worden war, hatte Greta ihren Schützling bis nach Hamburg begleitet. Nachdem sie Ella wohlbehalten abgeliefert und auf der Veranda der Villa Wilhelmi mit Tee, Pflaumenkuchen und Schlagsahne bewirtet worden war, machte Greta sich auf den Rückweg, um den Abendzug an die Küste noch zu erreichen.

Der Abschied von *Sophienlund* war Ella leichtgefallen. Das Wissen um ihre Schwangerschaft hatte jeden Schmerz betäubt. Jago war ihr aus dem Weg gegangen, so als ahnte der

Hund, dass sie ihn verlassen würde. Und selbst ihren Vater hatte sie ohne Tränen nach Berlin verabschieden können, erleichtert, seinen prüfenden Blicken zu entkommen. Doch als sie sich in Hamburg von Greta verabschiedete, schluchzte sie.
»Kindchen, Kindchen …« Greta schüttelte den Kopf. Sie reichte Ella eines ihrer sorgfältig gebügelten und nach Eau de Cologne duftenden Taschentücher. »Du kommst doch bald zurück. Wenn ich noch mehr Tränen sehe, lasse ich mich nach Valencia einschiffen. Dann sitze ich unter Zitronenbäumen, und du kannst dir wohl denken, dass ich nur erbärmliche Bilder zustande bringen werde.«
Ella nickte, lachte und weinte gleichzeitig. »Ach, meine liebe Greta. Ich weiß, ich bin ein albernes Ding. Aber plötzlich kommt es mir so wirklich vor, und ich war ja auch noch nie so lange fort von *Sophienlund.*«
Ellas Tante Auguste hatte sich im Hintergrund gehalten, nun kam sie dazu und umarmte ihre Nichte zärtlich. »Meine Süße«, flüsterte sie in ihren Nacken. »Wirst sehen, wir werden uns da unten eine schöne Zeit machen. Der Sommer geht, und wir ziehen einfach hinterher.«
Greta nickte resolut und ließ sich in die Droschke helfen. Ein Handkuss noch, fast mädchenhaft geworfen, dann trieb der Kutscher die Pferde an, und mit einem Ruck setzte sich das offene Gefährt in Bewegung.
Ella wartete, bis der Wagen vom Grundstück auf die Straße gebogen war. Sie wischte sich die Tränen aus den Augen, atmete tief durch. *Haltung.* Ein Winken, ein letzter Blick auf Gretas unbeugsames Kreuz, dann folgte sie der Tante ins Haus. Sie nahm sich vor, nicht mehr zurückzublicken.

Obwohl Auguste Wilhelmi die Lebensmitte überschritten hatte, war sie immer noch eine reizende Frau. Ellas Tante besaß jene hartnäckige Schönheit, die sich bis ins hohe Alter hielt, und sie legte Wert auf Eleganz. Sie kleidete sich nach der neuesten Mode und trug das blonde, mit wenigen Silberfäden durchzogene Haar sorgfältig aufgesteckt. Kämme aus Horn und Elfenbein, die ihr Mann aus Afrika mitgebracht hatte, schmückten es. Auguste Wilhelmi war bekannt für ihren Geschmack. Auch das Haus, die weiße Villa, atmete Raffinesse. Ausgesuchte Mitbringsel und Kunsthandwerk ergänzten die geschmackvolle Einrichtung mit exotischem Flair.

Drei Kinder hatte Ellas Tante geboren – Gustav, der Sohn, arbeitete bereits im Geschäft des Vaters, und Valeska, die Tochter, war mit einem Juristen verheiratet und lebte in München. Ein Nachzügler, ein kleiner Junge, war noch im Säuglingsalter verstorben. Ella erinnerte sich nur noch vage an die verschatteten Augen des Kindes. Sie waren dunkel gewesen, fast schwarz, wie ein See ohne Grund. Nur einmal hatte sie den kleinen Frido gesehen und auf dem Arm gehalten. Den Schmerz über den Verlust ihres Kindes sah man der lebhaften Auguste nicht an. Niemals wieder hatte sie mit Ella über das Kind gesprochen, und niemals hatte Ella sie klagen hören, doch in einem Medaillon, das die Tante um den Hals trug, bewahrte sie eine winzige Locke des Jungen auf.

Um sich abzulenken, hatte Ellas Tante nach dem Tod des Kindes ein noch regeres gesellschaftliches Leben aufgenommen, als es die Position ihres Gatten ohnehin mit sich brachte. Wenn Otto Wilhelmi ins Ausland reiste, vergnügte sie sich mit Bridge und Damenrunden, Gesangsverein, Opernbesuchen und im Ruderclub. Sie war Mitglied des Hamburger Kunstvereins und hatte Ella bereits in das neue Museum auf der Alsterhöhe ausgeführt. Erst im vergangenen Jahr hatten sie die Gemäldegalerie besucht und ihre gemeinsame Vorliebe für französische und englische Malerei entdeckt.

Als sie beim Abendessen saßen, erinnerte Auguste ihre Nichte daran, was vor der Abreise noch zu erledigen war.
»Du musst deine Papiere noch einmal von den Hafenbehörden beglaubigen lassen«, sagte sie und hakte einen Punkt auf ihrer Liste ab. »Dann fehlen noch Medikamente, die ich bei Apotheker Rosenblom an der Elbchaussee bestellt habe. Wir sind etwa eine Woche auf dem Schiff, für die Fahrt sollten wir etwas zu lesen einpacken, ein Kartenspiel, Schokolade, Tee, Kaffee und Portwein, ein warmes Plaid.«
Ella nickte, die Worte ihrer Tante zogen wie Schiffe an ihr vorbei. Das ausgerissene Stück Zeitung in ihrem Skizzenbuch fiel ihr wieder ein. In sechs Tagen würde die *Südstern* nach Melbourne ablegen, die Elbe hinuntersegeln und das offene Meer bei Cuxhaven erreichen.
»Ella, hörst du mir zu?« Auguste sah ihre Nichte amüsiert an. »Du bist so verträumt, siehst du Valencia schon vor dir?«
»Entschuldige …«, sagte Ella zerknirscht. Sie mochte ihre Tante sehr, und in diesem Augenblick dachte sie, dass sie sich ihr anvertrauen könnte. Vier Worte nur: Ich erwarte ein Kind. Worte, die von Vertrauen sprachen und alles verändern würden.
Doch ein Blick auf Augustes Medaillon hielt sie zurück. Sie wusste, was die Tante ihr raten würde: »Du bekommst das Kind, Ella. Und dann werden wir weitersehen. Wenn du es nicht bei dir behalten kannst, kümmere ich mich darum.«
Der Gedanke war verführerisch. Aber Ella wusste, dass sie das Kind in ihrem Leib nicht zu einem Menschen heranwachsen lassen könnte. Sie wollte nicht fallen, nicht aus ihrer Welt. Denn dann, so dachte sie, müsste sie auf alles verzichten, was ihr Leben auszeichnete. Der Schandfleck würde die Welt der Farben in ihrem Inneren auslöschen. Und sie hätte den Kampf um die Malerei verloren, den sie noch nicht einmal begonnen hatte.

»Ella …?«

Erschrocken blickte sie auf, die Worte der Tante waren völlig an ihr vorbeigezogen. »Stempel, Medikamente, Hafen …«, murmelte sie leise und auf Verdacht.

»Und ein Besuch bei Doktor Julius, das hat mir dein Vater aufgetragen.«

»Warum das?« Ellas Magen krampfte sich zusammen, sie legte den Nachtischlöffel zur Seite. »Mir fehlt nichts.«

»Friedrich schrieb mir, dass du in den letzten Wochen nervös und abgespannt wirktest. Und dann das Unglück auf *Sophienlund* … Du hast dir die Hand verbrüht und bis zur Erschöpfung gegen das Feuer gekämpft. Und auch in den Tagen danach hast du dich nicht geschont. Dein Vater möchte sichergehen, dass es dir an nichts fehlt, wenn wir uns einschiffen. Und ich kann ihm diese Bitte nicht abschlagen.«

»Aber …«

»Ich habe es ihm versprochen, Ella. Und wie mir scheint, geht es dir gut. Du hast Appetit, und allzu mager siehst du auch nicht aus. Doktor Julius wird schon keinen Riesenwurm in deinen Eingeweiden finden. Mach dir also keine Sorgen, man wird dich abhorchen, deinen Puls fühlen und dir die Wangen tätscheln. Mehr wird nicht passieren.«

»Kommst du mit?«

»Ella, du bist jetzt erwachsen. Du benötigst keine Anstandsdame mehr. Aber wenn du möchtest, begleite ich dich gern.« Tante Auguste zwinkerte verschwörerisch und zeigte auf die Schüssel mit dem Kompott. »Iss, mein Mädchen. Isa hat die besten Mirabellen für dich eingekocht.«

Gehorsam nahm Ella den Löffel wieder zur Hand und tunkte ihn in die süße Fruchtspeise. Das Besteck, mit dem die Tante hatte eindecken lassen, stammte noch aus dem Erbe der Familie von Carlsburg. Auf dem Silber waren das Wappen, ein

Schild mit Nesselblatt und Adler, und die Initialen einer ihrer Großmütter eingraviert. Haltung, dachte Ella, als sie mit dem Finger über die feine Gravur strich, Haltung …
Nach dem Essen wechselten die Frauen an den Kamin im Salon, wo das Mädchen Tee und Sandgebäck servierte. Ella plauderte, um nicht nachdenken zu müssen. Sie berichtete über die Ereignisse des Sommers und erzählte vom Sternenball, dem die Tante wegen einer Reise zu ihrer Tochter nach München ferngeblieben war.

Über Jacob von Saalmuth jedoch erfuhr Auguste kein Wort. Sie ahnte nichts von seiner Existenz und dem Eindruck, den er in Ellas Leben hinterlassen hatte. Und sie sah nicht, dass Ellas Blick sich bisweilen verdunkelte, als ob schwarze Farbe die grünen Katzenaugen verschleierte.
Als der Hausherr spät nach Hause kam, begrüßte Ella ihn mit schweren, verhangenen Lidern. Dann verabschiedete sie sich zur Nacht.

Zwei

Das Zimmer unter dem Dach war hübsch, bernsteinfarbenes Holz und helle Stoffe unterstrichen seinen freundlichen Charakter. Wenn Ella das Fenster öffnete, konnte sie das Elbwasser durch die Baumwipfel hindurchschimmern sehen. Bei Sonnenschein spiegelte das Blau des Himmels sich in den Scheiben, und das Licht floss wie Honig auf das Parkett. Es war fast wie auf *Sophienlund.*
Erschöpft kämpfte Ella sich aus ihren Kleidern. Die Übelkeit am Morgen hatte nachgelassen, dafür drückte sie abends eine bleierne Müdigkeit, die sich wie schwere Marktgewichte auf

ihre Schultern legte. Sie wusch sich, kämmte das Haar aus, dann blickte sie an sich hinab. War schon eine Veränderung zu bemerken? Ängstlich strich sie über ihren Bauch. Dann blickte sie zweifelnd in den Spiegel, doch sie sah sich nur bis zur Brust.

Ella zog einen Stuhl vor den Waschtisch und stieg hinauf. Der Fußboden fiel ein wenig ab, der Untersatz wackelte, aber nun konnte sie ihren Körper bis hinunter zu den Knien betrachten.

Erleichtert atmete sie aus. Der Spiegel warf ein vertrautes Bild zurück: Ellas Bauch war flach und sehnig, wie ein nach innen verkehrtes Schneckenhaus markierte der Nabel sein Zentrum.

»Es ist alles gut«, murmelte sie, als müsste sie ein kleines Kind beruhigen, und drehte sich weiter auf dem Stuhl vor dem Spiegel hin und her. »Doktor Julius kann nicht in dich hineinblicken, er wird den Schandfleck nicht sehen können.«

Ein guter Geist hatte ihre Wäsche für die Nacht bereitgelegt. Noch eine Drehung, ein letzter Blick, dann wollte Ella vom Stuhl springen und sich das Nachthemd überstreifen. Doch dann überdrehte sie den Körper, bekam zu viel Schwung. Ella verlor die Balance, polternd kippte der Stuhl aufs Parkett, und sie stürzte zu Boden.

Was für ein Krach, dachte sie noch erschrocken und blickte ihren Gedanken nach, während ihr Körper schon fiel. Dann schlug sie mit dem Hinterkopf hart auf der Bettkante auf.

Als sie wieder zu sich kam, lag sie auf dem Bett. Auguste drückte ihr einen nassen Lappen auf die Stirn, der Onkel stand am Fußende und schüttelte den Kopf. In ihrem Nacken fühlte Ella einen Eisbeutel.

»Kindchen, Kindchen, was machst du denn?« Die Tante sah sie erschrocken an. »Bist du einfach umgekippt, Mädchen?«

Ella blinzelte, das Licht der Lampe schmerzte in ihren Augen.

Vorsichtig drehte sie den Kopf zur Seite. Eine dunkle Maske, ein Stück aus der Südsee, blickte sie finster an und streckte ihr die Zunge heraus. »Ich weiß nicht, wie das passiert ist«, murmelte sie benommen.

»Vielleicht war dir schwarz vor Augen? Die Aufregung …?«

»Ja, vielleicht«, antwortete Ella verwirrt. Der Schmerz schien sich direkt in ihren Kopf zu bohren und überlagerte jeden Gedanken.

»Das wird eine anständige Beule geben«, meldete sich die dunkle Stimme des Onkels zu Wort. Ella sah nur dessen kräftige Hände, die sich auf den Bettpfosten stützten.

»Na, jetzt lohnt sich der Besuch bei Doktor Julius wenigstens.« Auguste lächelte und strich beruhigend über Ellas Wange. Mit der anderen Hand zog sie die Decke über ihren Körper. Ella bemerkte, dass sie ihr das Nachthemd übergezogen hatten.

»Mach dir keine Sorgen, Liebes«, flüsterte Auguste, während Ella die Augen wieder zufielen. »Schlaf jetzt. Ich bleibe hier und passe auf dich auf.«

Der nächste Morgen begann mit Kopfschmerzen und Schwindel. Ella blieb im Bett und ließ sich pflegen. Als sie den Morgentee wieder erbrach, bestellte man den Arzt in die weiße Villa.

»Das ist eine Gehirnerschütterung, Ella. Besser, Doktor Julius kommt und schaut nach dir. Wir müssen wissen, wie lange du das Bett hüten sollst.«

Ella war zu schwach, um sich zu wehren. Plötzlich spürte sie alle Anstrengungen der vergangenen Wochen. Sie ließ sich treiben und genoss es, von der Tante umsorgt zu werden. Im Halbschlaf dämmerte sie hinter zugezogenen Vorhängen. Schatten spielten auf dem Stoff, die Welt blieb fern. Ihre Gedanken waren seltsam leicht wie Wolken über dem Meer, die keine feste Form annehmen wollten. Der Schandfleck schien verschwunden.

Als sie nach dem Mittagessen aufwachte, saß der Arzt an ihrer Seite. Doktor Julius blinzelte. Er war jünger, als sie erwartet hatte, hochgewachsen und mit arglos blickenden blauen Augen.

»Julius«, stellte er sich vor und neigte den Kopf. »Ihre Tante hat mir schon erzählt, was vorgefallen ist.« Er bückte sich und griff in seine Arzttasche. »Ist das schon einmal vorgekommen?«

Ella schüttelte den Kopf und versuchte sich aufzusetzen. »Ich bin wohl gestürzt«, sagte sie und wies auf den Stuhl, der wieder am Fenster stand. »Es war keine Ohnmacht.«

Doktor Julius zog die Augenbrauen hoch. »Turnübungen?«

Ella lachte. »Eitelkeit«, erwiderte sie.

»Ich verstehe.« Routiniert kontrollierte er Puls, Atmung und Pupillenstand. Sie folgte seinem Zeigefinger mit den Augen, bis er zufrieden schien. Dann tastete er die Beule am Hinterkopf ab, die nicht so schlimm ausgefallen war, wie Auguste befürchtet hatte.

»Na, wenn Sie mir versprechen, dass Sie künftig vorsichtiger sind.« Noch einmal blickte er ihr prüfend in die Augen und bat sie, den Kopf vor- und zurückzuneigen. »Zwei Tage Bettruhe werden reichen, dann legt sich der Schwindel. Soll ich Ihnen etwas gegen die Kopfschmerzen verschreiben?«

Ella schüttelte vorsichtig den Kopf. »Es wird schon besser, meine Tante kümmert sich rührend um mich.« Sie wies auf die kalten Umschläge und die Schüssel mit Eis, die auf dem kleinen Tisch neben dem Bett stand. Erleichtert registrierte sie, dass Doktor Julius seine schwarze Tasche schloss. Offenbar hatte er nicht vor, sie noch gründlicher zu untersuchen.

»Dann empfehle ich mich und wünsche Ihnen eine gute Reise.« Er reichte ihr die Hand, die warm und feucht war, verneigte sich leicht und stand auf. »Wenn Sie erlauben, werde ich Ihrer Tante Bericht erstatten. Aber ich kann Ihnen versichern, bis zur Abfahrt Ihres Schiffes sind Sie wieder auf dem Damm.«

Als er gegangen war und sie seine Schritte hörte, die sich die Treppe hinunterbewegten und leiser wurden, dachte sie an Jacob. Wie war er als Arzt, und wie hätte er sich einer Patientin genähert?

Sie meinte, seine Finger zu spüren, die sich über ihren Leib tasteten, in ihrer Mitte verharrten und das verborgene Geheimnis in ihrem Körper entdeckten.

»Ella …«, würde er flüstern. »Ich wusste nicht …«

Hitze stieg aus ihrem Becken auf, und sie merkte, wie ihre Wangen sich röteten. Ihre Hände suchten den glühenden Punkt unter ihrem Nabel, doch sie wagten nicht, tiefer zu wandern, dem Lavastrom entgegen.

Ella spürte einen leichten Wellenschlag der Übelkeit, und in diesem Augenblick wusste sie, dass der Schandfleck noch da war. Sie seufzte. Weder die wilden Ausritte und Galoppsprünge noch der Sturz hatten das Wesen aus seiner Höhle vertreiben können. Ein Splitter hatte sich in ihrem Innersten festgesetzt, dachte sie. Und er war es auch, der die Wellen verursachte. Bald würde er zu einer schweren Last heranwachsen und ihr die Luft zum Atmen nehmen.

Plötzlich konnte sie den Gedanken an Jacob nicht mehr abschütteln. Sie sah sein Gesicht, seine Augen, hörte seine Stimme, die sie zu rufen schien. Er fehlte, und sie sehnte sich, zerfloss vor Traurigkeit. Mit aller Macht brach der Schmerz wieder über sie herein.

Ella dachte, dass sie es nicht allein schaffen könnte. Sie würde sich nicht gegen das Bollwerk der Familienehre stemmen können. Und sie würde die Fassungslosigkeit des Vaters nicht ertragen, seinen gekränkten Blick. Aus Liebe würde Enttäuschung, dann Verachtung werden. Nie mehr könnte er sie so in die Arme schließen, wie er es bislang getan hatte. Sobald er wusste, was geschehen war, wäre sie eine Gefallene. So gern gesehen wie ein fremder Hund.

Würde sie also nach Valencia reisen können?

Australien … Wie ein sicherer Fels am Horizont tauchte das Wort in ihren Gedanken auf. Australien, Australien …

»Der wilde Kontinent.« Sie hörte Jacob flüstern.

Plötzlich war ihr Mund ganz trocken. Ella griff nach dem Wasserglas auf dem Tischchen und trank einen Schluck.

Und dann dachte sie, dass sie Jacob nach Australien folgen könnte. Die Schwangerschaft hatte sie bereits aus ihrer Welt herauskatapultiert. Warum sollte sie also den letzten Schritt nicht wagen und ihm folgen?

Sie liebte ihn. Und Jacob war Arzt. Er würde ihr helfen können – so oder so.

Ellas Gedanken überschlugen sich: In wenigen Tagen legte das Schiff nach Melbourne ab. Mit etwas Glück würde sie noch eine Fahrkarte erstehen können. Und mit noch mehr Glück könnte sie an Bord des Auswandererschiffes gelangen, ohne dass ihre Tante etwas bemerkte. Sie brauchte einen Plan. Etwas, das sie tröstete und an das sie sich klammern könnte. Ein Rettungsboot im Ozean ihrer Schande.

Ellas Herz schlug aufgeregt, während sie alle Eventualitäten und Unwägbarkeiten ihres Vorhabens durchdachte.

Aus dem Bett heraus schien alles so einfach: Stück für Stück fügte sich das Ungeheuerliche zu einem gangbaren Weg.

Drei

Hinter der strengen Backsteinfassade herrschte hektische Betriebsamkeit. Im Kontorhaus der Reederei Godeffroy & Sohn liefen die Menschen durcheinander, sie suchten nach einem Anker, einem Hafen für ihr Anliegen und ihre Fragen. Wer Antworten bekommen hatte, fand sich in einer Menschenschlange wieder, wartend. Ella dachte, dass das Warten zum Aufbruch dazugehörte – so wie die Ängste und Zweifel, die sich in den tief liegenden Augen der Auswanderer spiegelten. Augen wie Kohlestückchen, in denen winzige Hoffnungsfunken glimmten.

An einem der Amerikaschalter drängelten sich an die zweihundert Leute. Sie standen für Fahrkarten an. *Hier dritte Klasse,* belehrte ein Schild die Wartenden, und nur langsam arbeiteten sie sich voran, Schritt für Schritt.

An Ellas Schalter ging es etwas schneller, dennoch hatte sie Gelegenheit, sich umzusehen. Sie sah junge Männer, die auf ihren Traum und ihre ungestüme Kraft vertrauten, und Familien, Kinder, Eltern, Großeltern, die sich gemeinsam auf den Weg in die Neue Welt machten. Sie waren mit dem Zug oder mit dem Pferdewagen aus ihren entfernten Dörfern in die Stadt gekommen und mehrere Wochen unterwegs gewesen. Müde schoben sie sich vorwärts, gleichmütig und geduldig. Auch fremde Gesichter waren darunter, polnische und russische Sprachfetzen drangen an ihr Ohr, und den Ausdruck von Zuversicht und Erwartung, der in ihnen lag und bisweilen die Ungewissheit überlagerte, hätte Ella gerne gezeichnet.

Auf einem Plakat las Ella, dass die Reederei nur ein Gepäckstück pro Familie erlaubte. Zur Verdeutlichung hatte jemand ungeschickt eine Holzkiste mit zwei Griffen unter den Text gezeichnet. In einer solchen hatten die Auswanderer nun ihr gesamtes Hab und Gut zu verstauen – Wäsche, Besteck und Kochgeschirr, Nähzeug, Schmuck, Pflugschneiden, Werkzeug und Proviant. Alles Übrige hatten sie vor der Abreise verkauft. Sorgenvoll wogen die Männer ihr Ledersäckchen mit Münzen in den Händen. Die Auswanderer hatten sich bis zur Abfahrt ihres Schiffes in Herbergen und Gasthäusern einquartiert. Dort schliefen sie auf Strohsäcken und bekamen Tee und etwas Grütze zum Frühstück. Doch die einfachen Unterkünfte waren teuer, und die Kosten verschlangen das wenige Geld, das sie besaßen. Wenn das Wetter schlecht war und sich die Abreise verzögerte, kamen noch mehr Ausgaben für die Übernachtung und Verpflegung dazu. Geld, das die meisten nicht eingerechnet hatten. Viele Auswanderer hatten ihr Erspartes schon verloren, bevor das Schiff überhaupt in See gestochen war.

»Die Papiere, Fräulein.«

Ella zuckte zusammen. Sie reichte dem schwitzenden Herrn hinter dem Schalter ihre Ausreiseerlaubnis, die mit allen erforderlichen Stempeln versehen war.

»Sie reisen allein?« Ein scharfer Blick traf sie von der Seite. »Nach Australien?«

Ella nickte. »Ich habe Familie in Melbourne«, murmelte sie ausweichend. Der Name der fremden Stadt ging ihr leicht von den Lippen, sie hatte ihn wie eine Schauspielerin vor dem Spiegel geübt. »Ein lange verabredeter Besuch.«

Doch das Interesse des Kontoristen war bereits erloschen. Bedächtig übertrug er Ellas Namen auf ein Stück Papier. Schon war sie eine Nummer, ein beliebiges Kürzel auf irgendeiner Passagierliste. Sorgfältig stempelte er die Dokumente und stellte ihr eine Fahrkarte aus: *Hamburg – Melbourne, 14. September 1872, Abfahrt: zehn Uhr, Kajütenpassagier Frl. Elisabeth von Carlsburg.*

»Sie müssen spätestens um acht Uhr an Bord gehen, Fräulein. Ihr Gepäck können Sie bereits am Vorabend aufs Schiff bringen lassen.«
Wieder nickte Ella und reichte dem Mann das Geld, zweihundertachtzig Mark kostete die einfache Fahrt in der ersten Klasse, Verpflegung eingeschlossen. Ella hatte noch nie so viel Geld auf einmal ausgegeben, und sie war froh, über die kleine Erbschaft ihrer Großmutter verfügen zu können.
Mit dem Fahrschein in der Hand verließ Ella das Gebäude am Hafen. Möwen lamentierten über ihrem Kopf. Es war ein schöner Spätsommertag, die Sonne tauchte den Fluss in herbstlichen Dunst. Das weiche Licht schmeichelte der rauen Hafenkulisse. Ella dachte, dass ihr alles, was sie sah, seltsam unwirklich erschien. Ihr war, als bewegte sie sich durch einen Traum oder betrachtete ein Gemälde. Seeleute, Hafenarbeiter und Reisende wirkten wie Staffage vor dem glitzernden Grund des Wassers.
Doch Ella mochte, was sie sah. Erleichtert atmete sie aus. Sie faltete das kostbare Papier und steckte es in ihre Börse. In vier Tagen würde sie Hamburg verlassen. Der Segler nach Australien legte am Montag ab, zwei Tage später verließ das Schiff nach Valencia den Hafen.
War es ein glücklicher Zufall oder Fügung? Ella fielen die Füchse auf *Reinsdorf* ein, die den Jägern auf der Hatz entkommen waren. Was ist schon Glück, min Deern?, echote die Stimme ihres Vaters in ihrem Kopf. Schnell schob sie sich durch die Menschen.
Ella hatte auch daran gedacht, die Fahrkarten nach Valencia stempeln zu lassen, sie waren ihr Vorwand für den Hafenausflug gewesen. Auf dem Kopfsteinpflaster vor der Reederei wartete die Droschke, die sie in die Villa Wilhelmi zurückbringen würde.

Ein winziger Teil ihres Plans war umgesetzt. Ella überlegte, wie sie im nächsten Schritt ihr Gepäck an Bord des Australienseglers bekäme. Ihren Schrankkoffer würde sie nicht unbemerkt aus dem Haus schaffen können. Sie dachte, dass sie mit mehr Mut als Gepäck reisen müsste. Und auf der Fahrt sortierte sie in Gedanken aus, was sie unterwegs nicht unbedingt benötigte.

Auf der Elbchaussee kamen sie an einem Geschäft vorbei, das Koffer und Kisten verkaufte. Ella hatte den Laden mit den gestreiften Markisen aus Segeltuch schon auf der Hinfahrt bemerkt. Im Schaufenster stapelten sich die Gepäckstücke aus Leder und Holz. Sie ließ die Droschke halten, und während der Kutscher wartete, erstand sie eine mittelgroße Reisekiste aus Teakholz mit blank polierten Messingbeschlägen, die wie Blätter und Blüten geformt waren. Außerdem kaufte sie ein kariertes Kaschmirplaid, das ihr warm und tröstlich erschien.

»Für meine Malsachen«, erklärte sie, als der Kutscher die Kiste in den Wagen hievte.

Der Droschker antwortete nicht. Es hatte ihn nicht zu interessieren, wen und was er transportierte. Für die Hausherrin hatte er schon allerlei Merkwürdigkeiten nach Othmarschen gekarrt, darunter ein ausgestopftes Flusskrokodil, das Gemälde einer schamlos nackten Göttin und eine ägyptische Statue, halb Mensch, halb Tier, die ihn jedes Mal erschreckte, wenn er die Halle der weißen Villa betrat. Ungerührt nahm er wieder auf dem Kutschbock Platz und trieb das Pferd an.

Den Rest der Woche verbrachte Ella wie in Trance. Mit jedem Tag, der verstrich, wuchs ihre Aufregung. Und wenn sie darüber nachdachte, wie sehr sie ihre Liebsten mit ihrem plötzlichen Verschwinden ängstigen würde, steigerten Herzklopfen und Übelkeit sich ins Unermessliche. Ihre Flucht träfe die

Familie vollkommen unvorbereitet. Der Baron würde keine Erklärung dafür finden. Ella dachte, dass sie alle, die sie liebten, mit der Sorge um ihr Schicksal quälen würde. Und sie fürchtete, dass das Herz ihres Vaters zerspringen könnte. Doch sie sah keinen anderen Weg für sich.

Ihr Plan sah vor, dass sie sich am Vorabend der Abreise mit ihrem Gepäck einschiffen und die Nacht an Bord verbringen würde. Der Tante hatte sie erklärt, dass sie ihre Malutensilien persönlich an Bord des Spanienseglers bringen wollte. Außerdem konnte sie dort eine Nacht zur Probe schlafen, so, wie es ihnen der Kapitän bei einem Abendessen angeboten hatte. Caspar Vogts, ein Bekannter ihres Onkels, wusste, dass Ella eine Impression des nächtlichen Hafens malen wollte, und er hatte sie eingeladen, unter seinem Schutz an Deck zu arbeiten und auf dem Schiff zu übernachten. So müsste sie nicht zu später Stunde durch den Hafen fahren, wenn sich dort die Nachtgestalten herumtrieben – Gauner, Ganoven und Gefallene.

Bevor man am nächsten Tag bemerkte, dass sie fehlte, hätte der Australiensegler abgelegt, und Ella wäre längst unterwegs. Sie hoffte auf einen Vorsprung von einem bis anderthalb Tagen, bis man in der weißen Villa begriffen hatte. Bis man sicher wäre, dass sie nicht zurückkehrte und verschwunden war. Bis man sie suchen würde.

Ella dachte, dass sie einen Brief hinterlassen und versuchen sollte, sich zu erklären. Wenn sie mit der Tante beisammensaß, Limonade trank und plauderte, tat es ihr weh, Augustes Vorfreude auf die gemeinsame Reise zu beobachten. Sie wusste, dass sie die Arglosigkeit ihrer Tante ausnutzte und deren Vertrauen missbrauchte. Weitere Gedanken an ihren Vater und *Sophienlund* ließ sie nicht zu.

Denn sie sah nur noch diesen einen Weg, und plötzlich verstand sie, dass auch Jacob nicht anders hatte handeln können. Wir gleichen uns, wisperte eine Stimme in ihrem Inneren. Wir ergeben uns unserem Schicksal nicht.

Vier

Ellas Reisekiste wurde über eine Holzplanke auf den Segler geschleppt. Sie sah, wie die beiden mageren Schiffsjungen sich mit dem schweren Gepäck plagten. Als die Kiste endlich an Bord war, konnte Ella wieder anfangen zu denken. Es war, als beruhigte sich ihr Herzschlag nach einem endlosen Hindernislauf.

Die letzten Stunden in der Villa hatte sie kaum atmen können, das Geheimnis nahm ihr die Luft, und der Schandfleck warf Blasen wie ein Hefeteig. Doch dann war alles ganz einfach gewesen. Der Onkel aß im Club, und Tante Auguste war zu einer letzten Bridgepartie vor der Reise verabredet. Sie verließ das Haus am Abend, kurz nach sechs. Gegen halb sieben kehrte der Kutscher zurück, lud Ellas Kiste auf und fuhr sie, so, wie man es ihm befohlen hatte, hinunter zum Hafen.

Unterwegs dachte Ella an den Briefbogen, der in ihrem Schrankkoffer lag. *Verzeiht mir,* stand auf dem Blatt – nichts weiter. Auch die Fahrkarten nach Valencia hatte sie dazugelegt.

Ella hatte lange mit sich gerungen, ob sie sich rechtfertigen sollte. Dann hatte sie sich gegen jede Erklärung entschieden. Sie wollte nicht lügen, aber ihre Schwangerschaft auch nicht preisgeben. Ein Mysterium, ein Rätsel schien ihr passender. War sie nicht ihr ganzes Leben von einem Rätsel umgeben gewesen?

Doch der eigentliche Grund für ihr Schweigen war wohl ein

anderer: Ella wollte die Schwangerschaft, ihren Fehler nicht eingestehen. Und wenn sie nicht davon sprach, nicht darüber schrieb, den Schandfleck nicht offenbarte, so dachte sie, wäre das Ungeheuerliche auch nicht geschehen.

Da die Passagiere der dritten Klasse sich bereits am Abend einschiffen mussten, strömten die Menschen zum Schiff. Ella zählte bald an die einhundertfünfzig Leute. Kisten und Koffer, Körbe, Fässer und Bündel türmten sich auf dem Kai. Inmitten dieses Trubels hatte die Besatzung eine Planke von der Reling heruntergelassen. Grobe Querstreben dienten als Trittleisten.

Für einen Moment überfiel Ella Panik, sie spürte den unheimlichen Sog der Tiefe. Sie sah, wie kleine Kinder erschrocken in das schwarze Wasser starrten und sich an die Röcke der Mütter klammerten. Sie hörte die Gebete der Frauen, die um eine glückliche Überfahrt baten, roch den Angstschweiß der Männer, die hinter einer Maske aus Tatendrang und Geschäftigkeit ihre Hilflosigkeit zu verbergen suchten. Vorsichtig tastete sie sich zwischen dem bunten Völkchen die Gangway hinauf und betrat die *Südstern.*

Die Segel des Schiffes waren noch gerefft. Ella taxierte die Masten, die sich nackt wie Winterbäume in die Höhe streckten. Das Schiff hob sich leicht und senkte sich wieder. Ella dachte, dass dies der Rhythmus war, dem sie sich nun anvertrauen müsste.

Sie fragte sich, wie all diese Menschen, die sich noch auf dem Kai drängelten, an Bord Platz finden sollten. Doch der Kapitän der *Südstern* schien unbesorgt. Gelassen dirigierte seine Mannschaft den Menschenstrom, ein Passagier nach dem anderen verschwand im Bauch des Schiffs, während man Ella zur Seite nahm und zu ihrer Kabine führte.

»Morgen früh kommen noch drei weitere Kajütenpassagiere

dazu, Fräulein«, erfuhr sie vom Schiffsjungen, der sie begleitete und ihr den Schlüssel zu ihrer Unterkunft überreichte. Es gefiel ihr, dass niemand auf die Idee kam, sie mit ihrem Titel anzusprechen. Und sie dachte, dass die Baroness wohl auf *Sophienlund* zurückgeblieben war.

»Um acht bringe ich Ihnen das Frühstück, etwas später legen wir ab«, hörte sie den Jungen noch murmeln, dann verschwand er zurück an Deck.

Die Kajüte lag knapp über der Wasserlinie. Ella war froh, dass sie auf die Elbe blicken konnte und nicht in einem der dunklen Zwischendecks Platz finden musste. Der vertäfelte Raum war klein, etwas länger als breit. Eine Koje, ein Tisch, ein Stuhl und Waschgeschirr fanden darin Platz. An der Wand hing eine Lampe, eine Leine war quer unter der niedrigen Decke gespannt, sie würde Wäsche darüber trocknen können. Einen Spiegel gab es nicht, doch durch das runde Fensterchen würde ihr Blick bis zum Horizont reichen. Es roch nach Feuchtigkeit, Salz, Petroleum und Tabakrauch. Das Bettzeug in der schmalen Koje war grau und verwaschen, aber sauber.

Ihre Kiste wartete bereits. Ella ging in die Knie und öffnete den Deckel. Zweifelnd blickte sie hinein. Sie hatte nur zwei Röcke eingepackt, ein Kleid, die Reithosen und Stiefel, ein paar Blusen, einen Mantel, wenig Wäsche. Zwei Romane hatte sie noch in eine Ecke quetschen können, ihr Skizzenbuch und die Stifte, etwas Schokolade und Tee. Ganz oben lag das warme Kaschmirplaid, die bunten Karos lächelten ihr zu. Sie zog die Decke heraus und breitete sie auf dem schmalen Bett aus. Dann trat sie zum Fenster und lauschte dem Plappern der Elbe.

Die Sonne war bereits untergegangen, doch immer noch kamen weitere Passagiere an Bord. Das Schiff dröhnte unter den schweren Schritten der vielen Menschen. Es schien, als stöhnte es unter der Last der Auswanderer, als verletzten die genagelten Stiefel seinen empfindlichen Leib. Ella meinte, Kinder weinen zu hören. Taue knarrten, Kommandos wurden hin und her gerufen, die Auf- und Abbewegungen der *Südstern* verursachten ihr Übelkeit.

Ella schloss die Augen und versuchte sich vorzustellen, fünf bis sechs Monate in dieser Enge zu leben. Dieser winzige Raum, kaum größer als eine Besenkammer, wäre der einzige Ort, an den sie sich zurückziehen und für sich sein könnte. Sie vermisste ihr Atelier und die breite Fensterfront zum Park. Bedrückt durchmaß sie den Raum, zehn Schritte in der Länge und viereinhalb in der Breite.

Sie dachte, dass sie sich verändern würde. »Ich werde auf die Größe eines Kindes zusammenschrumpfen, bis wir Australien erreicht haben«, murmelte sie. Mutlos kauerte sie sich in der Koje zusammen. Sie zitterte und wickelte sich in das Plaid.

Hatte sie nicht einmal irgendwo gelesen, dass sich der Körper seiner jeweiligen Umgebung anpasste? Jetzt wusste sie, warum alles an ihr schlank und gerade geraten war. Sie war unter hohen Decken und Bäumen, die zum Himmel strebten, aufgewachsen, auf weiten Feldern, ohne Grenzen. Die Natur hatte ihr den Raum geboten, sich zu strecken. Sie hatte sich entfalten können.

Kurz versuchte sie sich vorzustellen, wie Jago sich in dieser Kammer ausnehmen würde. Doch der Gedanke an *Sophienlund* quälte sie, schnell lenkte sie die Bilder in ihrem Kopf in eine andere Richtung. Sie folgte der Botschaft, die sie einem Laufburschen in die Hand gedrückt hatte und die dieser an Bord des Schiffes abgeben sollte, das nach Valencia segelte. Sie hatte Kapitän Vogts geschrieben, dass sie nun doch nicht kommen würde, um zu malen. Höflich hatte sie sich für sein

freundliches Angebot bedankt und sich für alle Unannehmlichkeiten entschuldigt. Nun hoffte sie, dass der Kapitän die Botschaft hinnahm und nicht in der Villa Wilhelmi anfragte, ob dies auch seine Ordnung habe.
Morgen würde sich entscheiden, ob ihr Plan gelingen würde. Ella rollte sich mit dem Gesicht zur Wand und fuhr mit den Fingern über das Holz. Sie fragte sich, wer diesen Platz vor ihr eingenommen hatte. Und sie fragte sich, ob dieser Mensch sein Glück gefunden hatte.
Sie wusste, dass die Reise lang, hart und eintönig werden würde. Und sie betete, dass alles gutgehen möge.
Das Plappern der Elbe, das Rumoren in den Zwischendecks und die Kommandos der Besatzung vermischten sich zu einer undeutlichen Melodie, die Ellas Gedanken umspülte. Der Raum verlor seine Konturen, die Zeit dehnte sich.
Zuletzt streckte der Schlaf seine Arme nach Ella aus und verscheuchte ihre Gedanken für die Nacht.

Fünf

Robert Williamson liebte die Schöne. Er liebte sie von dem Moment an, in dem er ihre hochgewachsene Gestalt mit den widerspenstigen Haaren, die sich aus dem Zopf lösten, zum ersten Mal gesehen hatte.
Immer, wenn er sich später an ihre erste Begegnung erinnern sollte, sprach Robert von der Aura, die sie umgeben und die alle Welt bemerkt hatte: »Sie stand im dichtesten Gedränge, und doch hielten die Menschen Abstand zu ihr, weil sie spürten, dass sie etwas Besonderes war. Sie leuchtete – wie ein Stern.« Er dachte, dass sie von silbernem Glanz umgeben war.
Der Erste Offizier der *Südstern* hatte seinen Posten an Deck

des Klippers bezogen und nutzte die Gelegenheit, die junge Frau zu beobachten, die sich auf den Weg machte, ans andere Ende der Welt zu reisen. Er sah ihren Rock aus teurem Stoff und ahnte, dass ihre Füße in neuen, samtbraunen Schnürstiefelchen steckten. Er bewunderte ihre schlanke Silhouette, die zarten Hände, die sich an ihren Strohhut klammerten. Und er versank in diesem Gesicht, das aus einem glücklichen Zusammentreffen von Eigensinn und Schönheit zu bestehen schien: Die Augen sprühten trotzig, das Näschen glich einer Rutschpartie ins Glück, ihr Mund schien ein Versprechen zu murmeln, und er stellte sich vor, dass es herrlich wäre, ihre weichen Lippen zu küssen – ein Gefühl, als tauche man kopfüber in einen Kelch duftenden, roten Weins.

Robert fühlte sich wie berauscht von ihrer Erscheinung, und als ihre Blicke sich kurz begegneten, fuhr ihm ein Schauer über den Rücken, dessen Wärme er bis in die Fingerspitzen hinein spürte.

Als die Schöne an Bord kam, verbarg er sich hinter einem Mast, damit sie nicht erschreckte, wenn sie das Verlangen in seinen Augen entdeckte. Er wusste, dass er Zeit hatte. Zeit, sie zu beobachten, Zeit, sich ihr zu nähern, Zeit, sie für sich zu gewinnen.

Dann fragte Robert sich, ob er ihr wohl genügen würde. Doch er nahm sich vor, dieses wunderbare, noch namenlose Wesen zu erobern. Vielleicht würde sie ihn erkennen, so, wie er sie erkannt hatte. Und er stellte sich vor, wie sie zusammenlebten und über die Meere reisen könnten. Sie wäre seine Gefährtin.

Vor vielen Jahren, Robert war acht Jahre alt gewesen, war sein Vater bei einem Wintersturm in der Nordsee ertrunken. Später – und frei von jeder Sentimentalität – hatte ihm die Mutter erzählt, dass eine Riesenwelle, ein Monstrum aus salzigem, kaltem Atlantikwasser, den Fischer über Bord gespült hatte.

Das Meer hatte sich seinen Vater geholt, so, wie es schon Tausende Seemänner vor ihm verschlungen hatte. Er war zu einem Wassergeist geworden.
In seinen Träumen hatte Robert sich damals vorgestellt, dass der leblose Körper des Vaters von einer Strömung getragen durch die Ozeane reiste. Und er hatte gedacht, dass dessen Seele sich eingefügt hatte in die launische Unendlichkeit der Meere und dass er mit ihm sprechen könnte, wenn er nur den Wellen lauschte.
Und diese Idee tröstete ihn. Robert hatte das Wasser nie gehasst, aber er hatte es beherrschen wollen. Und wie sein Vater und sein Großvater vor ihm hatte auch er mit sechzehn Jahren in Hamburg als Schiffsjunge angeheuert.
Robert Williamson stellte sich geschickt an, und er war schlau. Mit seinen achtundzwanzig Jahren hatte er es inzwischen zum Ersten Offizier des Dreimasters gebracht. Er konnte die Wellen verstehen und in den Sternen lesen, und er hatte Dinge gesehen, von denen er als Kind nicht zu träumen gewagt hatte. Er war stolz, auf der *Südstern* die Klipper-Route zu befahren, und inzwischen hatte er in China und Australien mehr Bekannte als in seinem Heimathafen. Zweimal im Jahr, im Frühjahr und im Herbst, machte er sich auf die Reise und vertraute sich den Winden und Meeresströmungen an.
Die Einsamkeit an Bord hatte ihn nie gestört. Die Mannschaft war seine Familie, der raue Ton des Kapitäns glich der Autorität eines Vaters. Und an die Liebe hatte Robert Williamson bislang keinen Gedanken verschwendet.
Das Schiff war seine Geliebte gewesen. Er empfand so etwas wie Zärtlichkeit für die schnittigen Linien des Klippers, für seinen Ritt durch die Wellen, den schlanken Körper mit dem scharfen, nach innen gekrümmten Klipperbug. Die hohe Geschwindigkeit, das Segeln am Limit, die schlanken Maste, die

Segel, die sich im Wind wie Röcke bauschten, faszinierten ihn.

Jede Fahrt war ein Vergnügen, jeder Sturm ein Abenteuer und die Fracht, sie war ihm gleich. Tee, Wolle, Eis, Post oder Passagiere, Glücksjäger, Goldsucher und auch Auswanderer – Robert Williamson hatte schon alles transportiert, was schnell ans Ziel kommen musste. Und bisweilen träumte er sich an die atemlosen Anfänge der flinken Segler zurück, die einst als Kaperschiffe und zum Transport von Opium und Sklaven gedient hatten.

Der berühmteste Klipper, die *Flying Cloud*, war 1851 in England vom Stapel gelaufen und konnte im Schnitt fünfzehn Knoten machen, in der Spitze lag sie bei zwanzig Knoten. Mit den schnellen Seglern war eine Ära der Rekorde angebrochen. Auf den wichtigen Routen, etwa von Amerikas Ostküste nach San Francisco um Kap Hoorn, auf den Teefahrten von China und Indien nach England und im Wollhandel von und nach Australien, gierten die Schiffseigner nach immer kürzeren Fahrzeiten. Berühmt war das jährliche große Teerennen von China nach London: Das Schiff, das die erste Ladung der neuen Tee-Ernte aus China nach England liefern konnte, erzielte den besten Preis für die Fracht und eine Prämie.

Seit zwei Jahren segelte Robert Williamson Auswanderer auf der Klipper-Route nach Australien. Von Hamburg aus ging es nach Antwerpen, durch den Kanal in den Atlantischen Ozean und weiter, von den Winden auf dem alten portugiesischen Bogen getragen, bis an die brasilianische Küste. Etwa auf der Höhe von Rio de Janeiro folgte die Kehre, es ging zurück gen Osten, vorbei am Kap der Guten Hoffnung. Im Indischen Ozean geriet der Segler zwischen dem vierzigsten und fünfzigsten Grad südlicher Breite in die Westdrift. Kräftige Winde aus westlicher Richtung wehten dort das ganze Jahr über und sorgten für unbeständiges Wetter, Regen und Seegang in der Region. Doch sie schoben das Schiff auch wie ein gewaltiger Blasebalg unaufhaltsam nach Osten und auf Australien zu. Nach etwa einhundertfünfzig Tagen wäre Melbourne erreicht. Segelte man noch weiter durch die Alas-Straße zwischen Lombok und Sumbawa, an Borneo und den Philippinen vorbei nach Norden ins Ostchinesische und weiter ins Gelbe Meer, wäre etwa einen Monat später auch die chinesische Küste erreicht. Zurück ging es dann, wieder mit der Westdrift, um Kap Hoorn in den Atlantik.

Robert dachte, dass die Auswanderer die heikelste Fracht waren, die er als Schiffsoffizier jemals übernommen hatte. Die Passagiere waren schwierig, wankelmütig, nicht so gleichgültig wie Wolle und angenehm wie Tee. Zu Beginn jeder Reise waren die Passagiere wie berauscht, Euphorie übertünchte die Strapazen. Je weiter sich das Schiff jedoch von der Heimat entfernte, desto stärker traten Ängste und Zweifel hervor. Die Enge an Bord und die Verhältnisse in den Zwischendecks taten ein Übriges. Langeweile, Eifersüchteleien und Glücksspiel erhitzten die Gemüter, und es kam zu Streitigkeiten und Prügeleien unter Deck. Danach kamen Hunger, Krankheit und Verzweiflung, bisweilen stürzten sich die Entkräfteten sogar mutlos in die See. Wer es bis in die Region der Westwinde geschafft hatte, der verfluchte den Seegang, die schrecklichen Stürme und das Schicksal.

Und dann tauchte der verheißungsvolle Kontinent am Horizont auf. Zunächst konnte man die Klippen, die in der Ferne aufleuchteten, nur erahnen. Ein Streifen Gold. Plötzlich kamen die Vögel, ein Blatt wurde an Bord geweht, die Luft änderte sich, sie war weich und mild. Und die Menschen fassten wieder Mut. In Melbourne gingen viele lachend von Bord.

Robert Williamson fragte sich, wie die Reise die Unbekannte

wohl verändern würde. Sie war anders als jeder andere Passagier, den das Schiff bisher über die Meere getragen hatte. Und dieses Anderssein erklärte sich nicht allein dadurch, dass sie eine Frau war. Eine sehr junge und sehr schöne Frau noch dazu, die den Ritt durch die Unendlichkeit allein bezwingen wollte.

Er spürte, dass sich hinter der stolzen Fassade ihrer makellosen Erscheinung etwas verbarg, das tiefer war als jede Meeresrinne, die er je gekreuzt hatte. Es war, als liefe ein Riss durch ihr Innerstes, als trage sie eine Last, die sie in die Tiefe zog. Schwermütig und verloren schaute sie drein, und er spürte in sich das Verlangen, ihr seine Hand zu reichen. Er kannte sich aus mit tiefen Gewässern.

Der Erste Offizier war empfänglich für Schwingungen dieser Art. Das Leben auf dem Schiff, Sturm und Salzwasser hatten seine Haut gegerbt und das rostfarbene Haar zu einem verwegenen Flachston geblichen, aber der Kampf mit den Elementen hatte seine Sinne geschärft. Robert Williamson spürte jede Wetteränderung, schon lange bevor das Barometer stürzte. Es war wie ein Kribbeln in den Fingerspitzen, ein Sausen in den Ohren, ein Blitz, der ihm über die Netzhaut fuhr, etwas verschlug ihm den Atem. Und als er die Schöne das erste Mal erblickt hatte, war es genauso gewesen. Seine Sinne revoltierten. Er zitterte am ganzen Körper.

War das Liebe? Nachdem der Schiffsjunge das Fräulein zu ihrer Kabine begleitet hatte, ließ Robert sich auf ein Bündel zusammengerollter Taue fallen. Er dachte, dass er noch nie so tief in seinem Inneren erschüttert worden war.

Was er bislang erfahren hatte, waren Abenteuer in den Häfen gewesen. Körperlichkeiten, Liebesdienste, Lust. Eine routinierte Umarmung und ein gefügiger Schoß, der ihm Vergnügen vorgaukelte, irgendwo in einem dunklen Zimmerchen.

Flüchtige Amouren an den Enden der Welt. Kaum mehr als Erleichterung.
Niemals war eines der Zirkusmädchen zu ihm vorgedrungen. Und nie war eine auf diesen weichen, klingenden Kern in seinem Innersten getroffen. Erstaunt bemerkte Robert, dass sich eine Stimme in ihm regte, die er noch nicht kannte. Ein warmer, zärtlicher, sorgenvoller Klang. Es war, als ob sein Körper sich in ein Instrument verwandelt hätte, ein Pianoforte, das nach einer langen Zeit der Stille gestimmt worden war. Vorsichtig tastete er sich über die Klaviatur seiner Seele.
Als die Passagiere alle an Bord gekommen waren, stieg auch Robert unter Deck. Auf dem Weg zu seiner Unterkunft passierte er ihre Kabine. Ella von Carlsburg, so stand es auf der Passagierliste, nun kannte er ihren Namen. Er blieb stehen und horchte. Doch alles blieb still.
Für einen Moment legte er seine Handflächen auf die Tür. Er strich über das Holz, als liebkose er ihren Körper. Dann murmelte er ein Versprechen.
Er wusste, dass er gut auf die Unbekannte achtgeben müsste, weil ihm wohl nie mehr etwas so Kostbares begegnen würde. Und er hoffte, dass er sie retten könnte, wenn die Zeit dafür gekommen wäre.

Sechs

Die Verzweiflung holte Ella auf der Höhe der Kanaren ein, als sie endgültig begriff, dass es für sie kein Zurück mehr gab, und erkannte, dass jeder Gedanke an eine Rückkehr nach *Sophienlund* Täuschung gewesen war. Sie hatte sich schon viel zu weit von ihrer Familie entfernt. Und sie hatte alle Brücken hinter sich abgebrochen.

Das Leben an Bord war die Hölle. Ella hatte sich nicht vorstellen können, wie sehr sie die Enge bedrücken würde. Immer wieder hatte sie das Gefühl, als stürzten die Kabinenwände auf sie ein. Und die räumliche Enge ließ sie ihr Unglück noch deutlicher spüren. Dabei war sie glücklich, ihre Kabine verlassen zu können, wann immer ihr danach war. Die Passagiere der Zwischendecks durften nur bei gutem Wetter für kurze Zeit an Deck. Ella beobachtete, dass sie dann wie Motten aus ihren dunklen Verliesen ins Sonnenlicht taumelten.
Schon zu Beginn der Fahrt hatte die Mannschaft den Auswanderern erklärt, wie sie sich an Bord zu verhalten hatten. Dreimal täglich gab es Essen und Wasser, das bei Regen und hoher See unter Deck in den Kojen zu verzehren war. Wer bei ruhigem Wellengang sein Essen im Freien zu sich nahm, musste darauf achten, die Besatzung nicht zu stören. Offenes Feuer unter Deck war streng verboten. Zum Waschen gab es Meerwasser, das kostbare Trinkwasser war rationiert.
Bereits in der ersten Nacht hatte Ella kaum schlafen können. Die ungewohnten Geräusche, die Wellen, die unablässig gegen das Holz schlugen, das Zittern und Stöhnen des Schiffs setzten ihr zu. Einmal schien es ihr, als hörte sie etwas an ihrer Tür. Erschrocken hatte sie sich aufgesetzt, ihr war, als beobachtete man sie. Doch nichts war geschehen. Auf einmal dachte Ella, dass es ein Wagnis war, sich als Frau allein unter so viele Männer zu begeben. Als einzige Kajütenpassagierin war sie auf sich gestellt, die Frauen in den Zwischendecks waren weit entfernt, sie reisten in einer anderen Welt.
Vielleicht gab es noch einen zweiten Schlüssel zu ihrer Kabine? Ella sprang auf und schob die Reisekiste vor die Tür. Das schwere Hindernis vermittelte ihr ein Gefühl von Sicherheit. Sie dachte, dass sie so zumindest hören würde, wenn jemand versuchte, sich an ihr Bett zu schleichen.

Trotzdem blieb ihr Schlaf unruhig, er war ein flüchtiger Gast. Immer wieder gewannen die kreisenden Gedanken Macht über ihren erschöpften Körper. Was wäre in dreißig, sechzig, neunzig Tagen, wenn die schwere, eintönige Routine die Mannschaft quälte? Wenn die Männer nach Abwechslung und einer Frau gierten? Ella bildete sich ein, dass die Burschen sich bereits in dieser Nacht nach einem weichen Körper sehnten und sich heimlich kümmerliche Befriedigung verschafften. Und hatte sie nicht die Blicke bemerkt, die ihr der blasse Schiffsjunge zugeworfen hatte? Sie hatte sogar noch darüber geschmunzelt, wie abgeklärt er ihre Taille und den Sitz ihrer Bluse taxiert hatte.

Könnte sie sich also den nötigen Respekt verschaffen, wenn die Entbehrungen der Reise ihre weiblichen Reize noch verstärkten? Ella dachte, dass sie einen Komplizen bräuchte, einen Freund, der sich ihrer annähme.

Jago kam ihr in den Sinn, der treue Freund. Sie hatte sich immer auf seinen Schutz verlassen können. Die Dogge trug den Stolz und die Angriffslust ihrer Rasse in ihrem Blick. Im Schlaf spürte sie Jagos weiches Fell unter ihrer Hand.

»Jetzt habe ich euch verlassen«, murmelte Ella im Traum, und plötzlich sah sie sich die Treppen auf *Sophienlund* hinablaufen. Lachend wollte sie die Galerie ihrer Ahnen begrüßen, doch dann bemerkte sie, dass es ihre Liebsten waren, die sie aus den Rahmen heraus anblickten. Sie sah ihren Vater, den Baron, Greta und die Tante, wächsern und starr, von der Blässe des Todes gezeichnet. Und dann Jacob, schwarze Flecken breiteten sich wie Tintenfraß auf seinem Porträt aus.

Verzeiht mir. Was hatte sie ihnen nur angetan? Schreiend wachte Ella auf.

Und die Träume verfolgten sie weiter. Nach gut einer Woche hatten sie England hinter sich gelassen. Nun sahen sie Tag für

Tag nichts anderes mehr als die Endlosigkeit des Meeres. Kalte Unermesslichkeit. Bis zur Küste Südamerikas standen ihnen noch über drei Monate bevor, fast einhundert Tage ohne irgendeine Kontur am Horizont. Trostlosigkeit und Apathie machten sich unter den Auswanderern breit, die ersten begannen, über das Essen zu murren.

Ella versuchte, sich einzurichten in der Monotonie. Sie zwang sich an die frische Luft, doch sie hielt sich abseits von den Auswanderern und scheute das Gespräch. Auch zu den übrigen Kajütenpassagieren, zwei Kaufleute und ein Schulmeister, der eine deutsche Schule in Melbourne gründen wollte, hielt sie Abstand. Sie wollte für sich sein und verschanzte sich hinter einem Buch. Doch immer wieder ertappte sie sich dabei, dass sie zwischen den Zeilen steckenblieb und alles doppelt und dreifach las, weil ihre Gedanken hartnäckig zurück nach *Sophienlund* reisten.

Der schönste Platz an Deck war ein aufgerolltes Bündel Taue auf dem Achterdeck, auf dem sie bequem sitzen konnte. Dort war Ella abseits des Trubels, der Wind war nicht zu stark, und sie konnte das Wasser beobachten. Sie hatte das Gefühl, dass die See jeden Tag ihre Farbe änderte, und sie lenkte sich ab, indem sie neue Namen für die Farbtöne suchte: Eisblau, Makrelenblau, Quallenblau, Perlmuttblau, Algenblau, Nachtblau, Sternenblau … Sie hätte malen können, doch sie verspürte kein Verlangen danach.

Auch die Auswanderer versuchten, sich die Zeit zu vertreiben, die sich dehnte wie flüssiges Blei. Einige standen an der Reling und waren in Gedanken versunken. Es gab Redenschwinger und Raucher, Kartenspieler und Schnitzer, die kleine Spielzeuge aus einem Stückchen Holz heraustrieben. Manchmal spielte jemand auf einem alten Akkordeon, und die Melodie wehte traurig über das Schiff, bis der Wind sie

davontrug. Ella dachte, dass die Frauen schneller Freundschaften schlossen als die Männer. Sie standen einander bei, wenn die Fahrt ihnen zusetzte. Während die Männer sich mit sich selbst und weit weniger miteinander beschäftigten, unterhielten sie die Kinder mit Geschichten und Spielen.
Nach gut drei Wochen wurde die Monotonie aufgerüttelt durch den ersten Todesfall. Ein kleines Mädchen, ausgezehrt von der Ruhr, war gestorben. Schon in der Nacht hatte Ella die Schreie seiner Mutter gehört, und es war entsetzlich gewesen, dem Schmerz der Verzweifelten zu lauschen und ihr nicht beistehen zu können.
Am nächsten Morgen versammelten sich die trauernde Familie und viele Auswanderer an Deck. Der Kapitän hielt eine kurze Totenmesse, man schlug ein Kreuz über den kleinen Körper, dann legte man das Kind in einen Sack und beschwerte diesen mit einem Stein. Immer noch schrie die Mutter, sie versuchte, sich an ihr totes Mädchen zu klammern. Sie konnte nicht glauben, dass ihr Liebstes sie verlassen hatte.
Doch es half nichts. Als es ihrem Mann gelang, sie von dem Kind zu trennen, verschloss man den Sack und ließ die winzige Leiche von einer Planke ins Wasser gleiten. Mit einem dumpfen Klatschen schlug das Bündel auf dem Wasser auf.
Ella beugte sich über die Reling. Sie sah, wie der Sack für einen Moment auf den Wellen trieb, dann versank er mit seiner Last in der See. Gierig schlug das Salzwasser über der Toten zusammen, und Ella spürte, dass die See, die sie immer als freundlich und unschuldig empfunden hatte, auch eine dunkle, hinterhältige Seite besaß.
Ella war wie erstarrt. Sie wollte auf die Eltern zugehen, sie umarmen und ihnen ihr Beileid aussprechen, doch etwas hielt sie zurück.
»Sie sollten sich von den Zwischendecks fernhalten«, hörte

sie eine Stimme an ihrem Ohr. »Die Ruhr wird sich rasch verbreiten. Es ist am besten, wenn Sie für sich bleiben. Das wird Sie retten.«

Erschrocken drehte Ella sich um. Einer der Offiziere stand hinter ihr, er blickte sie ernst an. »Nur die Schwachen müssen sterben«, murmelte er und legte einen Finger an die Lippen, als verrate er ihr ein Geheimnis. »Sie sind nicht schwach. Aber Sie müssen mehr essen.«

Ella nickte wie betäubt. Erstaunt bemerkte sie, dass seine Augen – sie waren ostseeblau – sie an den melancholischen Blick ihres Vaters erinnerten.

»Danke«, flüsterte sie und löste sich von der Reling. Einem plötzlichen Impuls folgend reichte sie ihm die Hand. »Ella von Carlsburg«, murmelte sie.

»Robert Williamson, Erster Offizier«, sagte er, doch er berührte sie nur kurz am Arm. »Das sollten Sie besser nicht tun«, erklärte er und deutete auf ihre ausgestreckte Hand. »Jetzt ist nicht die Zeit für Konventionen.«

Wieder nickte Ella. Das Schiff schlingerte in den Wellen, und sie stolperte einen Schritt zur Seite. Haltsuchend klammerte sie sich an seinen Arm, und er stützte sie.

Dankbar lehnte sie sich für einen Moment an ihn. Er roch nach Meer und Salz und etwas, das sie nicht kannte.

»Haben Sie alles, was Sie brauchen?«

»Ja, vielen Dank.« Sie löste sich von ihm und taumelte wieder. Es waren nicht die Schiffsbewegungen, die sie hinabzogen. Der Schandfleck machte sich in ihrem Inneren bemerkbar.

Zweifelnd sah Robert sie an. »Haben Sie Alkohol dabei, eine Flasche Rum?«

Ella stutzte. Worauf wollte er hinaus?

Robert bemerkte, dass sie ihn nicht verstanden hatte. Er lachte, und seine Lippen entblößten eine Reihe starker, weißer Zähne.

»Zum Reinigen«, erklärte er. »Der Alkohol spült die Krankheit hinunter. Wenn Sie die Hände darin waschen, überlisten Sie die Ruhr.«
»Nein, ich habe nur Tee und Schokolade.« Ella lachte. Es tat ihr gut zu sprechen. Wie viele Tage hatte sie geschwiegen? Sie dachte, dass sie sich schon fast nicht mehr an ihre Stimme hatte erinnern können.
»Dann lasse ich Ihnen eine Flasche bringen.« Robert nickte und wandte sich zum Gehen.
»Was bin ich Ihnen schuldig?« Ella lief ihm nach, plötzlich hatte sie das Verlangen, immer weiter zu sprechen. So viele Worte hatten sich in ihr aufgestaut und drängten an die Oberfläche. Plötzlich verstand sie, dass das Gespräch die Grundlage des Menschseins war.
Robert schüttelte den Kopf. »Sie müssen mir nur versprechen, dass Sie auf sich achtgeben.«
Als er in Richtung des Vorderdecks verschwand, sah Ella ihm nachdenklich hinterher.

Sieben

In den nächsten Wochen starben die Alten und die Kleinsten. Zweiundzwanzig Säcke stürzten von der Reling hinab ins Meer, und Ella stellte sich vor, dass die Toten ihren Weg markierten. Sie dachte, dass die Körper bei klarem Wasser wie fluoreszierende Schwämme vom Meeresgrund heraufleuchteten.
Ella fühlte sich so schwach und hilflos wie noch nie zuvor in ihrem Leben, und in ihren Träumen war sie dem Tod nahe. Dann kam das Fieber. Sie konnte nichts mehr essen, erbrach Wasser und Tee, Schüttelfrost quälte sie. Zuletzt lag sie nur

noch elend in ihrer Koje und glitt zwischen schmerzhaftem Dämmern und unruhigem Schlaf hin und her.

Wenn sie wach war und sich vor Schmerzen krümmte, hoffte sie, dass eine gnädige Macht sie bald erlösen würde. Wenn sie schlief, suchte sie nach ihren Liebsten. Schreiend rannte sie durch undurchdringliche Wälder, durch Schlösser mit Hunderten von Zimmern, durch das Labyrinth einer alptraumhaften Welt. Doch es gab niemanden, der ihr helfen konnte, und zuletzt versank sie in der kochenden Lava der See.

Ab und zu verlor Ella das Bewusstsein. Dann spürte sie noch, wie sie in einen tiefen Abgrund stürzte, auf dessen Grund sie die brodelnde Glut erwartete. Doch einen Augenblick später war es so, als tauche sie in eine andere, angenehme Sphäre ein. Dort war es herrlich warm, nicht zu heiß. Eine Aufwärtsbewegung erfasste ihren Körper. Sie fühlte sich ganz leicht, so, als ob sie schweben könnte. Alles war hell und freundlich. Wenn sie dann wieder aufwachte, spürte sie ein vages Bedauern. Sie wollte nicht mehr sein.

In ihrer dritten Fiebernacht bemerkte Ella, dass sich etwas in ihr auflehnte gegen den Tod. Sie war so schwach, nur noch Flaum, ein winziger Hauch nur, und fast wäre sie über die Grenze geschwebt, hinüber in eine andere Welt. Doch da war etwas, das sie mit Zuversicht erfüllte.

Mensch sein. Sie meinte, eine Stimme zu hören. Worte, die sich in ihr Bewusstsein drängten. Sie dachte, dass es eine Aufforderung sei zu kämpfen. Der Glaube an ihre Stärke.

Jacob, Jacob, Jacob … Zum ersten Mal seit langem sah sie sein Gesicht, sie spürte seine Hand, seinen Körper. Und da war ihr Körper, ihr nackter, bloßer Körper, der sich auf ihn zubewegte. Der Rausch eines endlosen, wohligen Schauers, der sie trug.

Jacob, Jacob, Jacob … Wie schön er war. Und seine Seele erst. Er hatte sich gar nicht verändert. Er hatte alles überstanden,

den Ozean überquert, kraftvoll und stark. Der wilde Kontinent hatte ihn empfangen. Er war dort. Und er nahm sie mit. Schloss sie in seine Arme.
Die Dunkelheit wich von ihr, und unendliche Erleichterung überkam sie. Dankbarkeit.
»Jacob …« Ihre Stimme flatterte, tonlos, wie ein zu Boden fallendes Blatt.
Da war eine Hand, die sie hielt.
Ein feuchtes Tuch gegen das Fieber, etwas Bitteres, das sie schlucken sollte.
Und sie konnte schlucken, und der Tropfen rann ihre Kehle hinab. Er brannte wie Feuer, und Ella konnte spüren, wie er sich durch das Schlachtfeld ihrer Gedärme fraß. Wie er die Flamme des Lebens in ihrem Innersten entzündete.
Sie spürte ihren Körper, bemerkte, wie dieses schwache Etwas nur noch Hülle war. Doch etwas hielt diesen Körper noch zusammen, gehorchte ihrem Willen.
»Jacob …«
Sie legte ihre Hand auf die Hand des Geliebten und öffnete die Augen.
»Ella.« Ein Lächeln fiel wie ein Sonnenstrahl auf sie herab, unsagbar erleichtert. Sie schloss die Augen.
»Das Schlimmste ist überstanden, das Fieber geht zurück.«
Die Worte sickerten in ihr Bewusstsein und wiegten sie. Wieder drückte sie die Hand an ihrer Seite. Sie öffnete den Mund und schluckte noch mehr Tropfen.
»Langsam, langsam …«, mahnte die Stimme.
Sie nickte, öffnete erneut die Augen. Schluckte wieder. Wie hatte er sie gefunden?
»Die Krankheit scheint an Kraft zu verlieren. In den letzten beiden Tagen ist niemand mehr gestorben. Der Kapitän hat Rum verteilen lassen.«

Der Kapitän. Ella begriff, dass sie noch immer auf dem Schiff war. Wie war Jacob auf das Schiff gekommen? Wieder fielen ihr die Augen zu.

»Wie bist du ...?« Wo hatte sie nur ihre Stimme verloren?

»Nicht sprechen, Ella, Sie sind noch zu schwach. Verzeihen Sie mir, aber ich habe mir Sorgen gemacht, als Sie nicht mehr an Deck erschienen sind. Ich habe den Kapitän gebeten, Ihre Tür öffnen zu dürfen. Es war gar nicht so leicht, die Kiste zur Seite zu schieben. Und es war fast zu spät ...«

Warum sprach er nicht weiter? Sie mochte seine Stimme, so freundlich, so sicher.

»Sie hatten ...« Er stockte, suchte nach Worten. »Ella, Sie haben Ihr Kind verloren.«

Ihr Kind? Welches Kind? Sie war doch allein, ganz allein. Wieder schlug sie die Augen auf und blickte ihn an.

»Sie wussten doch, dass Sie schwanger waren?«

»Der Schandfleck ...«, flüsterte sie. Nun war es also doch geschehen. Hatte man den Schandfleck mit einem Stein beschwert auf den Meeresgrund sinken lassen? Würde er sich mit der See vermischen, sich auflösen und verschwinden? Verwirrt hielt Ella an ihren Träumen fest.

Robert blieb die ganze Nacht an ihrem Bett sitzen. Ab und zu nickte er ein, doch wenn sie eine Bewegung machte, im Schlaf redete, zuckte er zusammen und war für sie da. Auf dem Meer hatte er gelernt, jederzeit hellwach zu sein und die richtigen Entscheidungen zu treffen.

Etwas in ihm flüsterte, dass er die Schöne gerettet hatte. Allein hätte sie die Nacht in ihrem Blut nicht überstanden. Als er sie fand, hatte sie kaum noch Puls. Er hatte ihre Beine hochgelegt und den Schiffsjungen geschickt, seine Kräuterkiste zu holen. In China hatte er gelernt, wie die unterschiedlichen Pulver und Essenzen wirkten. Er kochte einen stärkenden, blutstillenden Tee, dann flößte er ihr die Flüssigkeit nach und nach ein.

Die Medizin schien zu wirken. Die Blutungen ließen nach, und schließlich war Ella aus ihrer Bewusstlosigkeit erwacht. Hatte sie ihn erkannt? In ihren Träumen suchte sie nach einem anderen. Wer war dieser Jacob, dessen Namen sie unablässig flüsterte? Robert fragte sich, ob sie wusste, dass sie schwanger gewesen war.

Hätte er ihr die Blutungen verschweigen sollen? Robert hatte sich für die Wahrheit entschieden, Wahrheit half – immer. Er vertraute seinen Instinkten, und er meinte zu spüren, dass dieses Kind nicht willkommen gewesen war. Es war der Schatten, der Riss, den er an ihr wahrgenommen hatte. Als sie begriffen hatte, dass ihr Körper sich von seiner Last befreit hatte, schien sie sich aus der Apathie herauslösen zu können. Am frühen Morgen vermochte sie sich mit seiner Hilfe aufzusetzen. Er wusch sie wie ein Kind, wechselte die Bettwäsche und hüllte ihren erschöpften, ausgemergelten Körper in ein frisches Hemd, das er aus ihrer Kiste zog. Und sie ließ es dankbar geschehen.

Verwundert bemerkte er, dass sie einen Schlüssel an einer Kette um den Hals trug. Er hing zwischen ihren Brüsten, diesen zarten Knospen, die er nicht anzuschauen wagte, weil er fürchtete, dass seine Hände sie berühren wollten.

Als Robert ihre Kajüte verließ, um sich zur Wache zu melden, nahm er die blutbefleckten Tücher mit und versteckte sie unter seiner Jacke. An Deck stopfte er das Bündel in einen Sack und ließ ihn über die Reling gleiten.

Robert betete. Es war nur Blut, kein greifbarer Körper, und doch hatte dieses noch körperlose Geschöpf wohl schon eine Seele besessen.

Während das Bündel fiel, dachte er, dass sie nun für immer miteinander verbunden wären. Die Ereignisse dieser Nacht hatten sie beide an Grenzen geführt, die sie nur gemeinsam bewältigt hatten.

Acht

Am schlimmsten war die Überquerung des Äquators. Fünf Tage waren sie ein Spielball der Gewalten. Sintflutartiger Regen und ein Tropensturm mit Blitz und Donner trieben das Schiff durch die Wellen. Seine Eichenplanken bebten und seufzten, eine schaurige Melodie.

Jacob dachte, dass diese Winde bösartig waren. Sie wollten das Schiff kentern lassen. Und sie machten sich einen Spaß daraus, die Menschen in Panik zu versetzen. Je lauter die Auswanderer schrien, desto gnadenloser setzte der Sturm ihnen zu. Es war, als prügelte er auf sie ein. Als strafe er sie dafür, dass sie es gewagt hatten, den sicheren Hafen zu verlassen.

Sie waren Fremde auf dem Meer, und der Ozean packte sie mit aller Macht. Immer wieder drückten Böen gegen das Schiff, die Winde zerrten an den Aufbauten und Segeln. Regenschauer setzten das Deck und die Kabinen unter Wasser. Die Auswanderer hockten wie erstarrt in den Zwischendecks.

Erst als das Wasser die Stiegen hinablief und in die Bettkästen drängte, wehrten sie sich gegen den dreisten Eindringling. Sie bildeten eine Kette, und über Stunden schöpften sie das Wasser in Eimern aus dem Schiffsbauch.

Gleichzeitig kämpfte an Deck die Mannschaft. Die Matrosen waren überall, sie hatten sich mit Tauen gesichert und schufteten, ohne zu ruhen. Die Männer hissten die Segel, holten sie

im nächsten Moment wieder ein, schöpften Wasser, flickten die Segeltücher, reparierten Schäden.
Dann war es plötzlich vorbei, und von einer Stunde zur anderen glitt das Schiff wie von sanften Händen getragen voran. Nach der Hitze und den Stürmen erlebten sie ruhige Nächte und einige Wochen mit stabilem Wetter.
Etwas später folgte eine unheimliche Flaute, das Schiff trieb lustlos auf den Wellen, die Windstille machte die Auswanderer träge und reizbar. Sie hatten alles hinter sich gelassen, sie hatten um ihr Leben gekämpft, Krankheiten, Enge, Hunger und Durst geduldig ertragen, nun waren sie überzeugt, eine Belohnung für die erlittenen Strapazen verdient zu haben. Sie wollten vorankommen, und niemand konnte verstehen, warum es nicht gelang.
Zehn Tage lang gärte der Unmut, dann kippte die Stimmung, und der Zorn der Eingepferchten richtete sich gegen die Mannschaft und den Kapitän.
»Er muss doch einen Kurs finden können, der uns endlich ans Ziel bringt!«, schrien sie. »Er hat unser Geld, und nun stranden wir im Nirgendwo.«
Jacob versuchte, die Wogen zu glätten. Er appellierte an den Verstand der aufgebrachten Passagiere, mahnte zur Geduld. Auf der Fahrt hatte er sich zum Sprecher der Auswanderer aufgeschwungen. Seine Autorität als Arzt und seine Beharrlichkeit, die ihnen abgekochtes Trinkwasser und längere Aufenthalte an Deck beschert hatte, ließ die Menge zu ihm aufblicken.
Dennoch spitzte sich die Lage zu. Die Frauen schimpften und kreischten, die Männer bewaffneten sich mit Latten, Messern und Werkzeugen, die sie aus ihren Reisekisten hervorzerrten.
»Was wollt ihr tun?«, herrschte Jacob sie an, und noch nie in seinem Leben hatte er so viel Angst und Hilflosigkeit ver-

spürt. Und Wut. Wut über die stumpfe Folgsamkeit der Massen, die sich blind dem erstbesten Unruhestifter anschlossen, statt sich überlegt zu organisieren.
»Wir nehmen die Sache selbst in die Hand«, antwortete einer, der sich mit einem Beil bewaffnet hatte, und in seinen Augen glitzerte Hass. »Wir befehlen den Kurs.«
Jacob schüttelte den Kopf. »Was versteht ihr davon?«, schrie er zurück. »Wer von euch kann navigieren? Wer soll den Wind denn finden?«
Er drehte sich zu den Frauen, die sich im Hintergrund zusammengedrängt hatten, und appellierte an ihren Verstand, den die Männer bereits mit Rum und Schnupftabak betäubt hatten. »Habt doch Geduld«, bat er sie. »Wir sind schon so weit gekommen. Was soll aus euren Kindern werden, wenn es zum Kampf kommt? Die Besatzung wird sich nicht gegen den Kapitän stellen.«
Jacob sah, wie seine Worte in Herz und Verstand einsickerten. Und tatsächlich verstummten die Frauen und begannen zu nicken und untereinander zu flüstern. Eine nach der anderen wechselte das Lager, suchte ihren Mann und redete auf ihn ein. Das Zwischendeck glich einem brodelnden Kessel. Würde der Dampf rechtzeitig entweichen?
Jacob beobachtete das Geschehen atemlos. Plötzlich spürte er eine Hand, die an seiner Hose zupfte.
»Doktor Saalmuth …« Die Stimme des kleinen Hannes Wolkow. »Die Mutter … Es geht ihr nicht gut.«
»Wo ist sie?« Jacob wusste, was geschah: Das Kind kam. Schon seit einer Woche plagte Theresa Wolkow sich mit leichten Wehen. Jacob hatte sie schon zweimal untersucht. Es war an der Zeit. Er beugte sich zu dem Jungen. »Hol meine Tasche«, flüsterte er Hannes zu. »Ich schaue nach deiner Mutter.«

Während der Junge durch das Knäuel der sich streitenden Männer und Frauen schlüpfte, richtete Jacob sich wieder auf. »Ruhe!«, schrie er, und die Wucht seiner Wut überraschte ihn. »Wir erwarten ein Kind«, fuhr er fort. Er merkte nicht, wie seltsam seine Worte in diesem Moment klangen. »Das Kind kommt bald. Und wenn ein Kind geboren wird, herrschen Anstand und Ruhe. Verschiebt euren Aufstand auf später, ich brauche eure Hilfe.«

Die Frauen reagierten zuerst, sie verstummten. Jede von ihnen wusste, dass eine Geburt eine fast übermenschliche Anstrengung war. Und dann noch auf hoher See … Einige bekreuzigten sich, und jede von ihnen erinnerte sich mit Schrecken an die Schmerzen bei der Geburt der eigenen Kinder zurück.

»Wo liegt sie?« Die ersten besorgten Helferinnen umringten Jacob. Er bemerkte, dass sich nun auch die Männer beruhigten.

»Auf der anderen Seite des Schiffes. Ich brauche abgekochtes Wasser, wer kann dafür sorgen?«

Zwei Frauen meldeten sich und verschwanden nach oben an Deck. Jacob nahm zwei weitere Frauen an die Hand, sie waren besonnen und umsichtig, und zog sie mit sich.

»Ihr müsst mir helfen«, sagte er. »Ihr müsst Theresa beruhigen und die Kinder ablenken. Sie ist sehr aufgeregt und hat Angst, dass das Kind sich nicht gedreht hat.«

»Eine Steißgeburt?« Johanna Möller, die ältere der beiden Frauen, zog ein sorgenvolles Gesicht. »Wenn das mal gutgeht.«

»Sie hat doch schon vier Kinder geboren«, meinte Jule Blom. »Ihre Kinder sind zart, sie wird es schon schaffen. Aber sie wird schreien wie ein Schwein, das am Metzgerhaken hängt. Ich habe einmal eine Steißgeburt in der Nachbarschaft erlebt. Das Kind war ein Brocken und hat seine Mutter völlig zerris-

sen. Wir hatten eine erfahrene Hebamme dabei, trotzdem hat es lange gedauert, bis die Frau wieder auf den Beinen war.«
Jacob nickte. Er verschwieg den Frauen, dass er bislang nur einmal bei einer Geburt assistiert hatte. Und dann gleich eine Steißlage … In Gedanken ging er alle Schritte und möglichen Komplikationen durch.

Am Bettkasten der Familie Wolkow herrschte gespannte Stille. Der Vater hatte die Kinder bereits in den oberen Kasten gescheucht. Jule kletterte zu ihnen hinauf und begann, ein albernes Lied zu singen:

»Da hast 'nen Taler,
Geh auf den Markt,
Kauf dir 'ne Kuh,
Kälbchen dazu.
Das Kälbchen hat ein Schwänzchen.
Dideldideldänzchen …«

Zwischen den Strophen drang Theresas Keuchen hinter dem Laken hervor, das sie vor die Koje gespannt hatte.
»Sie presst schon«, sagte Theresas Ehemann. »Seit Stunden.«
»Warum hat mir niemand Bescheid gesagt?« Jacob schüttelte ärgerlich den Kopf. Er griff nach seiner Tasche, die bereits vor der Koje stand.
»Theresa meinte, es sei noch nicht so weit. Und bisher hat sie ja noch nie einen Arzt gebraucht. Aber dieses Mal ist alles anders. Jetzt geht es nicht mehr voran.«
Jacob schob die Hemdsärmel hoch und reinigte Hände und Unterarme mit Karbolsäure. Dann schlug er das Laken zur Seite und beugte sich zu Theresa, die ihn mit schmerzverzerrtem Gesicht anlächelte.

»Es ging ganz gut«, wisperte sie, und ein Schauer durchzog ihren Körper. Sie stöhnte auf, unterdrückte einen Schrei, ihr Kreuz spannte sich wie ein Bogen.
Jacob fühlte ihren Puls und trocknete den Schweiß, der sich auf ihrer Stirn gesammelt hatte. Ihre Haare waren feucht. »Ich muss Sie abtasten«, murmelte er und schob ihr Hemd über die Hüften nach oben. Wie ein riesiger Kürbis ragte der geschwollene Bauch vor ihm auf. Jacob dachte, dass sie trotz der mageren Kost in den vergangenen Monaten ordentlich zugelegt hatte.
Das Kind steckte tief im Becken, der Muttermund war bereits weit geöffnet, Jacob spürte ein Füßchen. Das Kind lag tatsächlich mit dem Steiß nach unten.
Die nächste Wehe rollte über Theresa. Sie bäumte sich auf, warf ihren Kopf hin und her. Ihre unterdrückten Schmerzensschreie klangen wie das Grollen eines Gewitters.
»Schreien Sie, los!«, forderte Jacob sie auf. »Machen Sie sich Luft, das wird Sie ein wenig entspannen.«
Trotz ihrer Schmerzen lächelte Theresa. »Bei den anderen Kindern habe ich auch nicht geschrien«, keuchte sie. »Dafür habe ich ein Vaterunser nach dem anderen gebetet.«
Jacob drückte ihre Hand. »Dann schreien Sie eben das Vaterunser heraus, der alte Herr wird schon nichts dagegen haben.«
Noch einmal tupfte er ihr den Schweiß von der Stirn, dann tauchte er wieder aus der Koje hervor.
»Johanna …« Er ließ sich heißes Wasser reichen, wusch die Hände. »Wir müssen sie aus der Koje herausziehen. Im Liegen wird sie das Kind nicht herausbekommen. Und es wird Zeit …«
»Sie soll wie eine Wilde gebären?« Johanna sah ihn entrüstet an.
Jacob nickte und dachte, dass er ein wenig wissenschaftliche

Unterstützung gebrauchen könnte. »An den Universitäten wirbt man für die Geburt im Stehen«, flüsterte er. »Man hat herausgefunden, dass Mutter und Kind davon profitieren. Selbst der Arzt des Kaisers hat ein entsprechendes Traktat verfasst.«

»Wirklich?« Johannas Blick blieb skeptisch, aber sie schien seine Autorität nicht in Frage zu stellen. »Sie wird nur aus dem Bettkasten herauskommen, wenn die anderen verschwinden.« Hilflos wies sie auf die Umstehenden, die Passagiere auf dem Zwischendeck verfolgten die Vorgänge in der Koje neugierig.

»Deshalb möchte ich Sie bitten, die Leute nach oben an Deck zu schicken. Können Sie das tun, Johanna?«

Johanna nickte. »Los, Leute …« Sie begann, auf die Umstehenden einzureden, und tatsächlich erklärten sich die ersten bereit, das Zwischendeck zu verlassen. Jule wiederum schnappte sich die Kinder und zog sie mit sich nach oben.

Jacob atmete erleichtert aus. »Heiner«, sagte er. »Wir müssen Ihre Frau da unten rausbekommen. Können Sie mir helfen?«

Theresas Mann nickte. Gemeinsam überredeten sie Theresa, den Versuch zu wagen.

»In der nächsten Wehenpause ziehen wir Sie aus dem Bettkasten«, erklärte Jacob. Er wollte, dass Theresa ihre Arme um die Männer schlang. Dann könnten sie ihren Körper aus der Koje wuchten. Wenn sie erst einmal draußen wäre, sollte sie sich auf ihren Mann stützen, während Jacob ihre Schmerzen mit heißen Umschlägen linderte.

Doch auch im Stehen ging es kaum voran, die Wehen waren schmerzhaft, aber wenig produktiv. Theresa schrie ein Vaterunser nach dem anderen heraus, schließlich verlor sie den Mut. »Es geht nicht mehr«, jammerte sie. »Das Kind sitzt wie ein Felsbrocken in mir. Ich schaffe das nicht.«

Auch Jacob hatte Angst. Für eine äußere Wendung war es längst zu spät. Dafür zog sich die Geburt schon über zu viele

Stunden hin. Theresa war ganz offensichtlich am Ende ihrer Kräfte, und auch das Ungeborene litt unter seiner misslichen Lage. Innerlich bereitete Jacob sich auf eine Totgeburt vor, doch er hoffte, wenigstens Theresa retten zu können.

»Sie müssen doch etwas tun, können Sie das Kind nicht holen?« Theresas Mann sah ihn flehentlich an.

»Ein Kaiserschnitt?« Jacob schüttelte den Kopf. »Unter den Bedingungen hier an Bord wird Theresa sterben. Und womöglich verlieren wir auch noch das Kind.«

»Und eine andere Lösung gibt es nicht?«

Wieder stöhnte Theresa auf, sie hatte keine Kraft mehr für ein Vaterunser. »Lasst mich doch nicht so leiden«, flehte sie, und ihre Worte gingen Jacob durch und durch. Was konnte er noch tun? Fieberhaft suchte er nach einer Lösung, in Gedanken wälzte er die medizinische Literatur. Kronprinz Wilhelm fiel ihm ein, auch er war eine Steißgeburt gewesen. Professor Martin von der Berliner Charité hatte die damals achtzehnjährige Kronprinzessin mit Chloroform betäubt.

Jacob wühlte in seiner Tasche nach dem Fläschchen mit der kostbaren Flüssigkeit. Er träufelte etwas davon auf ein Tuch und ließ Theresa wieder auf das Bett sinken.

»Einatmen, Theresa!«, forderte er sie auf. »Gleich geht es Ihnen besser.«

Nach wenigen Sekunden sackte Theresas Kopf zur Seite. Das Betäubungsmittel wirkte, auch der verkrampfte Körper entspannte sich merklich.

Wieder desinfizierte Jacob seine Hände und Unterarme, dann tastete er nach dem Kind. Es steckte nun mit dem Steiß voraus im Geburtskanal, Jacob bemerkte, dass die Nabelschnur nur noch schwach pulsierte. Er wusste, jetzt zählte jede Minute. Das Leben des Kindes war in Gefahr.

Wo waren die Beine? Vorsichtig arbeitete Jacob sich weiter

voran durch das weiche, warme Fleisch. Es gelang ihm, das rechte Beinchen zu befreien, das sich in der Nabelschnur verwickelt hatte. Dann bekam er ein Ärmchen zu fassen.

Theresa stöhnte wieder auf. Er musste sich beeilen, der Schweiß lief ihm über die Augen. »Drücken Sie ihr das Tuch noch einmal vor Mund und Nase«, befahl er ihrem Mann.

Als sie wieder ruhiger war, zog er sachte an dem Ärmchen, Stück für Stück gelang es ihm, den kleinen Körper im Bauch zu drehen. Dann bekam er den anderen Arm zu fassen, schließlich befreite er den Kopf. Mit der nächsten Wehe zog er das Kind sachte hinaus.

Das Neugeborene, ein Mädchen, schien mehr tot als lebendig. Sein Gesicht war bläulich verfärbt, der Puls schwach.

»Lebt es noch?« Heiner beugte sich hilflos über das zarte Wesen, das einem Wassertierchen glich.

Jacob nickte. Er nabelte das Kind ab und begann, es mit einem nassen Tuch abzureiben. Nach einem beherzten Klaps auf den Po begann es zu schreien.

»Es ist wohlauf.« Erleichtert wickelte Jacob das Kind in ein Tuch und reichte es dem Vater. »Setzen Sie sich zu Ihrer Frau, damit sie das Kind sieht, wenn sie aufwacht.«

Er versorgte Theresa, stand auf, wusch sich und packte seine Sachen zusammen. »Wie soll die Kleine denn heißen?«

»Victoria.«

Die Siegreiche. Jacob lächelte. »Diesen Namen hat sie sich verdient. Hoffen wir, dass ihre Mutter sich schnell erholt. Ich werde später noch einmal nach ihr schauen. Sie blutet nicht allzu stark, ich bin ganz zuversichtlich.«

Als Jacob an Deck kam, ging die Sonne in seinem Rücken unter. Ein schwacher Wind war aufgekommen. Die Auswanderer applaudierten, und auch die Matrosen nickten ihm zu, die Nachricht war schon zu ihnen vorgedrungen.

»Es ist eine Victoria geworden«, verkündete Jacob stolz, als wäre es seine Tochter. »Ein gesundes, kleines Mädchen!«
Eine leichte Brise war aufgekommen. Von Meuterei war nichts mehr zu spüren. Eben begann die Mannschaft, die Segel zu setzen.

Neun

Ella trauerte lange um ihr Kind. Als sie begriffen hatte, dass das Ungeborene in einem Meer von Blut fortgespült worden war, weinte sie. Sie dachte, dass sie ihre letzte Verbindung zu Jacob verloren hatte. Nun trieb sie zwischen den Kontinenten und hatte das Ziel ihrer Reise verloren. Australien erschien ihr bedeutungslos, und jeden Anspruch auf Heimat und Rückkehr hatte sie verwirkt.
Jetzt begriff sie, dass das Kind ein Geschenk gewesen war. Warum hatte sie das nicht erkennen können? Und warum hatte sie das Wesen nicht bei sich behalten und annehmen können? In ihren Gedanken verwandelte sich der Schandfleck in heitere Pastellkreide, die das fröhliche Bild eines Mädchens mit blühenden Wangen und langen, geflochtenen Zöpfen zeichnete. Ella quälte sich mit Selbstvorwürfen. Sie gab sich die Schuld am Tod ihres Kindes und sah nicht die Krankheit und das Fieber, die den Blutsturz verursacht hatten.
Viele Tage lag Ella in ihrer Koje und starrte gegen die Wände. Sie war immer noch zu schwach, um aufzustehen, doch Robert versorgte sie in seiner freien Zeit. Hartnäckig flößte er ihr bittere Tees und kräftigende Suppen ein. Er erzählte ihr von seinen Reisen, und seine Beharrlichkeit tat ihr gut. Sie blickte ihm nach, wenn er ihre Kabine verließ und die Tür leise hinter sich zuzog. Wenn er gegangen war, fühlte sie sich einsam.

Und doch konnte Ella es kaum glauben, dass Robert sie in ihren intimsten, verletzlichsten Stunden erlebt hatte. Dass er ihr beigestanden und Verantwortung für sie übernommen hatte. Ihr Körper hatte sich ihm in dieser hilflosen Situation vollkommen offenbart, doch sie fühlte sich weder bloßgestellt, noch schämte sie sich.
»Es war die Ruhr«, sagte Robert, wenn sie sich für alle Unannehmlichkeiten entschuldigte, und legte den Finger auf ihre Lippen. Er fragte nicht. Und er urteilte nicht. Er war ein Fremder, und doch war er da – nur für sie.
Was wusste sie von ihm? Ella dachte, dass sie ihn nach seinem Leben fragen müsste – später, wenn alles vorüber wäre. Wenn sie dalag und auf ihn wartete, sah sie sein Gesicht, das sich mit einem scheuen Lächeln über sie beugte. Sein Haar war wild und etwas zu lang, und auf der Fahrt war ihm ein Bart gewachsen, den er nur nachlässig mit der Schere schnitt. Alles an seinem Körper war stark und kräftig, er war groß, viel größer als Ella und auch größer als Jacob. Wenn er sich an Bord bewegte, glich er den Wellengang unmerklich aus. Er schwankte nie, war unerschütterlich, jeder Handgriff saß und drückte Sicherheit und Vertrautheit mit den Elementen aus.
Einmal träumte Ella, dass Robert sie über das Deck trug, bis zu ihrem Platz, wo sie vor der Krise immer gesessen hatte. Dort setzte er sie vorsichtig auf den Tauen ab und hüllte sie in seinen dicken Offiziersmantel, denn es war Nacht. Dann stellte er sich hinter sie, und sie spürte seinen Atem in ihrem Nacken. Mit einer Hand hob er sanft ihr Kinn und lenkte ihren Blick zu den Sternen.
»Sirius, Canopus, Toliman, Argo und Skorpion«, flüsterte er die Namen der Sterne und Sternbilder, und zum ersten Mal erkannte Ella, wie weit sie schon gekommen waren. Der Nachthimmel war ein anderer als der, den sie über der Ostsee

gekannt hatte. Er schien ihr wilder und lebendiger. Im Süden, hinter dem Äquator, lag das Zentrum der Milchstraße, und dort zeigten sich besonders viele Sterne, ein Knäuel aus Licht – ein unvorstellbares Chaos, noch schöner und faszinierender als alles, was sie bislang gesehen hatte.

Als sie aufgewacht war, war die Traurigkeit noch größer gewesen als zuvor. Ella hatte sich nicht vorstellen können, dass sie noch tiefer sinken könnte als auf den furchtbaren Grund der Lava. Doch mit jedem Tag rutschte sie tiefer hinab in den Morast aus Trauer und Verzweiflung. Auch wenn ihr Körper sich erholte, wusste Ella nicht, wie sie die Last ihres zerbrochenen Lebens weitertragen sollte. Ihr Weg, das spürte sie, führte geradewegs hinab in den Abgrund der Schuld.

Robert jedoch stemmte sich unnachgiebig gegen den dunklen Sog. Als Ella sich nach drei Wochen immer noch weigerte, das Bett und ihre Kabine zu verlassen, packte er ihre Hände.

»Es ist gut, Ella«, sagte er und zwang sie, sich im Bett aufzusetzen. Plötzlich war er zur vertraulichen Anrede gewechselt.

»Ich kann nicht.«

»Dein Körper kann, und deine Traurigkeit wirst du nur verscheuchen, wenn du das Leben zulässt.«

»Was weißt du von Traurigkeit?« Zum ersten Mal wehrte Ella sich gegen Roberts Hilfe. Zornig schlug sie seine Hände zur Seite.

Robert sah sie an, doch er schwieg. Er stand auf und holte etwas aus ihrer Kiste heraus. Dann legte er Ella Papier und Kreide in den Schoß.

»Was ist das?«, fragte er. »Erzähl mir davon.«

»Farben«, sagte sie und begann wieder zu weinen. »Meine Farben …« Und endlich konnte sie ihm von *Sophienlund* erzählen, von ihrem Atelier im Park, von ihrem Paradies, ihrer Freiheit und der beschämenden Flucht.

»Du musst ihn suchen«, sagte Robert, als alles heraus war und Jacob plötzlich wie eine Erscheinung zwischen ihnen stand. »Ich kenne mich in Melbourne aus, ich kann dir helfen, und ich mache dich mit Menschen bekannt, die dir ebenfalls helfen können.«

Ella nickte betäubt. Die Tränen und der Strom ihrer Worte hatten die Traurigkeit aus ihrem Körper gespült. Sie fühlte sich leer, unbeschrieben wie eine weiße Leinwand. Fest drückte sie Roberts Hand, dann zog sie seine Rechte an ihre Lippen und wagte einen Kuss, salzig schmeckte sie seine Haut.

Robert lächelte und strich über ihre Wange. Doch sie sah auch, dass sich der Schmerz der Enttäuschung in seinen Augen spiegelte.

Ella dachte, dass er sich Hoffnungen gemacht hatte. *Natürlich hatte er sich Hoffnungen gemacht.* Selbst ein abgemagertes, hohlwangiges Vögelchen wie sie hatte sich auf der langen Fahrt wohl in ein appetitliches Täubchen verwandelt.

Doch nein, damit tat sie ihm unrecht. Liebte er sie? Ella sah ihm in die Augen, und tapfer hielt er ihrem Blick stand.

»Ich halte das aus, Ella«, sagte er und küsste ihre Stirn. »Ich bin ganz bei mir. Du musst deinen Weg finden.«

Am nächsten Morgen erschien Ella wieder an Deck. Robert beobachtete, wie sie sich über die schwankenden Planken tastete. Doch dann setzte sie sich ganz selbstverständlich auf ihren Platz, so, als wäre nichts geschehen. Sie sah ein wenig mager aus, blass, doch ihr Haar glänzte in der Sonne, und die grünen Augen reflektierten das Glitzern der See.

Ella hatte ihren Zeichenblock mit nach oben genommen, und als Erstes versuchte sie sich an dem kleinen Mädchen, das zu Beginn der Ruhrepidemie gestorben war.

Robert war erstaunt, wie gut sie zeichnen konnte und wie exakt ihre Erinnerung an das Kind war. Das Porträt gab das Mädchen ganz und gar lebensecht wieder, die großen, runden Hungeraugen, die etwas zu breite Nase, der fehlende Zahn. Eine seltsame Melancholie, ja ein Jammer, fast wie eine verstörende Vorahnung, ging von dem Bild aus. Robert dachte, dass das keine Salonmalerei war. Er spürte, das hier war echt.

»Was machst du damit?« Robert nahm das Blatt in die Hände, hielt es aus dem Wind und strich vorsichtig über die Linien.

»Ich wollte es der Mutter schenken. Ich habe ihr damals nicht mein Beileid aussprechen können. Vielleicht tröstet es sie, wenn sie eine Erinnerung an ihre Tochter besitzt?«

Robert nickte. Er hätte das Blatt gern selbst behalten. Er überlegte, dass er Ella um ein Selbstporträt bitten könnte, eine Erinnerung für später, wenn sie das Schiff verlassen haben würde und er ohne ihr Leuchten leben müsste. Plötzlich konnte er sich nur schwer vorstellen, ohne Ella zu sein. Auch wenn sie seine Gefühle nicht erwiderte, genoss er ihre Gegenwart.

Wie sehr würde sie ihm fehlen? Und wie stark würde sich ihr Fehlen auf sein Leben auswirken? Robert begriff, dass nichts mehr so sein würde wie zuvor. Und zum ersten Mal fürchtete er sich vor dem Tag, an dem der Kontinent sich am Horizont abzeichnete.

»Soll ich es ihr bringen?«

»Könntest du das tun?« Ella nickte dankbar. »Ich weiß nicht, wie ich ihr begegnen soll.«

»Sie wird es den anderen zeigen. Du wirst keine ruhige Minute mehr haben, denn sie werden dich alle bitten, ihre Kinder zu zeichnen.«

»Das macht nichts. Du hattest recht, Robert, das Zeichnen

hilft mir. Und je mehr ich zu tun habe, desto weniger Zeit bleibt zum Grübeln.«

Von da an arbeitete Ella ununterbrochen. Mit einem Schrei hatte die Mutter der Toten das Blatt an sich gerissen und an ihr Herz gedrückt. Sie hatte die Zeichnung mit Küssen bedeckt und nicht gewusst, wie sie sich für diesen Schatz bedanken sollte.

Schon am Nachmittag waren darauf die ersten Auswanderer zu Ella gekommen und hatten schüchtern um ein Bild gebeten. Inzwischen gab es eine Warteliste von mehreren Tagen, und auch die Mannschaft und der Kapitän wollten sich von ihr porträtieren lassen. Zwischen dem zwanzigsten und dreißigsten südlichen Breitengrad, auf der Höhe von Trinidad und unter einem sanften, karibischen Himmel, hatte sich der Klipper in ein Atelier verwandelt.

Zehn

Friederike Möller saß auf einem Fass, das Robert als Sitz herangerollt hatte. Sie hielt das Gesicht in den Wind, das Haar hatte sie zu Zöpfen geflochten und aufgesteckt. Eine filigrane Kette mit Kreuzanhänger schmückte den Hals der jungen Frau. Ella sah, dass sie ihr bestes Kleid angezogen hatte, ein schmaler Spitzenkragen zierte den Ausschnitt. Ein flüchtiges Lächeln lag auf ihren Lippen, das die Augen jedoch nicht erreichte. Wie ein scheues Reh verbarg sie ihren Blick vor der Welt.

Konzentriert arbeitete Ella am Porträt der Auswanderin. Sie wusste nicht, wie viele Passagiere sie inzwischen gezeichnet hatte. Nach den Kindern, den zarten, wehmütigen Gesichtchen mit den blanken, runden Augen, waren die Männer und Frauen gekommen – eine Abfolge von einfachen, spröden Menschen, viele schüchtern und zurückhaltend, aber mit festem Blick.

Ella beobachtete genau, und sie beschönigte nichts. Sie sah Schlichtes und Rührendes, hielt aber auch das Banale, das Hässliche fest, krumme Nasen, einen Buckel und schwielige Hände mit schmutzigen Nägeln, dicke Füße und Zahnlücken. Und sie dachte, dass gerade die unzulänglichen, wenig eleganten Details die Würde dieser Menschen widerspiegelten, deren Gesichter und Körper von harter Arbeit gekennzeichnet waren. Sie hatte die Palette der Pastellfarben auf wenige, genau definierte Töne reduziert und arbeitete mit starken Kontrasten, Weiß und Grau, Kupfer und Blau.

Ella verlangte nichts für ihre Arbeit, doch von jedem Modell fertigte sie zwei Skizzen. Ein Blatt verschenkte sie, ein weiteres legte sie in ihr Skizzenbuch. Da waren Mütter mit Kindern, Sitzende, Schlafende, Nähende, Spielende und in Gedanken Versunkene. Die meisten Modelle nahmen keine Pose ein, sie bewegten sich völlig ungezwungen, jedes Gesicht, jedes Schicksal prägte sich in Ellas Gedächtnis ein. Und jede Zeichnung spiegelte einen Moment des Auswandererlebens, es zeigte die unzerstörbare Hoffnung auf Glück. Da war kein Beschönigen, da war nur Wahrheit. Ella spürte, dass ihr ein unmittelbarer Blick auf den Mut dieser Menschen gelang. Es war, als zeichnete sie ein intimes Dokument ihrer Zeit.

»Welche Farbe habe ich?« Plötzlich erwachte Friederike aus ihrer anfänglichen Starre. Sie bewegte sich, bauschte die Röcke auf und zog sie ein wenig nach oben, so dass man ihre Knöchel sah. Auch das Gesicht der jungen Frau erschien Ella nun weicher und weniger verschlossen. Wenn sie zurückhaltend lächelte, war es fast hübsch – trotz der Lücke zwischen den Schneidezähnen.

»Grün«, sagte Ella und lächelte. »Mit ein wenig Silber und Blau darin. Ein weicher, etwas schwermütiger Ton, die Farbe von Schilf oder Ufergräsern.« Tatsächlich hatte Ella das Pastell in diesem Grün gehalten. Es war eine ihre liebsten Farben, und als sie Friederike gesehen hatte, wusste sie, dass der Wasserton ihr Wesen umschrieb.

Friederike schüttelte den Kopf. »Ich fühle mich schwarz«, sagte sie. »Ganz und gar schwarz wie ein Schatten. Sogar mein Herz scheint schwarz und schwer zu sein.«

Ella erschrak. Für einen winzigen, schrecklichen Augenblick schwappte der Schandfleck wieder vor ihren Augen. »War das schon immer so?« Sie ließ sich nichts anmerken und fuhr die Konturen von Friederikes Lippen nach, der rote Mund und das dunkle Haar betonten ihre Blässe. Ella musste an etwas anderes denken. Für einen Moment stellte sie sich vor, dass sie ihr Modell nackt zeichnen könnte. Sie sah den Akt vor sich, ein ungezwungener Blick auf eine junge Frau, vielleicht beim Waschen in einem Zuber hockend. Ein Moment großer Intimität, ohne dass sie den Beobachter bemerken würde. Eine Alltagsszene, in der zufälligen Haltung des Modells würde nichts Frivoles liegen. Ella dachte, dass es ein objektiver Blick wäre, eine Impression des Augenblicks. Sie sehnte sich nach ihren Ölfarben.

Friederike schüttelte den Kopf, aber sie schwieg.

»Gehst du mit deinem Mann nach Australien?« Ella versuchte, das Gespräch in Gang zu halten. Es tat ihr gut zu reden, und sie wusste, es würde auch Friederike helfen, über ihre Gefühle zu sprechen.

»Ich habe mich den Nachbarn angeschlossen, mein Verlobter ist tot.«

Ella schwieg. Sie wusste nicht, was sie sagen sollte.

»Er ist in Frankreich gefallen, bei Sedan.«

Ella blickte auf und verstand. Sie hatte bislang niemanden kennengelernt, der einen Angehörigen in Frankreich verloren hatte. Der Krieg war entfernt gewesen, weit weg von *Sophienlund* und den Stränden der Ostsee. Sie wusste, es hatte Opfer gegeben. Mehr als eine Million Männer war mobilisiert worden: drei Armeen, geführt von so bedeutenden Männern wie Kronprinz Friedrich Wilhelm, waren in Frankreich einmarschiert, gerüstet mit Zündnadelgewehren und den stählernen Hinterlader-Geschützen aus den Schmelzöfen Alfred Krupps. Im Gefecht von Beaumont hatten die Deutschen Teile der französischen Armee geschlagen, die Masse der französischen Truppen war dann am 1. September 1870 in der Schlacht von Sedan vernichtet worden. Danach folgte die Belagerung von Paris. Mehr als einhunderttausend Franzosen und fast fünfzigtausend Deutsche waren für ihr Vaterland gefallen. Das Reich war auf den Leibern dieser Toten gegründet worden. Ella dachte an Jacob und seine Verachtung für alles Preußische. Wie sollte sie reagieren?
»Ich bin auch allein«, hörte Ella sich plötzlich sagen. »Ich habe alles hinter mir gelassen.«
»Keine Familie, kein Mann?« Friederike blickte auf, der Wind zerrte an ihrem Haar, und in einer unbewussten Bewegung strich sie sich eine Strähne aus dem Gesicht.
Ella schüttelte den Kopf. »Ich weiß es nicht«, sagte sie. »Ich weiß nicht, ob sie mir verzeihen können.« In wenigen Worten erzählte sie von ihrem Unglück.
»Du musst ihn suchen.« Friederike rutschte von der Tonne und kam auf Ella zu. Sie setzte sich an ihre Seite, schüchtern legte sie eine Hand auf ihren Arm.
»Er hat mich verlassen, ich habe sein Kind verloren. Ich weiß nicht, ob ich es schaffen werde, mir ein neues Leben einzurichten.«

»Aber du hast Hoffnung. Und die Hoffnung wird dich tragen. Wenn er sicher in Melbourne eingetroffen ist, wenn er noch lebt, wirst du ihn finden können. Irgendwann. Und wenn du ihm gegenüberstehst, wenn du deine Gefühle für ihn prüfst, kannst du dich entscheiden. Du hast dein Leben noch vor dir. Du musst doch für deine Liebe kämpfen!« Sie schwieg, dann fuhr sie fort: »Alle meine Hoffnungen sind zerstört. Trotzdem gebe ich nicht auf. Ich fange ein neues Leben an.«
Ella nickte. Sie dachte, dass Friederike recht hatte. Wie glühendes Eisen durchfuhr sie die Empörung der jungen Frau. Sie nahm Friederikes Hand und zog sie noch näher zu sich. Schulter an Schulter saßen sie auf den Schiffstauen, das Alleinsein verband sie. Und das Schweigen, das ihren Schmerz wie ein Mantel umfing.
Schließlich wusste Ella, wovor sie sich fürchtete. »Was soll ich tun, wenn ich vor ihm stehe, und es ist nichts mehr da?«, flüsterte sie und war sich nicht sicher, ob Friederike sie hören konnte. »Wenn ich nichts mehr fühle? Wenn ich ans Ende der Welt gereist bin wegen einer Illusion? Wenn alles nur ein schrecklicher Irrtum war, die Laune einer Sommernacht?«
»Dann kehrst du um. Und suchst dir einen anderen Weg.« Friederikes Stimme wurde fester. »Eure Wege können sich kreuzen. Und so viel Neues, so viel Leben kann daraus entstehen. Mir bleibt nur das hier.« Bitter zeigte sie auf das Kreuz an ihrem Hals. »Ich glaube nicht, dass ich noch einmal lieben werde.«

Am Abend erzählte Ella Robert von ihrer Begegnung mit der jungen Frau. Sie hatten ihr Essen gemeinsam eingenommen und saßen auf dem Achterdeck. Die Sonne stand in ihrem Rücken, bald würde sie untergehen und wie ein glühender Ball im Wasser versinken. Es war angenehm warm, keine Wolke zerriss den weiten Himmel, eine leichte Brise hielt sie auf Kurs: Ostsüdost. Bald würden sie das Kap der Guten Hoffnung passieren und dann in östlicher Richtung auf Melbourne zuhalten. Die Geräusche des Wassers, das Auf und Ab der Wellen begleitete sie.

»Und du findest also, sie leuchtet grün?« Verwirrt blickte Robert auf die Skizze in Ellas Buch. »Ich habe sie nicht genau vor Augen, aber wenn ich sie sehen sollte, würde ich wahrscheinlich nur ein dunkles Kleid wahrnehmen, vielleicht noch einen hellen Kragen und die Farbe ihrer Haare.«

»Es ist nicht nur ein Grün. Es befindet sich auch etwas Blau darin, und dann ist da noch ein silberner Glanz. Ich finde, sie ist etwas Besonderes.«

Robert nickte. Er verschwieg Ella, dass sie ihm ebenso leuchtend erschienen war, als sie vor mehr als drei Monaten das Schiff betreten hatte. Eine oszillierende Erscheinung. Wann immer er in den vergangenen Tagen ein wenig freie Zeit zwischen seinen Diensten gefunden hatte, verbrachte er die kostbaren Stunden mit Ella. Robert genoss ihre Nähe, die Wärme ihres Körpers, den Duft ihrer Haare und ihre Aufrichtigkeit, die nicht mit seinen Gefühlen kokettierte.

»Grün und Blau liegen auf dem Farbkreis nebeneinander«, fuhr Ella fort und zeigte aufgeregt auf einen Schwarm fliegender Fische, die sich neben dem Schiff aus dem Wasser herauskatapultierten. Sie hatte sich noch immer nicht an die Wunder der Tropen gewöhnt. »Sie bedingen einander«, flüsterte sie, und Robert wusste nicht, ob sie die Farben oder die Fische meinte, die ihn immer wieder an zu groß geratene, tieffliegende Schwalben erinnerten.

»Die Chinesen«, sagte er, »kennen nur einen Begriff für Grün und Blau und Schwarz.«

Ella staunte. »Aber dazwischen liegen Welten. Wie kann ein Grün sein wie ein Schwarz?«

»Sie sagen *qing* dazu. *Qing* steht für die Farbe des Wassers, also für einen eher dunklen, fast schwarzen Ton, der trotzdem auch blau oder grün sein kann.«

»Dann kennen sie keine lichten Gewässer. An einem klaren, kalten Tag schimmert die Ostsee flirrend grün wie ein Opal.«

Robert nickte. »Der See, nach dem die Provinz Qinghai benannt ist, ist der Qinghâihú, das grün-blaue Meer. Es muss ein riesiger Salzsee sein, der sehr hoch in den Bergen liegt. Einhundertacht Flüsse sollen in ihn münden, deshalb ist er den Chinesen heilig. Ich war noch nie dort, aber ich habe davon gehört.«

»Ein magischer Ort.« Ella schwieg einen Moment. »Friederike sagte, ich solle nicht aufgeben«, fuhr sie leiser fort und blickte Robert an. In ihren Augen sah er die Sehnsucht nach dem anderen. »Sie hat ihren Verlobten in Frankreich verloren und hielt mir vor, dass ich alles versuchen müsse, um Jacob zu finden. Sie hat recht. Sie hat so sehr recht, dass es mir weh tut.«

Robert schwieg. Er wusste nicht, woher er die Kraft nahm, die Existenz des anderen zu ertragen. Was hatte diesen Mann nur von dieser wunderbaren Frau fortgetrieben? Robert konnte die Gründe für dessen Flucht nicht verstehen. Und würde sie niemals verstehen.

»Wenn ich hätte umkehren können, wäre ich sofort nach der Krankheit umgedreht«, sagte Ella. »Aber du«, dankbar drückte sie Roberts Hand, »du hast nicht zugelassen, dass ich mich aufgebe. Seitdem ich wieder male, spüre ich, dass meine Kräfte zurückkehren. Gerade heute habe ich gedacht, dass ich noch viele Bilder vom Meer zeichnen werde. Und diesen Morgen haben mich Friederikes Worte ein zweites Mal aus meiner Erstarrung gerissen. Ich bin noch da. Und Jacob ist noch da. Vielleicht hat die Reise doch einen Sinn?«

»Du wirst ankommen«, murmelte Robert heiser. »Und wenn du angekommen bist, findet sich alles Weitere. *Wúwéi,* sagen die Chinesen. Lass alles auf dich zukommen.«
»Wúwéi«, wiederholte Ella. »Wúwéi … Was für ein schönes Wort für ein neues Leben!«

MELBOURNE

Eins

Der letzte Teil der Reise war der angenehmste. Die See blieb friedlich, das Wasser hatte seinen Schrecken verloren, und der Wind war es leid, sein Spiel mit dem Schiff zu treiben. Maßvoll, fast zahm, strich er aus West heran, er schob sie freundlich ihrem Ziel entgegen. Endlich kam Jacob dazu, einige der Bücher zu lesen, die er im Gepäck hatte. Er wagte sich an Hegel und Marx, und die Gedanken über das Gelesene, der darin beschworene, scheinbar unversöhnliche Gegensatz zwischen Arbeitern und Herrschenden, zwischen Proletariat und Bourgeoisie, begleiteten seine Vormittage. Den Rest des Tages und die Abende verbrachte er mit den Auswanderern. Erleichtert verfolgte Jacob, wie Theresa Wolkow wieder zu Kräften kam. Auch die kleine Victoria entwickelte sich von Tag zu Tag, noch auf hoher See war sie vom Kapitän getauft worden.

Als die Küste Australiens wie ein schimmerndes Band am Horizont aufblitzte, jubelte das ganze Schiff. Je näher sie dem Festland kamen, desto ausgelassener wurde die Stimmung an Bord. Es wurde laut gesungen, die Frauen begannen, sämtliche Kleider zu waschen, und über Tage glich das Deck einem brodelnden Waschzuber. Die Männer stutzten ihre verfilzten Mähnen und rasierten sich. Plötzlich gab es wieder Rum, die ersten Möwen und Seeschwalben wurden wie lang vermisste Freunde begrüßt.

An Kap Leeuwin vorbei, dem südwestlichsten Punkt des australischen Festlands, folgten sie dem Bogen der Küstenlinie und passierten bizarre Granitfelsen, Sandstrände und duftende Eukalyptuswälder mit uraltem Baumbestand, Siedlungen und Städte. Port Lincoln, Kingston und Portland lagen auf ihrem Weg. Victoria schloss sich an, die noch junge Kolonie. Einhundertzweiundsechzig Tage nachdem sie in Bremerhaven in See gestochen waren und zwei Wochen später als vorgesehen, legte das Schiff in Melbourne an. Sie hatten keinen Passagier verloren.

Mit klopfendem Herzen, die schwere Arzttasche im Arm, betrat Jacob die Neue Welt. Er dachte, dass die Zeit wie im Rausch vergangen war. Er war im Spätsommer in Deutschland aufgebrochen, nun ging der Sommer in Australien zu Ende. In der Stadt verfärbte sich das Laub der Buchen und Eichen, die von den Stadtvätern aus sentimentalen Gründen gepflanzt worden waren. In den Teebäumen und Akazien saßen leuchtend bunte Zebrafinken und Gouldamadine. Ihr Federkleid war prächtig und fremd anzusehen, doch ihr Gesang glich dem vertrauten Zwitschern der Finken.

Nach der Anmeldung im Hafenbüro, den Listen, Stempeln und Formalien, suchte Jacob sich eine Pension in Hafennähe. Er schlief eine Nacht in der Stadt, ruhig und gelöst, am nächsten Tag frühstückte er mit Genuss. Er besorgte sich ein Pferd, ein ausdauerndes, englisches Vollblut, etwas Proviant, Wasser, Speck und Trockenfrüchte, und eine Karte von Victoria und den angrenzenden Kolonien. Dann machte er sich auf die Suche nach seinem Onkel und verließ die Stadt mit einem Treck in Richtung Norden. Schon nach wenigen Stunden erreichten die Reiter die ersten Ausläufer des Buschlandes. Hartes Tussockgras, Eukalyptus- und Mulgasträucher säumten ihren Weg. Auf den staubigen Pfaden wärmten sich armdicke, urtümliche Echsen in der Sonne. Als eine Gruppe von schwarzen Männern unvermittelt ihren Weg kreuzte, zügelte Jacob sein Pferd und sah die Nomaden neugierig an.

Aborigines, so nannten die Briten die Ureinwohner. Das Wort bedeutete so viel wie Menschen, die von Anfang an da waren. So fremd der Name für Jacob klang, so fremd erschienen ihm auch deren dunkle Gesichter mit den aufgeworfenen Lippen, den breiten Nasenrücken und glühenden Augen. Seltsame Frisuren und noch seltsamere Kleidung, nicht mehr als ein Schurz mit Waffen und Werkzeug um die Hüften und Ketten aus Holz und Steinen, lösten eine merkwürdige Beklemmung in ihm aus. Jacob dachte, dass er nun wirklich ans Ende der Welt gekommen war, und plötzlich fiel ihm ein, dass er nur ein Taschenmesser und sein Skalpell bei sich trug.

Doch die Männer sahen kaum auf, es war, als blickten sie durch die Reisenden hindurch. Verlegen zog Jacob seinen Hut, und erst im Weiterreiten fiel ihm auf, wie lächerlich und deplaziert diese höfliche Geste gewesen war. Er dachte, dass er einem Bild aus seinen Träumen begegnet war. Und dass er sich nun auf den Ursprung des Menschseins zubewegte. Deutschland und Berlin, *Sophienlund* und zuletzt auch die hartnäckige Erinnerung an Ella – wie eine schwere Rüstung schien alles Vergangene von ihm abzufallen.

Melbourne lag im Spiegelglanz der Port Phillip Bay. Im Gegensatz zu anderen Siedlungen im Südosten war die Stadt nie vom düsteren Gewicht der Strafkolonie niedergedrückt, sondern von Beginn an von freiem Geist beseelt und mit breiten Straßen und weitläufigen Parks geplant worden. Die ersten englischen Siedler hatten die Stadt 1837 nach dem britischen Premierminister Lord Melbourne benannt, und genauso wie der lebenslustige Mentor der jungen Queen Victoria besaß

auch *Marvellous Melbourne* einen eigenwilligen Charakter und sprühenden Charme.
Auf der Fahrt durch die Stadt begegnete Ella einem Potpourri verschiedenster Baustile: Das noch junge Parlamentsgebäude der Kolonie Victoria glich einem griechischen Tempel, der Amtssitz des Gouverneurs einem italienischen Palast. Mehrstöckige Bürohäuser erinnerten sie an Bilder von New York, säulengeschmückte Residenzen an die Villenviertel Londons und Hamburgs. In Parks spendeten importierte Palmen und Eichen Schatten. Und auch das Wetter war unterhaltsam: Bisweilen wechselten sich alle vier Jahreszeiten an nur einem Tag ab.
Robert begleitete Ella in ihr neues Leben. Nachdem sie in Melbourne angekommen waren, hatte er sie als Gouvernante an den reichen deutschen Viehzüchter Johannes Vielbrock vermittelt. Ella fügte sich den Umständen. Sie musste Geld verdienen, bevor sie sich auf die Suche nach Jacob machen konnte. In ihrer Börse befanden sich nur noch wenige Münzen, die Überfahrt, das Reisegepäck und vier Nächte in einem Hotel in der Stadt hatten das Erbe ihrer Großmutter zusammenschmelzen lassen. Trotzdem hatte sie es genossen, sich nach der langen Reise mit einer behaglichen Unterkunft im *Empire Hotel* zu belohnen. Ihr Zimmer war groß gewesen, lichtdurchflutet und mit dicken Teppichen ausgelegt. Ein riesiges Himmelbett, unzählige Kissen und warme Federdecken hatten sie erwartet. Ella hatte zuerst ein heißes Bad genommen und jede Pore ihres Körpers mit einer nach Rosenöl duftenden Seife gereinigt, dann hatte sie ihr Haar vor dem offenen Kamin getrocknet und ein Glas Portwein getrunken. Sie hatte ihre Ankunft zelebriert.
Erst als sie das trockene Haar gebürstet hatte, bis es knisterte und Funken sprühte, und das ungetragene, noch von Greta

gebügelte Kleid angezogen hatte, wagte sie es, in den Spiegel zu blicken.
Ella fand, dass sie dünner geworden war, die Wangenknochen traten deutlicher hervor. Und die Sommersprossen darauf hatten sich in der Tropensonne vermehrt. Doch da waren keine Schatten mehr unter den Augen, die Haut war vom Bad gerötet und die Lippen schimmerten wie Korallen. Sie war noch da – ganz und gar. In den nächsten Tagen taten üppige Eierspeisen, frisches Gebäck und englisches Beef im Salon mit Blick auf den Hafen ein Übriges. Neugierig lauschte Ella den Gesprächen der Gäste, ihr Englisch ließ sie nicht im Stich. Nicht viel, so schien es ihr, unterschied das Leben der vornehmen Gesellschaft in Melbourne von dem in London. Die Immigranten hatten sich hier ein Abziehbild des Empire geschaffen, sie pflegten ihre Traditionen wie das absonderliche Cricketspiel, den Nachmittagstee mit Früchtebrot und Marmeladen-Gebäck sowie die feudale, viktorianische Etikette auch in der Fremde. Ella überlegte, ob Jacob ähnlich empfunden hatte. War er in Melbourne angekommen? Er durfte nicht verschwunden sein. Sie dachte, dass sie es nicht ertragen könnte, wenn ihr Leben mit einem weiteren Rätsel beschwert werden würde.

Als sie drei Tage später wieder zu Robert in die Kutsche stieg, fühlte Ella sich frisch und ausgeruht. Während der offene Wagen vom Wasser weg den Yarra River hinauf durch die belebten Straßen rollte, beobachtete sie das Leben in der noch fremden Stadt. Überwältigt genoss sie die Kraft der australischen Sonne, ihr intensives Licht hob alles überdeutlich, fast schmerzhaft hervor. Selbst die Farben leuchteten stärker. Noch nie hatte Ella Herbstlaub gesehen, das wie Feuer glühte. Und Schatten schien dieses Land nicht zu kennen.

»Das hätte ich nicht gedacht«, sagte sie und staunte über das Bild Melbournes, das sich liebenswürdig und heiter präsentierte. »Ich hatte einen wüsten, öden Ort erwartet. Ich hatte Angst vor unserer Ankunft. Ich dachte, dass ich vielleicht doch noch umkehren würde.«

Robert saß Ella gegenüber, seine Schuhe berührten den Saum ihres Kleides. Als er sie am *Hotel Empire* abholte, hatte er seine Überraschung unterdrücken müssen. Auf der langen Seereise hatte er sich an ihren mädchenhaften Stil gewöhnt, das einfache Kleid, der geflochtene Zopf, aus dem sich immer wieder Strähnen lösten. Nach und nach hatte sie sich dem derben Umfeld des Seglers angepasst. Zuletzt hatte sie Reitstiefel unter ihren Röcken getragen. Nun sah er eine Dame mit Korsage und Hut vor sich und musste sich zudem in Erinnerung rufen, dass sie daneben auch noch einen großen Namen trug. Verblüfft hatte er ihre Hand geküsst, was Ella amüsiert mit einem Lächeln quittiert hatte.
»Wir sollten deinen Titel besser verschweigen«, sagte er und wies auf ein Dromedar, das mit Ballen beladen durch die Straßen geführt wurde. Verblüfft blickte Ella dem fremden Tier nach. Die Engländer hatten die zähen Lastenträger aus Afrika für ihre Expeditionen ins Hinterland des Kontinents eingeführt. »Du bist Ella Carlsburg.«
»Miss Ella Carlsburg aus Holstein.« Ella nickte zustimmend. »Was ist, wenn jemand meine Geschichte kennt?«
Robert schüttelte den Kopf. »Die Siedler sind abgeschnitten vom Rest der Welt. Es dauert Monate, bis Nachrichten aus Europa eintreffen. Wenn die Schnellsegler aus England Adelaide erreichen, rast ihnen eine Meute Journalisten mit Booten entgegen. Sie versorgen die Menschen hier mit Neuigkeiten, die zwei oder drei Monate alt sind.«

»Dabei tickt die Welt doch im Minutentakt.«
Robert nickte. »Das Empire jagt seine Depeschen von London nach Paris, nach Russland und in die Türkei. Überall spinnt man immer größere Telegrafennetze. Aber in den Kolonien sind nur Adelaide, Melbourne und Sydney miteinander verbunden. Alle warten sehnsüchtig auf den Brückenschlag nach Europa.«
»Eine Unterwasserverbindung?«
»Ja, zwischen Asien und Australien. Über den Verlauf der Linie ist lange gestritten worden. Man konnte sich nicht einigen, wo das von Java kommende Kabel aufs Festland stoßen soll.«
»Jeder Kolonie, in der das Ozeankabel endet, wäre das Monopol auf Nachrichten aus Übersee sicher gewesen.« Ella hatte verstanden. »Was wäre die günstigste Route?«, hakte sie nach.
»Es gab einen Vorschlag, das teure Kabel an der engsten Stelle zwischen Asien und der australischen Nordküste zu verlegen und von dort über Land und durch das Zentrum des Kontinents bis nach Adelaide zu führen. Doch bis dahin war es noch niemandem gelungen, den Kontinent von Nord nach Süd zu queren. Man rätselte über die Geheimnisse Australiens. Es gab immer wieder Gerüchte über wilde Tiere, Wüsten und ein gewaltiges Binnenmeer.«
Robert bemerkte, dass Ella seinen Worten aufmerksam folgte.
»Vor wenigen Jahren erst ist es dem Schotten Stuart gelungen, den Kontinent zu durchqueren. Von Adelaide, der Hauptstadt der Kolonie South Australia, aus kämpfte er sich durch das wüste Land nach Norden. Nach zwei gescheiterten Versuchen erreichte er schließlich den Indischen Ozean und hisste dort den Union Jack.«
»Im Hotel hörte ich, dass es noch eine zweite Forschungsreise gegeben hat. Auch Victoria schickte eine eigene Expedition ins Rennen.«

»Ja, der Ire Burke trat an, die Ehre seiner Kolonie zu retten. Er startete von Melbourne aus durch das Buschland in Richtung Norden. Doch seine Männer bezahlten ihren Mut mit dem Leben. Die Kolonie verlor das Wettrennen um den Telegrafen.«
»Man errichtet die Linie also entlang der Stuart-Route?«
Robert nickte. »Es kann sein, dass die Arbeiten bereits abgeschlossen sind, ich muss mich erkundigen.«
Ella schwieg nachdenklich. Das Schicksal der Burke-Expedition schien sie zu bewegen. »Wer ist dieser Johannes Vielbrock eigentlich?«, fragte sie schließlich. »Wie hast du ihn kennengelernt?«

Zwei

Johannes Vielbrock lebte mit seiner Familie im Norden der Stadt. Ella dachte, dass sein Anwesen der weißen Villa Wilhelmi in Hamburg glich. Ein Stich durchfuhr sie, als sie die breite, von Eichen gesäumte Allee hinaufrollten. Die tadellose, weiß getünchte Fassade des Hauses schimmerte durch das Laub der Bäume hindurch, ein gepflegter Garten mit Rosen, Hortensien und Rhododendren umschloss den herrschaftlichen Besitz.
Der Hausherr erwartete sie auf der Treppe. »Willkommen!«, rief er, und seine dunkle Stimme, die zu seiner wuchtigen Statur, den breiten Schultern und zupackenden Händen passte, dröhnte wie ein Kontrabass. »Willkommen auf *Oakland!*«
Robert lachte, und sein Gesicht verzog sich zu einem jungenhaften Grinsen. »Johannes«, sagte er und schob Ella vor. »Das ist Miss Carlsburg.«
»Hat er Ihnen erzählt, wie wir uns kennengelernt haben?«

Vielbrock ergriff Ellas Hand und schüttelte sie wie einen Apfelbaum zur Erntezeit. Für einen Moment dachte Ella, dass sie ihren Hut verlieren würde. Niemals war sie ähnlich überschwänglich begrüßt worden.

»Vor ein paar Jahren hätte ich fast meine Wolle bei einem Brand im Hafen verloren. Dieser Kerl da«, Vielbrock wies auf Robert, der sich um Ellas Gepäck kümmerte, »hat das Feuer entdeckt und, noch bevor die Hafenarbeiter reagieren konnten, die Löscharbeiten in die Hand genommen. Man hat fast die gesamte Ware retten können.«

Robert hatte Ella erzählt, dass Vielbrock durch einen Goldfund und seine Schafzucht reich geworden war. Seine Frau Victoria war die Tochter eines wohlhabenden, englischen Viehhändlers. Nun schüttelte er den Kopf. »Johannes, du übertreibst maßlos. Es war nur ein kleiner Schwelbrand, und außerdem war die Wolle bereits in der Obhut meiner Reederei. Ich war für die Fracht verantwortlich.«

»Na, jedenfalls stehe ich seitdem tief in seiner Schuld. Wir treffen uns immer, wenn Robert auf dem Kontinent ist. Trinken ein Bier miteinander. Als er mir erzählte, dass er eine Anstellung für ein deutsches Fräulein sucht, war ich sofort Feuer und Flamme. Endlich kann ich mich in meinem Haus in meiner Muttersprache unterhalten.«

»Wo sind denn Ihre Kinder?« Ella spähte in das dunkle Rechteck der Eingangstür.

»Mia, Sofie, Jamie …«, dröhnte der Kontrabass erneut. Victoria Vielbrock erschien in der Tür. Freundliche Neugier lag auf ihrem Gesicht, doch als sie Ella sah, schmolz ihr Lächeln zu einem höflichen Nicken zusammen. Hinter den Röcken der Mutter verborgen kicherten die Kinder.

»Misses Vielbrock …« Ella ging auf die Hausherrin zu und reichte ihr die Hand, doch Victoria Vielbrock blieb zurück-

haltend. Sie überließ Ella lediglich ihre kühlen Fingerspitzen. Ella dachte, dass dies nicht einmal der Anflug eines Händedrucks war.
»Ich freue mich sehr, dass ich bei Ihnen sein darf«, sagte Ella und bemühte sich, ihr Englisch ganz selbstverständlich klingen zu lassen. »Und das sind also Ihre Kinder …«
Sie ging in die Knie und begrüßte die beiden Mädchen, fünf und sechs Jahre alt, und den Knaben, der wohl gerade erst das Laufen gelernt hatte. Unsicher hielt der kleine Mann sich auf den kurzen, dicken Beinchen. Als er über die Türschwelle stolperte, fing Ella ihn auf und wirbelte ihn durch die Luft, so, wie es ihr Vater immer mit ihr getan hatte. Jamie jauchzte, doch Victoria Vielbrocks Blick traf Ella von oben herab mit kühlem Stolz.
»Also, also, also … gehen wir hinein, kommt, kommt …« Johannes Vielbrock trieb seine Gäste vor sich her in die kühle Halle des Hauses. Er nahm Ella den Mantel ab und wies Robert an, das Gepäck am Fuß der breiten Treppe abzustellen. »Sie schlafen oben«, beantwortete er Ellas fragenden Blick. »Meine Frau hat Ihnen ein schönes Zimmer im zweiten Stock herrichten lassen. Sie blicken auf Garten und Park, und hinter dem Wäldchen beginnen auch schon die ersten Ausläufer des Buschlandes. Sie werden sehen, Australien ist ein wunderbares Land. Fabelhaft … Alles, was Sie hier sehen, habe ich einem Klumpen Gold und den Merinos zu verdanken.«
»Merinos?« Ella verstand nicht.
»Die Schafe«, lachte Vielbrock und wies auf ein riesiges, düsteres Ölbild, das den Eingang zierte. »Man schätzt, dass sich inzwischen mehr als fünfzig Millionen Schafe auf dem Kontinent befinden. Die Briten haben sie hierhergebracht, und ein paar tausend Merinos gehören mir. Es sind gute Tiere, ein wenig einfältig, aber anspruchslos. Sie brauchen Gras und ab

und zu eine Schur. Aber Weideland und billige Arbeitskräfte gibt es hier in Hülle und Fülle. Man muss nur anpacken können. Meine Farm produziert jedenfalls mehr als fünftausend Ballen Wolle pro Jahr.«

Ella stellte sich vor, wie Robert die schweren Ballen in den Kojen der *Südstern* verstauen ließ, dort, wo gerade noch die Auswanderer geschlafen hatten. Neugierig trat sie an das Gemälde heran. Sie sah eine weite Fläche, einen wenig differenzierten, stumpfen Grünton. Darin verloren sich Schafe, unförmige Wesen, die mehr einem Wollknäuel als einem Lebewesen ähnelten. Ella dachte, dass der Maler weder Farbpalette noch Perspektive beherrscht hatte. Seine Komposition wurde nicht durch Kontur und Linie bestimmt, sondern durch das willkürliche Zusammentreffen von Farbflecken auf der Leinwand.

»Gefällt es Ihnen?« Stolz trat Vielbrock an ihre Seite. »In Melbourne gibt es einige Maler, die ihr Handwerk ganz passabel verstehen.«

»Miss Carlsburg malt selbst.« Robert kam ihr zu Hilfe. »Sehr gut sogar. Auf der Passage hat sie das ganze Schiff gezeichnet, Passagiere und Mannschaft.«

»Na, das wird ja immer besser. Sie müssen mich auf der Farm besuchen und meine besten Mutterschafe porträtieren.« Vielbrock lachte dröhnend. »Sie werden sehen, in gewisser Weise ähneln sie den Menschen.«

Victoria Vielbrock sah ihren Mann tadelnd an, doch Robert und Ella lachten schallend. Gut gelaunt trieb der Hausherr seine Gäste in das mit Holz vertäfelte Esszimmer, wo ein üppiges, englisches Mittagessen auf sie wartete.

Sie hatten sich vor acht Jahren auf einer Viehauktion kennengelernt, seit sieben Jahren waren sie verheiratet, seit drei Jahren war sie unglücklich. Victoria Vielbrock fühlte sich einsam. Mehr als die Hälfte des Jahres verbrachte ihr Mann auf seiner Farm, die mehrere Tagesritte von *Oakland* entfernt lag. Das Buschland war sein Leben, und die Schafe, riesige Herden von stinkenden, blökenden Merinos, bevölkerten seine Gedanken.

Zu Beginn ihrer Ehe war sie ihm noch auf die Farm gefolgt, sie hatte sein Leben geteilt und – ja – sie hatte den rauen Alltag im Busch genossen. Wenn die Schafschur hinter ihnen lag, waren sie wieder nach Süden und bis an den südlichsten Punkt bei Sealers Cove gereist. Dort, an den Sandstränden und in den duftenden Wäldern der Halbinsel, hatten sie sich so frei wie die ersten Siedler des Kontinents gefühlt. Sie waren auf die Jagd nach Kängurus, Koalas, Emus und Wombats gegangen, in der Walfangstation hatten sie mit den Seemännern gezecht.

Victorias Leben war in Bewegung gewesen, doch seitdem die Kinder da waren, zog sie das bequemere Leben auf *Oakland* vor, den Luxus von Federbetten und einem abendlichen Bad, ein gepflegter Garten, in dem die Kleinen sicher spielen konnten, und Personal, das kochte, backte, wusch, bügelte, das Silber polierte und sich um die Wünsche der Kinder kümmerte. Johannes lästerte, dass sie sich inzwischen mit einem Heer von Angestellten umgeben hatte. Sie warf ihm vor, dass er nicht so viel arbeiten müsste, wie er es tat. Lief die Farm nicht prächtig? Konnte er sich nicht auf seinen Verwalter und die Vorarbeiter verlassen?

Victoria dachte, dass ihr Mann seinem Reichtum misstraute. Sein Wohlstand gründete auf dem glücklichen Fund eines Goldklumpens in den Minen von Victoria. Er war kaum im Land gewesen und hatte gerade seine Schürfrechte erworben, als er schon auf den gewaltigen Brocken Glückseligkeit gestoßen war. Es war so schnell gegangen und es war so einfach gewesen, dass er ihr sogar einmal gesagt hatte, er hätte sich seinen Reichtum nicht verdient. »Gott hat ihn mir gegeben«, meinte er in seinen sentimentalen Momenten. »Er kann ihn mir auch wieder nehmen. Jederzeit.«

Immer wieder, so erzählte er, träumte er davon, wie er in einem Schacht stand und vergeblich nach Gold grub. So wie die vielen tausend Digger, die ihre Gesundheit für das Abenteuer und die lehmverschmierten Nuggets ruiniert hatten. Wie einen Talisman bewahrte er immer noch einen Taubenei großen Klumpen Gold in einer alten Teedose in seinem Schreibtisch auf.

Ab und zu, in weniger guten Momenten, dachte Victoria jedoch, dass er ihrer überdrüssig war. Vielleicht gab es eine andere, die im Busch auf ihn wartete? Eine zweite Familie, die dieses Leben mit ihm teilte, das seiner robusten Natur viel mehr entsprach als der Müßiggang auf *Oakland.* Immer wieder hörte man von Farmern, die Kinder mit ihren schwarzen Dienstmädchen zeugten. Eine ganze Generation von Mischlingen bevölkerte inzwischen den Kontinent, willkommenes Personal in den Haushalten der Weißen.

Victoria fürchtete sich inzwischen regelrecht davor, hinaus in den Busch zu reisen. Sie hatte sich eingerichtet in ihrer Welt der vagen Vermutungen, das Ungefähre war zu ihrem Gefährten geworden.

Trotzdem hatte Victoria sich gefreut, als ihr Mann von dem deutschen Fräulein erzählt hatte, das eine Anstellung suchte. Endlich keine dieser hochnäsigen englischen Gouvernanten, die an das Leben der Upper Class gewöhnt waren und die feine Gesellschaft Australiens im Stillen als *Schafsadel* bezeichneten. Und auch kein Mischling oder, schlimmer noch, eine Schwarze, die sich ständig vor einem Wolkengeist fürchtete und andere unheimliche Wesen aus der Traumzeit heraufbeschwor. Wie oft hatte sie Steine, Federn und Pflanzenteile auf ihren Fensterbänken gefunden, die einem Geist oder fernen Ahnen gewidmet waren.

Sie war sogar bereit gewesen, Deutsch zu lernen und ihren Mann mit einem Lied in seiner Muttersprache zu erfreuen. Doch als sie das deutsche Fräulein begrüßt hatte, spürte sie, dass etwas Unheilvolles in ihr Haus einzog. Miss Carlsburg war von einem Geheimnis umgeben, das größer war als jenes Zweifeln, das sie bislang beherrscht hatte. Nervös registrierte sie die naive Begeisterung, welche die Deutsche bei ihrem Mann ausgelöst hatte.

Drei

Johannes Vielbrock hatte auf Blättern, auf leeren Mehlsäcken und Strohmatratzen geschlafen. Wenn er mit seiner Frau in ihrem behaglichen, schiffsgroßen Ehebett lag, fühlte er sich wie ein Hochstapler. Er war kein Mann für Federbetten und Zierkissen, für Rosenöl und Damastdecken, für Nippes und Wedgewood-Porzellan. Und es hatte eine Zeit in ihrem Leben gegeben, in der auch Victoria unter freiem Himmel schlafen konnte. In der sie es genossen hatte, nur von seinen Armen und seiner Liebe beschützt zu werden.

Ferne Zeiten. Nun lag sie hier, an seiner Seite. Ein langes, voluminöses Nachtgewand aus blasser Seide und Spitze verhüllte ihren Körper. Ungeduldig zerrte Johannes an den Schleifen, Häkchen und Ösen, die ihm den Zutritt in das Reich seiner Frau verwehrten.

»Ist dir nicht warm?«, murmelte er und hoffte, dass sie ihn verstehen würde. Konnte sie ihm nicht helfen, einen Weg zu

finden und ihm entgegenkommen? Er sehnte sich nach ihrer Liebe, nach ihren Brüsten, die nach Jamies Geburt noch immer herrlich prall waren und nach Milch rochen.
»Ich möchte kein weiteres Kind.«
»Dann passe ich auf … Verdammt!« Ungeduldig zerrte Johannes an einem Schleifchen, das an prominenter Stelle saß. Mit einem Ruck löste sich das Bändchen vom Stoff und hinterließ einen Riss in der Seide.
Victoria seufzte und schob seine Hand zur Seite. »Was hältst du von der Deutschen?«
Es sollte nicht sein. Johannes zog sich zurück und setzte sich auf. »Fabelhaft. Nettes Ding, wohlerzogen, hübsch. Ein Glücksgriff, möchte ich meinen. Die Kinder haben sie schon ins Herz geschlossen.«
Victoria sah ihn zweifelnd an. Sie kräuselte ihr Näschen. »Findest du es nicht merkwürdig …?«
»Was?« Johannes ahnte, dass Victoria Bedenken anmelden wollte. Im Stillen fragte er sich, warum Frauen immer nach einem Haar in der Suppe suchen mussten. Selbst wenn man ihnen ein Schmuckstück schenkte, suchten sie an diesem noch den Stein, der nicht perfekt in Schliff und Farbe war.
»Na, es ist doch offensichtlich, dass sie keine typische Auswanderin ist. Sie stammt aus gutem Hause, das sieht man. Sie weiß sich zu kleiden, spricht mehrere Sprachen, hat wunderbare Tischmanieren. Und hast du den Brillanten an ihrem Finger gesehen? Du kannst mir doch nicht erzählen, dass die Not sie aus Deutschland fortgetrieben hat.«
»Worauf willst du hinaus?«
»Was hat Robert dir über sie erzählt?«
Johannes hasste es, wenn Victoria eine Frage mit einer Gegenfrage beantwortete. Er schnaubte und rutschte wieder unter die Decke. »Er hat sie auf dem Schiff kennengelernt, sie sucht

hier nach einem Verwandten. Die Passage hat sie ihre Ersparnisse gekostet, nun muss sie erst einmal etwas verdienen.«
»Ich möchte wetten, dass sie auf der Flucht ist.«
»Auf der Flucht? Wie kommst du denn darauf?« Johannes dachte, dass er die Frauen niemals verstehen würde. Wie glücklich war er gewesen, als er Victoria kennengelernt hatte. Sie war berauschend gewesen, zäh und abenteuerlustig. Eine Komplizin. Nie hatte sie sich um das Geschwätz der anderen gekümmert. Und nun? Sie war zu der Sorte Frau geworden, die er niemals geheiratet hätte. Sie war nörglerisch, zänkisch und missgünstig. Zu Beginn ihrer Ehe war ihr Tisch reich gedeckt gewesen, doch nun verschmähte sie seine Gaben. Wehmut war das, was er in diesem Moment fühlte, und keine Liebe mehr.
Victoria wandte sich von ihm ab und drehte ihm den Rücken zu. Sie zog die Decke bis unter ihre Nase. Das Federbett verschluckte ihre Worte. »Da ist so ein Ausdruck in ihren Augen. Etwas Unbestimmtes, Rätselhaftes. Sie hat etwas zurückgelassen, was ihr keine Ruhe lässt. Ich spüre das.«
Johannes hörte nicht mehr zu. Müde gab er sich seinem liebsten Traum hin. Er war wieder in Balaclava Hill, nördlich von Melbourne. Es war fast zwanzig Jahre her, dass ihn der Goldrausch nach Australien getrieben hatte. In Deutschland hatte er wie alle Männer seiner Familie unter Tage gearbeitet. Vor allem der Eisenbahnbau und die große Nachfrage nach Eisen hatten den Bergbau damals zu immer neuen Höchstleistungen angetrieben. Dampfmaschinen zur Entwässerung der Schächte ließen zu, dass die Männer in ungeheure Tiefen vorstießen. Johannes hatte gespürt, wie das Erdreich grollte und sich gegen die Eindringlinge wehrte. Er hatte die Hitze der vulkanischen Erdströme am ganzen Körper erlebt, die Spannung des Gesteins, die seine Haare zu Berge stehen ließ.

Schließlich hatte er die Dunkelheit nicht mehr ertragen können und geglaubt, dass die Kohlengruben ihn umbringen würden. Doch wenn es schon sein Los war, unter der Erde zu arbeiten, so wollte er wenigstens nach dem schweren, wunderbar glänzenden Metall graben und nicht nach der staubig schwarzen, wenig beständigen Kohle. Er hatte sich seinem Schicksal in den Weg gestellt und war dem Ruf des Goldes gefolgt.

Und Johannes war nicht allein gewesen. Mehrere tausend Männer durchwühlten mit ihm das Erdreich von Balaclava Hill. In seinen Träumen konnte er sie wieder sehen: die bunte Zeltstadt aus geteertem Leinentuch, die sich plötzlich in der Wildnis gebildet hatte. Die Iren, Schotten, Engländer und Amerikaner, die Deutschen, Italiener und Chinesen. Über allen Zelten wehten bunte Flaggen, die ihre Nationalität anzeigten. Andere Wimpel verrieten, wo die Krämer, Metzger und Bäcker in ihren provisorischen Zeltläden auf Käufer warteten.

Alle Digger nahmen unvorstellbare Strapazen und Gefahren in Kauf: Sie lebten mit der Angst vor einstürzenden Schächten und Wassereinbrüchen, mit Hitze und Giftschlangen, die in die Zelte krochen. Die meisten Männer hatten sich zu Gruppen zusammengeschlossen. Einzelgänger hatten keine Chance, denn die goldhaltige Erde lag in tieferen Schichten. Meist arbeiteten sechs bis acht Männer zusammen. Einer befüllte unten im Schacht die Eimer mit Lehm und Gestein, die anderen beförderten die Last nach oben. Dort transportierten sie die Erde auf Schubkarren hinunter zum Fluss, wo man das Gold herauswusch.

Auch Johannes hatte sich einer Gruppe anschließen wollen. Doch dann hatte er sein Gold gefunden, noch bevor er mit der Suche überhaupt begonnen hatte. Er hatte sein Zelt aufgestellt und einen Busch gerodet, der auf seinem Claim stand. Als er das Wurzelwerk aus der Erde grub, stieß der Spaten auf etwas Hartes. Achtlos hatte er den Brocken zur Seite gerollt, doch dann sah er, dass unter dem Lehm die Farbe hervorblitzte, von der sie alle träumten.

Es war Gold gewesen, ein gewaltiger Klumpen Gold, fast so groß wie eine Melone und schwer wie ein Kind. Und er hatte direkt vor ihm gelegen, hatte auf ihn gewartet. Noch immer musste Johannes die Tränen unterdrücken, wenn er sich an den Moment zurückerinnerte, in dem er begriffen hatte, dass sein Leben von nun an ein anderes wäre. Auf der Bank hatten sie ihm mehr Geld für diesen Brocken gegeben, als er je in seinem alten Leben hätte verdienen können. Das Gold entsprach dem Lohn für hundert Jahre elende Schufterei in den Kohlegruben. Johannes hatte sich geschworen, nie wieder unter Tage zu arbeiten. Er hatte sich Land gekauft, weites, seligmachendes Buschland mit silbrigen Eukalypten und Akazien. Und Schafe, viele tausend Schafe.

Johannes dachte, dass das Glück ihm treu geblieben war, weil er nicht versucht hatte, es zu strapazieren. Er war nicht gierig geworden. Alles, was er sich in seinem zweiten Leben aufgebaut hatte, entstammte ehrlicher Arbeit auf der Farm, der Schafzucht und der wunderbaren Wolle. Es war wie in einem Märchen aus seinen Kindertagen, wie im Paradies. Auf dem Rücken seiner Merinos verwandelte sich das Buschland in gesponnenes Gold.

Nachdem Johannes die Goldgräberfelder verlassen hatte, war ganz Victoria vom Goldfieber geschüttelt worden. Die Nachricht von seinem sagenhaften Fund hatte die Leute infiziert. Jedermann, der einigermaßen bei Kräften war, eilte nach Norden, um zu graben. Kaufleute, Buchhalter, Handwerker, Arbeiter, Tagelöhner und sogar Polizisten. Selbst Pfarrer hatten

ihre Gemeinden im Stich gelassen, Seeleute und Offiziere flohen von ihren Schiffen. Er hatte gesehen, wie sich die schmalen Pisten nach Norden mit Eselskarren, Pferde- und Ochsengespannen gefüllt hatten.
In Melbourne dagegen erschienen ihm die Straßen fast entvölkert. Der Exodus auf die Goldfelder hatte die Stadt hart getroffen. Und jene, die reich zurückkamen, verprassten ihr Geld. Sie feierten ihr Glück in Bars und Bordellen. Manche ließen die Hufe ihrer Pferde mit Gold beschlagen und wedelten mit Pfundnoten. Die Parvenüs tranken Champagner und teuren Wein und gaben den Ton an. Etliche aus der Oberschicht fürchteten Umsturz und Revolution.
Erst als der Gouverneur Gebühren und Gesetze erlassen hatte, um den Goldrausch in geordnete Bahnen zu lenken, beruhigte sich die Lage wieder. Die Suche nach den Nuggets hatte sich von der wilden Jagd zu einem kontrollierten Geschäft gewandelt. Und so war Victoria in den vergangenen Jahren zur reichsten britischen Kolonie Australiens und Melbourne zur größten Stadt des Kontinents aufgestiegen. Das Gold hatte sein Versprechen gehalten.

Es war spät geworden. Ella packte ihre Kiste aus. Sie hängte ihre Kleider in den Schrank und ordnete die Wäsche. Das Skizzenbuch und die Farben fanden auf einem Tisch am Fenster Platz, das Plaid, es roch noch nach ihrer Koje auf der *Südstern,* musste gewaschen werden. Sie faltete es und legte die Decke auf einen Stuhl. Vielleicht fand sie in den nächsten Tagen Zeit dazu.
Wúwéi. Sie würde die kommenden Wochen auf sich zukommen lassen müssen. Noch gab es keine konkreten Aufgaben, die man ihr übertragen hatte. Ella dachte, dass sie ein wenig Unterricht mit den Kindern abhalten und Misses Vielbrock

im Haushalt zur Hand gehen könnte. Johannes Vielbrock hatte sich bislang nur vage zu ihren Pflichten geäußert und sich stattdessen, auch während des gemeinsamen Essens, über seine Farm und die Zucht der Merinos ausgelassen. Auf diesem Weg hatte Ella erfahren, dass die Schafe ursprünglich aus Nordafrika stammten. Später hatte Spanien sich zum wichtigsten Lieferant der weichen Wolle entwickelt. Lange Zeit war die Ausfuhr der Merinos durch das spanische Königshaus bei Todesstrafe verboten gewesen, bis vor hundert Jahren trieben allein die Spanier mit der Wolle weltweit Handel. Doch nach der Einfuhr der Merinos durch die Siedler hatte Australien sich zum größten Wollproduzenten in der Welt entwickelt.

»Dieser Kontinent ist allein für das Schaf geschaffen worden«, hatte Vielbrock ihr strahlend erklärt. »Offenes Weideland, so weit das Auge blickt.«

Vielbrocks Farm war sagenhafte sechstausend Hektar groß, seine Herden zogen frei darauf herum. Nach der Geburt der Lämmer und noch vor dem Sommer wurden die Tiere bis auf die Haut geschoren. Im Durchschnitt, so hatte Vielbrock ihnen vorgerechnet, gaben sie zwischen zwei und vier Kilogramm Wolle. Seine Spitzentiere jedoch warfen bis zu zehn Kilogramm ab. Die Wollqualität beurteilten die Händler nach Feinheit, Stärke und den Farbunterschieden im Vlies. In Melbourne verladen, wurde das Gold der Merinos in Deutschland und England zu feiner Tuchwolle versponnen.

Nach dem Essen hatte der Viehzüchter Ella und Robert durch seine Gärten geführt. Hinter den Rasenflächen und Rabatten, abgegrenzt durch einen Teich mit wunderschönen, goldgefleckten Karpfen, die aus China oder Japan stammten, erstreckte sich ein verwunschenes Parkgelände. Vielbrock hatte dort ein Gehege für Wildtiere anlegen lassen, und zum ersten

Mal sah Ella Emus, Kängurus und andere Beuteltiere. Die Tiere kamen ihr vor wie Fabelwesen, rätselhaft und unwirklich. Sie hatte von den riesenhaften Laufvögeln und Beutelratten gehört, doch jetzt stand sie staunend vor den fremden Wesen und fühlte sich wieder wie ein Kind.

In einem angrenzenden Gehege weideten Schafe.

»Das ist Lucky ...« Vielbrock hatte auf ein zerbrechlich wirkendes Tier gezeigt, dessen Wolle nicht weiß, sondern silbriggrau gewesen war. Lange, seidige Wimpern beschirmten melancholische Augen. »Eines meiner ersten Mutterschafe. Sie muss inzwischen fast zwanzig Jahre alt sein. Ich hänge an ihr, deshalb habe ich sie nach *Oakland* gebracht. Hier können die Kinder mit ihr spielen, und wenn sie krank ist, kommt sie ins Haus und wird gepflegt.«

Ella hatte ihre Hand nach dem Tier ausgestreckt und dessen feuchte Nase gestreichelt. Luckys Wolle war verfilzt und fühlte sich ölig an. »Zwanzig Jahre«, hatte sie laut überlegt. »Das sind wohl an die einhundertsechzig Menschenjahre. Ob sie sich noch an alle ihre Lämmer erinnert?«

Robert hatte sie erstaunt angesehen, aber Vielbrock hatte dröhnend gelacht. »Sie gefallen mir!«, hatte er gerufen und ihr einen vertraulichen Klaps auf den Rücken gegeben. »Ich wette, dass Sie wie der Teufel reiten können.«

Auf dem Rückweg zum Haus war ihnen Misses Vielbrock mit den Kindern entgegengekommen. Sie hatte gesehen, dass sie bei den Tieren gewesen waren. »Hat er Ihnen Lucky gezeigt?«, fragte sie und blickte Robert an. Sie hakte sich bei ihrem Mann ein und bedachte Ella mit einem spöttischen Blick. »Sie müssen wissen, er neigt zu Sentimentalitäten ...«

Von diesem Moment an hatte Ella gewusst, dass sie mit Victoria Vielbrock würde kämpfen müssen. Auf dem rosigen, englischen Gesicht, das einer Teerose glich, blitzte der Funke von

Argwohn und Misstrauen auf. Es war derselbe Ausdruck, den Ella auch auf dem Sternenball in den Augen anderer Frauen wahrgenommen hatte. Sie vermutete, dass sie etwas in ihnen auslöste, das sie zutiefst verunsicherte. Anders konnte Ella sich ihre Ablehnung nicht erklären.

Auch Robert hatte die Zurückweisung gespürt. Als er hinter Ella das Haus betrat, hatte sie bemerkt, wie er kurz über ihren Handrücken strich. Eine Aufmunterung, ein kleiner Trost. Zum Abschied hatte er sie fest umarmt.

Wann würde sie Robert wiedersehen? Die *Südstern* lag noch für zwei Wochen im Hafen, um Fracht aufzunehmen. Danach fuhr das Schiff zurück nach Hamburg. Robert wusste nicht, wann er wieder nach Australien zurückkehren würde. Vielleicht führte ihn seine nächste Fahrt auch nach China oder nach Südamerika? Doch er hatte ihr versprochen, sie in den kommenden Tagen noch einmal ins Hafenamt zu begleiten, um dort in den Listen nach Jacobs Namen zu suchen. Wenn Jacob in Melbourne angekommen war, hatte er sich genau wie Ella auch im *Immigration Office* registrieren lassen müssen.

Als Ella die letzten Kleider ausgepackt hatte, fiel ihr der blau gesprenkelte weiße Stein in die Hand, den sie aus ihrem Atelier mitgenommen hatte. Sie wog ihn in der Hand, er war so groß wie eine Kinderfaust. Unwillkürlich legte sie eine Hand auf ihren Bauch. Die Blutungen hatten nicht mehr lange angehalten. Der Schandfleck war verschwunden. Es war, als ob nie etwas gewesen wäre. Traurig ließ sie den Stein auf der Fensterbank und zog die Vorhänge zu.

Ella legte sich müde auf ihr Bett und schlug ihr Skizzenbuch auf. Nachdem sie sich durch die Porträts der Auswanderer geblättert und eine Weile auf Roberts Bild gestarrt hatte, fiel ihr Jacobs Porträt in die Hände. Zärtlich fuhr sie mit dem

Finger über die Konturen seines Gesichts, sie konnte seine Lippen spüren.
Ob er sie wahrnehmen konnte? Spürte er, dass sie an ihn dachte? Wo war er nur? Seitdem sie in Melbourne gelandet war, fühlte sie sich ihm wieder näher.
Ella schloss die Augen. Die Geräusche, die durch das geöffnete Fenster kamen, klangen fremd.
Min Deern. In Deutschland wäre es jetzt früher Morgen. Sie dachte, dass ihr Vater jeden Tag mit dem Gedanken aufstand, seine Tochter verloren zu haben. Würde er noch nach ihr suchen?
Ella umarmte ihr Kissen, um nicht zu weinen. Ein unruhiger Schlaf folgte.

Vier

Das Gebäude der Einwanderungsbehörde lag im Hafen, es hieß die Schiffe aus Europa willkommen. Schon vom Deck aus konnte man die auffällige, schwarze Schrift an der Fassade erkennen: *Immigration Office – Immigration Bureau.* Eine Menschentraube wartete davor auf Einlass und Einreise. Eine überdachte Veranda spendete den Wartenden Schatten. Obwohl es Herbst war, stiegen die Temperaturen um die Mittagszeit an. Ella schwitzte vor Aufregung und wischte sich die Haare aus der Stirn.
»Lass uns hineingehen.« Robert zog Ella in das kühlere Innere. Er hatte einen Termin vereinbart, und Ella erklärte dem Beamten mit Ärmelschonern, dass sie nach einem Verwandten suchte. »Eine Familiensache«, sagte sie. »Es geht um ein Grundstück. Er ist wohl im vergangenen Monat eingereist.«
»Der Name?« Der Mann zog ein dickes Buch heran.

»Von Saalmuth … Jacob von Saalmuth.« Hastig stieß Ella den Namen hervor. Sie schluckte. In wenigen Augenblicken würde sie erfahren, ob ihre Reise, alles, was sie auf sich genommen hatte, umsonst gewesen war.

Robert war ein Stück zur Seite getreten, als ob er ihr in diesem wichtigen Moment nicht im Weg stehen wollte. Sie suchte seine Hand und zog ihn zu sich.

»Aufgeregt?« Roberts Stimme kitzelte in ihrem Ohr, und sein vertrauter Geruch stieg ihr in die Nase. Ella dachte, dass sie die herbe Melange von Seife, Salzwasser und chinesischen Kräutern mochte. Sie nickte und atmete tief ein und aus, um sich zu beruhigen.

»Er wird auf den Listen stehen.« Robert legte seinen Arm um ihre Taille, als wären sie ein Liebespaar. Sein Mund streifte wie zufällig ihr Haar. »Ich habe mich umgehört, alle Schiffe aus Deutschland sind in den vergangenen Wochen planmäßig eingelaufen.«

Ella erstarrte und schwieg. Ihr Herz stolperte, dann begann es zu rasen, und ihre Knie zitterten. Sie bemerkte, dass ihr Körper sich danach sehnte, sich fallen lassen zu können. Sie wollte sich in Roberts Arme schmiegen. Doch ihr Blick konnte sich nicht von dem Beamten lösen, der immer wieder den Finger befeuchtete, Seiten umblätterte, über die Listen fuhr und Namen murmelte. Eine umständliche Prozedur. Ella folgte seinen Bewegungen, während sie gegen das Verlangen ankämpfte.

Was war das nur? Ihre Gedanken überschlugen sich.

Spielte Robert mit ihren Gefühlen?

Oder spielte sie mit Roberts Gefühlen?

Wieder spürte sie seine Lippen an ihrem Ohr und dachte, dass sie ihn küssen könnte, wenn sie sich jetzt umdrehte. Sie müsste sich nur recken, um seine Lippen zu treffen. Hitze durchströmte ihren Körper wie ein Glutschauer und ließ sie ratlos zurück.

Warum, fragte sie sich, warum nur dachte sie überhaupt daran, Robert zu küssen? Was ließ sie so wankelmütig sein? Sie war doch gekommen, um nach Jacob zu suchen.

War es aus Dankbarkeit für Roberts Freundschaft und Zuneigung oder wegen des Fremdseins in der noch unbekannten Stadt? Die Entwurzelung, der Verlust der Familie? Ella dachte, dass sie nach Sicherheit suchte, nach einem Halt.

Entsetzt bemerkte sie, dass der Beamte das Buch zur Seite legte und nach einem weiteren Register griff. War Jacob doch nicht eingereist? War er noch in Deutschland und nach Berlin zurückgekehrt? Hatte man ihn dort verhaftet?

»Er ist nicht dabei«, flüsterte sie, und die Welle der Enttäuschung spülte sie in Roberts Arme.

»Nicht aufgeben …!« Nun war es Robert, der sie wieder aufrichtete. Er trat einen winzigen Schritt zur Seite, als habe er bemerkt, dass er ihr zu nah gekommen war. »Da liegen noch weitere Register.«

»Saaler, Salamander, Saylmor, Smith, Steigner …«, las der Beamte laut vor und sah sie an.

Ella schüttelte den Kopf. »Weiter …«, flüsterte sie und wusste nicht, ob sie den Amtmann meinte oder Robert, dessen Fingerkuppen über ihre Rippenbögen fuhren.

Sie verlor die Kontrolle. Der Raum um sie herum begann sich zu drehen, und der Boden unter ihren Füßen schien sich aufzutun.

Einen schrecklichen Moment lang dachte sie, dass sie vielleicht eine dieser Frauen wäre, die ihren körperlichen Begierden hilflos ausgeliefert waren. Die sich jedem Mann an den Hals warfen, der ihnen Vergnügen bereiten könnte.

Übelkeit stieg in ihr auf. War sie zügellos und mannstoll? War es das, was die anderen Frauen in ihr erkannten und was sie in die Arme der Männer trieb? Haltung!, dachte sie. Haltung … In Gedanken sah Ella eine rollige Katze vor sich, die sich klagend vor einem Kater spreizte.

Ihr Gegenüber schlug das schwere Buch mit Wucht zu. Ella zuckte zusammen.

Der Mann schüttelte den Kopf. »Nicht zu finden. Mehr Einwanderer, deren Familienname mit S beginnt, habe ich für dieses Jahr nicht verzeichnet. Vielleicht ist Ihr Verwandter nicht in Melbourne, sondern in Adelaide oder Sydney gelandet? Haben Sie dort schon angefragt, Miss?«

Ella schüttelte den Kopf. »Von Saalmuth«, murmelte sie. »Können Sie es unter V noch einmal versuchen? Vielleicht ist der Name falsch notiert worden. Bitte …«

Der Beamte sah sie zweifelnd an. Missmutig verzog er die Mundwinkel. Hinter Ella drängte der nächste Schwung Immigranten in den Raum. Seufzend griff er nach einem weiteren Register.

»Vondermann, Vonkell, Vonsaalen, Vonsaalmuth … Tatsächlich …« Er legte den Finger auf die Spalte und drehte das Buch zu Ella.

Ella las: *Vonsaalmuth, J., 1873, March 6th.*

Das war Jacob. Das musste Jacob sein. Selig drehte sie sich zu Robert. »Er ist es, er ist angekommen.« Sie fiel ihm um den Hals, küsste seine Wange. »Ich bin so froh.«

»Woher ist Mister von Saalmuth gekommen?«, fragte Robert den Beamten.

»Aus Bremerhaven, Sir, mit der *Passat.*«

»Und hat er eine Adresse hinterlassen?«

Der Beamte schüttelte den Kopf.

»Vielen Dank.« Robert nickte. Er reichte eine Münze über den Tresen, dann zog er Ella zur Seite, um Platz zu machen.

Sie verließen das Gebäude und traten auf den sonnenüberfluteten Vorplatz hinaus.
»Lass uns noch ein Stück gemeinsam gehen«, schlug Robert vor.

Nie waren sie sich näher gewesen. Robert bot Ella seinen Arm, und wie selbstverständlich schob sie ihre Hand in die Beuge. Sie boten ein reizendes Bild: Eine schöne, junge Frau spazierte an der Seite eines stattlichen Offiziers.
Robert dachte, dass es gerade die schönste Zeit des Jahres war. Heiteres Licht und eine milde Brise hatten die zudringliche Sommerhitze abgelöst. Das Wasser schwappte sanft gegen die Kais, landeinwärts erhob sich die Silhouette der Stadt mit ihren Kirchtürmen und der britischen Zuversicht. Überall wurde gebaut, die Stadt wuchs.
Menschen bevölkerten die Anleger, Seeleute, Passagiere und Arbeiter, darunter auch einige Schwarze. Sie arbeiteten als Lastenträger und liefen die Gangways der Schiffe auf und ab. Ganz am Ende des Kais lag die *Südstern,* auch dort wurde Fracht verladen: mehrere hundert Ballen Wolle und ebenso viele Sack Weizen. Und Passagiere. Robert hatte vom Kapitän erfahren, dass sie zwölf Deutsche und zwei Dänen in die Heimat zurückbeförderten. Da die Zwischendecks auf der Rückfahrt bis obenhin beladen waren, hatten sie das Glück, sich die Kabinen auf dem Oberdeck zu teilen. Wehmütig dachte er, dass Ella nicht unter ihnen sein würde. Robert wusste, dass er von nun an etwas auf der *Südstern* vermissen würde.
Ella schien seine Gedanken lesen zu können. »Hast du nie daran gedacht zu bleiben?«, fragte sie, als sie ein Stück gegangen waren.
Robert schüttelte den Kopf. »Ich liebe es, unterwegs zu sein,

ich bin gerne in Bewegung. Und ich brauche neue Ziele, Abwechslung.«

»Du könntest die Küste entlang segeln, es gibt Postschiffe, Transportdienste nach Neuseeland. Vielleicht eine Linie hinauf nach China …«

Robert lachte. »Das klingt ja so, als wolltest du mich überreden, nicht zu fahren.«

Ella schwieg.

»Wir legen Anfang nächster Woche ab, es geht zurück nach Europa.«

»Und was kommt dann?«

Robert zuckte mit den Schultern. Er blieb stehen, schob Ella vor sich und drehte ihr Gesicht zum Wasser. »Das da brauche ich«, sagte er und zeigte auf die See. »Den Blick in die Ferne, die süchtig machende Grenzenlosigkeit. Freiheit. Ja, vielleicht fahre ich wieder nach China. Ich mag die Leute dort, ihre feine Zurückhaltung und ihr Wissen um die inneren Schätze der Menschen.«

»Die Dampfschiffe werden deinen Beruf verändern.« Ella lehnte sich wieder gegen seine Brust, und er genoss ihre Nähe. In diesem Moment hätte er Ella alles versprechen können.

»Sie haben die Seefahrt schon revolutioniert, nach Amerika geht längst kein Segler mehr. Und der Suezkanal, den man zwischen dem Mittelmeer und dem Roten Meer eröffnet hat, wird auch die Route nach Osten verändern. Die Entfernungen verkürzen sich, von Bombay nach Bordeaux, nach London und Amsterdam oder Hamburg spart man heute schon viele Wochen ein. Waren, die sich trotz des teuren Zolls verkaufen, werden jetzt durch den Kanal transportiert – Stahl, Seide, Tee, Kaffee und Baumwolle. Immer mehr Güter reisen bereits auf diesem Weg und nicht mehr länger um das Kap.«

»Dann wirst du irgendwann Kohlen schaufeln müssen?«

Robert lachte. »Nein, ich bin ein Mann, der im Wind stehen muss. Die Dampfschifffahrt ist seelenlos, nur noch Maschinenkraft, keine Nautik. Auf den großen Ozeandampfern wird es bald zugehen wie auf einem Vergnügungsdampfer. Ober in Livree und Tanzorchester. Das ist nicht meine Welt.«

»Was bleibt dir dann?« Ella drehte sich zu ihm und sah ihm in die Augen.

Robert drückte einen Kuss auf ihre Stirn. Ella schloss die Augen, und er fragte sich, ob er hinunter zu ihren Lippen wandern durfte. Vorsichtig streifte er ihre Nase, die sich himmelwärts reckte. Seine Hände legten sich um ihre Taille, das Blut rauschte in seinen Ohren.

Warum wies sie ihn nicht ab? Sie hatte doch gerade erst erfahren, dass sich ihr Geliebter auf dem Kontinent befand. Sie würde ihn suchen und ihm irgendwann gegenüberstehen. Zweifelte sie etwa daran? Oder war dies Ellas Art, ihm ihre Dankbarkeit zu zeigen? Und ihre Zuwendung nicht mehr als ein harmloses Almosen für den guten Freund? Ella war impulsiv, sie ließ sich von ihren Gefühlen leiten. Sie hatte sich schon einmal einem Mann hingegeben. Vielleicht maß sie der Liebe nicht so viel Bedeutung bei, wie er es tat in diesem Moment?

Roberts Lippen lösten sich von Ellas Nasenrücken. Es kostete ihn Kraft, nicht auf das rote Band ihrer Lippen zu starren, die sich leicht geöffnet hatten. Er küsste ihre geschlossenen Augenlider, erst das linke, dann das rechte, während er versuchte, nicht daran zu denken, wie ihre süße, kleine Zunge sich anfühlen würde, die sich wie ein scheues Tier hinter den Perlenzähnen versteckte. Wonach würde sie schmecken? Ihr Atem roch nach Apfel und Karamell.

»Ja, was bleibt mir dann?«, murmelte er und zog sie noch näher zu sich heran. Ihr Körper drückte gegen sein Becken, und

sie musste seine Erregung spüren. Das bleibt mir, dachte er und küsste ihren Mund, keusch wie ein Freund.
Doch Ella ließ ihn nicht ziehen. Sie öffnete ihre Lippen, lud ihn ein, und er fand das scheue Tier und schlang seinen Muskel darum.
Ein Seufzen stieg aus Ellas Kehle auf, und Robert dachte an die kleine Pension in Hafennähe, wo sie ein winziges Zimmer für den Nachmittag bekommen könnten. An der Rezeption fragte man nicht nach Namen und Familienstand, die Kammern waren sauber und die Betten frisch bezogen. Durch ein schmales Fensterchen wehte der Geruch des Meeres. Es war schon ein paar Mal vorgekommen, dass er dort mit einer flüchtigen Bekanntschaft abgestiegen war. Und für ein paar Stunden hatte er sich der Illusion hingegeben, dass das Mädchen mehr als einen professionellen Dienst an ihm abgeleistet hatte.
Sollte er es wagen, Ella dorthin zu lotsen? Ihr Kuss war himmlisch, und Robert dachte, dass es genauso war, wie er es sich in seinen Tagträumen ausgemalt hatte. Und in seinen nächtlichen Träumen? Nein, dort war er sogar noch zu anderen, wilderen Ufern vorgestoßen.
»Ella …« Er löste sich von ihr und wollte sie fragen. »Ella, sollen wir …?«
In diesem Moment stieß einer der Lastenträger gegen Ella. Sie waren nicht allein, das Hafenleben umspülte sie wie Wasser einen Felsen.
»Sorry, Miss«, entschuldigte sich der Aborigine. Er trug einen schweren Ballen auf den Schultern und lief barfuß, war aber mit einem weiten Hemd und Hosen bekleidet. Vorsichtig balancierte er die Last auf seinem Rücken wieder aus.
Ella nickte lachend und sah ihm ins Gesicht. Es war ihre erste Begegnung mit einem Ureinwohner. Robert sah, wie sie das fremde Gesicht fasziniert betrachtete.

Auch der Träger bemerkte ihr Interesse. Er hob den Blick vom Boden und starrte sie unverwandt an.
»Mir ist nichts passiert«, sagte Ella und streckte ihren Arm nach dem Mann aus, als wollte sie ihm die Hand reichen.
Der Träger starrte sie noch immer an, als hätte er noch nie eine weiße Frau gesehen. Robert bemerkte, dass seine Lider zuckten. Es schien, als ob ihn ein sehr helles Licht blendete.
»Bitte …« Noch immer streckte Ella ihm die Hand entgegen.
»Er wird dich nicht anfassen.« Robert flüsterte, weil er fand, dass die Begegnung eine seltsame Wendung nahm.
Plötzlich sprang der Mann zur Seite und drehte sich um. »Moitj …!«, rief er. »Moitj, Moitj …!« Dann rannte er mit seiner Last davon.
»Was war das?« Erschrocken griff Ella nach Roberts Hand. »Habe ich ihm etwas getan? Habe ich ihn etwa beleidigt? Ich wollte doch nur freundlich sein.«
Robert sah sie sprachlos an. »Ich weiß nicht, was das war. Aber mir kam es so vor, als habe er dich plötzlich erkannt. Als habe er etwas gesehen – etwas, das Furcht und gleichzeitig Freude auslöst. Seltsam …«
Ella schüttelte sich, als müsse sie etwas loswerden, das sich wie Staub auf ihren Körper gelegt hatte. »Sein Blick hat mir Angst gemacht. Sieh nur …« Sie schob den Ärmel ihrer Bluse hoch und zeigte ihm ihre Gänsehaut. »Es lief mir kalt den Rücken hinunter.« Wieder schüttelte sie sich. »Komm!«, sagte sie dann und hakte sich wieder freundschaftlich bei Robert unter. Sie wies auf das Hafenhotel, dessen Veranda gut gefüllt war. »Lass uns noch einen Tee trinken, bevor ich nach *Oakland* zurückfahre.«

Fünf

Sie wünschte, dass ihr das Herz nicht so schwer gewesen wäre. Ella hatte Robert ein Porträt von sich geschenkt. Sie hatte es auf *Oakland* gezeichnet, die Mädchen hatten ihr den Spiegel gehalten, und sie hatten ein Spiel daraus gemacht. Mia und Sofie zählten alle Farben auf, die ihnen einfielen, und sie hatte ihnen die Worte ins Deutsche übersetzt. Ein Reigen, ein Lied, fröhlich wie ein Regenbogen.

»Sky-blue.«

»Himmelblau.«

»Strawberry red.«

»Erdbeerrot.«

»Golden yellow.«

»Goldgelb …«

Ella hatte Mitleid mit den Mädchen. Wenn die Kinder abends bei Tisch von Ellas Unterricht erzählten und das Gelernte wiederholten, reagierte ihre Mutter lediglich mit einem Schulterzucken, während Johannes dröhnend lachte. Sein breiter Mund zog sich von einem Ohr zum anderen, und Ella fand, dass er wie ein Komödiant aussah. Die Kinder saßen zwischen den Stühlen und wussten nicht, warum.

»Mummy will nicht, dass wir mit den Farben beginnen«, sagte Mia in der nächsten Stunde. »Sie hat gesagt, wir sollen etwas Vernünftiges lernen.«

»Nun, ich finde, Farben sind etwas sehr Ordentliches«, antwortete Ella lächelnd und nahm die Mädchen in den Arm. »Sie ordnen die Welt. Aber wir können auch mit etwas anderem beginnen.« Und so hatte sie die beiden gezeichnet, und während der Stift über das Papier glitt, hatten sie gemeinsam den Körper inspiziert.

»Nose.«

»Nase.«
»Eyes.«
»Augen.«
»Mouth.«
»Mund.«
»Ear lobe.«
»Ohrläppchen …«
Und schließlich: »Belly button.«
»Bauchnabel.«
»Bauchnabel, Bauchnabel …« Die Mädchen übten das schwierige Wort und zogen es wie Sirup über die Zunge. Sie wurden immer alberner. Schließlich hatten sie ihre Kleidchen über den Kopf gezogen und Ella ihre nackten, weißen Kinderbäuche gezeigt.
»Mias Bauchnabel sieht aus wie eine Muschel«, krähte Sofie, während Mia fand, dass Sofies Nabel einem zusammengerollten Regenwurm ähnelte.
Ella hatte wehmütig überlegt, ob die Kinder ahnten, dass sie an dieser Stelle einmal mit ihrer Mutter verbunden gewesen waren. Sie dachte an ihr Kind, an Jacobs Kind. Wie hätte es wohl ausgesehen? Dann hatte sie die Erinnerung fortgelacht und die beiden halbnackten Kobolde mit schnellem Strich gezeichnet – auf Mias Bauch prangte eine Venusmuschel, während Sofie mit einem zwinkernden Wurm verziert war. Entzückt liefen die Mädchen davon, um allen die Bilder zu zeigen.
Am Abend gab es einen Tadel. Misses Vielbrock untersagte Ella, den Kindern Flausen in den Kopf zu setzen und sie – so drückte sie sich aus – nackt wie die Wilden zu zeichnen. »Es fehlt noch, dass Sie die Kinder mit Ihren seltsamen Methoden verstören, Miss Ella. Bringen Sie ihnen Gedichte bei, kurze Lieder. Etwas Schönes … Die Deutschen sind doch so ein romantisches Volk.«

Hinter dem Rücken seiner Frau hatte Johannes Vielbrock die Augen verdreht, doch er war Victoria nicht ins Wort gefallen. Am nächsten Morgen war er früh nach Norden aufgebrochen, er wollte die nächsten Wochen auf seiner Farm verbringen.

Und auch Robert war an diesem Tag wieder in See gestochen. Der Abschied war Ella schwergefallen. Noch einmal hatte sie Robert auf der *Südstern* besucht, und während die letzten Frachtstücke an Bord kamen, Wasser und Proviant für die lange Reise, hatte sie den Freund beobachtet, der die Vorbereitungen der Mannschaft für das Ablegen dirigierte.

Dann war Robert zu ihr aufs Achterdeck gekommen, wo sie auf den Tauen saß. Er setzte sich neben sie und starrte auf seine Füße.

»In einer Stunde legen wir ab.«

»Ich habe noch etwas für dich.« Ella reichte ihm ihr Geschenk. Sie hatte das Porträt zusammengerollt und mit einem Lederband verschnürt.

Vorsichtig schob Robert das Band nach oben, dann blickte er auf die Zeichnung. »Ich würde gerne sagen, dass du in natura noch schöner bist«, murmelte er, und sie bemerkte, wie sehr es ihn anstrengte, die Fassung zu wahren. »Aber es ist fast unheimlich, wie lebendig deine Bilder sind. Wie du den Menschen triffst, seine Persönlichkeit. Sein Charakter scheint in deinen Zeichnungen aufzuleuchten. Nichts geht davon verloren, und wenn ich das Bild später ansehen werde, werde ich dich lachen hören und die Sterne in deinen Augen sehen.«

Sie hatte nach seiner Hand gegriffen und ihren Kopf an seine Schulter gelehnt.

»Ich habe ihm geschrieben.«

»Du hast seine Adresse?« Robert hatte das Blatt wieder zusammengerollt und das Band darüber geschoben. Sie bemerkte, dass er ihre Schleife nicht geöffnet hatte – so, als wäre sie Teil des Kunstwerks, ein Artefakt.

»Er hat einen Onkel, irgendwo an der Grenze zu New South Wales. Ich habe einen alten Brief gefunden und Mister Vielbrock gefragt. Die Farm des Onkels muss in der Nähe von Lake Mungo liegen.«

Robert nickte, doch er ging nicht weiter darauf ein. »Ich möchte dir etwas zeigen.«

Er sprang auf und zog sie hoch. Gemeinsam betraten sie die Kajüte, und der Geruch nach Salz und Feuchtigkeit, der ihnen entgegenschlug, erinnerte Ella sofort wieder an ihre Reise. Es war dunkel und still in der Offiziersmesse, die Mannschaft war an Deck beschäftigt. Robert schloss die Tür zu seiner Kabine auf.

Ella wusste nicht, was sie erwartete. Vorsichtig trat sie über die Schwelle in den winzigen Raum. Er glich ihrer alten Koje, war jedoch mit einigen persönlichen Dingen ausstaffiert: Auf dem Bett lag ein Quilt aus bunten Seidenstoffen, Fabelwesen und exotische Blumen leuchteten im Halbdunkel auf. Ella dachte, dass die Decke dem Raum eine besondere Atmosphäre verlieh, die Seide schimmerte wie Pfirsichhaut. Auf der Decke befand sich auch die kostbare chinesische Kräuterbox. An der Stirnseite der Koje, dort wo das Bullauge den Blick auf das Wasser frei gab, hing eine Hängematte.

»Leg dich hinein.«

Verblüfft sah Ella Robert an.

»Ich will dir etwas zeigen.«

Er hob sie hoch und setzte sie sanft in das Netz. »Streck dich aus.«

Ella gehorchte. Es war nicht einfach, eine bequeme Position in dem schwankenden Flechtwerk zu finden. Als sie lag, rollte Robert sich geschickt zu ihr in die Matte, nun lagen sie

Seite an Seite wie zwei Samenkörner in einer schützenden Hülle.

»Ich habe schon als Kind in einer Hängematte geschlafen«, sagte Robert. »Ich war ein schlechter Schläfer, ich schrie und quengelte. Schließlich kam mein Vater auf die Idee, mich in einem alten Fischernetz in den Schlaf zu wiegen. Und so ist es geblieben, ich habe nie mehr in einem Bett geschlafen, höchstens für ein paar Stunden darin geruht.«

»Nachts kannst du von hier aus die Sterne sehen.«

Robert nickte. »Ich schlafe ein und sehe ein bestimmtes Sternbild. Wenn ich aufwache, haben sich die Bilder verschoben, und ich weiß sofort, wie weit wir vorangekommen sind.«

»Welche Sternbilder sind deine liebsten?« Ella spürte Roberts Körper, der sich an sie schmiegte. Es war warm und stickig in der Koje. Die Luft roch nach Jasmintee und anderen Kräutern. Die Mischungen, so hatte Robert erzählt, trugen so poetische Namen wie »Kühle des Morgennebels«, »Duft des Kiefernhains« oder »Hauch des Seidenfächers«.

»Ich mag den Kranich, Phoenix, Zentaur und das Kreuz des Südens. Und im Norden den Drachen und Kassiopeia.«

»Als wir nach Australien fuhren, habe ich geträumt, dass du mir die Sterne zeigst.« Ella murmelte die lateinischen Namen: »Sirius, Canopus, Toliman, Argo, Skorpion …« Sie schwieg. In wenigen Minuten würde sie das Schiff verlassen müssen. Und wenn sie bliebe? Könnte sie nach *Sophienlund* zurückkehren?

»Als ich dich das erste Mal gesehen habe, war es wie ein Blick auf einen hellen Stern. Du hast mich sofort gepackt, und ich dachte, dass dich ein silberner Glanz umgibt. Du bist mein Nordstern. Ella … Stella …«

Ella zuckte zusammen. Sie legte einen Finger auf Roberts Lippen. »Hör auf«, bat sie ihn. »Du kannst nicht bleiben.

Und ich kann nicht bei dir bleiben. Und ich möchte auch nicht, dass du mich darum bittest. Ich habe so viel aufgegeben, meine Welt, die Familie, mein Glück und meinen Namen. Wenn ich diesen Weg und meine Reise nicht beende, werde ich im Nirgendwo stranden. Ich muss Jacob finden. Und ich muss unsere Liebe prüfen. Erst dann kann ich mich entscheiden.«

»Ich wollte dir nur zeigen, wie es sein würde.« Robert legte seinen Arm um sie. Er klang nicht enttäuscht, als hätte er nichts anderes erwartet. »Und ich wollte einmal mit dir hier liegen. Damit ich weiß, wie es sein könnte. Damit ich eine Erinnerung habe, eine Erinnerung an unsere gemeinsame Zeit.« Dann drehte er Ellas Gesicht zu sich und küsste sie – zärtlich und vertraut.

Ella antwortete ihm. Ihr Kuss schmeckte nach Abschied, und sie spürte ihn bis hinunter in ihre Zehenspitzen.

Unsere gemeinsame Zeit. Als sie von Bord ging, überkam sie das Gefühl, eine Tür für immer zuzuschlagen. Zornig wischte sie sich die Tränen aus dem Gesicht.

Sechs

Die Wochen zogen wie Wolkenbilder am Horizont vorüber. Der australische Herbst brachte milde Tage mit etwas Regen, der sich wie Tau über die Gärten legte. Die Erde duftete nach Mulch und feuchtem Grün. Der böige Wind kam vom Meer und trieb Seeluft übers Land, dunkle Schleier stauten sich an den Hängen der Snowy Mountains und regneten sich dort ab. Doch die Temperaturen waren immer noch angenehm, und nach einem diesigen Morgen klarte der Himmel oft auf. Dann sonnten sich plötzlich Geckos auf Steinen und Mauervorsprüngen, sie wirkten wie seltsame Wesen aus einer anderen Welt. Ihre grüne Drachenhaut funkelte im Licht, doch wenn man sich nach den Tieren bückte, verschwanden sie im Nichts. Ella fragte sich, ob die flinken Körper vielleicht nicht mehr als eine Sinnestäuschung waren.

Erst im Mai wurde es wesentlich kühler, und nachts kroch der Frost aus den Bergen herab, sein eisiger Atem erreichte die Stadt. Ella hatte nicht erwartet, dass es in Australien schneien könnte. Immer noch glaubte sie, in den Tropen zu sein. Doch die Kinder erzählten ihr, dass Ende Juli die kälteste Zeit des Jahres beginnen würde. Starke Nordwestwinde brächten noch mehr Regen und in den Bergen im Rücken der Stadt leichten Schnee. Bisweilen schneite es sogar bis hinunter in die Stadt, und es war schon vorgekommen, dass die Kinder auf *Oakland* Schlitten fahren konnten.

Frühestens im September lösten wärmere und gemäßigtere Tage die kalten, windigen und regnerischen Wochen ab, und schließlich ging es unweigerlich auf einen heißen Sommer zu. Ende Dezember, wenn man sich auf *Sophienlund* um den Kamin drängte und die Knechte eine Tanne schlugen und in der Halle mit Äpfeln und Kerzen schmückten, würde es hier hochsommerlich zugehen und bis zu dreißig Grad warm sein. Ella begriff, dass sie ihren Geburtstag im Winter und Weihnachten unter duftenden Eukalyptuszweigen und in einem leichten Sommerkleid verbringen würde – so sehr hatte sich ihre Welt auf den Kopf gestellt. Unruhig fragte sie sich, wann sie Jacob finden würde. Ein erster Brief, den sie zuversichtlich ins Outback hinausgeschickt hatte, war ungeöffnet zurückgekehrt. Die Farm sei nicht mehr bewohnt, erfuhr sie auf dem Postamt, und über den Verbleib von Jacobs Onkel hatte sie nichts herausfinden können. Vielleicht, so hieß es auf verschiedenen Ämtern, die sie in der Stadt aufgesucht hatte, sei er verstorben. Sie erfuhr, dass sich die Spur des Deutschen – sofern er nicht Mitglied einer Kirchengemeinde war oder Nachkommen hatte – wohl in der Weite des Buschlandes verlieren würde. »Es sind inzwischen über zwei Millionen Weiße im Land, Miss«, erklärte ihr ein Beamter. »Und ein Melderegister gibt es nicht. Sie suchen nach einem Phantom. Wenn Sie etwas ausrichten wollen, müssen Sie selbst nach Lake Mungo reisen.«

Auch Vielbrock, den Ella bei seinem nächsten Aufenthalt auf *Oakland* nach dem Gebiet in New South Wales befragte, konnte ihr nicht helfen.

»Lake Mungo ist eine ausgetrocknete Seenplatte. Die Ebene liegt zwischen Murray River und Darling River«, erklärte Vielbrock. Auf einer Karte, die er auf seinem Schreibtisch ausbreitete, zeigte er Ella das Land zwischen den beiden Flussläufen. »Ich war vor Jahren einmal in der Gegend. Es gibt dort weite, flache Strauch- und Grassteppen, die Farmer betreiben Schaf- und Rinderzucht. In feuchten Jahren eignet das Land sich auch zum Weizenanbau.«

»Wie komme ich dorthin?«

Vielbrock hatte sie verblüfft angesehen. »Mädchen, Mädchen, das ist eine weite Reise, fast vierhundert Meilen. Am einfachsten wäre es wohl, mit dem Schiff nach Portland oder Kingston zu fahren und von dort aus nach Nordost zu reiten, um den Murray River an einer Furt zu überqueren. Einen Ritt durch die Snowy Mountains würde ich jetzt nicht mehr wagen. Die Pässe sind im Herbst und Winter kaum zu bezwingen.«

Die Snowy Mountains waren hoch, Vielbrock verglich sie mit den Alpen. Auf der Karte sah Ella, dass die Bergkette ein Teil des großen Küstengebirges war, das sich vom Norden Queenslands die Ostküste hinunter bis nach Victoria zog. In den Snowys, deren höchste Gipfel an die zweitausend Meter erreichten, entsprang auch der Murray River. Er floss westwärts, und an seinen Ufern verlief die Grenze zwischen Victoria und der benachbarten Kolonie New South Wales. Hinter Lake Mungo flossen Murray River und Darling River zusammen und mündeten schließlich in South Australia in die Südaustralische See.

»Wie weit liegt Ihre Farm von Lake Mungo entfernt?« Ella hoffte, dass sie es vielleicht über Vielbrocks Ländereien schaffen könnte, nach Norden vorzustoßen. Sie dachte, dass sie vorankommen musste, selbst wenn der Winter vor der Tür stand. Plötzlich hatte sie Angst vor dem Jahrestag ihrer Begegnung mit Jacob. Die Monate waren so schnell vergangen, und je mehr Zeit ins Land zog, desto größer erschien ihr die Gefahr, den Geliebten in diesem Riesenland nicht mehr zu finden.

»Zieht es Sie schon wieder fort?« Vielbrock lud sie ein, sich einen Moment zu setzen. Er bot ihr einen Whisky an, doch Ella wollte nur etwas Wasser trinken. Der Hausherr reichte ihr ein Glas, dann schenkte er sich großzügig aus einer Karaffe ein und nippte an der bernsteinfarbenen Flüssigkeit. »Ella, ich würde Sie nur ungern verlieren. Sie tun den Kindern gut, und ich liebe es, wenn sie mir abends ein deutsches Liedchen vorsingen. Außerdem liebe ich Ihre Zeichnungen, vor allem die, die Sie von den Kindern gemacht haben.« Vielbrock zog einen Packen Papier aus seinem Schreibtisch hervor, an die zwanzig Porträts, die Ella nebenbei, während des Unterrichts, gezeichnet hatte. Es waren Momentaufnahmen der Mädchen, singend, zeichnend oder miteinander in ein Spiel vertieft. Und auch der kleine Jamie war dabei, er schlief und lutschte an seinem Däumchen oder spielte mit einem Kreisel.

»Haben Sie nicht schon einmal überlegt, diese Sache professionell zu betreiben?«

Diese Sache. Ella sah ihn erstaunt an. »Ich bin keine Malerin.«
»Das ist Unsinn, meine Liebe. Und das wissen Sie auch. Natürlich sind Sie eine Malerin. Was sind Sie sonst? Eine Gouvernante sind Sie jedenfalls nicht, auch wenn Sie Ihr Bestes geben.«
Ella öffnete den Mund, sie wollte etwas erwidern, doch dann sah sie Vielbrocks unerschütterlichen Blick. Sie spürte seine Energie und seine Freude an ihren Zeichnungen. Er achtete sie und er schätzte ihr Können – auch ohne jede akademische Ausbildung. Sein Selbstvertrauen strahlte auf sie ab, und Ella dachte, dass er recht hatte. Wovor hatte sie Angst? Vor der Freiheit? Europa mit seinen Akademien und all seinen Konventionen war fern. Sie musste sich keinen Zwängen und Traditionen mehr beugen. Warum sollte sie es also nicht wagen? Sie hatte doch schon so vieles gewagt. Vielleicht könnte sie ihr Geld tatsächlich mit ihren Bildern und etwas Zeichenunterricht verdienen.
»Ich habe kaum noch Material«, antwortete sie. »Ich müsste Ölfarben kaufen, Leinwände, Pinsel, eine Staffelei. Und dafür reichen meine Ersparnisse noch nicht.«
Vielbrock beugte sich vor und stützte seine Ellenbogen auf der Tischplatte ab. »Ich bin ein Geschäftsmann«, sagte er. »Und wenn ich ein gutes Geschäft wittere, schlage ich zu.« Seine Rechte krachte auf das Holz, und Ella zuckte zusammen. Vielbrock lächelte entschuldigend. »Ich gebe Ihnen das Geld, so viel Sie brauchen. Und Sie zahlen es mir zurück, wenn Sie so weit sind. Ohne Zinsen. Dafür malen Sie meine Familie – großes Format und in Öl. Und Sie kommen im Frühjahr mit auf meine Farm und malen dort. Dann darf ich mir eines Ihrer Gemälde aussuchen.«
»Ich weiß nicht, ob Ihre Frau damit einverstanden sein wird.«
Ella sah Victoria Vielbrocks abweisende Miene vor sich. Sie

hatten kaum ein privates Wort gewechselt, seitdem sie auf *Oakland* war. Misses Vielbrock duldete sie, aber Ella spürte, dass Victoria nichts an ihr lag. Meist kommunizierten sie nur über die Kinder miteinander.

Vielbrocks Augen senkten sich, und ein bitterer Zug umspielte seine Lippen. »Victoria mischt sich nicht in meine Geschäfte ein«, sagte er. »Nicht mehr. Und irgendwie hat sie Sie von Anfang an dazu gezählt. Ich habe schon bemerkt, dass Victoria Sie nicht allzu herzlich aufgenommen hat. Deshalb wird sie auch nichts einzuwenden haben, wenn Sie das Haus wieder verlassen und sich eine eigene Bleibe in Melbourne suchen. Aber Sie müssen mir versprechen, dass Sie noch den Winter über bleiben und malen – so viel Sie können. Ich habe das Gefühl, dass Sie uns etwas Besonderes hinterlassen werden.«

Ellas Herz schlug aufgeregt. Sie realisierte, was für großartige Möglichkeiten Vielbrock ihr bot. Sie dachte, dass sie sich darin versuchen könnte, als Malerin zu leben. Sie könnte werden, was sie immer hatte sein wollen. Und spätestens im Frühjahr könnten sie gemeinsam hinaus ins Outback reisen.

»Ich bleibe gern noch eine Zeitlang bei Ihnen auf *Oakland.* Und ich werde mit dem Familienbild beginnen. Vielleicht kann ich darüber erste Aufträge bekommen.«

»Fabelhaft. Das gefällt mir. In den nächsten Wochen stehen einige Gesellschaften an, im Winter wird der Melbournian gesellig. Ich werde Sie einigen Freunden vorstellen. Abgemacht?« Vielbrock streckte ihr seine breite Hand über den Tisch entgegen.

Ella bemerkte, dass seine Linke einen Stein umklammerte, der von goldenen Adern durchzogen war. Er hatte ihn aus einer alten Teedose hervorgekramt. Sie dachte, dass der Stein wohl eine Erinnerung an den Goldklumpen war, der Vielbrock reich gemacht hatte. Plötzlich fiel ihr der blau gesprenkelte, weiße Ostseestein ein. Er hatte einige Wochen auf ihrer Fensterbank unterm Dach gelegen, dann war er plötzlich verschwunden gewesen. Stattdessen hatte sie dort eine längliche, spitz zulaufende Feder gefunden, die in den Farben des Regenbogens schillerte.

Zuerst hatte Ella die Mädchen verdächtigt. Waren sie heimlich in ihr Zimmer geschlüpft, um ihr einen Streich zu spielen? Doch Mia und Sofie hatten alles abgestritten.

»Das ist eine Budgiefeder«, stellte Mia mit Kennerblick fest, als Ella ihnen den merkwürdigen Fund präsentierte. »Im Busch gibt es Budgies.« Flink malte sie einen kleinen Vogel mit schmalen, stufigen Schwanzfedern. Schnabel und Kopfform erinnerten Ella an einen winzigen Papagei.

»Ich glaube, ich habe sie schon einmal in Deutschland gesehen, auf einer Vogelschau.« Ella sah die bunten Vögel wieder vor sich. In der Ausstellung hatte man die Exoten wegen ihres wellenförmig gezeichneten Federkleides als Undulatus-Papageien bezeichnet. »Sie sind leuchtend grün mit gelbem Köpfchen und einem schwarzen Wellenmuster auf dem Rücken.«

Die Mädchen nickten. »Daddy hatte uns ein Pärchen geschenkt, die Budgies lebten in einer Voliere hinten im Park«, sagte Sofie. »Aber sie waren so unglücklich. Irgendwann hörten sie auf zu singen, da haben wir sie wieder freigelassen. Daddy sagt, dass sie im Busch in großen Schwärmen leben und Regen und frischem Gras hinterherziehen.«

»Mummy war böse«, kicherte Mia. »Sie mochte die Vögel und hätte sie am liebsten ins Haus geholt.«

Ella dachte an die winzigen Vogelkäfige, die auch in Deutschland in Mode gekommen waren. Darin hockte ein einsames Vögelchen, dessen Flügel herabhingen und das meist nicht lange lebte. Robert hatte ihr erzählt, dass jedes Schiff, das nach Europa fuhr, Nachschub für die Vogelhändler transportierte. Die wilden Tiere wurden in der Alten Welt zu Stubenvögeln dressiert.

»Wer hat dann den Stein genommen und die Feder in mein Zimmer gelegt?«

»Daddy sagt, dass die Schwarzen die Vögel essen.«

»Betcherrygah«, flüsterte Mia, als verrate sie ihnen ein Geheimnis. »In ihrer Sprache bedeutet das ›gutes Futter‹.«

»Wer hat euch das beigebracht?« Ella sah die Mädchen scharf an. Sie wusste, Misses Vielbrock würde es niemals zulassen, dass die Kinder sich heimlich mit den Schwarzen einließen.

»Milly«, antwortete Mia so leise, dass Ella den Namen kaum verstehen konnte. »Das ist die Tochter von Eola, der Küchenhilfe. Manchmal kommt sie ihre Mutter besuchen, und dann nimmt sie etwas zu essen mit für ihre Geschwister. Daddy hat nichts dagegen.«

Ella hatte Eola erst wenige Male zu Gesicht bekommen, die athletische Frau mit dem dunklen, wilden Haar war die einzige Schwarze, die auf *Oakland* arbeitete. Victoria Vielbrock traute den Aborigines nicht. »Irgendwann werden sie sich gegen uns auflehnen«, hatte sie Ella in einem seltenen Moment von Offenheit anvertraut. »Je weniger Wilde man im Haus hat, desto besser.« Misses Vielbrocks Personal setzte sich aus englischen und irischen Einwanderern zusammen, die mittellos nach Australien gekommen waren.

Ella fragte sich, warum Milly den Stein genommen, und vor allem, wie sie in ihr Zimmer gekommen sein sollte. War es deshalb, wenn überhaupt, nicht doch eher Eola gewesen? Der Stein war jedenfalls vollkommen wertlos, nur eine sentimentale Erinnerung. Sie wusste sich nicht zu helfen und hatte beschlossen, die Schwarze bei Gelegenheit darauf anzusprechen. Aber dann hatte sie gedacht, dass es albern sei, sich wegen eines Kiesels aufzuregen. Sie trug doch alle Erinnerungen an *Sophienlund* in leuchtenden Bildern in sich.

Sieben

Als sie die silberfarbenen Tuben in der Hand hielt, merkte Ella, wie sehr sie die Ölfarben vermisst hatte. Schon der kleine, vollgestopfte Laden, der in einer Seitenstraße der Bourke Street lag, war eine Offenbarung gewesen. Als Ella die Tür öffnete und das Geschäft betrat, schlug ihr der Geruch nach Leinöl und Terpentin entgegen. Es war ein Duft, der sie glücklich machte. Mit einem Blick erfasste sie das überwältigende Angebot: Ölfarben in allen erdenklichen Tönen, von Zinkweiß bis Rebschwarz, Aquarellfarben, Pastellkreiden, Bleistifte, Kohle, Pinsel, Papier, Leinwände und Staffeleien.

»Was kann ich für Sie tun, Miss?«

Ella blinzelte. Aus dem dunklen Hintergrund des Ladens tauchte eine Gestalt auf. Die Person war winzig.

Ein Zwerg, war Ellas erster Gedanke. Doch dann sah sie, dass es ein Chinese war, alt und kaum größer als ein Kind. Das Männlein trug eine weite Jacke mit Stehkragen und seitlicher Knopfleiste. Das bunte Muster der Seide erinnerte sie an Roberts Quilt. Unter einer schwarzen Kappe floss ein dünner, grauer Zopf den Rücken hinab. Das zusammengebundene Haar glich einem schuppigen Reptil, das sich auf einem dunklen Stein sonnte. Wache Echsenaugen blinzelten sie aus einem freundlichen, seltsam kindlichen Gesicht an.

Flink tänzelte der Alte ihr auf Pantoffeln zwischen den hohen Regalen entgegen. Ella fragte sich, wie er die Ware, die sich bis unter die Decke stapelte, erreichen konnte.

»Ich bin Mister Wang.« Artig verneigte der Chinese sich vor

ihr. Sein Englisch war nahezu perfekt. Er griff nach Ellas Händen und drehte ihre Handflächen nach oben. »Sie suchen Ölfarben«, schmunzelte er. »Mister Wangs Ölfarben.«

»Woher wissen Sie das?« Ella zog ihre Hände zurück.

»Oh, ich sehe alles«, kicherte Mister Wang. »Alles, alles, alles … Die Hände eines Künstlers sind wie die Seiten eines Buches. Ich kann darin lesen. Kommen Sie …« Er zog sie zwischen zwei Regalreihen, wo er die Tuben in alten Teekisten aufbewahrte.

»Bitte … Riechen Sie, riechen Sie!« Er griff in eine Kiste, zog eine Tube Karmin heraus und öffnete den Verschluss.

Ella schnupperte.

»Bestes Leinöl, feinste Pigmente …«, warb Mister Wang. »Für leuchtende Bilder.«

»Stellen Sie die Farben selbst her?« Ella sah auf einem Tresen Mörser, Spatel und eine Apothekerwaage stehen.

Der Chinese folgte ihrem Blick. »Ich bekomme Pulver und Öle aus China und Europa, aber ich mische die Farben in meinem Laden zusammen. Sonst vertrocknen sie unterwegs. Ich habe mein eigenes Rezept entwickelt, eine geheime Zutat – für beste Qualität.«

Er griff nach einem Körbchen und hielt es Ella hin. »Bitte, Miss. Greifen Sie zu!«

Zögernd fischte Ella eine Tube heraus. Sie dachte an Roberts Kräuterkiste und fragte sich, woraus die geheime Zutat bestehen mochte. War es Drachenblut? Vulkanstaub? Lotusblüte?

»Sie können Mister Wang vertrauen.«

Erschrocken drehte Ella sich um. Sie hatte nicht bemerkt, dass sie nicht der einzige Kunde in Mister Wangs Laden war.

»Ich habe selbst in London keine brillanteren Farben finden können.«

»Das ist Mister Hope«, stellte der Chinese den jungen Mann

vor. Er war groß und schlank, fast ein wenig hager. Sein Gesicht war glatt rasiert, Augen und Mundwinkel zeigten ein spöttisches Lächeln, zerzaustes, dunkles Haar, das er etwas länger trug, als es üblich war, fiel ihm in die Stirn. Er trug einen schwarzen, zerknitterten Anzug und ein offenes, weißes Hemd ohne Krawatte. »Mister Hope kauft seit zwei Jahren bei mir.«

»Ella Carlsburg.« Ella schüttelte die ausgestreckte Hand. Mister Hope erwiderte ihren Gruß mit warmem Druck.

»Edvard Hope, Hasardeur, Lebenskünstler und Maler, voller Zuversicht und Ehrgeiz.«

Der Fremde grinste und sah sie neugierig an. Seine Augen huschten über ihren Körper, als ob er sich alle Einzelheiten einprägen wollte. Ella dachte, dass er sie taxierte. Vielleicht fragte er sich, ob es sich lohnte, sie auf Leinwand zu bannen.

»Sie malen?«, fragte Ella und errötete, als die beiden Männer anfingen zu lachen.

»Kein Gold, keine Schafe, keine Farm. Ich bin tatsächlich nach Melbourne gekommen, um zu malen, Miss Carlsburg.« Edvard Hope wies auf ein Bündel Dachshaarpinsel, das er in der Hand hielt. »Es gibt noch einige Kollegen in der Stadt, der Markt ist ganz vielversprechend. Ab und zu stellen wir auch aus, in der Gertrude Street gibt es eine Galerie.«

Ella dachte an das Schafsbild auf *Oakland.* Sie hatte nicht auf die Signatur geachtet, vielleicht stammte es sogar von ihrem Gegenüber.

»Und Sie kommen aus London?«

Der Maler nickte. »Wunderbare Stadt, herrliches Licht an der Themse. Ich habe den Fluss mein Leben lang gemalt, zu jeder Stunde und zu jeder Jahreszeit. In Kemble, Oxford, Eton, Reading und in Southend, wo er in die Nordsee mündet. Strandszenen, Hafenbilder, Schiffe unter schweren Wolken.

In London habe ich mit einigen verrückten Franzosen zusammengearbeitet, die dort während des Krieges Unterschlupf gefunden hatten. Monet, Pissaro, Sisley ... Vielleicht haben Sie schon von den Herren gehört?«
Ella schüttelte den Kopf.
»Sehr originell. Vollkommen neuartige Bildideen. Aber der Pariser Salon lehnt sie ab – man behauptet, sie verletzten die einfachsten Grundregeln der Malerei. Nun ja ... Sie wissen schon, ihre Gemälde seien nicht sorgfältig komponiert, ohne jede Perspektive, nicht vollendet gemalt, dies und das ... Selbst in den Metropolen weiß man es nicht besser als in den hintersten Winkeln der Welt. Die Leute erwarten lediglich, unterhalten zu werden. Die Käufer wollen dramatische Sujets, Historisches, Mythologisches, Biblisches, Szenen aus den Werken Goethes, Shakespeares oder Byrons. Verstaubtes Zeug ...«
Edvard Hope redete sich in Rage. Ella beobachtete belustigt, wie er grimassierte und naserümpfend einen Kritiker imitierte.
»Sie wollen Schiffbrüche statt Seegemälden, Schlachten statt einer Landschaft. Jedes außergewöhnliche Sujet und jede neue Technik betrachtet man mit Argwohn. Die alten Meister sind immer noch die Götter der Malerei. Aber lassen wir das, ich langweile Sie. Als die Freunde nach Paris zurückkehrten, beschloss ich jedenfalls, meinen Horizont zu erweitern. Eigentlich wollte ich bis nach Polynesien reisen, Tonga, Samoa, Tuvalu ...«
Mister Wang hatte sich zurückgezogen. Ella begann, Farben auszuwählen und in einen Korb zu legen. Sie bemerkte, dass Edvard Hope sie aufmerksam beobachtete.
»Und Sie ...?«, fragte er. »Malen Sie auch?«
Ella nickte, sie konnte sich nicht zwischen einem hellen und einem etwas dunkleren Kadmiumrot entscheiden.

»Nehmen Sie den kräftigeren Ton.« Hope zeigte auf eine Tube. »Das hellere Rot können Sie immer noch abmischen.«

»Ich muss mich ganz neu ausrüsten. Das meiste habe ich in Europa zurückgelassen.«

Hope nickte. Er fragte nicht, woher sie kam. Ella nahm an, dass ihr Akzent sie verriet.

»Konzentrieren Sie sich auf die reinen Farben, den Rest können Sie aufhellen, indem Sie Weiß zugeben. Und: Arbeiten Sie nass in nass, tragen Sie die Farben über- und nebeneinander auf, so dass die Töne sich auf der Leinwand mischen. Vielleicht gibt Ihnen Mister Wang Kredit. Er ist sehr großzügig, und ich sah, dass er einen Blick auf Ihre Hände geworfen hat.«

Ella lachte. »Was halten Sie davon? Er sagte, er könne darin lesen wie in einem Buch.«

Edvard Hope streckte ihr seine Handflächen entgegen, seine Finger waren lang und schmal, die Nägel mit angetrockneten Farbresten übersät. »Nicht so schwer, denke ich. Allerdings weigert er sich, mir etwas über meinen zukünftigen Erfolg zu verraten. Vielleicht prophezeit er nur hübschen, jungen Damen? Dann kommt er allerdings nicht häufig in den Genuss, über weiße Samthände zu streichen.«

»Wie meinen Sie das?« Ella wechselte zu den Pinseln und wählte eine Handvoll aus.

»Derzeit fällt mir keine zweite Frau in Melbourne ein, die etwas von Malerei versteht. In London kannte ich zwei begabte Schülerinnen, eine gehörte zu Monsieur Monet. Bei wem haben Sie studiert?«

Ella schwieg. Was sollte sie antworten? Sie stand einem Maler gegenüber, einem richtigen Maler, auch wenn sie nicht wusste, was dieser Engländer mit seinen Pinseln, Farben und Leinwänden anfing. »Ich hatte privaten Unterricht«, stammelte sie. »Und ich wäre gern nach Paris gegangen, an die École des Beaux-Arts. Aber nun ist alles anders gekommen – et voilà, nun bin ich hier gelandet.«

»Entschuldigen Sie, ich wollte nicht aufdringlich sein.« Edvard Hope hatte bemerkt, dass sie zögerte. »Seien Sie froh, dass Sie hier sind. Monet sprach davon, dass die Stadt von Kunststudenten überlaufen ist. Tausende drängeln sich in den Ateliers, und die Studenten neigen zu Krawall und Disziplinlosigkeit. Nicht einfach für eine Frau, sich durchzusetzen, wenn Sie mich fragen. Sie werden sehen, Miss Carlsburg, hier in Melbourne werden Sie auf ein dankbares Publikum treffen. Besuchen Sie mich doch einmal in meinem Atelier, warten Sie …« Hope überreichte ihr seine Karte. »Kommen Sie gerne vorbei, ich würde mich freuen.«

»Das ist sehr freundlich, Mister Hope. Vielen Dank.« Ella steckte das Papier ein und nickte dem Briten zu. »Ach, Mister Hope …« Ihr fiel noch etwas ein. »Malen Sie auch Schafe?«

Hope hatte sich schon zum Tresen gewandt, jetzt drehte er sich wieder um und grinste. »Schafe? Diese ranzig riechenden Viecher?« Er schüttelte den Kopf. »Landschaften mit Schafen, ja, das kommt vor. Mein Geld verdiene ich jedoch mit Porträts. Aber da sitzt einem ja bisweilen auch ein Schafskopf gegenüber. Warum fragen Sie?«

Ella winkte lachend ab. »Mir scheint, ich werde in nächster Zeit einige Schafe malen müssen. Ich dachte, ich könnte noch etwas von Ihnen lernen, was den Umgang mit den Tieren betrifft.«

Hope lachte. Er kam noch einmal zu ihr. »Ich würde wirklich gern Ihre Bilder sehen. Versprechen Sie mir, dass Sie kommen?«

Ella nickte.

»Vielleicht mögen Sie mir auch Modell sitzen? Es wäre angenehm, zur Abwechslung einmal einer Elfe statt einer englischen Matrone gegenüberzusitzen. Ich wette, Sie können amüsante Geschichten erzählen.«

Johannes Vielbrock wartete in einem Lokal in der Bourke Street auf Ella. Zwei- und dreistöckige Holzhäuser mit Balkonen und Balustraden säumten die belebte Straße des Amüsierviertels, an deren beiden Seiten die Melbournians auf und ab flanierten, während die Kutschen sich in der Mitte ihren Weg bahnten. Der Fluss der plaudernden und gut gekleideten Menschen bildete ein farbenfrohes Bild, und Vielbrock dachte, dass er sich keinen größeren Kontrast zum kargen Leben im Outback vorstellen konnte. Wenn er einige Wochen auf der Farm verbracht hatte, genoss er es, in den Trubel der Stadt einzutauchen. Er fühlte sich dann wie ein Kind auf einem Jahrmarktbummel. Alles erschien ihm intensiver, die Geräusche, Gerüche und Farben.
Als er Ella mit ihren Paketen die Straße hinunterkommen sah, lief er ihr entgegen, um sie von ihren Lasten zu befreien. Fürsorglich bugsierte er sie an einen Tisch im *Flinders.*
»Wie ist es gelaufen?«
»Sehr gut, vielen Dank. Ich fürchte, ich habe alles Geld ausgegeben. Es war wie ein Rausch, ich habe sogar noch einige Pakete bei Mister Wang zurückgelassen. Ich dachte, wir könnten auf dem Rückweg noch einmal bei ihm vorbeifahren und den Rest abholen.« Ella erzählte von ihrer Begegnung mit Edvard Hope und Mister Wangs sonderbarem Verkaufsgebaren.
Vielbrock nickte. Ella glühte vor Begeisterung und Tatendrang. Ein zarter, roter Schimmer hatte sich auf ihre Wangen gelegt, ihre Katzenaugen leuchteten, und der Knoten in ihrem Nacken begann sich aufzulösen. Erschöpft strich sie sich die Haare aus dem Gesicht.

»Was möchten Sie trinken?«
Ratlos blickte Ella auf die Schiefertafel über der Theke. »Vielleicht eine Tasse Tee?«
»Hier trinkt man Bier«, brummte Vielbrock. Er winkte der Wirtin und bestellte zwei Krüge Ale.
Wenig später stand das Getränk schäumend vor ihnen. »Auf die Malerei!«, lachte er und prostete Ella zu. Er sah, wie sie zunächst vorsichtig daran nippte und dann gierig trank.
»Sehen Sie, es gibt nichts Besseres gegen den Durst.« Mit wenigen Zügen leerte er seinen Krug zur Hälfte. »Leider ist es in Australien zu warm zum Bierbrauen, Gerste und Hopfen sind nicht nur schwer zu beschaffen. Es gibt auch nur wenige Brauer, die etwas davon verstehen. Dieses Ale kommt aus Adelaide, sie versetzen es dort mit Rohrzucker. Wäre in Deutschland natürlich undenkbar. Aber ich finde, man kann es trinken. Ich komme gern mit Robert hierher, wenn er in Melbourne ist. Haben Sie etwas von ihm gehört?«
Ella schüttelte den Kopf. »Wir haben nichts dergleichen vereinbart.«
Vielbrock schaute sie fragend an. »Verzeihen Sie meine Neugier, Ella, aber ich dachte, dass Sie sich, wie soll ich sagen, näherstehen?«
Ella nickte, ihr Blick senkte sich, stumm betrachtete sie den fleckigen Tisch.
»Ich wollte Sie nicht in Verlegenheit bringen.«
»Sie haben ja recht.« Ella blickte wieder auf. »Ich weiß nicht, was Robert Ihnen über mich erzählt hat. Aber ich glaube, er hat mir das Leben gerettet. Ich war sehr krank auf dem Schiff, die Ruhr …«
»Robert erwähnte so etwas. Er sagte mir, dass Ihnen seine chinesischen Kräuter wieder auf die Beine halfen.«
»Es war wohl etwas mehr. Jedenfalls war und bin ich ihm zu

großem Dank verpflichtet. Er hat sich um mich gekümmert, als es mir sehr schlechtging. Als es mir in jeder Hinsicht schlechtging. Und, ja, vielleicht habe ich ihm auch Hoffnungen gemacht. Hoffnungen, die ich nicht erfüllen kann.« Ellas Blick glitt durch das Fenster auf die Bourke Street. »Sie wissen ja, dass ich jemanden suche. Er hat Deutschland verlassen müssen.«

Vielbrock dachte an die Worte seiner Frau. Was hatte sie noch gesagt? *Ich möchte wetten, dass sie auf der Flucht ist.* »Ella, hören Sie!«, sagte er. »Sie müssen mir nicht erzählen, was Sie hierhergetrieben hat. Schauen Sie sich doch die Leute an!« Er wies hinaus auf die Straße. »Ich wette, dass die Hälfte von ihnen etwas hinter sich gelassen hat. Ganz Australien besteht aus einem wirren Gestrüpp von Geheimnissen, Fluchten und Heimlichkeiten. Aber das Schöne ist ja, dass dieses Land einen Neuanfang für jedermann bereithält. Ihr … ich meine, die Person, die Sie suchen, befindet sich also in bester Gesellschaft. Und wenn er Ihr Herz erobert hat, wird er schon kein Schurke sein, da bin ich sicher.«

»Vielen Dank, Mister Vielbrock.« Ella griff nach seiner Hand. »Sie … Ich weiß nicht, ob ich das sagen darf, Sie sind wie ein Vater zu mir.«

Vielbrock sah, dass Tränen in ihren Augen glitzerten. »Unsinn«, brummte er. »Ich mag Sie. Und ich bin Geschäftsmann, also lassen wir die Sentimentalitäten. Kommen Sie, trinken Sie. Auf unseren Freund Robert …« Wieder hob er den Krug und prostete Ella zu. »Der Bursche ist zäh. Er wird nicht so schnell aufgeben. Machen Sie sich also keine Sorgen um ihn.«

Acht

Das Porträt der Vielbrocks war ein Meisterwerk – ein Kunststück an Intuition und Geduld. Es war nicht einfach gewesen, die Familie so zu plazieren, dass die Szene wie ein Moment häuslicher Idylle wirkte. Immer wieder widersetzten sich die Figuren Ellas Versuchen, Zuneigung und Zärtlichkeit abzubilden. Es war, als strebten die Eheleute unbewusst auseinander, als verbinde sie nichts als das Korsett der Familie. Wenn sie beieinanderstehen oder sich gar berühren sollten, geriet der Augenblick zur spannungsgeladenen Farce. Nie hatte sich für Ella deutlicher gezeigt, dass sich ein Riss durch die Ehe zog, der sich nicht mit Farbe übertünchen ließ.

Schließlich gab sie auf und bat Johannes und Victoria Vielbrock, sich eine Position zu suchen, die ihnen passend erschien. Dann begann sie zu skizzieren. Der Hausherr lehnte lässig am Kamin, die Hände in den Hosentaschen vergraben. Er wirkte wie ein Außenstehender, als beobachte er eine fremde Szenerie. Etwas versetzt zu ihm stand Victoria am Fenster zum Garten, kühl und höflich, in ihrem besten Kleid. Sie hielt ihren Sohn in den Armen, Mutter und Kind bildeten eine Welt für sich. Ihr Blick, abwesend, vielleicht auch nachdenklich, verriet Langeweile und Melancholie. Zwischen Vater und Mutter saßen die Mädchen in einem blauen Sessel, sie blätterten in einem Buch. Ihre Kleidchen waren hochgerutscht und entblößten Strümpfe und Knie, die Haare schienen vom Spielen zerzaust, die Wangen waren gerötet.

Später dachte Ella, dass ihr unbewusst die feinsinnige Innenansicht einer Ehe gelungen war. Das Gemälde war groß geraten, fast monumental. Und es war mindestens so dramatisch wie ein Schlachtengemälde oder irgendeine andere Katastrophe. Johannes wollte es im Salon plazieren, über dem Kamin, und Ella fürchtete, dass jedermann darauf erkennen würde, wie es um das Seelenheil der Porträtierten bestellt war. Ella sah, dass die beiden verletzt waren und ein großes Bedürfnis nach Zuneigung ausstrahlten. Auf dem Bild war es deutlich sichtbar, nur die Vielbrocks schienen es nicht zu bemerken. Sie gefielen sich in ihren Posen.

Ella arbeitete mehrere Wochen an dem Gemälde. Neben den Figuren beschäftigten sie auch die Farben und das Licht. Um das distanzierte Verhältnis der Eheleute zueinander abzumildern, versuchte sie, das Bild durch eine heitere Atmosphäre aufzuhellen. Sie wählte kräftige, fröhliche Töne – Englischrot, Kobaltblau und Veronesergrün –, durch das Fenster am rechten Bildrand flutete das Sonnenlicht. Weißtöne rieselten wie Blütenblätter über das Interieur und verliehen der Szene einen Hauch von Frieden und Entrücktheit.

Über die Arbeiten am Gemälde war es Winter geworden, die Zeit der großen Gesellschaften brach an. Zur Sonnenwende lud Johannes Vielbrock Freunde und Nachbarn nach *Oakland* ein. Es war der Jahrestag des Sternenballs, und melancholisch erwartete Ella den Abend. Sie hatte niemandem von ihrem Geburtstag erzählt, deshalb war sie überrascht, dass man am Vormittag ein Paket für sie abgegeben hatte. Beim Mittagessen lag es auf ihrem Platz.

»Ein Geschenk, ein Geschenk!«, jubelten die Mädchen, als sie den Karton, der in buntes Seidenpapier gehüllt war, entdeckten.

Verblüfft nahm Ella das Paket in die Hände. Es war leicht, so als bestünde es nur aus der hübschen Verpackung, einen Absender konnte sie nirgendwo entdecken.

»Woher kommt es?« Die Mädchen ließen nicht locker, während Johannes Vielbrock sie nachdenklich betrachtete.

»Ich weiß es nicht.« Ellas Überraschung war nicht gespielt, für einen Moment dachte sie, dass es vielleicht von Jacob stammen könnte. Hatte er sie entdeckt, noch bevor sie auf seine Spur gestoßen war? Ihr Herz begann zu pochen, zitternd setzte sie sich an den Tisch. »Ich werde es später öffnen.«

»Es sieht aus wie eine Geburtstagsüberraschung.« Johannes Vielbrock begann den Braten, den das Mädchen eben aus der Küche gebracht hatte, zu tranchieren. Seine Augen zwinkerten spöttisch.

Ella bemerkte, dass sie errötete.

»Da hat unsere Ella also Geburtstag und erwähnt es mit keiner Silbe.« Mit einem Seufzer glitt ein großes Stück Fleisch auf ihren Teller, der Bratensaft spritzte auf die Tischdecke. Vielbrock lachte. »Das sieht Ihnen ähnlich. Wir werden heute Abend auf Sie anstoßen. Alles Gute, liebe Ella.« Er erhob sein Glas und trank auf sie. »Sie werden im Mittelpunkt stehen, denn ich habe vor, Ihr Bild feierlich zu enthüllen. Ich wette, dass Sie sich danach vor Aufträgen nicht mehr retten können. Komm schon, Victoria, stoßen wir auf unseren Gast an.«

Ella nickte, sie wusste nicht, was sie sagen sollte. Gerührt strich sie den Mädchen über die Haare. Aus den Augenwinkeln heraus sah sie, dass Misses Vielbrock ihr tatsächlich zuzulächeln schien.

Nach dem Essen zog Ella sich auf ihr Zimmer zurück. Seit ihrer Ankunft hatte der Raum sich verändert. Sie hatte die Möbel ein wenig umgestellt, das Bett ganz an die Wand geschoben und Platz geschaffen für einen Zeichentisch und eine Staffelei, die sie vor das Fenster gerückt hatte.

Vorsichtig legte sie das Paket auf den Zeichentisch und schob Pinsel, Farben und Stifte zur Seite. Sie setzte sich und legte die Hände auf das Seidenpapier. Eine Weile tat sie nichts. Sie saß nur da, schloss die Augen und ließ die Wintersonne auf ihr Gesicht fallen. Noch barg das Geschenk alle Möglichkeiten in

sich, und sie hatte Angst, dass sie enttäuscht sein würde, wenn sie es öffnete und etwas Banales zum Vorschein käme.
Für einen Moment dachte sie daran, wie sie damals die Truhe mit dem Bild ihrer Mutter entdeckt hatte. Erst nachdem ihr das Porträt der jungen Frau zugelächelt hatte, war ihr bewusst geworden, was ihr fehlte. Es war, als hätte sie damals die Büchse der Pandora geöffnet, denn neben dem Schönen war der Schmerz in ihre Welt getreten. Sie hatte die Lücke in ihrem Leben bemerkt.
Genauso verhielt es sich mit dem Bild, das sie sich von Jacob gemalt hatte. Als er vor einem Jahr in ihr Leben getreten war, hatte sie die Liebe kennengelernt, aber auch den furchtbaren Schmerz, den sein Verschwinden hinterlassen hatte. Nur wenig später war ihre Welt in Stücke zerbrochen. Die alte Welt … Plötzlich waren Lügen und Heimlichkeiten zu ihren Verbündeten geworden, und sie hatte einen neuen Teufelskreis von Trauer und Schmerz in Gang gesetzt. Es war grotesk.
Jacob, dachte sie und sah ihn vor sich, so, wie er ihr zuletzt in ihrem Atelier gegenübergestanden hatte, verletzlich und gleichzeitig fest entschlossen. Wo bist du nur?
Ella öffnete die Augen. Vorsichtig schlug sie das bunte Papier auseinander. Ein smaragdgrüner Karton kam zum Vorschein, mit zitternden Händen zog sie den Deckel ab. Wieder Seidenpapier, es roch nach Kampfer. Sie zupfte es heraus und ließ es achtlos fallen. Ella beugte sich über das Geschenk, auf dem Grund der Box lagen drei wunderschöne Pinsel. Eine Karte war daran befestigt, sie zog sie heraus:

Für Miss Carlsburg
Wúwéi, sagt der Chinese. Mister Wang verriet mir, dass Sie heute Geburtstag feiern. Sollte er doch in Ihren Händen lesen können? Malen Sie! Und verzeihen Sie

mir, dass ich Sie an meine Einladung erinnere. Kommen Sie in mein Atelier, wir können über Schafe sprechen … Ich wünsche Ihnen einen wunderbaren Tag.
Ihnen sehr ergeben, Ihr Edvard Hope, Schäfchenzähler und Maler

Unter den Gruß hatte der Engländer einen Schafe hütenden Maler gezeichnet, eine freche, kleine Vignette.
Sprachlos starrte Ella auf die Karte. Sollte dieser winzige Chinese tatsächlich in ihren Händen lesen können? Und Mister Hope, was nahm er sich heraus? Wollte er sie zum Narren halten, oder war das seine Art von Humor?
Enttäuscht legte Ella Pinsel und Karte zurück in den Karton, sie würde nicht damit malen. Sie schloss die Box und schob sie unter ihr Bett. Dann setzte sie sich an ihren Zeichenblock. Wie von selbst flossen die Linien auf das Papier und fügten sich dort zu einem bekannten Gesicht zusammen. Die reizvolle Ästhetik des Exotischen faszinierte sie, die mandelförmigen, zu Schlitzen verengten Augen, die platte Nase und der zu einem breiten Lachen verzogene Kindermund. Mister Wang erwachte auf dem Papier zum Leben.
Ella sah auf sein Gesicht, und plötzlich war ihr, als ob ihr das Bild zuzwinkerte. Sie zeichnete weiter, den Körper des Alten, das bunte Gewand, die dunklen Hosen und winzigen Schuhe. Ein Drache schlängelte sich über den Seidenstoff, und sie hätte wetten mögen, dass auch der Körper des Chinesen mit solch einem Bild tätowiert war. Vielleicht saß der Drache auf einem Schulterblatt und verlieh seinem Meister besondere Kräfte?
Ella nahm sich vor, den Chinesen bald aufzusuchen. Sie wollte einige Farben nachkaufen, ein paar Skizzenblöcke und Pinsel. Und vielleicht könnte sie Mister Wang sogar nach Jacobs

Schicksal fragen. Das Lächeln des Chinesen erschien ihr wie ein Zeichen.

Neun

Das Fest kündigte sich mit einem Duft nach Zitronen und englischen Süßigkeiten an. Obwohl es Winter war und Ella sich so weit wie nur möglich von daheim entfernt hatte, glichen die Vorbereitungen im Hause Vielbrock den Ritualen auf *Sophienlund.*

In den vergangenen Tagen hatten die Dienstmädchen alle Räume auf *Oakland* geputzt und gewienert. Sie hatten die Teppiche ausgeklopft und die Vorhänge gewaschen, das Parkett war blank poliert und schimmerte wie ein walnussfarbener See. In der Luft hing der Geruch von Wachs und Zitronenölen. Alles Silber glänzte, und die Tischwäsche war gestärkt. Gewächshausblumen schmückten Vasen und Schalen. In der Küche wurde gekocht und gebacken, der Hausherr hatte die Vorräte an Bier, Wein und Champagner auffüllen lassen.

Seit dem Nachmittag hatte sich die Familie zurückgezogen, um zu baden und sich für den Abend umzukleiden. Johannes Vielbrock trug zu festlichen Anlässen neuerdings einen englischen Smoking. Misses Vielbrock hatte sich ein neues, elegant roséfarbenes Kleid nähen lassen, dessen Schnitt sie aus einem französischen Magazin kopiert hatte. Das lange, blassblonde Haar war zu einer voluminösen Frisur gesteckt, Perlen schmückten ihren Hals und das Dekolleté. Mehr denn je glich sie einer duftenden, englischen Teerose. Ihre Töchter trugen Kleidchen aus demselben roséfarbenen Stoff, weiße Strümpfe und Lackschuhe. Schleifen hüpften im langen Haar. Den kleinen Jamie hatte man in ein weißes Kleid gesteckt. Mit seinen weich fallenden Locken und roten Wangen wirkte er fast wie ein Mädchen.

Als Ella die Treppen hinunterstieg, fühlte sie sich ähnlich aufgeregt wie vor einem Jahr. Johannes Vielbrock würde ihr Bild vor seinen Freunden enthüllen. Und von der Reaktion der Gäste hing ihr Erfolg als Malerin in Melbourne ab.

Ella blickte an sich herab, sie dachte an das prächtige Kleid, das sie auf *Sophienlund* zurückgelassen hatte. Die Seide hatte sich auf dem Sternenball wie ein sinnliches Versprechen an ihren Körper geschmiegt. Jede Drehung, jeder Tanz war ein Spektakel gewesen.

Nun war ihr Auftritt – im besten Sinne – exzentrisch. Ella hatte keine Möglichkeit gehabt, sich neu einzukleiden. Sie besaß lediglich ein schönes Kleid, und das hatte sie bereits bei ihrer Ankunft auf *Oakland* getragen. Der Stoff, hellgraue Seide, die mit weißen Fäden bestickt war, schmeichelte ihrem Teint und war auf Taille gearbeitet. Das Kleid war elegant, jedoch keine Abendrobe. Deshalb hatte Ella auf einem Markt in der Stadt günstig chinesische Seide gekauft. Der orangefarbene Stoff war hübsch, mit goldenen Karpfen und weißen Lotusblüten bestickt. Sie hatte daraus einen weiten Kaftan genäht, den sie über ihr Kleid zog und in der Taille mit einem passenden Seidenband gürtete.

Ella wusste, dass sie ein auffälliges Ensemble trug, deshalb hatte sie ihr Haar lediglich ausgebürstet und mit zwei Kämmen aus dem Gesicht gesteckt. Als sie sich prüfend vor dem Spiegel gedreht hatte, war sie zunächst unsicher gewesen. Doch dann gefiel ihr, was sie sah. Sie dachte, dass sie einer exotischen Figur aus einem Theaterstück glich. Die Seide verlieh ihr eine Aura, die dem besonderen Anlass entsprach.

Die Gesellschaft hatte sich bereits im Esszimmer versammelt.

Victoria Vielbrock hatte die Tafel ausziehen und weitere Tische aufstellen lassen. Ella schätzte, dass sich etwa an die dreißig Gäste eingefunden hatten, die mit Roastbeef und grünen Bohnen bewirtet wurden. Zum Nachtisch hatte die Köchin Trifle mit kandierten Früchten vorbereitet. Der Duft nach Biskuit, Sahnepudding und roten Früchten begeisterte die Kinder, die sich am liebsten sofort auf die Süßigkeit gestürzt hätten.

Auch Ella rutschte unruhig auf ihrem Stuhl hin und her. Noch vor dem Kaffee und der Zigarrenpause – die Herren würden im Kaminzimmer rauchen – wollte Johannes Vielbrock das Bild enthüllen. Er hatte es wieder auf die Staffelei stellen und mit Leinentüchern abdecken lassen. Angespannt saß sie bei Tisch und versuchte, sich auf das Essen zu konzentrieren. Wenn man sie nach ihrer Herkunft und ihrem Verhältnis zu den Vielbrocks befragte, antwortete sie höflich, aber vage.

Ihren Nachtisch schaffte Ella nur zur Hälfte. Dann endlich sah sie, wie der Hausherr sich am anderen Ende des Tisches erhob und um Ruhe bat.

»Liebe Freunde«, begann Johannes Vielbrock seine Rede, die zu einem launigen Streifzug durch die vergangenen Monate geriet. Er gab Anekdoten von der Farm zum Besten, die Gäste erfuhren von Schlangenbissen, der Schafsschur und weitere amüsante Begebenheiten aus dem Busch. Zum Schluss bat Vielbrock um Aufmerksamkeit: »Vor etwas mehr als drei Monaten haben wir einen Gast bei uns aufgenommen.« Er winkte Ella zu sich, und sie stand auf und verneigte sich verlegen.

»Ich möchte euch Ella Carlsburg vorstellen«, fuhr Vielbrock fort und zog sie an seine Seite. Ella spürte, dass sie errötete.

»Miss Carlsburg ist nach Melbourne gekommen, um zu malen.«

Ella sah, dass einige Gäste beifällig nickten. Die Menschen kamen aus den unterschiedlichsten Gründen nach Australien. Sie wollten ihr Glück finden, reich werden, eine Missionsschule gründen, frei leben. Offensichtlich schien niemand ihr Motiv in Frage zu stellen.

»Und sie hat ein wunderbares Bild geschaffen, das ich euch nicht vorenthalten will. Ich hoffe, ihr teilt meine Begeisterung …«

Johannes Vielbrock gab ein Zeichen, und die Mädchen sprangen ihrem Vater eifrig zur Seite. Gemeinsam zogen sie die Tücher von der Leinwand.

Ella beobachtete die Gäste. Neugier, Erstaunen, Verwunderung und Zuspruch spiegelte sich auf ihren Gesichtern. Johannes Vielbrock verneigte sich vor ihr und begann zu klatschen. Der Applaus setzte sich fort; zuerst fielen die Damen mit ein, dann die Herren. Zuletzt erhob sich die ganze Gesellschaft von ihren Stühlen.

Ella wusste nicht, wie ihr geschah. Selig betrachtete sie ihr Bild. Im Licht der Kerzen wirkten die Farben etwas gedämpfter, doch der schlichte, ungekünstelte Ton unterstrich die Würde des Porträts. Eindringlich gab das Gemälde ein wirklichkeitsnahes Bild der Familie wieder. Diesen Eindruck verstärkten die rasch ausgeführten Pinselstriche, die sie energisch wie Säbelhiebe auf die Leinwand gesetzt hatte und die den Vielbrocks zu außerordentlicher Präsenz und Lebendigkeit verhalfen. Das Publikum spürte, dass sie jede Idealisierung und jeden Gefühlskitsch vermieden hatte. Sie sahen sich einem Moment von Wahrheit gegenüber, und das war keine Schwäche, sondern die Stärke des Bildes.

»Fabelhaft!«, hörte Ella Vielbrock an ihrer Seite dröhnen. »Wirklich ganz fabelhaft …«

Das Posieren war eine Qual gewesen. Victoria Vielbrock hatte die Stunden nur mit viel Mühe und Selbstbeherrschung hinter sich bringen können. Schließlich hatte sie sich fortgeträumt – an einen weit entfernten Ort.
Und doch gefiel ihr das Porträt. Sie konnte sich nicht erklären, wie die Deutsche es geschafft hatte, so viel Seele zwischen die Farbschichten zu tupfen. Jedermann sah, dass ihr weißes Kleid den Mittelpunkt der Szene bildete, die bloßen Arme und das Dekolleté schimmerten wie Seide. Dagegen setzte sich der schwarze Anzug ihres Mannes im Hintergrund ab. Transparenz und Schwere bildeten den Rahmen des Gemäldes. Johannes wirkte stolz und ausdrucksstark auf sie, und doch las sie in seinen Augen Verletzlichkeit und Wehmut. Da war etwas, das der Alltag vor ihr verbarg. Sie hatte nicht gewusst, dass auch er um ihre Ehe trauerte. Das Bild enthüllte die Melancholie seiner Liebe auf eine rührende, subtile Weise.
»Das sind wir also«, hatte Johannes gesagt, als sie das Porträt gemeinsam betrachtet hatten. »Ganz und gar. Und ich kann sehen, dass dir etwas fehlt. Du bist so nachdenklich, abwesend. Nur die Kinder halten dich bei mir. Sieh doch, wie liebevoll du Jamie hältst, wie dein Arm sich um seinen Körper schmiegt. Du schenkst ihnen so viel Zuwendung und Geborgenheit. Was kann ich tun?«
Victoria hatte geschwiegen. Sie wusste nicht, was sie antworten sollte. Was konnte er tun? Was konnten sie gemeinsam tun? Was musste sich ändern? Und wie konnten sie sich aufeinander zubewegen?
Es war die Geburt der Kinder gewesen, die sie verändert hatte. Sie hatte das freie Leben auf der Farm gegen Wiegenlieder und heiße Milch eingetauscht. Und sie hatte es nicht bereut. Unmerklich, wie Asche, die der Wind davontrug, war die Lie-

be zu ihrem Mann verflogen. Ihr gemeinsames Leben hatte nur noch wenige Berührungspunkte.

Trotzdem rührte sie die Hilflosigkeit ihres Mannes. In dieser Nacht hatten sie sich das erste Mal seit langem wieder geliebt. Es war eine vorsichtige, zärtliche Annäherung gewesen, die nichts gemein hatte mit den stürmischen Nächten früherer Zeiten. Doch sie hatte sich geborgen gefühlt, geliebt und bestärkt.

Das Bild hatte die Kluft zwischen ihnen nicht schließen können, aber es hatte ihr gezeigt, dass es immer noch ein Band zwischen ihnen gab, das nicht ganz gerissen war. Das Bild würde sie immer an einen besonderen Augenblick ihrer Ehe erinnern. Victoria dachte, dass sie der Deutschen dankbar dafür sein musste.

Als die Gäste sich erhoben und applaudierten, nickte sie Ella zu. Sie sah, dass die junge Frau wie ein Mädchen errötete. Für einen Moment wirkte sie gelöst und glücklich. Nichts war mehr von dem Schatten zu spüren, den Victoria bei ihrer ersten Begegnung wahrgenommen hatte. Plötzlich schien die Vergangenheit keine Rolle mehr zu spielen, die Bestätigung als Malerin öffnete ihr einen Weg in die Zukunft.

Für einen winzigen Augenblick verspürte Victoria so etwas wie Neid. Sie dachte, dass die Deutsche nun frei wäre, so frei, wie man es als Frau nur sein konnte. Ihre künstlerische Leidenschaft würde zum Fundament ihres Glücks werden können.

Zehn

Noch am selben Abend vereinbarte Ella zwei Porträtaufträge. Mister und Misses Stanford wollten sich im Kreis ihrer sieben Kinder malen lassen. »Ein Kaminbild, bitte sehr«, schnarrte Mister Stanford mit selbstgefälliger Stimme, offensichtlich hatte er sich das Gemälde der Vielbrocks zum Vorbild genommen. Das Ehepaar Swanson hatte dagegen keine konkreten Vorstellungen. »Sie machen das schon«, tätschelte die Frau des Melbourner Richters Ellas Hand. »Aber ich werde ein weißes Kleid anziehen, genauso wie Victoria. Sie sieht hinreißend aus.«

Ella würde ihre Auftraggeber in deren Häusern aufsuchen, um erste Skizzen anzufertigen. Schon trug sie eine vage Idee der Bilder in sich. Als Anzahlung erbat sie sich das Geld für Farben und Leinwände, dann vereinbarte sie Termine für die erste Sitzung. »Am Vormittag«, bat sie, »dann ist das Winterlicht noch klar und kräftig.« Per Handschlag besiegelte sie die beiden Aufträge. Gegen Ende des Abends zwinkerte Johannes Vielbrock ihr verschwörerisch zu, er schien sich außerordentlich über ihren Erfolg zu freuen.

Als Ella zu Bett ging, bemerkte sie, dass der blau-weiße Stein wieder auf der Fensterbank lag. Das Mondlicht fiel auf ihn und ließ das Muster auf ihm deutlich hervortreten. Nachdenklich strich sie über den rund geschliffenen Stein. Sie hatte bemerkt, dass Eola ihr Bild wie eine Erscheinung angestarrt hatte, als sie das schmutzige Geschirr im Esszimmer abräumte. Aber auch die Mädchen waren durchs Haus gesprungen und immer wieder die Treppen rauf- und runtergerannt. Wer auch immer ihren Stein genommen hatte, nun war er wieder da. Ella fühlte sich müde und gleichzeitig beschwingt, der Abend war besser verlaufen, als sie es zu hoffen gewagt hatte. Sie beschloss, nicht weiter über den Stein nachzudenken. Sie nahm das Andenken und legte es unter ihr Kopfkissen.

In der Nacht träumte sie heftig. Wieder sah sie Glutströme, die auf sie zurollten, Wasserfälle aus Lava. Sie spürte die Hitze der Feuerzungen, die an ihr leckten. Ella wusste, dass sie schlief. Sie war sich ihres Traumzustands bewusst. Dennoch konnte sie sich nicht von den bestürzenden Bildern befreien. Erschöpft wachte sie am Morgen auf, aber die Aussicht, zwei Porträts malen zu dürfen und dafür auch ein Honorar zu bekommen, ließ sie aus dem Bett springen. Sobald sie den Mädchen ihre Unterrichtsstunde gegeben hätte, wollte sie in die Stadt fahren und neue Farben und Leinwände kaufen. In Gedanken hatte sie ihre Paletten schon gemischt.

Mister Wang schien sie bereits erwartet zu haben. Ella hatte die Ladentür gerade einmal aufgestoßen, als er auch schon auf sie zugeschossen kam. »Schön, schön, schön …«, begrüßte er sie lispelnd und griff nach ihren Händen. Sein Händedruck war fest und trotz seiner zarten Statur und Kindergröße unerwartet kräftig. Ella spürte einen kurzen, heftigen Schlag und zuckte zurück. Mister Wang lachte. Ihr war, als hätte sie für einen Moment in sein Innerstes blicken können. Ein Kreis hatte sich geschlossen, ein elektrischer Impuls schien zu fließen. Ella dachte, dass seine Energie auf sie übersprang.

»Ich habe Sie bereits erwartet. Kommen Sie, ich habe Tee vorbereitet.« Er zog Ella mit sich. Hinter dem Verkaufstresen gab es einen schmalen Durchgang, der in einen winzigen Küchentrakt mündete. Dort saß an einem Tischchen vor einem gusseisernen Ofen Edvard Hope. Als er Ella sah, sprang er auf und verneigte sich spöttisch. »Miss Carlsburg … Unser Freund sagte mir, dass Sie kommen würden. Ich hoffe, Sie sind mir nicht böse, dass ich mich selbst eingeladen habe.«

Ella starrte die Männer an. Sie fragte sich, was die beiden im Schilde führten. Woher hatte Mister Wang gewusst, dass sie kommen würde?

Der Chinese schien ihre Gedanken lesen zu können. Er wies auf ihre Hände. »Wie ein Buch«, murmelte er. »Wie ein Buch …« Dann bat er Ella, Platz zu nehmen, und machte sich an einer bauchigen Teekanne zu schaffen. Als drei dampfende Teeschalen auf dem Tisch standen, setzte er sich zwischen sie. »Ich muss mich bei Ihnen entschuldigen, Miss Carlsburg«, sagte er und schlürfte geräuschvoll seinen Tee. »Ich hatte Mister Hope geraten, sich Ihnen in Erinnerung zu bringen. Mir scheint, Sie haben ihm seinen Gruß übelgenommen.«

Ella spürte, dass sie errötete. Sie machte eine vage Handbewegung, die sowohl Vergessen als auch Verzeihung ausdrücken konnte. »Ihr Brief traf zu einem ungünstigen Zeitpunkt ein, Mister Hope.«

»Miss Carlsburg ...« Edvard Hope blickte sie unverwandt an, und sie bemerkte, dass etwas Farbe an seinem Kinn klebte. Eine Spur Kobaltblau. »Sie müssen meinen Ton entschuldigen, ich bin Engländer. Und ich mag Pferderennen und Glücksspiel, Eier mit Schinken und Ingwergebäck. Nichts lag mir also ferner, als Ihnen ungehörige Avancen zu machen. Ihre Kunst interessiert mich, Ihr Können. Es würde mich wirklich freuen, Sie als Kollegin empfangen zu dürfen.«

Ella nickte und nahm einen Schluck aus ihrer Schale. Der Tee schmeckte nach Rauch und fremden Gewürzen. Sein Geruch erinnerte sie an Roberts wundersame Kräuterkiste.

»Darf ich Sie also hiermit zu einem kollegialen Besuch einladen? Ich hörte, dass Sie bereits Fuß gefasst haben auf dem hiesigen Kunstmarkt. Zwei Porträts, das ist nicht schlecht für den Anfang.«

Noch ein Schluck Tee, er schmeckte immer besser. Vorsichtig setzte Ella die Schale wieder auf dem Tischchen ab. »Ich muss wohl nicht fragen, wer Ihnen von meinen Aufträgen erzählt hat?«

Edvard Hope schüttelte den Kopf, der Alte kicherte.

»Also gut, Mister Hope. Ein kollegialer Besuch ... Ach was«, Ella reichte ihm die Hand. »Ich brenne darauf, Ihr Atelier zu sehen. Und verzeihen Sie mir bitte, dass ich mich nicht für Ihr Geschenk bedankt habe. Ich werde Ihre Pinsel in Ehren halten.«

Edvard Hope schlug ein. »Sie finden mich nicht weit von hier, in der Margaretstreet, Miss Carlsburg. Es ist das langgestreckte Gebäude hinter der Bäckerei. Wenn ich male, durchzieht der Geruch nach frischem Brot mein Atelier. Sie machen auch sehr gute Süßigkeiten dort, Éclairs, Petit fours … Ich verspreche Ihnen, Sie werden sich wie in einem französischen Café fühlen. Wie in Paris … Sie sehen also, Ihr Besuch lohnt sich auf jeden Fall.«

Ella lachte, sie mochte den lakonischen Tonfall des Engländers und dachte, dass sie sich albern benommen hatte. Einen Moment lang fühlte sie sich wie ein Backfisch vom Lande, jedem harmlos-freundlichen Wort hatte sie viel zu viel Bedeutung beigemessen.

»Erzählen Sie mir, woran Sie arbeiten werden?«

Sie nickte und berichtete wortreich von den beiden Aufträgen.

»Das ist ein guter Anfang«, lobte der Engländer. »Porträts sind nicht nur etwas für die Galerie, sondern auch gut fürs Portemonnaie. Wenn Sie die Erwartungen Ihrer Auftraggeber übertreffen, wird man sogar noch etwas obendrauf legen. Ich hoffe, Sie haben gut verhandelt?«

»Ich weiß es nicht«, gab Ella kleinlaut zu. »Zwanzig Pfund …«

»Sie stehen am Anfang, Sie sind dabei, sich einen Namen zu machen. Das geht schon in Ordnung. Bauen Sie sich Ihren Marktwert langsam auf. Dazu gehört auch, dass Sie ein paar Bilder für die hiesigen Galerien malen, einige Landschaften, vielleicht ein Seestück. Ich werde Sie dort vorstellen. Und wenn das Wetter wieder besser wird, werde ich oben am Yarra River malen, ein idyllisches Fleckchen. Vielleicht kommen

Sie einfach mit? Ich sage Ihnen, es gibt nichts Schöneres, als unter freiem Himmel zu arbeiten. Sie erleben die Natur mit allen Sinnen, Sie riechen, hören, spüren sie förmlich. Wissen Sie, wie der Eukalyptus duftet, wenn die Sonne im Zenit steht? Wie die Farbe des Yarra River sich im Lauf des Tages verändert? Wie das Kolorit der Landschaft wechselt? Und wenn Sie eine Flasche Wein dabeihaben, ein kleines Picknick ...« Mister Hope schnalzte mit der Zunge.

Ella winkte lachend ab. »Das Atelier ...«, sagte sie, »fangen wir doch erst einmal mit Ihrem Atelier an.«

Der Engländer nickte und stand auf, um sich zu verabschieden. »Kommen Sie vormittags, vormittags bin ich immer da.«

Der Chinese begleitete Edvard Hope nach draußen. Ella hörte, wie die beiden Männer leise miteinander sprachen. Schließlich schnarrte die Tür über den Boden, dann schlug sie zu. Einen Augenblick später erschien der Alte wieder in der Küche.

»Mister Wang ...« Ella hatte den Tee ausgetrunken. Sie legte ihre Hände flach auf die Tischplatte, die Handflächen zeigten zur Decke. »Können Sie mir helfen?«

Bedächtig setzte sich der Chinese. Einen Moment schwieg er, dann schob er ihre Hände sachte zur Seite und schüttelte den Kopf. »Liebe ...«, flüsterte er, und seine Stimme klang so weich und klagend wie ein Saiteninstrument. »Ich habe keine Ahnung von der Liebe, meine junge Dame.«

Ungläubig blickte Ella ihn an. Sie wollte etwas erwidern, doch der Alte legte einen Finger auf die Lippen. Ella sah, wie seine Augen sich nach innen zu kehren schienen. Sie dachte, dass er einer fernen Stimme lauschte. Erinnerungen rollten über das alte Kindergesicht, dann schloss er die Augen. Plötzlich wirkte er erschöpft, zu Tode erschöpft. Erschrocken legte Ella eine Hand an seine Wange. Wieder durchfuhr sie der

Strom seiner Gedanken. Sie sah ein Haus, ein hübsches, kleines Haus. Ein Reiher saß davor, dann flog er davon. Plötzlich wusste sie, dass das Haus in einer fernen chinesischen Provinz lag. Wen hatte er dort zurücklassen müssen?
Der Chinese seufzte und griff nach ihrer Hand. Er öffnete die Augen. »Ich bin alt«, sagte er. »Ich habe wirklich keine Erinnerung mehr an die Liebe, Miss Carlsburg.«

Elf

Der Duft von buttrigem Gebäck und heißer Schokolade wies ihr den Weg. Als Ella wenige Tage später das Atelier des Engländers in der Margaretstreet suchte, fand sie die Bäckerei schnell. Süßigkeiten in buntem Papier schmückten die Auslage, Früchtekuchen, Ingwerbrot und eine reichverzierte Hochzeitstorte warben für das Können des Konditors. Das Angebot glich einer skurrilen Mischung aus englischer und französischer Backkunst. Ella sah Étagèren mit Madeleines und Macarons neben Scones und Cookies. Fasziniert blieb sie einen Moment stehen. Sie bewunderte das Fenster und beobachtete eine junge Verkäuferin mit weißer Schürze und Häubchen, die hinter dem Verkaufstresen stand. Das Mädchen wirkte glücklich und zufrieden, und Ella dachte, dass die köstlichen Gerüche aus der Backstube wohl für ihre gute Laune verantwortlich waren.
Direkt neben dem Geschäft befand sich ein Tor, das auf einen Hinterhof führte. Ella trat durch den Torbogen und ging auf das längliche Gebäude zu, das am anderen Ende des Hofes lag. Vielleicht war es einmal als Lager genutzt worden. Ein Esel war davor an einen Pflock gekettet und fraß aus einem Trog, an einem Brunnen stand ein Eimer mit frischem Wasser.

In einem Unterstand lagerten Mehl und Zucker. Ein junger Bursche hievte sich einen der Säcke quer über die Schulter, um ihn in die Backstube zu tragen.
Ella sprach ihn an. »Ich suche Mister Hope.«
Der Junge wies auf das Lagerhaus. »Müsste eigentlich da sein«, murmelte er. »Hat heute Morgen schon Brot geholt.«
Ella dankte ihm mit einem Lächeln für die Auskunft und suchte nach der Tür. Sie sah, dass das Gebäude über Fensteröffnungen im Dach mit Tageslicht versorgt wurde. Sie klopfte. Nach einer Weile trat sie ein.
Der Raum war riesig und unerwartet hell. An einer Schmalseite stapelten sich Leinwände mit den unterschiedlichsten Motiven. Landschaften, Seestücke, Pferde, Stillleben. Auch einige Porträts waren darunter. Ella dachte, dass Edvard Hope wie ein Besessener malen musste. Sie war überrascht von der Qualität seiner Bilder. Er konnte nicht der Schöpfer des Vielbrock'schen Schafsbildes sein.
Ein schwerer, dunkler Vorhang trennte den Eingangsbereich ab. Ella rief nach Edvard Hope, doch niemand antwortete. Zögernd schob sie den Stoff zur Seite.
Nun befand sie sich in einer Art Salon. Mehrere niedrige Sessel waren um einen Tisch gruppiert, der Holzfußboden war mit zerschlissenen Teppichen ausgelegt. Ein Kohleofen verbreitete angenehme Wärme. Auf einem Podest am Ende des Raums stand ein breites Bett. Ein Mädchen schlief darin, nackt. Erschrocken schlug Ella die Hände vor den Mund. Die Maltasche glitt von ihren Schultern und fiel ihr vor die Füße.
»Pssst …« Plötzlich war Edvard Hope an ihrer Seite, er legte einen Finger auf die Lippen. Er musste die Schlafende gezeichnet haben, in der Hand hielt er noch den Skizzenblock. Lächelnd blickte er Ella an, er schien weder überrascht noch erschrocken.

»Das ist Gympie«, wisperte er und zeigte auf das Mädchen, das sich nun im Schlaf drehte und auf den Bauch legte. Ella sah, dass ihre Haut ockerfarben war – wie gebackene Erde. »Wir leben zusammen.« Wieder legte er den Finger auf die Lippen, dann zog er sie zu einem der Sessel.

In den verschwiegenen Weiten des Outbacks gab es wohl Verbindungen zwischen Weißen und Aborigines, doch in der Stadt sah man es nicht gern, wenn die verschiedenen Völker sich mischten. Gympie jedoch war bereits ein Mischling. Ella nahm an, dass sie die Tochter eines Weißen und einer Schwarzen war. Und bei Nachkommen gemischter Abstammung ging es vielen darum, sie zu Weißen zu formen und sie als Arbeitskräfte in Haushalten und auf Farmen anzustellen. »Wir werden ihnen die schwarze Farbe schon herauszüchten«, meinten einige. Man ging sogar davon aus, dass es über drei Generationen hinweg gelingen könnte, alle Merkmale der Aborigines auszulöschen. Die Nachkommen der Mischlinge sollten immer weißer werden – von Generation zu Generation. Die Schwarzen, so die allgemeine Ansicht, wären ein dem Untergang geweihtes Volk.

Ella setzte sich, sie merkte, dass ihre Knie zitterten. Die Schönheit des Mädchens war überwältigend. Sein Körper hob sich wie eine exotische Blume von den weißen Laken ab, schwarz und schwer floss das lange Haar ihren Rücken hinab. Es reichte bis zu ihrem Gesäß, das prall und sinnlich zwischen den Kissen hervorstach. Ihr Fleisch schimmerte im schräg einfallenden Licht des Melbourner Wintermorgens.

Ella schnappte nach Luft. Sie dachte, dass die Schlafende ein Bild ungebändigter Freiheit verkörperte. Das Mädchen schien keinerlei Scham zu empfinden. Sie wünschte sich, die Schöne ebenfalls malen zu können. Sie sah den sinnlich-mysteriösen Akt bereits vor sich, eine aufregende, bezaubernde Frau.

Edvard Hope folgte ihrem Blick und nickte. »Sie will mir nicht Modell stehen«, beantwortete er ihre unausgesprochene Frage. »Ich zeichne sie heimlich, wenn sie schläft. Sie müssen mir versprechen zu schweigen.«

»Sie ist sehr schön«, seufzte Ella. »Woher kommt sie?«

Der Maler zuckte mit den Schultern. »Sie arbeitete vorne in der Bäckerei. Als ich sie das erste Mal sah, war sie vollkommen weiß. Ihr Körper war mit Mehl bestäubt, ein Tuch verdeckte die Haare. Aber ich sah ihre Augen, und darin spiegelte sich all das, was Australien für mich ist. Am nächsten Tag habe ich sie gefragt, wann sie bei mir anfangen könnte. Offiziell ist sie mein Hausmädchen, obwohl es hier eigentlich keinen Haushalt zu versorgen gibt.«

Ella nickte, sie konnte ihren Blick nicht von Gympie lösen. »Warum will sie nicht Modell stehen?«

»Die Aborigines haben ein anderes Verhältnis zu Bildern als wir Europäer. Gympie hat mir erzählt, dass die Figuren, die sie in Stein ritzen und auf Höhlenwände malen, Symbole ihres Glaubens sind. Meist erzählen sie Geschichten aus der Traumzeit, also von ihren mythischen Vorfahren, die ihrer Vorstellung nach die Welt erschufen. Und viele dieser Geschichten sind für Außenstehende tabu.«

»Traumzeit …« Ella hatte den Begriff noch nie gehört. Sie mochte das Wort.

»Sie verstehen die Traumzeit als eine Art ursprünglicher Wahrheit über die Entstehung der Welt und den Platz, den die Menschen in ihr einnehmen«, erklärte Edvard Hope.

»Eine Art übernatürlicher Wirklichkeit?« Ella dachte an ihre eigenen Träume, die ihr oftmals so real erschienen, an die Dramaturgie ihrer Nächte. So viele Rätsel ihres Lebens verbargen sich hinter dem diffusen Schleier dieser Traumbilder.

»Gympie hat es mir einmal versucht zu erklären. Sie sagte,

ihre Bibel sei das Angesicht der Erde und ihre Bundeslade das Träumen seit Anbeginn der Zeit.«
»Dann ist ihre Vorstellung von Heiligkeit viel umfassender als unsere.«
»Ja …« Edvard Hope nickte, nachdenklich blickte er Ella in die Augen. »Allerdings erscheinen uns ihre Achtung für das Land, für die Rituale und Träume, die sie ihr ganzes Leben lang beherrschen, sehr seltsam. Viele denken, die Schwarzen seien dumm, weil sie keine Bücher kennen. Dabei überliefern Musik und Gesang die Sagen ihrer Herkunft. Auch in der Traumzeit sollen die Ahnen und Geistwesen die Welt durch Gesänge geschaffen haben, und sie formten die Landschaft durch Kämpfe. Nach dem Ende dieser Urzeit wurden die göttlichen Wesen zu Steinen, Felsen und Bäumen.«
Ella merkte, dass die Geschichten sie faszinierten. Eigentlich hatte sie mit dem Maler über ihre Arbeit sprechen wollen, sie hatte einige Skizzen mitgebracht. Doch nun konnte sie nicht mehr aufhören, ihn nach den Ritualen der Aborigines zu befragen. »Wo findet man diese besonderen Orte?«
»Über heilige Plätze oder Rituale zu sprechen, gehört zu den Tabus, die nicht gebrochen werden dürfen.« Das Mädchen war aufgewacht. Ella hatte nicht gehört, wie es aufgestanden war. Nun stand Gympie vor ihr, das lange Haar bedeckte ihre Scham wie Schlingen von Wasserpflanzen. Ihre Stimme war seltsam tief und vibrierte wie ein fremdartiges Instrument.
Ella streckte ihre Hand aus und berührte das Haar, es fühlte sich kühl und seidig an. Das Mädchen ließ es geschehen, sein Blick war warm und offen.
»Komm, Gympie, zieh dir etwas an.« Der Maler stand auf und reichte seiner Geliebten ein weites Hemd.
Gympie schüttelte den Kopf. »Sie kennt mich schon«, sagte sie und deutete auf Ella. »Und ich kenne sie. Schon lange.«

Zwölf

Arbeit. Skizzen, Entwürfe, schließlich Öl auf Leinwand. Die Porträts schritten voran. Ella war zufrieden – mit beiden Werken. Auf dem Bildnis der Familie Stanford standen die Kinder im Mittelpunkt, eine lebhafte Bande, drei Jungen und vier Mädchen im Alter zwischen drei und zwölf Jahren. Ella hatte versucht, jedes auf seine Art zu porträtieren, die stille, in sich gekehrte Kathleen, den fröhlichen Bob, dessen Haarschopf nicht zu bändigen war, den reifen, ernsten Thomas, an der Schwelle vom Kind zum jungen Mann.

Mister und Misses Stanford saßen auf einem Sofa am rechten Bildrand. Ihr Blick ruhte stolz und seltsam gerührt auf den Kindern, liebevoll hatte Mister Stanford einen Arm um die Schultern seiner Frau gelegt, ihre Hände lagen im Schoß und hielten ein paar Handschuhe. Auf dem Kopf trug sie einen ungewöhnlich schönen Hut, dessen Farben mit dem kobaltblauen Muster ihres Kleides harmonierten.

Misses Swanson trug dagegen ein schlichtes, fast mädchenhaftes weißes Kleid. »Es erinnert mich an mein Brautkleid«, hatte sie geseufzt und ihren Mann, den Richter, bewundernd angeblickt. Dieser hatte auf seiner weiß gelockten Perücke und der dunklen Richterrobe bestanden, die ihn wie eine Uniform schmückte. Ernst und würdevoll ruhte sein Blick auf einem Punkt außerhalb des Bildes.

Während der Phase des Modellsitzens hatte Misses Swanson unablässig geplaudert. Auf diese Weise erfuhr Ella die – so meinte die Redselige – wichtigsten Neuigkeiten der Melbourner Gesellschaft. Welche Feste standen in der Wintersaison an? Wer veranstaltete einen wohltätigen Basar für Arme oder Kranke? Wer gedachte, wen zu heiraten? Wie schritten die Arbeiten am Botanischen Garten voran, der von dem deutschen Baron Ferdinand von Müller geleitet wurde? Ella hatte den Park, dessen Wiesen, Eukalyptushaine, Eichen- und Regenwaldpartien sich quer durch die Stadt zogen, bereits besucht und dort auch schon gezeichnet. Allerdings war sie dem Baron, der vor mehr als fünfundzwanzig Jahren als junger Mann mit seinen beiden Schwestern nach Australien gekommen war, noch nie persönlich begegnet. Sie erfuhr, dass von Müller damals sein Medizinstudium abgebrochen hatte, um seine angegriffene Gesundheit in wärmeren Gefilden zu kurieren.

»Zunächst hat er als Apotheker gearbeitet und ein Herbarium in Melbourne aufgebaut«, wusste Misses Swanson zu berichten, als Ella sie nach dem Werdegang des berühmten Botanikers befragte. »Er ist ein tüchtiger Mann, so wie alle Deutschen«, lachte sie. »Er hat mehrere tausend Pflanzen katalogisiert. Als es ihm besser ging, nahm er an gewaltigen Expeditionen teil. Er erkundete die Buffalo Ranges in Victoria und wanderte entlang des Goulborn River über Gippsland zurück an die Küste.«

»Das müssen Wanderungen von mehreren tausend Meilen gewesen sein«, stellte Ella fest, die vor ihrem inneren Auge die Karte des gewaltigen Kontinents sah.

Misses Swanson nickte, und ihre Löckchen hüpften eifrig auf und ab. »Und dann schloss er sich auch noch einer Erkundung des Outbacks an. Die Expedition führte aus dem Norden durch das Red Centre nach Moreton Bay. Unfassbare Strapazen ... Der Baron saß übrigens auch in der Kommission für wissenschaftlichen Fortschritt in Victoria, die vor zwölf Jahren die Expedition von Burke und Wills aussandte.«

Ella horchte auf, sie dachte daran, was Robert ihr über den dramatischen Verlauf der Reise erzählt hatte. Für einen Moment blitzte das Gesicht des Offiziers in ihrer Erinnerung auf. Sie hatte nichts mehr von ihm gehört, seitdem er vor fast vier Monaten in See gestochen war. »Die Sache nahm ein tragisches Ende«, murmelte sie und löste sich für einen Augenblick von ihrer Zeichnung.

»Ja, eine Schmach für die Kolonie, kein Melbournian will daran erinnert werden.« Misses Swanson winkte ab, ihr Mann schien dem Redeschwall seiner Frau schon seit längerem nicht mehr zu folgen. »Hoffen wir, dass es dieses Mal besser läuft.«

»Es gibt wieder eine Expedition?« Ella merkte, dass sie durstig war. Sie stand auf und bediente sich an einer Karaffe, die mit Limonade gefüllt war.

Misses Swanson stieß ihren Mann an, der verwirrt aus seinen Gedanken aufschreckte. Ella dachte, dass er sich seine würdevolle, aber teilnahmslose Miene während seiner langen Richterlaufbahn angeeignet haben musste. »Arthur, die Expedition … Miss Carlsburg würde gerne mehr darüber erfahren.«

Der Richter räusperte sich, sein Adamsapfel, der wie ein Geschwür an seinem mageren Hals saß, hüpfte auf und ab. »Die Männer folgen den Spuren der Burke-Expedition«, antwortete er. »Die sterblichen Überreste vieler Abenteurer sind ja nie gefunden worden. Außerdem errichten sie im Auftrag der *Melbourne Evening Post* Masten für einen Überlandtelegrafen. Der Draht soll einen Bogen zum Telegrafen schlagen, der von Adelaide nach Port Darwin führt.«

Ella nickte. »Das Seekabel aus Asien«, murmelte sie.

»Es ist übrigens auch ein Deutscher dabei«, meldete Misses Swanson sich wieder eifrig zu Wort. Sie war ebenfalls aufgestanden und betrachtete Ellas Skizze zufrieden. »Vielleicht haben Sie schon von ihm gehört?«

»Ein Botaniker?«

»Nein, nein, ein junger Arzt, wenn ich mich recht erinnere. Noch nicht allzu lange auf dem Kontinent. Nach den Verlus-

ten der letzten Expedition wollte man die Männer nicht unversorgt in die Wüste schicken.«
Ellas Atem setzte aus, sie keuchte. Erschrocken sah das Ehepaar sie an. »Wie heißt dieser Arzt?«, krächzte sie, und ihre Stimme schien aus weiter Ferne zu kommen.
Der Richter schüttelte den Kopf. »Ich kann mir nur die Namen aus meinen Urteilen merken: Smith gegen Larsson, Vieking gegen Hummerburg, Stroke gegen Blomendale. Man müsste bei der *Post* anfragen.«
Misses Swanson musste ebenfalls passen. »Es war aber ein Deutscher, da bin ich mir sicher. Ganz sicher.« Nachdenklich sah sie Ella an. »Kennen Sie den jungen Mann etwa?«
Ella schüttelte den Kopf, ihre Hände zitterten. »Ich weiß es nicht«, meinte sie. »Aber ich hoffe es. Sehr sogar …«
Sie blätterte zu einer leeren Seite in ihrem Skizzenblock und begann, Jacobs Gesicht aus dem Gedächtnis zu zeichnen. Der kühne Blick, die dunklen Augen, die Nase, gerade bis an die Wurzel, das sanft ins Gesicht fallende Haar. Nach wenigen Minuten war sie fertig. Sie riss das Blatt aus dem Block und zeigte es den Swansons. »Sah der deutsche Arzt etwa so aus?«
Misses Swanson griff nach dem Papier. Sie hielt das Blatt dicht vor ihre Augen, dann nickte sie und reichte es ihrem Mann. »Was sagst du, Arthur? Du hast doch so ein fabelhaftes Gedächtnis für Gesichter.« Sie wandte sich an Ella. »Wir haben ein Bild von dem Deutschen in der *Post* gesehen. Und hat mein Mann ein Gesicht erst einmal gesehen, vergisst er es nicht mehr. Mit Namen funktioniert es nicht, aber mit Gesichtern. Die prägt er sich ein, da ist er so präzise wie ein Uhrwerk.«
Der Richter ließ sich Zeit. »Das ist natürlich etwas anderes als eine verschwommene Fotografie«, murmelte er. Nachdenklich hielt er das Blatt ins Licht.
»Jacob von Saalmuth«, sprach Ella seinen Namen leise aus.

Die Worte schwebten wie Schmetterlinge in der Luft, wunderschön und leicht. »Das ist Jacob von Saalmuth aus Berlin.« Wieder sah sie ihn vor sich, wie er da stand, am Strand der Ostsee. Der sekundenkurze Blick, der alles verändert hatte.
»Ich dachte, Sie kommen aus Hamburg?«, wunderte sich Misses Swanson. »Ist er ein Verwandter von Ihnen?«
»Sei nicht so neugierig, Betty!«, tadelte der Richter seine Frau. Er reichte Ella die Zeichnung zurück. »Ja, es könnte Ihr Bekannter gewesen sein«, beantwortete er ihren fragenden Blick. »Ich meine mich auch zu erinnern, dass die Zeitung von einem Arzt aus Berlin sprach. Und nun riskiert er sein Leben im Outback.« Der Richter schüttelte den Kopf. »Sie müssen sich an die Zeitung wenden, Miss Carlsburg. Dort kann man Ihnen gewiss Auskunft geben. Die Redakteure wissen, wo sich die Männer befinden.«
Endlich gab es eine Spur von Jacob. Ella kämpfte mit den Tränen. Das Gefühl der Erleichterung breitete sich in ihrem gesamten Körper aus. Sie fühlte sich wie von einer schweren Last befreit. Sie war nicht umsonst nach Australien gereist. Sie hatte zwar einen hohen Preis gezahlt, doch nun schien das Schicksal sie für ihren Mut und alle Strapazen zu entlohnen. Ella musste sich beherrschen, dem Richter nicht um den Hals zu fallen. Sie dachte, dass eine Expedition durchs Outback ihrem Bild von Jacob entsprach. Plötzlich war ihr so, als hätte er eben erst das Atelier auf *Sophienlund* verlassen. Sie spürte seine Wärme auf ihrem Körper, den Abdruck seiner Liebe. Es schien, als müsste sie nur die Tür öffnen, um ihn zurückzurufen und in die Arme zu schließen. Sie würden sich nah sein – bald. Sie könnten eine gemeinsame Zukunft aufbauen. Ella verschwendete keinen Gedanken daran, dass der Geliebte in diesem Moment durch die unvorstellbaren Weiten der australischen Wildnis zog.

AUF DER SUCHE

Eins

Was hatten Burke und Wills nicht alles durch das wüste Hinterland schleppen lassen. Jacob hatte sogar von einer Badewanne gehört, die auf einem Kamel befestigt war, von überdachten Krankentragen, einem mit Zedernholz geschmückten Eichentisch, diversen Stühlen, Büchern, Zelten und der riesigen Flagge des Vereinigten Königreichs von Großbritannien. Man musste sich wundern.

Und doch hatten sie nichts als weiße Flecken auf den Karten hinterlassen.

Nun durchquerte er mit einer Gruppe von Wagemutigen das blinde Herz des Kontinents. Von Melbourne aus waren sie zur entlegenen Handelsstation Menindee am Darling River gezogen. Jetzt ging es hinauf zum Cooper Creek, sechshundert Meilen hinein ins Landesinnere. Jacob hoffte, dass sie die Flussoase wohlbehalten erreichten. Nachdenklich blickte er über die weite Steppe, die sich bis zum Horizont erstreckte: Meile um Meile ödes Land und gnadenlose Unermesslichkeit. Er stellte sich vor, dass er auf dem Grund eines trockengefallenen Ozeans reiste.

Obwohl sie noch vor dem Wintereinbruch losgezogen waren, hatten ihnen Regen und Kälte in den Gebirgszügen zu schaffen gemacht. Danach quälten Grasland und Sandebenen die Männer mit erbarmungsloser Eintönigkeit. Doch der Ritt durch die Steppe bot Jacob Gelegenheit, sein Wissen zu erweitern. Unterwegs hatte er den unnachgiebigen Rhythmus der Natur studieren können. Die Wolkenzeit, in der sogar die

Echsen Winterschlaf hielten, dauerte von April bis Mai. Dann legten die Emus Eier, später folgte die Zeit der warmen Winde aus Nordwest. Im August warfen die Dingos ihre Jungen. Zuletzt, im Dezember, würde die Zeit der großen Hitze folgen. Dann schlugen Blitze ins ausgedörrte Gras, doch die Gewitter brachten keinen Regen. Die Männer hatten Jacob berichtet, dass die kargen Flächen im australischen Sommer unpassierbar waren. Unvorstellbare Hitze und Sandstürme regierten, die das Land mit dem roten Staub der Wüste bedeckten und die Ebenen wie erstickt wirken ließen, ein ferner, feindlicher Raum.

Erschöpft gab Jacob sich dem Fluss seiner Gedanken hin. Nach den endlosen Wochen des Reisens schien es ihm, als sei er mit seinem Pferd zu einer Einheit verwachsen. Mensch und Tier, Tier und Mensch, dachte er – anders war das Land nicht zu bezwingen. Die größte Hürde, die es zu überwinden galt, war jedoch der unendliche Gedankenstrom, der den Reisenden unterwegs überwältigte. Die eintönige Landschaft ermüdete das Auge und ließ die Männer verstummen. Das Wissen um das Schicksal ihrer Vorgänger äußerte sich in erschöpftem Schweigen.

Jacob blickte zur Seite, dort ritt John Higges, der Leiter der Expedition, die Melbournes größte Zeitung ausgerüstet hatte. Ihr Auftrag war es, den Anschluss an die Telegrafenlinie zwischen Adelaide und Port Darwin herzustellen und den Südosten Australiens mit der Welt zu verbinden. Er spürte, dass auch der Landvermesser, dieser zähe, scharfsinnige und verwegene Engländer, immer wieder von den Dämonen der ersten Expedition heimgesucht wurde. Jedenfalls schien er ähnlichen Gedanken nachzuhängen wie Jacob. »Am Ende besaßen sie wohl nicht einmal mehr einen einzigen Angelhaken«, murmelte Higges neben ihm, als ob er sich damit

das Ende der furios gescheiterten Unternehmung erklären könnte.
Das erste Telegramm aus London hatte Adelaide im vergangenen Jahr erreicht. Es hatte eine tiefe Wunde im Herzen jedes Melbournians gerissen. Die meisten kannten seinen Inhalt: *Wir haben heute eine zweitausend Meilen lange Nachrichtenleitung mitten durch das Innere Australiens fertiggestellt, das bis vor wenigen Jahren noch eine Terra incognita war, von der man annahm, es sei eine Wüste.*
»Burke war Polizeiinspektor, bevor man ihn mit der Expedition betraute«, nahm Higges seinen Gedanken wieder auf. »Er konnte nicht mit Sextant und Kompass umgehen.«
Jacob nickte, doch er wusste, dass Burkes Stellvertreter Wills die Gruppe durch die Wildnis geführt hatte. Suchtrupps hatten einen Teil der Aufzeichnungen des Landvermessers gefunden. Diesen zufolge war die waghalsige Unternehmung damals nicht an technischem Unvermögen gescheitert. Sondern an den Klippen blind machenden Ehrgeizes, an Burkes miserabler Führung und – ja, bisweilen war es wohl so einfach zu benennen – an der mangelnden Fortüne der Männer zerschellt.
Henry Wilson, der umtriebige Verleger der *Melbourne Evening Post,* hatte Higges eingeschärft, kein unnötiges Risiko einzugehen. »Ich brauche den Telegrafen und ich brauche Schlagzeilen, keine toten Männer, die in der Wüste zu Staub zerfallen. Wenn ihr scheitert, wird man kein Staatsbegräbnis für euch ausrichten. Und eure Weiber werden vielleicht nicht einmal eure Knochen zurückbekommen.«
Unter vier Augen hatte er seinem Expeditionsleiter anvertraut, dass er auf eine ganz besondere Geschichte aus dem Busch hoffte. Immer wieder gab es Gerüchte, dass nicht alle Männer der Burke-Expedition den Tod gefunden hatten.

Könnte es nicht sein, so fragte sich der Verleger, dass einer von ihnen von Aborigines gerettet worden war und seit mehr als zehn Jahren bei den Wilden lebte? »Ich sehe die Schlagzeile schon vor mir«, hatte Wilson getönt, und sein Schnurrbart hatte vor Aufregung gezittert. »*Verloren im Outback: Ein Weißer unter Wilden.* Wenn wir die Sache exklusiv bekommen, können wir die Geschichte überall verkaufen.«

Nun gruben sie das Zypressenholz der Telegrafenmasten ein und zogen den Eisendraht, galvanisiert und in England hergestellt, durchs Land. Sie folgten der Route ihrer Vorgänger und bargen Zurückgelassenes: Werkzeuge, Probengefäße, in Mahagonikästen verpackte Instrumente, die Knochen eines der Verschollenen. Sie fanden Überreste von Kamelen und Packpferden, Planwagen, Feldkessel, Gewehre und Munition. Den chinesischen Gong zum morgendlichen Wecken, Aufzeichnungen, Tagebücher. Dreißig Männer, Vermesser, Zimmerleute, Arbeiter, zwei Köche und ein Arzt im Sog eines waghalsigen Projektes.

Prestige, Ansehen und Geltung, dachte Jacob, und bisweilen fragte er sich, ob er nicht den falschen Göttern diente. Es ging darum, Victoria wieder an die Spitze der Kolonien zu führen. Und dieser Weg führte durch die weißen Flecken des australischen Hinterlandes.

Jacob war durch Zufall an die Gruppe geraten. Nachdem er seinen Onkel nicht ausfindig machen konnte – schon auf dem Weg nach Lake Mungo hatte er erfahren, dass dessen Farm verlassen war –, hatte er nach Melbourne zurückkehren müssen. In einem Lokal hatte er John Higges kennengelernt. Der zupackende Engländer gefiel ihm, der geradlinige, schnörkellose Charakter des zähen Feldvermessers. Ein Wort gab das andere, und am Ende des Abends hatte der Expeditionsleiter ihn engagiert.

Und tatsächlich gab es einiges zu tun für einen furchtlosen Arzt. Schon kurz nach dem Aufbruch aus Melbourne – wie Burke ritt John Higges auf einem riesigen Kamelhengst – schiente er den gebrochenen Arm eines der Kamelhirten. Es folgten Durchfälle, Insektenstiche, Bisswunden und andere Unannehmlichkeiten. Immer wieder verarztete Jacob auch die Lastentiere. Zuletzt hatte er den zerquetschten Daumen eines Zimmermanns versorgt.
Die Arbeit der Männer war schwer. Auf Ochsengespannen führten sie das Material mit sich. Die Telegrafenleitung musste an Masten mit Porzellanisolatoren befestigt werden. Diese waren so beschaffen, dass es bei Regen nicht zur Erdung kam. Trotzdem ging über die Entfernung hinweg Spannung verloren, alle zweihundert Meilen errichteten sie deshalb eine Relaisstation. Dort empfing man die gemorsten Nachrichten, schrieb sie ab und gab sie von Hand in den nächsten Abschnitt der Leitung ein. Die nötige Spannung wurde mit Batterien erzeugt, große Glasgefäße, die mit Magnesium- und Kupfersulfat, mit Blei- und Zinkelektroden arbeiteten.
Immer wieder stieß die Expedition auch auf Aborigines. Aus den Aufzeichnungen ihrer Vorgänger, die sie unterwegs gefunden hatten, wusste Jacob, dass die Schwarzen Burkes Männer zu Tänzen und Zeremonien in ihre Lager eingeladen hatten. Burke hatte ihnen jedoch mit Warnschüssen antworten lassen. *Die Schwarzen seien,* so hatte es Wills in seinem Tagebuch notiert, *sehr aufdringlich, von niedriger Gesinnung und in jeder Hinsicht verachtenswert.*
Jacob konnte diesen Eindruck nicht teilen. Im Gegenteil, die Aborigines faszinierten ihn. Er versuchte, sich ihnen zu nähern und ihre Gewohnheiten zu studieren. Er beobachtete die Schwarzen beim Jagen und in ihren Lagern. Wovon ernährten die vermeintlich Wilden sich in dieser lebensfeindlichen Welt?

Wo suchten sie nach Wasser? Wie orientierten sie sich in der Wüste? Vielleicht, so dachte er, stießen sie tatsächlich auf die Spuren eines Weißen, der in der Steppe überlebt hatte.
Bald fand Jacob heraus, dass die Schwarzen komplizierte Clanstrukturen besaßen. Offensichtlich beherrschten sie eine eigene, sehr präzise Sprache und teilten ein großes Wissen um die Geheimnisse und Kräfte der Natur. Ein Schatz, von dem die Weißen nur profitieren könnten.
Jacob hatte begonnen, seine Beobachtungen niederzuschreiben und mit einigen erläuternden Zeichnungen zu versehen. *Die Aborigines sind wahre Überlebenskünstler,* notierte er. *Sie wissen, wie man giftige Samen, Blätter und Wurzeln der Steppe zu bekömmlicher Kost verarbeitet. Das Land spricht zu ihnen. Selbst aus trockenen Büschen, hartem Tussockgras und roter, gebackener Erde fertigen sie Nützliches. Und was sie zum Überleben brauchen, findet sich überall: Quarzsplitter, aus denen sich Messer schleifen lassen, Spinifexbüschel, aus denen sie eine Art Leim kochen, Mulgaholz für ihre Speere. Sie tauschen Perlmuscheln, Werkzeuge und Gürtel aus Menschenhaaren. Doch selbst in blühenden Regionen lassen die Schwarzen sich nicht nieder. Sie sind Wanderer, immer wieder errichten sie ihre Hütten aus biegsamen Zweigen an anderen Orten. Manchmal bleiben sie nur zwei oder drei Tage an einem Platz, dann brechen sie ihr Lager ab und lassen das Land zurück. Es wirkt, als wollten sie es ruhen lassen. Sie wissen: Nicht den Menschen gehört das Land. Das Land besitzt die Menschen. Wenn die Weißen also das Hinterland erobern wollen, müssen sie von ihnen lernen und die Arroganz der vermeintlichen Überlegenheit ablegen.*
Doch je weiter sie vorankamen, desto mehr schien es ihm, als lernten die Aborigines von den Weißen. Wenn die Expedition auf eine Gruppe stieß, beäugten die Schwarzen ihr Treiben

misstrauisch. Sie wagten sich nicht mehr an sie heran, sondern schotteten sich ab, so, wie sie es von den Weißen gelernt hatten. Jacob dachte, dass sie bald entdecken würden, wie gut sich die Isolatoren als Flintsteinmesser eigneten. Auch der Draht wäre vielseitig einsetzbar. Jacob spürte, dass die Telegrafenleitung sich wie eine eiternde Wunde durch das Land der Schwarzen fraß. Die Ingenieurleistung der Weißen verdrängte die jahrtausendealte Kultur der Aborigines. Irgendwann, so dachte Jacob wehmütig, würde man sie in noch weiter entfernte Lebensräume abdrängen. Dann würden die Schwarzen beginnen, sich zur Wehr zu setzen. Sie würden kämpfen müssen, um zu überleben. Jacob konnte nicht sagen, wann dieser Zeitpunkt eintreten würde. Doch er spürte, dass der Aufstand unausweichlich war. Die klassenlose Gesellschaft, von der er noch in Deutschland geträumt hatte, erwies sich auch auf diesem Kontinent als Utopie.
Auf ihrem Weg in Richtung Nordwest kamen sie nur langsam voran. Das Mastensetzen kostete Zeit. Wie sein Vorgänger Wills orientierte John Higges sich entlang einer imaginären Nord-Süd-Achse. Mit einem Sextanten visierte er die Sonne an, dann bestimmte er mit Hilfe eines Spiegels ihren Winkel zum Horizont. In einer Tabelle las er anschließend die entsprechende geografische Breite ab. Die Längenposition berechnete sich, indem man die Ortszeit, die ebenfalls mit Hilfe der Sonne errechnet wurde, mit der Zeit auf einem Chronometer verglich. Inzwischen hatte auch Jacob sich darin unterweisen lassen, ihre jeweilige Position zu bestimmen. Es war besser, wenn es zwei Personen in der Gruppe gab, die sich im Gelände zurechtfinden konnten.
Müde beschattete Jacob seine Augen, sie würden noch einige Meilen reiten und das Land erkunden, bevor sie ein Lager für die Nacht errichteten. John berechnete die günstigste Route

für den Telegrafen, die Arbeiter folgten seinen Berechnungen. Am Abend trafen Landvermesser, Zimmerleute und Arbeiter wieder zusammen. Obwohl sie also über Tag an die dreißig, vierzig Meilen ritten, hatten sie am Ende des Tages gerade einmal vier oder fünf Meilen Kabel gezogen. Wenn er an die Strecke dachte, die noch vor ihnen lag, schwindelte es ihm.
»Was denkst du?« John hatte seinen suchenden Blick bemerkt. »Was sagt dir das Land?«
Jacob schüttelte den Kopf. »Je weiter wir vorankommen, desto mehr denke ich, dass die Steppe spricht. Es ist, als sende sie unaufhörlich Signale aus.«
»Du meinst die Felsen, Steinsäulen und Schluchten?«
»Ich meine ihren verborgenen Sinn. Wenn die Sonne die Steine mit ihrem Licht übergießt, vibrieren sie vor Bedeutung.« Jacob lachte verlegen auf, er wusste nicht, ob John ihn verstehen würde. Dessen nüchterner, wissenschaftlicher Geist kategorisierte die Welt nach messbaren Details.
»Aber wir Menschen können die Signale nicht empfangen.«
»Die Schwarzen können es, sie hören aufmerksam zu.«
»Aber sie haben keine Schrift, ihr Wissen versickert im Nichts.«
Jacob schüttelte den Kopf. Er war sicher, dass die Aborigines einen Weg gefunden hatten, ihren Wissensschatz zu übermitteln. Anders ließen sich die vielen übereinstimmenden Beobachtungen, die er an unterschiedlichen Orten gemacht hatte, nicht erklären. Am Abend, im Lager, nahm er das Gespräch wieder auf. »Ich glaube, das Wissen zeigt sich in jedem Felsen, in jedem Baum. Deshalb fühlen sich die Aborigines ihrem Land auch so verbunden. Sie wandern wie ihre Väter und Vorväter über das Land – und diese Tradition wird sich bis zu den Urvätern zurückverfolgen lassen.«
»Aber wer sind diese Urväter, woran glauben sie? Und war-

um wehren sie sich so vehement gegen alle Missionsversuche? Im christlichen Glauben könnten sie doch ihr Heil finden.«
John stocherte in der Glut des Feuers, das an den immer noch frischen Abenden Wärme verbreitete. Sie hatten gut gegessen, vor ein paar Tagen hatten sie ein Känguru geschossen, dazu hatte es Bohnen und Tee gegeben.
Jacob zog seine Notizen hervor. Er bezweifelte, dass sich die Weisheiten der Bibel auf dieses Volk übertragen ließen. »Sie brauchen keinen Gott, sie haben ihre eigenen Götter. Sie glauben an eine Art von Geistwesen. Geistwesen, die diese Welt geformt haben und die immer noch gegenwärtig sind. Sie zeugten auch die Menschen, gaben ihnen Gesetze, die Namen der Pflanzen und Tiere und die Geheimnisse des Überlebens. Sie gaben ihnen das Wissen.«
»Du meinst also, die Aborigines wandern wie ihre Helden über das Land, sie jagen und sammeln auf den traditionellen Pfaden ihrer Geistwesen?«
Jacob nickte. Er wusste nicht, wie er seine Eindrücke in Worte fassen sollte. Er hatte die Clans oft bei ihren Wanderungen beobachtet, sie zogen nackt oder mit Lendenschürzen aus Rinde und Schnüren, Pelz oder Menschenhaar umher, bei Kälte gewärmt von Kängurufellen oder einer Schicht Tierfett mit Ocker oder Holzkohlenstaub auf der Haut. Und sie wanderten durch Gebiete, mit denen sie etwas zu verbinden schien. Er war sicher, jeder Clan teilte eine gemeinsame Erfahrung, eine Art Urwissen. Schon in Melbourne hatte Jacob den Begriff der Traumzeit gehört, und dieser schien im passend. »Der Raum, den sie durchziehen, besitzt nicht nur eine physische Größe, sondern auch eine geistige«, fuhr er fort.
Er bemerkte, dass John das Interesse verlor. Sosehr die beiden Männer in vielen Dingen harmonierten, an diesem Punkt kamen sie nicht weiter. Jacob dachte, dass John ihn für einen

Idealisten und Träumer halten musste. Und er konnte nicht leugnen, dass die Welt der Aborigines, soweit er sie verstanden hatte, seinen Idealen einer freien und klassenlosen Gesellschaft ziemlich nahe kam.

Besitz war für die Schwarzen das, was sie bei sich tragen konnten. Die Männer traf man mit ein paar Speeren und Schleudern an, mit Beilen, Keulen, Schilden und Bumerangs. Die Frauen trugen Grabstöcke und Holzschalen bei sich, darin sammelten sie Nahrung, schöpften Wasser oder wiegten ihre Babys.

Alles, was sie zum Leben benötigten, bot ihnen die Natur. Von ihr lernten sie, den Tieren zu folgen, um Wasserlöcher zu finden. Sie suchten unter den Wurzeln der Bäume und Gräser nach Feuchtigkeit und höhlten Mulden in flache Felsen, um dort Regen zu sammeln. Sie konnten flaschenförmige Baobabs und Eichen anzapfen und Fröschen das Wasser aus dem Körper pressen.

Im Frühjahr folgten sie den nahrhaften Motten in die Berge, wo man die Falter zu Tausenden aus den Felsscharten kratzen und essen konnte. Sie jagten Beutelratten bei Mondlicht, wenn diese auf Wanderschaft gingen, und töteten den Ameisenbär mit einem einzigen, präzisen Schlag auf den stachellosen Brustkasten. Bei der Kängurujagd beschmierten sie sich mit Lehm, um die Witterung der Tiere zu täuschen. In den Flüssen zogen sie Enten und Schwäne unter Wasser, mit Netzen, Speeren oder Reusen fingen sie Fische.

Die Frauen suchten in den Wurzeln bestimmter Sträucher nach Maden, die, Jacob hatte es ihnen nachgemacht, wie rohes Hühnerei schmeckten. Sie konnten die Nester der Honigameise finden, deren Unterleib süßen Nektar speicherte. Mit einem Biss in den Nacken töteten sie große Echsen, deren Fleisch sie brieten. Grassamen verrieben sie mit Malsteinen zu Mehl, das sie mit Wasser vermischt zu Fladen buken. Sie wussten offenbar, dass man die Nüsse des Perlfarns einige Tage wässern musste, um seine Giftstoffe auszuschwemmen. Ebenso hatten sie gelernt, wo sich Giftschlangen versteckten und wo man wilde Tomaten und Felsenfeigen fand.

Immer wieder staunte Jacob über das Wissen, das er den Schwarzen allein durch geduldige Beobachtung abgetrotzt hatte. Verwundert betrachtete er die Männer, die sich links und rechts von ihm um die abendlichen Feuer drängten. Hatten sie denn keinen Blick für die Würde dieser Menschen? Bisweilen erschien es ihm, als sähen sie nicht mehr als Tiere in ihnen, Lastentiere, Arbeitstiere, williges Fleisch, das man nach Gutdünken und im Namen der vermeintlichen weißen Überlegenheit ausbeuten konnte. Doch im Buschland waren die Wilden ihnen überlegen, Burkes Expedition hatte es eindeutig bewiesen. Trotz ihrer exzellenten Ausrüstung waren die Männer in einem Gebiet gescheitert, das von Menschen besiedelt war.

Funken stoben auf und stiegen in den Nachthimmel. Ein überwältigendes Sternenmuster schmückte das Firmament, vielfältiger und leuchtender noch als der nördliche Sternenhimmel. Es war, als versammelten die Sterne sich direkt über ihm. Schon mit dem bloßen Auge ließen sich die Himmelswunder erkennen: Alpha Centauri, die Magellan'schen Wolken, das Kreuz des Südens. Viele Sternbilder waren Jacob neu, da sie auf der nördlichen Halbkugel nicht sichtbar waren. Aber auch Bekanntes entdeckte er, seltsam verdreht oder auf dem Kopf stehend. Im Gegensatz zu den nördlichen Sternen, die bereits in der Antike benannt worden waren und Namen aus der Sagen- und Fabelwelt trugen, schmückten sich die südlichen Sternbilder mit so sonderbaren Namen wie Grabstichel, Schiffskiel oder Winkelmaß. Die großen Entde-

cker und Seefahrer hatten sich in ihnen verewigt und das astronomische Wissen der einheimischen Völker ignoriert.
Jacob bemerkte, dass ihm die Augen zufielen. Er bettete seinen Kopf auf seinen Sattel und wickelte sich in seinen Mantel. Andere Bilder stiegen in seinem Inneren auf, er träumte sich hinein in das feuchte Grün von Cooper Creek. Es hieß, Burke habe dort ein Depot einrichten lassen, bevor er die Gruppe teilte und endgültig ins Verderben marschierte. Grasteppiche säumten den Fluss, Eukalyptusbäume und Büsche, die vom Geschrei der Kakadus und kleineren Papageien zitterten. An den Ufern des Flusses sah er Reiher und urtümliche Schildkröten. Kängurus und Dingos stillten ihren Durst.
Es war ein paradiesisches Bild, friedlich und sanft. Eine Gruppe von Schwarzen lagerte am Rand, und nicht zum ersten Mal stellte Jacob sich die Frage, ob er in ihrer Mitte nicht besser aufgehoben wäre als an der Seite der weißen Eindringlinge. Er wollte doch die neue Gesellschaftsordnung studieren, aber vielleicht bedeutete das Neue ja eine Rückkehr zum Alten, zu den urtümlichen Clanstrukturen der Aborigines?
Doch wie sollte er seine Beobachtungen der Welt mitteilen, eine nüchterne Studie, ein trockener Zeitungsartikel würde die Genossen nicht im mindesten interessieren.
Ella, dachte er. Ihre Bilder besaßen Kraft und könnten das zutiefst Menschliche der Aborigines verdeutlichen. Eine Serie über das Alltagsleben der Schwarzen wäre ein Schatz, ein Triumph über die Vorurteile der Weißen. Doch Ella war so weit entfernt wie die Sterne über ihm, ja, sie bewegte sich in einer anderen Zeit. Vielleicht würden sie sich nie wiedersehen.
Ella ... Stella ... Jacob öffnete noch einmal die Augen. Er fixierte einen Stern und schickte ihr seine Gedanken, so, wie er es seit einigen Wochen jeden Abend tat. Dann erst schlief er ein.

Zwei

Ellas Ruf als Malerin festigte sich in der Stadt. Im Anschluss an die ersten Porträts hatte sie weitere Aufträge annehmen können. Bald füllte das Malen ihre Tage aus, immer weniger Zeit blieb für die Kinder der Vielbrocks. Bisweilen schrumpfte der tägliche Unterricht sogar auf weniger als eine halbe Stunde zusammen.

Victoria Vielbrock hatte Ellas zahlreiche Verpflichtungen, die Porträtsitzungen, ihre Ausflüge in die Stadt, ihr zunehmend eigenständiges Leben eine Zeitlang toleriert. Und Ella dachte, dass sie durch das Vielbrock'sche Familienbildnis endlich einen Zugang zu ihrer Gastgeberin gefunden hätte. Doch je mehr man in Melbourne über sie sprach, je mehr Bekanntheit sie erlangte, desto stärker kühlte ihr Verhältnis sich wieder ab. Ella spürte, dass Misses Vielbrock ihr die Freiheit neidete, die ihr Mann ihr eröffnet hatte. Sie wusste, dass sie sich im Frühjahr nach einer eigenen Unterkunft umsehen musste. Bis dahin, so hoffte sie, besäße sie genug Geld, um Miete und Lebensunterhalt bestreiten zu können.

Es war früher Nachmittag, doch eigentlich spielte es keine Rolle, zu welcher Tageszeit man sich durch die Stadt bewegte. Immer rauschte der Verkehr die Straßen hinunter zum Hafen. Einspänner, Pferdebahnen, Lastkarren und Reiter mit eiligen Aufträgen – Ella wartete am Straßenrand, bis sie die Cumberstreet gefahrlos überqueren konnte.

Sie war müde. Immer noch waren ihre Nächte unruhig, von quälenden Träumen unterbrochen. Fröstelnd schloss sie ihren Mantel. Obwohl es bereits Ende August war, hatte ein kalter Wind mit Regen noch einmal ungemütliche Tage gebracht. Auf den im Sommer staubigen Straßen standen Pfützen, und sie musste sich in Acht nehmen, dass man sie nicht mit

Schlamm bespritzte. Vorsichtig balancierte sie zur anderen Straßenseite hinüber. Normalerweise hätte sie bei diesem Wetter ihre Reitstiefel angezogen, vielleicht sogar die Reithosen, die ihr auf *Sophienlund* so gute Dienste geleistet hatten. Doch sie hatte einen Termin mit dem Verleger der *Melbourne Evening Post,* den Johannes Vielbrock ihr vermittelt hatte. Sie hoffte, etwas mehr über die Expedition zu erfahren. Deshalb trug sie auch ein Kleid und ihre zierlichen Schnürstiefel, die sie jedoch die Kälte deutlich spüren ließen.

Das Verlagsgebäude war nicht mehr weit entfernt, es lag am Ende der Straße. Ella beschleunigte ihre Schritte und schlang die Arme um den Körper, um sich warm zu halten. Dankbar öffnete sie die schweren Holztüren des mehrstöckigen Gebäudes und fragte am Empfang nach dem Verleger. Eine junge Dame meldete sie an.

»Das Büro von Mister Wilson befindet sich im fünften Stock, Miss Carlsburg. Bitte folgen Sie mir.« Über einen der neumodischen hydraulischen Fahrstühle, die erst vor wenigen Jahren auf der Pariser Weltausstellung präsentiert worden waren, erreichten sie die fünfte Etage. Das Gefühl, ohne Anstrengung nach oben zu schweben, war überwältigend. Ella fühlte sich sanft emporgetragen, begeistert ließ sie sich die weiteren technischen Besonderheiten des Gebäudes wie etwa die modernen Rotationsdruckmaschinen erklären, die im Untergeschoss arbeiteten. Sie schafften es, in einer Stunde zwanzigtausend Exemplare der *Post* zu drucken. »Der Verleger begeistert sich für jede technische Neuerung«, sagte Ellas Begleitung. »Er ist immer ganz vorne mit dabei.«

Dieser Vorliebe entsprach auch das Büro des Verlegers. Der riesige Raum lag übereck, dank der weiten Fensterfront bot sich ein eindrucksvoller Blick auf die Stadt bis hinunter zum Hafen. Ferngläser, ein Teleskop und weitere Instrumente, die

Ella nicht kannte, bevölkerten den Fenstersims. Technische Zeichnungen und eine riesige Landkarte des Kontinents hingen an Stellwänden. Dazwischen stellten Trophäen und Tierpräparate die Fauna Australiens nach. Ella sah Papageien, Riesenechsen, einen Koala und ein ausgestopftes Känguru. Aus dem Beutel des Kängurus ragte das Köpfchen eines winzigen Jungtieres. Ella musste den Blick abwenden. Sie dachte, dass der Raum den Charakter eines rastlos Suchenden widerspiegelte.

Henry Wilson besaß das fuchsfarbene Haar seiner irischen Vorfahren, ein schmaler Oberlippenbart trennte die Mundpartie von der bäuerlich anmutenden Nase. Trotz des Durcheinanders in Wilsons Büro und der Berge von Papier, unter denen sein Schreibtisch begraben schien, war der Verleger nicht zu übersehen. Als er Ella bemerkte, stand er auf und kam ihr entgegen, um sie zu begrüßen.

»Miss Carlsburg, ich freue mich, Sie kennenzulernen«, sagte er und nahm ihr den Mantel ab, den er über das graue Känguru warf. »Man hört ja so einiges über Ihre wunderbaren Bilder.« Charmant wies er auf einen Stuhl an seinem Schreibtisch und bot ihr eine Tasse Tee an.

»Vielleicht bringen wir demnächst einmal eine Geschichte über Ihren Erfolg, was denken Sie darüber?« Der Verleger wartete ihre Antwort nicht ab. Ohne Pause fuhr er fort: »Aber Mister Vielbrock sagte, Sie wollten mit mir über die Expedition reden. Was kann ich also für Sie tun?«

Ella spürte, wie die grasgrünen Augen ihres Gegenübers sich auf sie hefteten. Sie dachte, dass Mister Wilson ein Mensch war, der Schlagzeilen witterte. Unbehaglich rutschte sie auf ihrem Stuhl hin und her. Sie musste aufpassen, nicht zu viel über sich zu verraten.

»Mister Wilson«, begann sie förmlich. »Mir ist zu Ohren gekommen, dass Ihre Expedition von einem deutschen Arzt begleitet wird. Ist das richtig?«

Der Verleger nickte. Er stand auf und trat an die Australienkarte, Ella sah, dass ein roter Strich darauf eine Route ins Herz des Kontinents markierte. Mehrere Stecknadeln unterteilten die Strecke in einzelne Abschnitte.

»Die Männer sind bislang gut vorangekommen«, sagte Wilson und zeigte auf eine Stecknadel, die sich nördlich von Menindee befand. »Leider funktioniert der Telegraf noch nicht zuverlässig, ich bekomme nur sporadisch Nachricht von ihnen. Aber es war eine gute Entscheidung, den Arzt anzuheuern. Bislang gab es noch keine Verluste.«

»Können Sie mir den Namen dieses Mannes verraten?« Ella war aufgestanden und ebenfalls an die Karte getreten. Wieder spürte sie den bohrenden Blick des Verlegers.

»Nun, der Name ist kein Geheimnis, er stand in dieser Zeitung.« Wilson ging zurück zu seinem Schreibtisch und wühlte sich durch einen Stapel älterer Ausgaben. Ella sah, dass er ein Exemplar aus dem April hervorzog. Auf dem Titelblatt war eine stark gerasterte Fotografie abgebildet, ein Zusammenspiel von schwarzen und weißen Punkten. »Bitte schön, Miss Carlsburg.«

Ella nahm die Zeitung und starrte auf das Bild. Sie sah ihn sofort. Jacob stand im Zentrum der Gruppe, sein Gesicht war leicht zur Seite gedreht und fast im Profil zu sehen. *Unsere tapferen Helden: Sie wollen Victorias Ehre retten,* hatte man unter das Bild geschrieben, dann folgten die Namen der Expeditionsteilnehmer.

»Und? Ist es der Mann, den Sie suchen?« Wilson hatte sie mit einem gönnerhaften Lächeln beobachtet. »Mister Saalmuth ist mir von unserem Expeditionsleiter Mister Higges empfohlen worden. Er hielt es für eine gute Idee, Schlangenbisse und

Fieber unterwegs behandeln zu können. Sie wissen, die Burke-Expedition hat wohl niemand überlebt. Jedenfalls ist bislang keiner der Männer wieder aufgetaucht.«

Ella nickte fassungslos. Die Worte rauschten wie ein Vogelschwarm an ihr vorbei. Da war er also, seit fast einem Jahr hatte sie ihn nicht mehr gesehen, und nun hielt sie plötzlich sein Bild in Händen. Der physische Beweis seiner Ankunft in Australien und seiner Unversehrtheit erleichterte sie ungemein. »Darf ich die Ausgabe behalten?«, fragte sie. Ella bemerkte, dass ihre Hände zitterten.

Der Verleger nickte. »Ich lasse Ihnen ein Exemplar aus dem Archiv bringen, warten Sie.« Wilson ging zu einer Art Trichter, der an der Wand befestigt war, und sprach hinein. »Direkte Verbindung hinunter in die Redaktion«, erklärte er. »Es wird gleich jemand kommen.«

»Wann erwarten Sie Ihre Männer zurück?« Ella richtete ihren Blick wieder auf die Karte.

»Wenn alles gutgeht, werden sie bald den Cooper Creek erreichen. Von dort müssen sie die Telegrafenleitung nach Westen ziehen, um Anschluss an die Stuartlinie zu finden, die Adelaide mit Port Darwin verbindet. Spätestens Ende Oktober müssen sie sich auf den Rückweg machen, der Sommer ist in der Steppe kaum zu ertragen. Dabei werden sie schneller vorankommen, die Telegrafenmasten sind dann ja gesetzt. Mit Glück sind sie pünktlich zum Jahreswechsel zurück in der Stadt.«

»Ende Dezember …«, murmelte Ella. Das war weniger als ein halbes Jahr, und doch erschien ihr die Zeit in diesem Moment unendlich lang. Sie konnte es kaum erwarten, Jacob in ihre Arme zu schließen. Wie würde er reagieren? In den letzten Wochen hatte sie das Gefühl gehabt, dass er intensiv an sie dachte. Ihre Haut hatte gekribbelt, und immer wieder spürte sie so etwas wie einen fremden Herzschlag in ihrer Nähe. Sie wusste, er war da.

»Was wollen Sie denn von Mister Saalmuth? Ich hatte den Eindruck, dass er ohne Familie nach Australien gekommen ist.« Mister Wilsons journalistische Neugier war entfacht, Ella suchte nach einer Antwort.

»Wir kennen uns«, wich sie aus. »Ich hatte gehofft, ihn hier in Melbourne zu treffen.«

Der Verleger nickte, an seinem Blick konnte Ella erkennen, dass er verstanden hatte, was sie sagen wollte. »Eine private Angelegenheit also«, meinte er. »Dann sind Sie nicht nur wegen der Malerei nach Australien gekommen?«

Ella wollte antworten, doch in diesem Moment unterbrach ein Klopfen das Gespräch. Vor der Tür stand einer der Zeitungsredakteure mit der gewünschten Ausgabe aus dem Archiv. Außerdem reichte er Mister Wilson den Andruck der Abendausgabe.

»Sehr schön …« Der Verleger blätterte rasch durch die Seiten und überflog die Überschriften. Auf der letzten Seite mit den bunten Nachrichten aus aller Welt blieb er hängen. »Was ist das für eine Geschichte?«, fragte er und deutete auf einen Artikel. Ella versuchte, die Überschrift zu entziffern. Sie las: *Baroness auf der Flucht.*

Der Redakteur schüttelte bedächtig den Kopf. »Ich weiß, die Story ist schon ein bisschen alt. Die Dame wird schon seit dem letzten Jahr vermisst. Aber es gibt wohl Hinweise darauf, dass sie nach Australien, genauer nach Melbourne, gereist ist. Deshalb hielt die Redaktion den Artikel auch für relevant. Sie wissen doch, Mister Wilson, die Leser lieben diese Art von Geschichten. Ein tragischer Fall, ein Rätsel, eine verschollene Adlige, ihr Vater soll sie übrigens enterbt haben, und überhaupt scheint sich in diesem Fall die Familiengeschichte auf dramatische Weise zu wiederholen. Schon die Mutter der Vermissten soll ihre Familie von einem Tag auf den anderen verlassen haben. Sie ist wohl mit einem Schauspieler durchgebrannt. Und vielleicht kann man die Story ja noch ein bisschen weiterspinnen? Wer kennt die Vermisste? Ist die junge Dame tatsächlich bis nach Australien gekommen? Vielleicht finden wir sie ja und können ein zu Herzen gehendes Porträt bringen. Oder die Geschichte einer wilden Flucht? Das würde endlich wieder einmal für Auflage sorgen.«

»Danke, Petersen.« Mister Wilsons Gesicht verzog sich zu einem entzückten Lächeln. Er entließ seinen Redakteur mit einem wohlwollenden Schulterklopfen. »Da bin ich ganz bei Ihnen, Petersen, gute Story. Nein, das ist wirklich eine sehr gute Story …«

Drei

Ella konnte kaum atmen. Das war … ihre Geschichte! Die Geschichte ihrer Flucht war also über das Meer bis nach Australien gedrungen. Fassungslos starrte sie auf die Zeitung, die vor ihr auf Mister Wilsons Schreibtisch lag. Die Buchstaben verschwammen vor ihren Augen, die sich mit Tränen füllten. Nie hatte sie erwartet, dass die Vergangenheit sie auf der anderen Seite der Welt einholen könnte. Sie hatte geglaubt, dass der Ozean sich wie ein unüberwindbares Hindernis zwischen ihr altes und neues Leben geschoben hatte. Haltung!, dachte sie. *Haltung …*

Der Verleger hatte sie beobachtet. »Die Wege des Herrn sind doch unergründlich, nicht wahr, Miss Carlsburg? Oder sollte ich besser Baroness sagen? Baroness von Carlsburg …« Mister Wilson pochte mit seinem Zeigefinger unnachgiebig auf das Zeitungspapier. »Das sind Sie doch, Baroness? Ihre Story in meinem Blatt, genau an dem Tag, an dem wir uns persönlich kennenlernen. Es ist … Es ist wirklich absurd. Ein geradezu absurdes Geschenk.«

Der Verleger schwieg, und auch Ella suchte nach Worten. Sie stand auf und trat mit zitternden Knien an die Fensterfront. Die Bucht glitzerte im Licht der tiefstehenden Sonne, ein Segler lief eben in den Hafen ein. Ein weiterer Schwung Hoffnung, Menschen, die ihr Glück in den Kolonien suchten. Sie schloss die Augen und lehnte die Stirn gegen das kalte Glas. Alles, was sie an Erinnerung unterdrückt hatte, stieg wieder in ihr auf.

»Ich werde die Geschichte nicht mehr verhindern können, Miss Carlsburg.« Die Stimme in ihrem Rücken klang jetzt etwas sanfter, Mister Wilson musste ihre Erschütterung gespürt haben. »Es ist vier Uhr, die Druckmaschinen laufen eben an. Heute Abend wird ganz Melbourne die Story lesen können.«

Ella wischte sich die Tränen aus den Augen und drehte sich um. »Wie schlimm wird es?«, fragte sie.

»Das hängt ganz von Ihnen ab, Miss Carlsburg. Sie wissen doch: Je rätselhafter eine Geschichte klingt, desto mehr wird man darüber reden. Vorerst sind Sie noch relativ sicher, in dem Artikel wird Ihr Name nicht erwähnt. Offensichtlich ist er über die Entfernung und über die Zeit verlorengegangen. Ein Journalist hat vom anderen abgeschrieben, zuerst waren Sie wohl noch die Baroness Ella von Carlsburg aus Norddeutschland, jetzt sind Sie eine Baroness aus Deutschland. Das sichert Ihnen vorerst noch etwas Anonymität.« Der Verleger holte Luft, er kam zu Ella ans Fenster. »Aber die Geschichte wird weiter arbeiten, Kreise ziehen, unsere Leser werden Vermutungen anstellen. Wie viele alleinstehende Frauen aus Deutschland sind in letzter Zeit in Melbourne angekommen? Gibt es darunter jemanden mit der Attitüde einer Baroness?« Er wies auf ihr Kleid und die feinen Stiefel, zuletzt auf ihren Ring. »Irgendwann wird man auf diese junge Malerin kommen … Diese junge, schöne, mysteriöse Malerin aus … Deutschland. Es ist unausweichlich.«

»Was kann ich tun?« Ella hoffte, dass der Verleger mit sich reden ließ. Was hatte er davon, ihr Leben zu zerstören? Sie hatte doch gerade erst begonnen, in der Stadt Fuß zu fassen. Auflage, dröhnte die Antwort in ihrem Kopf. Auflage, Auflage …

»Kooperieren Sie, so behalten Sie die Fäden in der Hand. Dann können Sie die Geschichte vielleicht wenden und sogar für sich nutzen. Wer wäre nicht daran interessiert, eine solche Frau kennenzulernen? Und wer hätte nicht gern ein Bild von dieser mutigen Malerin? Lässt alles hinter sich – Familie, Reichtum, Ansehen – und folgt … Ja, wem folgt sie bis ans Ende der Welt? Ihrer großen Liebe? Was für eine wunderbare Romeo-und-Julia-Geschichte. Am Ende sind Sie noch erfolgreicher als vorher.«

Ella zuckte zusammen. Aus dem Mund des Verlegers klang das alles hässlich, abgeschmackt und falsch. Sie musste allein sein.

Ella drehte sich um, sie wollte zur Tür, doch Mister Wilson umfasste vorsichtig ihren Arm und zog sie zum Schreibtisch zurück. »Aber nun lesen Sie doch erst einmal, Miss Carlsburg. Und dann reden wir darüber, was an dieser Story stimmt und was nicht.«

Ella war noch immer wie in Trance. Der Schock saß tief. Sie konnte sich kaum auf die Buchstaben konzentrieren, immer wieder verschwammen die Zeilen vor ihren Augen zu einem unleserlichen Wirrwarr. Als sie den Text überflogen hatte, musste sie wieder von vorne beginnen. War das wirklich ihre Geschichte?

Zunächst berichtete der Artikel von ihrem plötzlichen Verschwinden in Hamburg. Die Familie hatte eine Belohnung für Hinweise auf ihren Verbleib ausgesetzt. Der Baron hatte seine Kontakte spielen lassen, und die Behörden hatten alle Reedereien überprüft. Schließlich, so las sie, war man über die Passagierliste eines Auswandererseglers darauf gekommen, dass sie sich wohl nach Australien eingeschifft hatte. Warum die Baroness so gehandelt hatte, blieb jedoch unklar. Die Blätter spekulierten, dass es zu einem Zerwürfnis mit ihrem Vater gekommen war. »Eine Familientragödie«, so hieß es, »wieder eine Familientragödie.« Die Journalisten hatten recherchiert, dass es schon einmal zu einem spektakulären Vorfall in der Familie gekommen war. Kurz nach der Geburt des gemeinsamen Kindes war der Baron von seiner jungen Frau verlassen worden.

J'ai trouvé ma mère … Ella legte den Finger auf den Text. Sie blickte auf, musste das Gelesene verarbeiten. Wenn das alles stimmte, dachte sie, dann hatte ihre Mutter ihren Vater verlassen. Dann war sie nicht tot, zumindest war sie nicht kurz nach der Geburt verstorben, so, wie sie immer geglaubt hatte. Sie hatte lediglich ein anderes Leben für sich gewählt. Sie hatte die Tochter bei ihrem Mann zurückgelassen, um einem Schauspieler nach England zu folgen, den sie wohl bei einem Gastspiel in Hamburg kennengelernt hatte. Auch sie hatte alles hinter sich gelassen, um ihrer Liebe zu folgen. Und ihr Vater hatte sie ihr ganzes Leben lang belogen.

»Das ist also das Rätsel«, murmelte sie, »der Makel …« Es musste damals ein Skandal gewesen sein. Unvermittelt war sie auf die unterste Farbschicht des Familienbildes gestoßen.

Mister Wilson sah sie fragend an. »Sie wussten nichts über das Schicksal Ihrer Mutter?«

Ella nickte wider Willen. Sie wusste nicht, ob der Verleger ihr

Verbündeter war oder ob sie weiterhin auf der Hut sein musste. »Ich habe mein ganzes Leben lang gespürt, dass da etwas war. Dass sich etwas hinter der prächtigen Fassade verbarg. Dieses Gefühl hat mich immer begleitet, und nun finde ich die Antwort darauf – ausgerechnet in Australien. Ich kann meinen Vater noch nicht einmal dazu befragen. Ich muss … Ich muss wieder ohne Antworten leben.« Hilflos hob sie die Schultern.

»Mir scheint, dass Ihr Vater nicht mehr allzu gut auf Sie zu sprechen ist.« Mister Wilson wies auf das Ende des Artikels, Ella hatte gelesen, dass der Baron sie enterbt hatte. Nach seinem Tod sollte das Vermögen der Familie seiner Schwester zufallen.

Sie winkte ab. Tief in ihrem Innersten konnte sie ihren Vater sogar verstehen. Wie könnte er das, was er von ganzem Herzen liebte, das Gut, die Ländereien, seine Bäume, jemandem anvertrauen, der ihn so sehr enttäuscht hatte?

»Die Fakten stimmen also, Miss Carlsburg?« Der Verleger hatte plötzlich einen Block in der Hand, gespannt kaute er auf seinem Bleistift.

Ella nickte. Sie dachte, dass das Wort *Fakten* eine reichlich nüchterne Umschreibung war für das, was in ihrem Leben bislang passiert war. In ihrem Kopf wirbelten Begriffe wie Schicksal, Drama und Tragödie durcheinander.

»Eine Frage beantwortet der Artikel aber nicht, Miss Carlsburg. Warum haben Sie Ihre Familie verlassen? Ich ahne, dass es etwas mit Mister Saalmuth zu tun hat. Kann das sein?«

Ella wandte den Blick wieder ab. Sie wollte keine Antwort geben. Das ist meine Geschichte, dachte sie, allein meine Geschichte. Mühsam stand sie auf. »Ich werde jetzt besser gehen, Mister Wilson. Vielen Dank für den Tee.«

»Mehr haben Sie mir nicht zu sagen?« Enttäuscht legte der

Verleger den Stift aus der Hand. Er stand ebenfalls auf und pflückte ihren Mantel von dem ausgestopften Känguru herunter. »Bitte, verstehen Sie mich nicht falsch, Miss Carlsburg. Ich habe nichts gegen Sie, ich bin nicht Ihr Feind. Im Gegenteil: Wenn Sie mit mir zusammenarbeiten, werden wir noch etwas Großartiges aus dieser Geschichte machen. Das verspreche ich Ihnen. Es soll nicht zu Ihrem Schaden sein, und zu Ihrem Geliebten kann ich Sie auch bringen.«
Ella schüttelte den Kopf. »Auf Wiedersehen, Mister Wilson.«

Vier

Der Winter verabschiedete sich nur zögerlich. Johannes Vielbrock konnte sich nicht daran erinnern, dass Regen und feuchtkalte Winde sich schon einmal so hartnäckig gehalten hatten wie in diesem Jahr. Immer wieder schob sich eine neue Wolkenwand von der Bucht über das Land, schiefergrau hing der tiefe Himmel über der Stadt. Die Schafschur würde sich bis weit in den Oktober hinein verschieben. Trotzdem wollte er bald aufbrechen, um auf der Farm nach dem Rechten zu sehen. Seit mehr als zwei Monaten befand er sich nun auf *Oakland*. Und er hatte das Stadtleben mit seinen Veranstaltungen und Vergnügungen ausgereizt. Sobald der Pass über die Berge wieder passierbar wäre, wollte er aufbrechen.
Vielbrock hatte das Gefühl, dass seine Frau nichts dagegen einzuwenden hatte. Ellas Gemälde und die sich daran anschließende Phase ehelicher Annäherung gehörten bereits wieder der Vergangenheit an. Die winzige Flamme ihrer vergangenen Liebe war nur kurz aufgeflackert. Vielbrock dachte, dass eine Trennung auf Zeit das Verlangen befeuern würde. Immer, wenn er von der Farm zurückkehrte, gab Victoria sich

zärtlich und anschmiegsam. Und er selbst genoss die Zuwendungen seiner Frau. Im Gegensatz zu vielen anderen Farmern gab es für ihn niemanden, der im Busch auf ihn wartete. Vielbrock achtete den Schwur der ehelichen Treue. Bisweilen konnte er selbst nicht verstehen, warum er nicht stärker auf seine Rechte pochte. Ein Mann musste doch bei seiner Frau liegen dürfen! Doch der Betrug erschien ihm schäbig und würdelos. Nie wäre es ihm in den Sinn gekommen, sich einem der schwarzen Dienstmädchen zu nähern. Seine Freunde schimpften ihn hoffnungslos romantisch. Aber Vielbrock dachte, dass Liebe von Herzen kommen musste.
Seufzend wandte er sich seinen Listen zu. Wie in jedem Jahr plante er die Schafschur akribisch. Während er die Herden im Geist in einzelne Gruppen unterteilte und kalkulierte, wie viele zusätzliche Wanderarbeiter er für die Schur benötigte, traten ihm die vertrauten Bilder vor Augen.
Es war immer wieder beeindruckend, einem Schafscherer bei der Arbeit zuzusehen. Das Geheimnis einer schnellen und für das Tier schmerzlosen Schur lag im geübten Griff des Scherers. Der Arbeiter legte das Tier vor sich auf den Rücken und begann mit dem Bauch, dann folgten die Hinterbeine, zunächst innen, dann außen, Brust, Hals, Schultern und Rücken. In wenigen Augenblicken lag das Vlies neben dem Schaf, so als hätte man ihm das Fell wie von Zauberhand über den Kopf gezogen.
Die Scherer bezahlte man nach Schafen und nicht nach Arbeitsstunden, ein guter Mann schaffte an die hundert Tiere pro Tag. Einen Monat lang waren zehn Mann zusätzlich mit der Schur und dem Weiterverarbeiten der Wolle beschäftigt. Da der Transport von Wollballen sehr teuer war, wurden die Vliese zunächst gewaschen und von Sand und Fett gereinigt. Danach waren die Felle etwa um die Hälfte leichter, Pressen

brachten die Vliese in Ballenform, und auf Ochsenkarren oder mit Kamelen verfrachtete man die Wolle in den Hafen von Melbourne.
Vielbrock meinte, die warmen Schafsleiber riechen zu können. Auch die Felle verströmten einen markanten, erdigen Geruch, an dem er sich geradezu berauschen konnte. Auf der Farm schlief er in einer mit Schaffell ausgekleideten Koje, doch auf *Oakland* hatte Victoria jedes Vlies aus dem Haus verbannt. Nach so vielen Jahren konnte sie den herben Moschusduft plötzlich nicht mehr leiden.
Flink und geschmeidig flossen ihm die Zahlenkolonnen aus der Feder und fügten sich zu Additionen. Vielbrock wollte etwa zwölftausend Schafe scheren lassen, zu Gruppen von je etwa fünfzig Stück wurden sie auf die Farm getrieben, wo sie in speziellen Außengattern auf die Schur im Wollschuppen warteten. In den kommenden Wochen leisteten seine Vorarbeiter und Schafhirten Schwerstarbeit, doch das Ende der Schur würden sie mit einem ausgelassenen Fest auf der Farm feiern.
Vielbrock war in seine Gedanken vertieft, er hörte nicht, dass es an der Tür klopfte. Als Ella plötzlich vor ihm stand, zuckte er überrascht zusammen. »Ich habe Sie gar nicht gehört«, murmelte er erstaunt, denn die Deutsche hatte ihn noch nie von sich aus in seinem Arbeitszimmer aufgesucht. Victoria!, dachte er. Nun war es also doch zu einem Streit zwischen den beiden Frauen gekommen. Schon seit ein paar Wochen wartete er auf einen Eklat. Er hatte bemerkt, dass seine Frau Ellas künstlerische Erfolge argwöhnisch verfolgte. Mehrmals hatte sie gegen die Deutsche gestichelt und sich beschwert, dass sie sich überhaupt nicht mehr um die Kinder kümmerte: »Das Fräulein ist sich jetzt wohl zu fein für seine Arbeit.« Vielbrock rechnete fest damit, dass Ella ihren Auszug ankündigen würde, und traurig registrierte er, dass sie ihm fehlen würde.

Ella sah müde aus. Ihre Augen waren gerötet, so als ob sie geweint hätte.
»Was ist los, Ella?« Er bot ihr einen Stuhl an und schenkte ihr gleich einen Schluck Whisky ein, ohne sie nach ihren Wünschen zu fragen. Mit einem nachdrücklichen Geräusch stellte er das Glas vor ihr ab.
Ella zog die *Post* hervor und reichte ihm das aufgeschlagene Blatt. Vielbrock sah, dass es die Abendausgabe war, Ella musste sie gerade aus der Stadt mitgebracht haben. Irritiert überflog er den Artikel, auf den sie wies: *Baroness in Deutschland vermisst,* las er. *Lebt sie in Melbourne?*
»Ich verstehe nicht ...« Er suchte eine Antwort in ihren schönen Augen.
»Das ist meine Geschichte ... Ein Teil davon. Ich bin diese Frau, die Baroness aus Deutschland.« Ella schlug die Augen nieder.
»Einen Moment ...« Vielbrock zog die Zeitung ganz auf seine Seite und las den Text noch einmal, Wort für Wort. Victorias Worte fielen ihm wieder ein: *Du kannst mir doch nicht erzählen, dass die Not sie aus Deutschland fortgetrieben hat ... Ich möchte wetten, dass sie auf der Flucht ist.* Dann musste er an Ellas Vater denken. Wie wäre ihm zumute, wenn eine seiner Töchter ohne eine Erklärung davonliefe? »Es muss schrecklich für Ihren Vater sein«, sagte er.
Er sah, dass Ella gegen die Tränen ankämpfte. »Es war auch schrecklich für mich«, stöhnte sie. »Aber ich hatte keine andere Wahl.« Sie verstummte, dann setzte sie wieder an. »Außerdem hat auch er mich belogen. Ich wusste nichts über das Schicksal meiner Mutter.« Sie blickte zur Seite, rang um Fassung. »Ich dachte, sie sei tot. Ich dachte, sie sei bei meiner Geburt gestorben.«
Was hatte sie nur aus der Heimat fortgetrieben? Vielbrock fie-

len nur zwei Antworten ein, und beide behagten ihm nicht.
»Warum?«, fragte er und schob das Whiskyglas in ihre Richtung.
Ella nahm einen Schluck, ihre Hände zitterten, dann verzog sie das Gesicht. »Ich habe einen Fehler gemacht, einen schrecklichen Fehler. Wenn ich geblieben wäre, hätte ich meinem Vater nie mehr in die Augen sehen können.«
Vielbrock nickte, er wusste, was sie meinte. »Wo ist das Kind?«, fragte er. Er konnte nicht glauben, dass Ella ihr Baby weggegeben hatte.
»Ich habe es verloren, auf See, als ich so krank war.«
»Robert ...« Vielbrock verstand.
»Er hat mir beigestanden. Und er hat mich gerettet, als mich der Schmerz zu überwältigen drohte. Er war für mich da.«
»Was ist mit dem Vater des Kindes? Wo ist er?«
»Seinetwegen bin ich nach Australien gekommen. Er musste Deutschland wegen seiner politischen Ansichten verlassen. Aber er ist ein guter Mensch. Er wusste nicht, dass ich schwanger bin. Ihn trifft keine Schuld.«
»Und, wo steckt er nun?«
»Inzwischen habe ich herausgefunden, dass er sich im Outback befindet. Jacob ist Arzt, er begleitet die Expedition der *Post,* deshalb war ich bei Mister Wilson.«
»Henry Wilson weiß, dass Sie die Person sind, die sich hinter dieser Geschichte verbirgt?« Vielbrock schüttelte besorgt den Kopf. Der Verleger war ein guter Bekannter, ein Mann von Esprit und Format. Doch er wusste, für eine gute Geschichte würde Wilson alles geben.
Ella nickte. »Er sagte, dass ich die Fäden in der Hand behalten könnte, wenn ich mit ihm rede. Wenn ich die Hintergründe aufdecke.«
»Dieser Halunke ...« Wütend schob Vielbrock seinen Stuhl

zurück und stand auf. »Ich werde mit ihm reden, er soll Sie in Ruhe lassen.« Er trat um den Schreibtisch herum und blieb hinter Ella stehen. Vorsichtig legte er seine Hände auf ihre Schultern und drückte sie.

»Was soll ich nur tun?«

Vielbrock spürte, dass Ella sich dankbar gegen seine Arme lehnte. Ihr Bedürfnis nach Schutz und Halt rührte ihn. »Du musst dich deinem Vater erklären, Ella«, sagte er und merkte nicht, dass er plötzlich jede Distanz verlor. »Du musst ihm schreiben, du kannst ihn nicht im Ungewissen lassen. Das wäre unmenschlich. Stell dir vor, er stirbt, ohne zu erfahren, dass es dir gutgeht. Damit wirst du nicht leben können. Ihr müsst euch verzeihen, alle beide. Vielleicht ist dann ein neuer Anfang möglich.«

Ella schwieg, doch die Worte arbeiteten in ihr. Immer wieder hoben und senkten sich ihre Schultern, als ob sie einen inneren Kampf austrug. Vielbrock strich ihr über die Haare, er war ihr jetzt so nah, dass er ihren eigenen Duft nach Garten und Farben riechen konnte. Er dachte, dass sie seine Tochter sein könnte und dass er sie wie eine Tochter lieben könnte.

»Es war doch alles eine Lüge!« Ella haderte noch immer mit den Fehlern ihres Vaters. »Ich hätte nie von meiner Mutter erfahren. Mein ganzes Leben habe ich gespürt, dass es da etwas gab, was ich nicht erfahren sollte. Es war wie ein Loch in meinem Herzen, ein bohrender Zweifel, der mich immer begleitet hat. Wie soll ich ihm das verzeihen?«

»Es ist geschehen, Ella.« Vielbrock zog Ella nun zu sich hoch. Sie stand vor ihm, sah ihm in die Augen. »Es ist nicht wiedergutzumachen. Aber denkst du nicht, dass dein Vater sich nun die größten Vorwürfe macht? Wahrscheinlich gibt es keinen unglücklicheren Menschen auf diesem Planeten als ihn. Ihr müsst euch beiden die Chance geben, einander zu verzeihen.«

Ella nickte, sie weinte nun hemmungslos. Vielbrock zog sie an sich, tröstend strich er über ihren Rücken. Sie fühlte sich so zart und zerbrechlich an in seinen Armen. Er dachte, dass niemand das Recht hatte, diese junge Frau zu verurteilen. Ja, sie hatte einen Fehler begangen. Aber es war ein so menschlicher Fehler gewesen, eine Schwäche, keine Heimtücke, kein Hass, kein niederer Trieb. Er küsste ihren Scheitel.

»Johannes.« Die Stimme seiner Frau zerschnitt die Stille des Kusses. Plötzlich stand sie zwischen ihnen, sie zerrte an Ellas Kleid, riss an ihren Haaren. »Lass meinen Mann in Ruhe, du Biest.«

Fünf

Es war nicht wichtig, wer sie belogen und wer den ersten Schritt getan hatte. Es war wichtig, was sie gesehen hatte. Und sie hatte gesehen, dass die Deutsche in den Armen ihres Mannes lag. Und dass sich ihr Mann über sie gebeugt hatte und sie küsste. Auf das Haar.

Victoria Vielbrock hatte nicht mehr sehen müssen. Sie wollte auch keine Erklärungen hören. Es gab keine Erklärung für dieses beschämende Verhalten. Es gab nur einen Weg, der jetzt beschritten werden musste: Hinaus mit der Deutschen! Sie konnte dieses Weib nicht länger auf *Oakland* dulden. Was fiel dieser Kokotte ein, ihren Mann zu verführen – den Vater ihrer Kinder!

Victoria Vielbrock zweifelte keinen Moment daran, dass es Ella gewesen war, die Johannes in ihre Netze gezogen hatte. Sie war es ja auch gewesen, die ihn von der Idee überzeugt hatte, sie müsse nun Malerin werden. Was für ein lächerlicher Plan! Eine Frau hatte keinen Beruf zu ergreifen, sie durfte sich auch nicht von ihren Leidenschaften mitreißen lassen. Eine Frau gehörte an die Seite ihres Mannes. Sie schenkte ihm Kinder. Sie trug sie aus, gebar sie unter Schmerzen, sie riskierte ihr Leben, ihre Gesundheit, ihre Kraft. Und dann gehörte ihr Leben diesen Kindern. Fortan war sie Dienerin ihrer Brut. Sie nährte die hilflosen Wesen, gab ihnen Liebe und Schutz. Sie war bereit, ihr Leben in den Schatten der gierigen, nimmersatten Engerlinge zu stellen. War es zu viel verlangt, dass ein Mann seiner Ehefrau dafür mit Loyalität dankte?

In ihrer Wut hatte Victoria eine Kraft verspürt, die sie selbst überrascht hatte. Es war nicht nur körperliche Wucht gewesen, als sie zwischen Johannes und die Deutsche gefahren war und sie auseinandergerissen hatte. Sondern auch die kühle Energie, alles Weitere zu regeln.

Zunächst hatte sie getobt und geschrien, bis die Kinder ängstlich in das Zimmer des Vaters gelaufen kamen. Dann hatte sie Ella angewiesen, ihre Sachen zu packen. »Noch heute Abend verlassen Sie dieses Haus!«

Sie hatte eine Erklärung für die Kinder gefunden, ihren Mann mit Nichtachtung gestraft, die Blicke des übrigen Personals ignoriert. Ja, am Abend hatten sie als Familie, erschrocken und starr, am Tisch gesessen und gemeinsam gegessen. Zunächst war die Stille unerträglich gewesen, doch dann hatten sie begonnen, für die Kinder Theater zu spielen. Und das Stück funktionierte, es gaukelte ihnen allen Normalität vor. Das Essen begann zu schmecken, der Wein gefiel ihr noch besser, und plötzlich entdeckte sie sogar so etwas wie Achtung in den Augen ihres Mannes. Johannes schien es zu gefallen, dass sie um ihn kämpfte.

Die Inszenierung funktionierte so gut, dass sie nicht gemerkt hatten, wie Ella das Haus verließ.

Wohin? Immer noch passten alle ihre Sachen in die Reisekiste und die Maltasche. Es dauerte keine Stunde, bis Ella gepackt hatte. Zuletzt fiel ihr der Stein ein, der sich immer noch unter ihrem Kopfkissen befand. Sie ließ ihn zwischen die Farben gleiten. Dann verschloss sie die kleine Truhe. Sie würde sich Hilfe holen müssen, um die Kiste die Treppe hinunterzubefördern.

In der Küche stieß sie auf Eola, die Geschirr abwusch. Die Schwarze fragte nicht nach, das Personal hatte den Eklat verfolgen können. Die Herrin hatte so viel Lärm gemacht, dass selbst die Gärtner ins Haus gestürzt waren. Schweigend stieg sie hinter Ella die Treppen hinauf.

Gemeinsam schafften sie es, das schwere Gepäckstück nach unten zu bringen. Durch die Halle und am Esszimmer vorbei, wo die Familie zusammensaß, bugsierten sie die Kiste auf den Vorplatz. Dort blickte Ella sich hilflos um. Sie wusste nicht, wie sie in die Stadt kommen sollte. Eola sah sie mitfühlend an.

»John fährt noch hinunter«, sagte sie und wies auf einen der Gärtner. »Er kann Sie bestimmt mitnehmen.«

Ella nickte. »Danke«, sagte sie. »Danke für deine Hilfe.«

Sie hatte erwartet, dass Eola zurück ins Haus gehen würde, doch sie blieb und setzte sich an den Fuß der Treppe. Ella spürte, dass ihr Blick immer noch auf sie gerichtet war. Es war ein sorgender, fast zärtlicher Blick, er umschloss sie wie eine Umarmung.

»Wir haben uns nie richtig kennengelernt«, sagte Ella und setzte sich an Eolas Seite, denn der Gärtner war immer noch damit beschäftigt, seinen Wagen mit Gerätschaften zu beladen. »Die Mädchen erzählten mir, dass du Kinder hast.«

Eolas Gesicht leuchtete auf. »Fünf Kinder«, sagte sie und zählte die Namen mit Hilfe der Finger auf.

»Leben sie bei deiner Familie?«

»Drei leben bei meiner Mutter, und zwei sind bei mir.«
Ella stutzte, sie hatte die Kinder noch nie gesehen, obwohl Eola sich ein Zimmer mit einem der anderen Dienstmädchen im Haus teilte. »Wer kümmert sich denn um die beiden, wenn du arbeitest?«
»Sie sind immer bei mir. Immer …«, beharrte Eola. Verschwörerisch beugte sie sich zu Ella hinüber. »Sie sind in meinem Atem.«
Ella dachte, dass Eola sich in einer anderen Welt bewegte. Ein paralleles Universum, so real, wie es ein Traum für den Träumenden sein konnte. Sie dachte an die Traumzeit, von der Edvard Hope ihr erzählt hatte.
»Du hast auch ein Kind«, fuhr Eola fort, sie schien nun ganz vertraut mit Ella und hatte jede Scheu verloren. »Ich kann es sehen. Ein Geistkind. Eigentlich gehört es nicht hierher, aber es ist noch bei dir. Quält es dich?«
Ella spürte einen Stich, der Schmerz nistete sich zwischen ihren Rippen ein. Sie wusste nicht, was sie antworten sollte. Was wusste Eola von ihrem Kind? Und wie konnte sie von diesem Wesen sprechen, das doch nie geboren worden war? Warum sollte es also noch bei ihr sein? Sie hatte es auf dem Meer verloren, inmitten der grenzenlosen Unendlichkeit. Ella kannte noch nicht einmal die Koordinaten jener Nacht, den Sternenhimmel, unter dem sie sich damals befunden hatten.
»Wann ist das Kind zu dir gekommen?«
Ella packte Eolas Hände. »Es gibt kein Kind«, sagte sie heiser. »Und ich weiß nichts von einem Geistkind. Ich bin eine Weiße, ich bin getauft. Eure Traumwelt existiert für mich nicht.«
Eola schüttelte den Kopf. Ella bemerkte, dass Hitze von ihren Händen aufstieg.
»Du trägst seine Erinnerung bei dir. Ich dachte, ich könnte dich davon befreien, aber es war zu mächtig für mich.«

Ella stand auf. Ihr war, als müsste sie sich schütteln. Sie bewegte sich, ging auf und ab. Sie wollte Eolas Worte hinter sich lassen und nicht länger über sie nachdenken. Sie sah, dass der Gärtner fertig war. Ella winkte ihm zu und fragte, ob er sie mit in die Stadt nehmen könnte. »Wiedersehen, Eola«, verabschiedete sie sich hastig von der Schwarzen. Sie wollte kein Wort mehr über das Geistkind hören.
Eola sah sie nachdenklich an. Dann schlug sie ihre Augen nieder und wandte sich um. »Moitj, Moitj …«, hörte Ella sie beim Weggehen flüstern. Sie wusste, dass sie diese Worte schon einmal gehört hatte. Plötzlich verstummte der Schmerz.

Was für ein Tag! Ella hatte überlegt, dass sie sich ein Zimmer in einer billigen Hafenpension suchen könnte. Doch das Gespräch mit Eola hatte sie aufgewühlt. Sie konnte jetzt nicht allein mit ihren Gedanken sein. Und sie musste über all die anderen Dinge sprechen, die über sie hereingebrochen waren. Auf der Fahrt in die Stadt liefen die Ereignisse noch einmal wie Traumbilder vor ihren Augen ab. Der Artikel in der *Post,* das ungewisse Schicksal der Mutter, von dem sie so plötzlich erfahren hatte, das Gespräch mit Johannes Vielbrock, dessen Umarmung und die Eifersucht seiner Frau, die sie nun von *Oakland* vertrieben hatte.
Ella hatte sich entschieden, sich nicht von Vielbrock zu verabschieden. Er würde sie finden, dachte sie, wenn er nach ihr suchte. Sie wusste, dass es besser war, still und leise ohne dramatisches Finale aufzubrechen. Sie wollte nicht, dass die Kinder litten. Victoria würde sicher eine geeignete Geschichte über ihre plötzliche Abreise erfinden.
Vor der Konditorei in der Margaretstreet lud der Fahrer ihr Gepäck ab. Ohne Anstrengung schob er die Kiste in den Hof. Ella bedankte sich. Sie wollte ihm eine Münze zuste-

cken, aber Vielbrocks Gärtner lehnte ab und setzte seinen Weg fort.
Ella sah, dass der Laden noch geöffnet war. Kurz entschlossen öffnete sie die Tür und trat an den Tresen. Sie kaufte eine Tarte mit Früchten, die das Mädchen in einen eleganten Karton setzte. Mit dem Kuchen in der Hand machte sie sich auf den Weg ins Atelier.

Sechs

Gympie war allein. Sie schien nicht überrascht, als Ella plötzlich vor ihr stand. Mit wenigen Worten erklärte Ella ihre Situation.
»Natürlich kannst du bei uns bleiben.« Gympie lächelte, und Ella spürte, dass ihre Einladung von Herzen kam. »Edvard liefert noch ein Gemälde aus, vielleicht schaut er auch noch in der Galerie vorbei. Es wird sicher später werden.«
Erleichtert streckte Ella Gympie den Kuchen entgegen. »Ich hoffe, du magst so etwas.«
Das Mädchen nickte. »Wunderbar«, freute es sich. »Edvard wird nicht viel davon abbekommen.«
Nachdem sie das Gepäck ins Atelier getragen hatten, half Ella Gympie, das Essen zuzubereiten. Gemeinsam schnitten sie Gemüse, Kartoffeln und Hammelfleisch für einen Eintopf. Die australische Küche wurde von ihren englischen Wurzeln dominiert, und Hammel- oder Lammfleisch gehörte zu jeder warmen Mahlzeit. Gympie verfeinerte das Gericht mit einem wohlriechenden Kraut.
»Was ist das für ein Gewürz?« Ella hatte die Pflanze noch nie gesehen. Überrascht roch sie an den zarten, fein gezeichneten Blättern. Der Duft machte sie wehmütig, er rief die Erinne-

rung an Gretas Kräutergarten auf *Sophienlund* wach. Es war, als ob dieses Gewächs die Aromen der Vergangenheit in sich trug.

Gympie zuckte unbekümmert mit den Schultern. »Die Chinesen nennen es Wasserspinat, ich habe es auf dem Markt entdeckt. Edvard liebt es.«

»Ach, ich dachte, es sei typisch australisch.«

»Bushfood?« Gympie lachte auf. »Kein Engländer käme auf die Idee, etwas zu essen, was er nicht aus seiner Heimat kennt. Ich bin froh, dass die chinesischen Gemüsehändler inzwischen auch etwas anderes anbieten als Kohl und Bohnen. Aber Felsenfeigen oder wilde Tomaten werden wohl nie auf den Tellern der Weißen landen.«

Der Eintopf schmeckte ausgezeichnet. Obwohl Ella zuerst keinen Hunger verspürt hatte, merkte sie doch beim Essen, dass der Appetit zurückkam. Als sie beim Kuchen angelangt waren, fragte Gympie, warum Ella *Oakland* verlassen hatte.

Ella berichtete von ihrem Tag, dem Schock bei der *Post* und den Nachrichten, die sie auf dramatische Weise wieder mit der Heimat verbunden hatten. Gegenüber Gympie verspürte sie keine Scheu, sie machte sich keine Gedanken darüber, ob das Mädchen sie verstehen könnte. Gympie erschien ihr ganz unbekümmert, und sie bewegte sich außerhalb jeder Moralvorstellung. Sie würde sie nicht verurteilen.

»Was wirst du tun?« Gympie hatte Ella ausreden lassen. Sie stützte ihren Kopf in die Hände, wie ein Vorhang fielen ihr die Haare vor das Gesicht. Ihre dunklen Augen sah Ella kaum.

»Ich werde meinem Vater einen Brief schreiben«, sagte sie. »Mister Vielbrock hat ja recht, ich muss mich erklären. Vielleicht kann er mir verzeihen, und vielleicht kann ich ihm verzeihen. Irgendwann.«

»Und Jacob?« Gympie sprach den Namen weich, fast zärtlich aus.

Ella zuckte zusammen, als sie den Namen des Geliebten hörte. »Ich werde ihm eine Nachricht in den Busch schicken. Mister Wilson steht in Verbindung mit der Expedition. Es war dumm, nicht weiter mit ihm sprechen zu wollen. Wilson kann mir helfen, und warum soll ich mich vor der Vergangenheit verstecken?«

Gympie streckte eine Hand aus und strich über Ellas Wange. »Du bist stark«, sagte sie. »Das konnte ich schon beim letzten Mal spüren.«

»Du hast gesagt, du kennst mich schon.« Ella erinnerte sich an Gympies Worte.

»Da ist etwas, das uns verbindet.« Das Mädchen lachte. »Wenn ich dich ansehe, wenn ich dich reden höre, spüre ich ein Band, etwas Gemeinsames. Vielleicht werden wir später einmal herausfinden, was es ist.«

Ella nickte, sie war sehr müde. Es war schon lange dunkel, und die Aufregungen des Tages hatten sie erschöpft. Sie blickte sich um. »Wo kann ich schlafen?«

»Du kannst dir das Bett mit mir teilen, Edvard kann sich mit ein paar Kissen und Decken ein Lager auf dem Boden bereiten. Morgen kümmern wir uns dann um ein Bett für dich.«

Ella wehrte ab. »Nein, nein, ich bin euer Gast. Ich kann auch auf dem Boden schlafen, ich bin nicht empfindlich.«

»Unsinn …« Gympie zog Ella hoch und wies auf das große Bett, das einen Himmel aus Chintz besaß. »Edvard ist ein Gentleman, er würde es nicht dulden, dass du da unten liegst. Wir lassen eine Lampe für ihn brennen und legen ihm eine Nachricht auf den Tisch. Er wird entzückt sein, die Nacht mit zwei Frauen zu verbringen.«

Ella fügte sich, sie war zu müde, um noch länger zu argumentieren. Sie half Gympie mit dem Geschirr, dann wusch sie sich kurz am Brunnen im Hof und schlüpfte ins Bett. Wenig später kroch Gympie auf die andere Seite. Im Licht der kleinen Lampe, die sie auf dem Tisch hatten brennen lassen, sah Ella, dass Edvards Geliebte wieder nackt war. Sie dachte, dass sie noch nie mit einer Frau das Bett geteilt hatte. Vorsichtig rollte sie sich auf die Seite, um im Schlaf nicht gegen Gympie zu stoßen.

»Du musst keine Angst haben.« Gympies Stimme gurrte vor Vergnügen. »Ich rühr dich nicht an. Ich kann nur nicht schlafen, wenn ich ein Hemd trage. Es engt mich ein, wahrscheinlich ein Erbe meiner Vorfahren.« Sie streckte eine Hand aus und legte sie auf Ellas Schulter.

Ella merkte, wie sie sich entspannte. Ihr Körper schien in der Matratze zu versinken. Das Federbett umhüllte sie wie warmes Wasser, sie fühlte sich geborgen und beschützt. »Wo kommst du her, Gympie?«, flüsterte sie. Das schummrige Licht hatte sich auf ihre Stimme gelegt, in der Dunkelheit sprach es sich leichter.

»Ich bin in Melbourne geboren worden, meine Mutter stammt aber aus dem Busch. Später arbeitete sie auf einer Farm.«

»Und dein Vater?«

»Kenne ich nicht.« Gympie schwieg einen Augenblick. »Als Mutter schwanger war, hat man sie entlassen. Sie hat sich mit einfachen Arbeiten im Hafen über Wasser gehalten, später habe ich mich gefragt, warum sie nicht zurück zu ihrem Clan ging. Sie war wohl zu stolz. Ich habe sie das letzte Mal gesehen, als ich neun oder zehn Jahre alt war. Irgendwann kam sie nicht mehr zurück. Man sagte mir, dass es einen Unfall gegeben hätte und sie beim Beladen eines Schiffes von einem Fuder Getreide verschüttet worden war.«

»Und du?«

»Ich bin ziemlich bald in einem Missionshaus gelandet. Dort hat man versucht, aus mir ein fleißiges, gottesfürchtiges Etwas zu machen. Mit zwölf habe ich angefangen zu arbeiten, zuletzt vorne in der Bäckerei. Dann entdeckte mich Edvard, er ist sehr gut zu mir.«

»Bist du geschlagen worden?«

Gympie schwieg. »Ich habe gelernt zu gehorchen«, antwortete sie nach einer Weile. »Außerdem dachte ich immer, ich hätte die falsche Hautfarbe. Für die Aborigines war ich nicht dunkel genug, und die Weißen sehen in mir immer nur die Schwarze.«

»Woher kennst du die Welt der Aborigines so gut, ihre Sprache, ihre Geschichten?« Ella war so müde, sie schaffte es kaum noch, die Worte aneinanderzureihen. Sie dachte, dass es schön war, neben einer Freundin zu liegen.

»Die Köchinnen in der Mission waren schwarz, wenn wir ihnen helfen mussten, erzählten sie uns von unseren Ahnen. Es war unser Geheimnis, wir durften den Schwestern nichts verraten. Wir sangen ihre Lieder, und ich weiß, zu welchem Clan ich gehöre. Aber ich war nie dort, ich habe keine Wurzeln.«

»Wir sind beide gestrandet«, flüsterte Ella. »Gestrandete …« Gympies Worte machten es ihr leichter, die eigene Geschichte zu akzeptieren. Sie bemerkte, dass sie anfing, über ihre Mutter nachzudenken. Was war sie für ein Mensch gewesen? Und wie hatte sie sich von ihrem Kind trennen können? Hätte sie nicht versuchen sollen, ein Familienleben zu führen? Hatte sie ihre Tochter nicht geliebt, nicht lieben können? Im Gegensatz zu Gympies Mutter hatte sie doch kein Leid ertragen müssen. Ella war sich sicher, dass ihr Vater seine Frau auf Händen getragen hatte. Wie sehr musste ihn die Trennung getroffen haben. Und wie sehr musste er nun unter dem Verschwinden seiner Tochter leiden.

Während Ella in den Schlaf hinüberglitt, sah sie das Bild der Mutter wieder vor sich. Sie versuchte, sich an deren Augen zu erinnern, an eine Stimme, einen Geruch. Sie wusste, dass sie deren Andenken in ihrem Gedächtnis trug. Es war das Rätsel, das sie immer begleitet hatte.

Edvard kam gegen Mitternacht nach Hause. Ella wachte auf, als sie Gympie flüstern hörte. Sie verstand nicht, was gesprochen wurde, aber sie bemerkte, dass sich die Freundin erhob und dem Engländer folgte.

Sie musste sich zu Edvard gelegt haben. Das Flüstern veränderte sich, wurde zu einem Seufzen, das ihr einen Stich versetzte. Ella versuchte, nicht zu lauschen, doch sie konnte nicht anders. Sie sah Gympies nackten Körper vor sich, dann Edvard, der sich auf sie schob, der ihre Haare zur Seite strich und ihre Haut zärtlich berührte.

Ella konnte nicht sagen, wie lange sie wach gelegen und sich von den Geräuschen der Nacht hatte wiegen lassen. Das Seufzen veränderte sich, immer drängender, fordernder war es nun, als schaffte sich die Liebe einen eigenen, einzigen, mächtigen Körper, der sich im Raum ausdehnte.

Jacob – plötzlich sah Ella ihn an ihrem Bett stehen. Sie rückte zur Seite, und er legte sich zu ihr. Ohne ein Wort küsste er sie, und dieser Kuss ließ alles, was hinter ihnen lag, in Bedeutungslosigkeit versinken. Verlangen raste durch ihren Körper, jedes Fleckchen Haut lud sich auf mit Spannung, und als sie ihn so nah, wie es nur ging, bei sich spürte, war sie nur noch Gefühl. Jeder Gedanke löste sich in Wonne auf. Der Rausch trug sie fort, und sie kehrte nicht zurück von diesem Ort.

Ella schlief lange, doch Gympie schlief noch länger. Als Ella erwachte, lag sie an ihrer Seite und hatte den Arm um ihre

Taille geschlungen. Verwirrt richtete Ella sich auf, sie bemerkte, dass ihr Hemd über der Brust offen stand.

»Guten Morgen.« Auf einem Sessel am Ende des Bettes saß Edvard. Er war hellwach und trug bereits seinen üblichen schwarzen Anzug, auf den Knien balancierte er seinen Zeichenblock.

»Ich hoffe, du hast nichts dagegen?«, murmelte er und deutete auf die Zeichnung.

Ella schüttelte den Kopf, sie war noch nicht ganz bei sich, tauchte nur langsam aus den Umarmungen der Nacht auf. War alles nur ein Traum gewesen? »Wie spät ist es?«

»Es ist fast zehn, aber ich wollte dich nicht wecken. Und ich konnte nicht widerstehen, ich musste euch einfach zeichnen. Der Kontrast von heller und dunkler Haut, von blondem und schwarzem Haar. Ihr seid so gegensätzlich wie Sonne und Mond, wie Tag und Nacht. Und trotzdem ist es ein zauberhafter Anblick, sinnlich und verlockend.«

Ella schloss ihr Hemd, vorsichtig, um Gympie nicht zu wecken, und erhob sich. »Weißt du schon, warum ich hier bin?«

Edvard nickte. »Gympie hat mir alles erzählt. Außerdem habe ich die *Post* schon gesehen und musste sofort an dich denken.« Edvard wies auf den Brillantring, den Ella immer an der rechten Hand trug. »Mach dir keine Sorgen, sie werden dich schon nicht in der Luft zerreißen.«

Sieben

Ella tat sich schwer mit dem Brief an ihren Vater. Sie saß fast zwei Wochen daran und kämpfte um jedes Wort. Immer wieder strich sie durch, formulierte neu. Sie suchte einen Weg, sich zu erklären. Schließlich sah sie ein, dass sie sich nicht von ihrer Schuld freisprechen konnte. Ihr Vater würde keine Entschuldigung akzeptieren – genau wie sie sein Schweigen nicht entschuldigen konnte. Sie dachte, dass sie nur gemeinsam verzeihen könnten. Sie mussten ihren Groll aufeinander bezwingen. Vielleicht wog der Fehler des einen die falsche Entscheidung des anderen auf?

Zögernd begann Ella, die Ereignisse zusammenzutragen. In Gedanken durchlebte sie noch einmal die magische Nacht des Sternenballs, das unvermutete Wiedersehen mit Jacob auf der Jagd, den gemeinsamen Morgen im Atelier, das überwältigende Gefühl füreinander und den Schmerz. Doch ihre Worte trafen nie, was sie fühlte. Der Rausch, ihre Liebe zu Jacob, ließ sich nicht fassen und auf Papier übertragen. Sie dachte, dass sie die Bilder, die sie von Jacob gemalt hatte, sprechen lassen müsste. Wer sie sah, konnte verstehen, was sie empfunden hatte. Zuletzt beschrieb sie ihrem Vater, wo er den Schlüssel zu ihrem Atelier finden würde. Sie bat ihn, sich die Porträts anzuschauen. Und sie hoffte, dass er sich ihre Worte zu Herzen nähme. Vielleicht würde er seine Tochter verstehen können. Und vielleicht gab es auch einen Weg, auf dem sie wieder zueinanderfinden und den sie gemeinsam beschreiten konnten – irgendwann in einer fernen Zukunft. Ella dachte an Vielbrocks Worte.

Doch zunächst wäre ihr Brief viele Monate unterwegs, und bis zu einer möglichen Antwort würde ebenso viel Zeit vergehen. Ella fürchtete sich vor der Ungewissheit. Sie wusste nicht, ob sie sich an den Gedanken gewöhnen könnte, dass ihre Mutter noch lebte. Und sie dachte daran, dass es eine Zeit im Leben ihres Vaters gegeben hatte, in der er wohl ebenso unglücklich gewesen war wie sie selbst. Damals hatte er sich nicht anders zu helfen gewusst als Jahre später seine Tochter: Er hatte sich in die Sprachlosigkeit geflüchtet und sich jeden

Gedanken an Ellas Mutter verboten. Er hatte seine Tochter vor der Wahrheit schützen wollen.

Eine Nachricht an Jacob zu verfassen, war einfacher gewesen. Ella genügten wenige Worte. *Warte in Melbourne auf dich. Ella,* lautete der Text, den der Telegrafist der *Post* ins Hinterland morste. Punkte und Striche, wenige kurze und lange Stromimpulse nur, die ihre Worte über viele hundert Meilen transportierten und die am Ende wieder einen Sinn ergaben. Einen unbegreiflichen Sinn.

Wie würde Jacob reagieren?

Ella stellte sich vor, wie ihm die Nachricht überbracht wurde. Ein kleiner Zettel nur, Bleistiftbuchstaben auf einem Fetzen Papier, eine fremde Schrift mitten im Busch, die einen Bogen schlug zurück in sein altes Leben. Die Überraschung wäre ihm anzusehen. Wie viel Zeit würde er benötigen, um ihr zu antworten?

Henry Wilson rieb sich die Hände, als Ella wieder in seinem Büro erschien und um seine Hilfe bat. »Fabelhafte Geschichte …«, schnaufte er und sprang ihr entgegen. Seine Augen leuchteten vor Vergnügen, und sein dünner sandfarbener Bart zitterte. Ausgelassen versetzte er dem ausgestopften Känguru einen Schlag gegen die Schulter. »Ich gebe Ihnen mein Wort: Wir werden uns zurückhalten und keine weiteren Spekulationen über das Schicksal der deutschen Baroness veröffentlichen. Aber wenn Sie Ihren Liebsten wiedersehen, bin ich der Erste, dem Sie sich anvertrauen. Die Leser der *Post* müssen von dieser Liebe erfahren. Eine Liebe, die allen Hindernissen trotzt. Das ist doch eine Geschichte, die ganz wunderbar zu unserer jungen Kolonie passt. Wir geben nicht auf, wir kämpfen für unsere Ziele und wir werden siegen – nichts anderes verkörpert doch unser schönes Victoria. Wenn der Telegraf endlich steht, kann ich diese Geschichte bis nach Amerika verkaufen.«

Ella fühlte sich von der tosenden Brandung seiner Begeisterung überrollt. Der Eifer des Verlegers beschämte sie, denn sie sah nicht das Spektakel, den Triumph der Liebe, der ihm vor Augen schwebte, sondern die Schuld, die sie auf sich geladen hatte. Wilson wusste nichts von den Lügen, die ihre Flucht begleitet hatten. Er ahnte auch nichts von dem Kind, das sie verloren hatte. Er sah lediglich das Bild der unbezähmbaren jungen Frau, die so viel gewagt hatte. Die für ihr Lebensglück kämpfte und erste Erfolge als Malerin in der Fremde errungen hatte. Doch diese rein äußerliche Betrachtung überdeckte nur mühsam die Wunden, die ihr die Liebe zu Jacob zugefügt hatte.

Und die Gedanken des Verlegers preschten noch weiter voran. Offenbar wollte er sie noch nicht so schnell aus den Fängen seiner journalistischen Neugier entlassen. »Vielleicht planen Sie in nächster Zeit eine Ausstellung?«, fragte er. »Ein Weilchen werden Sie ja noch auf den Abenteurer warten müssen. Wenn wir darüber berichten könnten, dann gart die Geschichte auf kleiner Flamme weiter – bis zum großen Finale. Das wäre geradezu … perfekt.«

Ella schüttelte den Kopf. »Bislang habe ich lediglich einige Auftragsarbeiten fertiggestellt, Mister Wilson. Porträts der Melbourner Gesellschaft«, antwortete sie. »Vielleicht werde ich in den nächsten Wochen dazu kommen, andere Motive in Angriff zu nehmen. Edvard Hope, den Sie vielleicht kennen, wird mich mit seinem Galeristen bekannt machen. Aber es gibt noch keine konkreten Pläne.«

»Und aus Deutschland haben Sie nichts mitgebracht?«

»Nein, nichts. Bis auf …« Ella dachte nach. Ein Gesicht blitzte vor ihrem inneren Auge auf, ein scheuer Blick. Friederike Möller, die ihr auf dem Segler Modell gesessen hatte. Was wohl aus der jungen Frau geworden war? »Da sind noch

Zeichnungen von der Überfahrt. Pastelle, sie zeigen die Menschen, die nach Australien kommen. Ihre Hoffnungen und Sehnsüchte, die Zukunft des Kontinents …«
»Die Zukunft Australiens …« Wilson überlegte, er ließ Ellas Worte auf sich wirken. »Das ist gut!« Er sprang wieder auf. »Wann kann ich die Bilder sehen? Vielleicht können wir hier im Verlag etwas daraus machen, eine Ausstellung im Foyer. Oder eine Serie im Blatt. Ihre Porträts und eine kurze Geschichte dazu. Etwa so: Ein Jahr in Australien – was ist aus den Passagieren der *Südstern* geworden?«
»Warum nicht?« Ella dachte über Wilsons Vorschlag nach. »Ich werde Ihnen meine Mappe bringen. Dann können Sie sich etwas aussuchen.«
»Perfekt.« Der Verleger reichte ihr die Hand, und sie schlug ein. »Sie werden sehen, gemeinsam bringen wir die Geschichte zu einem guten Ende.«

»Ich gratuliere!« Edvard, der Ellas Pastelle inzwischen kannte, hielt Wilsons Pläne für eine ausgezeichnete Idee. »Eine Ausstellung und ein Artikel in der *Post* werden dich sogar über Melbourne hinaus bekannt machen«, prophezeite er. »Der Markt für deine Bilder wird sich vergrößern. Das wird dir mehr Sicherheit und größere Freiheit für eigene Werke verschaffen. Auf die Dauer ist die Porträtmalerei nicht alles. Erst wenn du wirklich eigenständig arbeiten kannst, ohne Rücksicht auf die Wünsche deiner Auftraggeber, wirst du dich voll entfalten können. Dieses völlige Loslassen erlaubt doch erst den Eintritt in die Kunst.«
Die Arbeit mit Edvard und die gemeinsame Zeit zu dritt im Atelier tat Ella gut. Die Werkstatt war bald mehr als ein Unterschlupf. So selbstverständlich wie Gympie sie aufgenommen hatte, so selbstverständlich ließ Edvard sie an seinem

Wissen teilhaben und von seinem Können und seinen Kontakten profitieren. In ihrer Arbeit ergänzten und inspirierten sie sich gegenseitig. Ellas bewegte Geschichte und die Gerüchte über einen Familienskandal, die sich nach dem Bericht in der *Post* in der Stadt verbreitet hatten, machte sie für die Melbourner Gesellschaft noch interessanter. Als Künstlerin gestattete man ihr ein gewisses Maß an Extravaganz, das man bei einer anderen niemals toleriert hätte. Ja, Ellas delikater Ruf befeuerte ihr Geschäft sogar. Immer wieder erhielt sie Aufträge für Porträts – sie verdiente genug, um sich eine bescheidene Existenz aufbauen zu können. Dennoch lud Edvard sie ein, bis zur Rückkehr der Expedition in seinem Atelier zu leben und zu arbeiten.

Und Ella nahm dankbar an. Inzwischen hatte sie sich ein eigenes Bett gekauft. Mit Gympies Hilfe und einem Ballen Stoff schuf sie sich in einer Ecke der Werkstatt einen privaten Raum. Gemeinsam richteten sie sich ein, und niemals hatte Ella das Gefühl, das Paar in seiner Intimität zu stören. Doch in manchen Nächten, wenn Edvard und Gympie beieinanderlagen und das Flüstern der Liebe durch das Atelier geisterte, quälte sie sich. In der Dunkelheit, die sich schützend um die Seufzer der Freunde legte, war die Sehnsucht danach, Jacob wiederzusehen, kaum zu ertragen.

Mit dem Beginn des Frühjahrs nahm Edvard seine Ausflüge an den Yarra River und an die Küste wieder auf. Wasser gehörte zu seinen liebsten Motiven, wie Ella war er fasziniert von dessen Licht- und Farbeffekten. Am liebsten malte er den Sonnenaufgang über dem Wasser, Sonnenstrahlen, die sich im Spiel der Wellen brachen. Aber er interessierte sich auch für das Buschland und die Wälder, gemeinsam mit Ella erkundete er die Landschaft um Melbourne. So, wie Edvard es von seinen französischen Freunden in London gelernt hatte, malten

sie in freier Natur. Sie ließen sich von den Licht- und Farbstimmungen leiten, die ihnen keine Ruhe ließen. Ihre Landschaftsbilder, die Vielfalt der Wälder aus Eukalypten, Akazien und Macadamia, die monochrome Eintönigkeit der Grassteppe, die karge Schönheit der Bergregionen, fingen die besondere Atmosphäre der Kolonie ein.
Doch während Edvard sich ganz auf das Naturerlebnis konzentrierte, fühlte Ella sich mehr und mehr zu den Bildwelten hingezogen, die sich nicht über das reine Sehen, sondern über das Einfühlen in die Landschaft erschlossen. Wenn sie über Stunden auf einer Lichtung stand und malte, spürte sie, dass sie in eine Art Trance verfiel. Da waren Bilder, die sich aus der Natur herauslösten. Und die mit Macht auf die Leinwand drängten. Ein Felsbrocken, auf den das Sonnenlicht fiel, wechselte seine Gestalt und wurde zu einem Gesicht. Ella sah, dass er die Stirn runzelte, scharfe Linien zogen sich über die rostrote Haut, bis der Fels sich zu häuten begann. Im nächsten Augenblick wurde er zu einem Tier, ein Reptil, ein Echsenschädel. Augen starrten sie an, ein Maul öffnete sich und gähnte, da waren Zähne, die hervorblitzten, eine Zunge. Ella hörte seine Stimme, ein Art Rauschen, in dem sich der Atem der Zeit niederschlug.
Und die Zeit sprach zu ihr. Das Rauschen wurde zu Licht, unaufhörlich wechselte der Fels seine Farbe, er glühte in allen Schattierungen von Rosa über Rostrot bis zu Blau und Anthrazit, um sich schwarz zur Ruhe zu legen. Die Landschaft war nichts als ein Gespinst aus Zeit und Illusion.
Ella wagte nicht, mit Edvard über ihre Empfindungen zu sprechen. Aber sie dachte daran, was man ihr über das Opiumrauchen erzählt hatte. Unter den chinesischen Einwanderern war es üblich, Opiumpfeifen zu rauchen. Im Hafen von Melbourne gab es Lokale, wo man sich ungestört dem Ge-

nuss des Chandoo-Tabaks hingeben konnte. Opiumraucher schwärmten von traumhaften Bildwelten, in die sie während des Rausches eintauchten. Alle Sinne, so hieß es, gerieten dann in einen Zustand höchster Sensibilität, Phantasie und Geist schienen wie beflügelt.

War es möglich, dass Farben eine ähnliche Empfindung hervorrufen konnten wie der Genuss des Opiums? Oder war es die Landschaft, die zu ihr sprach? Ella dachte, dass sie den Chinesen danach fragen musste. Bei ihrem letzten Besuch in Mister Wangs Laden hatte sie gesehen, dass eine Opiumpfeife in seiner Küche lag. Und der Alte hatte gelächelt, als er ihren Blick darauf bemerkt hatte.

Doch zunächst wollte sie mit Gympie über ihre Eindrücke sprechen. Wenn Edvard und Ella am Abend erschöpft von ihren Wanderungen ins Atelier zurückkehrten, wartete Gympie schon mit dem Essen auf sie, und gemeinsam tauschten sie die Ereignisse des Tages aus. Später zog es Edvard noch in ein Lokal, zum Kartenspielen oder zu einem Treffen mit einem Künstlerkollegen, während Ella meist zu müde war, um noch auszugehen. Sie blieb bei Gympie, säuberte ihre Pinsel und erzählte von ihren Erlebnissen.

Gympie hörte ihr schweigend zu. Sie wusch das Geschirr und trocknete es sorgfältig ab, dann bereitete sie einen Tee und setzte sich mit der Freundin noch eine Weile hinaus in den Innenhof. Ella wagte nicht, Gympie zu fragen, was sie von ihren Empfindungen hielt. Doch es dauerte nicht lange, bis Gympie das Wort ergriff.

»Ich kann es mir nicht anders erklären«, sagte sie und blickte Ella in die Augen. »Aber vielleicht bist du eine Sehende. Man sagt, dass jene Zeit, in der unsere Ahnen die Welt formten, vorbei, aber noch nicht beendet ist. Sie existiert neben unserer Welt, und in Zeremonien und Ritualen oder Träumen lässt sie sich wiederbeleben. Sie wirkt fort. Vielleicht auch in dir. Und durch dich.«

Ella versuchte zu verstehen, doch Gympies Worte waren schwer zu begreifen. »Für uns schreitet die Zeit fort, niemals zurück«, überlegte sie. »Wir kennen auch kein Nebeneinander von Zeit. Unsere Uhren bewegen sich voran, unser Denken ist in die Zukunft gerichtet. Was ist, wird im nächsten Moment schon abgeschlossen und Vergangenheit sein. Und das Vergangene kann sich nicht mehr wiederholen.«

Gympie trank ihren Tee. »Wir glauben«, sagte sie, »dass wir Kontakt zu den Ahnen aus der Traumzeit aufnehmen können. Denn sie leben bis heute fort – in der Landschaft. Sie sind Felsen, Hügel oder Bäume, und sie sprechen zu uns.«

Ella wusste, dass Gympie eigentlich nicht mit ihr darüber sprechen durfte, und sie drängte sie nicht, doch die Freundin spürte, wie groß ihr Verlangen nach Antworten war.

»Ich weiß nicht genug darüber, Ella«, entschuldigte sie sich. »Ich bin unter Weißen aufgewachsen. Doch man sagt, dass viele Clans noch heute mit den Ahnen sprechen können. Es gibt da draußen magische Bilder und Skulpturen, nur Eingeweihte dürfen sie sehen. Irgendwie scheinst du zu diesen dazuzugehören, etwas spricht dich an. Spricht durch dich hindurch. Obwohl du eine Weiße bist.«

»Was sind das für Bilder?« Ellas Herz klopfte, sie wusste nicht, warum sie Furcht verspürte. Hatte sie etwa Angst, dass die Traumbilder sie verschlingen könnten? Sie dachte an Eolas Worte von dem Geistkind.

»Moitj ...«, fragte sie. »Was bedeutet dieses Wort?«

Gympie schüttelte den Kopf. »Ich glaube, es bezeichnet eine Art Schlangenwesen«, sagte sie zögernd. »Ich weiß nicht viel darüber. Aber ich kann dir etwas über die Regenbogenschlange erzählen«, fuhr sie fort. »Sie gehört zu den Schöpfern der

Welt. Ihre Körperbewegungen formten einst Schluchten und Flusstäler. Ngalyod, so nennen wir sie, hat viele heilige Stätten geschaffen. Und sie besitzt Kräfte, die gleichzeitig erschaffen und zerstören können. Die Aborigines glauben, dass sie den Regen bringt, und sie ist der Regenbogen, der sich wie eine Schlange über den Himmel spannt. Wenn Wasserfälle in tiefe Schluchten rauschen, sagen wir, dass die Regenbogenschlange brüllt. Große Eindrücke in den steinigen Klippen der Flüsse sind ihre Spuren. Wir halten sie in Ehren, denn sie verschluckt jeden, der sie beleidigt.«

Ella versuchte, die Worte auf sich wirken zu lassen. Doch sie blieben abstrakt und ohne Leben. Da war kein Vergleich zu den Eindrücken, die in der Natur auf sie einstürzten. Trotzdem bat sie Gympie, ihr mehr zu erzählen. Vielleicht gab es ja einen Punkt, an dem sich die Geschichten der Traumzeit mit ihrem Leben verbanden.

Acht

Es gab gute und böse Geistwesen, und sie waren überall. Nach der Regenbogenschlange lernte Ella die Mimis kennen, scheue Geister, die sich am Tag in riesigen Felsbrocken versteckten und nur bei Nacht erschienen. Sie hatten die Menschen einst das Jagen, Fischen und Weben gelehrt, viele heilige Tänze und Lieder stammten von den Mimis. Und die Macht der Geistwesen wirkte bis in die Gegenwart fort. Gympie erzählte, dass die Schwarzen den Wunsch der Geister nach Ungestörtheit immer noch respektierten. Bei Nacht blieben sie allen Felsen und Steilhängen fern.

Zu den heiligen Wesen der Aborigines zählten auch Krokodile und Kraniche, fliegende Füchse und fischförmige Wesen, die man Yawk-Yawk-Geister nannte. Um jedes Wesen rankten sich Geschichten und Lieder, die deren Bedeutung bei der Entstehung der Welt erklärten. Und ihre Symbole, auf Felswände oder Rinde gezeichnet, erweckten die Kräfte der Ahnen zum Leben.

Ella mochte es, wenn Gympie sie mit einem neuen Geist bekannt machte. Mehr und mehr entwickelten die Geschichten der Freundin einen magischen Sog, der sie hineinzog in die fremde Welt der Aborigines. Erstaunt bemerkte Ella, wie viel die Freundin über die Traditionen ihrer Ahnen wusste. »Darfst du überhaupt darüber sprechen?«, fragte sie Gympie, wenn sie abends zusammensaßen und beobachteten, wie sich Tag und Nacht begegneten und miteinander verschmolzen. Die hölzernen Wände des Ateliers in ihrem Rücken hatten die Wärme des Tages gespeichert, und im Hof roch es nach Bäckerhefe, Rosinen und Schokolade.

»Ach, ich weiß so wenig«, wiegelte Gympie ab. In den Händen hielt sie Edvards Pinsel, die sie nachdenklich mit Alkohol säuberte. »Und das, was ich weiß, ist längst nicht mehr geheim. Es ist Kinderwissen, von dem auch Außenstehende erfahren haben. Ich wünschte, ich könnte die heiligen Stätten in der Wüste besuchen, die Felszeichnungen sehen und die Kraft der Geistwesen spüren, die sie vermitteln. Aber meine Empfindungen sind nur vage, sie sind nicht mit den Gefühlen zu vergleichen, die du zu spüren scheinst. Wenn ich deine Bilder ansehe, dann prägt sich die Kraft der Natur bei mir ein. Dann meine ich, die Stimmen meiner Ahnen zu hören. Es ist seltsam, aber du kannst sie auf die Leinwand bannen und verleihst ihnen Ausdruck. Durch dich beginnen sie zu sprechen.«

Tatsächlich hatten sich Ellas Landschaftsbilder verändert, Raum und Zeit trafen darin aufeinander. Wenn sie etwa eine Flusslandschaft abbildete, so schien das Wasser Geschichten hervorzusprudeln, die weiter zurückreichten als bis zu seiner Quelle. Und jeder Felsen, jeder Stein am Ufersaum beherbergte einen Mythos. Wie Treibgut verfingen sich die Spuren jener anderen Welt auf Ellas Leinwänden. Auffallend leuchtende und intensive Farben, die Mister Wang ihr in seinem Laden verschwörerisch lächelnd in die Hände drückte, verstärkten die magische Wirkung.

Auch Edvard hatte die Veränderung bemerkt. »Deine Bilder entwickeln eine eigene Sprache, sie sind fremd und doch fesselnd«, sagte er, wenn sie gemeinsam vor den Leinwänden standen und über ihre Arbeit sprachen. »Deine Farben besitzen eine geistige Tiefe, sie drücken deine Gefühle aus.«

Dennoch geriet das Malen mehr und mehr zu einem Kraftakt für Ella. Sie spürte, dass sie einen Kampf ausfocht, der in ihrem Inneren tobte. Da war der Strudel der Gefühle, die der Zeitungsartikel in ihr ausgelöst hatte. Die Lügen des Vaters, das Rätsel um die Mutter, die plötzlich mehr war als nur eine vage Erinnerung. Der Groll, der noch nicht von ihr gewichen war. Und dann Jacob, der nun doch eigentlich wissen musste, dass sie in Melbourne auf ihn wartete. Warum antwortete er nicht auf ihr Telegramm? Wollte er sie nicht wiedersehen?

Jeder dieser Gedanken riss alte Wunden auf, deren Schmerz sie nicht mehr verdrängen konnte. Am liebsten hätte sie die Erinnerungen in einem tiefen Brunnen versenkt. Doch sie konnte keinen Abstand gewinnen, die schwarzen Schatten auf ihrer Seele verdichteten sich.

Ella kämpfte gegen die Trauer an, doch an manchen Tagen quälte sie mehr als Melancholie. Dann fühlte es sich furchtbar an, sich gegen die Dunkelheit aufzulehnen. Ella spürte, dass sie wieder auf eine Krise zusteuerte. Sie erinnerte sich an den Zusammenbruch, den sie an Bord der *Südstern* erlebt hatte. Und sie musste an Roberts Worte denken. Nur ihre Arbeit würde sie vor der Finsternis retten können. Sie stürzte sich auf eine Serie von Bildern, die das Grasland abbildeten. Der Himmel über der ockerfarbenen Steppe wirkte düster und bedrohlich, ihre Pinselführung war nervös und zornig. Teilweise rechtwinklig gezogene Pinselstriche verwandelten die Fläche in abweisendes Land. Immer wieder bedrückten sie Gefühle des Scheiterns und der Verzweiflung beim Malen, die Schatten wuchsen zu bedrohlichen Abgründen an.

Gympie beobachtete Ellas Verwandlung mit Sorgen. »Du musst auf dich achtgeben«, warnte sie. »Du lässt dich von den bösen Geistern der Vergangenheit in einen Abgrund ziehen.«

Ella spürte, dass es ihr guttat, mit Gympie zu reden. Zum ersten Mal in ihrem Leben konnte sie sich einer Freundin anvertrauen. Sie erzählte ihr von dem verlorenen Kind, um das sie so sehr getrauert hatte. Und sie sprach von dem Geistkind, von dem Eola gesprochen hatte und das sie ängstigte. »Manchmal denke ich, es sitzt tatsächlich noch in mir«, sagte sie. »Dann spüre ich seinen Tritt, einen Schmerz, der sich zwischen meine Rippen gesetzt hat. Und ich habe diesen furchtbaren Traum von Feuerfluten, die mich in die Tiefe ziehen.«

Gympie konnte Ellas Schmerz für einen Moment lindern. Sie legte ihren Arm um Ella, zog sie an sich und strich ihr über das Haar. Sie gab Ella Halt, so, wie Robert ihr damals – wie lange war das her? – Halt gegeben hatte. »Du musst dich von diesem Geistkind befreien«, sagte sie. »Du wirst krank werden, wenn es dich immer wieder bedrängt. Seit wann hast du diese Träume?«

Ella erinnerte sich an das Gewitter auf *Sophienlund.* In jener Nacht hatte sie zum ersten Mal von der bedrohlichen Glut geträumt, und am Morgen, nach dem Aufwachen, hatte sie sich eingestanden, dass sie schwanger war. Der Traum und das Kind, beide Ängste gehörten offenbar zusammen. Doch das

Kind war gestorben, warum also verfolgte sie die Glut immer noch? War es die Trauer, die mit Feuerzungen an ihr nagte? Es gab ruhige Nächte, in denen Ella ungestört schlief. In anderen schreckte sie dagegen bis zu drei- oder viermal auf, weil das Feuer sie zu verschlingen drohte. Sie schwitzte und schrie, und Gympie musste sie wie ein Kind in den Schlaf wiegen.
Je drängender und rätselhafter ihre Träume wurden, desto mehr fürchtete Ella sich davor, auch tagsüber von den verstörenden Bildern überwältigt zu werden. Schließlich verließ sie das Atelier nicht mehr allein, und wenn sie mit Edvard in der Natur malte, dachte sie bisweilen, den Verstand zu verlieren. Es war grauenvoll, jeden Tag von neuem in die Dunkelheit zu stürzen. Und zum ersten Mal hatte sie das Gefühl, dass die Malerei sie nicht mehr tröstete.
»Du bist überreizt, vielleicht setzt dich die Ausstellung unter Druck«, meinte Edvard, der sich um sie sorgte. Ellas Bilder hatten jede Leichtigkeit verloren. Es war, als ob sie etwas zu verstecken suchte. Wie besessen setzte sie Farbschicht auf Farbschicht, als ob sie ihre Angst mit dem Öl übertünchen könnte.

Mister Wilson strahlte, und Melbournes Gesellschaft drängte sich im Foyer der *Post,* doch am Abend der ersten Ausstellungseröffnung war Ellas nervöser Zustand für alle offensichtlich. Immer wieder suchte sie Edvards Seite. Sie hatte sich nur nachlässig zurechtgemacht, das Haar floss ihr offen über die Schultern, als hätte sie es zu viel Anstrengung gekostet, es zurückzunehmen und aufzustecken. Unruhig lief sie auf und ab und knetete ihre Hände, bis die Knöchel spitz und weiß hervortraten. Wer sie kannte, erkannte sie kaum wieder.
Der Verleger hatte sich dreißig Pastelle, die Ella an Bord der *Südstern* gezeichnet hatte, ausgesucht. Sie schmückten die

Stirnseite des Foyers, alle Besucher schritten darauf zu. An der gegenüberliegenden Wand hatte Ella dagegen zwölf Landschaften plaziert, darunter auch einige Bilder, in denen sie vage auf die Mythen der Aborigines verwies. Im Glanz der Ölfarben schienen sich die Gesichter der Einwanderer zu spiegeln.

Ella hatte die Ausstellung »Fremde Welten« genannt, weil ihr der ursprünglich geplante Titel nicht mehr passend erschien. Der Zustrom an Besuchern war groß, die *Post* hatte einen Artikel über Ellas Porträts gebracht und tatsächlich einige der Einwanderer ausfindig machen können. Sie berichteten davon, wie es ihnen seit ihrer Ankunft in Australien ergangen war. Ella hatte erfahren, dass Friederike Möller in einem kleinen Vorort von Melbourne lebte und als Schneiderin arbeitete. Die Ausgabe, so hatte der Verleger ihr anvertraut, war eine der bestverkauften der letzten fünf Jahre gewesen.

»Die Zeichnungen sind wunderbar, so natürlich und zu Herzen gehend«, hörte Ella, als sie sich endlich unter die Besucher mischte. Einige Gäste erinnerten sich wohl an die eigene Überfahrt nach Australien. Die Landschaften jedoch beäugte das Publikum argwöhnisch. Vielen erschienen sie zu düster und bedrohlich, sie entsprachen nicht dem, was die Leute zu sehen gewohnt waren.

»Fehlt nur noch, dass sie auch die Schwarzen malt«, hörte Ella hier und da. Sie ärgerte sich über die gedankenlosen Bemerkungen, aber noch mehr schmerzte es sie, dass Gympie an diesem Abend nicht bei ihnen war. Edvard hatte entschieden, dass es besser wäre, wenn sie zu Hause bliebe. »Wir werden uns alle wohler fühlen«, sagte er. »Gympie ist unsere Prinzessin, aber die Gesellschaft wird durch sie hindurchsehen und sie mit Nichtachtung strafen. Womöglich drängen die Leute ihr noch Hüte und Mäntel auf, weil sie glauben, Gympie sei

für die Garderobe verantwortlich. Ich möchte nicht, dass man sie demütigt – bewusst oder unbewusst.«
Ella nahm sich vor, die Freundin endlich zu einem Porträt zu überreden. Ein Bild ihrer exotischen Gestalt, ihre ruhige und nachdenkliche Haltung, könnte ein anderes Licht auf die Würde der Mischlinge und Aborigines werfen. Dann würde jedermann Gympies Schönheit bewundern können.
Gegen Ende des Abends ließ Ella sich ein großes Glas Whisky reichen, aus dem sie gierig trank. Der Alkohol brannte wie Feuer, doch er beruhigte ihre Nerven und ließ sie die Bemerkungen der anderen mit einem Lächeln ertragen. Als sie Johannes Vielbrock unter den Gästen entdeckte, begrüßte sie ihn erfreut.
Vielbrock strahlte, als er sie sah. Er nahm sie zur Seite und erkundigte sich nach ihrem Wohlergehen. »Du siehst blass aus, Ella«, meinte er. »Dünn und blass. Du arbeitest zu viel. Wann kommst du mich auf der Farm besuchen? Im Frühjahr ist es im Busch am schönsten, und du hast mir versprochen, meine Schafe zu malen.«
Ella versuchte zu lachen. »Ich wusste nicht, ob die Einladung noch gilt«, antwortete sie. In Vielbrocks Nähe meinte sie immer, den tröstlichen Geruch von Schafen wahrzunehmen. »Wie geht es den Kindern?«
Vielbrock winkte ab. »Fabelhaft. Alles gut, alles gut, danke der Nachfrage. Und selbst Victoria hat sich wieder beruhigt. Inzwischen hat sie eingesehen, dass sie unsere Umarmung ganz und gar falsch verstanden hat. Trotzdem denke ich, dass es besser für dich war, das Haus zu verlassen. Kommst du voran?«
Vielbrock sah sich um. Ella bemerkte, dass auch er irritiert auf ihre Landschaften starrte. Sein Blick verletzte sie. »Ja, es ist alles gut. Ich arbeite im Atelier von Mister Hope«, erwiderte sie etwas kühler.

»Und hast du deinem Vater geschrieben?« Vielbrock strich sanft über ihren Arm, seine Berührung war kaum zu spüren.
Ella nickte. »Es war nicht leicht. Und es ist immer noch nicht leicht. Der Artikel in der *Post* hat alles wieder aufgewirbelt. Und die Ungewissheit bedrückt mich.« Ella spürte, dass ihre Gefühle sie zu überwältigen drohten. Zornig wischte sie sich eine Träne aus dem Augenwinkel.
»Ach Ella!«, seufzte Vielbrock. »Du musst mich bald besuchen kommen. Du wirst sehen: Unter dem weiten Horizont der Steppe wird jeder Schmerz bedeutungslos.«

Neun

Ella scheiterte an Gympies Porträt. Sie brachte nichts zustande, mit dem sie zufrieden war, und zermarterte sich den Kopf. Sie grübelte über jeden Pinselstrich, tötete allen Schwung und kam nicht voran. Nichts entsprach Gympies Zauber. Schließlich glaubte sie, dass sie unfähig wäre, noch einmal etwas Großes zu schaffen.
Dabei hatte sie so viele Bilder von Gympie in ihrem Kopf. Ella sah die Freundin lachend vor sich, wie sie morgens Wasser am Brunnen holte und den Esel kraulte, wie sie sich wusch und wie sie schlief, verschlungen in ihren langen Haaren. Doch sie hatte keine Vorstellung davon, wie sie Gympies Strahlen auf die Leinwand übertragen sollte. Weit entfernt, ein Bild, eine Idee davon im Kopf zu haben, gelang ihr nicht einmal eine kleine Zeichnung, ein tastender Pinselstrich. Die Angst lähmte ihre Hände, der Geruch der Farben widerte sie plötzlich an.
Ihr Mund war trocken, sie konnte nicht sprechen, jede Bewegung fiel ihr schwer. Stundenlang starrte Ella auf die Lein-

wand, auf die Farben, dann legte sie die Palette zur Seite und verkroch sich in ihr Bett.

Und auch dort wurde es nicht besser. Die Schwärze in ihr lähmte ihr den Atem und jeden Flügelschlag der Phantasie. Sie fühlte sich leer, entblößt und unbeweglich. Ella dachte, dass die ständig kreisenden Gedanken die Ursache ihrer künstlerischen Unfruchtbarkeit waren. Immer wieder rief sie sich Jacobs Porträt vor Augen, das sie auf *Sophienlund* gemalt hatte. Der rätselhafte Jüngling und der magische Moment seiner Erschaffung: Was war ihr damals gelungen! Für einen Augenblick war alles möglich gewesen.

Gympie ahnte nicht, dass Ellas Krise auch mit ihr zu tun hatte. Immer wieder versuchte sie, die Freundin zum Malen zu überreden. Resolut setzte sie Ella vor die Bilder, die auf den Staffeleien warteten. Es waren Auftragsarbeiten, Porträts, die noch nicht ganz vollendet waren. Männer in dunklen Anzügen, mit Backenbärten und ernstem Blick. Frauen, die lasen, nähten oder Klavier spielten. Ellas Strich war energisch und selbstsicher gewesen, doch nun tastete sie sich zweifelnd voran. Während Ella versuchte, die Arbeiten zu vollenden, saß Gympie an ihrer Seite. Sie reichte ihr die Pinsel, mischte Farben und trieb Ella an, wenn diese aufgeben wollte und sich nach ihrem Bett sehnte. Zum Zeitvertreib und weil sie wusste, dass sie Ella damit locken konnte, erzählte Gympie ihr Geschichten aus der Traumzeit.

Als Edvard Ellas Bilder einige Tage später betrachtete, wich er erstaunt zurück. »Was sind das für Zeichen?«, fragte er und zeigte auf die schlangenartigen Linien, die eines der Porträts rahmten. Auf einem anderen Bild versammelten sich winzige, krokodilköpfige Ungeheuer am unteren Bildrand.

Ella wusste, dass Edvard die Wesen nur schwer begreifen konnte. Sie verstand ja selbst nicht, wie sie auf die Leinwand geraten waren. Doch während Gympie erzählte und ihre Stimme sie wie ein ferner Gesang einhüllte, hatte sie die Erinnerung an Jacob und *Sophienlund* ausblenden können. Sie war von den Mythen der Aborigines überlagert worden. »Sie haben sich aufs Bild gedrängt«, murmelte Ella. »Ich kann es nicht anders erklären.«

»Mister Milton wird entsetzt sein.« Edvard deutete auf das Bild des Melbourner Bankiers. »Ich kann mir nicht vorstellen, dass er dieses Ungeheuer auf seinem Porträt duldet. Du wirst es übermalen müssen.«

Ella schüttelte den Kopf. »Das Wesen gehört zu diesem Bild. Ich weiß, dass es etwas über das Land erzählen will, das Mister Milton und seine Bank in Besitz genommen haben. Vielleicht klagt es an. Vielleicht beklagt es sich darüber, dass die Farmer heiliges Land aufkaufen und in Weideland für ihre Schafe verwandeln. Sie zerstören die alten Traumpfade, sie kappen die Verbindung der Aborigines zu ihren Ahnen.«

»Damit wirst du nicht durchkommen, Ella. Kein Mensch wird verstehen, was in dich gefahren ist. Du weißt doch, für die meisten Weißen sind das abergläubische Vorstellungen und primitive Mythen.«

»Und du?« Ella sah Edvard ruhig an. »Wie denkst du darüber?«

»Ich verstehe, dass die Gesetze und der Glaube der Schwarzen in der Traumzeit wurzeln. Gympie hat mir ja erklärt, dass die Traumzeit ihre Schöpfungsgeschichte versinnbildlicht. Aber du kannst sicher sein, dass kein Melbournian diesen übersinnlichen Ahnenzirkus ernst nimmt. Du wirst dir einiges anhören müssen, diese Bilder sind laut und verstörend, sie sind ein Affront.«

»Hältst du zu mir, denn ich werde keine leisen Bilder mehr malen können?«

Edvard nickte. Er trat noch einmal auf das Bild zu und betrachtete es lange. »Es ist ein wunderbares Bild, Ella. Es ist frei, das ist Kunst, so, wie ich sie verstehe. Vielleicht triffst du ja auf einen Käufer, der deine Kraft respektiert. Aber wenn du scheiterst, wirst du um deinen Ruf kämpfen müssen.«

Wenig später ließ Mister Milton sein Porträt aus dem Atelier abholen. Doch schon am darauffolgenden Tag erhielt Ella das Gemälde von einem Boten zurück. »Mister Milton lässt ausrichten, dass ihm die Komposition nicht gefällt«, übermittelte der Bursche, der sich staunend in der Malerwerkstatt umblickte. Als er Gympie sah, riss er die Augen auf. Flammendes Rot überzog seine Wangen, beschämt senkte er den Blick zu Boden.

Ella ließ dem Bankier ausrichten, dass sie das Porträt nicht umarbeiten könne. Trotzig zahlte sie dessen Anzahlung zurück.

Die übrigen Bilder, die noch in Arbeit waren und die Ella nach und nach an ihre Auftraggeber auslieferte, wurden ebenfalls zurückgewiesen. Am Ende des Monats stauten sich die Leinwände im Atelier. Ellas Börse war leer, und sie hatte keinen einzigen neuen Auftrag in Aussicht.

Auch Edvards Geschäft litt unter Ellas Eskapaden. In der Stadt hatte sich herumgesprochen, dass die beiden Maler mit einer Mischlingsfrau zusammenlebten. Nun verdächtigte man den Engländer, dass er sich dem primitiven Glauben der Schwarzen zugewandt hatte. Es hieß, das Atelier sei ein Ort der Sünde und hemmungslosen Ausschweifungen. Eine Opiumhöhle und ein Bordell. Schockiert wandten sich die Käufer von ihm ab. Obwohl Edvards Stil sich nicht verändert hatte, hielt sein Galerist die Bilder plötzlich für unverkäuflich. Die Rücklagen des Freundes schmolzen dahin. Nach wenigen Wochen standen die drei vor dem Nichts.

»Schafsköpfe …« Edvard besaß eine robuste Natur. Er hatte Höhen und Tiefen in seiner Laufbahn erlebt. Und er hatte seinen Humor nicht verloren. Spöttisch kommentierte er das biedere Gehabe der Melbournians. Er nahm Ella den Rückschlag nicht übel. »Vielleicht ist es an der Zeit weiterzuziehen?«, überlegte er. Doch dann fiel sein Blick auf Gympie, und im nächsten Moment vertagte er die Entscheidung.
Ella jedoch war von Schuldgefühlen geplagt, die sie bis in ihre Träume verfolgten. Und ihre Suche nach Antworten endete in immer größerer Unruhe. In ihren schlaflosen Nächten wurde sie von Dämonen heimgesucht, am Tag waren ihre Hände wie in Ketten gelegt. Ihre innere Inspirationsquelle schien wie ausgetrocknet, ihr Stern war verloschen. Das Malen wollte ihr nicht mehr gelingen, doch ein Leben ohne Malerei war kein Leben für sie.

Trotz ihrer lieblosen Kindheit besaß Gympie ein warmherziges Wesen. Sie war ausdauernd und unkompliziert, eine Kämpferin. Gympie hatte bereits in viele Abgründe geblickt. Als die Melbournians sich nun gegen Edvard und Ella wandten, litt sie mit den Freunden, doch sie ließ sich nicht entmutigen. Sie entlastete Edvard, indem sie Essen organisierte, für das sie nichts bezahlen mussten, und sie zerbrach sich den Kopf, wie sie Ella helfen könnte. Jeden Abend bereitete sie der Freundin beruhigende Kräutertees und Wickel zu, damit diese besser schlief. Sie stellte Schalen mit Wasser neben Ellas Bett, die das nächtliche Feuer abhalten sollten, und besorgte zerstoßene Fischschuppen vom chinesischen Markt. Der Verkäufer behauptete, die Schuppen linderten die innere Hitze. Schließlich schlief sie wieder mit Ella in einem Bett, um sie in die Arme nehmen zu können, wenn sie nachts aufschreckte.
An manchen Tagen stand Ella nun gar nicht mehr auf. Gym-

pie spürte, dass sich die schwarzen Schatten auf Ellas Seele verdichteten. Sie wurden zu übermächtigen Gegnern, gegen die Ella nicht mehr ankämpfen konnte. Manchmal sprach Ella im Schlaf, dann flüsterte sie, dass sie sterben wollte. Gympie erschrak, sie begriff, dass sie Ellas Dämonen nicht allein bezwingen könnte.

Zu Beginn des Sommers grassierte ein Fieber in Melbourne. Manche sagten, es sei von den Chinesen eingeschleppt worden. Andere behaupteten, die Goldsucher hätten es aus den sumpfigen Flussgebieten in die Stadt gebracht. Die *Post* sprach vom Gelben Fieber. Die Symptome ähnelten denen einer schweren Grippe mit hoher Temperatur, Schwindel und Gliederschmerzen. Viele Melbournians überstanden die Krankheit, einige starben jedoch daran.

Ella, die in ihrer Melancholie von Todessehnsucht gequält wurde, hatte dem Fieber wenig entgegenzusetzen. Nach einer besonders unruhigen Nacht bemerkte Gympie am Morgen, dass die Freundin fieberte. Erschrocken schickte sie einen Boten zu Edvard, der früh aufgestanden war und am Yarra River malte. Sie kochte einen beruhigenden Tee und versuchte sich zu erinnern, welche Geister sie gnädig stimmen müsste. Dann verteilte sie kleine Gaben, Zucker und Früchte, im Hof und Atelier.

Gegen Mittag war das Fieber so sehr gestiegen, dass Ella sie nicht mehr erkannte. Unruhig warf sie sich im Bett hin und her, immer wieder rief sie Unverständliches. Gympie hoffte, dass Edvard bald nach Hause käme. Ängstlich rief sie die Ahnen an. Sie wollte fiebersenkende Kräuter vom Markt holen, doch sie wagte es nicht, Ella allein zu lassen. Zur Sicherheit und weil die Ahnen ihr nicht antworteten, betete sie auch zur Heiligen Jungfrau, deren Gebete sie in der Mission gelernt hatte. Doch die Angst schnürte ihr die Kehle zu.

Plötzlich meinte sie, ein Geräusch in ihrem Rücken zu hören. »Edvard?«, rief sie erschrocken, denn die Schritte, leichtfüßig und sorglos, waren ihr nicht vertraut. Sie drehte sich um, doch da war niemand.

Als sie wieder zu Ella blickte, sah sie den Chinesen. Gympie war noch nie in dem kleinen Laden im Amüsierviertel gewesen, doch aus Edvards und Ellas Erzählungen hatte sie sich ein Bild von dem alten Herrn gemacht.

Mister Wang nickte ihr freundlich zu. Er hatte sich zu Ella aufs Bett gesetzt und fühlte ihren Puls. »Sie braucht …«, sagte er und kramte in den Taschen seines weiten Umhangs. »Ich habe Medizin dabei.« Er drückte Gympie ein Säckchen mit getrockneten und zerstoßenen Kräutern in die Hand. Es war federleicht.

Gympie roch daran, doch sie konnte die Kräuter nicht erkennen. »Was ist das?«, fragte sie verwundert, denn der Chinese war so plötzlich wie ein Geist erschienen.

Mister Wang wedelte ungeduldig mit den Armen, als wollte er keine Zeit verlieren. Gympie dachte, dass seine Hände so zart wie Vogelschwingen waren. »Ein Tee aus meiner Heimat«, sagte er. »Er hat ihr schon einmal geholfen.«

Gympie nickte, schnell ging sie zum Ofen und setzte Wasser auf. Der Sud roch wie sonnenwarmes Heu und nahm eine grünliche Farbe an. Als Gympie zum Bett zurückkam, war der Chinese nicht mehr da. »Mister Wang?«, rief sie unsicher. »Wo sind Sie?«

Ella öffnete die Augen und stöhnte.

Gympie versuchte, Ella aufzusetzen. Vorsichtig träufelte sie Tee auf ihre Lippen, und nach einer Weile bemerkte sie, wie die Freundin zu schlucken begann. Ella trank eine halbe Tasse Tee, dann schlief sie ruhig ein.

Wieder Jacob … Sie sah ihn unter einem weiten Himmel. Da waren Sterne, die Salti schlugen. Wilde Sterne.
Jacob schlief, sein Kopf war in den Armen geborgen, die dunklen Haare fielen ihm ins Gesicht. Die Reste eines Lagerfeuers, Glutnester nur, glimmten freundlich am Rand der Lichtung.
Sie hatte keine Angst. Vorsichtig setzte sie sich neben die Glut und schlang die Arme um ihre Knie. Während sie Jacob betrachtete, merkte sie, dass sich ihr Körper entspannte. War sie angekommen?
»Du musst ihn endlich suchen!«, hörte sie eine Stimme. Sie sah sich um.
»Wo?«, fragte sie. Die Stimme war ihr vertraut.
»Du wirst ihn finden.«
»Wie soll ich ihn finden?«
»Du bist von so vielen guten Geistern umgeben.«
»Werde ich ihn denn finden? Werde ich meine Liebe endlich finden?«
Die Stimme schwieg.
»Mister Wang?«
»Du wirst sie finden und verlieren und wiederfinden.«
Sie dachte über die Worte nach.
»Wúwéi?«
»Ja.« Die Stimme lachte, leise und wie ein Kind. »Wúwéi!«

Zehn

Der Himmel erstreckte sich endlos über der Steppe. Büschel aus Tussockgras und Spinifex bedeckten die trockenen Böden, dazwischen wuchs zähes Buschwerk mit kleinen, harten Blättern. Vereinzelt tauchten Dornensträucher und Geisterbäume auf, Eukalypten mit weißer Borke, die in der Einsamkeit aufleuchteten. Und ganz am Ende, dort wo das Auge Halt suchte, wartete der Horizont.

Der Wind kam aus Süden. Ella roch den Schweiß des Pferdes. Sie saß sicher im Sattel und gab sich dem Rhythmus des englischen Vollbluts hin, so, wie sie es als Kind gelernt hatte. Für einen Moment blitzte die Erinnerung an *Sophienlund* auf. Sie sah sich mit ihrem Vater über die Äcker galoppieren, die Hufe der Pferde wirbelten den Staub der abgeernteten Felder auf. Das goldene Land ihrer Familie.

Das Buschland war ockerfarben, mit einem rötlichen Schimmer darin, der Ella an dunkle Beerenfrüchte erinnerte. Und es gehörte den Aborigines. In seiner fast hörbaren Stille barg das Land sein Geheimnis. Je weiter sie vorankamen, desto stärker vernahm Ella die Stimmen der Ahnen. Die Gräser wiegten sich in ihrem Gesang, die Akazienbüsche summten die uralte Melodie, ein trockener Baum, ein Haufen Steine am Rande des Pfades flüsterten vom Beginn der Zeit. Wie ein unsichtbarer Strom flossen die Botschaften durch Ellas Körper. Wenn sie zitterte, griff Gympie nach ihrer Hand.

Ella wusste, dass die anderen die Stimmen nicht wahrnehmen konnten. Und sie behielt ihre Eindrücke für sich. Es hatte sie genug Kraft gekostet, Edvard zum Aufbruch zu überreden. Der Freund hatte in der Stadt bleiben wollen, doch schließlich sah er ein, dass eine Reise ins Buschland keine Flucht vor der Häme der Melbournians darstellte. Es war ein Aufbruch zu neuen Ufern – nicht nur künstlerisch.

Auch Gympie hatte auf die Reise gedrängt. Nachdem Ella das Fieber überwunden hatte, war sie in Mister Wangs Geschäft geeilt. Doch der Chinese hatte bestritten, jemals im Atelier gewesen zu sein. »Geht es Miss Carlsburg wieder gut?«, hatte er lediglich gefragt. Dann drückte er Gympie ein Päckchen

mit Farben für Ella in die Hand. »Sie wird bald wieder malen wollen«, sagte er.
Gympie hatte den Eindruck, als verändere der alte Mann sich während des Gesprächs. Er schien sich zu strecken, die Konturen seines winzigen, drahtigen Körpers verloren ihre Form. Das bunte Seidengewand schillerte wie das Federkleid eines Vogels. Mister Wangs Worte verhallten wie Flügelschläge. Dann sah sie sich mit Ella im Busch. Sie waren an einem Gewässer, Reiher und Eisvögel fischten an den seichten Ufern.
»Folge dem Strom«, hörte sie die Vogelstimme des Alten. »Folge dem Strom!«
Im nächsten Moment war die Vision vorbei. Der Alte lächelte sie nachsichtig an. »Grüßen Sie Miss Carlsburg von mir, und vergessen Sie die Farben nicht«, wiederholte er. »Sie werden bald verreisen.«
Auf dem Weg zurück ins Atelier hatte Gympie beschlossen, Edvard und Ella zum Aufbruch zu drängen. In Melbourne, davon war sie überzeugt, würde Ella zugrunde gehen. Während sie durch die Straßen lief, erinnerte sie sich an den Clan ihrer Mutter. Es hieß, dass die Kamilaroi jenseits des Murray River, im Gebiet des Lake Mungo lebten. Der Stamm galt immer noch als gastfreundlich. Gympie überlegte, ob es dort vielleicht einen Heiler gäbe, der sich Ellas Träumen annehmen könnte.

Und Ella war damit einverstanden gewesen, das Fieber hatte sie verändert. Doch zunächst wollte sie noch ihr Versprechen einlösen und Vielbrocks Farm besuchen. Sie hatte nicht vergessen, dass sie dem Freund noch ein Bild schuldete. Außerdem hoffte sie, vom Murray River aus weiter ins Landesinnere vorzustoßen. Ella dachte, dass sie der *Post*-Expedition begegnen könnten. Wilsons Männer müssten sich bald auf den

Rückweg machen, wenn sie den Sommer nicht in der Gluthölle der australischen Wüste verbringen wollten. Vielleicht würden sie sogar über Vielbrocks Land reisen. Jacob, Jacob, Jacob – er war schon so nah.

Johannes Vielbrock freute sich über ihre Pläne. Als Ella ihn in der Kneipe in der Bourke Street traf, erfuhr sie, dass er bereits im Aufbruch begriffen war. Sein breites Gesicht rötete sich vor Tatendrang. Die arbeitsreichste Zeit auf der Farm begann, die kommenden drei Monate wollte er im Outback verbringen. Innerhalb eines Tages war alles für die gemeinsame Reise organisiert. Vielbrock stellte ihnen Pferde zur Verfügung, in seinem Treck zogen sie über einen Pass durch die Snowy Mountains nach Norden.

Unterwegs verlor Ella jedes Gefühl für Zeit und Raum. Die Reise war anstrengend. Obwohl sie von den Bequemlichkeiten einer eingespielten Mannschaft profitierten, von kräftigen Pferden, komfortablen Zelten, reichhaltigen Mahlzeiten und dem Schutz bewaffneter Männer, begriff Ella, dass sie bislang lediglich das gebändigte, freundliche Gesicht Australiens kennengelernt hatte.

Sie ritten durch Gebiete, die so einsam und wüst waren, dass nichts auf die Gegenwart menschlicher Wesen schließen ließ. Ein feindlicher Raum. Dann wiederum passierten sie Farmen, durchquerten Weideland und sahen riesige Schafherden, die plötzlich wie Geister vor ihnen auftauchten. Die Tiere der Siedler fraßen ohne Pause, ihr Blöken lag schwer wie Glockenläuten über den Ebenen. Ella sah, dass Schafe und Rinder tiefe Narben im Grasland hinterließen, sie zerstörten uralte Wasserstellen und heiliges Land. Dort, wo die Tiere weideten, waren die Stimmen der Ahnen verstummt.

Unterwegs berichtete Vielbrock von aufflackernden Kämpfen zwischen Siedlern und Schwarzen. »Die Stämme begin-

nen, auf unsere Kosten zu leben«, sagte er. »Sie jagen unser Vieh, sie töten unsere Schafe, obwohl wir ihnen eigene Gebiete zugewiesen haben. Es gibt sogar Verträge, ihre Ältesten haben sie unterzeichnet. Sie haben Werkzeuge und Kleidung von uns bekommen. Aber die Aborigines halten sich einfach nicht daran.«
»Vielleicht bleibt ihnen nichts anderes übrig?«, versuchte Ella vorsichtig einzuwenden, denn sie wollte den Freund nicht verletzen. Doch sie sah ein, dass es sinnlos war, mit ihm über die Besitzrechte zu diskutieren. Vielbrock war in dieses Land gekommen, um es zu besitzen. Und der Erfolg bestätigte ihn in seinem Glauben an die Richtigkeit seines Handelns.
»Das Land gehört den Siedlern«, brummte Vielbrock. »Sie haben es rechtmäßig erworben. Und wenn sie sich nur etwas geschickter anstellten, würden die Schwarzen doch von uns profitieren. Wir beschäftigen sie, wir bringen ihnen Kultur, wir geben ihrem Leben Struktur und einen Sinn.«
Auf dem Weg nach Norden gingen Ella Vielbrocks Worte nicht mehr aus dem Sinn. *Wir geben ihrem Leben Struktur und einen Sinn.* Und unwillkürlich fragte sie sich, welche Farbe, welche Form die Einsamkeit und das Nichts wohl besaßen.

Grünau befand sich im nördlichsten Zipfel Victorias. Vielbrock hatte seine Farm nach einer idyllischen Flusslandschaft in seiner alten Heimat benannt. Ella spürte sofort, dass das glanzvolle *Oakland* immer schon Victorias Reich gewesen war, während *Grünau* Vielbrocks pragmatischen Pioniergeist widerspiegelte.
Das Farmhaus lag auf einer Anhöhe im Schatten mächtiger Akazien, eine halbe Meile entfernt flossen Murray River und Darling River zusammen. Das Land zu beiden Seiten der

Flüsse wirkte wie eine Oase in der trockenen, roten Steppe. Sogar Wein und Zitrusbäume hatte Vielbrock an einigen Stellen anpflanzen lassen. Und die Exoten gediehen in den Flussauen. Ella dachte, dass sie nun doch noch zu ihren Orangen- und Zitronenbildern kommen würde.

Das Farmgelände war beeindruckend. Um das Haupthaus herum verteilten sich mehrere Ställe, Scheunen und kleinere Gebäude für die Arbeiter. Genau wie *Oakland* war das Gebäude weiß gestrichen und gepflegt, es zeugte vom Wohlstand seines Besitzers. An der Westfassade rankten Rosenbüsche an Spalieren, ein Wasserbecken im Hof war von kreisrunden Seerosenblättern bedeckt. Stolz quittierte Vielbrock die überraschten Ausrufe seiner Gäste.

Der Hausherr wurde von seinem Verwalter und der Haushälterin Misses O'Dónaill erwartet, die ihr irisch-blasses Gesicht unter einem Strohhut vor der Sonne schützte. Neugierig taxierte sie die Frauen, zunächst Gympie und dann Ella. Ella sah, dass sie sich keinen Reim auf ihr Verhältnis machen konnte.

Vielbrock stellte sie vor. »Ich habe Gäste mitgebracht, Misses O'Dónaill, Künstler aus der Stadt. Sie werden hier malen. Bitte sorgen Sie gut für meine Freunde.« Trotz der anstrengenden Reise ließ er es sich nicht nehmen, einen Inspektionsritt mit seinem Verwalter Mister Salomon zu unternehmen, während er Edvard, Ella und Gympie Misses O'Dónaills Obhut überließ.

Die Haushälterin schien sich nicht über den unerwarteten Besuch zu wundern. Mit einladenden Handbewegungen dirigierte sie die Gäste zu einem der Nebengebäude. »Wir haben drei Gästezimmer«, sagte sie, während ihr Blick über die erschöpften Reisenden wanderte. »Normalerweise beherbergen wir durchreisende Farmer. Die Damen können aber auch ge-

meinsam in einem Zimmer schlafen. Das Bett ist groß genug. Ich nehme an, das ist Ihnen recht?«
Edvard wollte etwas sagen, doch Ella und Gympie nickten schnell. Unterwegs hatten sie sich ein Zelt geteilt, und Ella hatte ruhig schlafen können. Sie hoffte, dass sie die Alpträume in Melbournes Straßen zurückgelassen hatte. Die Natur schien ihre überreizten Nerven zu beruhigen.
»In einer Stunde serviere ich das Abendessen im Haupthaus.« Misses O'Dónaill zeigte ihnen, wo sie frisches Wasser holen konnten. »Frühstück gibt es um sieben Uhr in der Küche.«
Edvard und Gympie, die beide gerne lange schliefen, verdrehten die Augen. Schon während der Reise waren sie jeden Morgen bei Sonnenaufgang aufgebrochen. »Ich werde viel zu viel Zeit zum Malen haben«, murrte Edvard. Als die Haushälterin gegangen war, zog er Gympie zu sich und flüsterte ihr etwas ins Ohr.
Ella nahm an, dass sie eine Verabredung für die Nacht treffen würden. Die Gästezimmer lagen nebeneinander, es würde kein Problem sein, zwischen den Betten hin- und herzuwechseln. Und Vielbrock tolerierte ihr Verhältnis, er hatte sich nie daran gestört. Für einen Moment verspürte Ella einen Anflug von Eifersucht, sie hatte sich an Gympies Nähe gewöhnt. Doch dann siegte die Freude über das weiche Bett und die frischen Laken. Lächelnd wusch sie sich Gesicht und Hände. Als sie aufsah, fiel ihr Blick in den winzigen Spiegel, der über dem Waschtisch hing. Die Frau, deren Blick ihr darin begegnete, war ihr vertraut und fremd zugleich. Sie hatte nichts mehr mit dem Mädchen gemein, das sie auf *Sophienlund* gewesen war.

Trotzdem war es so, als hätte Ella das Landleben nie hinter sich gelassen. Nach ihrer Ankunft auf Vielbrocks Farm fühlte sie sich stark und voller Tatendrang. Sie genoss die morgendlichen Ausritte mit dem Farmer, gemeinsam erkundeten sie das riesige Anwesen, dessen Ländereien sich tatsächlich bis zum Horizont erstreckten. Vielbrock ritt mit ihr die Weideflächen ab und machte sie mit den Merinos vertraut. Der bunte Collie an seiner Seite erinnerte Ella an den treuen Jago.

Schnell begriff Ella die Arbeit mit den Schafen. Vielbrock zeigte ihr die Kommandos für die Hunde: Lauf rechts, Geh links, Vorwärts, Weiter, Langsam, Zurück, Genug. Unterschiedliche Pfiffe, die Hunde konnten diese auch in großer Entfernung hören, ersetzten die Befehle.

»Die jungen Hunde lernen zuerst, kleinere Gruppen zu treiben«, erklärte der Farmer die Geschicklichkeit seiner Collies. Mit einem Stock zeichnete er Pfeile in den Sand. »Bewegt sich der Hund dabei nach links oder rechts, um die Schafe von vorne anzugehen, gleicht der Schäfer die Bewegungen aus. Er bleibt also immer auf der anderen Seite der Herde. Der Junghund lernt auf diese Weise schnell, dass er immer frontal zu seinem Herrn laufen muss, um ihm die Tiere entgegenzutreiben.«

Sobald der junge Hund diese Aufgabe beherrschte, übte man die Flankierungsbefehle, später das Wegtreiben der Schafe vom Schäfer. Wenn der Hund erfolgreich sein wollte, musste er nicht nur sämtlichen Kommandos und Pfiffen seines Herrn folgen, sondern auch ein gelassenes Wesen besitzen, um die Schafe nicht zu beunruhigen. »Die Schafe müssen seinen Willen und seine Durchsetzungskraft spüren«, meinte Vielbrock. »Die schwierigste Aufgabe besteht für den Hund darin, die Schafe auf dem kürzesten Weg von einer Stelle zur anderen zu treiben. Schafe laufen nie freiwillig in gerader Linie. Sie neigen dazu, sich zu verstreuen, und versuchen, ihrem Verfolger zu entkommen und auszubrechen.«

Ella war beeindruckt von der Intelligenz der Hunde. Vielbrocks

Collies suchten auf dem weitläufigen Gelände unermüdlich nach verstreuten Schafen. Behutsam trieben sie die Versprengten zur Herde zurück. Kleinere Schafgruppen konnten die Tiere sogar eigenständig treiben, abtrennen und einpferchen.

Die Beschäftigung mit den Tieren faszinierte Ella. Sie liebte es, über das Weideland zu galoppieren und mit den Hunden zu arbeiten. Dabei profitierte sie von ihrem Wissen, das sie sich auf den Fuchsjagden angeeignet hatte. Schon nach wenigen Tagen hatte Vielbrock ihr einen eigenen Collie an die Seite gegeben. Selbst die Farmarbeiter, raue, schweigsame Kerle, akzeptierten Ella in ihrer Mitte. Sie trug ihre Reithosen und verzog keine Miene, wenn die Männer herzhaft fluchten. Für einen Moment war die Zeit in Melbourne, das Leben als Malerin, vergessen. Die Arbeit in der Natur flößte ihr Selbstvertrauen ein und stärkte sie.

Ella blieb bis zum Nachmittag auf den Weideflächen. Morgens nahm sie sich Proviant und Wasser mit, mittags aß sie im Schatten eines Baumes, Pferd und Hund neben sich. Bevor sie zur Farm zurückkehrte, machte sie immer noch einen Abstecher zum Fluss hinunter. Der Murray River floss zu dieser Jahreszeit träge durch die Ebene, und sein dem Farmhaus zugewandtes Ufer war ein magischer Ort.

Vielbrock hatte Ella eine Furt gezeigt, die versteckt zwischen Büschen und hohen Gräsern lag. Dort konnte sie gefahrlos baden. Das Wasser des Flusses war sanft und angenehm kühl auf ihrer Haut und schmeckte etwas salzig. Er entsprang an der Ostküste in den Bergen und wand sich über Hunderte von Meilen durch tiefe Kalksteinschluchten. Seine Uferlandschaften wurden von Wildtieren bewohnt. Reiher wateten an den sumpfigen Ufern, Kakadus und grüne Sittiche lärmten in den Sträuchern. Bisweilen zog Vielbrock riesige Barsche und Regenbogenforellen aus den Fluten.

Es war uraltes Land. In der Traumzeit war der Fluss durch Ngurunderi, einen Fischer, der mit seinem Speer einen Dorsch erlegen wollte, erschaffen worden. Dort, wo der mächtige, verletzte Fisch mit seiner Schwanzflosse gezappelt hatte, veränderte und verbreiterte sich der Fluss. So entstand der Murray River mit seinen Windungen, Inseln und Sandbänken.
Wenn Ella sich mit der Strömung treiben ließ, konnte sie plötzlich die Stimmen der Ahnen hören, die auf dem Weideland längst verstummt waren. Sie spürte, dass die Ufer seit Jahrtausenden von Aborigines bevölkert waren, ja, bisweilen fühlte sie den neugierigen Blick eines Augenpaares auf ihrem nackten Körper. Doch die Uferwesen blieben unsichtbar und versteckt. Ella verspürte keine Angst, sie wusste sich in freundlicher Gesellschaft.
Am Fluss fühlte sie sich Jacob nahe. Auf der Reise zur Farm waren sie einigen Wanderarbeitern begegnet, die von der voranschreitenden Telegrafenlinie erzählt hatten. Sie berichteten, dass Wilsons Männer bis in die Gegend des Cooper Creek vorgestoßen seien. Doch die Aborigines sabotierten den Telegrafen immer wieder. Ständig waren Wartungsarbeiten notwendig, eine durchgehende Verbindung kam fast nie zustande.
Ella begriff, dass Jacob ihre Nachricht wohl nicht empfangen hatte. Die Botschaft musste zwischen zwei Stationen ins Leere gelaufen sein. Wenn sie am Ufer des Murray River stand, dachte sie, dass der Fluss sie zu ihm tragen würde. Sein Leuchten glich der schimmernden See jener fernen Mittsommernacht auf *Sophienlund.*
Erst am frühen Abend kehrte Ella auf die Farm zurück. Dann war sie zu müde zum Malen. Edvard hatte sich nach ihrer Ankunft schnell auf Motivsuche begeben, und mit Gympies Hilfe schleppte er seine Staffelei kreuz und quer über das Farm-

gelände. Zur Freude ihres Gastgebers waren bereits einige Bilder entstanden. Und die Weite des Buschlandes schien den Engländer zu beflügeln.
»Warum malst du nicht?«, fragte Edvard, wenn sie abends gemeinsam an einem Feuer saßen und den Sternenhimmel betrachteten.
Ella wusste keine Antwort darauf. Sie konnte sich an keine Phase ihres Lebens erinnern, in der ihr das Malen so wenig bedeutet hatte.
»Sie träumt nicht mehr, seitdem sie nicht mehr malt.«
Gympie hatte recht. Ella sah die Freundin verwundert an. Hingen die Malerei und die schrecklichen Träume tatsächlich miteinander zusammen? Sie schüttelte den Kopf. »Das hieße ja, dass ich auf das Malen verzichten müsste.«
»Du musst es ausprobieren.« Gympie nahm einen Stock und stocherte in der Glut. Funken stoben auf und stiegen wie Leuchtkäfer in den Himmel. »Die Bilder haben zu große Macht über dich bekommen.«
»Die Bilder …« Ella dachte nach. Sie wusste, dass es nicht die Bilder waren, nicht die Farben, nicht die Leinwände, nicht die Motive. Es waren die Erinnerungen, die darin schwangen. Die endlose Reihe innerer Bilder, die sie seit der Feuernacht auf *Sophienlund* verfolgten. »Ich denke, es ist etwas, das hinter den Bildern liegt«, sagte sie. »Eine verborgene Ebene, etwas, das durch mich hindurch spricht.«
»Dann müssen wir endlich den Clan meiner Mutter suchen.«
»Ich will noch nicht fort von hier, das Schafehüten tut mir gut.« Ella wehrte sich gegen den Gedanken weiterzureisen. Plötzlich bemerkte sie, dass Vielbrocks Farm sie an das Leben auf *Sophienlund* erinnerte. Sie war vertraut mit dem Landleben, mit seiner Routine und seinen Alltäglichkeiten. Und obwohl sie wusste, dass sie nicht für immer bleiben würde, hatte

sich das wohlige Gefühl eingestellt, zu Hause zu sein. Es war ein Leben ohne die Last der Schuld. Nichts drängte sie fort aus Vielbrocks rauem Paradies.

Elf

Ella ließ ihre Farben seit Wochen unberührt. Und Vielbrock drängte sie nicht, er forderte ihr Versprechen nicht ein. Ella spürte, dass er ihre Gesellschaft genoss. Vielleicht erinnerte ihn ihr Besuch an die erste, glückliche Zeit seiner Ehe.

Erst als sich die Träume in den hintersten Winkel ihrer Erinnerung verflüchtigt hatten und sie Woche für Woche besser schlief, kehrte das Verlangen zu malen zurück. Zunächst gelang es ihr noch, das Kribbeln in den Fingerspitzen zu ignorieren. Doch dann bemerkte Ella, wie ihre Finger zuckten und Figuren in den Sand zeichneten. Sie ließen sich nicht davon abhalten, etwas zu schaffen.

In der Nacht, die sie seit jeher sanft und wehrlos machte, gab sie auf. Gympie schlief bereits, als Ella Farben und Skizzenblock suchte und im Mondlicht zu zeichnen begann. Die Kreide glitt wie von selbst über das Papier, mit angehaltenem Atem folgte Ella den Bewegungen ihrer Hand. Nach und nach verdichteten sich die Linien, die Konturen, da war ein Motiv, das Gestalt annehmen wollte. Es war Gympie, deren Körper sich auf das Papier drängte. Die schlanke Silhouette, die schmalen Hüften, das sanfte, schöne Gesicht, der Reichtum ihres seidigen Haares. Erst als sie das Bild vollendet hatte, begriff Ella, dass sie ein Pendant zu Jacobs Porträt geschaffen hatte. Die kleine Zeichnung war wie ein Gegenstück, sein anderes Ich.

Zwischen den beiden Werken schien eine magische Verbindung zu bestehen. Oder täuschte sie die Erinnerung? Ella dachte, dass sie die Bilder nebeneinander sehen müsste. Sie berührte den Schlüssel ihres Ateliers, den sie immer noch an einer Kette um den Hals trug. Während sie zeichnete, hatte Ella gespürt, dass sie Jacob nahe war. Wieder sah sie ihn unter einem weiten Sternenhimmel, seine Augen blickten sehnsüchtig in ihre Richtung. Er rief etwas, doch sie konnte seine Stimme nicht hören. Stattdessen hallten die Worte des Chinesen in ihrem Kopf: »Du musst ihn endlich suchen!«

Doch Jacob war nach wie vor unerreichbar – genauso wie sein Bild. Ella erinnerte sich, wie sie es in ihrem Atelier hinter dem Diwan verstaut hatte. Es war das Abbild ihres verlorenen Glücks. Es stand für die Jahre auf *Sophienlund.*

Ella zeigte das Bild niemandem. Doch am folgenden Tag zog sie mit Edvard hinunter an den Fluss. Das Delta des Murray River, die fast tropische Landschaft und, in der Nacht, der unendliche Sternenhimmel, der sich im träge dahinziehenden Wasser spiegelte, berauschten Ella. Bald entstanden Bilder von leuchtender, wilder Schönheit.

Ella schuf eine Serie dunkler Geisterbäume, die wie Schatten vor einem unendlichen Sternenhimmel emporwuchsen. Ihre schwarze, lanzettartige Form wirkte bedrohlich, doch der Mond, eine Masse glühenden Lichtes, und die Sterne, Wirbel reiner Energie, bildeten ein pulsierendes Gegengewicht.

Wenn sie vor ihren Bildern stand, dachte Ella, dass sie dem Herzschlag des Universums auf die Spur gekommen war. Sie spürte, dass sie einen neuen Weg ihres Könnens beschritten hatte. Sie hatte die sicheren Pfade des Naturalismus verlassen und folgte den Stimmen in ihrem Inneren.

Edvard bewunderte ihre Schöpfungen und staunte über ihren Mut. Behutsam fuhr er mit den Fingern über das Relief ihrer Pinselstriche. »Die Bildflächen sind völlig verzerrt, aber deine

Linien erschaffen ein neues Gleichgewicht und ganz neue Formen«, sagte er, und seine Stimme war heiser vor Anerkennung. »Die Natur regt dich an, aber du verformst sie. Du verleihst ihr eine seelische Dimension und lädst sie mit Bedeutung auf.«

Ella nickte, Edvards Lob bedeutete ihr viel. Doch Edvard war ein Freigeist, ein Anhänger der neuen Kunst. Wie würde Vielbrock auf ihre Bilder reagieren, wie das Publikum in Melbourne? Ella kamen die Reaktionen auf Turners späte Werke in den Sinn. Auch nach dessen Tod sorgte die völlige Auflösung von Formen und Konturen in seinem Alterswerk immer noch für Irritationen beim Publikum. »Nicht, dass man mir auch noch eine Sehschwäche zuschreibt«, sagte sie und spielte auf die Reaktion eines Arztes an, der Turners Wolkenstudien einmal mit einer fortschreitenden Linsentrübung erklärt hatte.

Edvard lachte, er verstand, worauf sie hinauswollte. In seinem weiten Hemd und der hellen, gestreiften Hose war er vollkommen verändert. Er hatte die dunklen Anzüge in Melbourne gelassen, und mit seinem runden Strohhut wirkte er wie ein exzentrischer Städter in der Sommerfrische. Selbst die schweigsamen Farmarbeiter witzelten über den Auftritt des Engländers. »In den englischen Zeitungen karikierte man Turner mit einem in Farbe getunkten Wischmopp«, sagte er. »Man schrieb, seine Gemälde seien Seifenschaum, Tünche oder Hummersalat. Aber das hier ist kein Hummersalat.«

Edvard wies auf Ellas Leinwände, die sich in ihrem Zimmer stapelten. »Bei dir spüre ich die Ehrfurcht vor den Elementen und den Gewalten der Natur. Was meinst du, Gympie?«

Aber Gympie mochte sich die Bilder nicht ansehen. Sie sorgte sich um Ella. »Du näherst dich wieder deinem Dämon«, warnte sie. »Er hat sich in eine Höhle zurückgezogen, er

schläft, doch du weckst ihn wieder auf. Er lauert, wartet darauf, wieder über dich herfallen zu können.«
Doch Ella fühlte sich wieder stark und unverwundbar. Sie glaubte, dass sie die Alpträume in der Stadt zurückgelassen hatte. Sie malte und unterstützte Vielbrock und dessen Männer. Ella führte ein Leben, wie sie es auch unter einem anderen Himmel – auf *Sophienlund* – hätte führen können. Einmal rettete sie ein junges Schaf, das in den Fluss geraten war, vor dem Ertrinken. Ein anderes Mal fand sie ein Nest verlassener Dingo-Welpen im Busch. Sie brachte die wilden Hunde mit auf die Farm, und mit Misses O'Dónaills Hilfe päppelte sie die Welpen auf. Obwohl Vielbrock bezweifelt hatte, dass die Tiere zutraulich werden würden, entwickelten sich die beiden sandfarbenen Dingos zu anhänglichen Gefährten. Ella hatte besonders das etwas kleinere Weibchen ins Herz geschlossen, das sie Nala taufte. Auf ihrer Brust trug Nala einen winzigen weißen Fleck, um die spitze zulaufende Schnauze herum war das Fell schwarz, die Ohren reckte sie stets wachsam in die Höhe.
Im Gegensatz zu den Collies bellten die Dingos fast nie, sondern gaben Heul- oder Fieptöne von sich. Auch zum Schafehüten waren sie gänzlich ungeeignet. Meist waren sie in den frühen Morgenstunden und abends aktiv und verschliefen den Tag.
»Als Hunde taugen sie überhaupt nichts«, sagte Vielbrock kopfschüttelnd, wenn er sich darüber wunderte, wie die beiden Kobolde auf die Farm geraten waren. »Sie sind wie die Schwarzen, dickköpfig und eigensinnig. Sie können sich nicht an Regeln halten.« Vielbrock meinte, dass es sie früher oder später zurück ins Buschland ziehen würde. »Du wirst schon sehen«, prophezeite er Ella. »Irgendwann wachst du auf, und sie sind fort. Häng dein Herz besser nicht an die Tiere.«

Ellas Träume kehrten so heftig wie ein Sommergewitter zurück. Die Glut schwappte über sie und riss sie mit sich in die Tiefe. Dabei hatte Ella einen guten Tag gehabt, doch in der Nacht spürte sie die schreckliche Hitze des Feuerstroms fast körperlich. Schreiend wachte sie auf. Nala, die sich unbemerkt in ihr Bett geschlichen hatte, begann zu jaulen. Und Gympie, die bei Edvard geschlafen hatte, stürzte an ihre Seite. Ella zitterte am ganzen Körper, und die Freundin nahm sie in ihre Arme. Es war sehr heiß, Gympie hatte nackt geschlafen, ein leichter Schweißfilm bedeckte ihren Körper. Liebevoll kühlte sie Ellas glühendes Gesicht mit einem nassen Lappen.
»Du musst dich deinen Träumen stellen.« Gympie streichelte abwechselnd über Ellas Haar und Nalas aufgeregtes Köpfchen. »Ich habe Angst um dich. Lass uns die Kamilaroi aufsuchen, ich bitte dich!«
Ella stöhnte. Sie zog ihr verschwitztes Hemd herunter, das ihr über die Schenkel gerutscht war, und drückte Nala an sich.
»Was werden sie tun können?«
Gympie wich aus. »Es wird nicht einfach sein, wir müssen sie finden, ihr Vertrauen gewinnen. Aber wir müssen es versuchen, ich weiß keinen anderen Weg. Wenn deine Träume noch mehr Macht über dich gewinnen, wirst du sterben.«
Ella erschrak. Die Aborigines glaubten, dass die Seele den Körper im Traum verließ. Wenn Alpträume und vorzeitiges Erwachen die Seele daran hinderten, zurückzukehren, wurde der Körper immer schwächer. Es drohten Krankheit und Tod. Sie nickte. »Sobald es geht, brechen wir auf.«
Erleichtert küsste Gympie ihre Stirn.
Gleich am Morgen besprachen sie ihre Pläne mit Edvard und Vielbrock. Während der Viehzüchter ihrem Plan nach langem Zögern zustimmte und die Frauen sogar begleiten wollte, entschied Edvard sich, auf *Grünau* zu bleiben und zu malen.

Zwölf

Ella und Vielbrock hielten sich im Hintergrund. Sie beobachteten, wie Gympie auf die Männer zuging. Ella konnte nicht verstehen, was die Freundin sagte, sie sah nur, dass die Kamilaroi abwartend, aber nicht abweisend wirkten. Sie hielt den Atem an und nahm Nala auf den Arm. Sie hatte sich nicht von dem Dingo trennen können und das Tier mit in die Wildnis genommen.

Ella hatte nicht damit gerechnet, dass die Aborigines sie empfangen würden, aber der Clan hatte offensichtlich noch nicht allzu viele schlechte Erfahrungen mit den Weißen gemacht. Sein Land lag abseits der besiedelten Gebiete und Reiserouten. Schließlich drehte Gympie sich um und winkte Ella heran.

»Ich habe ihnen erklärt, wer wir sind und warum wir gekommen sind.« Sie nahm Ella bei der Hand und schob sie auf den Aborigine zu, der ihnen am nächsten stand. Dabei murmelte sie fremde Worte, Ella nahm an, dass Gympie sie vorstellte. Sie hörte ihren Namen.

Der Nomade war etwas größer als Ella, sie schätzte, dass er vielleicht fünfzig Jahre alt sein mochte. Das grauschwarz gelockte Haar hielt er mit einem Stirnband zurück, ein dichter grauer Bart bedeckte das stolze Gesicht, die dunklen Augen lagen in tiefen Höhlen. Bis auf einen Lendenschurz aus Leder und Schnüren war der Schwarze unbekleidet. Um den Hals trug er ein aus Gräsern geflochtenes Säckchen, in der rechten Hand hielt er einen imposanten Speer, dessen Spitze in den Himmel zeigte. Ella sah, dass sich eine wulstige Narbe von der Schulter bis hinunter zum Ellenbogen zog. Sie wusste, dass diese von den Initiationsriten herrührte, denen die Aborigines sich unterziehen mussten. Gympie hatte von schmerzhaften Prüfungen erzählt, die man den Heranwachsenden auferlegte. Mit sechzehn oder siebzehn Jahren wurde die Haut der jungen Männer und Frauen eingeschnitten, die Narben zeigten, dass sie heiratsfähig waren.

Der Aborigine hieß Penang. Ella stellte ihn sich rasiert und mit kürzeren Haaren und einem Hemd bekleidet vor, und sofort wirkte er weniger fremd auf sie. Sie reichte ihm die Hand, doch Penang wandte sich Nala zu, die sich noch immer in ihre Arme schmiegte. Vorsichtig strich er über das goldfarbene Fell des Dingos und schnalzte dabei mit der Zunge. Nala hob das Köpfchen, gebannt folgte sie den Bewegungen des Fremden, dann fiepte sie leise, aber nicht ängstlich. Penang nickte und wies mit dem Speer auf das Lager. Etwa zwanzig Hütten aus rund gebogenen Ästen, die mit Rinde bedeckt waren, befanden sich auf der Lichtung am Rand einer Senke, die sich in der Nähe des Darling River befand. Ella dachte, dass sie wie zu groß geratene Pilze wirkten, die aus dem staubigen Untergrund emporwuchsen.

Von weitem war das Lager nicht zu sehen gewesen, es fügte sich in die Landschaft ein. Obwohl Vielbrock das Buschland gut kannte und bereits in dieser Gegend unterwegs gewesen war, hatten sie fast zehn Tage gebraucht, um die Kamilaroi zu finden. Schließlich war Vielbrock auf die Idee gekommen, dem Lauf des Darling River immer weiter nach Norden zu folgen, bis sie auf der Höhe von Lake Mungo tatsächlich auf das Lager gestoßen waren. Zwei Tage lang hatten sie in der Nähe des Clans campiert und abgewartet, bis die Kamilaroi neugierig auf sie zugekommen waren. Gympies dunklere Haut und ihr vertrauter Umgang mit den Weißen hatten ihnen die Scheu genommen.

Als Vielbrock Gympie und Ella folgen wollte, hielt Penang ihn zurück und schüttelte den Kopf. Gympie fragte etwas,

dann übersetzte sie: »Sie wollen keinen weißen Mann in ihrem Lager. Ella darf kommen, und ich kann sie begleiten.«
Vielbrock zögerte, er sah Ella an. »Ich kann euch hier doch nicht allein zurücklassen.«
»Sie werden uns nichts zuleide tun.« Gympie trat auf Vielbrock zu und legte ihm beruhigend die Hand auf die Schulter. »Sie achten Frauen, und meine Mutter stammt von hier. Es sind gute Menschen, ich vertraue ihnen.«
Ella fühlte sich hin- und hergerissen. Sie konnte Vielbrocks Ängste verstehen, andererseits zog sie das Leben der Aborigines magisch an. Wenn sie Gympie ansah, die in der Wildnis noch schöner geworden war und die sich ganz selbstverständlich zwischen den Eingeborenen bewegte, verspürte sie einen unwiderstehlichen Drang, das Abenteuer zu wagen. Sie wusste, dass sie auf der Schwelle stand, etwas Einmaliges zu erleben. Und sie hoffte, dass die Kamilaroi ihr helfen könnten, ihre Träume zu verstehen. Vielleicht konnten die Aborigines sie auch auf einen friedlicheren Traumpfad führen. Gympie hatte sie mit ihrer Zuversicht angesteckt. Wenn sie in Richtung Lager blickte, sah sie dort vierzig, fünfzig Gestalten, die ihren Blick stumm erwiderten. Und doch ging ein merkwürdiger Sog von diesen fremden Gesichtern aus. Ella kam es so vor, als ob deren Augen sprachen. Wie die Landschaft erzählten sie Geschichten von anderen Welten. Sie würde in den Strom ihrer Träume eintauchen und eine Zeitlang leben können wie die Menschen zu Anbeginn der Zeit.
»Es wird uns nichts geschehen.« Ella hatte sich entschieden. Sie setzte Nala ab und umarmte Vielbrock. »Johannnes …« Zum ersten Mal sprach sie ihn mit seinem Vornamen an. »Wir behalten die Pferde bei uns. Wir finden den Weg zurück, und wenn wir in einem Monat noch nicht zurück auf der Farm

sind, kommst du uns mit den Collies suchen. Die Hunde werden mich schon aufspüren.«
Vielbrock drückte sie an sich, ihr Kopf reichte ihm lediglich bis zur Schulter, und Ella erinnerte sich an den Moment ihrer ersten Begegnung, als er ihre Hand wie einen Apfelbaum geschüttelt hatte. Damals hatte Robert sie begleitet. Robert, Robert … Sie war sich sicher, dass der Freund sie finden würde, wenn sie in Not wäre.
»Ich tue das wirklich nicht gerne, Ella.« Johannes schob sie eine Armlänge von sich und legte die Hände auf ihre Schultern. Ella sah, dass seine Augen glänzten. »Und wenn du zurück bist, wirst du mir endlich das Schafsbild malen, das du mir versprochen hast. Ein fabelhaftes Schafsbild.«
Ella nickte und spürte Tränen in den Augen brennen. Sie dachte, dass Johannes die letzte Verbindung zu der alten, ihr bekannten Welt darstellte.
Hatte sie Deutschland verlassen, um in der Glut des australischen Buschlandes unterzugehen? Und würde sie Jacob je wiedersehen? Sie blickte in Richtung des Darling River, dessen Wasser ockerfarben war. Im nächsten Moment sah sie das Wasser der Ostsee über dem vor Hitze flirrenden Horizont glitzern. Eine Sinnestäuschung, die heiße Luft spiegelte das Meer.
»Warte …« Sie langte in die Maltasche, die über ihrer Schulter hing, und zog den Stein heraus. Seine blauen Muster schimmerten in der Sonne. Schnell reichte sie ihn Vielbrock. In den massigen Händen des Farmers wirkte der Stein plötzlich winzig. »Es ist kein Gold«, sagte sie, »aber er bedeutet mir sehr viel. Bitte hebe ihn für mich auf. Und wenn ich doch nicht zurückkomme …« Sie schwieg.
Vielbrock schloss seine Hände um den Stein. Er schüttelte den Kopf, dann strich er Ella übers Haar und warf Penang

einen drohenden Blick zu. Penang antwortete mit einem Nicken, er schien zu verstehen.
»Ich werde euch finden«, brummte Vielbrock. »In vier Wochen bin ich zurück.«

Wenn Ella geglaubt hatte, schon auf den Grund des australischen Kontinents vorgestoßen zu sein, wurde sie nun eines Besseren belehrt. Die ursprüngliche Lebensweise der Aborigines, ihr Leben fernab jeden Fortschritts und jeder Bequemlichkeit und ihre natürliche Würde berührten sie. Die Kamilaroi hatten den Frauen eine Hütte am Rande des Lagers zugewiesen. Das Rindendach bot Schutz vor der sengenden Sonne und hielt nachts Insekten fern. In der Hütte roch es nach getrocknetem Gras und Schilf. Der Clan teilte sein Essen mit den Gästen und zeigte ihnen, an welcher Stelle des Darling River sie gefahrlos Wasser holen konnten. Doch darüber hinaus blieben Ella und Gympie sich selbst überlassen.
»Hast du ihnen wirklich erklärt, weshalb wir hier sind?«, fragte Ella, als sie sich am zweiten Abend ihr Lager in der Hütte richteten. Noch immer hatte niemand ein Wort an Ella gerichtet. Man akzeptierte sie, beachtete sie aber nicht. Es schien, als wären sie für die Eingeborenen unsichtbar.
»Ich habe Penang von deinen Träumen erzählt.« Gympie schüttelte die leichten Decken auf, auf denen sie schliefen. Die Nächte waren so warm, dass sie sich nicht zudecken mussten.
»Aber werden sie mir helfen können?« Obwohl sie in der vergangenen Nacht ruhig geschlafen hatte, fürchtete Ella sich vor der Rückkehr ihrer Träume. Bislang hatte die Glut sie nach einer gewissen Zeit immer wieder eingeholt.
»Du musst Geduld haben, Ella. Ich habe noch nicht einmal herausfinden können, wer der Karadji ist.«
Ein Karadji war der Heiler oder Zauberer eines Clans. Er leb-

te meist abseits, abgegrenzt von den übrigen Mitgliedern des Stammes, doch weder Gympie noch Ella hatten bislang einen Heiler bei den Kamilaroi entdecken können. Dabei galt der Karadji als wichtigster Pfeiler ihrer Gemeinschaft. Er konnte Krankheiten heilen und helfen, böse Geister zu vertreiben. Es hieß, dass jeder Karadji ein inneres Auge besaß, mit dem er in den Körper anderer Menschen blicken und dessen Leiden erkennen konnte.

»Woher nimmt ein Heiler seine Fähigkeiten?« Ella hatte sich mit Nala auf ihrer Decke ausgestreckt, sie dachte über den Tag nach. Die Frauen hatten die meiste Zeit damit verbracht, die Kamilaroi bei ihren alltäglichen Verrichtungen zu beobachten. Ella hatte bemerkt, dass die Aborigines alle gleichgestellt waren. Ihre Gemeinschaft war auf Gleichheit aufgebaut. Es gab weder Herren noch Knechte, weder Arme noch Reiche, weder Mächtige noch Schwache. Ihre Kultur, die zwar Ahnen, aber keine Götter kannte, erlaubte ihnen keine Häuptlinge. Es gab erfahrene Männer wie Penang, welche die Geheimnisse kannten. Doch diese konnten allenfalls Respekt einfordern – keine Macht.

Mensch sein, Ella, das ist die Hauptsache. Immer wieder stolperte Ella über Jacobs Worte. Sie dachte, dass er von der Lebensweise der Aborigines fasziniert sein müsste. Und sie fragte sich, ob er sein Herz bereits an die Schwarzen verloren hatte. Doch Ella zweifelte, dass deren Lebensweise sich auf eine europäische Gesellschaft übertragen ließ. Die meisten Menschen würden das Leben der Aborigines als primitiv und als dramatischen Rückschritt begreifen.

»Ein Karadji wird schon als Kind erwählt«, beantwortete Gympie ihre Frage. Sie zog sich aus und löste ihr Haar aus dem Zopf. Die langen Flechten fielen bis über ihre Hüften und bedeckten ihre Scham. »Der Clan erkennt ihre besonderen Fähigkeiten, bisweilen werden diese auch vom Vater auf den Sohn vererbt. Über Geistwesen kann er Verbindung zu Baiame, dem höchsten Schöpferwesen aufnehmen. Und durch seinen Zugang zur Traumzeit fallen ihm auch neue Lieder, Gesänge und Geschichten zu, deshalb vertraut man ihm.«

Vielbrock hatte den Frauen erzählt, dass die Missionare, die immer weiter ins Landesinnere vordrangen, den Einfluss der Karadji in den Stämmen schwächten. »Sie denken, die Heiler seien primitive Medizinmänner, die billige Zaubertricks vorführen«, hatte er Ella die Haltung der Kirche erläutert. »Wenn es ihnen gelingt, deren Ansehen herabzusetzen, fallen die Clanstrukturen wie ein Kartenhaus in sich zusammen, und sie haben es leichter, die Schwarzen zu missionieren und in die Gesellschaft einzugliedern.«

Ella verstand nicht, wie der sonst so warmherzige und eigentlich liberal denkende Farmer die erbarmungslosen Praktiken vieler Siedler und Kirchenmänner gutheißen konnte. Müde drehte sie sich zu Gympie, die an ihre Seite geschlüpft war. »Morgen werde ich hinunter zum Fluss gehen und zeichnen«, sagte sie, um sich auf andere Gedanken zu bringen. »Wenn ich nur herumsitze und warte, dass etwas passiert, fange ich an zu grübeln.«

Gympie seufzte. »Du wirst die Kamilaroi nicht malen dürfen«, warnte sie. »Vielleicht erschrecken sie sich sogar vor deinen Bildern, sie werden nicht begreifen, dass du nur einen Moment abbildest. Sie kennen nur das Nebeneinander von Gestern und Heute.«

Doch Gympie täuschte sich. Ella war am nächsten Morgen schon früh aufgewacht und aus der Hütte gekrochen. Über Nacht hatte es kaum abgekühlt, und der Tag schien noch hei-

ßer zu werden als die vorangegangenen. Die Sonne war gerade erst über dem Buschland aufgegangen, doch die Luft war bereits schwer und drückend, und Ellas Hemd klebte schweißnass an ihrem Körper.
Leise schlich sie sich mit Nala hinunter zum Fluss. Sie hatte ihre Maltasche mitgenommen, nach einem kurzen Bad wollte sie sich ans Ufer setzen und in der Morgendämmerung zeichnen. Als sie aus dem Wasser kam, fühlte sie sich sauber und erfrischt. Statt sich wieder anzukleiden, schlang Ella ihr Hemd wie ein Tuch um die Hüften. Das feuchte Haar kühlte ihren Oberkörper. Ella summte leise, zufrieden suchte sie sich einen Platz, an dem sie unbemerkt zeichnen konnte. Sie wählte einen umgestürzten Baumstamm, der quer zum Ufer an einer Stelle lag, die vom Lager aus nicht einzusehen war. Während Nala aufgeregt durch das Wasser stob und nach Fischen schnappte, entschied sie sich für ein Motiv.
Zuerst zeichnete sie die durchs Wasser tollende Nala, eine kleine Fingerübung, wenige rasch ausgeführte Skizzen, die das übermütige Spiel des jungen Dingos einfingen. Als Nala sich erschöpft an ihrer Seite niederließ, beobachtete Ella die Vögel, die sich nun aus den Büschen wagten und am seichten Ufer tranken. Ein Reiher war darunter, der gemächlich durch das Wasser stolzierte und nach Beute suchte. Bei seinem Anblick blitzte die Erinnerung an Mister Wang auf. Ella sah sich in der winzigen Küche des Chinesen sitzen, süßlicher Opiumrauch waberte vor ihren Augen, sie bemerkte, dass Mister Wang Farben mischte. Der Alte schien konzentriert zu arbeiten, doch plötzlich blickte er auf und nickte Ella zu. Ihr war, als könne er sie trotz der gewaltigen Entfernung sehen, und erschrocken bedeckte Ella ihre Brüste mit den Händen. Mister Wang kicherte, er zwinkerte ihr zu, dann zerstob das Bild in einem Funkenregen. Ella bemerkte, dass sie immer noch

auf den Reiher starrte, der nun die Flügel ausbreitete und sich schwerfällig erhob, um davonzufliegen.
Opium, dachte Ella. Mister Wang mischt Opium unter seine Farben! War das etwa das Geheimnis der brillanten Töne? Und die Erklärung für ihre Visionen, die sie während des Malens überfielen? Aber dann fiel ihr ein, dass Edvard nicht von Traumbildern gequält wurde. Dabei benutzten sie doch dieselben Farben zum Malen.
Zu ihren Füßen erhob sich Nala, sie jaulte freundlich auf. Erschrocken drehte Ella sich um. Penang stand hinter ihr, sie hatte ihn nicht kommen hören. Der Aborigine starrte auf ihre Zeichnungen, dann musterte er ihren halbnackten Körper.
Ella erstarrte, sie sprang auf, wusste dann aber nicht, was sie tun sollte. Verschämt hielt sie sich die Zeichenmappe vor den Körper. Doch Penang schien sie zum ersten Mal richtig wahrzunehmen. Es war, als hätte sie zusammen mit ihrer Kleidung alles abgelegt, was sie von den Kamilaroi trennte. Neugierig berührte der Schwarze ihr helles, feuchtes Haar. Dann schob er vorsichtig ihre Arme auseinander, die sie schützend vor ihre Brüste hielt. Er studierte ihren Körper, doch sein Blick war freundlich, nicht verletzend oder entehrend.
Und im nächsten Moment begriff sie, wie lächerlich ihr Verhalten und ihre Scham waren. Wenn der Clan sich ihr öffnen sollte, musste sie das Korsett der Konventionen ablegen. Sie ließ die Arme sinken und ließ zu, dass Penangs Blicke über ihre helle Haut wanderten. Vorsichtig berührten seine Fingerspitzen die Sommersprossen in ihrem Gesicht und auf den Armen. Ella schwitzte, und Penang zeichnete die Spur der Schweißtropfen zwischen ihren Brüsten nach. An ihrem Bauchnabel verharrte er, er blickte ihr für einen kurzen Moment in die Augen, als suchte er ihr Einverständnis, dann öffnete er den Knoten, mit dem sie das Hemd um ihre Hüften

geschlungen hatte. Er berührte ihre Scham, ganz kurz nur, dann wanderte seine Hand hinauf zu ihrem Herzen, das wild klopfte.
Penang nickte, seine Neugier war befriedigt. Er setzte sich auf den Stamm und zog Ella zu sich herunter. Er sagte etwas, das sie zunächst nicht verstand, dann zeigte er auf den Block und die Kreide. Ella begriff, dass sie ihn zeichnen durfte. Sie hatte sein Vertrauen gewonnen.

Dreizehn

Die Begegnung am Fluss war der Anfang. Ella arbeitete so konzentriert wie in Melbourne. Nachdem sie Penang in einem athletischen Akt festgehalten hatte – ein nackter, stolzer, schwarzer Mann, der direkt auf den Betrachter zuschritt –, öffneten sich die Kamilaroi ihrem Gast. Die Zurückhaltung wich Zutrauen und einem freundlichen Willkommen. Ella begann, auch im Lager zu zeichnen. Sie porträtierte Männer, Frauen und Kinder, und nach wenigen Tagen enthielt ihre Mappe mehr als einhundert Skizzen, die sie später kolorieren wollte. Die Bilder zeigten das Leben der Kamilaroi, ihre Bräuche und ihren von Abgeschiedenheit und der Natur bestimmten Alltag. Kein Forscher, keine Expedition, dachte Ella, war den Aborigines so nahegekommen wie sie. Sie wusste, dass ihr ein faszinierender Blick in die Schatzkammer des Kontinents gelungen war. Und sie hoffte, die Blätter später ausstellen zu können. Vielleicht würden sie der Welt die Augen öffnen können.
Gympie war verblüfft, sie hatte nicht erwartet, dass der Stamm das Tabu brechen würde. Doch offenbar sahen die Aborigines in Ella eine verwandte Seele. Sie war ihnen ver-

traut, so, wie sie Gympie von Anfang an vertraut gewesen war – vielleicht aus einer anderen Zeit. Heilige Zeichen bewohnten Ellas Bilder, und ihr intuitiver Umgang mit den Symbolen der Ahnen bestärkte das Vertrauen der Kamilaroi. In ihren Zeichnungen setzte Ella sich mit den Botschaften der Traumzeit auseinander. Den Bildern schien ein eigener Klang zu entströmen, und Gympie dachte, dass sie einer Meditation über die großen Fragen des Lebens glichen: Woher kommen wir? Wer sind wir? Wohin gehen wir? Und sie fragte sich, ob diese Gedanken nicht auch Ellas dunklen Träumen zugrunde lagen.

An den Abenden saß Ella zwischen den Kamilaroi am Feuer. Gympie übersetzte die Gespräche des Clans, hielt sich sonst aber im Hintergrund. Die Aborigines fragten Ella nach ihrer Herkunft, nach ihrer Familie und dem Leben jenseits des großen Wassers, das ihnen ebenso fremd und exotisch erschien wie den Europäern das Leben im australischen Busch. Ella vervollständigte ihre Berichte mit Skizzen, die sie rasch aufs Papier warf oder in den Sand zeichnete. Die Kamilaroi sahen Bilder von wolkenverhangenen Lokomotiven und Dampfmaschinen, von Windmühlen, dicht bewohnten Straßenzügen und lebhaften Marktplätzen. Im Gegenzug bedankte sich der Clan mit Geschichten aus der Welt seiner Ahnen. Die Erzählungen der Aborigines bereicherten Ellas Bildwelten, sie fühlte sich beschenkt. Ein Lächeln umspielte ihre Lippen, und Gympie sah, dass ihr Blick von Zuversicht erfüllt war.

Sie waren schon fast zwei Wochen im Lager, als ihnen abends eine fremde Gestalt am Feuer begegnete. Gympie konnte nicht sagen, ob das runzlige Gesicht das eines Mannes oder das einer Frau war. Wenig später erfuhren sie, dass Momu von einer Wanderung zurückgekehrt war. Ehrfürchtig scharrten die Kamilaroi sich um den Alten und lauschten seinen weh-

mütigen Gesängen. Die Frauen begriffen, dass sie endlich dem Karadji des Clans begegnet waren.
In den folgenden Tagen warb Ella um das Vertrauen des Heilers. Sie hatte ihre Traumbilder zu Papier gebracht und reichte Momu die Blätter, während Gympie leise von Ellas Träumen zu erzählen begann. Doch Momu warf lediglich einen kurzen Blick auf die Zeichnungen, dann wischte er die Blätter zur Seite und wandte sich brüsk ab. Er gab ihnen zu verstehen, dass er nicht mit ihnen sprechen wollte. Als Ella nicht von ihm abließ, stand er auf und setzte sich unter einen Baum. Leise begann er zu singen, sein Oberkörper wiegte sich vor und zurück, doch Gympie verstand nicht, was er ihnen mitteilen wollte.
Am nächsten Abend saß Momu wieder in der Runde, doch er blickte über Ella und Gympie hinweg. Stattdessen begann er eine Geschichte über den Ursprung des Feuers zu erzählen. Ella stieß Gympie an, sie spürte, dass seine Worte ihr galten, auch wenn ihr der Heiler nicht in die Augen blickte.
»Was sagt er?«, wollte sie wissen. »Er spricht doch zu mir.«
Gympie beugte sich vor, Momu sprach schnell, und die Melodie seiner Sätze war ihr fremd. Sie nahm an, dass er ganze Silben und sogar Satzteile verschluckte oder als bekannt voraussetzte. Nach einer Weile hatte sie zwar einiges verstanden, wusste jedoch nicht, welchen Sinn die Worte ergaben. »Das Feuer ist ein Geschenk«, übersetzte sie, und Ella zuckte zusammen. »Einst gehörte es der Wasserratte Koorambin und dem Dorsch Pandawinda. Als die beiden eines Tages Muscheln darin garten, entdeckte der Fischadler den Rauch und schlug voller Neid seine Flügel. Der Wind ließ das Feuer aufbrausen, die von ihm entfachten Flammen zerstörten die Wälder, die damals das Land bedeckten. Zurück blieben das Buschland und das Feuer, das sich die Menschen nutzbar machten.«

Momu schwieg, es blieb still in der Runde. Die Atmosphäre hatte sich verändert. Gympie meinte, Furcht in den Augen der anderen zu lesen. Sie wollte etwas fragen, doch Momu begann erneut zu sprechen. Er stieß seine Sätze schnell und präzise wie Pfeile aus, angestrengt versuchte sie, seinen Worten zu folgen.

»Was sagt er? Was sagt er?« Auch Ella hatte bemerkt, dass Momu den Kamilaroi eine Botschaft übermittelte. Sie griff nach Gympies Hand.

»Er spricht von einem Unglück.« Gympie flüsterte, gebannt beobachtete sie das Gesicht des Heilers. Momu war in eine Art Trance gefallen, sein Blick schien auf etwas gerichtet, das sich nicht in Worte fassen ließ.

»Ein Unglück?« Ella wollte aufspringen, doch Gympie hielt sie zurück. Sie wollte Momus Prophezeiung noch einmal hören. »Er sagt«, sie zögerte kurz und überlegte, ob sie seine Worte tatsächlich übersetzen sollte. »Er sagt, dass die weiße Frau vom Ende der Welt Unglück über die Kamilaroi bringen wird.«

Ella stöhnte auf, sie schlug die Hände vors Gesicht. »Er sieht meine Träume«, flüsterte sie, »aber er kann mir nicht helfen.« Sie sprang auf und zog Gympie mit sich fort.

Gympie hörte, dass die Aborigines leise miteinander sprachen. Ein Rascheln wie von Blättern, die der Wind bewegte, wogte in ihrem Rücken.

»Wir gehen zurück, noch heute Nacht.« Ella hatte Gympie in ihre Hütte gezogen, wo Nala auf ihrem Plaid schlief.

»Ella, Ella … beruhige dich!«

»Ich will sie nicht mit meinem Unglück belasten. Es sind meine Träume, es ist mein verpfuschtes Leben, die Kamilaroi sollen nicht darunter leiden. Wir hätten nicht hierherkommen dürfen.«

Hektisch begann Ella ihre Malsachen zusammenzuraffen. Gympie packte Ella an den Schultern und schüttelte sie. »Ella, komm zu dir! In der Dunkelheit werden wir den Weg nicht finden, wir können morgen früh nach *Grünau* aufbrechen.«
»Ich will sofort gehen, wir können nicht bleiben.«
»Ella …« Gympie hob ihre Stimme, doch die Freundin war wie von Sinnen. Sie begann die Porträts der Kamilaroi zu zerreißen. »Ella, bitte … Ella, hör mir zu! In wenigen Stunden geht die Sonne auf, dann können wir die Pferde satteln und aufbrechen. Wahrscheinlich ist Johannes bereits auf dem Weg, um uns abzuholen. Vielleicht begegnen wir ihm sogar unterwegs.«
Doch Ella schüttelte den Kopf, sie zerriss immer mehr Zeichnungen. Das Geräusch war schrecklich, jaulend schnappte Nala nach den Papierfetzen, die umherflogen.
»Ich kann nicht bleiben.« Ella sprang schluchzend auf und verließ die Hütte. Gympie sah, dass sie Penang in die Arme lief, der vom Feuer kam. Der Kamilaroi schlang seine Arme um Ella und drückte sie an sich. Gympie dachte, dass sie um sich treten würde, doch plötzlich war ihre Kraft wie erloschen. Wie eine Puppe hing Ella in den Armen des Aborigine. Penang begann zu sprechen. Gympie hörte seine Worte, doch es dauerte eine Weile, bis sie verstand.
»Es war eine Probe«, flüsterte sie. »Momu wollte dich prüfen, ob du bereit bist, die Kamilaroi mit deinem Leben zu schützen.«
»Es gibt kein Unglück?« Ellas Stimme zitterte.
»Doch. Penang sagt, dass ein Feuer kommen wird. Vielleicht schon morgen. Momu sieht den Rauch im Norden. Und er kann die Hitze spüren. Die Tiere fliehen bereits. Er sagt, dass es ein Unwetter gegeben hat, irgendwo am Cooper Creek. Die Blitze haben das Buschland entzündet. Und das Feuer bewegt

sich schnell nach Süden, der Wind treibt es an, die Steppe ist trocken. Es wird auch über den Darling River springen.«
Ella stöhnte auf, sie befreite sich aus Penangs Armen. »Was sollen wir tun?«
Penang begann wieder zu sprechen. Er zeigte in Richtung Fluss. »Es gibt eine Höhle, oben am Darling River. Ihr Eingang liegt versteckt zwischen den Felsen, etwa zwei Stunden von hier. Die Kamilaroi werden noch vor Sonnenaufgang aufbrechen, um dort Schutz zu suchen.«
»Was geschieht mit uns?«
Gympie lauschte Penangs Worten. »Sie nehmen uns mit. Deshalb hat Momu dich geprüft. Er wollte wissen, ob die Kamilaroi dir vertrauen können. Die Höhle ist heilig, kein Weißer hat sie je betreten. Aber deine Reaktion hat ihnen gezeigt, dass du sie nicht verraten wirst. Sie vertrauen dir.«
Ella schluchzte, Gympie sah, dass sie ihre Angst kaum kontrollieren konnte. Beruhigend legte sie ihren Arm um die Freundin. »Die Kamilaroi werden uns beschützen.«

Der furchtbare Traum schien Realität zu werden. Atemlos hastete Ella den Fluss entlang, sie folgte den Kamilaroi. Am Zügel hielt sie ihr Pferd, das Tier spürte das Feuer, immer wieder bäumte es sich auf. Sein Instinkt sagte ihm, dass es fliehen und nicht auf das Feuer zulaufen müsste. Wie sollte sie dem Tier nur begreiflich machen, dass ihm nichts geschehen würde?
Gympie trug Nala, sie hatte ihr Pferd laufen lassen, und nach einem kurzen Moment des Zögerns war es den Fluss hinabgaloppiert. Penang hatte ihnen gesagt, dass sie nur ein Pferd retten könnten. Wenn Ella und Gympie nach *Grünau* zurückkehren wollten, waren sie auf das Tier angewiesen. Das Vollblut würde sie in die Welt der Weißen zurücktragen.

Es kam Ella so vor, als seien sie bereits seit Stunden unterwegs, dabei waren sie erst vor kurzem aufgebrochen. Die Kamilaroi trugen Felle und Körbe mit Essen, die Frauen ihre Kinder. Niemand sprach. Ella spürte die Anspannung der Flüchtenden. Dann fiel ihr auf, dass selbst die Vögel schwiegen.

Der Pfad stieg an, die Gegend wurde immer unwirtlicher, Felsbrocken versperrten ihnen den Weg. Ella fluchte, sie hatte ihre Stiefel im Lager gelassen. In den vergangenen Tagen war sie barfuß umhergelaufen, doch jetzt spürten ihre Füße jeden Stein. Sie wusste, dass ihre Sohlen bluteten. Ella versuchte, den Schmerz zu verdrängen. Sie dachte an einen Spaziergang am Ostseestrand.

Nach einer Biegung, die der Fluss beschrieb, stieg der Pfad an. Sie befanden sich jetzt auf einem schmalen Grat hoch über dem Wasser. Das Gestein veränderte sich, es nahm eine Farbe an, die sie an Granit erinnerte. Ella drückte sich noch näher an den Felsen, ihre Schultern rieben sich wund. Sie wusste, sie durfte nicht zur Seite, nicht in den Abgrund blicken. Schwer atmend heftete sie ihren Blick auf Gympie, die vor ihr lief. Ella konzentrierte sich auf den langen Zopf der Freundin, der vor ihren Augen schwang.

Plötzlich roch sie Rauch, im selben Moment stieg ihr Pferd auf die Hinterbeine, ein entsetztes Wiehern zerriss die Stille. Erschrocken ließ Ella die Zügel los, sie taumelte und sah, wie Gympie Nala fallen ließ und nach ihr griff. Dann überschlugen sich die Ereignisse. Die Hinterbeine des Pferdes rutschten über die Felskante, seine Hufe traten ins Leere. Die Augen des Tieres weiteten sich panisch. Schaum tropfte aus seinem Maul, es suchte Halt und ruderte mit den Vorderbeinen in der Luft. Für einen Moment sah es so aus, als ob sich das kräftige Tier halten könnte, Felsstückchen prasselten in den Abgrund.

Dann war es plötzlich weg, ein dumpfer Aufprall folgte, sie hörte einen Schrei. *Gympie …* Ella merkte, dass Nala sich in ihre Arme geflüchtet hatte. Sie drückte ihr Gesicht in das Fell des Dingos. *Gympie, Gympie …*

»Wir müssen weiter.« Penang half Ella auf die Beine, er stützte sie.

»Wo ist Gympie?« Ohne Gympie wollte sie nicht mehr leben. Ellas Schrei hallte zwischen den Felswänden.

»Ella … Ich bin hier, Liebes.« Ella riss die Augen auf. Hatte sie nicht gerade noch gesehen, wie Gympie nach den Zügeln des Pferdes gegriffen hatte? Wie sie zusammen mit dem Tier über die Kante gerutscht war? »Wie kann das sein?«, schluchzte sie. »Ich habe doch gesehen …«

»Du bist nicht bei dir gewesen …« Gympie hakte sich bei Ella ein, Ella spürte, dass auch Gympie zitterte. »Komm«, sagte sie, »schau nach vorn.«

»Weiter, weiter …!« Auch Penang schob sie ungeduldig voran, der Rauch wurde dichter, nun war kein Zweifel mehr möglich. Ella meinte, einen rötlichen Schimmer am Horizont wahrzunehmen. Es blieb keine Zeit, um nachzudenken und um das Pferd zu trauern.

Die Höhle ragte tief in den Felsen, ihr Eingang war hinter einem dichten Vorhang aus Wurzelwerk verborgen und lag knapp über der Wasseroberfläche. Das letzte Stück des Weges hatten sie über den Granitstein hinabklettern müssen. Ella fragte sich, wie Penang das Pferd in die Höhle hätte führen wollen. Sie bezweifelte, dass ihm dies jemals geglückt wäre.

Die Frauen und Kinder hatten sich im hinteren Teil der Höhle auf den Boden gehockt, während die Männer Wasser in Schalen schöpften und den Eingang mit nassen Fellen abdichteten. Sie hatten genug, um einige Tage im Inneren des Felsens überleben zu können.

Ella blickte sich um. Die Höhle glich einer Grotte, der Felsenraum war lang und schmal, ganz am Ende kaum breiter als wenige Ellen. Im Eingangsbereich hatte sie noch bequem stehen können, doch je weiter sie in die Höhle hineinkrochen, desto niedriger senkte die Decke sich herab. Ella sah, dass Kalkablagerungen wie Tentakel in die Grotte hinabhingen. Dann sah sie die Ritzungen. Im hinteren Teil der Höhle bedeckten die Bilder die gesamte Decke. Da waren Wesen mit verformten Gliedern, Kängurus und die Regenbogenschlange, Wolkengeister, Wandjina, der Herrscher des Regens, und Menschen, die in Booten saßen. Die Gravuren mussten mehrere tausend Jahre alt sein. *Moitj, Moitj …* Ella hörte die Stimmen der Ahnen summen, sie verstand, warum die Höhle den Kamilaroi heilig war. Wenn sie hinaufblickte, sah sie Schlangen, die sich in den Himmel reckten. Ihre gespaltenen Zungen stießen Blitze in die Wolken.

Es roch feucht und nach Moder, doch es war nicht kalt. Trotzdem sehnte Ella sich nach ihrem Plaid. Sie nahm Nala und Gympie in den Arm. Die Kamilaroi begannen zu singen, und die Zeit zerfiel zu Staub. Ella folgte den Stimmen, ausweglos und leuchtend wie ein flammender Teppich entrollte sich der verschlungene Traumpfad vor ihren Augen. Es blieb ihr nichts, als sich auf den Glutpunkt ihrer Ängste zuzubewegen.

In ihren Träumen war das Feuer geräuschlos gewesen, die Glut war wie ein stiller, erbarmungsloser Strom über ihr zusammengeschlagen. Doch nun brüllte der Feuersturm über ihren Köpfen, der Berg ächzte und knurrte, die Zeichnungen der Alten schienen zu glühen, aber der Fels gab nicht nach.

Ella wusste nicht, wie lange sie in der Höhle ausgeharrt hatten. Wenn sie Durst hatten, tranken sie, wenn sie Hunger verspürten, aßen sie, wenn sie müde waren, lehnten sie sich aneinander. Doch nur die Kinder fielen in einen unruhigen Schlaf. Vielleicht waren zwei Tage vergangen, vielleicht auch drei oder vier. Das Dämmerlicht in der Höhle nahm Ella jedes Zeitgefühl, und der Rauch, der ab und zu durch Ritzen und Spalten quoll, vernebelte ihr die Sinne.

Irgendwann verstummte das Brüllen über ihren Köpfen, die Stille riss sie aus ihrer Erstarrung. Die Kinder begannen zu weinen, die Kamilaroi nickten einander zu. Das Feuer schien erloschen, nach einer Weile wagten sich die ersten aus der Höhle heraus.

Die Welt war eine andere. Wo vorher Bäume und Büsche gewachsen waren, ragte nun verkohltes Gestrüpp empor. Das Grasland war von grauer Asche bedeckt, die rote Erde gebacken und hart, an manchen Stellen fanden sich Glutnester. Kein Tier war zu sehen, kein Vogel sang, alles Leben schien ausgelöscht und zu Staub zerfallen zu sein. Die Zerstörung war endlos, eine breite Schneise der Verwüstung erstreckte sich bis zum Horizont.

Ella weinte. Entsetzen und Schuld quälten sie. Sie konnte sich nicht vorstellen, dass nach der Regenzeit wieder zartes Gras aus dieser Erde sprießen würde. Dass sich das Leben aus sich selbst heraus erneuerte und die Aschewüste sich wie schon seit Tausenden von Jahren in Buschland zurückverwandelte. Wie in Trance folgte sie den Kamilaroi den Darling River hinab.

Später konnte Ella nicht mehr sagen, wie sie nach *Grünau* gekommen waren. Die Kamilaroi hatten sie begleitet. Sie waren zu Fuß gelaufen, wochenlang, und hatten sich an den Flussläufen orientiert.

Vielbrocks Farm war zerstört, die Schafe in alle Himmelsrichtungen zerstreut. Johannes und einige seiner Arbeiter hatten jedoch überlebt, ein paar wenige Sachen hatten die Männer in einem Planwagen auf eine der Sandbänke im Murray River retten können. Nun campierten sie in einem Zelt vor den verkohlten Überresten des steinernen Kamins.

Als Vielbrock Ella und Gympie sah, war er auf die Knie gefallen, seine Schultern zuckten. Ella hatte gedacht, dass er weinte.

»Ihr lebt«, war alles, was er stammeln konnte. Dann hatte er ihr den Stein gezeigt, den sie ihm beim Abschied gegeben hatte. Er war schwarz und gesprungen, Johannes konnte nicht sagen, was geschehen war. Erst als sie ihn geschüttelt hatten, erfuhren sie, dass Edvard bei dem Versuch, seine Leinwände zu retten, umgekommen war. Er würde sie nie wieder zeichnen oder mit seinem merkwürdigen Humor zum Lachen bringen können.

Es war alles verbrannt, alles, alles, alles. Obwohl Gympie still um den Geliebten trauerte, wusste Ella, dass sie sich Edvards Tod niemals vergeben würde. Und über Jacobs Schicksal wagte sie gar nicht erst nachzudenken. Das Feuer war oben am Cooper Creek ausgebrochen, sie hatten sein verheerendes Werk gesehen. Die Realität hatte all ihre Alpträume noch übertroffen. Die Vorwürfe summten wie ein Bienenschwarm in ihrem Kopf. Die Melodie des Zweifels, die sie schon auf *Sophienlund* begleitet hatte, schwoll zu dröhnender Lautstärke an.

Johannes und seine Arbeiter hatten beschlossen, nach Melbourne zurückzukehren. Im nächsten Frühjahr wollten sie die Farm wieder aufbauen. Ella und Gympie füllten ein Gefäß mit Asche, damit sie eine Erinnerung an den Freund bei sich trugen. Wenn Ella den Staub durch ihre Finger rieseln ließ, meinte sie, winzige Farbpigmente darin zu sehen – das Kobaltblau, das Edvard so sehr geliebt hatte. Danach blieb ihnen nichts anderes übrig, als sich dem Freund anzuschließen und in die Stadt zurückzukehren.

Die Wanderung nach Süden war lang, doch schon nach einem Tag hatten sie die Feuergrenze erreicht. Es war, als ob sich ein Schleier zur Seite schob und den Blick freigab auf die letzten wunderbaren Tage des Sommers. Das Grasland, sein Meer aus Tussockgras und Spinifexbüscheln, wogte vor ihren Augen. Sittiche lärmten in Schwärmen über die Ebene, die Natur schwelgte.

Ella weinte. Sie wusste nicht, wie sie den Schmerz des Lebens betäuben sollte.

ZWEITES BUCH

1874–1885

RÜCKKEHR

Eins

Ein Jahr war vergangen. Robert kehrte aus einem Deutschland zurück, das sich nach dem großen Börsenkrach in der Krise befand. Über Nacht hatte sich das süße Versprechen vom Aufstieg für jedermann in einen Alptraum verwandelt. Die Hoffnung auf Reichtum und Wohlstand war zerstört, die Angst vor dem Verlust ihrer Existenzgrundlage traf Bauern, kleine Handwerker und Geschäftsleute gleichermaßen. Offenbarungseide, Selbstmorde und Familientragödien beherrschten die Schlagzeilen der Gazetten.

Doch die Krise war gut für das Australien-Geschäft. Noch mehr Auswanderer drängelten sich in den Kontorhäusern der Reedereien um eine Fahrkarte nach Übersee. Das Gepäck im Bauch der *Südstern* wog schwer – Habseligkeiten und die Hoffnung auf ein besseres Leben in Übersee füllten die Reisekisten.

Robert stand an Deck und überwachte das Ausladen des Gepäcks. Mehr als einhundertzwanzig Auswanderer aus Norddeutschland, Pommern, Posen und Schlesien warteten auf ihre Koffer und Kisten, um sich danach im *Immigration Office* registrieren zu lassen. Eigentlich, so dachte Robert, war dies ein besonderer Moment, ein Augenblick, den es zu feiern galt. Die Reise war ruhig verlaufen, unterwegs hatten sie nur einen Passagier verloren. Und doch fühlte Robert sich bedrückt. Die Stimmung in den Kolonien war am Boden, ein Buschbrand hatte das Land vieler Siedler verwüstet. Viele hunderttausend Schafe waren ein Opfer der Flammen geworden, und ebenso viele Ballen Wolle und Säcke mit Getreide waren verbrannt. Schon bei einem ersten kurzen Aufenthalt in Adelaide hatte die Unglücksnachricht das Schiff geentert. Und auch Victoria hatte die Katastrophe und den Verlust an Menschenleben noch nicht bewältigt. Es war, als ob die Kolonie noch immer unter Aschebergen begraben lag.

Robert blickte sich um und ließ das Bild auf sich wirken. Am Ende des Kais, dort wo sich in den vergangenen Jahren die Waren für den Export nach Europa gestapelt hatten, sah er nur wenige Ballen und Säcke vor den Schuppen. Der Wollpreis, so viel war sicher, würde steigen. Die *Südstern* müsste sich mit leichtem Gepäck auf die Rückreise machen.

Nachdenklich folgte Roberts Blick einem Träger. Auch die Zahl der Handlanger schien abgenommen zu haben, es gab nicht mehr genug Arbeit für alle. Der eingeborene Träger hatte sich einen Sack über die Schultern geworfen, den er auf ein englisches Schiff trug. Seine Bewegungen waren geschmeidig, fast leichtfüßig schlüpfte der Aborigine durch die Menschenmengen auf den Kais, als spüre er das Gewicht auf seinem Rücken nicht. Geschickt wich er jedem Hindernis aus, bis er sein Ziel erreicht hatte und mit der Last im Bauch des Seglers verschwand.

Ella. Ein Stich durchfuhr Robert, die Erinnerung war wieder da. Ella, die er in seinen Armen hielt. Ella, die ihn küsste, hier auf diesem Kai. Ella, die mit einem der schwarzen Träger zusammengestoßen war. Ella, die er nicht vergessen konnte. Ella, deren Porträt er immer bei sich trug.

Robert tastete nach der Zeichnung, wie ein Talisman steckte das Blatt in der Brusttasche seiner Offiziersjacke. Vorsichtig zog er den Bogen heraus und faltete ihn auf. Da war sie. Ella lächelte ihn an, das schöne Gesicht durch Knicke unterteilt, die durch das Falten des Papiers entstanden waren.

Nach ihrem Abschied war die See eine andere gewesen. Die Fahrt auf dem Segler hatte ihren Reiz verloren. Robert dachte, dass er plötzlich unempfindlich für die Verlockungen des Schiffs gewesen war. Die *Südstern* war nicht länger seine Geliebte. Seine Sinne reagierten nicht mehr auf den schlanken Körper des Klippers, der durch die Wellen schnitt. Die Geschwindigkeit ließ ihn kalt, die Segel, die sich wohlig bauschten, waren nichts anderes mehr als viele tausend Quadratfuß Leinwand, in denen sich die launischen Winde fingen.
Auch das Vergnügen in den Häfen war ein anderes, die Zirkusmädchen stießen ihn ab. In Hamburg hatte er sich noch einmal in die Arme einer Rothaarigen verirrt, doch deren flammender Schoß und ihr schwerer Atem nach Rum und Schminke ließen Ellas Bild nur noch heller erstrahlen. Robert hatte sich Erleichterung erhofft und war doch vor dem Akt geflohen. Grell hallte das Lachen der Dirne in seiner Erinnerung wider, die Verschmähte hatte sich köstlich amüsiert. Robert seufzte, er hatte nicht anders handeln können. In ihrer Gegenwart war die Sehnsucht nach Ella unerträglich gewesen.
Ella. Sollte er sie wiedersehen? Robert hatte nichts mehr von ihr gehört, doch Ellas Geschichte hatte ihn bis an die Elbe verfolgt. Als das Schiff in Hamburg eingelaufen war, waberte das Gerede über die Flucht der Baroness noch immer durch die Stadt. Die Polizei war an Bord gekommen, Männer in ernsten, dunkelblauen Uniformen und mit Pickelhauben auf dem Kopf hatten den Kapitän nach Ellas Verschwinden befragt. Die Beamten konnten Reederei und Besatzung der *Südstern* jedoch nichts vorwerfen. Elisabeth von Carlsburg war mündig gewesen, als sie die Reise angetreten hatte. Sie hatte alle für die Fahrt erforderlichen Papiere vorweisen können und ihre Erste-Klasse-Passage bar bezahlt. Sie war eine angenehme Erscheinung gewesen, freundlich und zurückhaltend,

der Kapitän hatte das Fräulein wunschgemäß ans Ende der Welt befördert.
Nach den Pickelhauben war die Familie von Carlsburg an Bord erschienen, um beim Kapitän vorzusprechen. Robert hatte Ellas Vater beobachtet, den alten, aber immer noch stattlichen Baron, der im kaiserlichen Marineornat aufmarschiert war. Doch die wippenden Schulterstücke und Tressen und auch der Säbel mit dem Griff aus Elfenbein wirkten stumpf und grau. Das herrschaftliche Silber hatte seinen Glanz verloren. Es schien fast so, als fasste sich niemand ein Herz, dem Alten seinen blinden Stolz vorzuhalten.
An der Seite des Barons war Robert eine Dame aufgefallen, deren Blick ihn noch mehr getroffen hatte als die verständnislose, trotzige Trauer des Alten. Ihr würdevoll getragener Schmerz war groß, und seine Widerhaken hatten sich in Roberts Seele verfangen.
Und so, wie Robert sich für Ellas Wohlergehen verantwortlich gefühlt hatte, so überfiel ihn nun auch gegenüber ihrer Tante ein ungestümes Pflichtgefühl. Zwei Tage lang hatte er mit sich gerungen, dann war er zur weißen Villa der Wilhelmis gefahren, um mit ihr zu sprechen.
Auguste Wilhelmi hatte ihren Besucher im Wintergarten mit Blick auf die mit Herbstblühern übersäten Rabatten empfangen. Anemonen, Astern und späte Rosen funkelten in der Septembersonne, deren silbriges Licht schon die Ahnung eines strengen Winters in sich trug. Robert sah, dass die Wilhelmis nicht unter der Gründerkrise litten, ihr Vermögen fußte offenbar auf dem soliden, hanseatischen Fundament kaufmännischen Geschicks.
»Sie kommen von der *Südstern?*« Ellas Tante hatte ihm eine Tasse Tee angeboten, den sie in hauchdünnem Porzellan servieren ließ.

Robert nickte. »Ich bin der Erste Offizier auf dem Schiff.«
»Sie haben meine Nichte also nach Melbourne gesegelt. Warum hat sie das getan? Warum ist sie ohne ein Wort von uns fortgegangen?«
»Sie ist wohlbehalten in Australien angekommen.« Robert hatte der Familie lediglich die Sorge um Ellas Schicksal nehmen wollen. Doch er wusste, dass er nicht in Ellas Namen sprechen und ihr Geheimnis offenbaren durfte. Es war allein an Ella, sich ihren Liebsten zu erklären. Vielleicht hatte sie ihnen längst einen Brief geschrieben, der sich auf dem Weg über den Ozean befand? Sein Blick war auf das Medaillon gefallen, das Ellas Tante um den Hals trug. Ella hatte ihm noch auf der *Südstern* erzählt, dass ihre Tante darin das einzige Andenken an ihr verstorbenes Kind verwahrte.
Auguste Wilhelmi hatte seinen Blick bemerkt, sie tastete nach ihrem Schmuck und blickte ihn nachdenklich an. »Ella hat sich Ihnen also anvertraut«, stellte sie nüchtern fest.
Robert nickte. Er hatte an seinem Tee genippt, ein milder, goldgelber Darjeeling von indischen Plantagen. »Als wir aus Melbourne abfuhren, ging es ihr gut«, bekräftigte er noch einmal.
»Wissen Sie, ich hatte genug Zeit, um über Ellas Verschwinden nachzudenken«, fuhr Ellas Tante fort. Ihre Stimme war sanft, aber bestimmt. »Ich habe wieder und wieder mit meinem Bruder und dessen Haushälterin gesprochen. Beide sind der Meinung, dass sich meine Nichte nach ihrem Geburtstag verändert hat. Sie zog sich zurück, war launisch. Vielleicht ging es um eine unglückliche Liebe, vielleicht hatte sie jemanden kennengelernt, und vielleicht ist sie diesem Mann und seinen Versprechungen gefolgt. Aber ich kann nicht verstehen, warum sie sich niemandem anvertraut hat.«
In diesem Moment hatte Robert sich hilflos gefühlt, er konn-

te nur mit den Schultern zucken. Alles, was nun folgen würde, überschritt die Grenze, die er sich gesetzt hatte. »Ich muss jetzt wirklich gehen«, murmelte er. Er glaubte, seine Pflicht erfüllt zu haben.

Auguste Wilhelmi hatte sich jedoch nicht beirren lassen. Sie legte eine Hand auf Roberts Arm, und die Berührung signalisierte ihm, dass sie ihn noch nicht entlassen würde. Gehorsam hatte er sich wieder in das weiche Polster des Sessels zurückfallen lassen. Er verstand ihren Schmerz. Wer so verlassen worden ist, dachte er, ohne ein Wort, der sucht in der Vergangenheit immer wieder nach dem einen Moment, in dem noch alles hätte anders kommen können.

»Wissen Sie, ich könnte Ellas Verhalten verstehen, wenn ich mich in einer ausweglosen Situation befunden hätte. Wenn ich ...«, sie zögerte kurz, dann stieß sie die Worte schnell hervor. »Wenn ich beispielsweise ein Kind erwartet hätte.« Herausfordernd hatte sie Robert angeblickt.

Robert seufzte. »Liebe Frau Wilhelmi, bitte verstehen Sie, ich kann dazu wirklich nichts sagen«, hatte er sich entschuldigt. »Ich kann nicht für Ihre Nichte sprechen.« Dann stemmte er sich wieder aus dem tiefen Sessel.

Auguste Wilhelmi hatte verstanden. Sie nickte, ihre Hände strichen unablässig über den dunklen Rock, den sie trug. Plötzlich war sie aufgesprungen. »Bitte warten Sie noch einen Moment«, hatte sie ihn gebeten, dann war sie in ein anderes Zimmer verschwunden.

Wenig später kehrte sie zurück und drückte ihm einen versiegelten Umschlag in die Hand. »Geben Sie diesen Brief meiner Nichte, wenn Sie nach Melbourne zurückkehren«, hatte sie ihn gebeten. »Mein Bruder ist immer noch in Rage. Ich nehme an, Sie wissen, dass er seine Tochter enterbt hat. Aber das wird sich sicher wieder geben. Bitte richten Sie Ella aus, dass sie in meinem Haus jederzeit willkommen ist. Was auch geschehen ist, ich werde sie mit offenen Armen empfangen. Bitte sagen Sie ihr, dass wir sie lieben. Und dass wir sie sehr vermissen.«

Robert hatte den Brief entgegengenommen, einen Moment lang hielt er ihn unschlüssig in der Hand, dann steckte er ihn in die Innentasche seines Jacketts. Ellas Tante hatte wie ein junges Mädchen gelächelt. Sie reichte ihm die Hand zum Kuss, und er atmete den Rosenduft ihrer Haut ein, der ihn vage an Ella erinnert hatte.

»Vielen Dank, dass Sie zu mir gekommen sind, Herr Williamson. Sie gefallen mir. Ja, Sie gefallen mir wirklich sehr. Schade, dass wir uns nicht unter erfreulicheren Umständen kennengelernt haben.«

Seitdem lag der Brief in seiner Kräuterkiste, unten in der Kajüte. Inzwischen roch er wohl nicht mehr nach hanseatischer blauer Tinte, sondern nach Kampfer und grünem Tee. Robert wollte ihn später mit in die Stadt nehmen. Er hoffte, Johannes Vielbrock im *Flinders* zu sehen. Hoffentlich war dem Freund nichts passiert. Johannes musste sich während des großen Brandes auf der Farm befunden haben. Zu dieser Zeit, wenn die Wolle bereits auf dem Weg nach Melbourne war, handelte er mit Vieh, teilte die Herden neu ein und ließ die Schafe auf den Weideflächen umhertreiben. Schlachtvieh wurde nach Melbourne oder Adelaide verkauft und in die Städte gebracht. Robert hatte eine alte Vereinbarung mit dem Freund. Wenn die *Südstern* in Melbourne eingelaufen war, trafen sie sich am jeweils folgenden Freitagabend in der Kneipe in der Bourke Street. Inzwischen war es Herbst in Australien, und wenn Vielbrock seinen alten Gewohnheiten folgte, hielt er sich in diesen Wochen bei seiner Familie in der Stadt auf.

Robert dachte, dass er den Brief für Ella an Johannes überge-

ben sollte. Je länger er auf ihre Zeichnung starrte, desto unerträglicher war ihm der Gedanke, ihr gegenüberzustehen und sie zu begrüßen. Denn inzwischen war Ella wohl wieder mit ihrem Geliebten vereint. *Jacob.* Robert erinnerte sich genau an den Namen des Mannes. In jener Fiebernacht auf der *Südstern,* damals, als Ella das Kind verloren hatte, hatte er den Namen des Rivalen zum ersten Mal gehört. Immer wieder hatte sie nach Jacob gerufen. *Jacob, Jacob, Jacob …* Vielleicht lebten sie längst gemeinsam in der Stadt? Und vielleicht war Ella wieder schwanger? Er wusste, dass er diesen Anblick nicht ertragen könnte.
Robert steckte Ellas Zeichnung zurück in seine Brusttasche. Sein Herz klopfte. Wieder ließ er den Blick über das Hafengelände schweifen. Die Silhouette der Stadt hatte sich kaum verändert, einige Häuser waren hinzugekommen, eine Lagerhalle für Getreide. Die Schlange vor dem *Immigration Office* war gewachsen, inzwischen reichte sie bis hinunter an die Kais. Nachdenklich blickte Robert auf die dunkel gekleideten Gestalten. So viel Hoffnung, dachte er. Wie viele seiner Passagiere würden auch in diesem Land an ihren Träumen scheitern?

Zwei

Sie war mit leeren Händen nach Melbourne zurückgekehrt. Die Stadt fühlte sich fremd an, fremder noch als vor einem Jahr. Ella erinnerte sich daran, wie sie mit Robert zum ersten Mal durch die Straßen gefahren war. *Marvellous Melbourne.* Damals war die Stadt ihr aufregend und verheißungsvoll erschienen, und das Durcheinander der Häuser und Baustile, die lebhaften Straßen, das flirrende Licht und überwältigende

Farbspiel des glühenden Herbstlaubes hatten diesen Eindruck noch verstärkt.
Auch an diesem Morgen prunkten die von den Engländern importierten Laubbäume in allen Schattierungen von Gold, Purpur, Zinnoberrot und Kupfer. Doch Ella hatte keinen Blick für die Pracht, sie war auf dem Weg in das Büro der *Orient Line.* Die englische Reederei unterhielt einen Liniendienst zwischen Melbourne und Liverpool. Von der Stadt nahe der Irischen See waren es noch rund 180 Meilen über Land bis nach London.
Ella wollte Australien verlassen. Sie konnte die Trauer, mit der sie am Morgen erwachte und die sie in die Nacht begleitete, nicht mehr ertragen. Der Entschluss zu gehen, war ihr schwergefallen. Seitdem sie aus dem Busch zurückgekehrt waren, hatte sie mit sich gerungen. Da war Gympie, die tapfere Gympie, die ihr selbst in der Trauer um Edvard eine Stütze war. Die sie vor ihren Träumen beschützte und sie mit ihrer Zuneigung und Liebe stärkte. Nach ihrer Rückkehr waren sie wieder in Edvards Atelier gezogen. Der Engländer hatte die Miete für ein Jahr im Voraus bezahlt, und überrascht hatten sie erfahren, dass er ein wenig Bargeld bei einem Freund deponiert hatte. Gympie würde eine Zeitlang ohne Sorgen leben können.
Außerdem hatte Johannes Vielbrock Ella versprochen, sich um Gympie zu kümmern. Nach dem Winter wollte er seine Farm am Murray River wieder aufbauen, dann wäre ihm jede helfende Hand auf *Grünau* willkommen. Johannes setzte auf einen Neuanfang. »Ich habe gut gewirtschaftet, Ella«, hatte er sie in seine Pläne eingeweiht. »Und ein Großteil meiner Gewinne liegt auf der Bank. Ich habe die Kraft, noch einmal von vorne anzufangen. Wenn ich diese Welt einmal verlassen muss, will ich meinen Kindern ein stattliches Erbe hinterlassen.«

Ella blickte auf. Sie sah, dass sie das Hafengelände bereits erreicht hatte. Sie hatte sich erkundigt, das Gebäude der *Orient Line* befand sich in der Nähe des *Empire Hotel,* in dem sie nach ihrer Ankunft in Australien abgestiegen war. Damals hatte sie den Luxus von Federbetten, Kristallglas und dicken Teppichen genossen. Sie erinnerte sich an die riesige gusseiserne Badewanne, an schweren Portwein und den Nachmittagstee auf der Veranda.

Traurig blickte Ella auf ihre rechte Hand. Ein schmaler Streifen heller Haut am Ringfinger markierte die Stelle, an der sie ihren Brillantring getragen hatte. Nun lag der Schmuck auf blauem Samt in der Auslage eines Pfandleihers. Johannes hatte ihr Geld geben wollen, doch sie hatte sein Angebot nicht annehmen können. Sie war ihm immer noch ein Bild schuldig. Also hatte sie das Erbstück versetzt und nach einigem Handeln genug Geld für eine Passage und die Weiterreise nach London erhalten. Und in der englischen Hauptstadt, so hoffte Ella, könnte sie sich mit Zeichenunterricht oder dem Verkauf eines Bildes über Wasser halten.

London. Ella dachte, dass sie dort ihre Mutter suchen könnte. Ein Ziel, das ihr neue Kraft verlieh. Wenn sie ihre Gedanken nach England richtete, verspürte sie Zuversicht. Sie sah das Bildnis der Mutter wieder vor sich. Wie ein Licht in einem dunklen Raum leuchtete das schöne Gesicht in ihrer Erinnerung auf. Es wies ihr einen Weg aus der Verzweiflung.

Und das Rätsel. Ella spürte, dass sie sich auf das Ende der Reise zubewegen könnte, wenn sie nur endlich eine Antwort auf alle ihre Fragen erhielte. Wenn das schreckliche Getöse nach dem Warum in ihrem Inneren verstummte. Wenn sie die Geschichte zu einem Ende brächte, die sie als kleines Mädchen aufgeblättert hatte, könnte sie Frieden finden. Und die Träume verlören ihren Schrecken.

Ella ging schneller, ihre Stiefel wirbelten Staub auf. Nala, die sie auf ihrem Weg hinunter in den Hafen begleitete, sprang verspielt an ihren Beinen hoch. Liebevoll zog Ella an den spitzen, aufmerksamen Ohren des jungen Dingos. Sie dachte an Jacob. Jacob, der sein Leben auf der Suche nach einer Welt ohne Unrecht und Unterdrückung verloren hatte. Dessen Asche der heiße Wüstenwind über das verbrannte Land verteilt hatte. Der spurlos verschwunden und nur noch Erinnerung war. Nichts als Trauer und Zerstörung waren ihr von dieser Liebe geblieben. Von den kurzen Momenten der Seligkeit.

Der wilde Kontinent zieht mich an. Ella fragte sich, was sie später ihren Kindern und Enkeln von diesem Mann erzählen könnte. Sie würde sich an Jacobs Augen erinnern, an seinen wachen Blick, die Berührung seiner Hände und an sein kompromissloses Wesen. War er an seinen Träumen oder war er an der Wirklichkeit gescheitert? Ella wandte den Blick von den Hafenanlagen und Kais ab. Jedes Schiff, jede Kiste, jeder Koffer forderte sie auf, sich zu erinnern. Nicht zu vergessen. Zurückzublicken. Sie war nicht bitter, aber sie fühlte sich starr und erschöpft.

Vor dem *Immigration Office* sah Ella die Einwanderer stehen. Erwartungsvolles Schweigen lag über der Menge. Sie schob sich durch die Wartenden und dachte, dass sie ihren Dokumenten bald einen weiteren, tintenschweren Stempel hinzufügen würde. Als sie jedoch das Gebäude der *Orient Line* erreicht hatte, bemerkte sie, dass Nala fehlte. Suchend blickte Ella sich um. Bisweilen streunte der Dingo herum, doch Nala ließ ihre Herrin nie aus den Augen. Hatte das Tier sie im Gedränge der Einwanderer verloren, oder hatte es eine Ratte gewittert und war deren Spur gefolgt?

»Nala ...« Ella rief nach ihrem Schützling. Sie hatte sich an das Clowngesicht des Dingos gewöhnt. Ihr Herz klopfte ängstlich. »Nala …« Doch zwischen all den Einwanderern konnte sie das Tier nicht entdecken.

Ihre Unruhe wuchs. »Nala …« Ella ging auf einen Gepäckstapel zu. Vorsichtig stieg sie auf die Kisten, um die Menschenmengen überblicken zu können. »Nala …« Sie sah die gesichtslose Masse der Einwanderer. Männer, die ihre Kappen tief in die Stirn gezogen hatten. Frauen, die Kinder an den Händen hielten. Ihr Blick blieb an einem Jungen hängen, der etwas aus einem Korb nahm und unter seiner Jacke versteckte. Sie sah den Hunger in seinem spitzen, blassen Gesicht. Im nächsten Moment gab es einen Tumult, eine Frau begann zu zetern, man folgte dem Knirps, der sich geschickt zwischen den Beinen der Wartenden hindurch davonstahl. Ella hoffte, dass das Kind davonkommen würde. Die Stimmen der Wartenden verwandelten sich in das Summen zorniger Hornissen.

Dann sah sie Robert. Und er sah sie. Unbeweglich, wie ein Baum, stand er mitten auf dem Kai und stach aus der Menge heraus. Das Licht, das von der Seite kam und sich in den glänzenden Knöpfen seiner Offiziersjacke brach, setzte Lichtpunkte auf den dunklen Stoff. Ella dachte, dass die *Südstern* noch nicht lange im Hafen liegen konnte, denn Roberts Haar war lang und sein Bart noch nicht geschoren. Wie eine kostbare Kappe aus Pelz rahmte das flachsfarbene Haar sein Gesicht.

»Robert.« Ella bemerkte, dass ihre Knie vor Verblüffung und Freude nachgaben. Sie schwankte.

»Ella.« Im nächsten Moment war er bei ihr, legte seine Arme um ihre Hüften und zog sie an sich. Er war so stark, dass sie sich wie ein kleines Mädchen fühlte, als er sie durch die Luft wirbelte. Sie umarmte ihn, zog seinen Kopf an ihre Brust. Er

roch so gut, nach exotischen Kräutern und doch gleichzeitig vertraut nach Heimat.
»Was machst du hier?« Die Worte sprudelten gleichzeitig aus ihnen heraus. Sie lachten, sahen sich in die Augen. Dann ein flüchtiger Kuss auf die Lippen, verhalten und keusch.
Er setzte sie ab und zog sie aus dem Getümmel. Noch einmal dachte sie kurz an Nala, dann ließ sie sich mitziehen. Am Wasser setzte er sie auf einen Poller. Festmacherleinen hielten einen englischen Segler in Position.
Ella blickte sich um, tatsächlich, am Ende des Kais sah sie die *Südstern* liegen. Die Silhouette des Schiffes war ihr vertraut. Sie meinte sogar, den Geruch ihrer alten Kabine wahrzunehmen. Oder ging er von Robert aus, der neben ihr in die Knie gegangen war?
»Wann bist du angekommen?«
»Heute Morgen. Wir liegen seit drei Stunden im Hafen. Die Passagiere sind bereits von Bord.« Er zeigte auf eine Gruppe vor dem *Immigration Office.* »Eine Schiffsladung Hoffnung.«
»Wie war die Fahrt?«
Hamburg. Sophienlund. Warum wagte sie nicht, nach dem zu fragen, was sie wirklich bewegte? Robert sah ihr in die Augen, als könnte er ihre Gedanken lesen.
»Keine Krankheiten, kein Sturm. Ein glücklicher Törn. Einen alten Mann haben wir verloren, er fiel die Leiter zu den Zwischendecks hinab. Wir konnten nichts mehr für ihn tun.«
Ella nickte, sie schwieg. Sie konnte sich kaum vorstellen, dass eine solche Reise auch ohne Schrecken verlaufen konnte.
»Und du?« Robert tastete sich voran. »Wie geht es dir?« Vorsichtig strich er ihr eine Strähne aus dem Gesicht. »Du siehst erschöpft aus.«
Wo sollte sie beginnen? Ella dachte, dass sich die Erlebnisse

des vergangenen Jahres nicht in wenigen Minuten abhandeln ließen.
»Ich war auf der Suche«, antwortete sie vage.
»Bist du glücklich?«
Noch immer gelang es Robert nicht, den Namen des anderen auszusprechen. Ella fuhr mit den Fingern über die steile Falte, die sich zwischen Roberts Augenbrauen gebildet hatte. Sie schlug die Augen nieder.
»Ich habe ihn nicht gefunden«, flüsterte sie. Dann berichtete sie ihm, dass Jacob im Outback unterwegs gewesen war, als der schreckliche Brand sich durch das Buschland gefressen hatte. »Es war wie in meinem Traum. Die Expedition muss sich genau im Zentrum des Feuersturms befunden haben«, schloss sie. »Man geht davon aus, dass niemand das Inferno überlebt hat.«
»Komm ...!« Robert hatte sich erhoben, er zog sie an seine Seite, bot ihr den Arm. Für einen Augenblick dachte Ella, dass sie an den Punkt zurückkehren könnten, an dem sie sich vor einem Jahr schon einmal befunden hatten.

Drei

Wúwéi. Es war noch alles so, wie er es in Erinnerung hatte. Und doch war alles anders. Da war niemand mehr, der den Raum in ihrem Herzen besetzte. Ihr Herz war verwaist, ein blinder Fleck und verwunschener Garten, versteckt hinter einer Mauer aus Trauer und Schmerz. Könnte er noch einmal zu ihrem funkelnden Kern vordringen?
Sie waren sich so nah, immer noch, und Robert spürte, dass sie an all das anknüpfen konnten, was sie vor seiner Abreise verbunden hatte. Die Zeit, die vergangen war, schien in die-

sem Moment zu Staub zu zerfallen. Und so, als ob sie ihr Einverständnis geben wollte, drückte Ella komplizenhaft seine Hand.

Am *Empire Hotel* vorbei führte Robert Ella in das Gewirr der kleinen Gassen, die sich in allen Häfen der Welt ähnelten. Der Weg war rutschig von Unrat und Feuchtigkeit, die Frauen rafften ihre Röcke und gingen schneller. Es roch nach Tabak und Alkohol, nach Spelunkendunst und deftigem Essen. Heldengeschichten und Seemannsgarn waberten durch die Luft, die Gesichter der Männer, die ihnen begegneten, glühten vor Abenteuerlust und Eroberungswillen. Und die Mädchen, sie trugen Röcke, die über den Knöcheln endeten, und zu viel Rot auf den Lippen. Hunde streunten durch die Gassen, und immer wieder blickte Ella sich um. Sie rief nach ihrem Dingo, denn sie hatte die Hoffnung noch nicht aufgegeben, das Tier wiederzufinden.

Die Pension lag etwas zurückgesetzt, über einen dunklen Hof erreichten sie die niedrige Tür. Robert musste sich bücken, als sie das Haus betraten. Er zog Ella hinter sich her, und wieder drückte sie seine Hand. An einem Tischchen, das als Verkaufstresen für Berauschendes und andere anregende Mittelchen diente, erledigte er schnell die Formalitäten. Die Wirtin, die ihn aus früheren Jahren kannte, verlangte zwei Pfund bis zum Abend. Als sie die Scheine in der Hand hielt, fischte sie einen mächtigen Schlüssel unter ihren Röcken hervor. Von allerlei fröhlichen Anzüglichkeiten begleitet, kletterten sie die Stiege hinauf in Zimmer Nummer zwölf.

Es gab keinen Schrank und auch keinen Tisch, noch nicht einmal einen Stuhl. Eine Waschschüssel balancierte auf dem schmalen Fensterbrett, an einem Haken hing ein verstaubter Hut, den niemand vermisste.

Das Zimmer gab nicht vor, etwas anderes zu sein als eine

glanzlose Bühne für einen nüchternen Akt. Das Bett, ein Eisengestell mit einer Matratze darauf, stand im Mittelpunkt. Laken und Bezüge wirkten frisch. Robert bemerkte, dass Ella ein Wasserglas mit einer blassgelben Rose darin betrachtete. Er lächelte. Die Wirtin der kleinen Pension wusste offenbar doch, was sie der Liebe schuldig war.

»Warum die Zwölf?« Ella drehte sich zu Robert, verlegen nestelte sie an ihrer Bluse.

Robert lächelte. Er schob Ella zum Fenster und zog den dünnen Vorhangstoff zur Seite. Die Kammer lag auf der Rückseite der Pension, hinter dem Haus gab es einen winzigen Garten, in dem ein gewaltiger Rosenbusch blühte. Die Ranken trugen schwer an der Fülle der blassgelben Blüten. Ella öffnete das Fenster, der Rosenduft vermischte sich mit dem vertrauten Geruch der See.

»Der Busch stammt aus ihrer alten Heimat in Cornwall. Die Wirtin hat mir einmal erzählt, dass sie als junge Frau drei Rosenstöcke mit nach Australien brachte. Dieser hier hat überlebt und Wurzeln geschlagen. Sie behauptet, dass er das ganze Jahr über blüht.«

Ella sagte nichts, doch sie lehnte sich zurück. Ihr Haar, das sie im Nacken zusammengesteckt trug, roch frisch und mädchenhaft. Robert spürte, dass sie einverstanden war – mit allem. Vorsichtig löste er seine Hände von Ellas Schultern, seine Finger wanderten über die schillernden Perlmuttknöpfe ihrer Bluse. Wie ein Hauch glitt die kühle Seide an ihrem Körper herab, und Robert tastete nach dem Verschluss des muschelfarbenen Rocks. Ella musste ihm mit den Haken und Ösen helfen, die Schnürung erinnerte ihn flüchtig an die Takelage der *Südstern.*

In Unterkleid und Schnürstiefeln wirkte Ella wie ein junges Mädchen. Unsicher löste sie das Haar in ihrem Nacken, als würde sie Zeit gewinnen wollen. Doch dann ließ sie sich übermütig auf das Bett fallen. Jammernd gaben die alten Sprungfedern nach.

Ella lachte. »Komm …«, sagte sie, und in ihrer Stimme schwang plötzlich ein sehr fraulicher Unterton.

Robert hatte seine Jacke schon beim Hereinkommen abgelegt. Er schlüpfte aus den Stiefeln und dem dunklen Tuch der Hosen, die er ordentlich faltete, bevor er sie mit Hemd und Strümpfen auf Ellas Röcke legte. Ihr Anblick, ein Wunschbild seiner Sehnsüchte, ließ ihn nach Luft schnappen. Vorsichtig setzte er sich zu Ella aufs Bett und befreite ihre Füße aus den Stiefeln.

Erst als Ella bloß und bezaubernd vor ihm lag, sank er an ihre Seite. Er nahm sie in seine Arme und zog ihren Körper zu sich. Wohlige Schauer rasten wie Wellenberge durch seine innere See, und er spürte ihre sanfte Wärme an seiner Brust. Die Bilder der Schiffspassage flackerten in seiner Erinnerung auf. Damals hatte Ella wie ein federloses, junges Vögelchen vor ihm gelegen, hilflos und mit geschlossenen Augen. Und trotzdem hatte ihr nackter, geschundener Körper bereits ein Versprechen in sich getragen. Ein Versprechen, das ihn einlud, nun endlich zu ihr zu kommen. Robert unterdrückte ein Stöhnen.

Er dachte, dass Ellas Körper kräftiger wirkte, fast muskulös. Unter der weichen, sanft gebräunten Haut konnte er Muskeln und Sehnen spüren. Da war eine Kraft, die nicht auf den ersten Blick zu erkennen war. Tastend erkundete er ihren Körper, doch er hielt sich an die vertrauten Routen. Robert blieb auf seinem Kurs, obwohl ihn die Gräben und Untiefen, die sich unter der Oberfläche verbargen, magisch anzogen. Plötzlich fürchtete er, sich in unbekannten Gewässern zu verlieren. Zum ersten Mal in seinem Leben hatte Robert Angst zu stran-

den. In diesem Moment fühlte er sich in Ellas Armen so hilflos wie ein Schiffbrüchiger.
Ella bemerkte sein Zögern. Sie nahm seine Hände und legte sie auf ihr Herz. Er konnte den kräftigen Schlag spüren, der das Blut durch ihren Körper trieb. Ihm war, als hielte er ihre Seele in den Händen. Und er begriff, dass sie genauso aufgewühlt war wie er selbst. Atemlos wartete er auf ein Zeichen.
»Die Zeit bei den Kamilaroi war ein Geschenk.« Flüsternd, als fürchte sie neugierige Zuhörer, begann Ella zu sprechen. Sie trug zusammen, was sie in den vergangenen Monaten erlebt hatte. Und ihre Worte klangen wie ein Lied. Robert dachte, dass sie sich ihm auf eine andere, vielleicht noch innigere Weise öffnete, als es der Zusammenfluss ihrer Ozeane vermocht hätte. Ella erzählte von glücklichen Tagen und dunklen Nächten. Sie sprach über das Malen und ihre seltsamen Empfindungen in der Natur, über den Schock des *Post*-Berichtes und über die Reise ins Outback und deren schreckliches Ende. Sie erzählte von den Vielbrocks, von Edvard und Gympie, von Mister Wang und von Jacob, dem sie lediglich in ihren Träumen begegnet war. Und der sich nun in einer anderen Welt befand. Sie sprach über ihre Ängste und Zweifel, über die wenigen Momente des Glücks und über ihre Träume, die sie immer wieder ängstigten. Und während sie sich nun selbst wie eine Ertrinkende in Roberts Arme flüchtete, breitete sie das Bild des vergangenen Jahres vor ihm aus. Robert dachte, dass sie in den vergangenen Monaten mehr erlebt hatte als er während seiner vielen Jahre auf See.
Und Robert hielt sie. Seine Hände hatten sich nicht mehr bewegt, sie waren nur dazu da, Ella zu trösten. Er war jetzt wieder ihr Anker, ihr Kompass und Sternenhimmel auf hoher See. Wenn sie sich die Tränen von den Wangen wischte, küsste er ihre salzigen Handflächen. Der Nachmittag floss dahin.

Die Zeit dehnte sich, sie war nicht mehr wahrnehmbar, zerfaserte zwischen heute, gestern und morgen. Die Stunden mit Ella verliefen anders, nicht so, wie sie sich für ihn am Horizont abgezeichnet hatten. Vielleicht war Ellas Mut, den er kurz hatte aufblitzen sehen, an den Klippen seines Zögerns zerschellt. Roberts Träume, die fast greifbar gewesen waren, verflüchtigten sich im staubigen Licht der Nachmittagssonne. Und trotzdem hatte er das Gefühl, bis zu ihrem leuchtenden Kern vorzustoßen. Ihre Umarmung war mehr als eine bloße Erkundigung gewesen. Es geschah nichts, und doch geschah alles: Sie waren wieder eins.

»Was wirst du tun?«

Das Licht zog sich bereits aus der Kammer zurück, die Wirtin hatte ungeduldig an ihre Zimmertür geklopft, als Robert wieder auf die Küstenlinie der Wirklichkeit zusteuerte.

»Ich werde Australien verlassen. Ich will nach England fahren und dort nach meiner Mutter suchen.« Ella hatte nicht lange überlegen müssen, sie schien diesen Plan bereits seit einiger Zeit mit sich herumzutragen. »Deshalb war ich heute unten im Hafen. Ich wollte eine Karte für die Passage kaufen.«

Robert schwieg. Er hatte geglaubt, dass Ella nach Deutschland zurückkehren würde. An Bord der *Südstern* hätte er seine Hängematte mit ihr teilen können.

»Was ist mit dir?« Ella spürte seine Enttäuschung.

Statt einer Antwort küsste er sie, und dieses Mal – nur für einen winzigen Moment – drang er tatsächlich in die Untiefen ihrer See vor. Doch bevor er sich in ihr verlor, bevor er sich ganz verlieren konnte, ertönte ein Alarmsignal, das vielleicht auch nur ein Schiffshorn aus dem Hafen gewesen war. Atemlos löste er sich aus ihren Armen.

»Ella, ich habe einen Brief für dich.«

Sie setzte sich auf. Erschrocken strich sie sich die Haare zu-

rück und zog das Laken über ihren nackten Körper, als müsste sie sich vor fremden Blicken schützen.
»Einen Brief?« Ihre Stimme klang dünn, fast zerbrechlich.
Robert dachte, dass er eine Kerze anzünden müsste, damit sie ihn lesen könnte, und stand auf. Noch immer zog der betörende Rosenduft durch das geöffnete Fenster herein, die Luft war feucht, der Wind strich von der See durch die Stadt.
»Ella, ich bin in Hamburg bei deiner Tante gewesen.«
»Auguste!« Sie sah ihn an, als könnte sie sich das Gesicht der Tante nur mit Mühe vor Augen rufen. Erschrocken schlang sie die Arme um ihren Körper.
»Es gab eine polizeiliche Untersuchung, Ella. Der Kapitän wurde vernommen, die Offiziere. Auch dein Vater kam an Bord – und deine Tante. Ich dachte, dass …«
»Was hast du ihnen erzählt?« Ella sah ihn ernst an. Oder war da Zorn in ihrem Blick?
Robert reichte ihr den Brief. Nach kurzem Zögern griff sie nach dem versiegelten Bogen. Der Geruch nach Kampfer überlagerte den Rosenduft.
»Ella, ich … Ich dachte, dass ich ihnen wenigstens mitteilen könnte, dass es dir gutgeht. Sie wussten schließlich, dass du nach Melbourne gesegelt bist. Der Kapitän hatte ihnen bestätigt, dass du die Fahrt angetreten hast. Ich wollte ihnen ein wenig von ihrem Schrecken nehmen. Ich wollte wenigstens eine ihrer Fragen beantworten.«
»Es ist mein Leben, Robert.« Es war eine Feststellung, kein Tadel.
Robert nickte. Er setzte sich wieder zu Ella aufs Bett. »Willst du den Brief nicht lesen?«
Ella zögerte, sie zerknüllte den Bogen, dann strich sie ihn wieder glatt. Schließlich brach sie das Siegel auf. Robert sah die schwungvolle Schrift der Tante, die das Papier bedeckte.

Ella lehnte sich zurück, als müsste sie Anlauf nehmen. Sie atmete ein, heftig und geräuschvoll, hielt dann den Atem an und las den Brief in einem Rutsch. Robert dachte, dass sie sich auf einen Tauchgang in die Vergangenheit eingelassen hatte. Er beobachtete ihr Mienenspiel – Freude, Schmerz, schließlich ungläubiges Staunen. Als sie wieder auftauchte, schnappte Ella nach Luft.

»Und?« Robert rettete den Brief aus ihren zitternden Händen.

Ella schüttelte den Kopf, sie musste die Tränen unterdrücken. »Sie schreibt, dass ich ihr willkommen bin. Sie sagt, dass mein Vater immer noch tief verletzt ist. Aber sie will mir verzeihen. Egal, was passiert sei, sie werde mich nicht verurteilen. Wenn ich nach Hamburg zurückkehre, wird sie mir die Türen der Villa Wilhelmi öffnen.«

Robert nickte, er dachte an seinen Besuch bei Auguste Wilhelmi zurück. Ihr nobler, warmherziger Geist und ihre Liebenswürdigkeit hatten ihn beeindruckt. *Sie gefallen mir sehr.* Der warme Klang ihrer Stimme hallte in seiner Erinnerung wider.

»Sie hat ein großes Herz.«

»Und mein Vater? Wie soll ich ihm gegenübertreten? Ich weiß ja noch nicht einmal, ob ich ihn überhaupt wiedersehen will. Verlässlichkeit … Verlässlichkeit und Haltung, das war immer seine oberste Maxime. Aber er hat mich genauso enttäuscht, wie ich ihn wohl enttäuscht habe. *Sophienlund,* meine Kindheit und Jugend – alles, was ich immer geliebt habe, war eine Illusion, das Zerrbild einer Lüge.«

»Du wirst ihm vergeben können, Ella. Und er wird dir vergeben. Ihr müsst miteinander reden. Ihr dürft euch nicht hinter eurem Groll und eurer Enttäuschung verschanzen. Du liebst ihn doch, deinen Vater. Und du liebst *Sophienlund,* die Ostsee, deine Heimat.«

»Und was ist mit meiner Mutter?«

»Wenn ihr euch endlich ausgesprochen habt, könntest du sie immer noch besuchen. Von Hamburg aus ist es nur eine kurze Seereise über den Kanal. Ein Katzensprung … Ich könnte dich begleiten. Und vielleicht hat dein Vater ja noch Kontakt zu ihr, vielleicht gibt es eine Adresse … London ist die größte Stadt der Welt, in ihr leben mehr Menschen als in ganz Australien. Es wird nicht einfach sein, sie dort zu finden. Die Stadt gleicht einem monströsen Kraken, sie packt und verschlingt jeden Fremden.«
»Ach Robert …« Ella schlang die Arme um seinen Hals. Das Laken rutschte von ihrem Körper, und wieder spürte er das Verlangen, das wie ein Raubfisch seine Kreise zog. Er zog sie an sich und fuhr mit seinen Händen durch ihr Haar und ihren Rücken hinab bis …
»Mister Williamson …« Die Stimme der Wirtin klang ungehalten. Energisch pochte sie gegen die Tür. »Mister Williamson, unten warten Gäste für die Nacht. Und ich muss das Zimmer noch richten.«
Ella kicherte. »Komm!«, sagte sie und sprang aus dem Bett. »Lass uns draußen weiterreden.« Sie warf Robert seine Hosen zu und schlüpfte in ihre Röcke. Zum Schluss steckte sie sich die Rose ins Haar. Robert fand, dass sie glücklich aussah, als sie gemeinsam die Stiege hinunterkletterten.

Vier

»Du willst tatsächlich nach Deutschland zurückkehren?« Gympie sah sie ungläubig an. Ella nickte, sie beugte sich zu Nala und kraulte ihr die Ohren. Als sie in die Margaretstreet zurückgekommen war, hatte der Dingo vor dem Atelier gewartet und schuldbewusst den Blick gesenkt.

»Sie weiß genau, dass ich sie gesucht habe.« Erleichtert hatte Ella das Tier in ihre Arme geschlossen. Nalas Fell war feucht, doch sie roch weder nach Unrat noch war sie schmutzig. Ella dachte, dass sie vielleicht im Yarra River gefischt hatte. Nala hatte immer noch eine Vorliebe für frischen Fisch. »Aber ich kann ihr nicht böse sein. Wenn sie nicht weggelaufen wäre, hätte ich Robert vielleicht nicht getroffen.« Ella lachte glücklich, dann berichtete sie von ihrer Begegnung im Hafen.

Gympie schüttelte den Kopf. »Sie ist eine Streunerin, das wird sie immer bleiben, Ella. Die Dingos tragen die Wildnis im Blut, sie können nicht gegen ihre Natur ankämpfen. Irgendwann wird sie nicht mehr zu dir zurückkehren. Ihr fehlt alles gehorsam Hündische.«

Ella nickte, sie hakte sich bei Gympie ein und hauchte ihr einen Kuss auf die Wange. In nicht einmal zwei Wochen würde sie Abschied nehmen müssen. Noch konnte sie sich ein Leben ohne die Freundin nicht vorstellen. *Sie kennt mich schon.* Ella hatte nicht vergessen, was Gympie bei ihrer ersten Begegnung gesagt hatte. *Sie kennt mich schon. Und ich kenne sie. Schon lange.* Das Erlebte hatte sie noch stärker miteinander verbunden.

»Ich werde auf der *Südstern* nach Hamburg segeln«, nahm sie das Gespräch wieder auf. »Robert hat mir einen Brief meiner Tante gegeben. Sie nimmt mich auf, vielleicht kann ich dort an mein altes Leben anknüpfen.«

Gympie sah sie zweifelnd an. Im Atelier wies sie auf die Leinwände, die sich überall stapelten. Auch Edvards Bilder waren darunter, sein leuchtendes Vermächtnis. »Und was ist damit?«

»Ich werde die Malerei nicht aufgeben«, sagte Ella. »Sie ist ein Teil von mir, niemand wird mich daran hindern. Und niemand wird mir diese Freiheit nehmen können. Australien hat mich stark gemacht, ich werde mich nicht bevormunden lassen. Ich weiß, dass ich kämpfen kann. Dass ich stark sein werde.«

»Und deine Mutter? Ich dachte, du wolltest sie suchen und Antworten auf deine Fragen finden. Was ist mit deinen Träumen?«

Ella nickte. »Ich werde sie suchen. Und ich werde sie finden. Robert wird mich begleiten. Ich habe schon so lange ohne sie gelebt, dass es auf ein Jahr mehr oder weniger nicht mehr ankommt. Und was das Träumen angeht: In Roberts Nähe fühle ich mich sicher. Er hat mir schon einmal das Leben gerettet. Du wirst ihn kennenlernen, Gympie. Sein zupackendes Wesen, seine Kraft und seine Zuversicht verdrängen jeden Schmerz und jede Melancholie. Manchmal denke ich …« Ella schwieg, sie wollte Gympie nicht verletzen.

»Du verschließt die Tür zu deinen Träumen, du verlässt deinen Traumpfad?«

Ella nickte nachdrücklich. Seitdem sie aus dem Outback zurückgekehrt waren, hatte sie die Feuerströme zwar immer wieder einmal gespürt, doch es war wie ein fernes Grollen gewesen – ein Wetterleuchten, eine Erinnerung an ein schreckliches Erlebnis. Bisweilen dachte sie, dass die Tragödie der Buschbrände die schrecklichen Bilder in ihrem Kopf überdeckt hatte. Das Feld ihrer Seele lag gerodet und unbestellt vor ihr. Sie hatte die Katastrophe überlebt, sie musste den Blick nach vorne richten. Der Strom der Zeit würde sie nicht noch einmal in den Abgrund reißen.

»Und Jacob?« Nun schüttelte Gympie ihren letzten Trumpf aus dem Ärmel. Ihre dunklen Augen wirkten ratlos.

Ellas Blick fiel auf das Gefäß mit Asche, das sie von *Grünau* mitgebracht hatten. Es war naiv anzunehmen, dass sich darin Edvards sterbliche Überreste befinden könnten. Trotzdem hatten sie geplant, dass Ella die Asche mit nach London neh-

men sollte, um sie dort dem Wasser der Themse anzuvertrauen. Ein letzter Dienst für den verstorbenen Freund.
»Jacob ist tot.« Ella löste den Blick von der Urne und sah Gympie trotzig an. »Er ist tot. Und ich bin zu jung, um meinem Glück ein Leben lang nachzutrauern. Es ist genug. Ich habe alles riskiert, um ihn zu finden. Mehr kann ich nicht geben.«
»Er wird dich nicht ziehen lassen, Ella. Solange du nicht sicher weißt, dass er gestorben ist, wird sein Geist dich nicht verlassen.« Gympies Stimme erinnerte Ella plötzlich an jemand anderen. Eine Stimme, die sie lange nicht mehr gehört hatte.
»Warum machst du mir Angst?« Ella blickte Gympie verständnislos an. Sie hatten lange darüber gesprochen, dass sie Australien verlassen würde. Und Gympie hatte sich kein einziges Mal gegen ihre Pläne gewehrt, nach England zu gehen. Welcher Teufel ritt sie nun, düstere Wolken vor den Horizont zu schieben? »Ist es wegen Edvard?«
Gympie schüttelte den Kopf, sagte aber sonst kein Wort. Erschöpft ließ sie sich auf das breite Bett fallen, das sie früher mit dem Engländer geteilt hatte. Ella zögerte kurz, dann setzte sie sich an Gympies Seite. Im Stillen schalt sie sich dafür, dass sie ihr Wiedersehen mit Robert so aufgeregt und glücklich geschildert hatte. *Haltung.* Ich hätte rücksichtsvoller sein müssen, dachte sie. Einfühlsamer. Gympie hat gerade erst ihren Geliebten verloren, und vielleicht gibt sie mir die Schuld an Edvards Tod. Wenn die beiden mich nicht begleitet hätten, stünde Edvard jetzt vor seinen Staffeleien. Und Gympie wäre nicht allein.
»Du könntest mit mir kommen, Gympie. Du könntest mit Robert und mir nach Europa reisen.« Die Worte waren Ella herausgerutscht, ohne dass sie zuvor über ihren Vorschlag nachgedacht hatte. Unsicher wandte Ella den Kopf. Sie sah,

wie es in Gympie arbeitete, ihre Empfindungen spiegelten sich unmittelbar in ihrem schönen Gesicht wider.
»Das ist es nicht, Ella«, antwortete sie.

Mister Wang war am Vormittag, kurz nachdem Ella das Atelier verlassen hatte, erschienen. Gympie hatte sich noch einmal ins Bett gelegt, im Traum hatte sie versucht, Edvard nahe zu sein. Plötzlich hatte sie ein Geräusch, ein Rauschen wie von Vogelschwingen, geweckt. Erschrocken hatte sie die Augen geöffnet, und da hatte er vor ihr gestanden, mitten im Raum. Die Gestalt des Chinesen war ihr noch zerbrechlicher und vogelartiger vorgekommen als bei seinem ersten Besuch. Für einen Moment dachte Gympie sogar, dass er sich aus einer von Edvards Flusslandschaften herausgelöst haben könnte. Ein Wesen aus der Zwischenwelt.
Artig hatte Mister Wang sich vor ihr verneigt, dann war er an ihr Bett getreten. Seine Stimme war nicht mehr als ein Flüstern gewesen, das Gewand raschelte. Ein süßlicher Geruch stieg aus den Falten seiner Tunika auf.
»Sie darf noch nicht gehen!« Das war alles, was sie verstanden hatte, obwohl ein ganzer Wasserfall an Lauten über sie hereingestürzt war. Vielleicht sprach er chinesisch, denn seine Stimme hatte einen fremden, eigenwilligen Klang. Gympie dachte, dass auch er seine Heimat verlassen hatte. Wie lange war der Chinese schon von zu Hause fort?
Erschrocken hatte sie sich aufgerichtet, doch dann hatte sie sich schnell wieder gefasst und Mister Wang mit einer Handbewegung eingeladen, sich zu ihr auf das Bett zu setzen.
Der Chinese hatte sich an das Fußende gesetzt, er war so leicht, dass sein Körper keinen Abdruck auf den Laken hinterließ. Gympie war eingefallen, dass sie nackt geschlafen hatte. Sie fragte sich, ob ein Vogelwesen so etwas wie Scheu oder

Scham empfand. Fragend sah sie ihn an, doch er schüttelte den Kopf.

»Sie darf noch nicht gehen.«

»Ella?«

Der Alte nickte. »Sie darf noch nicht gehen.«

»Ich kann sie nicht aufhalten. Sie sucht ihre Mutter, sie will ihren Träumen entkommen. Jacob ist tot, es hält sie nichts mehr hier.«

Der Chinese hatte gelächelt, und plötzlich hatte Gympie etwas gespürt, das sie auch in Edvards Nähe verspürt hatte – so etwas wie Geborgenheit und Glück. Für einen Moment hatte sie gedacht, dass Mister Wang dieses Gefühl in ihr hervorgerufen hatte. Doch dann hatte sie bemerkt, dass es Ella war, deren Aura sie wahrgenommen hatte. Sie waren noch nicht am Ende ihres gemeinsamen Weges angelangt.

Verblüfft hatte sie den Alten angestarrt. Doch der Chinese nickte sanft, als könnte er ihre Gedanken lesen. So hatten sie eine Weile dagesessen und geschwiegen, bis Gympie wieder die Augen zugefallen waren. Im Wegdämmern hatte sie noch gedacht, dass sie dem Chinesen eine kräftige Suppe kochen müsste. Er sah so dünn und zerbrechlich aus, und auf dem Grund seiner Augen sah sie das Eis der Toten schwimmen.

Später war Gympie von Nalas Gebell aufgewacht. Es war Abend, das Tier war allein zurückgekehrt. Voller Sorge hatte sie sich angezogen, doch als sie hinunter zum Hafen laufen wollte, sah sie Ella über den Hof kommen. Ihr Herz hatte einen Moment lang aufgehört zu schlagen, und als es wieder seinen Rhythmus suchte, flatterte es wie ein Vogel.

Sie darf noch nicht gehen. Wie sollte sie Ella nur aufhalten? Wo sie doch selbst davon überzeugt war, dass Ella ihren Traumpfad bis zum Ende erkunden musste. Und dieser Pfad schien zu ihrer Mutter und zurück nach Europa zu führen.

Doch Ella war mit neuen Plänen ins Atelier zurückgekehrt. Da war dieses Leuchten, das sie umfing. Ein silbriger Glanz, der sich auf ihre Schultern gelegt hatte und den sie auch in ihren Augen trug. Die Sommersprossen auf ihren Wangen leuchteten wie ferne Lichtpunkte an einem Nachthimmel.
Atemlos hatte sie von ihrer Begegnung mit Robert Williamson erzählt. Der Freund, und er schien fast mehr als ein Freund zu sein, hatte Ella überzeugt, nach Hamburg zurückzukehren. Sie sollte nach vorne blicken, so wie alle Europäer. Und nicht zurück.
Gympie hatte sofort bemerkt, dass sie Ella nicht umstimmen könnte. Was sollte sie ihr auch erzählen? *Der Chinese war hier, Ella. Er sagt, dass du noch nicht gehen darfst.*
Ella bemerkte ihr Zögern, doch sie deutete es falsch. Sie dachte, dass sie ihr die Zuversicht neidete. Gympie schloss erschöpft die Augen und rief sich das Bild des Chinesen ins Gedächtnis. »Du darfst nicht vergessen, dich von Mister Wang zu verabschieden«, sagte sie. »Ich glaube, Mister Wang wird bald sterben.«

Fünf

Wie viele Abschiede hatte sie schon genommen? War ihr Leben, wenn sie es genau betrachtete, nicht sogar eine endlose Abfolge des Abschiednehmens gewesen – lediglich unterbrochen von einer Reihe scheinbar glücklicher Kinderjahre? Doch diese waren nur Komödie gewesen, nicht mehr als eine Täuschung. Und tief in ihrem Inneren hatte sie es immer gespürt.
Ella saß auf gepackten Kisten. Morgen würde die *Südstern* auslaufen, später wollte Robert kommen, um ihr Gepäck an

Bord zu bringen. Sie hatte versprochen, den letzten Abend in Melbourne mit Johannes und Gympie zu verbringen. Gympie hatte ein gemeinsames Essen im Atelier vorgeschlagen, doch Ella wollte lieber im *Flinders* in der Bourke Street sitzen. Sie hoffte, dort nicht allzu viel zu weinen. Deshalb hatte sie die Freunde auch gebeten, sie nicht zum Schiff zu begleiten.

Ella blickte auf ihr Gepäck. Ihre Besitztümer hatten sich in der Fremde verdoppelt. Nun reiste sie mit einer zweiten Kiste ab, die bis zum Rand mit Leinwänden und Zeichnungen gefüllt war. Sie hatte Glück, dass der Segler nur wenig Ware geladen hatte, der Kapitän hatte ihr ein weiteres Gepäckstück zugestanden. Ella dachte, dass sie ihre Bilder niemals hätte zurücklassen können. Für die Überfahrt wollte sie noch Zeichenblöcke und Pastellkreiden erstehen. Sie hatte den Besuch bei Mister Wang bis zuletzt hinausgezögert, doch nun ließ er sich nicht länger aufschieben. Wenn sie sich noch von ihm verabschieden und nicht ohne Farben fahren wollte, müsste sie sich endlich auf den Weg in den kleinen Laden des Chinesen machen.

Gympie sah sie merkwürdig an, als sie mit Nala aufbrach. *Mister Wang wird bald sterben.* Warum nur hatte die Freundin ihr vor dieser letzten Begegnung Angst gemacht?

Als sie durch die Straßen ging, fiel Ella ein, dass sie diesen Weg wohl zum letzten Mal einschlug. Sie dachte, dass sie die Stadt vermissen würde. In der *Post* hatte sie gelesen, dass Melbourne inzwischen die zweitgrößte Metropole des Empire war. Immer wieder staunte sie über das Durcheinander auf den Straßen. Die Menschen schienen ständig in Bewegung zu sein, und der Trubel nahm von Woche zu Woche zu. Bald würde man Aufseher benötigen, die den Verkehr der kreuz und quer fahrenden Kutschen regelten. An den Straßenkreuzungen kam es häufig zu Unfällen, weil sich die Fahrer nicht über die Vorfahrt einigen konnten. Es hatte sogar schon Tote gegeben. Ella achtete darauf, dass Nala in ihrer Nähe blieb.

In Mister Wangs Geschäft empfing sie eine wohltuende Stille. Ella schloss die Tür, und noch bevor sie sich wieder umdrehen konnte, stand der Chinese schon an ihrer Seite. Ein unbefangenes Lächeln tanzte auf seinem Gesicht, und erfreut reichte Ella ihm die Hände. Als sie sich berührten, spürte sie die unbändige Kraft seiner Gedanken. Gympie musste sich getäuscht haben, der Alte wirkte überaus lebendig.

Lächelnd zeigte Mister Wang auf seinen Tresen. »Es ist schon alles vorbereitet.«

Im Halbdunkel erkannte Ella einen Packen von Skizzenblöcken, Pastellkreiden und Bleistiften. Sie beschloss, sich nicht mehr darüber zu wundern, dass der Chinese ihre Gedanken kannte.

»Ich komme auch, um mich von Ihnen zu verabschieden«, sagte sie. »Ich fahre zurück in die Alte Welt.«

Mister Wang nickte, er zog sie mit sich in die winzige Küche. Als sie ihm folgte, bemerkte sie, dass der Alte mit dem Dämmerlicht verschmolz. Seine Konturen verschwammen vor ihren Augen. Es war, als folgte sie einem Wesen, dessen Körper nur noch aus Energie zu bestehen schien. Ella musste an eine Gasflamme denken, das scharfe, bläuliche Licht glich dem Wesen des Chinesen. Nala jaulte leise auf, sie verschwand zwischen den Regalen.

Die Kammer wirkte unbewohnt, der Ofen war kalt, die schwere Teekanne blieb leer. Auch das Opiumpfeifchen suchte Ella vergebens. Mister Wang bemerkte ihren Blick und verneigte sich entschuldigend.

»Verzeihen Sie mir, ich bin heute kein guter Gastgeber, Miss

Carlsburg. Und ich war Ihnen auch kein guter Freund, ich hätte Sie vor dem Feuer warnen müssen.«

»Sie hätten Mister Hope warnen müssen«, antwortete Ella. Ihr fiel ein, dass Mister Wang sich immer geweigert hatte, aus Edvards Händen zu lesen.

»Ich bin nur für das Glück zuständig, Miss Carlsburg.« Der Chinese zwinkerte. »Nur für das Glück …«

Ella strich mit den Händen über den alten Tisch. Sie schwieg und dachte über seine Worte nach. Irgendwann hatte er zu ihr über die Liebe gesprochen. *Du wirst sie finden und verlieren und wiederfinden.* Ich habe Jacob verloren, dachte sie. Und Robert gefunden.

»Sie hatten recht«, antwortete sie. Sie wusste, dass sie ihren Gedanken nicht weiter ausführen müsste.

Mister Wang schüttelte seinen kleinen Kopf. Seine Augen waren halb geschlossen. »Wúwéi«, antwortete er leise, fast tonlos. »Wúwéi …«

»Was haben Sie mir eigentlich unter meine Farben gemischt?« Ella hatte das Gefühl, dass sie den Chinesen wach halten müsste. »Opium, war das Opium? Die Steine haben mir Geschichten erzählt.«

»Ich habe mein Glück mit Ihnen geteilt, Miss Carlsburg. Und meine Träume … Aber nun müssen Sie mich loslassen. Ich werde Sie nicht mehr begleiten können, und vor Ihnen liegt noch eine weite Reise.«

Ella nickte, vorsichtig stand sie auf. »Auf Wiedersehen, Mister Wang.« Für einen Moment dachte sie, dass sie ihn in die Arme nehmen müsste. Doch dann kam ihr diese Geste falsch und linkisch vor. Sie pfiff nach Nala und zog sie mit sich. Im Laden legte sie Geld auf den Tresen und nahm das Paket mit Papier und Farben. Als sie sich noch einmal umblickte, sah sie, dass Mister Wang am Tisch zusammengesunken war. Er schien tatsächlich zu schlafen. Sein Kinderkopf lag auf den Unterarmen, ein Lächeln segelte auf seinen Lippen. Ella dachte, dass er heiter wirkte, so, als ob er dem Glück tatsächlich begegnet wäre.

Ella und Gympie kamen ein wenig zu spät in die Kneipe in der Bourke Street. Ella hatte noch eine weitere Tasche gepackt, zuletzt war ihr noch so vieles eingefallen, was sie nicht zurücklassen wollte. Ein Taschenmesser, das Johannes Vielbrock ihr geschenkt hatte, eine Karte Australiens, Steine und Federn, einige Ausgaben der *Post.* Schließlich etwas chinesisches Porzellan, das sie sich auf dem Markt gekauft hatte, und Seidenstoffe, aus denen sie sich Kleider nähen lassen wollte.

Gympie ahnte, dass Ella am liebsten auch Nala mitnehmen wollte. Doch Robert hatte ihr ausgeredet, den Dingo mit an Bord zu nehmen. »Die Überfahrt ist eine Qual für das wilde Tier«, hatte er gesagt. »Nala gehört doch in die Steppe.« Dann hatte er Ella an das Schicksal der Undulatus-Papageien erinnert.

Auch Gympie hatte sich gegen Ellas Angebot entschieden, sie nach Deutschland zu begleiten. Sie wollte bleiben. Ihr Herz war schwer, sie konnte nicht glauben, dass sie die Freundin vielleicht für immer ziehen lassen musste. Und doch hing sie mit jeder Faser ihres Körpers an dem Land ihrer Ahnen. Das Gefühl, das sie hielt, war stärker als das Verlangen, bei Ella zu sein, das sie fortzog. Bisweilen sehnte sie sich nach den Kamilaroi zurück, und sie wusste, dass sie eines Tages ins Outback zurückkehren würde.

Als die Frauen ins *Flinders* kamen, saß Johannes Vielbrock bereits an einem Tisch in der Ecke. Er winkte ihnen zu und bestellte Bier und salziges Gebäck, das ein deutscher Bäcker in Melbourne lieferte. Gympie bewunderte die kunstvoll ineinander verschlungenen, glänzenden Teigstränge, die Johannes *Brezeln* nannte. Sie fand, dass der Teig überkreuzten Kinderärmchen ähnelte.

»Kommt Robert auch noch dazu?«, fragte Johannes und biss hungrig in seine Brezel. Gympie fand, dass er zugenommen hatte. Vielleicht hatte er versucht, den Kummer um *Grünau* mit deftigem Essen zu betäuben. Es war eine Angewohnheit der Europäer, Trauer, Schmerz und Zweifel im Überfluss zu ertränken, während die Aborigines gerade im Verzicht, in der Entsagung und Einsamkeit Kraft und Stärke fanden.

Ella nickte. »Er bringt mein Gepäck auf die *Südstern,* dann kommt er nach. Er wollte sich auch noch von dir verabschieden.«

Gympie verspürte keinen Appetit, und auch Ella pickte nur winzige Stückchen aus dem Teig. Noch immer konnte Gympie nicht glauben, dass sie die Freundin vielleicht nie wiedersehen würde. Und obwohl sie Robert inzwischen kennengelernt hatte – der Hüne erinnerte sie mit seinem wirren, hellen Haar an einen gutmütigen Wolkengeist –, dachte sie, dass es ein Fehler von Ella war, nach Deutschland zurückzukehren. *Sie darf noch nicht gehen.* Warum nur hatte Mister Wang ihr diesen Plan nicht ausgeredet?

Als hätte sie ihre Gedanken gespürt, griff Ella unter dem Tisch nach Gympies Hand und drückte sie.

»Wenn nur die Entfernungen nicht so riesig wären. Vielleicht setzen sie ja bald Dampfschiffe ein, dann verkürzt sich die Reise.«

Johannes schwieg.

Gympie hatte keine Vorstellung von der unendlichen Weite des Ozeans, doch sie spürte die Wehmut des Freundes und Ellas Abschiedsschmerz. Da war so etwas wie ein Band, das sie aneinanderkettete. Sie blickte auf ihre Brezel. Irgendwie hingen ihrer aller Lebenswege auf eine verwirrende Art und Weise zusammen.

»Ich habe mich heute auch von Mister Wang verabschiedet«, sagte Ella, um der Stille etwas entgegenzusetzen.

Johannes blickte sie scharf an. Gympie dachte, dass sich Verwunderung in seinen Augen spiegelte. Hastig griff er nach seinem Bierkrug.

»Du warst bei Mister Wang? Wann war das?«

»Am Vormittag, ich habe noch Farben und Papier für die Reise gekauft.«

»Und du hast auch mit Mister Wang gesprochen?«

Nun blickte Ella den Viehzüchter überrascht an. »Ja, er hat mich begrüßt und in seine Küche geführt. Er wirkte ein bisschen müde auf mich.«

Johannes schüttelte den Kopf. »Das verstehe ich nicht«, murmelte er.

Ella ließ Gympies Hand los, sie beugte sich vor.

»Was verstehst du nicht?«

»Ella …« Johannes zögerte kurz, und in diesem Moment wusste Gympie, was er der Freundin antworten würde. Seine Gedanken hingen wie Nebel über dem Tisch. »Ella, Mister Wang ist gestorben. Man hat seinen Leichnam bereits im Garten des kleinen Tempels im Chinesenviertel beigesetzt. Sein Geschäft steht zum Verkauf, ich las einen Bericht in der *Post* und musste noch an dich denken. Er soll einer der ersten Chinesen gewesen sein, die nach Melbourne gekommen sind. Und es gibt keine Erben. In seinem Testament hat er verfügt, dass der Erlös aus dem Verkauf seines Ladens den Grundstock für einen Museumsbau hier in Melbourne bildet. Es gibt schon länger Pläne dafür, aber dass nun ausgerechnet ein Chinese sein kleines Vermögen dafür stiftet, daran werden die

Gentlemen in den Clubs wohl noch lange zurückdenken müssen. Er hat die vornehmen Herren mächtig beschämt.«

»Er ist tot? Das muss eine Verwechslung sein. Wann soll er denn gestorben sein?« Gympie sah, dass Ellas Hände die Tischkante fest umklammert hielten. Ihre Fingerknöchel traten weiß hervor. »Das kann doch nicht sein, ich habe ihn doch heute Morgen noch gesehen.«

»Vielleicht hast du seinen Geist gesehen, Ella.« Gympie fand den Gedanken nicht abwegig, doch Johannes und Ella sahen sie an, als hätte sie den Verstand verloren.

»Ich habe doch mit ihm gesprochen, Gympie. Und Nala …« Sie zögerte einen Moment und blickte sich nach dem Dingo um, der sich unter den Tisch gelegt hatte. »Nala hat ihn doch auch gesehen, sie lief vor ihm weg.«

»Das ist doch alles …« Johannes kam nicht dazu, seinen Satz zu beenden. Jubelrufe und Geschrei, die von der Straße in die Kneipe drangen, unterbrachen das Gespräch.

»Was ist da los?« Ella drehte sich zum Fenster, neugierig sah sie auf die Bourke Street hinaus. Es war ein lauer Abend, viele Menschen waren im Amüsierviertel unterwegs.

»Sie haben fast alle die Abendausgabe der *Post.*« Johannes war aufgesprungen, um hinauszulaufen. In der Tür stieß er mit Robert zusammen. Gympie sah, dass Robert ebenfalls eine Zeitung in der Hand hielt. Sein Gesicht wirkte trotz seiner Tropenbräune kreidebleich. Noch ein Geist, dachte sie.

»Sie haben Überlebende der *Post*-Expedition gefunden!«, rief Robert und hielt das Blatt in die Höhe. »Ein Suchtrupp hat drei Männer im Busch aufgespürt. Und die Geretteten berichten von weiteren Verletzten, die sie am Cooper Creek zurücklassen mussten.«

Sechs

Als er die Schlagzeilen gelesen hatte, wusste er, dass er Ella wieder verlieren würde. Einen Moment lang hatte Robert gedacht, dass man ihr die Nachricht verheimlichen könnte. Nur für eine Nacht, denn die Tür in eine gemeinsame Zukunft hatte sich doch bereits geöffnet. Es trennten sie nur noch wenige Stunden von der Abreise nach Deutschland. Der Wind stand günstig, die *Südstern* würde im Morgengrauen ablegen. Doch dann war er sich schäbig vorgekommen. Ella hatte sich ihm anvertraut. Ihre Liebe würde an diesem Verrat zerbrechen.

In der Bourke Street schwappte Robert fiebrige Aufregung entgegen, der Jubel der Melbournians lag über dem ganzen Viertel. Es hieß, dass Henry Wilson, der Verleger der *Post*, eine weitere Suchexpedition ausrüsten würde. »Wir werden sie alle finden«, tönte er in seinem Blatt. »Das sind wir unseren Männern schuldig.«

In den Lokalen feierten die Gäste, die Wirte ließen Freibier ausschenken. *Viva Victoria!* Robert schob sich wie in Trance durch die jubelnden Mengen, die Menschen lagen sich in den Armen. Plötzlich sah man den Union Jack aus Fenstern hängen, Schiffssirenen dröhnten, der Geruch nach Feuerwerk lag in der Luft. Es war lange her, dass eine Nachricht die Kolonie dermaßen euphorisiert hatte.

Ella und Gympie saßen im hinteren Teil der Kneipe. Robert kämpfte sich vor zu ihrem Tisch. Ella bemerkte ihn, und er sah, dass sich ihre Augen mit Tränen füllten. Sie wandte sich ab, beugte sich zu Gympie und sagte etwas. Dann stand sie auf und kam auf ihn zu. Einmal mehr dachte sich Robert, wie wunderbar sie doch war. Ella griff nach seiner Hand und zog ihn mit sich auf die Straße. Robert sah, dass Nala ihnen folgte. Sie kamen nur langsam voran. Immer wieder rempelte man sie an, Hüte flogen durch die Luft, und irgendwo schoss jemand um sich. Robert spürte Ellas schmale Hand. Er dachte daran, dass er ihre Kajüte mit Seidenkissen und Blumen geschmückt hatte. Er hatte ihr den Abschied erleichtern wollen. Und nun käme sie nicht. Er sehnte sich danach, in seiner Hängematte zu liegen und die Sterne zu betrachten. Der Nachthimmel könnte ihn retten – vielleicht.

Sie spazierten auf verschlungenen Wegen, schließlich folgten sie dem Yarra River, bis sie den Hafen erreichten. Inzwischen war die Nacht angebrochen, die Kais waren menschenleer. Als das dunkle Schiff endlich vor ihnen lag, blieben sie stehen. Gleichzeitig begannen sie zu sprechen.

»Ich kann noch nicht fort, Robert.«

»Ich werde nicht zurückkehren, Ella.«

Von der Veranda des *Empire Hotels* wehten Orchesterklänge durch den Hafen, Laternen beleuchteten den Platz vor dem *Immigration Office.*

Robert umarmte Ella. Er schloss sie fest in seine Arme, so, als wäre sie eine Blüte, die man zwischen zwei Buchseiten trocknen wollte, und prägte sich ihren Abdruck ein. Ihr Scheitel reichte bis zu seinem Kinn, ihr Oberkörper endete unterhalb seines Geschlechts, und ihre Brüste spürte er an seinen Rippenbögen, die unter der Berührung glühten.

Er wagte nicht zu atmen, denn er wusste, dass er sich diesen Moment immer wieder in Erinnerung rufen müsste, um Trost zu finden. Als sie ihren Kopf hob, um in seine Augen zu blicken, dachte er, dass noch so vieles vor ihnen liegen könnte. Doch der Spalt in eine gemeinsame Zukunft hatte sich geschlossen, und er wusste nicht, ob er noch einmal die Kraft finden würde, ihn zu öffnen. »Wúwéi«, flüsterte er, »wúwéi.«

Ella zuckte zusammen, sie löste sich vorsichtig aus seinen Armen. »Ich möchte, dass du die Kiste mit den Bildern zu meiner Tante bringst«, sagte sie. Ihr Blick folgte dem Dingo, der in der Dunkelheit verschwand. »Ich werde kommen. Eines Tages werde ich nach Hamburg zurückkehren. Ich weiß es, Robert. Ganz bestimmt.« Ihre Stimme erstarb.

Robert nickte. Er spürte, dass er müde war. Unendlich müde.

»Und ich möchte, dass du dir eines der Bilder aussuchst und für dich behältst. Es sind einige Bilder aus Melbourne darunter, wenn du nicht zurückkehrst, wirst du dich erinnern wollen.«

Robert strich über ihre Arme, er konnte sich noch nicht ganz von Ella lösen.

»Ich werde die Kiste mit deinen persönlichen Sachen wieder von Bord bringen lassen.«

»Ich bleibe erst einmal bei Gympie im Atelier«, antwortete Ella. »Und ich werde mich mit Mister Wilson in Verbindung setzen.«

Robert schwieg. Das Schiff in seinem Rücken hob und senkte sich im Rhythmus der Wellenbewegungen. Er dachte, dass er die Seefahrt aufgeben würde. Sein Leben veränderte sich.

Ella nestelte an ihrem Kragen. »Für dich!«, sagte sie und streckte ihm die Kette entgegen, die sie immer um den Hals getragen hatte. Der kleine, silberne Schlüssel funkelte daran.

»Der Schlüssel zu meinem Atelier. Ich möchte, dass du ihn für mich aufbewahrst. Vielleicht hole ich ihn mir eines Tages zurück.«

»Ella …« Warum tat sie das? Sie konnte doch nicht davon ausgehen, dass er ewig auf sie warten würde?

Ella schüttelte den Kopf, dann wandte sie sich ab. »Das ist mein Versprechen«, sagte sie, als sie ging. »Mehr kann ich dir nicht geben.«

In dieser Nacht schlief Robert nicht. Und es folgten weitere schlaflose Nächte. Eine endlose Abfolge quälender Stunden.

Erst hinter Kap Hoorn, auf dem Bogen über den Atlantik, fand er wieder halbwegs zu sich. Doch er hatte sich verändert. Ella hatte ihn verändert. Das Leben an Bord, das Unstete und Ungewisse, jetzt fiel es ihm noch schwerer. In Hamburg kündigte er seine Dienste auf der *Südstern.* Und er verließ die Stadt. Ellas silbernen Schlüssel und ein Bild des Yarra River nahm er mit sich in sein neues Leben.

Es hatten sich viele Freiwillige bei Mister Wilson gemeldet, Männer, die bereits Erfahrungen im Busch gesammelt hatten. Eine Woche nachdem die wunderbare Nachricht sich in der Stadt herumgesprochen hatte, verließ die Suchexpedition der *Melbourne Evening Post* die Stadt. Die Männer schlugen ein straffes Tempo an, sie wollten noch vor Wintereinbruch im Outback sein. Obwohl der Leiter des Trupps, ein Ire namens Thomas Brady, protestiert hatte, begleitete auch eine Frau die Expedition auf ihrer Suche nach den Vermissten.

Mister Wilson hatte darauf bestanden, dass Ella an der Expedition teilnahm. »Ich brauche Bilder von der Rettung unserer Männer«, hatte er gesagt, als sie in sein Büro gekommen war, um nach Jacob zu fragen. »Wahre Bilder.« Der Verleger hatte dabei auf eine Kamera gezeigt, die in seinem Büro stand. »Das Zeitalter des objektiven Blicks ist angebrochen, Miss Carlsburg. Endlich gelingt uns ein Abbild der Wirklichkeit.« Wilson, der schon seit einiger Zeit mit den sperrigen, mannshohen Apparaten experimentiert hatte, unterwies Ella in allen technischen Details. Und sie hatte rasch gelernt. Dank ihres geschulten Blicks gelang es ihr schnell, die Kamera auf unterschiedliche Lichtverhältnisse und Entfernungen einzustellen. Die großen Negativplatten sollte sie unterwegs, in einem eigenen Dunkelkammer-Zelt, entwickeln.

Dennoch bestand Ella darauf, auf der Reise zu zeichnen. »Sie werden schon sehen«, hatte sie dem Verleger prophezeit, »meine Skizzen werden den Moment der Rettung sehr viel dramatischer wiedergeben, als es die Fotografie mit ihren langen Belichtungszeiten vermag. Der Fotograf begreift die Realität doch nur als eine Abfolge von Bildern, als technischen Prozess, während ein Künstler seine Seele in das Bild hineinlegen kann.«

»Trotzdem wird die Zukunft der Fotografie gehören.« Mister Wilson hatte auf den Vorteilen der neuen Technik beharrt. »Das Fotografieren wird immer günstiger, bald kann es sich jedermann leisten. Verzeihen Sie mir, Miss Carlsburg, aber das Porträt aus Künstlerhand wird doch immer den Reichen vorbehalten bleiben. Und die kommende Zeit gehört dem Bürgertum. Denken Sie an meine Worte, viele Maler werden noch hinter die Kamera treten müssen.«

Ella hatte nicht weiter auf ihrem Standpunkt beharrt. Vielleicht lag sie ja tatsächlich falsch, zumal sie tief in ihrem Inneren spürte, dass Mister Wilson recht behalten könnte. Sie dachte, dass der Verleger letztendlich entscheiden müsste, ob er die starren, verschatteten Fotografien oder ihre Skizzen nach ihrer Rückkehr abdrucken wollte. Sie war Wilson dankbar, dass er ihr die Möglichkeit bot, die Expedition zu begleiten.

Dann gart die Geschichte auf kleiner Flamme weiter. Bislang hatten sie ihrer beider persönliches Interesse an der Suche aus allen Gesprächen ausgeklammert, doch es war offensichtlich: Ella hoffte, Jacob unter den Überlebenden zu finden. Und Mister Wilson hoffte auf eine Story, die Auflage garantierte. Sie sprachen nicht über das, was vielleicht möglich war. Aber sie wussten beide, dass es da draußen etwas gab, das auf sie wartete. Etwas Ungeheuerliches.

Die Geretteten, die sich zu einer Farm hatten schleppen kön-

nen, hatten berichtet, dass sie eine Handvoll Verletzter und Entkräfteter in der Nähe des Cooper Creek zurückgelassen hatten. Auch der Arzt war bei den Hilflosen geblieben. Diese Männer galt es zu retten – und damit den Nimbus der Kolonie. Selbst der Telegraf schien nicht auf ganzer Strecke zerstört. Wenn alles gutging, das hatte Ella in Mister Wilsons glänzenden Augen gelesen, würde sich das Jahr noch zu einem der besten in der Geschichte seiner Zeitung entwickeln.
Ellas zweite Reise ins Outback verlief anders als die erste, sie war anstrengend, aber weniger erschöpfend. Mister Wilson hatte seine Leute bestens ausgestattet: Zehn indische Lastenkamele trugen Kisten und Bündel mit Ausrüstung in den Busch – darunter Pökelfleisch, Mehl, Kaffee, Zucker und getrocknete Früchte, Gewehre und Munition, Zelte, Feldkessel und Kohlefilter zur Wasserreinigung sowie Leuchtraketen, für den Fall, dass man sich verirrte. Außerdem verfügten die Männer über besseres Kartenmaterial. Die weißen Flächen des Kontinents waren zu wenigen unerforschten Flecken zusammengeschrumpft.
Die Weite der Steppe erschien Ella dieses Mal nicht so bedrohlich wie bei ihrem ersten Ritt durchs Outback. Wenn man das, was einen erwartete, bereits durchlebt hatte, dachte sie, so konnte man sich auf den Moment konzentrieren und den maßlosen Schrecken der Endlosigkeit ausblenden. Plötzlich lag ein Versprechen über dem ockerfarbenen Land. Ella sah, dass sich bereits ein Schimmer von Grün über die vernarbte Erde gelegt hatte. Das Land begann sich zu erholen. Und es schwieg. Die Stimmen der Ahnen, die sie auf ihrer ersten Reise fast ununterbrochen vernommen hatte, waren verstummt. Statt von schwarzer Verzweiflung und Melancholie beschwert, war Ella von Hoffnung erfüllt. Der Gedanke an Jacob trieb sie voran.

Auf dem Weg nach Norden, der sie zunächst auf den bekannten Routen an die Ufer des Murray und Darling River führte, hielt Ella ihre Eindrücke in kleinen Aquarellzeichnungen fest. Die Männer, die ihr zurückhaltend, aber respektvoll begegneten, gewöhnten sich daran, dass sie immer wieder nach dem Zeichenblock griff. Auch hatten sie bald akzeptiert, dass Ella in Hosen ritt und im Sattel eine bessere Figur machte als so mancher von ihnen. Es kursierten allerlei Gerüchte über ihren Lebenswandel, es hieß, sie käme ursprünglich aus London, sei eine Weltenbummlerin und Kriegsreporterin gewesen und die Geliebte des Verlegers, der nun ihre Karriere als Malerin fördern wollte. Doch ihr offensichtliches Talent und ihr Blick für den herben Reiz der wilden Landschaft erstickten jedes boshafte Gerede. Ella eroberte sich ihren Platz, und Nala, die sie treu begleitete, war bald das übermütige Maskottchen der ganzen Truppe.

Unterwegs entstanden unzählige Naturstudien, Zeichnungen von Vögeln, Insekten, Echsen und seltsamen Gewächsen. Ella beobachtete ihre Reisegefährten, sie zeichnete Bilder der indischen Lastenkamele und des Lagerlebens. Den Fotoapparat hatte Ella erst einmal aufstellen lassen. Nach einer, wie ihr schien, endlosen Belichtungszeit von einer halben Stunde hatte sie ein Bild der Suchmannschaft auf die wenig handliche Glasplatte gebannt. Die Männer hatten das Stillstehen kaum ausgehalten, und Ella hatte ihnen versprechen müssen, die Kamera nicht wieder hervorzuholen. Mister Wilson, so dachte sie, würde auf sein Abbild der Wirklichkeit noch eine Weile warten müssen.

Selbst nachts, wenn die meisten Männer schliefen und nur die Wachen mit ihren Fackeln das Lager umrundeten, zeichnete Ella. Sie hatte den Verlust ihrer Sternenbilder, die auf *Grünau* verbrannt waren, nicht verwunden, und einmal mehr verführ-

te sie die glühende Nacht zu immer neuen Impressionen. Ella hoffte, diese später auf die Leinwand übertragen zu können. Die Arbeit stärkte Ellas Selbstvertrauen und verlieh ihr Kraft. Sie ertrug es, sich viele Tage nicht waschen zu können und in vor Schmutz starrender Kleidung zu reisen. Sie hielt den Sand aus, der sich in jede Pore setzte und die Haut wund scheuerte. Ihre Augen tränten, und ein trockener Husten quälte sie. Nachts, wenn ein kalter Wind über die Steppe zog und ihr über dem Skizzenbuch die Augen zufielen, legte sie sich zu Nala, die sie wärmte und deren Herzschlag sie in einen traumlosen Schlaf wiegte. Ella dachte nicht mehr an Robert, und sie dachte nicht an *Sophienlund.* Alles, was den Strom ihrer Gedanken querte, war die Erinnerung an Jacob und die Vorfreude auf ein Wiedersehen.
Doch die Suche nach den Vermissten war schwierig. Auf dem Weg vom Darling River zum Cooper Creek hinauf kämpfte der Trupp sich wochenlang durch ödes Land. Immer wieder stießen sie auf Landstriche, in denen das Feuer gewütet hatte, wüste Ebenen, karges Grasland und Gebirgszüge wechselten einander ab. Bisweilen begegneten ihnen auch Telegrafenmasten, stumme Zeugen der *Post*-Expedition, und Lagermarkierungen wiesen ihnen den Weg. Dann wieder durchzogen sie wochenlang scheinbar unberührtes Land. Trotzdem spürte Ella, dass sie sich ihrem Ziel näherten. Irgendwo am Cooper Creek würde das Land sein Geheimnis mit ihnen teilen.

Sieben

Die Katastrophe hatte sich schon vor dem Buschbrand abgezeichnet. Jacob hatte gespürt, dass sie ihren Rhythmus verloren hatten. Etwas war aus dem Gleichgewicht geraten, sie verloren Zeit. Zeit, die sie für die Rückreise benötigten. Um schneller voranzukommen, hatten sie Gepäck im Busch zurückgelassen. Dann hatte John Higges die Truppe geteilt. Die erste Gruppe kümmerte sich jetzt nur noch um das Setzen der Telegrafenmasten, während die Nachhut den Eisendraht zog. Die Männer verloren den Kontakt zueinander.

Das war der größte Fehler gewesen. Jacob hatte versucht, den Freund zu warnen. »Du triffst die gleichen Entscheidungen, die auch Burkes Truppe ins Verderben führten«, sagte er. »Am Ende werden wir scheitern – wie unsere Vorgänger.« Doch Higges ließ nicht mit sich reden, er hatte auf seinem Entschluss bestanden. Sein Blick war ernst, fast zornig gewesen. »Wir tragen auch Verantwortung für unsere Kolonie. Wir müssen den Telegrafen erreichen, der an die Küste führt. Ich trage Victoria in meinem Herzen.«

Mit mehreren Wochen Verspätung – sie hätten sich schon lange auf der Rückreise befinden müssen – waren sie schließlich am Cooper Creek aufgebrochen. Ihre Vorräte schmolzen dahin, zuletzt lebten sie nur noch von Beutelratten und Krähen, die sie unterwegs jagten. Selbst das Fleisch eines verendeten Kamels hatten sie getrocknet und gegessen. Jacob befahl den Männern, die dickblättrigen Pflanzen, die sie an Flussufern sammelten, wie Gemüse zu kochen. Er hatte beobachtet, dass die Aborigines das Kraut aßen, und hoffte, dass es sie vor Skorbut schützen könnte.

Dann kam der Sommer und mit ihm die Hitze, Wüstenstürme und Unwetter folgten. Ein Funke hatte genügt, um die trockene Steppe zu entzünden. Jacob hatte sich bei der Nachhut befunden, als die Männer das Feuer bemerkt hatten. Die Flammenwand kam aus Norden und war rasend schnell auf sie zugeflogen. Ein unwirkliches Spektakel wie ein riesiges Feuerwerk, das eine himmlische Macht entzündet hatte. Die ölgetränkten Eukalyptusbäume waren in der Hitze förmlich explodiert, das Land verwandelte sich in ein Meer aus Glut. Und irgendwo in der sengenden Unendlichkeit verbrannten die Männer der Vorhut zu Staub.

»Zurück! Zurück!« Jacob hatte den Trupp schreiend vor sich hergetrieben. Irgendwie hatten sie sich in einen Seitenarm des Cooper Creek retten können. Drei Tage hatten sie mit ihren Pferden und Kamelen im seichten Wasser gestanden. Der stürmische Wind hatte die Flammen von einem Ufer zum anderen getragen, brennendes Buschwerk und Äste, die sich losgerissen hatten, waren über das Wasser geflogen. Die Hitze hatte ihnen Wimpern und Haare versengt, die Glut brannte sich durch ihre Kleidung und schmerzte auf der Haut. Sie rochen das verbrannte Fleisch, sengendes Menschenfleisch. Im dichten Rauch hatten sie kaum atmen können.

Jacob hatte gespürt, wie sich die Glut durch das Wurzelwerk seiner Lungen fraß. Er hatte die Gebete der anderen gehört, Kinderreime und naive Liedchen. Die Bergpredigt kam ihm in den Sinn. *Selig sind die, die arm sind vor Gott; denn ihnen gehört das Himmelreich …* Seltsam tröstliche Worte, die allen Gedemütigten, Verfolgten und Leidenden Gottes Liebe versprachen. Jacob dachte, dass Jesus der erste Sozialist gewesen sein musste. Dann hatte er über den Irrwitz seiner Gedanken gelacht. Der Rauch, in den sich verdampftes Eukalyptusöl gemischt hatte, benebelte seine Sinne.

Das Inferno drohte ihn zu verschlingen. Jacob spürte, dass er aufpassen musste, den Verstand nicht zu verlieren. Das Wasser, das seine Füße umspülte, flüsterte plötzlich seinen Namen. Es war Ellas Stimme, die ihn rief. Er sah sie vor sich, plötzlich befand er sich in ihrem Atelier auf *Sophienlund.* Dann lag sie in seinen Armen. Er spürte ihren Herzschlag, ihren Puls, die weiche, seidige, nackte Haut, ihren biegsamen

Körper, der ihn lockte. Er musste sich nur fallen lassen, hinein in die unendliche Seligkeit. Wenn er sich forttreiben ließe, wenn er die Grenze überschreiten könnte, wenn er alles hinter sich ließe, könnte er sie erreichen und mit ihr verschmelzen. *Ella, Ella, Ella …*

Das Wasser wurde immer wärmer, schon beugte er sich hinunter und ließ es prüfend durch seine Hände gleiten. Er trank davon, stillte seinen quälenden Durst. Das Wasser schmeckte köstlich, es war mineralisch, vielleicht eine Spur zu salzig. Es belebte ihn, weckte seinen Verstand. Er schöpfte etwas davon in seinen Nacken, schüttelte sich, vertrieb die liederlichen Gedanken. Die Verantwortung für die anderen hielt ihn im Sattel. Er musste sich der Feuerwalze entgegenstellen.

Das Feuer hatte sie nun eingeschlossen. Es war nicht geräuschlos, sondern fauchte und brüllte wie eine gewaltige Raubkatze. Ein rasendes, alles verschlingendes Ungeheuer. Zwei Männer hatten dem Wahnsinn nicht standgehalten, panisch ritten sie in die Flammenwand. Als das Feuer schließlich über den Fluss war und in südliche Richtung zog, waren sie nur noch wenige gewesen. Neun vollkommen entkräftete Männer, die kaum noch Proviant und Ausrüstung besaßen. Drei Pferde und ein Kamel waren ihnen geblieben, und das wenige, das sie in ihren Satteltaschen hatten retten können, würden sie bald verbraucht haben.

Und an Nachschub war nicht zu denken. Die Flammen, so schien es, hatten alles Leben erstickt. Bäume, Büsche, Sträucher, Tiere – es war nichts mehr übrig als Asche und Staub. Ein lebensfeindlicher Raum.

Am nächsten Morgen hatten die Männer beschlossen, dass die kräftigsten sich auf den Weg nach Menindee machen sollten. Sie hofften, Hilfe in der Handelsstation am Darling River zu finden. Jacob wollte mit den übrigen, zu Tode erschöpften

Männern am Fluss bleiben und warten. Sie rechneten damit, dass sie wochenlang ausharren müssten. Jacob hoffte, dass sie Fische fangen könnten. »Wir müssen eine Zeitlang wie die Schwarzen leben«, sagte er. »Wir müssen unser Leben der Natur anvertrauen.«

Insgeheim hoffte er, dass sie auf Aborigines stoßen würden. Wenn er den Fluss betrachtete, spürte er, dass dort noch Leben war. Ein verborgenes, mit der Wucht der Natur vertrautes Leben. Und dann spürte er einen Pulsschlag, das Rauschen des Wassers, das Atmen der Welt. Er dachte, dass es an den Ufern des Cooper Creek Überlebende geben müsste. Immer wieder waren ihnen unterwegs Gruppen von Ureinwohnern gefolgt, und manchmal hatte Jacob sich auf eine Begegnung einlassen können. Wenn Higges vorausgeprescht war, hatte er sich von den Schwarzen in ihr Lager einladen lassen, um seine Studien zu vervollständigen. Mit einer Art Zeichensprache war es ihm gelungen, sich mit den Aborigines zu verständigen.

Und tatsächlich: Zwei Tage nachdem die fünf Männer nach Menindee aufgebrochen waren, erschienen sie plötzlich am Ufer. Menschen, Männer, Frauen, Kinder, dunkle, sanfte Augen in maskenhaften Gesichtern. Die Schwarzen waren von Asche bedeckt, sie wirkten erschöpft, aber sie besaßen Waffen und Werkzeuge, und sie waren freundlich. Am Abend teilten sie ihre Vorräte mit den Weißen. Jacob erfuhr, dass die Clans seit ewigen Zeiten in den Höhlen der Flussufer Zuflucht fanden. Die Nacht verbrachte er mit seinen Gefährten in einem Zelt, das sie ihnen aus Fellen und Speeren errichtet hatten. Er fühlte sich sicher und war unendlich dankbar. Die Aborigines hatten sie in ihrer Mitte aufgenommen. Sie waren ihnen überlegen und doch barmherzig.

Die Schwarzen blieben in ihrer Nähe, und immer wieder fanden sie etwas Nützliches oder Vorräte vor ihrem Zelt. Jacob, der sich um seine Gefährten kümmerte, Brandwunden versorgte und ihnen Mut zusprach, bemerkte, dass ihn ihre Fürsorge rührte. Wenn er Fische fing, teilte er diese mit dem Clan, obwohl die anderen murrten. Einige der Aborigines litten an Verbrennungen, ihre Fußsohlen waren wund, und er brachte ihnen eine kühlende Salbe, die sich noch in seinem Gepäck befunden hatte.

So kamen sie sich näher. Er lernte ihre Namen, und sie grüßten ihn freundlich, wenn sie sich am Fluss begegneten. In den sternenklaren Nächten, wenn er nicht schlafen konnte und an einem Feuer saß, das er mit ihren Feuersteinen entzündet hatte, dachte er über die Worte der Bergpredigt nach. *Selig, die Barmherzigen; denn sie werden Erbarmen finden.* Er sehnte sich nach ihrer Gesellschaft. Wie war er an diesen Ort gekommen? Wer war er, und was war mit seinem Leben geschehen? Immer wieder glitten seine Gedanken zurück in jenes alte Leben, das ihm nun unwirklich und unendlich fern erschien.

Mensch sein. Weil Jacob weder an einen Gott noch an das ewige Leben glauben konnte, hatte ihn immer die Angst getrieben, dieses einzige, so kostbare Leben, das er besaß, zu vergeuden. Er hatte etwas schaffen wollen in seinem Leben, und die Medizin hatte ihn glücklich gemacht. Dann hatten ihm die Armen und Unterdrückten die Augen für das Unrecht geöffnet. Unrecht, das auch ihm widerfahren war: Er hatte sein Heimatland verlassen müssen. Er war ans Ende der Welt gereist und weiter noch, bis an diesen blinden, weißen Fleck in diesem wilden Kontinent. Jetzt war er am Nullpunkt angelangt. Er besaß kaum noch mehr als sein Leben und die vage Hoffnung auf ein paar Männer, die auf der Suche nach einem Weg zurück in die Zivilisation durch die Wildnis irrten. Und doch spürte er eine starke, innere Freude wie seit langem nicht mehr. Ausgerechnet dort, wo er nichts mehr erwartet hatte, außer vielleicht den Tod, begegnete ihm das Leben. Und eine Gesellschaft, so, wie er sie sich erträumt hatte. Menschen, die sich einander zuwandten. Mitgefühl. Gleichheit. Würde. Respekt.

Mensch sein. Jacob durchzuckte die Gewissheit, dass er niemals nach Deutschland zurückkehren würde. Und dann der Gedanke an Ella, der kurz aufblitzte und – wie im Nebel – immer undeutlicher wurde und verschwand, verschwand, verschwand. Er hatte endlich begonnen, Abschied zu nehmen.

Nördlich des Cooper Creek stießen sie auf ein verlassenes Lager. Hier oben waren die Verwüstungen des Feuers noch deutlicher sichtbar als weiter unten im Süden. Die Überreste der Eukalypten ragten kohlschwarz in die Luft, gigantische, abgebrannte Feuerhölzer. Das Leben, sofern es zurückgekehrt war, versteckte sich in den sumpfigen Flussauen, dort, wo spärliches Gras das Aschegrau verdrängte. In den Büschen wisperten die Vögel. Die Steppe jedoch lag karg und staubbedeckt vor ihnen.

Ella dachte, dass sie sich auf den ursprünglichen Kern des Feuers zubewegten. Wenn sie ihre Hand auf die gebackene Erde legte, fühlte sie, dass die Hitze noch immer in der Tiefe pulsierte. Sie spürte die Glut, und die Glut schürte ihre Sehnsucht.

In der Nähe der Flussauen kehrten Ellas Träume zurück, doch sie waren friedlicher, weniger beängstigend als noch vor dem Unglück. Verlangen schwamm darin und das starke Gefühl, dass Jacob nahe war. Ella begann, die vagen Traumbilder der Nacht zu zeichnen. Ein Traum, der immer wiederkehrte, zeigte ihr einen Lagerplatz an einer Furt. Ein silbriger Eukalyptus, vom Feuer verschont, markierte das Lager. Sie wusste, dass sie diesen Ort suchen musste.

Dieses Mal vertraute Ella ihren Visionen, und sie drängte die Männer, dem Flusslauf nach Osten zu folgen. Sie wusste, dass sie sich vom Zentrum des Brandes fortbewegen mussten. Am Fluss hätten die Männer der *Post*-Expedition eine Chance gehabt zu überleben.

Ein paar Tage lang kamen sie gut voran. Aber dann mussten sie ein Kamel erschießen, das in tiefen Treibsand geraten war. Der Anblick des verzweifelt kämpfenden Lasttieres schnürte ihr die Kehle zu, und Ella wandte den Blick ab, als einer der Männer anlegte und auf das erschöpfte Kamel zielte. Nala jaulte auf, als der Kopf des Tieres zu Boden sackte. Dunkles Blut trat aus der Einschusswunde aus und vermischte sich mit dem ockerfarbenen Sand.

Kurz darauf zerfaserte der Cooper Creek in eine Vielzahl von kleineren Flussbetten. Immer wieder erklommen sie Sandhügel, um dem Hauptarm des Stroms zu folgen. Ella spürte, dass die Männer den Glauben an einen Erfolg der Expedition verloren. Sie waren schon so lange unterwegs. Die Hoffnung war fern. Und sie kamen dem Silberstreif am Horizont nicht näher.

Schließlich, mehr als fünf Monate nach ihrem Aufbruch, stießen sie flussaufwärts auf ein weiteres verlassenes Lager. In der Flussoase entdeckte Ella einen silbrigen Eukalyptusbaum, so, wie sie ihn in ihren Träumen gesehen hatte. In dessen vernarbter Rinde waren der Buchstabe B und die Lagernummer 65 zu lesen. B wie Burke, sie waren auf eines der Lager der ersten Expedition gestoßen. Doch waren auch Burkes Nachfolger dort gewesen? Die Männer suchten nach Spuren, doch sie fanden nichts, was auf die Männer der *Post*-Expedition schließen ließ.

Am Abend ließ Thomas Brady die Männer über ihren Weg abstimmen. »Wir kehren um!« Die Mehrheit wollte zurück. Sie waren müde, erschöpft, maßlos enttäuscht und ohne Mut. Die Vorräte gingen zur Neige, sie hatten drei Pferde und ein Kamel verloren. Und sie sahen keinen Sinn mehr in ihrem Kampf. Ella musste sich fügen, weinend rollte sie sich in ihre Decken.

Zurück. Das Wort tanzte wild durch ihre Gedanken. Ella meinte, ein höhnisches Lachen zu hören. Sie dachte, dass sie niemals ankommen würde. Sie spürte die Kälte des Scheiterns, schwarz legte der Ring aus Eis sich um ihr Herz. Unruhig rief sie nach Nala, sie setzte sich wieder auf. Wo war Nala? Schon den ganzen Tag hatte sie sich unruhig gefühlt, beobachtet, so als ob man sie verfolgte. Sie war müde, und doch wusste sie, dass sie nicht schlafen könnte. Die Geräusche der Nacht umfingen sie, das trockene Rascheln des Windes in den Büschen, das Flüstern der Ahnen über dem Wasser, der Tanz der Sterne. Ihr Blick verlor sich in den Weiten des Himmels. Wilde Sterne, dachte sie, und für einen Moment hatte sie Jacobs Gesicht vor Augen, so, wie es ihr auf *Sophienlund* begegnet war. Seine Augen, die sie sofort hatte malen wollen und die später bis auf den Grund ihres Wesens geblickt hatten.

Ihr Herz stolperte, Ella schnappte nach Luft. Wie in Trance schlug sie die Decken zur Seite und stand auf. Die Männer schliefen, Brady hatte die letzte Whiskyflasche geöffnet. Sie sah sein rotes Gesicht, den leicht offen stehenden Mund.

Leise schlich sie sich vom Feuer weg an den Rand des Lagers. Die Schatten zogen sie wie magisch an, dann ein Summen, das Geräusch der Steppe. Sie spürte überhaupt keine Angst, und verwundert bemerkte sie, dass der silberne Eukalyptusbaum

wie von innen heraus leuchtete. Sie schlich weiter, näher heran. Männer saßen dort, eine Gruppe Schwarzer, und in ihrer Mitte, im Schein der Fackeln, ein Weißer, wild und zerzaust.
»Jacob«, flüsterte sie, dann versagte ihre Stimme. Er drehte sich um – und da waren sie. Nach mehr als zwei Jahren standen sie voreinander, im Herzen des Fünften Kontinents – sprachlos.

Acht

Das Verlangen war sofort zurück. Ella dachte, dass sie es immer in sich getragen hatte. »Jacob, Jacob, Jacob ...«
Sie war zu ihm gestürzt, und noch bevor er ihr antwortete oder etwas fragen konnte, war sie in seine Arme gesunken. Sie hatte ihm keine Zeit gelassen. Dann hatte sie die Augen geschlossen. Ihre Lippen hatten sich sofort gefunden, da war kein Zögern, keine Grenze. Als sie viel später aus dem Strudel der Glücksgefühle auftauchten, waren die Aborigines verschwunden. Es war, als hätte es sie nie gegeben.
Da erst fielen Ella die anderen ein.
»Es hieß, dass vier oder fünf Männer im Busch auf Rettung warten.«
Jacob nickte. Seine Stimme hatte einen anderen Klang angenommen, sie war dunkler geworden, so wie Holz. Die Stimme eines Menschen, der viel erlebt hatte. Der endlose Kuss hatte ihm den Atem geraubt, er schnappte nach Luft. »Wir waren zu viert. Und wir haben lange gewartet, viele Monate. Ich habe kein Gefühl mehr für die Zeit.«
Es war tiefe Nacht. Sie rückten näher an das Feuer, nie hatte Ella schönere Flammen gesehen. Funken sprühten in den

Nachthimmel. Und die Sterne, sie tanzten. Eine Quadrille, wild und ungestüm. Der Himmel leuchtete.

Ella saß jetzt mit dem Rücken zu Jacob und lehnte sich gegen seine Brust. Sie spürte, dass er schwer atmete. Er versuchte zu verstehen. Doch es war ein Wunder. Er hatte noch nicht begriffen, dass sie zusammen waren. Dass dieser Moment Wirklichkeit war.

»Die anderen haben die Geduld verloren.« Jacob suchte nach Worten. Er tastete sich voran. »Als es ihnen besser ging, haben sie sich zu Fuß auf den Weg nach Menindee gemacht. Sie hatten die Hoffnung auf Rettung aufgegeben und wollten nicht mehr länger warten. Sie haben den Gedanken nicht ertragen, wie die Schwarzen zu leben. Ich habe sie nicht zurückhalten können.«

»Und du … Warum bist du hiergeblieben?«

»Ella, ich wusste nicht, dass du … dass du hier bist. Und ich war mir sicher, dass es wahnsinnig wäre, ohne Pferde aufzubrechen. Habt ihr etwas von den Männern gehört?«

Ella schwieg, sie schüttelte den Kopf und lehnte sich noch fester gegen Jacob. Sie spürte, dass es noch einen anderen Grund für sein Zögern gab. »Wie lange lebst du schon bei den Aborigines?«

»Sie haben nicht gezögert, uns zu helfen. Sie haben ihr Essen mit uns geteilt, als wir nichts mehr hatten. Sie haben uns mit Werkzeugen versorgt, ich habe von ihnen gelernt, im Busch zu überleben. Ich schulde ihnen mein Leben.«

»Du bist ihnen dankbar.« Das Bild der Kamilaroi flackerte kurz in Ellas Erinnerung auf. Sie blickte auf Jacobs Hände, im tanzenden Licht des Feuers sah sie, dass sie denen der Schwarzen glichen. Sie waren kräftig und zupackend und friedvoll zugleich. Sanft fuhr sie über das Relief seiner Handflächen. Plötzlich musste sie an Mister Wang denken, an seine Worte über die Liebe: *Du wirst sie finden und verlieren und wiederfinden.* War sie angekommen?

»Und sie faszinieren dich.«

»Ja.« Jacobs Atem war jetzt dicht an ihrem Haar, er küsste ihren Scheitel. »Sie verschwinden, Ella«, flüsterte er. »Sie werden verschwinden. Ihre Welt wird kleiner und kleiner, mit jedem Fleckchen Land, das die Weißen besiedeln.«

Ella schwieg. Wieder dachte sie an die Kamilaroi. Sie war besessen davon gewesen, deren Vertrauen zu gewinnen, das Leben im Busch zu verstehen. Da war so vieles, was sie Jacob erzählen musste. Wo sollte sie anfangen? Sie dachte, dass es einfacher wäre, wenn sie ihm ihre Skizzen zeigen könnte. Doch ein Großteil war verbrannt. Sie nickte und küsste seine Hände.

»Ich habe begonnen, ihr Leben zu beschreiben, ihre Rituale, die Besonderheiten, die Unterschiede der Stämme.« Jacob lachte verlegen auf. »Ich habe sogar kleine Zeichnungen angefertigt, und immer musste ich an dich denken. Wie gut es wäre, wenn ich dich bei mir hätte. Wenn wir ihr Leben und ihre Würde gemeinsam dokumentieren könnten. Wenn wir der Welt zeigen würden, was ihr Wesen und ihr Menschsein ausmacht. Ihr harter Alltag, die Jagd, die körperlichen Qualen, das friedliche Leben in den Clans, die Welt ihrer Ahnen, die Traumpfade.«

Ella schwieg noch immer. Irgendwann könnte sie Jacob erzählen, dass sie ähnliche Erfahrungen gemacht hatte. Dass sie sogar noch tiefer vorgedrungen war in die Welt der Aborigines. Dass das Land zu ihr gesprochen hatte. Dass sie eine Wissende war. Sie hatten so viel Zeit.

»Gewiss, nüchtern betrachtet, leben die Ureinwohner wie die Jäger und Sammler vor Tausenden von Jahren. Der Rhythmus der Natur bestimmt ihr Leben, aus ihr stammt alles, was sie besitzen, Nahrung, Kleidung, Werkzeuge, Unterkunft. Das ist alles, was wir wissen. Dann aber stehen wir vor diesen Menschen – und sie erkennen uns, Ella. Auf den ersten Blick mögen sie den Weißen unterlegen sein, aber ihr Wissen steht unserem in nichts nach.«

Jacob schwieg einen Moment, dann fuhr er leiser fort: »Und sie sind sich dessen, was mit ihnen geschieht, verzweifelt bewusst, Ella. Ja, sie stellen sich sogar die schmerzhafte Frage nach den Gründen für die Überlegenheit des siegreichen, weißen Mannes und den eigenen Untergang.«

»Was willst du tun?«

»Ich weiß es nicht, Ella. Ich weiß es nicht. Ich lebe mit ihnen, und zuletzt hatte ich mir jede Erinnerung an dich aus dem Herz gerissen. Und jetzt bist du da ... Ich suche den Sinn, Ella.«

»Was ist mit Deutschland, Jacob? Was ist mit deinen Plänen von einer neuen Gesellschaft?«

»Ich habe keine Antworten mehr. Ich habe meine Heimat verloren, ich habe auch mein altes Leben verloren. Ich habe alle Gewissheiten verloren, und ich dachte, ich hätte auch meine Liebe verloren. Und dann wird mir das Leben neu geschenkt – und dazu noch meine Liebe. Es ist ein Geschenk, wie ein Wunder ... Ich dachte, ich sei ein Mann der Wissenschaft, jemand, der denkt und nicht glaubt. Aber nun habe ich keine Antworten mehr. Hier draußen unter diesem weiten Himmel ist alles mehr Gefühl als Vernunft.«

Ella spürte, dass ihr die Tränen in die Augen stiegen. Sie fühlte sich so glücklich in diesem Moment – dankbar und vollkommen. »Ich habe dich wiedergefunden«, flüsterte sie. »Ich habe dich gefunden, am Ende der Welt.« Sie ließ sich tiefer in Jacobs Arme sinken, nahm seine Hände und führte sie hinunter in das Zentrum ihres Verlangens. Sie war mutiger geworden, viel mutiger noch, als sie es auf *Sophienlund* gewesen war. Jacob spürte ihren Willen, ihre Lust, die nun nicht mehr wartete. Vielleicht wunderte er sich über ihre Eile, aber als er endlich ganz bei ihr war, war das Gefühl noch überwältigender als bei ihrem ersten Mal.

Das Lager war hart und unbequem, die Flammen zuckten, das Feuer verlosch nach und nach. Die Nacht war kalt, und doch liebten sie sich mit einer atemlosen Ausschließlichkeit. Sie waren nur Gefühl und Körper, ein zuckender Strom und heißes Pulsieren. Glühendes Leben. Ella nahm nichts wahr, was außerhalb ihrer Umarmung geschah. Es gab keine Zeit, da war kein Raum. Sie war auf dem Weg in ein gleißendes Licht. Etwas zog sie an, verschlang sie, explodierte. Ein Stern, etwas Unerklärliches, ein Aufbäumen und erschöpftes Zurücksinken. Und dann die flammenden Rosentöne des beginnenden Tages.

Sie waren beieinander. Ganz und gar.

Erst im Morgengrauen kehrten sie zurück, und Ella führte Jacob hinunter zur Expedition. Beim Zurückgehen bemerkte sie, dass die beiden Gruppen weniger als eine halbe Meile voneinander entfernt ihr Lager aufgeschlagen hatten. Und doch hätten sie sich auch verpassen können. Die Möglichkeit des Scheiterns war so nah gewesen.

Die Männer waren schon wach, Wasser kochte auf den Feuerstellen. Der Geruch nach starkem, schwarzem Tee und dicken Bohnen zog durch das Lager. Jemand briet einen Fisch.

Thomas Brady konnte nicht begreifen, wie Ella den Arzt gefunden hatte. Misstrauisch wanderte sein Blick von Ella zu Jacob und von Jacob zurück zu Ella. Sein Gesicht wurde noch röter, er schnappte nach Luft, wedelte ungeduldig mit den Armen. Ella bemerkte, dass sein Atem nach Whisky roch.

Wieder und wieder musste sie erklären, was geschehen war.

Warum war sie in die Dunkelheit hinausgelaufen? Was hatte sie getrieben? Wie hatte sie das Lager der Aborigines gefunden? Und die Schwarzen, hatten sie die Weißen tatsächlich gerettet? Und wo waren die anderen? Was war hier draußen geschehen?

Ella hielt Jacobs Hand, der sprachlos hinter ihr stand. Er trug die Spuren des Erlebten in seinem Blick. »Die anderen sind zu Fuß in Richtung Menindee aufgebrochen«, erklärte sie. »Schon vor Wochen … Wenn sie noch lebten, hätten wir ihnen begegnen müssen.«

An diesem Morgen fiel das Frühstück üppiger aus als in den vorangegangenen Wochen. Thomas Brady ließ eine Kiste bringen, die ihm der Verleger noch in Melbourne überreicht hatte. Mister Wilson hatte ihm aufgetragen, diese zu öffnen, wenn sie die Vermissten finden sollten. In der Box lagen drei Flaschen Champagner und einige Kristallgläser. »Machen Sie ein Foto, Miss Carlsburg«, hörte Ella die Stimme des Verlegers wie aus weiter Ferne. »Lassen Sie unsere Leser an Ihrem Erfolg teilhaben!«

Und so entdeckten die Melbournians einige Monate später ein seltsames Bild in der *Melbourne Evening Post:* Eine Gruppe Weißer mit Hüten posierte vor einem versengten Eukalyptusbaum. Triumphierend reckten die schmutzigen Männer Champagnerflaschen in die Höhe, einige schienen mit ihren Gewehren in die Luft zu schießen. In ihrer Mitte, und doch seltsam verloren, stand ein Mann mit vor der Brust verschränkten Armen. Sein Haar war lang und reichte ihm bis unters Kinn, ein dunkler Bart verdeckte seinen Mund, man konnte nicht erkennen, ob er lächelte. Seine Augen, nachdenklich und merkwürdig scheu, schienen den Betrachter anzublicken. Und in diesem Blick, im ganzen Ausdruck, lag eine herausfordernde Kraft, die sich einprägte. Von rechts lief ein Dingo durch das Bild. Die Bewegung des Tieres hatte eine Spur von Unschärfe auf der Fotografie hinterlassen. Es schien, als huschte ein Geist durch das Abbild der Wirklichkeit.

Sie fanden Victorias Helden, hatte die *Post* getitelt und das Schicksal des tapferen Arztes Jacob von Saalmuth ausführlich beschrieben. *Er lebte unter Wilden!*

Wenn Ella später auf das Foto blickte, sah sie nur noch den Schleier der Unschärfe, den Nala hinterlassen hatte. Wie ein Schatten, dachte sie dann, der sich schon damals über das Glück gelegt hatte. Mister Wilsons Kamera hatte ihn tatsächlich einfangen können.

FREIHEIT

Eins

Sie hätten über so vieles sprechen müssen. Ella dachte, dass sie Zeit genug haben würden. Vor ihnen hatte der Weg zurück nach Melbourne gelegen. Drei Monate benötigten sie für die beschwerliche Reise an die Port Phillip Bay.

Drei Monate – und doch warfen sie keinen Blick zurück. Denn Jacob schien sich nicht für die Vergangenheit zu interessieren. Sie war da, nur das zählte. Alles andere war hinter der Nebelwand des Vergangenen verschwunden. Wenn Ella zurückblicken wollte, drängte er sie in eine andere Richtung. Vorwärts, vorwärts, darin bemaß sich seine Zufriedenheit, seine Hoffnung auf Freiheit, auf Glück. Ella dachte, dass er sein altes Leben wie einen staubigen Mantel abgelegt hatte.

Und es ging voran.

Ella erzählte Jacob nichts von der Schwangerschaft, die sie von *Sophienlund* fortgetrieben hatte. Sie sprach auch nicht über das Kind, das sie auf dem Ozean verloren hatte. Sie verschwieg ihm den Freund, der ihr das Leben gerettet hatte. Und sie verlor nur wenige Worte über das Schicksal ihrer Mutter, von dem sie in Melbourne erfahren hatte. Sie vergaß, ihre Träume zu erwähnen. Sie dachte nicht mehr an die Stimmen der Ahnen.

Es war so viel geschehen. Aber, so dachte Ella, dies waren Nuancen, einzelne Töne, Pinselstriche in einem überlebensgroßen Porträt. Aus der Ferne betrachtet, hatte sich das Bild kaum verändert. Für Jacob hatte sie sich nicht verändert. Und sie wollte sich nicht in Einzelheiten verlieren.

Alles war vollkommen. Jacob war da, und sie war da. Sie waren zusammen. Mehr brauchte es nicht. Sie liebte ihn, und sie war glücklich. Ella dachte, dass sie jetzt endlich an den Morgen in ihrem Atelier auf *Sophienlund* anknüpfen könnten. Der Farbrausch, der Glücksstrudel und Übermut – alles war wieder da. Sie lebten im Kokon ihrer Liebe.

Der Empfang in Melbourne war überwältigend. Die Nachricht von der Rettung des Arztes hatte die Kolonie schon vor ihrer Ankunft erreicht. Sie hatten Schlagzeilen gemacht. Der Telegraf reichte bis rund dreihundert Meilen vor Melbourne ins Outback hinein, und Thomas Brady hatte den Triumph in die Zivilisation morsen lassen: *Suche erfolgreich. Saalmuth lebt. Kommen zurück.*

Als sie durch die Stadt zum Verlagshaus ritten, wo Mister Wilson einen Empfang mit allen Honoratioren der Stadt vorbereitet hatte, säumten die Melbournians die Straßen. Die Menschen standen Spalier, schwenkten den Union Jack, sie warfen mit Konfetti und Girlanden um sich, sie schrien und jubelten, als die Karawane der Helden an ihnen vorbeizog. Ein sorgsam inszeniertes Spektakel.

Einige Meilen vor Melbourne hatte der Trupp sich in einem Gasthaus auf den Einzug vorbereiten können. Der Verleger hatte ihnen frische Kleidung bringen lassen, die Männer rasierten sich, stutzten die verfilzten Mähnen und kämmten das Haar mit glänzender Pomade zurück. Ella fand ein Seidenkleid, glänzende Stiefel und einen Sonnenschirm, und so zog sie wie eine orientalische Prinzessin in die Stadt ein. Das Bild der waghalsigen Amazone sollte in die Welt hinausgehen.

Die Leser der *Melbourne Evening Post* hatten inzwischen von den Ereignissen erfahren, die Jacobs und Ellas Leben verbanden. Mister Wilson hatte einen dezenten Abriss der Geschichte verbreiten lassen. Der Artikel hatte Ellas Familiengeschich-

te nicht weiter erwähnt, im Mittelpunkt stand das Wunder der verlorenen und wiedergefundenen Liebe. Die Kolonie hatte sich in das Märchen der beiden Einwanderer verliebt. Die Straßen summten vor Begeisterung.
Jacob fühlte sich inmitten des Jubelsturms, der ihn seltsam unberührt ließ, wie gelähmt. Ella sah, dass er den Ritt durch Melbourne wie in Trance erlebte. Sie spürte, dass er die Begeisterung der Massen nicht teilen konnte. Sein Schicksal, so meinte er, sollte nicht im Mittelpunkt stehen. Es gab doch so viel Wichtigeres, so viel Größeres, das es anzupacken galt. *Vorwärts, vorwärts!* Kopfschüttelnd ritt er durch die Straßen, er schaute nicht auf die Menschen, die ihn feierten. Er blickte starr voraus, kein Lächeln auf den Lippen, die Züge wie versteinert. Ella sah, dass er sich an einen anderen Ort wünschte. Doch wenn sie ihn ansah, wenn sie lächelte und sein Blick ihr Lächeln spiegelte, war er bei ihr. Sein Gesicht faszinierte sie – immer wieder. Die großen, dunklen Augen, die geschwungenen Brauen, die kräftige Wangenpartie, die vollen Lippen, die er entschlossen aufeinanderpresste. Sie hätte ihn jeden Tag malen können, jede Stunde, jede Minute.
Ella zog mit Jacob zu Gympie, zurück ins Atelier in der Margaretstreet. Sie wollte arbeiten, ihr Kopf explodierte förmlich, so viele Ideen hatte sie unterwegs gesammelt. Aus dem Outback hatte sie zwölf Skizzenbücher mitgebracht, mehr als tausend Zeichnungen. Sie sehnte sich nach ihren Leinwänden, nach dem Geruch der Ölfarben und Pinsel. Und Gympie empfing sie mit heiterer Gelassenheit, so, als hätte sie nichts anderes erwartet. Bisweilen dachte Ella, dass mit Jacob auch Edvards Heiterkeit zurückgekehrt war. Und das Glück dazu! Es war, als hätten die Melbournians sich nie gegen Ellas Kunst gewandt. Plötzlich riss man ihr die Bilder aus den Händen. Ella stand in der Zeitung, inzwischen stand sie in allen Zei-

tungen des Kontinents, und ihre Geschichte, Mister Wilsons Version ihres Lebens, verbreitete sich bis nach Europa und Amerika. Und weil sie in den Gazetten stand, und weil ihr Name plötzlich durch Druckerschwärze geadelt und jedermann bekannt war, glaubten alle, sie wäre die Beste. Und das Wunderbare geschah: Ella malte so gut wie niemals zuvor.

Vielleicht war es ein Montag gewesen, vielleicht auch ein Dienstag oder Mittwoch. Jacob erinnerte sich nicht mehr genau an den Wochentag. Aber er erinnerte sich an das Gefühl. Es war früher Morgen gewesen, Helligkeit flutete das Atelier, und das Sonnenlicht hatte ihn geweckt. Der Dingo hatte am Fußende des Bettes den Kopf gehoben, am anderen Ende des Raumes, hinter einem Vorhang, schlief Gympie. Die wunderbare, sanfte Gympie, die ihn immer an die friedliche Stille des Cooper Creek erinnerte. Ihr glänzendes, dunkles Haar glich dem Flusslauf bei Nacht. Und an seiner Seite lag Ella – ruhig und gelöst. Auf ihren Lippen glänzte ein feuchter Schimmer.
Jacob betrachtete Ella. In der Nacht hatten sie sich geliebt, so, wie sie sich in vielen Nächten liebten. Ellas Körper hatte eine wunderbare Begabung für die Liebe, sie war verspielt und fordernd. Wenn er bei ihr war, riss sie ihn ungestüm mit sich und auf das Licht zu. Gemeinsam entzündeten sie ein Feuerwerk, es war wie ein Traum.
Es war – unwirklich. Jacob setzte sich auf. Melbourne war unwirklich, sein Leben an der Seite dieser strahlenden, umschwärmten Frau war unwirklich. Alle Welt schien Ella zu verehren, sie vibrierte vor Glück, war atemlos, immer in Eile, sprang von Leinwand zu Leinwand. Sechs Bilder warteten auf den Staffeleien auf Vollendung, und sie hatte begonnen, Aufträge abzulehnen.
Plötzlich spürte Jacob einen unbestimmten Schmerz. Ein ner-

vöses Zucken wie ein Brennen auf der Haut. Der Schmerz schien zu wandern, ließ sich nicht lokalisieren. Doch er rüttelte ihn wach. Der Schmerz war wirklich, dieses Leben war wirklich. Das war kein Traum. In den vergangenen Monaten hatte er sich immer wieder bei dem Gedanken ertappt, dass er nicht Teil der Ereignisse war. Er war durch eine Welt gelaufen, in der alles seltsam verschwommen blieb, wie hinter Glas. Das Wiedersehen mit Ella, der seltsame Zug durch Melbourne, die Menschen, die ihn wie ein exotisches Tier begafft hatten, das Gefühl, nicht wirklich zu sein. Er war doch kein Held, bislang war ihm in seinem Leben nichts gelungen. Ein Teil von ihm, so dachte er, schien am Cooper Creek zurückgeblieben zu sein.

Jacob spürte, dass er begonnen hatte, sich zu verlieren. Dass er sich in einer Illusion eingerichtet hatte, der Illusion von Glück.

War das Leben? Sein Leben? Er durfte nicht verlieren, was den Kern seines Wesens ausmachte. *Mensch sein. Menschlich sein.*

Er küsste Ella, die weichen Lippen, schnupperte an ihrem Haar. Als sie lächelnd ihre Augen aufschlug, nahm er sie in seine Arme.

»Ich muss etwas tun, Ella. Ich werde eine Praxis eröffnen.«

Ella nickte, sie schien sofort wach zu sein. Vielleicht hatte sie schon darauf gewartet. »Wir sollten uns ein Haus kaufen«, antwortete sie. »Das Atelier ist zu klein, und jede Bank wird mir einen Kredit geben. Ich träume von einem Atelier mit Blick über den Yarra River. Es soll alles so sein wie auf *Sophienlund.*«

Zwei

»Wie soll ich euch ein Haus beschaffen?« Johannes Vielbrock kannte den Markt, er schüttelte den Kopf. »Ihr werdet euch ein Haus bauen müssen, es gibt nichts, was zu kaufen wäre. Das Haus des Chinesen steht immer noch leer, aber die Leute behaupten, dass es darin spukt.«

Ella lächelte wehmütig, sie dachte an Mister Wang. »Das würde mich nicht schrecken«, sagte sie. »Aber es ist viel zu eng, viel zu dunkel. Ich brauche Licht, und Jacob benötigt Platz. Er will dort seine Praxis eröffnen.«

Johannes dachte nach, seine kräftigen Hände schoben den Bierkrug über die fleckige Tischplatte. Sie saßen im *Flinders,* dort wo sie zuletzt mit den Freunden ihren Abschied von Melbourne hatten feiern wollen. Ella dachte, dass sie nur ein Wimpernschlag von einem Leben in Europa und an Roberts Seite getrennt hatte.

Plötzlich stoppte Johannes seine Bewegungen, er griff nach dem Krug und trank einen Schluck. »Vielleicht kann ich euch doch helfen. Vor einiger Zeit hörte ich, dass Mister Edmund nach London zurückbeordert wurde.«

Sir Charles Edmund leitete die Einwanderungsbehörde, doch es hieß, dass seine junge Frau das Leben in Australien verabscheute. Das Paar lebte seit fünf Jahren in Melbourne, und jedes weitere Jahr fern der Heimat hatte Misses Edmund schwermütiger werden lassen. Wenn die Segler nach England ausliefen, stand sie unten im Hafen und winkte den Schiffen tränenüberströmt nach. Mister Edmund musste kommen und die Schluchzende nach Hause führen, die Melbournians nannten Kathryn Edmund spöttisch »Farewell-Katy«.

»Ich dachte immer, dass Mister Edmunds Haus auf dem Hafengelände liegt.«

Johannes nickte, er nahm noch einen Schluck Bier, rote Flecken tanzten auf seinen Wangen. »Es gibt dort tatsächlich eine Wohnung auf der Rückseite des *Immigration Office.* Aber Mister Edmund wollte seiner Frau etwas Besseres bieten als den Blick auf die England-Segler. Er hoffte wohl, dass ein großer Garten und der Blick auf die Hügel sie etwas heiterer stimmen würden. Seine Familie ist reich, er hat sich ein Haus in Upper Hill bauen lassen. Vielleicht ist es zu verkaufen.«

Ella nickte begeistert, sie kannte die Gegend. Gemeinsam mit Edward hatte sie in der Hügellandschaft gemalt. »Dort oben gibt es wunderbare Häuser, die meisten besitzen mehrere Stockwerke«, sagte sie zu Jacob gewandt. Sie drückte seine Hand. »Du könntest im Erdgeschoss deine Praxis einrichten, und ich hätte Platz für meine Malerei.« Sie drehte sich wieder zu Johannes. »Was wird das Haus kosten?«

Vielbrock zuckte mit den Schultern. »Das hängt davon ab, wie groß das Grundstück ist. Ich schätze, dass Mister Edmund an die dreitausend Pfund verlangen wird. Wenn ihr wollt, erkundige ich mich und vereinbare einen Termin. Wenn das Haus tatsächlich zu verkaufen ist, könnt ihr es besichtigen.«

»Unbedingt!« Ella war sofort interessiert, sie sah sich schon in dem vornehmen Viertel leben. »Es ist perfekt.« Wieder drehte sie sich zu Jacob. »Dort wirst du als Arzt gut verdienen, und wir wohnen Tür an Tür mit den Auftraggebern für meine Bilder.«

Tatsächlich lebte ein Großteil von Ellas Kunden in dem Viertel oberhalb des Yarra River. Ella war schon einige Male dort gewesen, die großzügigen Häuser erinnerten sie an die weißen Villen an der Hamburger Elbchaussee, auch wenn sie nicht aus Stein, sondern aus Holz errichtet waren. Viele Häuser besaßen opulente Portale und Veranden im viktorianischen Stil, die auf verwunschene Gärten blickten. Reiche Geschäftsleute und Grundbesitzer hatten Upper Hill zu ihrer bevorzugten Adresse erklärt, die Straßen wurden von Eichen und Platanen gesäumt.

Ella fühlte sich sofort wohl, als man sie wenige Tage später durch Mister Edmunds Haus führte. Der Hausherr war geschmeichelt, dass die bekannte Malerin sich für sein Anwesen interessierte. Er pries die ruhige Lage, den riesigen Kamin und die robuste Architektur.

»Wir haben es aus englischen Eichenplanken bauen lassen«, sagte er und pochte gegen die Wände. »Das Haus ist erst vier Jahre alt und hält sicher noch mehr als hundert.«

Ein süßlicher Geruch nach frischem Harz durchzog die Räume. Ella mochte den wenig verspielten, geradlinigen Charakter des Hauses. Die Lichtverhältnisse waren gut, und im Garten gab es Platz, um einen Pavillon als Atelier zu errichten. Auch Jacob sagte das Haus zu. Im Erdgeschoss ließe sich neben der Küche problemlos eine Praxis einrichten, wenn man den Dienstboteneingang umbaute und einen Teil des Korridors abtrennte.

Die *Bank of Victoria* bewilligte Ella einen Kredit über viertausend Pfund, und zwei Wochen nachdem das Ehepaar Edmund sich wieder nach England eingeschifft hatte, zogen Jacob und Ella in das Haus in Upper Hill ein. Sie hatten einige Möbel der Edmunds übernommen, anderes stammte aus dem Atelier in der Margaretstreet. Dienstboten wollten sie nicht einstellen, aber Gympie war bei ihnen geblieben. Die Freundin hatte Vielbrocks Angebot ausgeschlagen, ihn nach *Grünau* zu begleiten, und sich entschieden, Jacob in seiner Praxis zu helfen.

Die erste Nacht in ihrem neuen Haus in Upper Hill war magisch. Ella hatte das Schlafzimmer im ersten Stock eingerichtet, während Gympie für sich ein Zimmer unterm Dach gewählt hatte. Sie hatten das Bett so aufgestellt, dass sie durch das Fenster hinaus in den Garten und über die Hügel blicken konnten, die schon weit ins Buschland hineinreichten. Sie schliefen bei geöffnetem Fenster, und die Geräusche der Dunkelheit, das Summen der Gräser und das Flüstern der Ahnen, das von den Bergen kam und in ihrem Garten plötzlich wieder spürbar war, versetzte ihren Körper in wohlige Schwingungen.

»Hörst du das?« Ella lag in Jacobs Armen und lauschte den Stimmen, die sie sanft in die Tiefe eines goldenen Traumes hinabzogen. Sie fühlte sich frei und unbezwingbar. Ella dachte, dass sie gemeinsam mit Jacob Großartiges schaffen könnte.

»Den Wind?«

»Nein, da ist noch mehr. Etwas, was hinter dem Wind liegt, hinter dem Rauschen des Wassers und dem Murmeln der Erde.«

»Das ist dein Herz, es schlägt nicht im Takt. Es zuckt wie ein Mückenschwarm, das Blut rauscht in deinen Ohren.« Jacob lachte. Er legte seine warme Hand auf ihre Brust. »Du bist aufgeregt, du zappelst und kannst nicht ruhig liegen. Das Haus beschäftigt dich, du nimmst es in Besitz.«

Jacobs Hände glitten über ihren Körper. Es war wieder Sommer, trotz des dünnen Lakens schwitzte sie. Schwerer Blütenduft zog durch das Fenster herein, er legte sich wie Tau auf ihre Haut. In diesem Jahr würden sie ihr erstes gemeinsames Weihnachtsfest feiern können.

Ella dachte, dass sie versuchen könnte, Rosen in ihrem Garten zu pflanzen. Für einen kurzen Moment erinnerte sie sich an den duftenden Busch hinter der kleinen Hafenpension. Rosen aus Cornwall. Sie wünschte sich etwas, das Wurzeln schlagen

könnte. Etwas, das bleiben würde und das sie an diesen Moment erinnerte.
Jacobs Küsse vertrieben die Gedanken an Robert. Er erkundete die verschlungenen Pfade in ihrem Schoß, und Ella gab sich seinen Zärtlichkeiten hin. Sie liebten sich, weniger gierig als in der ersten Zeit ihres Wiedersehens, sondern geduldig und ineinander versunken. Während sie in den ersten Wochen atemlos dem Gipfel entgegengestürmt waren, schien es Ella nun, als würden sie eine andere Richtung einschlagen, die sie nicht hinauf, sondern hinab an einen magischen Ort führte. Dort unten war es wie in einer dunklen, geheimnisvollen Höhle. Die Wände schienen zu pulsieren, sie waren wie mit Samt verkleidet. Der feuchte, warme Stoff verschob sich unter ihren Bewegungen. Er ließ sich zurückschlagen, und so tauchten sie in noch tiefer liegende Bereiche vor, und auch dort ließ sich der Samt zurückschlagen, bis das Gefühl des Entblätterns, des Vor- und Zurückgleitens zu einem gewaltigen Strom anschwoll, der all diese verborgenen Räume ausfüllte. Dann war da nur noch ein tosendes Gefühl, so dass man nach mehr und noch mehr verlangte und die Wonne aus sich herausschreien musste.
In der Stille danach war alles gut. Es brauchte nicht mehr, und es war vollkommen, und wenn Ella dann in den Schlaf glitt, lag sie in Jacobs Armen, sie spürte seinen Herzschlag, der sie beschützte und wiegte.

Jacob konnte nicht einschlafen, die Zukunft beschäftigte ihn. Er lag ganz still, doch am liebsten wäre er aufgestanden, um in der Dunkelheit herumzulaufen. Alles war neu und ungewohnt, er fühlte sich noch fremd in diesem großen Haus. Er lauschte seinem Atem, dann dachte er über die Praxis nach. In wenigen Tagen wollte er die ersten Patienten empfangen, in

Gedanken zählte er auf, was er noch beim Melbourner Apotheker am Markt bestellen musste.

Die Einrichtung der Praxis war noch unvollständig, sie mussten sich mit vielem behelfen. Ein Tisch war da, mehrere Stühle, ein Schrank für die Instrumente, ein altes Sofa, das Jacob mit weißen Laken verkleidet und in eine Art Liege verwandelt hatte. An Ausrüstung konnte er nicht mehr vorweisen als das, was er in seiner Arzttasche aus Deutschland mitgebracht hatte: ein hölzernes Stethoskop, Hammer, Meißel, Messer, Scheren, Skalpelle, eine kleine Knochensäge. Seine Glasspritzen waren inzwischen zerbrochen, er hoffte, sie bald ersetzen zu können. Ebenso benötigte er Chloroform für Narkosen, Wundwatte, Bandagen und Karbolsäure zum Desinfizieren.

Noch an der Berliner Charité war Jacob mit den Arbeiten von Louis Pasteur und Sir Joseph Lister vertraut gemacht worden. Gärung und Fäulnis, so hatte Pasteur bewiesen, wurden durch kleinste Lebewesen verursacht. Und Lister glaubte, dass die Wundeiterung ähnlichen Ursachen unterlag. Jacob dachte, dass Hygiene eine der wichtigsten Voraussetzungen des Arztberufes war, mit denen er Gympie vertraut machen müsste. Noch vor etwas mehr als zehn Jahren waren fast alle Eingriffe in große Körperhöhlen tödlich verlaufen. Seitdem die meisten Ärzte jedoch Listers Erkenntnisse umsetzten und vor Operationen Hände, Besteck und sogar die Luft mit Chlor oder Karbolsäure desinfizierten, war die Sterblichkeit zurückgegangen. Sogar das Kindbettfieber schien besiegt, weil die Ärzte sich die Hände wuschen, bevor sie die Frauen untersuchten.

Jacob setzte sich vorsichtig auf, er schaute in die Nacht. Er dachte daran, wie mühevoll der Weg zu dieser Erkenntnis doch gewesen war. Viele Jahre hatte der Wiener Arzt Ignaz Semmelweiß sich gegen die Verachtung der Kollegen wehren müssen, weil er behauptet hatte, dass die Ärzte selbst das tödliche Fieber hervorriefen. Man hatte ihn beschimpft und verspottet und seine Hygienevorschriften als Unfug und Zeitverschwendung abgetan. Und als Semmelweiß nicht von seinem Kampf gegen die Ignoranz ablassen wollte, hatte man den Unbelehrbaren in eine Irrenanstalt eingewiesen, wo er bald darauf gestorben war.

Schon während seines Studiums hatte Jacob Semmelweiß bewundert, seine Professoren hatten den Arzt zum Retter der Mütter erklärt. Er war ein Vorbild gewesen, ein unermüdlicher und unerschrockener Kämpfer – für den Fortschritt und für eine Medizin jenseits von Standesdünkeln und dem Verharren auf althergebrachten Theorien über Krankheitsursachen. Er hatte sein Leben gegeben für den Fortschritt, für die Gesundheit der Mütter.

Mensch sein. Jacob erinnerte sich, dass er seine ärztliche Grundausstattung während des Studiums für zweiunddreißig Mark erworben hatte. Er hatte sich das Geld von seinem Onkel leihen müssen. Alle Instrumente waren aus Stahl gefertigt, er hatte Wert darauf gelegt, dass man sie leicht reinigen konnte. Doch noch immer wurden Messer, Scheren und Skalpelle verkauft, deren Griffe aus Holz, Schildpatt oder anderem dekorativen Zierrat gearbeitet waren. Und in den Ärzteblättern hatten die Ewiggestrigen getönt, dass der Metallgriff an Instrumenten niemals das Ebenholz und Elfenbein ersetzen werde.

Jacob lachte leise auf, und Ella, die ihren Kopf auf seine Brust gebettet hatte, rutschte im Schlaf ein Stück von ihm weg und drehte sich zur Seite. Im schwachen Licht des Mondes, der nun über den Hügeln stand, konnte er die Konturen ihres Körpers erkennen, die sich unter dem Laken abzeichneten. Vorsichtig legte er seine Hand auf ihre Hüfte, dann umfasste er ihre Taille. Er wunderte sich, dass sie noch nicht schwanger war. Sie schliefen seit mehr als einem halben Jahr miteinander, und er glaubte, dass sie sich ein Kind wünschte. Jedenfalls hatten sie nichts unternommen, um eine Schwangerschaft zu verhindern.

Manchmal, in den sternenklaren Nächten am Cooper Creek, wenn seine Gedanken auf verschlungenen Wegen doch bis nach *Sophienlund* gereist waren, hatte er sich gefragt, ob ihre Begegnung folgenlos geblieben war. Sie waren so ungeduldig gewesen, so leidenschaftlich. Ella war nicht seine erste Frau gewesen, doch in keiner anderen hatte er sich je so rettungslos verloren. Erst als er mit Wucht wieder in das Leben zurückgeschleudert worden war, hatte er für einen Moment gedacht, dass etwas Ungeheuerliches geschehen sein könnte.

Aber dann hatte er jeden Gedanken an ein Kind verdrängt. Dabei kannte er doch die blassen Mädchen in den Berliner Hinterhöfen, die ihre schwellenden Bäuche unter Kittelschürzen versteckten. »Es war doch nur einmal«, schluchzten sie verzweifelt, wenn sie in das Haus in der Oranienburger Straße kamen, wo er Sprechstunde für die Bedürftigen abhielt. Und schlimmer noch: Wenn sie ihm offenbarten, dass der betrunkene Vater oder ein Onkel, der gewalttätige Stiefbruder oder die Aussicht auf ein warmes Essen sie geschwängert hatten.

Was hatte er tun können? Jacob war noch nicht so weit gewesen, dass er ihnen hatte helfen können. Ihm fehlte die abgeklärte Routine der Kollegen, die einen Eingriff vornahmen, um die Frauen von ihrer Last zu befreien. Er hatte nur Namen weitergeben können, Adressen, Geraune und vage Andeutungen, und gehofft, dass die Unglücklichen ihre Verzweiflung nicht mit dem Leben oder einer Gefängnisstrafe bezahlen mussten. Der neue Paragraph 218 des Reichsstrafgesetzbuches sah schließlich bis zu fünf Jahre Zuchthaus für eine Schwangere vor, welche die Leibesfrucht abtrieb oder in ihrem Körper tötete.

Erst als er Ella wiedergesehen hatte, die wunderbare, starke Ella, die ihm bis ans Ende der Welt gefolgt war, hatte der Gedanke an ein Kind sich wieder bei ihm eingenistet. War sie tatsächlich seinetwegen gekommen? Oder hatte sie *Sophienlund* und Deutschland verlassen, weil sie dort partout nicht hatte bleiben können? Weil sie sich mit einem Umstürzler eingelassen hatte, der im Reich weder als Ehrenmann noch als Ehemann und Vater etwas taugte.

Hatte sie also ein Kind geboren? Sein Kind? Jacob hatte keine Spuren einer Schwangerschaft feststellen können. Ellas Körper schien unverändert, die Brüste waren immer noch mädchenhaft. Und doch spürte Jacob, dass es etwas gab, worüber sie nicht sprach. Ellas Überfahrt nach Australien war ihm ein Rätsel, sie hatte noch nie von der langen Reise erzählt. Es war, als hätte sie die Erinnerung daran verbannt und auf dem Kontinent ein neues Kapitel ihres Lebens aufgeblättert: zuletzt Hamburg, dann Melbourne. Es gab kein Dazwischen. Lediglich ein unbestimmtes Gefühl von Schuld, das sich seiner Seele bemächtigt hatte.

Ja, dachte Jacob und zog seine Hand zurück, er war Ella etwas schuldig. Und vielleicht war es ein Kind.

Ella stöhnte auf, sie träumte häufig. Bisweilen redete sie im Schlaf – Unverständliches. Jacob gab ihr einen Kuss auf die Stirn, wenig später beruhigte sich ihr Atem. Es schien, als lächelte sie im Traum. Vielleicht übertrug sich seine Unruhe auf Ella? Leise stand Jacob auf, er war durstig und stieg vorsichtig die Treppe hinunter. Nala folgte ihm neugierig, ihre Pfoten kratzten über das Parkett.

In der Küche schöpfte er Wasser in die hohle Hand, so, wie er es bei den Aborigines im Busch gelernt hatte, und trank. Als er sich umdrehte, um wieder nach oben zu gehen, bemerkte er eine Gestalt im Türrahmen. Langes, dunkles Haar floss in alle Richtungen, Gympies Augen blitzten. Sie war nackt.

Jacob wusste, dass sie keine Scham kannte. Er hatte ihren Körper bereits mit Blicken vermessen können, wenn sie schlief oder sich im Hof gewaschen hatte. Doch in diesem Moment war alles anders: Sein Hemd lag oben, neben dem Bett, und die eigene Blöße ließ ihn wehrlos vor ihr stehen. Er dachte, dass ihn seine Kleidung immer vor ihrer provozierenden Sinnlichkeit beschützt hatte. Jacob keuchte und stolperte gegen einen Stuhl.

Gympie kicherte, und es klang wie das Gurren eines Vogels. Sie kam näher, und als sie neben ihm stand, spürte er, dass sie ihn berührte. Erschrocken legte er die Hände über sein Geschlecht.

»Ich kann nicht schlafen.«

Sie war kleiner als Ella, ihre Haut, die trotz des diffusen Lichtes ölig glänzte, verströmte einen Duft, der ihn an den Geruch der Steppe erinnerte. Als sie ihr Haar zurückschlug, sah er ihre Brüste.

Sein Herz schlug wie verrückt. Jacob versuchte, einen Punkt auf Gympies Scheitel zu fixieren. Wollte sie ihn provozieren? Im Busch war die Blöße der Aborigines stolze Selbstverständlichkeit gewesen, doch in diesem Moment wirkte sie herausfordernd. Jacob dachte, dass Gympies ungezähmte Körperlichkeit ihn noch nie so stark getroffen hatte. Das Zusammenleben im Atelier war anders gewesen, ungezwungen, er hatte sie kaum wahrgenommen. Vielleicht, so überlegte Jacob, weil er noch nicht angekommen und ein Teil von ihm am Cooper Creek zurückgeblieben war. Und weil, auf einmal verstand er es, er vielleicht gar nicht hatte gerettet werden wollen.

Es war allein Ella gewesen, der er gefolgt war. Und Ella hatte ihn in dieses fremde Künstlerleben geworfen. Er war ihr Anhängsel, und Gympie schien ein Teil ihres verwirrenden Universums zu sein – Freundin und Muse, vielleicht auch das Relikt einer anderen Zeit.
In dem neuen Haus jedoch, in diesem Moment, hatte ihr Verhältnis zueinander sich verändert. Die Grenzen verschoben sich und nahmen neue Formen an. Jacob wusste nicht, ob Gympie dies ebenfalls spürte. Sie sah ihn spöttisch an.
»Wir sollten wieder zu Bett gehen.« Jacob hoffte, dass Gympie sich umdrehen und gehen würde. Doch sie deutete auf den Flur und die gegenüberliegende Tür zur Praxis.
»Ich wollte mir die Instrumente anschauen, mich ein wenig mit ihnen vertraut machen. Ich freue mich auf die Arbeit, das ist etwas anderes, als Pinsel auszuwaschen und zu kochen.«
Jacob nickte. Er dachte, dass er den ersten Schritt aus dieser merkwürdigen Situation heraus machen müsste, und schob sich um den Tisch herum. Gympie folgte ihm lautlos.
In der Praxis zog er eines der Leinentücher von der Liege und wickelte sich hinein, dann reichte er Gympie das zweite Tuch. Sie warf ihm einen langen Blick zu, dann drapierte sie es mit einem Schulterzucken um ihren Körper.
Jacob zündete eine Lampe an, er öffnete den Schrank und breitete seine Instrumente vor ihr aus. Gympie nahm jedes Stück in die Hand, sie drehte es, hielt es ins Licht, bis der Stahl blitzte, fragte nach seinem Namen und seiner Funktion. Als sie die Messer und Skalpelle zurücklegte, sah sie Jacob nachdenklich an. »Die Weißen haben Angst vor dem Schmerz. Sie fliehen vor ihm, sie betäuben sich, sie lassen ihn nicht zu. Aber der Schmerz kann auch Gutes bewirken. Er kann den Menschen stärker machen. Wer Schmerzen aushält, wächst daran.«

Jacob nickte, im Busch hatte er beobachtet, wie die Schwarzen jedem Schmerz eine eigene Bedeutung zusprachen. Das Leben der Aborigines war von Geburt bis zum Tod eine einzige Initiation. Je weiter die innere Erfahrungswelt des Menschen sich ausdehnte, desto größer war sein Verständnis für die Welt, und desto intensiver schien er auch die Traumzeit zu erleben. Vorsichtig legte Jacob seine Instrumente zurück in den Schrank.

»Die Aborigines denken, dass Krankheiten durch bösen Zauber verursacht werden«, fuhr Gympie fort. »Man muss die bösen Geister austreiben, die im Körper eines Kranken wohnen. Das ist das Wichtigste.«

»Hier wird es keinen Zauber geben.« Jacob drehte das Licht der Lampe wieder herunter. Er setzte sich auf die Liege und wickelte sich fester in das Laken. Gympie lehnte sich gegen den Tisch, in ihrem weißen Kleid wirkte sie wie eine fremde Göttin. Herausfordernd sah sie ihn an.

»Du bist so lange im Busch gewesen, du hast mit den Aborigines gelebt. Ich kenne keinen Weißen, der deine Erfahrungen gemacht hat. Du bist ihnen sehr nahegekommen, hast du nicht bemerkt, dass es dort draußen noch eine andere Wirklichkeit gibt?«

Jacob schwankte, er wusste nicht, was er antworten sollte. Am Cooper Creek hatte er erfahren, dass es geheime, fast religiös anmutende Heilungsrituale gab, die an einsamen Plätzen durchgeführt wurden. Aber er hatte auch beobachtet, dass die Aborigines über ein erstaunliches medizinisches Wissen verfügten. »Den Schwarzen ist bewusst, dass Schmutz in einer Wunde gefährlich ist«, antwortete er ausweichend. »Wenn sie zu einem Verletzten eilen, zünden sie auf dem Weg viele kleine Feuer an. Der Rauch vertreibt die Fliegen.«

»Der Rauch vertreibt die bösen Geister.«

Gympie lachte wieder. Was wusste sie von den Heilkünsten der Aborigines?
Jacob schüttelte den Kopf. »Sie wissen, welchen Schaden Fliegen in einer offenen Wunde anrichten können. Sie behandeln den Verletzten erst, wenn alle Anwesenden mit Rauch eingehüllt sind. Es ist eine Form von Hygiene, von Sauberkeit. Genauso sorgfältig verfahren sie mit einem Spülaufguss für Wunden. Sie achten darauf, dass kein Fasermaterial der dafür verwendeten Pflanzen in die Verletzung gelangt.«
»Sie verfügen also über ein ähnliches Wissen, obwohl sie keine Schulen und Universitäten kennen? Obwohl sie in den Augen der meisten Europäer wie die Wilden leben?«
Jacob schloss die Augen. Er wusste, dass er gegen Gympie nicht bestehen würde. Sie trug das Wissen beider Kulturen in sich, sie konnte mühelos zwischen den beiden Welten hin- und herwechseln. Aber sie bewegte sich auf einem schmalen Grat.
»Das erwähnst du besser nicht gegenüber meinen Patienten.« Jacob dachte, dass es ohnehin schwer werden würde, Gympie als seine Hilfe zu etablieren. Die Melbournians akzeptierten nur ihresgleichen als Dienstmädchen und Köchinnen. Es war ein Wagnis, Gympie aus der Masse der Gesichtslosen herauszuheben.
Gympie schien seine Gedanken lesen zu können. Sie kam auf ihn zu und blickte auf ihn herab. Jacob sah, dass sich ihre Brüste unter dem schimmernden Tuch hoben und senkten.
»Ich werde gut sein«, flüsterte sie. »Und zusammen werden wir noch besser sein können.«
»Vielleicht kann ich auch von dir lernen«, gab Jacob zurück. Er rückte zur Seite, und Gympie setzte sich neben ihn. Gemeinsam beobachteten sie das flackernde Licht der Petroleumlampe. In ihrem Rücken knackte das Holz der Eichen-

planken. »Ich habe gesehen, dass die Schwarzen ein Öl verwenden, das erstaunliche Heilkräfte besitzt. Es wirkt bei kleinen Wunden, Abszessen, Furunkeln, Insektenstichen. Es riecht ein wenig nach Myrte und Eukalyptus. Wo können wir es bekommen?«

»Das ist Teebaumöl«, Gympie nickte. »Der Teebaum ist besonders robust und wächst auch auf kargen Böden. Neben dem Öl verwendet man auch seine Samen und die jungen Sprösslinge gegen Durchfall und Leibschmerzen. Und das Kauen der Rinde soll beruhigen und den Schlaf fördern. Ich kann versuchen, es auf dem Markt zu bekommen.«

»Vielleicht können wir uns einige der Buschpflanzen zunutze machen?«

Gympie sah Jacob erstaunt an. »Das werden die Weißen niemals akzeptieren. Sie sind so stur. Sie essen auch kein Bushfood, selbst wenn sie verhungern würden.«

Jacob lachte. »Wir werden es unseren Patienten nicht auf die Nase binden. Dann ist es halt ein altes englisches Heilmittel. Wenn es ihnen hilft, werden sie das Rezept nicht hinterfragen. Die Medizin ist schon immer auf Umwegen und gegen den Starrsinn der Mahner und Bewahrer vorangeschritten. Das Bessere setzt sich stets gegen das Gute durch.«

Gympie gähnte, sie rollte sich wie eine Katze zusammen. Jacob dachte, dass er hinauf zu Ella gehen sollte. Doch der Schlaf überfiel ihn mit aller Macht.

Als Ella am nächsten Morgen hinunterkam, fand sie Gympie schlafend auf dem Sofa, während Jacob neben Nala auf dem Teppich lag. Sie schüttelte den Kopf, dann ging sie in die Küche und kochte Tee.

Drei

Ellas Geschäfte liefen hervorragend, und sie liebte das Atelier in ihrem Garten in Upper Hill. Sie hatte den Pavillon aus Holz, Glas und Kupferplatten nach ihren Plänen errichten lassen und die Bauarbeiten persönlich überwacht. Der Grundriss war achteckig, das Häuschen entsprach dem Atelier auf *Sophienlund*, war jedoch größer. Ella konnte dort Besuch empfangen und bewirten, sie hatte einen Ofen einbauen lassen, auf dem sie Tee oder Kaffee zubereitete. Die Fensterfront des Ateliers zeigte nach Norden und gab den Blick frei auf ein eindrucksvolles Panorama bewaldeter Hügel, die Vorläufer der Snowy Mountains. Jeden Tag verbrachte Ella viele Stunden vor ihren Staffeleien.

Den größten Teil ihrer Bilder verkaufte Ella weiterhin über Edvards alte Galerie in der Stadt. Immer noch verlangten die Käufer nach Porträts, aber auch Landschaftsbilder waren jetzt gefragt. Die *Melbourne Evening Post* hatte einen Teil ihrer Skizzen veröffentlicht, die sie im Buschland gezeichnet hatte, und den Artikel über die Rettungsexpedition in ganz Australien und sogar bis nach England verkauft. Ella war dort inzwischen fast so bekannt wie Ned Kelly, Australiens berühmtester Straßenräuber.

Die Melbournians entwickelten eine Vorliebe für Ellas leuchtende Naturbilder. Ellas Reise durchs Outback ließ die Werke zu eindrucksvollen Illustrationen ihrer Erlebnisse werden. Die Bilder besaßen eine tiefere Ebene. Immer noch verwendete sie die Symbole, die sie bei den Aborigines kennengelernt hatte. Die Zeichen verliehen den Bildern eine mysteriöse, teilweise sogar magische Atmosphäre, die Ella besonders liebte.

Am besten, so fand Ella, waren ihr die Bilder des nächtlichen

Sternenhimmels über der Steppe gelungen. Wenn sie die Leinwände betrachtete, die sie nach ihrer Rückkehr geschaffen hatte, meinte sie, in die Unendlichkeit des Universums eintauchen zu können und seine Energie zu spüren. Niemals zuvor hatte sie ein so intensiv pulsierendes Lichtspiel erlebt, und selbst in ihrem Haus in Upper Hill kam sie den Sternen nicht so nah.
Bei den Sternenbildern hatte Ella nicht auf ihre Zeichnungen zurückgegriffen, vielmehr dominierten der Eindruck des Lichts und die Wirkung der Farben, die den Gesetzen der Optik folgten. Ein kritischer Betrachter hätte Ellas Verzicht auf eine genaue Definition des Motivs durch Kontrast und Linie vielleicht als Mangel an Beherrschung der einfachsten künstlerischen Techniken ausgelegt, doch für Ella war dies Ausdruck der kosmischen Harmonie und des überwältigenden Naturerlebnisses. Ähnlich verfuhr sie mit der Perspektive: Ella bevorzugte nun Raumkonstruktionen, die sich eher an den flächigen, zweidimensionalen Werken der Aborigines-Kunst oder der Fotografie orientierten als an der klassischen Zentralperspektive. Ausgangspunkt dieser Serie, das wusste sie, war das Bild von Jacob gewesen, das sie auf *Sophienlund* gemalt hatte. Es war das Zentrum ihres Universums.
Von den Sternenbildern trennte Ella sich nicht, sie waren ihr persönlicher Schatz. Ella hatte eine Abfolge von acht Gemälden geschaffen, die sie nach den Planeten benannt hatte. Gemeinsam mit Jacob hatte sie die Bilder in ihrem Schlafzimmer dekoriert, und wenn sie schliefen, waren sie vom Leuchten der Steppe umgeben. Der Tanz der Farben und des Lichts wiegte Ella in den Schlaf.

Während Ella von Erfolg zu Erfolg eilte, kämpfte Jacob um Anerkennung. Sein Einstand als Arzt in Upper Hill war mühsam. Die Eröffnung der Praxis hatten die Melbournians wohlmeinend verfolgt, und in den ersten Wochen verloren sich einige Patienten in seinem Wartezimmer. Jacob behandelte tränende Augen, rheumatische Schmerzen und Auswurf, er schiente den gebrochenen Arm eines Kindes, entfernte Splitter, säuberte Wunden und zog sogar einen vereiterten Zahn. Bald jedoch bemerkte Jacob, dass die Menschen von Sensationslust getrieben in seine Praxis kamen. Sie fragten ihn nach den Wilden und seinen Erlebnissen im Outback und versuchten, einen Blick auf Ella zu erhaschen. »Sie kommen nicht wegen meines Könnens, sie wollen ihre Neugier befriedigen«, sagte Jacob zu Ella. Er versuchte zu lächeln, doch in seiner Stimme schwang eine Spur Bitterkeit, die er nicht verbergen konnte.

Noch stärker traf Jacob jedoch das Verhalten der Melbournians gegenüber Gympie. »Wenn sie die Tür öffnet oder Mantel und Hut entgegennimmt, lächeln die meisten noch höflich«, berichtete er Ella. »Doch sobald sie mir zur Hand geht, Verbände anlegt oder bei den Untersuchungen anwesend ist, weigern sich viele. Sie verlangen, dass ich Gympie wie einen Hund vor die Tür schicke.«

Dank seiner ärztlichen Autorität und seines forschen Auftretens setzte Jacob Gympies Hilfe zwar durch, doch er begriff schnell, dass viele Patienten deshalb nur einmal kamen und danach nie wieder. Einige verbreiteten sogar in der Stadt, der junge Arzt habe seinen Verstand im Busch verloren und sich von den magischen Ritualen der Aborigines verführen lassen. Schließlich blieb das Wartezimmer an vielen Tagen leer, obwohl es nicht genügend Ärzte in Melbourne gab.

Als an drei Tagen hintereinander kein einziger Patient nach Upper Hill kam, legte Gympie ihre weiße Schürze und ihr Häubchen ab und drückte sie Jacob in die Hände.

»So bin ich dir keine Hilfe«, sagte sie. »Du solltest besser allein arbeiten oder dir eine weiße Hilfe suchen. Wenn du eine englische Krankenschwester anstellst, werden die Leute zurückkommen. Ich gehöre wohl doch in die Küche.«

Jacob schüttelte den Kopf. »Ich möchte, dass du bleibst, Gympie.« Zornig trat er an eines der Fenster, die hinaus auf den Garten gingen. Er sah, dass Ella einen Gast in ihrem Atelier empfing. »Wir müssen die Melbournians erziehen. Es kann doch nicht sein, dass sie die Schwarzen und die Mischlinge immer noch als Menschen zweiter Klasse sehen. Dieser verbohrte Blick auf die Welt … Ich dachte, ich hätte diese Borniertheit hinter mir gelassen.«

»Was willst du tun? Mit einem leeren Wartezimmer erreichst du nichts.« Gympie stellte sich neben Jacob ans Fenster. Sie sahen auf die Rosenbüsche, die Ella in der Nähe des Ateliers gepflanzt hatte und die sie wie etwas sehr Kostbares hütete.

»Wenn die Kranken nicht zu uns kommen, gehen wir eben zu ihnen.« Plötzlich lächelte Jacob. »Die Einwanderer …« Er drehte sich zu Gympie und sah sie an. »Wenn sie von den Schiffen kommen, geht es vielen schlecht. Sie sind erschöpft und kraftlos, die Kinder husten oder leiden an Durchfällen. Warum bieten wir unsere Dienste nicht unten im Hafen an, wo man wirklich einen Arzt braucht?«

»Wo sollen wir dort arbeiten?« Gympie wies auf den Instrumentenschrank und auf Jacobs Schreibtisch. Inzwischen kannte sie sich gut mit den chirurgischen Werkzeugen aus.

Jacob winkte ab und zeigte auf seine lederne Arzttasche, die ihm schon in Berlin gedient hatte. »Ich kann überall arbeiten, und vieles ließe sich sogar in einem Pferdewagen behandeln. Und sollten wir tatsächlich einen komplizierten Fall haben, könnten wir den Patienten immer noch in die Praxis bringen lassen.«

Gympie nickte, sie dachte nach. »Was ist mit einem der Räu-

me im *Immigration Office?*«, fragte sie schließlich. »Ich glaube, die Wohnung steht immer noch leer.«
Jacob klatschte in die Hände, dann ging er aufgeregt auf und ab. »Du hast recht, Mister Holebourne, der neue Leiter, lebt bereits seit einigen Jahren in Melbourne. Soviel ich weiß, wohnt er mit seiner Familie in einem Haus in Carlton. Ich werde ihn fragen, was er von unserer Idee hält. In Amerika hat man längst damit begonnen, die Einwanderer gleich nach der Einreise zu untersuchen.«
Zufrieden trat Jacob an seinen Schreibtisch, er zog ein schwarzes Notizbuch zwischen seinen Papieren hervor und blätterte es auf. Die Seiten waren noch unbeschrieben.
»So, und bevor wir uns jetzt langweilen, sollten wir uns dem Wissen der Aborigines zuwenden. Du musst mir erzählen, was du über die Buschblüten und Heilkräuter weißt, und ich werde mir Notizen machen.« Mit großer Geste überschrieb Jacob die erste Seite, dann lehnte er sich zurück und sah Gympie erwartungsvoll an.
Gympie schüttelte den Kopf, aber sie lächelte. Ruhig legte sie sich die Schürze wieder um und band sie in ihrem Rücken zu. Als sie ihr offenes Haar zusammennahm und zu einem glänzenden Zopf flocht, konnte Jacob ihren Duft nach frischem Tussockgras riechen. Er dachte, dass sie sich nicht vom Widerstand der Melbournians entmutigen lassen würden.

Es dauerte eine Weile, bis Ella begriffen hatte, dass Jacob in Melbourne nicht glücklich war. Jedenfalls, so dachte sie, war er nicht so glücklich, wie er es hätte sein sollen. Sie waren zusammen, sie hatten sich gefunden, und sie waren frei – auch von allen materiellen Zwängen. Doch ihr eigenes, persönliches Lebensglück wurde überlagert von den Konflikten der Kolonie.

Den ersten Schlag versetzte Jacob die Praxis in ihrem Haus in Upper Hill. Ella hatte gewusst, dass es für ihn schwer werden würde, sich zu etablieren. Aber sie hatte nicht gedacht, dass ihn die Zurückweisung der Melbournians so hart treffen würde.

»Ich habe auch zwei Anläufe benötigt, um in Melbourne anzukommen«, tröstete sie ihn, wenn er sich über den Starrsinn der Leute beschwerte. »Du musst weitermachen, durchhalten. Du musst ihnen beweisen, dass du besser bist, als sie denken. Dann werden sie sich auch nicht mehr über Gympie beschweren. Wenn du dich unentbehrlich machst, wird man sie als deine Hilfe annehmen. Die Melbournians haben schließlich auch meine Sicht auf die Welt und meine Kunst akzeptiert.«

Doch Jacob konnte nicht begreifen, dass man sich auch in Australien störrisch in den alten Festungen einrichtete und die Chance verspielte, ein friedliches und würdevolles Zusammenleben zwischen Siedlern und Einheimischen anzustreben.

Immer wieder empörte er sich über die herrschenden Zustände, von seiner ursprünglichen Hoffnung auf eine bessere Gesellschaft war ihm nicht viel geblieben: »Es herrscht eine Zwei-Klassen-Gesellschaft, Ella, schlimmer noch als in Deutschland. Weiß steht gegen Schwarz, Europäer gegen eingeborene Australier. Und es widert mich an, dass sich niemand dagegen auflehnt. Es kann doch nicht sein, dass die Aborigines ein dem Untergang geweihtes Volk sein sollen. Es stößt mich ab, wenn ich sehe, dass man die Mischlingskinder in den Missionshäusern zu billigen Arbeitskräften heranzieht. Das ist nichts anderes als Sklaverei! Man kappt ihre Wurzeln und beutet sie aus. So wächst eine verlorene Generation heran – entrechtet und würdelos. Und die Schwarzen? Irgendwann werden sie sich in die hintersten Winkel des Kontinents zurückziehen und ihre Territorien aufgeben müssen. Sie verlieren das Land, das ihnen seit Jahrtausenden vertraut ist. Sie sind das Land, Ella. Die Gier der Weißen nach immer mehr Besitz raubt ihnen die Heimat und ihre Seele.«

Ella wusste, dass Jacob recht hatte, und sie teilte seine Empörung. Wenn sie mit Jacob diskutierte, sah sie das Bild des jungen Fremden vor sich, wie er ihr vor mehr als drei Jahren am Ostseestrand begegnet war. Sie bewunderte seine ungebrochene Kampfeslust, seine freiheitliche Gesinnung. Und doch spürte sie, dass er gegen einen übermächtigen Gegner ankämpfte. Ella dachte auch an Johannes Vielbrock, an dessen rechtmäßig erworbenen Anspruch und an seine Liebe für das Buschland und seine Herden. Niemals würde Johannes *Grünau* und die Schafe kampflos aufgeben, kam es ihm doch nicht einmal in den Sinn, dass seine Farm und das Vieh den Aborigines schaden könnten. Die Traumpfade der Ureinwohner waren für ihn nicht mehr als Hirngespinste oder Folklore. Dabei war Johannes ein freiheitsliebender Mensch, aufgeschlossen und liberal denkend. Er hatte auch nichts gegen die Idee einer Republik.

»Es braucht winzige Veränderungen, Schritt für Schritt«, sagte sie deshalb, wenn Jacob sich über den Starrsinn und den Dünkel der Siedler ausließ. »Wir müssen den Leuten zeigen, dass die Schwarzen ein Anrecht auf ihr Land und ihre Bräuche haben. Dass wir miteinander leben können und uns nicht bekämpfen müssen.«

»Ich weiß nicht, ob ich die Geduld dazu habe.« Jacobs Augen verdunkelten sich, wenn sie über die Rechte der Ureinwohner sprachen. »Es darf nicht sein, dass sich die weißen Siedler ungestraft Land aneignen oder Mädchen und Frauen rauben. Die Aborigines haben keine Chance, sich zu wehren. Sie leben in Clans, sie können sich nicht in größeren, wehrhaften Verbänden organisieren. Und noch verheerender als die Waffen der Weißen wüten die von ihnen eingeschleppten Krankheiten im Land.«

»Du wirst die Siedler nicht mehr aus dem Land herausdrängen können. Es geht darum, Respekt für die Eingeborenen einzufordern.«

»Nein, Ella. Es geht darum, ihr Recht einzufordern. Das Recht an ihrem Land und an ihrer Geschichte und an ihren Traditionen.«

An diesem Punkt kamen sie nicht weiter. Jacob beharrte darauf, dass man die Aborigines mit allen Bürgerrechten der Kolonien ausstatten müsste. Ella hielt dagegen, dass die Menschen in den Kolonien noch nicht einmal den schweren Weg zur Einheit beschritten hätten. »Australien besteht aus sechs miteinander rivalisierenden Territorien«, sagte sie. »Die Gouverneure unterhalten engere Beziehungen nach London als untereinander. Zunächst einmal müssen doch die Kolonien zueinanderfinden, man muss diesen politisch zersplitterten Kontinent einen. Dann wird man den Blick auch auf die Situation der Aborigines richten können.«

»Die Föderationsbewegung fordert doch ein weißes Australien, Ella. Selbst die Chinesen, die schon zur Zeit des Goldrauschs eingewandert sind, gelten ihnen immer noch als fremd und nicht willkommen. Ein geeintes Australien wird über seinem Jubel sein schwarzes Erbe vergessen.«

Ella seufzte in Gedanken auf. Jacob hatte ihr erklärt, dass seine Rechnung mit der Alten Welt beglichen war. Nun wollte er sein Adoptiv-Vaterland bekehren. Er hatte sich die USA zum Vorbild genommen, doch der amerikanische Staatenbund war an der Frage der Sklaverei beinahe auseinandergebrochen. Erst der Bürgerkrieg hatte die Ketten der Leibeigenschaft zerschlagen. Jacob rieb sich auf am Dünkel des weißen Geldadels, wetterte gegen die Knechtschaft der Schwarzen und trat öffentlich für Bürgerfreiheit und die Idee der Republik ein. Er war nie ein Diplomat gewesen, und sein barscher, schroffer Ton verletzte Ella. Wusste er eigentlich, was sie für ihn aufgegeben hatte?

Jacob und Gympie hatten die Praxis schließlich in die Räume des *Immigration Office* verlegt. Die Einwanderer waren nicht wählerisch. Wenn sie erschöpft die Schiffe verließen, waren sie froh über jede ärztliche Zuwendung. Bisweilen behandelte Jacob auch einen der schwarzen Lastenträger, die sich im Hafen verletzt hatten. Schnell sprach es sich herum, dass Doktor Saalmuth auch kostenlos arbeitete. Wenn Jacob sah, dass seine Patienten keinen Penny erübrigen konnten, forderte er lediglich einen Händedruck und ein Dankeschön ein. *Mensch sein.* Das *Immigration Office* war nicht nur ein Ort der Zuversicht für alle Einwanderer, es wurde auch zu einem Ankerplatz seiner Weltsicht.

Wenn es spät wurde und die Reihe der Bittsteller nicht abriss, übernachteten Jacob und Gympie unten im Hafen. Es kam vor, dass Ella die beiden zwei oder drei Tage nicht zu Gesicht bekam. Und wenn sie wieder mit Jacob zusammentraf, prallten ihre Welten mit aller Macht gegeneinander. Ella bewegte sich inzwischen ganz selbstverständlich in Melbournes höchsten Kreisen. Zu ihren Kunden gehörten der Gouverneur, Bankiers, Großgrundbesitzer und wohlsituierte Geschäftsleute. Sie wurde auf Bälle und andere Gesellschaften eingeladen. Es schien, als habe sie an ihr altes gesellschaftliches Leben auf *Sophienlund* angeknüpft.

Jacob dagegen versammelte die Ärmsten der Armen und Geknechtete in seiner Praxis. Abschätzig sprach er über Ellas Käufer. »Du dienst dich diesen Ausbeutern an, Ella«, sagte er, wenn sie ihm von einem neuen Auftrag berichtete. »Du nimmst ihr Geld, damit beutest du die Schwarzen aus. Siehst du das nicht?«

»Ich finanziere deine Praxis«, konterte sie, denn Jacob verdiente kaum genug, um neue Medikamente und Verbandsmaterial zu kaufen.

Immer wieder gerieten sie in Streit. Und manchmal, wenn Ella unter ihren Sternenbildern schlief, war sie froh, allein zu sein. Das Haus tröstete sie, und ihre Arbeit lenkte sie ab. Mühsam versuchte sie, die ersten Risse im Fundament ihrer Liebe zu ignorieren.

Vier

Gympie bemerkte Ellas Schwangerschaft als Erste. Das Geistkind war ihr im Freien erschienen, hinter dem Atelier, wo der Garten leicht anstieg und in die wilde Hügellandschaft überging. Dort gab es eine Quelle, die sich zu einem murmelnden Wasserlauf verbreiterte und hinunter zum Yarra River floss. Das Kind hatte flüsternd zu ihr gesprochen.

Die Aborigines glaubten, dass der Geist eines Kindes schon vor der Zeugung existierte. Meist erschien es dem Vater im Traum, er konnte dessen Stimme im Wasser oder im Wind hören. Dann, so hieß es, trug der Vater das Kind zur Mutter, und nach der Empfängnis nistete sich das Wesen bei ihr ein.

Gympie lauschte der Stimme des Kindes, sie hörte seine Worte, doch sie behielt seine Botschaft für sich.

Das Geistkind vertrieb den Schatten des toten Kindes. Als Ella Gympie wenig später von der Schwangerschaft erzählte, strahlte sie glücklich. Es war, als ginge eine heilige Kraft von ihr aus, und auf ihren Bildern, die noch eine Spur kräftiger leuchteten, stellte sie Wasserläufe, Felsen oder Baumgruppen dar. Orte, an denen Geistkinder oft gesehen wurden. Gympie dachte, dass Ella immer noch eine besondere Verbindung mit dem Land in sich trug.

Ellas Schwangerschaft war leicht, sie durchlebte die Veränderungen ihres Körpers mit gelassenem Stolz. Nichts erinnerte an die dunklen Gefühle, die ihre erste Schwangerschaft begleitet hatten und von denen sie Gympie oft erzählt hatte. Sie hatte keine Angst, und vom ersten Moment an konnte sie das Kind annehmen. In ihren Träumen, so erzählte sie, wurde sie von Vogelschwingen emporgetragen. Immer wieder begegnete ihr der alte Chinese in der Nacht, er sprach nicht zu ihr, aber er lächelte, und von seinem gütigen Kindergesicht ging ein Leuchten aus. Es schimmerte wie eine bunte Laterne aus Seidenpapier.

Auch Jacob freute sich auf das Kind. Ella hatte ihm nie von ihrem ersten, totgeborenen Kind erzählt. Gympie spürte, dass Ella hoffte, nun etwas von dieser alten, abstrakten Schuld begleichen zu können. Und Jacob schien ähnlich zu empfinden. Er glaubte, dass dieses Kind Abbitte für seine Flucht und Ellas Suche nach ihm leisten könnte. Das Kind trug ein Versprechen von Liebe und Zuversicht in sich.

Weil Jacob Ella nicht beunruhigen wollte, sprach er mit Gympie über die Strapazen der bevorstehenden Geburt. »Wir werden ihr beistehen«, sagte er und berichtete von seinen Erfahrungen auf der Überfahrt nach Australien. »Die Geburt war schwer. Das Kind lag falsch herum, fast hätte ich Mutter und Kind nicht retten können.«

Gympie nickte, aber sie erwiderte nichts. Leben zu schenken, so dachte sie, war die Domäne der Frau. Bei den Aborigines hielt die Gebärende sich außerhalb des Lagers auf, einige Frauen des Clans betreuten sie und halfen ihr. Männer hinge-

gen mussten sich vom Ort der Geburt fernhalten. Ein Tabu, gegen das man nicht verstoßen durfte. Insgeheim hoffte sie, Ella allein helfen zu können.
Heimlich versuchte Gympie, die Ahnen mit kleinen Geschenken auf ihre Seite zu ziehen. Je weiter Ellas Schwangerschaft voranschritt, desto mehr Gaben verteilte sie rund um das Atelier, und im hohen Gras an der Quelle flocht sie kleine Nester für das Kind.
Das Haus verwandelte sich wieder in einen heiteren Ort. Jacob umsorgte Ella mit Aufmerksamkeit, fasziniert verfolgte er das Fortschreiten der Schwangerschaft. Immer wieder beobachtete Gympie, wie er zärtlich über Ellas wachsenden Bauch strich und sogar zu dem Ungeborenen sprach. Und Ella gab sich seiner Liebe hin. Sie fühlte sich geborgen und beschützt. Nie klagte sie über Schmerzen oder andere Unpässlichkeiten. Und niemals fiel in dieser Zeit ein böses Wort zwischen ihnen.
Noch am Tag der Geburt hatte Ella stundenlang an einem Bild gearbeitet. Die Wehen überraschten sie in ihrem Atelier, und stöhnend beugte sie sich über die Leinwand und hielt sich an der Staffelei fest. Instinktiv gab sie sich ganz den Kräften ihres Körpers hin, sie ließ sich von den reißenden Wellen in ihrem Innersten leiten. Sie schrie den gewaltigen Schmerz heraus, aber sie verspürte keine Angst. Nala leckte ihre Hände.
So fand Gympie sie. Von plötzlicher Unruhe getrieben war sie hinaus in den Garten gelaufen, wo sie die spitzen Schreie gehört hatte. Aufgeregt stürzte sie ins Atelier, doch als sie sah, dass Ella sich wie ein Schiff in den Wehen wiegte, half sie ihr ruhig auf die Liege. Sie sprach Ella Mut zu, stützte sie und versuchte, die Schmerzen mit sanften Berührungen und magischen Worten zu lindern. Sie waren ganz bei sich, und Gympie spürte, dass alles gut werden würde. Schnell verkürzten

sich die schmerzlosen Intervalle zwischen den Wehen, die Wellen überschlugen sich, bis Ella nur noch pressen konnte.
Als das Köpfchen des Kindes schon zu sehen war, nahm Gympie eine Bewegung im Garten wahr. Sie sah einen Schatten vor dem Fenster, im nächsten Moment öffnete sich die Tür, und Jacob stürzte herein. In den letzten Wochen der Schwangerschaft hatte er die Praxis wieder hinauf in das Haus in Upper Hill verlegt, um Ella nicht allein zu lassen.
»Was …?« Noch bevor Jacob bei Ella war, trieb eine letzte gewaltige Wehe das Kind in Gympies Arme. Sie hatten es gemeinsam geboren, in weniger als einer Stunde. Jacob blieb nur noch, die Nabelschnur abzubinden, das Kind zu säubern und Ella in die Arme zu legen. Gympie sah, dass ihm Tränen über die Wangen liefen.
Es war, als hätte die See das Wesen an den Strand des Lebens gespült. Gympie, die in Ellas schweißglänzendes, aber beseeltes Gesicht blickte, dachte, dass Ella ihren Dämon nun endgültig besiegt hatte. Die Strapazen der Geburt hatten ihr gezeigt, dass sie zu allem fähig war. Sie konnte Leben schenken und die Dunkelheit bezwingen. Ihr Leiden an dem toten Kind war im Meer der Freude untergegangen, die schwarzen Schatten hatten sich verflüchtigt.
Nach einer Weile, die sie alle ehrfurchtsvoll schweigend verbracht hatten, öffnete das Kind seine Augen und warf einen langen, erstaunten Blick in die Welt. Dann suchte es die Brust seiner Mutter und begann, zufrieden zu trinken.
Jacob hatte sich an Ellas Seite gesetzt. Immer wieder glitt sein Blick glücklich von der Mutter zum Kind und vom Kind zur Mutter.
In diesem Moment wünschte Gympie sich nichts mehr, als dass sie dieses wundervolle Wesen für alle Zeiten behüten könnte.

»Wie wollt ihr es nennen?«, flüsterte sie in die Stille des Staunens hinein.

Blaue Augen. Tiefe, dunkle, blaue Augen. Sie hatten eine Tochter bekommen. Jacob hielt das Kind in seinen Armen. Immer wieder maß er sein Glück mit Blicken, nie hatte er ein schöneres Wesen gesehen.

Nachdem Ella ihrem Kind zum ersten Mal die Brust gegeben hatte, hatte sie es ihm gereicht. Satt und ruhig lag es in seinen Armen, es blickte ihn an. Dichte Wimpern beschirmten seine Augen.

Wie wollt ihr es nennen? Gympies Frage hatte ihn stutzen lassen. Es war seltsam. Erst jetzt fiel ihnen auf, dass sie nie über einen Namen für das Kind nachgedacht hatten. Alles war so ruhig und selbstverständlich geschehen, dass sie vielleicht geglaubt hatten, dass das Kind mit einem Namen auf die Welt kommen würde.

»Ich kenne sein Totem.« Gympie bemerkte ihr ratloses Schweigen. Sie begann zu erzählen, wo das Geistkind ihr zum ersten Mal begegnet war. Jacob dachte, dass ihn ihr magisches Denken mit Unruhe erfüllte. Er schüttelte den Kopf, und Gympie schwieg.

Ella hatte sich vorsichtig aufgesetzt, sie blickte hinaus in den Garten.

»Wir nennen sie Rosa«, sagte sie, und für einen Moment dachte Jacob, dass Ella einer Erinnerung nachhing.

»Rosa …« Jacob ließ den Namen auf sich wirken. Rosa – seine Tochter, glich sie einer Blume, einer Blüte?

»Rosa von Carlsburg.« Ella sah ihn herausfordernd an. Sie hatten nie über eine Hochzeit gesprochen. In diesem jungen Land und in ihrem rastlosen Leben wirkten die alten Konventionen wie seltsame Bräuche und lästige Pflichten einer längst

vergangenen Zeit. In Melbourne hatte man sich nie für ihren Familienstand interessiert. Vielleicht waren die Melbournians davon ausgegangen, dass sie längst verheiratet waren.
Jacob nickte. Er war Ella unendlich dankbar für das Geschenk einer Tochter. In diesem Moment hätte er allem zugestimmt.
»Rosa von Carlsburg …« Behutsam flüsterte er seiner Tochter ihren Namen ins Ohr.

Die Zeit des Wochenbetts, ja vielleicht sogar das erste halbe Jahr nach der Geburt, so dachte Jacob später, war die glücklichste Spanne seines Lebens gewesen. Ella richtete ihr Leben ganz nach den Bedürfnissen des Kindes aus, und Jacob kehrte jeden Abend aus der Praxis in das Haus in Upper Hill zurück. Er freute sich darauf, seine Tochter in den Schlaf zu wiegen und ihrem Atem zu lauschen. Dann legte er sich neben Ella, und gemeinsam beobachteten sie ihre Tochter, die in einem Korb neben ihrem eigenen Bett schlief. Johannes Vielbrock hatte ihnen zur Geburt ein Schaffell geschenkt, und das warme, weiche Vlies schien das Kind wohlig zu umfangen. Rosas Nächte waren ruhig, und wenn sie morgens die Augen öffnete, betrachtete sie staunend die im Licht flirrenden Sternenbilder.
Erst als Ellas Verlangen zu malen mit Macht zurückkehrte, drängten sich die alten Konflikte wieder in den Vordergrund. Ella konnte nicht malen, wenn Rosa bei ihr war. Das Kind lenkte sie ab, es fesselte ihre Aufmerksamkeit. Außerdem wollte sie ihre Tochter nicht den strengen Farbdämpfen aussetzen. So kümmerte Gympie sich um Rosa, wenn Ella im Atelier arbeitete oder Besuch empfing.
Jacob wiederum vermisste Gympie in seiner Praxis. Plötzlich fiel ihm auf, wie sehr er sich an ihre Nähe gewöhnt hatte, und er weigerte sich, ein anderes Mädchen einzustellen.

»Das kann ich nicht bezahlen«, antwortete er Ella, wenn er über die viele Arbeit klagte und sie ihm riet, sich nach einer Hilfe umzusehen.
»Du weißt, dass ich dir helfen würde«, erwiderte sie dann, doch diese Antwort kränkte ihn. Woher nahm sie denn das viele Geld, dachte er bitter. Wer bezahlte sie so üppig für ihre Malerei? Waren es nicht die reichen Bonzen, die sich zuvor an den Schwarzen bereichert hatten?
Jacob konnte es sich nicht eingestehen, doch da war etwas, das in ihm gärte. Was fühlte er, wenn er auf Ellas Erfolg blickte? War das Neid? *Mensch sein.* Er dachte, dass sie doch gemeinsam angetreten waren, die Welt zu verändern. Und nun fiel sie ihm in den Rücken.

Fünf

Rosa hatte ihrer Liebe gutgetan. Während der Schwangerschaft hatte Jacob sie auf Händen getragen, und auch nach der Geburt, die sie wie eine dramatische, aber glückliche Reise zu sich selbst erlebt hatte, waren sie eins gewesen.
Ella liebte ihre Tochter, doch sie konnte nicht ohne die Malerei sein. Und als sie wieder begonnen hatte zu malen, riss sie die alte Leidenschaft für Leinwand und Farben mit sich. Sie bereitete eine zweite Ausstellung mit neuen Werken vor, und zum ersten Mal hatte sie ein Bild an einen Sammler nach England verkauft. Ihre Kunst hatte den alten Kontinent, die Heimat William Turners, erreicht. Es war ein Triumph.
Ella wusste, dass Rosa bei Gympie gut aufgehoben war. Die Freundin schlang sich die Kleine in einem Tuch vor den Bauch. Wenn das Wetter es zuließ, verbrachte sie viel Zeit mit Rosa im Freien. Gemeinsam wanderten sie durch die Hügel-

landschaft, und Gympie erzählte dem Kind von seinen Ahnen. Wenn die Kleine trinken wollte, brachte sie Rosa ins Atelier, und Ella stillte ihre Tochter.

Es war gut, doch Jacob war es nicht genug. Sie sah das Flackern in seinen Augen, den unausgesprochenen Vorwurf, dass sie ihn in dieses Leben hineingepresst hatte. Nun begann er wieder mit den alten Vorhaltungen, sie stritten – auch um Geld. Doch wenn Ella Jacob unterstützen wollte, wies er ihre Hilfe barsch zurück. Es war ihm nicht recht, dass sie für die reichen Melbournians arbeitete, Ella war jedoch auf deren Aufträge und das Geld angewiesen. Sie mussten das Haus abbezahlen, Essen und Kleidung kaufen, Farben und Leinwand, sie trugen Verantwortung für ihre Tochter. Und Jacob verdiente immer noch so wenig, dass es kaum für den Unterhalt seiner Praxis reichte.

Mensch sein. Jacob war gut zu den Menschen. Und Ella achtete sein Engagement und seine Hingabe, aber sie dachte, dass er auch ihr Leben respektieren müsste. Ihr Leben für die Kunst. Niemals würde sie von der Malerei lassen. Ella fühlte sich frei und stark, wenn sie vor ihren Leinwänden stand. Und wenn ein Motiv gelang, spürte sie einen Strom von Energie, der sich wie eine Schlange durch ihren Körper wand. Bisweilen fragte sie sich, wie weit sie für ihre Leidenschaft gehen würde.

Als Rosa ihren ersten Geburtstag feierte, war der Riss wieder spürbar. Eigentlich sahen sie sich kaum noch. Jacob verbrachte den größten Teil seiner Zeit in der Hafenpraxis und kehrte abends zurück, um Rosa in den Schlaf zu wiegen. Dann verließ er das Haus oft ein zweites Mal, um nach Patienten zu sehen, und arbeitete bis spät in der Nacht.

Oft schlief Ella schon, wenn er sich erschöpft an ihre Seite rollte. Und Jacob überließ sie ihren Träumen. Manchmal

übernachtete er auch auf der Liege in seinem Büro, oder er arbeitete mit Gympie an seinen Aufzeichnungen über die Heilpflanzen der Aborigines.
Ella spürte, dass Gympie ihm in seiner Praxis fehlte. Sie wollte Jacob entgegenkommen, ihm eine Hand reichen. Und sie dachte, dass Gympie sich auch in der Praxis um Rosa kümmern könnte. Seit einigen Wochen stillte Ella das Kind nicht mehr. Die Kleine begann nun zu laufen und die ersten Worte zu plappern. Das Kind war robust und unfassbar gesund. Rosa war noch nie krank gewesen, und alle ihre Zähnchen waren ohne Fieber oder rote Wangen durchgebrochen.
Ella machte sich keine Sorgen um ihre Tochter, sie vertraute Jacob und Gympie und wusste Rosa bei ihnen in besten Händen.
»Was hältst du davon, wenn Gympie wieder zu dir in die Praxis kommt?«, fragte sie Jacob wenig später.
Es war an einem der seltenen Abende, an denen er bei ihr geblieben war. Er wollte an seinen Aufzeichnungen arbeiten.
Jacob sah erstaunt von seinen Notizen auf, stand auf und setzte sich neben sie auf die Liege.
»Und Rosa?« Ella meinte, dass ein Licht in seinen Augen aufblitzte. Sie dachte, dass es erstaunlich war, wie sehr Rosa ihrem Vater glich.
»Bleibt Rosa bei dir?«
»Ich dachte, Gympie könnte sie mit in die Praxis nehmen. Sie braucht mich doch kaum noch.«
»Natürlich braucht sie dich.« Jacobs Blick verdunkelte sich wieder. Die Falte zwischen seinen Augenbrauen glich einer Furche. »Du bist ihre Mutter. Manchmal glaube ich …« Jacob schwieg und sah auf seine Hände.
Ella überlegte, wann er sie das letzte Mal zärtlich berührt hatte. Ihre Liebe war immer von einer starken körperlichen Anzie-

hung getragen gewesen. Sie dachte, dass sie lange nicht mehr miteinander geschlafen hatten. Seine Zuneigung fehlte ihr – sehr.
»Ich bleibe ihre Mutter, Jacob«, antwortete sie. »Immer. Aber ich kann sie nicht bei mir haben, wenn ich male. Ich muss mich ganz auf meine Farben und auf mein Motiv konzentrieren können. Ich muss meine innere Stimme hören können.« Sie wollte nach Jacobs Händen greifen, doch in diesem Moment stand er wieder auf. Hilflos ließ sie ihre Arme sinken.
»Deine innere Stimme …« Jacobs Stimme veränderte sich, ein scharfer Ton schwang darin. »Was ist mit deinen Muttergefühlen? Du solltest auf die Bedürfnisse deiner Tochter hören und nicht dem Geld hinterherlaufen.«
»Jacob …« Er war ungerecht. Plötzlich spürte sie Wut in sich aufsteigen. Hatte er nicht immer von gleichen Rechten für Mann und Frau gesprochen? »Wer finanziert denn dieses Leben, all das hier …?«, antwortete sie, lauter als beabsichtigt. Sie sprang ebenfalls auf. »Warum siehst du nicht, was ich geschaffen habe? Ich hatte nichts, als ich nach Melbourne kam. Nichts als die Hoffnung, dich zu finden.«
»Ich brauche das alles nicht, Ella. Ich nicht.« Jacob sah sie herausfordernd an.
»Was willst du damit sagen?«
»Du wolltest dieses Haus, ich habe dich nicht dazu gedrängt.« Er schwieg einen Moment, als wollte er sich zusammenreißen. Doch dann platzten die Worte aus ihm heraus. »Das ist dein verdammtes bourgeoises Erbe, Ella. Merkst du denn nicht, dass du dich wie eine Großgrundbesitzerin aufführst? Und dein Atelier … Man könnte meinen, du wolltest hier ein zweites *Sophienlund* schaffen. Ich könnte auch irgendwo da draußen leben. Dort, wo man mich wirklich braucht.«
Er sah sie an, und in seinen Blick, sie bemerkte es genau, war neben dem Zorn eine Spur Verächtlichkeit getreten.

Ella sagte nichts. Wie auf einem Zeitstrahl sah sie die Bilder ihrer Liebe an sich vorüberziehen: der Ball, die Jagd, der Morgen im Atelier, die Suche nach Jacob und dann – das Wunder – das Wiedersehen am Cooper Creek. Zuletzt: die Schwangerschaft und Rosas Geburt. Mehr als fünf Jahre waren seit ihrem ersten Kennenlernen vergangen. Plötzlich überlagerten grelle Farben die Idylle. Sie dachte, dass sie sich ein falsches Bild von Jacob gemacht hatte. War er wirklich so stark und kompromisslos, wie sie immer angenommen hatte? Kämpfte er tatsächlich für etwas Großartiges? Sein Gerede von einer neuen Gesellschaft, von Respekt und Würde – wie viel hatte er davon eingelöst?
Ella stiegen Tränen in die Augen, sie blinzelte, wischte sich über die Lider. Sie hatte Jacob in schillernden Tönen auf ihre innere Leinwand gebannt. Nun erkannte sie die falschen Farben in ihrem Bild. Da war etwas, was sie immer verdrängt hatte: dieses Unstete, Verzagte, Jacobs ewige Suche nach der anderen, fernen, besseren Welt. Was hatte er erreicht mit seiner Auflehnung? Er war doch immer nur geflohen, wenn er seine eigene Freiheit bedroht sah. Niemals hatte er seine Grenzen überschritten und alles gewagt. Ella dachte, dass er nicht so groß war, wie sie immer geglaubt hatte.
Sie standen voreinander und schwiegen sich an. Jacob hatte die Arme vor der Brust verschränkt – eine Barriere. Er ließ sie nicht an sich herankommen.
Ella schüttelte den Kopf. Wenn sie jetzt nicht aufpassten, würden sie sich vielleicht so schwer verletzen, dass sie nie mehr zueinander finden könnten.
»Ich denke, dass wir Gympie entscheiden lassen sollten.« Ella brach das Schweigen als Erste. »Warum fragen wir sie nicht, was sie davon hält?«
»Du weißt nicht, was du tust, Ella.«

Jacob drehte sich um, er setzte sich wieder an seinen Schreibtisch und begann zu arbeiten.
Ella wartete noch einen Moment, doch er blickte nicht mehr von seinen Papieren auf. Schließlich verließ sie sein Arbeitszimmer.
Sie war traurig, aber sie war nicht verzweifelt. Als sie die Treppe zum Schlafzimmer hinaufstieg, um nach Rosa zu sehen, kam ihr ein liebgewonnenes Wort in den Sinn.
»Wúwéi«, flüsterte sie, während sie sich über ihre Tochter beugte. Sie strich Rosa sanft über die vom Schlaf geröteten Wangen. »Wúwéi.«

Ella stürzte sich in ihre Malerei. Manchmal dachte Gympie, dass sie etwas mit ihrer Schaffenswut zu betäuben versuchte – ein Gefühl, einen Zweifel, Sehnsucht. Und sie spürte, dass Jacob nicht glücklich darüber war.
Ella verbrachte nun einen Großteil des Tages mit ihrer Arbeit. Sie arbeitete noch härter als vor Rosas Geburt. Ella hatte wieder begonnen, in der Natur zu malen, und bisweilen war sie schon vor Sonnenaufgang auf den Beinen, um mit einem Handkarren an den Yarra River zu ziehen. Ihre zweite und dritte Bilderausstellung waren so erfolgreich gewesen, dass sogar in England über die junge Malerin berichtet worden war. Die Bestätigung trug Ella, entfernte sie jedoch mehr und mehr von Jacob – und von Rosa.
Gympie wusste, dass Ella ihre Tochter liebte. Sie war so glücklich über Rosas Geburt gewesen. Doch aus irgendeinem Grund war der Drang zu malen stärker. Und je mehr Jacob sie dafür kritisierte, desto stärker pochte Ella auf ihre Freiheit. Sie kämpfte verbissen für ihre eigene Welt. Es war nicht einfach, zwischen den beiden zu stehen und ihr Ringen umeinander auszuhalten. Gympie dachte, dass Ella und Jacob wie

zwei Naturgewalten aufeinandertrafen – Feuer und Wasser. Immer wieder prallten ihre Wesen eigensinnig gegeneinander. Auch Rosa spürte die raue See, neben Gympie war Jacob zu ihrem Anker geworden. Gemeinsam kümmerten sie sich um das Kind, die Hafenpraxis wurde zu Rosas Spielzimmer. Mit zwei Jahren begann Rosa, die es sich angewöhnt hatte, unter dem Behandlungstisch ihres Vaters zu spielen, ihre Puppen zu verarzten. Wenig später plapperte sie die ersten medizinischen Fachbegriffe nach. Schnell konnte sie alle Instrumente benennen. Sie kannte keine Scheu und fremdelte nicht, jedermann schenkte sie ein Lächeln. Einmal war ein gebrechlicher Mann direkt vom Schiff kommend hereingetragen worden, und Rosa hatte sich mit einem Gurren auf ihn gestürzt. Sie hatte versucht, auf seine Knie zu klettern, und der Alte hatte das Kind mühsam auf seinen Schoß gezogen und ihm ein Lied in einer fremden Sprache vorgesungen. Trotz seiner Schmerzen hatte er gelächelt.

»Sie wird einmal eine gute Ärztin«, sagte Jacob voller Stolz, wenn er Rosa bei ihrem Spiel beobachtete. Er hatte keinen Zweifel daran, dass auch Frauen diesen Beruf ergreifen könnten. Das Farbkästchen und die Pinsel, die Ella ihrer Tochter geschenkt hatte, lagen meist unberührt in einer Ecke. Rosa wollte ihre Welt begreifen, sie war glücklich, wenn sie sich einem Menschen zuwenden konnte.

Jacob schätzte Gympie – für ihre Arbeit und für ihre Liebe, die sie für Rosa empfand und die sie seiner Tochter uneingeschränkt schenkte. Mit der Zeit rückten sie immer näher zueinander. Sie arbeiteten Hand in Hand, wuschen Wunden aus, renkten Knochen ein und versorgten Schwangere.

Wenn sie über Rosa sprachen oder ein anderes, privates Thema streiften, strich Jacob wie zufällig über Gympies Arm. Bisweilen kam es ihr so vor, als näherte Jacob sich ihr behutsam. Wenn Gympie das Haar offen trug, bemerkte sie ein kurzes Flackern in seinem Blick. Bei der Arbeit verhakten sich ihre Blicke ineinander, etwas war zwischen ihnen, und sie steuerten darauf zu.

Gympie mochte Jacob, sie mochte ihn sehr. Wenn sie an Edvard zurückdachte und sich dann Jacobs Bild vor die Erinnerung schob, überstrahlte es das Leuchten des anderen.

Wie lange hatte sie um Edvard getrauert? Gympie dachte, dass sie ihn nicht vergessen würde. Aber da war Platz an ihrer Seite, und sie dachte, dass sie Ella nichts wegnähme.

Es war doch Ella gewesen, die sie gebeten hatte, wieder an Jacobs Seite zu arbeiten. Ella, die ihr das Kind überlassen hatte.

Ella, die ihr dankbar war.

Ella, die sie immer schon gekannt hatte.

Sie kennt mich schon. Und ich kenne sie.

Waren sie nicht eins?

Und so ließ sie es geschehen.

Sechs

Der Brief kam aus London, er war groß und schwer. Neugierig wog Ella das Kuvert in den Händen. Sie kannte die Schrift nicht, deren Schnörkel sich wie Ranken über das Papier zogen. Und doch war das Schreiben an *Miss Elisabeth von Carlsburg* adressiert.

Es war Vormittag, im Haus war es still. Jacob, Gympie und Rosa waren bereits in der Praxis unten im Hafen. Nala streunte durch den Garten, Ella hörte das Geschrei der Rabenkakadus. Die schwarzen Vögel zeterten in den Eukalypten, die den Garten von der Wildnis trennten. Bisweilen schaffte es der

Dingo, einen Kakadu zu fangen, doch die Vögel setzten sich mit ihren scharfen Schnäbeln heftig zur Wehr. Oft kam Nala mit blutigen Ohren ins Haus zurück.
Ella blickte durch die hohen Fenster hinaus. Das Licht war klar und zeichnete scharfe Umrisse. Es war Sommer, und die Rosen blühten in diesem Jahr so prächtig wie nie zuvor. Ella dachte an den Rosenbusch hinter der Hafenpension – die Rosen aus Cornwall. Sie war nie wieder dort gewesen, doch in ihre Erinnerung hatte sich das Bild der leuchtenden Blüten eingebrannt. Ella konnte sich sogar an den Duft der blassgelben Rosen erinnern.
Robert. Für einen Moment sah sie sich wieder an seiner Seite liegen. Ella lächelte, dann wischte sie sein Bild zur Seite. Sie hatte lange nicht mehr an ihn gedacht.
Ella liebte es, allein zu sein. Allein mit ihren Gedanken und den Ideen für ein neues Bild. Inzwischen lebten Jacob und sie in dem großen Haus nebeneinanderher. Es gab kaum noch Berührungspunkte, kaum noch Gemeinsames, kaum noch freundliche Gesten. Sie hatten getrennte Schlafzimmer bezogen, und wenn Ella Jacobs Nähe nicht ertragen konnte, übernachtete sie mit Nala draußen in ihrem Atelier.
Rosa war die Erinnerung an ihre Liebe, sie war inzwischen fast vier Jahre alt. Das Mädchen hing mit zärtlicher Bewunderung an seinem Vater, es himmelte Jacob an. Rosas Welt war der Hafen, die Praxis, die raue Kulisse des *Immigration Office.* Jeden Tag begegneten ihr die Einwanderer und Hafenarbeiter, Weiße und Schwarze, Menschen voller Hoffnung und andere, die dort gestrandet waren. Rosa sog die widersprüchlichen Eindrücke in sich auf. Sie war ein nachdenkliches Kind, trotzdem temperamentvoll und von Gefühlen geleitet.
Ella dachte, dass sie ganz und gar Jacobs Tochter war. Und Gympies großes Glück. Die Freundin umsorgte Rosa, als

wäre sie ihr eigenes Kind. Bisweilen fühlte Ella sich ausgeschlossen, sie war nicht Teil dieser innigen Welt. Wenn sie Jacob, Gympie und Rosa beobachtete, kam es ihr so vor, als umkreiste sie das Dreigestirn wie ein ferner Planet.
Ella sah wieder auf den Brief. Sie wagte noch nicht, ihn zu öffnen. Ihr Leben war in Unordnung, und sie wollte jeder weiteren dunklen Nachricht entfliehen. Tief in ihrem Inneren dachte sie, dass ein Schreiben wie dieses nur eine düstere Botschaft enthalten konnte. In der letzten Zeit hatte sie wieder oft an ihren Vater denken müssen. Er ging jetzt auf die siebzig zu, und offensichtlich war er unversöhnlich. Sie hatte nie eine Antwort auf ihren Brief erhalten.
Ella seufzte. Sie legte den Umschlag vor sich auf den dunklen Küchentisch und kochte Tee. Während sie auf das Brodeln des Wassers wartete, reisten ihre Gedanken in die Vergangenheit. Plötzlich vermisste sie *Sophienlund,* die weiten Felder, den bunten Wald, das vertraute Bild der See vor ihrem Fenster, den Garten und die sorgfältig gepflegten Rabatten. Als der Wasserkessel pfiff, zuckte sie zusammen.
Der Tee tat ihr gut. Sie hatte ihn in eine zarte Schale mit chinesischen Mustern gegossen, sachte pustete sie in den Dampf. Die Hitze stieg ihr ins Gesicht, und Ella schloss die Augen.
Sie sah ein anderes Bild, dunkle Töne, jedes Leuchten, jedes Licht war daraus verschwunden. Zuletzt hatte es an diesem Tisch einen hässlichen Streit gegeben. Wieder hatte Jacob verlangt, dass Ella auf die Aufträge des Melbourner Geldadels verzichten sollte.
»Du bist nicht besser als irgendeine Hure«, hatte er mit kalter Wut hervorgepresst, als Ella ein Bild an einen vermögenden Schafzüchter verkauft hatte.
Jacob behauptete, dass dieser die Aborigines mit Gewalt von seinen Ländereien vertrieben hatte. Man hatte sogar auf Frau-

en und Kinder geschossen. Immer wieder hörte er in seiner Praxis Geschichten von brutalen Übergriffen. Ja, es schien, als habe sich die Lage im Outback sogar noch verschärft. Die Siedler drangen immer weiter in das Land vor. Die Telegrafenlinien, die den Kontinent nun durchschnitten, hatten den Boden für die weitere Besiedlung bereitet. An den Relaisstationen hatten sich kleinere Ortschaften gebildet, die Farmer rodeten immer mehr Buschland und vertrieben die Aborigines aus ihren angestammten Gebieten. Und jeder Clan, der das Land seiner Ahnen verloren hatte, war ohne Halt und Orientierung. Die Schwarzen begannen, sich zur Wehr zu setzen.

Im Buschland tobte ein erbarmungsloser Kampf, über den niemand sprach. Trotzdem hatte Ella nicht an sich halten können. Inzwischen konnte sie Jacobs Vorhaltungen nicht mehr ertragen, warum machte er sie für das Unglück der Aborigines verantwortlich?

Vielleicht stimmten die Vorwürfe, hatte sie ihm geantwortet. Dann würde sie nie wieder ein Bild an den Viehzüchter verkaufen. »Aber ich lasse mir die Malerei nicht verbieten«, hatte sie sich empört. »Ich kann nicht darauf verzichten, sie ist mein Leben, und das musst du akzeptieren. Und wenn die Melbournians meine Bilder kaufen wollen, dann werde ich mich nicht dagegen sperren. Wir können nicht von deinen Einkünften leben.«

An diesem Punkt wusste Jacob nichts zu erwidern. Die Einwanderer nutzten seine Praxis, doch seine Arbeit wurde kaum entlohnt.

Ella dachte, dass sie nur noch nicht ganz miteinander gebrochen hatten, weil es Rosa gab.

Das Unglück nagte an Ella. Immer wieder dachte sie über die verfahrene Situation nach. Könnte sie sich Jacob wieder nähern? Es schmerzte sie, täglich an das Glück erinnert zu werden, das sie einmal geteilt hatten. Wie hatte es nur so weit kommen können?

Plötzlich meinte Ella, ihre Mutter besser zu verstehen. Charlotte von Carlsburg war sehr jung gewesen, als sie ihren Vater geheiratet hatte, mehr wusste sie nicht. Wie hatte sie sich damals in ihrer Ehe gefühlt? War sie auf *Sophienlund* einsam gewesen, verzweifelt? War ihr der andere Mann wie ein wunderbares Versprechen erschienen? So verlockend, dass sie sich sogar gegen ihre Tochter entschieden hatte? Ella dachte, dass die Mutter ihrem Glück wohl kompromisslos gefolgt war. Hatte sie es in England gefunden?

Der Brief. Noch immer lag er vor ihr, er schien sie anzustarren. Ella seufzte, vorsichtig brach sie das Siegel auf.

Es war eine Einladung, atemlos las sie den Text. Als sie begriffen hatte, ließ sie das Blatt sinken. Ein Lächeln legte sich auf ihre Lippen, und wie Champagnerperlen stieg ein rauschendes Glücksgefühl in ihr auf.

»Die Royal Academy of Arts lädt mich zu einer Ausstellung nach London ein«, flüsterte sie ungläubig. »Mich … Ella von Carlsburg …« Wieder hob sie das Blatt, noch einmal überflog sie den Text.

Die königliche Akademie der Künste plante eine Ausstellung in ihren prächtigen Galerien. *Wir zeigen die bedeutendsten Künstler des Empire,* las sie. *Und wir freuen uns, wenn Miss Elisabeth von Carlsburg uns die Ehre erweisen würde. Ihre Majestät die Königin wird anwesend sein und eine Medaille für das beste Bild überreichen.* Dann folgten die Details zur Sommer-Ausstellung, die im Mai des kommenden Jahres in London eröffnet werden sollte.

Die bedeutendsten Künstler des Empire – offenbar zählte man Ella trotz ihrer deutschen Herkunft dazu. Sie lachte und verschluckte sich an ihrem Tee. Es war, als vollendete sich etwas in ihrem Leben zu einem vollkommenen Kreis. William Turner, ihr großes Vorbild, war bereits im Alter von vierzehn Jahren in die Akademie aufgenommen worden. Wenige Jahre zuvor, anno 1768, war die Künstlervereinigung von Sir Joshua Reynolds und anderen gegründet worden. Inzwischen, Ella blickte noch einmal staunend auf die Unterschrift des Briefes, war Sir John Everett Millais ihr Präsident. Der britische Maler, der zum Kreis der Präraffaeliten gehörte, war Ella durch sein berühmtes Bild der ertrinkenden Ophelia bekannt.

Die Gedanken in Ellas Kopf überschlugen sich. Sie rechnete, die Zeit war knapp. Sie würde sofort ein Telegramm schicken, um ihre Teilnahme zu bestätigen. Dann ging sie die Reihe ihrer Bilder durch. Sie durfte drei Werke einreichen, die Bilder mussten vier Wochen vor Eröffnung der Ausstellung in London eintreffen.

Inzwischen gab es regelmäßige Dampfschiffverbindungen zwischen Melbourne und dem englischen Plymouth, die Reisezeit hatte sich dadurch auf unter dreißig Tage verkürzt. Ella dachte, dass sie schnell eine Frachtpassage für die Bilder buchen und sich um ihre eigene Passage kümmern müsste. Kurz flackerte das Bild der *Südstern* in ihrer Erinnerung auf, doch der Gedanke an die großen, massiven Dampfschiffe beruhigte sie. Die Dampfer waren schnell und verlässlich, mehr und mehr lösten sie die Segelschiffe auf den Weltmeeren ab. Jetzt war man nicht mehr auf den Wind angewiesen, sondern befeuerte die Kessel der Schiffe mit Holz, Briketts oder Kohle. Schwarzer Rauch hatte die bauschenden Segel ersetzt.

Ella kam nicht mehr dazu zu malen. Den ganzen Tag plante sie ihre Reise nach England, und in ihrem Atelier suchte sie nach Bildern, die ihr passend erschienen. Sie betrachtete die Landschaften und wechselte dann zu den Porträts. Sie hatte überhaupt keine Vorstellung davon, wie sich die Malerei in England und Europa in den letzten Jahren entwickelt hatte. Die in australischen Blättern veröffentlichten Berichte über Kunst und Malerei waren meist nur kritische Verrisse oder Karikaturen. Der australische Markt hatte seine eigenen Gesetze, immer noch liebten die meisten Siedler düstere, wenig differenzierte Landschaften. *Schafsbilder*, wie Ella sie spöttisch nannte.

Schließlich entschied sie sich für drei der Sternenbilder. Das Sujet erschien ihr ungewöhnlich genug, um in London bestehen zu können. Die Weite des Himmels über der Steppe – das war Australien, so, wie Ella das Land in ihren glücklichsten und aufregendsten Momenten kennengelernt hatte. Sie meinte, dass sich die Endlosigkeit der Natur und des Kosmos in den flirrenden Farben spiegelte.

Als es Abend wurde, wartete Ella unruhig auf das Dreigestirn.

Was würde Jacob zu der Reise sagen?

Sieben

»Ich verbiete dir zu fahren.« Jacob stand mit dem Rücken zu den Fenstern, seine Arme waren vor der Brust verschränkt, die Wangen vor Aufregung gerötet.

Ella dachte, dass er müde wirkte. Sie sah an ihm vorbei, richtete ihren Blick aus dem Fenster und kraulte Nalas Ohren. Sie spürte die Narben, Risse und kleinen Wölbungen, die Attacken der Rabenkakadus.

Wenn sie ruhig bleiben wollte, durfte sie Jacob nicht ansehen. *Haltung* … Es war ihr wichtig, dass er begriff, was diese Reise für sie bedeutete. Sie atmete tief ein und wieder aus.

»Ich werde nach London fahren«, wiederholte sie bestimmt. »Ich kann diese Einladung nicht ablehnen. Sie ist wie … wie ein Geschenk.« Sie suchte nach Worten. Hatte Jacob je eines der Werke Turners gesehen?

»Ich verbiete es dir, Ella.« Jacob rührte sich nicht, sein Ton war noch schärfer geworden. Aufmerksam spitzte Nala die Ohren.

»Wir sind nicht verheiratet.« Ella wusste, dass er sie nicht festhalten konnte, sie war ein freier Mensch. So frei, wie man es als Frau nur sein konnte. Zum ersten Mal war sie froh, dass sie nie geheiratet hatten. Er konnte nicht über ihr Leben bestimmen.

»Und das Kind, was ist mit Rosa?«

Rosa. Ella zuckte zusammen. Sie hatte nicht einen Augenblick an ihre Tochter gedacht. Sie war wie selbstverständlich davon ausgegangen, dass Rosa in Australien bleiben würde. Sie wollte ihr die Strapazen der Reise nicht zumuten.

»Sie bleibt bei dir und Gympie«, antwortete sie leise. »Ich werde vielleicht vier Monate fort sein.«

Jacob atmete hörbar aus, er schien erleichtert zu sein.

»Du wirst ihr fehlen, Ella.« Seine Stimme klang nun versöhnlicher. Hatte er befürchtet, dass sie ihm Rosa nehmen wollte? Dass sie nicht mehr zu ihm zurückkehren würde?

Ella gab Nala einen Schubs, und der Dingo wechselte zu Jacob. Freundlich strich das Tier um seine Beine. Plötzlich dachte Ella, dass sie in London endlich nach ihrer Mutter suchen könnte. Sie hatte Geld, ihr Name würde in den englischen Zeitungen stehen. Es wäre leichter als noch vor ein paar Jahren. Wenn sie nur mehr über deren Lebensgeschichte erfahren könnte!

»Vielleicht bin ich ihr keine gute Mutter«, wisperte sie leise. Sie fragte sich, ob Jacob ihr überhaupt zuhörte. »Und vielleicht sollte ich mehr Zeit mit ihr verbringen. Aber ich liebe sie, Jacob. Und ich weiß, dass Rosa diese Liebe spürt.«

»Wirst du nach deiner Mutter suchen?« Jacob hatte sich zu Nala hinabgebeugt, seine Stimme klang freundlicher. Er strich Nala über das glänzende Fell, dann schubste er sie wieder in Ellas Richtung.

Ella dachte, dass Nala seine Berührung an sie weiterreichte. Sie war sein Bote, er kam ihr entgegen. Als sie über den Rücken des Dingos strich, meinte sie, Jacobs Wärme zu spüren.

»Vielleicht hilft es dir, wenn du sie siehst. Und wenn du mit ihr sprichst.« Jacob kam näher, er setzte sich zu Ella an den Tisch.

Ratlos blickte Ella ihn an. Sie war überrascht, dass er sich mit ihren Gefühlen beschäftigte. Sie hatte gedacht, dass er sich ganz und gar in seine Welt zurückgezogen hatte. Sie sah das Bild der Vielbrocks vor sich, ihre unverstandenen, nach Liebe heischenden Blicke. Waren Jacob und sie ähnlich blind füreinander, gefangen im Gestrüpp der gegenseitigen Verletzungen und Enttäuschungen?

Ella spürte eine Welle von Traurigkeit, die über sie hinwegrollte. Sie wünschte sich, Jacobs Hand berühren zu können, doch sie wagte es nicht. Würde er sie zurückweisen?

»Du meinst, ich soll sie fragen, was damals geschehen ist? Nach dem Bruch mit meinem Vater?«

Jacob nickte. Unter dem Tisch tasteten seine Hände nach Nala. »Manchmal denke ich, dass du deine Mutterrolle nicht annehmen kannst, weil du deine eigene Mutter nie kennengelernt hast.« Er zuckte hilflos mit den Schultern, suchte ebenfalls nach Worten. »Ihr Bild ist für dich mit Angst besetzt, mit dem Gefühl von Einsamkeit und Verrat. Da ist nichts, was dich leiten könnte.«

Ella wollte protestieren, doch dann spürte sie, dass Jacob

recht haben könnte. Tief in ihrem Inneren hatte sie sich immer gegen das bedingungslose Muttersein gewehrt. Da war etwas, das sie nicht besetzen konnte. Vielleicht hatte sie ihre Tochter auch unbewusst schützen wollen und ihre eigenen Empfindungen und Gedanken auf die Tochter übertragen. Wenn Rosa sich nicht allein auf ihre Mutter konzentrierte, könnte sie dann nicht besser mit einem möglichen Verlust fertigwerden? Ella schüttelte den Kopf, jetzt sah sie selbst, wie verquer ihr Denken gewesen war. Kam es nicht allein darauf an zu lieben – bedingungslos?

»Ich habe so viele Fehler gemacht, Jacob«, sagte sie. Sie wagte nicht, ihm in die Augen zu sehen.

»Wir haben Fehler gemacht, Ella. Wir haben darauf vertraut, dass uns unsere Gefühle über alle Hindernisse tragen.«

Unter dem Tisch, auf Nalas Rücken, berührten sich ihre Hände. Vorsichtig strich Jacob über Ellas Haut. Sie sahen sich an, sahen sich in die Augen, zum ersten Mal nach so langer Zeit. Sie standen immer noch auf ein und derselben Seite des Flusses.

»Komm!«, flüsterte Ella.

Er hatte lange nicht mehr bei ihr gelegen. Als Ella ihn die Treppe hinaufzog, hatte er kurz gezögert. Ging es ihr nicht um etwas anderes? Wollte sie ihn mit ihren Reizen lediglich versöhnlich stimmen? Oder war sie tatsächlich bei ihm – mit allen Sinnen?

Unter den Sternenbildern gab sie sich zärtlich und vertraut. Ihr Körper antwortete seinen Bewegungen, sie schmeckte nach Honig und roch nach ihren Farben. Ein Geruch, den sie niemals zu verlieren schien.

Jacob dachte, dass sie noch ein Kind bekommen könnten.

Dann dachte er an Gympie.

Vor einiger Zeit hatten sie zum ersten Mal miteinander geschlafen. Es war im Hafen gewesen, unten in der Praxis, während Rosa ihren Mittagsschlaf hielt.
Sie hatten sich über das schlafende Kind gebeugt, ihre Körper hatten sich berührt, und plötzlich war eines zum anderen gekommen.
Später hatte Jacob gedacht, dass sie es beide schon lange gewusst hatten. Dass sie gespürt hatten, dass dieser Moment kommen würde. Und dass sie sich darauf gefreut hatten. Es war wie ein Kribbeln gewesen, tausend kleine Ameisen, die in ihren Adern spazierten. Als er Gympie zum ersten Mal küsste, war er so erregt, dass er dachte, die Beherrschung zu verlieren.
In Gympies Welt einzutauchen, war wie die Eroberung eines unbekannten Fleckens Erde gewesen. Ihr Körper war ihm vertraut, und doch war es etwas anderes, sie zu halten, Gympie zu spüren. Jacob hatte gedacht, endlich am Ziel einer langen Reise angekommen zu sein. Sie hatten sich so sicher wie in einem Traum bewegt, die Welt war fern.
Später hatten sie nicht darüber gesprochen. Sie hatten auch nicht über Ella gesprochen. Es war so, als hätten sie ein Bedürfnis gestillt, etwas, das so selbstverständlich war wie Essen, Trinken und Schlafen.
Bei Gympie zu liegen, war so erfrischend wie ein Bad in den Stromschnellen des Cooper Creek. Sie wirbelte alle seine Grundsätze durcheinander, tauchte ihn in ein Wechselbad der Gefühle, riss ihm den Boden unter den Füßen weg. Sie lachte, gurrte und japste nach Luft. Sie nahm ihn an die Hand, und kopfüber ließen sie sich in das rauschende Wasser fallen. Der Strom riss ihn mit sich, aber er spürte keine Angst.
Nach der Liebe sprang sie auf und lachte ihn an, so als wollte sie sagen: »Gut gemacht. Weiter so. Siehst du, mein Lieber. Es

tut dir gut.« Fast schien es ihm, als unterzöge sie ihn einer Behandlung, einer merkwürdigen Liebeskur. Immer wieder lud sie ihn ein, zu ihr zu kommen.

Und es war so einfach. Ella war fern – auch in seinen Gedanken. Sie hatte ihn doch längst aus ihrem Leben verbannt. Jacob verbot sich jeden moralischen Anfall von Schuld. Es war so, wie es war. Und es war gut.

Doch nun lag er wieder neben Ella. Und er dachte, dass jetzt alles furchtbar kompliziert sein würde. Er liebte Ella – immer noch. Und er begehrte Gympie. Liebte er sie auch?

Jacob lag lange wach. Und er fühlte sich hin- und hergerissen zwischen den beiden Frauen. Er wusste, dass er keine Entscheidung würde treffen können. Erst bei Morgengrauen schlief er ein.

Als er am nächsten Morgen in die Küche kam, saßen Ella und Gympie bei einer Tasse Tee. Konzentriert besprachen sie die Vorbereitungen für Ellas Reise. Sie bemerkten ihn erst, als er sich zwischen sie setzte. Lächelnd blickten sie ihn an.

LONDON

Eins

Es kam Ella so vor, als sei ein Ruck durch die Welt gegangen. Vor nicht einmal zehn Jahren hatte sie Europa verlassen, auf einem Segelschiff, den Launen der Elemente ausgeliefert, ein Martyrium von mehr als einhundert Tagen. Jetzt hatte der Dampfer für die Reise von Melbourne nach Plymouth weniger als vier Wochen benötigt. Und die Fahrt war angenehm gewesen, ein gleichförmiges, stetiges und bequemes Voran. Die Erfindung von Dampfmaschine und Schiffsschraube hatte das Reisen revolutioniert, und die Erfahrung dieser ungeheuren Beschleunigung begeisterte Ella.
Auch London faszinierte sie mit seiner Geschwindigkeit. Der Verkehr war unglaublich, es hieß, dass täglich mehr als eine halbe Million Kutschen die Stadt durchquerten, Eisenbahnen verließen die Metropole in alle Himmelsrichtungen, aus der ganzen Welt liefen Telegramme mit Nachrichten in das Zentrum des Empire ein, die Druckmaschinen rotierten rund um die Uhr, immer gab es irgendwo eine neue Zeitung zu kaufen, deren Schlagzeilen Unerhörtes versprachen. London war in Bewegung – Tag und Nacht.
Die Akademie hatte Ella in einem guten Hotel am Piccadilly Circus untergebracht. Von ihrem Zimmer aus konnte sie den lebhaften Verkehr auf dem Platz und der Straßenkreuzung beobachten. Polizisten in dunkelblauen Uniformen regelten das Durcheinander der Menschenströme und Wagen. Piccadilly Circus sei der Mittelpunkt der Welt, hatte ihr das Zimmermädchen stolz anvertraut.

Zunächst hatte es Aufregung im Hotel gegeben, als Ella aus Plymouth angekommen war. Sie hatte Nala mitgenommen, noch auf dem Schiff hatte sie den Dingo an Halsband und Leine gewöhnt. Trotzdem hatte man sich zunächst geweigert, das – wie man sich am Empfang ausdrückte – wilde Tier zu beherbergen. Erst ein Empfehlungsschreiben des Akademie-Präsidenten hatte ihnen die Türen geöffnet. Ella hatte versichert, dass sie Nala nicht mit in den Speisesaal nehmen und stets auf ihrem Zimmer frühstücken würde.
Inzwischen war Dotty, das Zimmermädchen, vertraut mit Nalas Eigenheiten. Sie wusste, dass der Dingo verspielt und freundlich war, niemals bellte und mit Vorliebe frischen, rohen Fisch verspeiste. Wenn Ella sie darum bat, führte sie Nala sogar im Green Park spazieren, der in der Nähe des Burlington House lag, wo sich die Akademie der Künste befand.
Die Stadt war berauschend. Die Spitzen des englischen Adels zählten zu den reichsten Menschen der Welt und stellten ihren Reichtum in London sorglos zur Schau. Im Zentrum der Stadt reihten sich die prächtigsten Villen aneinander. Als Ella den Palast der Akademie zum ersten Mal betrat, strömten überwältigende Eindrücke auf sie ein. Die Fassade des Herrenhauses entsprach den Gepflogenheiten italienischer Renaissancearchitektur, Arkaden, Säulen und Skulpturen gliederten den Bau. Im Inneren prunkten riesige Wandgemälde, Marmor, Großzügigkeit und Grandezza. Die prächtigen Galerien schüchterten sie fast ein. Wie würden die Sternenbilder in diesen Räumen und zwischen Hunderten weiterer Gemälde wirken? Australien schien in diesem Moment tatsächlich so fern wie ein fremder Planet zu sein.
Im ersten Saal der Sommer-Ausstellung wurde Ella von einem Mitglied des Ausstellungskomitees begrüßt.
»Sir Horace Westminster«, stellte sich der in dezentes Grau

gekleidete Herr vor, sein langes, englisches Gesicht ragte aus einem steifen, weißen Kragen. »Die Akademie freut sich sehr, Sie in London begrüßen zu dürfen, Miss Carlsburg. Verzeihen Sie mir die Bemerkung, Madam, aber Sie sind bei weitem unser exotischster Gast in diesem Jahr.«

Ella lächelte, sie reichte Mister Westminster die Hand, die dieser diskret zum Kuss anhob. Im Stillen dachte sie darüber nach, was ihr Gastgeber wohl unter dem Begriff *exotisch* verstand – die weite Anreise, die Tatsache, dass sie eine Frau war, oder den Umstand, dass sie in einem Kleid aus bunt bedruckter chinesischer Seide vor ihm stand?

»Ich hörte, dass Sie mit einem wilden Tier reisen«, fuhr er fort.

»Es ist ein Dingo, ein australischer Hund, ich habe ihn aufgezogen.« Ella versuchte, Mister Westminster zu folgen. Mit weiten Schritten durchmaß er die Galerie.

»Ihre Bilder hängen im nächsten Saal, sie haben die Reise gut überstanden. Wir haben uns erlaubt, die Werke unter die Landschaften einzuordnen, obwohl uns Ihr Motiv, nun, sagen wir, etwas ratlos zurückließ.«

Ella nickte. Sie hatte erwartet, dass man sich mit den Bildern schwertun würde. Die Gemälde passten in keine der herkömmlichen Schubladen. Es waren Stimmungen, das Motiv trat hinter dem Ausdruck des Staunens und der Erhabenheit zurück.

»Es sind Seelenlandschaften«, murmelte sie. Sie wusste nicht, ob ihr Begleiter sie verstanden hatte. »Denken Sie an Turner …«

Im Vorbeilaufen sah Ella Porträts und historische Kompositionen in schweren Rahmen, Religiöses und Genremalerei. Die Werke hingen in drei Reihen übereinander, auf den Korridoren hatte man Skulpturen wie in einem Garten plaziert. Das

Kristallglas der Oberlichter streute sein sanftes, klares Licht über die Werke. Ein Spektakel an Farben und Formen, Ella hätte stundenlang durch die Räume spazieren können.
»Wie viele Künstler nehmen in diesem Jahr teil?«, fragte Ella atemlos, als sie den nächsten Saal erreichten.
Wie der Pariser Salon galt auch die Londoner Sommer-Ausstellung als gesellschaftlicher Höhepunkt. Mehr als einhunderttausend Besucher strömten jährlich in die Galerien der Akademie.
»Wir haben zweihundertachtzig Künstler zur Ausstellung geladen«, antwortete Mister Westminster. »Insgesamt präsentieren wir an die tausend Werke.« Abrupt blieb er stehen und drehte sich zu ihr. »Bitte sehr, da wären wir.«
Ella blickte sich um. Sie sah die Planeten sofort, dank ihres schlichten Rahmens und ihrer ungewöhnlichen Komposition stachen die Bilder aus der Masse der zum Teil operettenhaften Landschaftsbilder mit Windmühlen, Gebirgsbächen und Jagdszenen in schottischen Hochlandmooren heraus. Man hatte ihre Bilder etwa in der Mitte des Raumes in die unterste Reihe gehängt, so dass sie sich etwa auf Augenhöhe befanden. Ella dachte, dass sie sich keinen besseren Platz hätte wünschen können. Sie lächelte und strich vorsichtig über die Leinwände. Ella hatte die Bilder mit den letzten Tuben aus Mister Wangs Vorräten gemalt. Die Farben leuchteten wie von innen heraus.
»Gefällt es Ihnen?« Mister Westminster war an ihre Seite getreten. »Die Hängung ist immer eine heikle Angelegenheit. Es gibt Animositäten unter den Künstlern, man will nicht in den Ecken landen, nicht ganz oben, nicht am Schluss. Einige plädieren dafür, nach Abmessungen zu hängen oder ein Losverfahren einzuführen.«
»Es ist sehr schön.« Ella suchte nach Worten, sie fühlte sich

gerührt. Es war seltsam, die Bilder nach so langer Zeit wiederzusehen, denn sie hatte die Leinwände schon Wochen vor ihrer eigenen Überfahrt nach London schicken müssen. Ihr Schlafzimmer war ihr danach wie verwaist erschienen, als hätte man es seines Mittelpunktes beraubt. *Die Planeten, Elisabeth von Carlsburg, Melbourne, Australia 1875* las sie auf einer Plakette rechts neben den Gemälden.

»Sind die Bilder zu verkaufen?« Mister Westminster holte den Katalog hervor, um etwas zu notieren.

Ella schüttelte den Kopf. »Nein«, antwortete sie vage, »sie befinden sich in Privatbesitz. Aber ich habe noch einige Landschaften bei meinem Galeristen in Melbourne, Mister Butterfield setzt sich gern mit Interessenten in Verbindung.«

»Ah, Mister Butterfield ...!« Ellas Begleiter nickte. »Das ist interessant. Dann kennen Sie vielleicht auch Edvard Hope, er wird ebenfalls von der Galerie Butterfield vertreten, wenn ich mich recht entsinne.«

»Er war bei Mister Butterfield ...« Ella zögerte, sie dachte an das kleine Metallgefäß, das Gympie ihr bei der Abreise in die Hände gedrückt hatte. Sie hatte noch keine Gelegenheit gehabt, Edvards Asche in die Themse zu streuen. Vorerst hatte sie die Dose in ihrem Badezimmer versteckt, damit sie Dotty nicht beim Aufräumen in die Hände fiel. »Mister Edvard lebt nicht mehr.«

»Oh ... Was ist passiert?« Mister Westminster schien ehrlich betrübt. »Wir haben zusammen studiert, irgendwann habe ich Edvard aus den Augen verloren. Später hieß es, er sei nach Australien gegangen. Ich habe seinen unkonventionellen Stil immer bewundert. In seinem letzten Jahr hier in London hatte er sogar mit einigen Franzosen Freundschaft geschlossen. Die Herren Monet, Pissaro und Sisley sorgen gerade in Frankreich für Aufsehen. Vielleicht haben Sie davon gehört?

Ihr Stil erinnert mich übrigens an die neue französische Malerei.« Verblüfft blickte er auf Ellas Bilder, als sei ihm der Gedanke eben erst gekommen.
»Ja, Mister Hope erzählte mir von deren Vorliebe für die Freiluftmalerei und ihrem Bruch mit allen akademischen Regeln. Er hat mich immer bestärkt und ermuntert, meinen Gefühlen zu folgen. Ich sollte mich nicht um das Gerede der anderen kümmern. Er war ein sehr guter Freund, und er hat immer zu mir gehalten.«
Monet, Pissaro und Sisley. Ella lächelte wehmütig. Sie ließ ihren Blick über die gewaltige Bilderwand schweifen. Ihr Strich und ihre Farbwahl entsprachen tatsächlich nicht dem Stil der anderen. Sie dachte, dass sie die Zeit in London nutzen sollte, um sich mit den neuen Methoden der französischen Malerei auseinanderzusetzen. In Melbourne hatte sie noch nichts davon gehört. Was tat sich da in Frankreich? War die neue Kunstrichtung mehr als eine beliebige Mode?
Ella verbrachte fast den ganzen Tag in der Galerie, und auch in den folgenden Tagen, bevor die Ausstellung eröffnet werden sollte, strich sie ehrfürchtig durch die Säle und Korridore. Noch immer konnte sie nicht glauben, dass sie tatsächlich in diesen Tempel der Kunst vorgestoßen war. Sie sah andere Künstler, sprach mit Kollegen, die stolz und selbstbewusst vor ihren Werken posierten, stand Journalisten und Kritikern, die bereits vorab durch die Ausstellung geführt wurden, Rede und Antwort.
Bisweilen beschlich sie das Gefühl, neben sich zu stehen. Es war schwer zu begreifen, dass tatsächlich sie gemeint war. Immer wieder musste sie sich daran erinnern, dass sie selbst Teil dieses Spektakels war. Sie stand im Mittelpunkt. Und sie war eine Künstlerin. Sie hatte bestanden.
In einigen Berichten, die vor Ausstellungseröffnung erschie-

nen, erwähnte man Ellas Bilder lobend. Sie sei sehr talentiert und beschreite einen eigenen Weg, las sie in der Presse. Man lobte die Effekte, mit denen sie das Licht und die Reflexe der Sterne in den Nachthimmel gesetzt hatte. *Miss Carlsburg ist eine Magierin der Nacht,* urteilte der Kritiker der *Times. Es bleibt abzuwarten, ob sie das Tageslicht mit ebensolcher Virtuosität beherrscht.*

Mehr Raum nahm jedoch ihr ungewöhnlicher Lebensweg ein. Immer noch galt es als bemerkenswert, wenn eine Frau der Geborgenheit von Ehe und Familie den Rücken kehrte und sich ihren eigenen Platz im Leben suchte. In diesem Sommer stellten fünf Frauen in der Akademie aus, und die Zeitungen widmeten sich diesem Phänomen des neuen weiblichen Selbstbewusstseins ausführlich.

Die australische Amazone, so titelten die Gazetten, die ein Sammelsurium kurzer, unterhaltsamer Meldungen veröffentlichten, die man gewöhnlich nachmittags in einem der Straßencafés las. Londons Gesellschaft, die nach Abwechslung gierte, stürzte sich dankbar auf die schöne Künstlerin. Bald reichte man sie von Veranstaltung zu Veranstaltung. Ella war zum Mittelpunkt des bunten Londoner Nachtlebens geworden.

Zwei

Die Medaille der Royal Academy ging in diesem Jahr an den Landschaftsmaler Herbert Arnould Olivier. Queen Victoria zeichnete den jungen Künstler persönlich aus, neben dem schmächtigen, fast verschüchtert auftretenden Künstler wirkte die Königin in ihren imperialen, dunklen Röcken wie ein Schlachtschiff. Die Queen trug Schwarz, man belehrte Ella, dass sie seit dem frühen Tod ihres geliebten Mannes vor mehr als zwanzig Jahren nur noch in Witwentracht auftrat. Vielen ihrer Untertanen erschien die eigensinnige Monarchin wie ein Relikt, das Gott auf dem Thron des Riesenreiches vergessen hatte.

Ella jedoch war seltsam gerührt von dieser merkwürdig entrückten, alten Frau. Sie meinte, die Liebe zu spüren, mit der die Queen noch immer an ihrem Mann hing. Und hinter dem Bollwerk der schweren Stoffe und königlichen Attribute sah sie die Erinnerung an das siebzehnjährige Mädchen aufblitzen, das sich einst in seinen Tagebüchern *bezaubert* gezeigt hatte, den deutschen Prinzen Albert von Sachsen-Coburg und Gotha heiraten zu dürfen. Damals hatte Victoria von der *Aussicht großen Glücks* gesprochen. Und bei ihrer Hochzeit im Jahr 1840 hatte sie ein so entzückendes weißes Kleid getragen, dass fortan jede Braut in Europa in Weiß heiraten wollte. Die Ehe, obwohl sie arrangiert worden war, galt als außerordentlich glücklich – bis zum letzten Tag.

Die Aussicht großen Glücks. Seit ihrer Ankunft in London hatte Ella kaum an Jacob denken müssen. Sie vermisste Rosa, und sie sehnte sich nach Gympies Gesellschaft, ihre Gedanken jedoch kreisten um das Schicksal ihrer Mutter. War sie endlich angekommen? Konnte sie in London auf Antworten hoffen und das Rätsel ihrer Kindheit lösen? Das irritierende Gefühl des Makels für immer hinter sich lassen und am Ende des Weges vielleicht sogar das Schweigen des Vaters verstehen?

Zunächst hatte Ella auf die Berichte in den großen Zeitungen gehofft. Seit Wochen war sie ein schillernder Gast in den Gesellschaftsspalten – Londons High Society hatte die Amazone mit den bunten Röcken in ihr Herz geschlossen. Selbst Nala war auf den Empfängen, Bällen und in den Salons der Künstler und Dandys gern gesehen, man schmückte sich mit der Malerin und ihrer extravaganten Begleitung. Ein Bewunderer, ein exzentrischer, irischer Schriftsteller, hatte Ella ein mit Diamanten besetztes Halsband für das Tier geschenkt. Im ockerfarbenen Fell des Dingos funkelten die Steine wie winzige Sterne.

Jeden Abend kehrte Ella voller Erwartung in ihr Hotel zurück, doch neben den üblichen Einladungen, Komplimenten, Geschenken und Blumensträußen fehlte die Nachricht, auf die sie eigentlich wartete. Was war mit ihrer Mutter geschehen? Wenn Charlotte von Carlsburg noch in London lebte, musste sie doch von Ellas Besuch in der Stadt erfahren haben. Wollte sie keinen Kontakt zu ihrer Tochter? Hatte sie jede Erinnerung an *Sophienlund* ausgelöscht? Ella suchte nach einer Erklärung.

Schließlich hatte sie sich an den Hotelportier gewandt, dessen diskreter Eifer ihr aufgefallen war. Der Bursche hatte ihr einen Detektiv empfohlen, einen ehemaligen Polizisten, der sich sein Geld mit privaten Nachforschungen verdiente. Dieser habe, so hieß es, sogar schon einmal für ein Mitglied der königlichen Familie gearbeitet. Ella engagierte Mister Baker für den üppigen Tagessatz von sechs Pfund. Sie hoffte, dass der Detektiv etwas von Geheimnissen und den Stimmen der Vergangenheit verstand.

Und Mister Baker, rotgesichtig und in seiner gewichtigen Art durchaus vertrauenswürdig, war sein Geld tatsächlich wert. Nur wenig später meinte er, Ellas Mutter gefunden zu haben. »Sie lebt im East End, Souterrain«, eröffnete er Ella, als sie sich nachmittags in einem Park an der Themse trafen. Ella hatte dort ihre Staffelei aufgebaut. Vor einiger Zeit hatte sie Edvards Asche von einer Brücke in den Fluss hinabrieseln lassen. Sie dachte, dass sie es dem Freund schuldig war, ein

Bild von seiner geliebten Themse zu malen. Sie wollte es Gympie schenken, wenn sie nach Melbourne zurückkehrte.
Ellas Herz zog sich in ihrer Brust zusammen, als Mister Baker ihr berichtete, wie er Charlotte von Carlsburg gefunden hatte.
»Sie heißt jetzt Isabel Duncan«, fuhr er fort. »Das steht jedenfalls an ihrer Tür. Sie soll als Tänzerin gearbeitet haben, im Varieté.«
»Wie geht es ihr?« Ella war aufgeregt aufgesprungen, die Palette mit den Farben war ihr aus den Händen gerutscht und auf den Rock gefallen. Blaue und grüne Wassertöne vermischten sich mit den Mustern der chinesischen Seide.
»Sie hat die Tür nicht geöffnet.« Mister Baker zuckte mit den Schultern, er reichte Ella eine Karte, auf der er die Adresse notiert hatte. »Die Nachbarn berichteten, dass sie krank ist, schon seit Jahren. Ab und zu schaut wohl ein Arzt vorbei, sie scheint über etwas Geld zu verfügen.«
Isabel Duncan. Der Name klang nach einem fernen Traum. Was hatte diese Frau noch mit der Person zu tun, die einmal ihre Mutter gewesen war? Die mit ihrem Vater auf *Sophienlund* gelebt und deren Porträt Ella vor so vielen Jahren auf dem Speicher entdeckt hatte.
Noch am selben Abend ließ Ella sich mit einer Kutsche zu der angegebenen Adresse fahren, doch als sie vor dem grauen, kaum beleuchteten Haus stand, verließ sie der Mut. Sie brauchte drei Tage, bis sie einen zweiten Anlauf wagte und mit Nala zurückkehrte. Mit dem Dingo an ihrer Seite fühlte sie sich besser, sie war nicht allein.
Es war später Vormittag, die Sonne fiel schon fast senkrecht auf das Pflaster der verwinkelten Straße. Das Haus, schmal und vier Stockwerke hoch, zwängte sich zwischen schmutzigen Fassaden. Die meisten seiner Bewohner schienen zur Ar-

beit gegangen zu sein. Das Haus wirkte verlassen und still, der Putz bröckelte von den Wänden, im Flur roch es nach Kohl und bescheidenen Verhältnissen. Neben der Kellertreppe gab es eine Tür, mit zitternden Fingern strich Ella über das winzige Messingschild.

Isabel Duncan. Plötzlich dachte sie, dass dies alles ein Irrtum sein müsste. Was hatte Mister Baker noch gesagt – ihre Mutter sei eine Revuetänzerin gewesen? Ella schüttelte den Kopf, der Detektiv musste sich irren. Ella hatte das Gefühl, in das Leben einer vollkommen fremden Frau hineinzuplatzen. Der Türklopfer in ihren Händen schien zu glühen, Ella zuckte zurück.

»Komm, Nala …« Sie trat einen Schritt nach hinten, wollte gehen. Da hörte sie auf den Treppen ein Geräusch, ein Mädchen polterte die Stufen herunter.

Als das Kind Ella sah, blieb es neugierig stehen.

»Sie wollen zu Misses Duncan?«

Ella wusste nicht, was sie antworten sollte. Sie nickte verlegen. Nala lief auf das Mädchen zu und ließ sich streicheln.

»Was ist das für ein Hund?« Die Kleine fuhr über Nalas Fell, dann entdeckte sie das Halsband. Ihre Hände zuckten zurück, dann berührte sie vorsichtig die funkelnden Steine. »Sie müssen sehr reich sein«, murmelte sie.

»Ist Misses Duncan da?« Ella trat auf das Mädchen zu, aus ihrer Tasche zog sie eine Pfundnote.

Misstrauisch wich das Kind vor ihr zurück, doch dann griff es nach dem Geld. Mit einem Seufzer versteckte es den Schein in seinem Ärmel. »Sie ist immer da, Miss.«

»Hat sie keine Familie?«

Die Kleine schüttelte den Kopf. »Meine Ma hilft ihr, putzt oder kauft ein. Misses Duncan war nämlich auch einmal reich. Es gibt da jemanden, der ihr Geld schickt. Sie bekommt Post, einmal im Monat.«

»Das ist Nala, und ich bin Ella.« Ella reichte dem Mädchen ihre Hand. »Wie heißt du?«
»Sarah …«
»Sarah, weißt du, woher diese Briefe kommen? Hast du einen Absender gesehen?«
Das Mädchen schüttelte den Kopf, doch es schien Vertrauen gefasst zu haben. »Die Briefe kommen nicht aus London, so viel ist mal sicher«, antwortete es bestimmt. »Wollen Sie Misses Duncan nun besuchen?«
»Ich würde gern mit ihr sprechen, aber ich weiß nicht, ob sie mir öffnen wird.«
»Sie geht niemals an die Tür. Meine Ma hat den Schlüssel.«
»Oh …« Ella schwieg. »Dann bin ich wohl umsonst gekommen.«
»Sie mag Hunde.« Sarah blinzelte sie listig an.
»Misses Duncan?«
Das Mädchen nickte. »Ma ist nicht da. Ich weiß aber, wo der Schlüssel liegt.«
»Meinst du, sie freut sich über unseren Besuch?«
Sarahs Augen blitzten, sie nickte. »Ich hole den Schlüssel.« Bevor Ella sie zurückhalten konnte, war sie schon wieder die Treppen hinaufgesprungen. Ella sah ihre dünnen Zöpfe auf und ab wippen. Unwillkürlich musste sie an Mister Wang denken.
Wúwéi. Sollte sie es wagen? Sie trat einen Schritt auf die Eingangstür zu. Draußen lockte die Sonne, im Flur dagegen war es feucht und kühl. Fröstelnd rieb sie über ihre Arme.
Im nächsten Moment stand Sarah wieder vor ihr und hatte, bevor Ella sie daran hindern konnte, die Tür zu Misses Duncans Wohnung geöffnet.
Nala zwängte sich neugierig durch den Türspalt, dann folgte Sarah. Ella seufzte, nun war es zu spät, um umzudrehen. Sie

meinte, einen dunklen Tunnel zu betreten, als sie über die Schwelle in die fremde Wohnung stolperte.
»Misses Duncan, ich bin's, Sarah …!« Das Mädchen bahnte sich einen Weg durch den schmalen Flur, der mit allerlei Krempel vollgestellt war. An einem prächtigen, mannshohen Spiegel hingen vergilbte Billetts und Zeitungsberichte. Auf einer Zeichnung sah Ella das Gesicht einer jungen Frau. Sie stockte, strich über das Papier. Dann wischte sie sich über die Augen, das vertraute Bild rührte sie zu Tränen. »Mama …«
Es war wie damals, als sie das Bild auf dem Speicher entdeckt hatte. Auf einmal war sie wieder das kleine Mädchen auf *Sophienlund.* Die Wände schienen auf sie einzustürzen, zitternd tastete sie sich weiter voran. Es roch nach Einsamkeit und Staub.
Isabel Duncan saß in einem verschlissenen Ohrensessel. Eine Decke bedeckte die Knie, die gerade Haltung und das streng aus dem Gesicht frisierte Haar ließen Ella sofort an eine Tänzerin denken. Doch die Zeit und etwas, das Ella nicht in Worte fassen konnte, hatten die Schönheit der Frau ausgelöscht, die sie eben noch auf der Zeichnung bewundert hatte. Da war nichts mehr von dem, was Ella an das Bild ihrer Mutter erinnerte. Das Gesicht der Frau war gerötet und aufgequollen, die Augen blickten trüb und verständnislos auf Sarah und den Dingo. Etwas Speichel glänzte auf ihrem Kinn, ein kaum verständlicher Laut quälte sich über ihre Lippen.
Wer war diese Frau? War *das* ihre Mutter? War das … Charlotte von Carlsburg?
Als die Frau Ella erblickte, schlug sie die Hände vors Gesicht. Sie begann fassungslos zu wimmern, und ein Zittern schüttelte den zarten, zerbrechlichen Körper.
Die Tränen rissen Ella aus ihrer Erstarrung. »Mama …«
Sie stolperte voran, fiel fast über Nala, die sich zwischen ihre

Beine drängte und jaulte. Verständnislos blickte Sarah von einem zum anderen.

»Mama …« Ella kniete sich vor den Sessel, sie versuchte die Hände ihrer Mutter einzufangen, die unentwegt zitterten. »Ich bin Ella …«, flüsterte sie, denn plötzlich war da wieder diese Melodie in ihrem Kopf. *Ella … Stella …* In diesem Moment begriff sie, dass es ihre Mutter gewesen war, die ihr diesen Kosenamen geschenkt hatte. *Ella … Ella … Ella …* So hatte sie ihr Kind in den Schlaf gewiegt.

»Ella, my sweet little girl …«

Vorsichtig drückte Ella die kalten Hände, sie waren eisig. Sie suchte die Augen ihrer Mutter, doch die wich ihrem Blick aus.

»Warum?«

Ein Schluchzen schüttelte den schmalen Körper, Ella blickte hilflos zu Sarah.

»Sie braucht etwas zu trinken.«

Ella sah, dass Sarah eine Flasche in der Hand hielt. Das Mädchen goss eine bernsteinfarbene Flüssigkeit in ein Glas, es roch nach Whisky.

»Für Sie, Misses Duncan.« Sarah drückte ihr das Glas in die Hände. Gierig trank Ellas Mutter, und das Zittern ließ für einen Moment nach.

»Du musst wieder gehen.«

Ella schüttelte den Kopf. Sie nahm das leere Glas entgegen und stellte es auf einem überfüllten Tisch ab. Teller mit Essensresten standen dort, daneben lagen aufgeschlagene Bücher und Zeitungen.

»Warum hast du dich nicht bei mir gemeldet, du wusstest doch, dass ich in der Stadt bin?«

»Ich wollte nicht, dass du mich so siehst. Ich bin krank, Ella. Und ich bin, ich bin …« Die Stimme brach, Ella strich ihr vorsichtig über das dünne Haar.

»Das ist die Schuld, Ella ... Sie hat mich so zugerichtet.« Wieder flatterten die Arme, sie schloss die Augen, wiegte sich im Takt einer längst verklungenen Melodie. »Ich hatte einmal ein kleines Mädchen«, flüsterte sie. »Ein kleines Mädchen ...«
Als sie die Augen wieder öffnete, war ihr Blick verhangen. Verständnislos blickte sie Ella an, dann begann sie zu schreien.
»Gehen Sie, gehen Sie!«
»Mama ...« Ella wollte sie in den Arm nehmen, doch Sarah zog ängstlich an ihrem Arm.
»Sie darf sich nicht so aufregen, bitte, Miss. Kommen Sie ...«
»Aber ...«
»Kommen Sie!«
Draußen im Flur lehnte Ella sich erschöpft gegen die Wand.
»Was ist mit ihr?«
Sarah zuckte mit den Schultern. »Sie trinkt, immer schon. Und sie ist in keiner Welt zu Hause. Meine Ma sagt, dass das Leben nicht gut zu ihr war.«
»Du meinst, sie ist ... verrückt?« Das Wort kam nur zögerlich über ihre Lippen. Wieder unterdrückte Ella die Tränen. Plötzlich war sie zornig, zornig auf das Leben und die Umstände, die sie schon wieder von der Mutter trennten.
»Sind Sie wirklich ihre Tochter?« Zweifelnd forschte Sarah in ihrem Gesicht nach einer Antwort.
Ella zog Nala zu sich, sie beugte sich zu dem Tier und drückte ihr Gesicht in das warme Fell. »Sie ist von uns fortgegangen, als ich noch sehr klein war.« Sie schwieg einen Moment, dann sah sie wieder auf und blickte Sarah ins Gesicht. Auf den Wangen des Mädchens sah sie Sommersprossen blitzen. »Ich bin wohl niemandes Tochter, Sarah«, sagte sie. »Aber ich habe eine Tochter. Ich habe eine Tochter, die mich braucht.«
Sarah nickte. Wie alt war das Mädchen? Ella dachte, dass es

merkwürdig erwachsen wirkte. Sie lächelte, plötzlich sehnte sie sich danach, Rosa in ihre Arme zu schließen.

»Kommen Sie doch morgen noch einmal wieder, dann können Sie mit meiner Ma sprechen.« Sarah strich ihr mitfühlend über den Arm. »Und machen Sie sich keine Sorgen, Miss.«

Drei

Es blieb so wenig Zeit. Nur wenige Wochen, in denen Ella ihre Mutter jeden Tag besuchte, bei ihr saß und sie hielt, wenn die Verwirrung, der Strudel aus Zeit und Raum, über sie hereinbrach und ihren Körper schüttelte.

Die Qualen der Mutter erinnerten Ella an die eigenen, furchtbaren Träume, die sie durchlitten hatte. Und sie erkannte, dass es keinen Halt mehr gab, wenn die dunklen Schatten aus Schuld und Enttäuschung das Leben erst einmal beherrschten. Im Stillen dankte sie Gympie und Robert, die sie immer wieder aufgefangen hatten. Doch sie spürte, dass ihr Lebensglück genauso zerbrechlich war wie das ihrer Mutter. Sie durfte Rosa nicht verlieren. Ella begann, die Tage bis zu ihrer Rückkehr nach Melbourne zu zählen.

Es gab Momente, in denen Charlotte von Carlsburg ihre Tochter erkannte. Dann weinte sie – um alles, was vergangen war. Die Liebe, das Glück, die Schönheit ihres Körpers und die Leichtigkeit des Tanzes. »Ich konnte so viele Pirouetten drehen, bis ich meinte, zu fliegen«, flüsterte sie. »Dein Vater hat das nie verstanden …«

Zuletzt verlor Charlotte von Carlsburg das Bewusstsein. Ganz friedlich lag sie in ihrem Bett, als ob sie alles Schwere endlich hinter sich gelassen hätte. Mit jedem Atemzug, der sich aus ihrer Brust löste, schienen sich Trauer und Schuld aus ihrem Körper zurückzuziehen. Ein mädchenhafter Zug lag auf ihrem Gesicht. Die Tänzerin war zurück.

Ella, die spürte, dass sie nun Abschied nehmen musste, begann ihre Mutter zu zeichnen. Endlich sah sie die Frau vor sich, nach der sie sich als Kind gesehnt hatte. Ein Leuchten schwebte über dem Körper, für einen Moment meinte sie, ihre Seele zu sehen. Sie dachte, dass sich etwas vollendet hatte. Würde sie der Mutter in ihren Träumen begegnen können?

J'ai trouvé ma mère ... Sie hatte ihre Mutter gefunden – und plötzlich konnte Ella vergeben. Sie hatte begriffen: Charlotte von Carlsburg war ihren Träumen gefolgt, so, wie auch sie sich immer nur nach dem Licht gesehnt hatte. Die Sehnsucht nach dem, was hätte sein können, hatte sie getrieben. Und das Schicksal hatte sie getrennt.

Es war an einem Nachmittag im Juni, und es regnete, als Ellas Mutter ihren letzten Atemzug tat. Von der Straße wehte der Geruch nach Feuchtigkeit in das stickige Zimmer. Ella weinte, als der Arzt den Tod bestätigte.

»Sie will auf dem kleinen Friedhof in St. Marylebone beerdigt werden.« Misses Hill, Sarahs Mutter, die Ella in den letzten Wochen ans Herz gewachsen war, scheuchte Nala zur Tür hinaus. »Ich habe schon mit dem Pfarrer geredet.«

Ella nickte, sie vertraute Misses Hill, die ihre Mutter seit einigen Jahren versorgt hatte. »Gibt es jemanden, den wir noch dazubitten müssen?«

Misses Hill schüttelte den Kopf.

»Wer hat sie unterstützt?« Ella erinnerte sich, dass Sarah von einem Brief gesprochen hatte, der monatlich etwas Geld in den kleinen Haushalt getragen hatte. Sie selbst hatte Misses Hill in den letzten Wochen für ihre Pflegedienste bezahlt.

Misses Hill sah sie einen Moment hilflos an. Dann blickte sie zu Boden. »Das muss ein Gentleman aus besseren Zeiten ge-

wesen sein. Ich kenne keinen Namen, keine Anschrift. Das Geld kam immer über den Pfarrer zu mir.«
Ella nickte. »Gut, dann werde ich mit ihm sprechen.«

Baron von Carlsburg hatte drei Tage gebraucht, um sich von der Reise über den Kanal zu erholen. Und als er endlich das Gefühl hatte, dass seine alten Knochen wieder ihren angestammten Platz in seinem Körper eingenommen hatten, erreichte ihn die Nachricht vom Tod seiner Frau. Er war zu spät gekommen. Es blieb ihm nichts, als sich auf einem kleinen Friedhof im Londoner East End von Charlotte zu verabschieden.
Doch zwischen den Gräbern beschlich ihn das Gefühl, dass er nicht ihretwegen gekommen war. Langsam und auf einen Stock gestützt wanderte der Baron über den Friedhof. Es war noch vor neun Uhr, die Beerdigung sollte um halb zehn beginnen. Der Regen der vergangenen Tage hatte den Staub von den verwitterten Granitplatten gewaschen, zwischen den Gräbern blühten wilde Rosen und Storchschnäbel.
Ella. Würde sie kommen? Friedrich von Carlsburg wusste, dass seine Tochter seit einiger Zeit in London war. Auch in Holstein und Hamburg hatten die Zeitungen über den Erfolg der Deutschen berichtet. Einmal war Greta mit einem Blatt in sein Kabinett gestürzt, mit Tränen in den Augen hatte sie auf einen Artikel gezeigt. *Die gute Greta …* Sie hatte Ellas Verschwinden nie verwunden. Damals war ihr graues Haar über Nacht weiß geworden.
Ein Sonnenfleck, der Baron blieb stehen und schloss die Augen. Es würde ein heißer Tag werden, doch sein alter Körper konnte die Wärme nicht mehr speichern. Selbst im Hochsommer trug er seinen dicken Marinemantel aus Wolle. Er schwitzte nicht, niemals, so, wie er auch nicht weinte.

Die Trauer hatte sich andere Orte gesucht, an denen sie wüten konnte. Der Schmerz saß in seinen Knochen, jeder Schritt fiel ihm schwer, und am Morgen benötigte er eine halbe Stunde, um sich aus dem Bett zu quälen. Inzwischen ging er gebeugt, als säße eine Last in seinem Nacken. Immer wieder musste er pausieren, neue Kraft sammeln, jeden einzelnen Schritt vorausdenken.

Haltung. Er hatte gespürt, dass die Zeit gekommen war. Wenn er noch länger wartete, wäre es vielleicht zu spät. Wie viele Jahre blieben ihm noch? Charlottes Tod hatte ihm gezeigt, dass er nicht mehr warten durfte. Jeder Schmerz war endlich, und die Jahre, die seit Ellas Verschwinden vergangen waren, hatten Entrüstung und Unverständnis zu einem undeutlichen Gefühl zusammenschmelzen lassen. Er war milde geworden, er mochte nicht mehr kämpfen und sich hinter seinem Stolz verstecken. Und *Sophienlund* – das Gut, das Land, die Bäume, sie brauchten doch einen Erben.

Ja, dachte der Baron. Er war bereit, seiner Tochter zu verzeihen und sie in die Arme zu schließen. Greta hatte ihn ins Gebet genommen, und seine Schwester Auguste hatte an seine väterliche Liebe und an sein christliches Herz appelliert.

Und Ella? Sie hatte den ersten Schritt gewagt, damals, als sie ihm einen Brief geschrieben und sich erklärt hatte. Wie oft hatte er seitdem in ihrem Atelier gesessen und auf die Bilder gestarrt, die diesen jungen Mann zeigten. *Jacob von Saalmuth …* Sein Groll hatte sich verlagert. *Er* hatte ihm die Tochter genommen. Oder war es die Liebe gewesen? Dieser wahnsinnige Rausch, den auch er einmal verspürt hatte und der ihn jetzt, nach so vielen Jahren, an das Grab seiner Frau geführt hatte.

»Sir …« Eine Stimme in seinem Rücken. Baron von Carlsburg blinzelte und drehte sich mühsam um. Seine Augen

mussten sich an die plötzliche Helligkeit gewöhnen, er sah nur einen schwarzen Schatten.
»Reverend Cumberland, mein herzliches Beileid, Sir.« Der Pfarrer reichte ihm die Hand. »Ich freue mich, Sie kennenzulernen, Baron.«
Von Carlsburg nickte, er erwiderte den weichen Händedruck des Geistlichen. Es war merkwürdig, Reverend Cumberland plötzlich persönlich gegenüberzustehen. Viele Jahre hatten sie in Kontakt gestanden, der Pfarrer hatte das Geld für Charlotte weitergeleitet und ihm vom Zustand seiner Frau berichtet. Cumberlands Briefe waren angenehm sachlich gewesen, nie hatte er sich ein Urteil über Charlotte und ihre Familie erlaubt.
»Ich danke Ihnen, dass Sie für meine Frau da waren.«
»Sie war nicht allein, als sie starb, Sir.« Der Reverend wies auf zwei dunkel gekleidete Frauen, die den Friedhof betraten. »Kommen Sie?«
Der Baron nickte. Der Moment war gekommen, und ganz plötzlich füllten seine Augen sich mit Tränen. So viele Tränen, es war, als blicke er durch einen Schleier. Er spürte seinen Körper nicht mehr, die Beine versagten ihm ihren Dienst, er musste sich auf den Pfarrer stützen.
»Geht es, Sir?« Cumberland bot ihm den Arm, und er hängte sich ein. Schritt für Schritt, quälend langsam.
Nur sein Herz, es schien sich aus seinem Körper zu lösen. In weiten Sprüngen lief es voran, der Frau entgegen, die dort im Gegenlicht stand. Ein Hund saß an ihrer Seite.
Ella. Für einen Moment glaubte er, dass er durch die Zeit springen könnte. Er sah seine Tochter vor sich, die langen Zöpfe, so, wie sie ihm immer am besten gefallen hatte. Und das Tier – war das Jago? Der gute, alte Jago, dessen Knochen hinter Ellas Atelier ruhten? Wie konnte das sein?

Baron von Carlsburg keuchte.
»Sir?«
»Ich war ein Narr …«
»Ganz gewiss nicht, Sir.«
Der Baron sah nicht, dass der Pfarrer lächelte. Doch er spürte seine Zuneigung, die sich wie ein wärmendes Tuch über seine Seele legte.

Vier

Wie würde es sein? Ella hatte versucht sich vorzustellen, wie sie am Grab ihrer Mutter stünde. Ein tiefes, dunkles Loch, in das fremde Männer den Sarg mit ihrem Körper hinabsenkten. Eine Andacht, ein kurzes Gebet, ein Lied, gesungen von wenigen, zittrigen Stimmen. Ein Blumenstrauß, Rosen. Ein letzter Blick. Sie war froh, dass Misses Hill sie begleitet hatte.
Wo blieb der Pfarrer?
Ella blickte vom Grab auf, die Sonne fiel in breiten Streifen durch die Bäume. Was für ein herrlicher Tag! Ihre Augen suchten sofort nach einem Motiv. Ein Engel aus hellem Sandstein breitete seine Arme segnend über ein Grab, schmiedeeiserne Kreuze, dunkle Granitblöcke. Der Duft der Kletterrosen zog Bienen und Schmetterlinge an.
Am Ende des Weges, dort, wo die Kapelle durch das Grün schimmerte, sah sie Reverend Cumberland auf sie zukommen. An seiner Seite eine Gestalt … Ella sah genauer hin: der dunkle Mantel, marineblau, goldene Knöpfe, die in der Sonne blitzten …
Haltung. Ella schlug die Hände vor den Mund. Nala jaulte leise auf, dann begann sie, auf den alten Herrn zuzulaufen.
»Papa!« Sie wusste nicht, woher der Schrei kam, der über die

Gräber hallte. Sogar der Engel schien für einen Moment aus seiner Erstarrung gerissen. Ganz leicht, wie Vogelschwingen, raschelten die in Stein gemeißelten Flügel. Alle Zeit schien stillzustehen.

»Papa!«

»Min Deern …«

Seine Stimme hatte sich nicht verändert. Ella schüttelte den Kopf, sie merkte, dass Misses Hill sie sanft an der Schulter berührte.

»Gehen Sie, Miss. Laufen Sie …! Ihr Vater wartet auf Sie.«

Und als sie sich wieder bewegen konnte, als sie den ersten Schritt tat, sah sie, dass er die Arme ausbreitete.

Da stand er also, wuchs plötzlich, und sie flog ihm entgegen wie ein Kind. Und das war sie auch, sie war wieder seine Tochter. Ein Kuss besiegelte ihre Umarmung, sie waren versöhnt.

Und dann – so viele Tränen. Vielleicht war niemals so viel zwischen diesen Gräbern geweint worden. Und vielleicht hatte es nie ein schöneres Begräbnis auf dem Friedhof von St. Marylebone gegeben.

Später nahm sie ihn mit in die Akademie. Sie zeigte ihm ihre Bilder, erzählte von Australien, von Melbourne, von ihrem Leben. Sie sprach von Jacob und Gympie, von ihrem Erfolg und dem langen Weg dorthin. Dann zeigte sie ihm ihre Zeichnungen von Rosa, ein kleiner Block mit Skizzen, Kreide auf Papier, ihr schönstes Werk in diesem Moment.

»Ich möchte meine Enkeltochter kennenlernen.« Der Baron konnte sich nicht mehr von den Blättern trennen, und sie schenkte ihm den Block, steckte ihn in seine weite Manteltasche. »Greta wird außer sich sein vor Freude.«

»Greta, wie geht es ihr?« Nachdem sie sich ausgesprochen hatten, stürzte die Erinnerung an das geliebte *Sophienlund* auf sie ein. Wie schön war es dort gewesen, wie schön! Ihr Gedächtnis schwelgte in wunderbaren Bildern.

»Sie ist alt geworden, Ella. So wie ich ...« Der Baron lachte. »Wir sind wie zwei alte Bäume, die sich gegenseitig stützen, mit ineinander verwachsenen Kronen. Sie hat sich die Reise nicht mehr zugetraut, sie wollte an der Ostsee bleiben. Ich werde ihr ein Telegramm schicken. Sie hat immer daran geglaubt, dass du zurückkehren wirst.«

»Ich werde zurückkommen, Papa, so bald es geht. Ich verspreche es.«

»Und Jacob?« Der Baron sah sie ernst an, er hatte nicht begreifen können, dass der Arzt Deutschland den Rücken gekehrt hatte. »Die Lage hat sich nicht wirklich verändert. Bismarck ist den Bedürfnissen der Arbeiter entgegengekommen, aber er sieht in den Sozialdemokraten immer noch eine revolutionäre Bedrohung. Er bekämpft sie, wo immer er nur kann.«

Ella schwieg. »Vielleicht wird er in Melbourne bleiben«, antwortete sie schließlich vage. »Er hat sein Herz an den Kontinent und dessen Menschen verloren.«

»Aber ...« Der Baron sah sie verständnislos an.

Ella schüttelte den Kopf. »Vielleicht habe ich mich in ihm getäuscht. Und vielleicht wirst du damit leben müssen, dass deine Tochter mit einem unehelichen Kind nach Hause kommt. Wirst du das aushalten können?«

»Ach, Ella ...« Ihr Vater wischte alle Grundsätze beiseite, die sein Leben bisher getragen hatten. »Ich habe so viel Zeit in diesem Sumpf aus Stolz und Moral versenkt, so viele Jahre vergeudet, so viel Schuld auf mich geladen. Ich mag mich nicht mehr damit quälen. Ich bin zu alt, um das Glück noch einmal abzuweisen. Du bist mir willkommen, und Rosa ist mir ebenfalls willkommen. Nun bekomme ich zwei Töchter

zurück. Wenn ich euch erst auf *Sophienlund* in die Arme schließen kann, wird das der glücklichste Tag meines Lebens sein.«
»Wir kommen, Papa. Wir kommen, ganz bestimmt.« Gerührt hatte Ella ihren Vater umarmt. In diesem Moment schien ihr das Glück ganz nah, es leuchtete wie ein Sommermorgen über der See.

Baron von Carlsburg blieb noch eine Woche in London. Als Ella ihn auf sein Schiff begleitete, fiel ihr der Abschied unendlich schwer. Sie wäre gern mit ihm gefahren, die Themse hinab in die Nordsee, über den Kanal, die Elbe hinauf, bis nach Hamburg. Und sie mochte ihn nicht ziehen lassen. Bisweilen dachte sie, dass der Tod schon hinter seinem Rücken lauerte. Wie zerbrechlich er geworden war, er hatte alles Herrische verloren. Ella stellte sich vor, wie er in seinem Kabinett am Fenster stand und auf die Ostsee blickte. Vor dem dunklen Band der See schien sein Körper zu schrumpfen. Sie wusste, dass ihnen nicht mehr viel Zeit blieb.
»Adjüs, min Deern.« Der Baron spürte ihren Kummer. »Düvel ook«, polterte er und küsste sie ein letztes Mal. Dann strich er Nala über das Fell und wandte sich ab, um an Bord zu gehen. Er hatte seiner Tochter verboten, mit auf das Schiff zu kommen. Sie hatten doch genug geweint. Wenig später legte der Dampfer mit der Flut nach Hamburg ab.
Auch für Ella brachen die letzten Tage in England an. Die Sommer-Ausstellung ging zu Ende, schon nahm man die Bilder von den Wänden und verpackte sie in Kisten. Ella wollte die Sternenbilder zunächst mit nach Australien nehmen, was danach geschah, darüber mochte sie noch nicht nachdenken. Sie wusste, wie schwer es sein würde, Abschied von Melbourne zu nehmen. Sie hatte ihrem Vater verschwiegen, dass

Jacob sich niemals von seiner Tochter trennen würde. Wie sollte sie ihn nur davon überzeugen, dass Rosa gemeinsam mit ihr nach Deutschland reisen müsste?
Um sich abzulenken, nahm Ella eine Einladung in die Oper an, um sich von den Freunden zu verabschieden. Es war die letzte Vorstellung vor der Sommerpause, ihr letzter Abend, das herrliche Gebäude in Covent Garden summte vor Begeisterung. Auf dem Programm stand Verdis *La Traviata,* Violettas Schicksal und die dramatischen Arien rührten das Publikum.
In der ersten Pause war Ella vom Kreis ihrer Bewunderer umringt. Man hatte sie vermisst, die Runde hielt ihr vor, dass sie sich viel zu lange aus der Gesellschaft zurückgezogen hatte.
»Du hast uns gefehlt, Ella«, tönten sie vorwurfsvoll. Und die Herren buhlten um ihre Aufmerksamkeit.
Ella trank Champagner, sie genoss diesen letzten großen Abend, die Komplimente. Sie stand auf einem Treppenabsatz, in ihrem Rücken flanierten die Operngäste in prächtiger Abendgarderobe. Sie hörte das Rascheln der Seidenstoffe und Fächer, das leise Klirren der Gläser, die amüsierten Stimmen – ein farbenfroher Klangteppich. Doch in den Zauber der Nacht mischte sich Wehmut, die Gewissheit über den baldigen Abschied aus London und die Kämpfe mit Jacob, die sie in Melbourne erwarteten. Irgendjemand reichte ihr noch ein Glas Champagner.
Es klingelte zum zweiten Akt, das Publikum strebte zu den Plätzen zurück. Ella drehte sich um und sah noch einmal auf die Menge hinab. Plötzlich drehte sich alles vor ihren Augen, sie schwindelte, fühlte sich wie nach einem wilden Tanz. Ein Walzer? Eine Quadrille? Sie versuchte, einen Halt in der wogenden Menge zu finden, suchte nach einem Punkt, der sie beruhigte.

Was war das – ein Zeitensprung? Ella dachte an die Ballnacht auf *Sophienlund* zurück. Damals hatte sie Ähnliches empfunden – eine Mischung aus Euphorie und Erschöpfung. Und dann …

Ihr Blick blieb an einem großgewachsenen Herrn im Smoking hängen. Die breiten Schultern, das flachsfarbene Haar, die Bewegungen des Körpers, die das Rollen der See ausglichen.

»Robert«, Ella flüsterte seinen Namen. Sie wollte die Treppen hinuntereilen, doch er war schon fort, verschluckt von den nach innen drängenden Menschenmassen.

»Ella, kommen Sie. Wir verpassen den zweiten Akt.« Die Freunde zogen sie mit sich, hinein in Verdis tosendes Drama. Auf der Bühne trieben Violetta und ihr Geliebter Alfredo auf die Katastrophe zu – so viele Heimlichkeiten, Missverständnisse, Verwicklungen. Das Publikum lauschte hingerissen. Erregte Spannung lag über dem gewaltigen Saal.

Auf dem Balkon ihrer Loge lehnte Ella sich über die samtbezogene Brüstung. *Robert.* Sie fühlte sich fiebrig, ihr Herz fand keinen Takt, die Hände zitterten. Mit ihrem Opernglas suchte sie die Reihen der Besucher ab. Doch in der Dunkelheit konnte sie nicht mehr als Schatten erkennen, alles Licht war auf die Bühne gerichtet. Eben hob sich der Vorhang zum zweiten Bild: ein Maskenball, Violetta und Alfredo in verzweifeltem Kampf umeinander.

Die Musik steigerte Ellas Spannung ins Unerträgliche. Ohnmächtig lehnte sie sich zurück, es blieb ihr nur, auf die zweite Pause zu hoffen.

Fünf

Die Musik hatte ihm geholfen. Als Robert die *Südstern* verlassen hatte, war sie ihm Trost und Heimat zugleich. Erst später fiel ihm auf, dass er in ihren weiten Räumen nach Ella suchte. Ella, deren Klang sich seiner Seele eingeschrieben hatte. Ella, die seinen Körper in ein Instrument verwandelt hatte. Die Oper war Zuflucht, das Orchester, die Geigen, Hörner und Flöten gaben ihm Kraft. Und der Gesang ließ ihn spüren, dass er noch lebte. Getragen von den wogenden Klängen der Musik reiste er in Gedanken zurück zu Ella. Er hatte sie nie ganz verlassen.

Doch das war sein Geheimnis. Sein neues Leben fand in den Kaufmannshäusern der Londoner City statt. Godeffroy & Sohn hatte ihn an die Themse geschickt, um dort die Geschäfte mit den englischen Reedereien voranzutreiben. Und zu Hause, in einer respektablen Villa im Stadtteil Camden, wo er eine Etage bezogen hatte, wartete Nelly, seine Frau.

Robert hatte die Engländerin vor zwei Jahren bei Freunden kennengelernt. Er schätzte ihr gewinnendes Wesen, ihren Humor und die tiefen, dunklen Augen, in die er bisweilen versinken konnte. Wenn sie schlief, lauschte er ihrem Atem. Es tat gut, nicht allein zu sein, und es war an der Zeit gewesen zu heiraten. Robert hatte gedacht, dass ihn eine dunkelhaarige Engländerin nicht allzu sehr an Ella erinnern würde.

Es war gutgegangen, er war zufrieden, denn er hatte zunächst nicht daran geglaubt, dass er sich in einem Leben abseits der See über Wasser halten könnte. Nelly tat ihr Bestes, sie sorgte gut für ihn, und sie blieb heiter, wenn sein inneres Barometer fiel. Wenn dunkle Wolken aufzogen und seine Laune bodenlos war. Sie nahm seine melancholischen Anfälle gleichmütig hin, denn sie wusste, der Sturm zog vorüber. Und er dankte ihr diese Gelassenheit mit treuer Zuneigung. Leidenschaft, das wussten sie beide, war nicht der Stern, unter dem ihre Ehe geschlossen worden war.

Doch dann war Ella nach London gekommen. Als Robert in den Zeitungen von ihrem Erfolg an der Akademie las, dachte er, dass das Leben so wetterwendisch wie eine Passage auf der Westdrift war. Sollte er es wagen, ihr zu begegnen? Unentschlossen quälte er sich über Wochen, und je mehr er über Ella las, je lauter die Gazetten trommelten, desto kleiner und unbedeutender erschien ihm sein eigenes Leben. Zuletzt hatte er geglaubt, nicht mehr vor ihr bestehen zu können.

Trotzdem hatte er sich ihre Bilder angesehen. Lange, sehr lange hatte er in der Akademie vor den Sternenbildern gestanden und den magischen Sog der Farben gespürt. So viele Erinnerungen schwangen darin, und zuletzt hatte Robert gedacht, den Duft der Rosen zu riechen, die hinter der Hafenpension in Melbourne blühten. Als er durch die Ausstellung flanierte, hatte er bemerkt, dass keines der anderen Bilder an Ellas Werke heranreichte.

Ein paar Tage später hatte er sich sogar vor ihrem Hotel wiedergefunden. Mit schwitzenden Händen und rotem Kopf ertappte er sich dabei, einen Blick auf sie erhaschen zu wollen. *Nur ein Blick, ein einziger Blick …* Doch dann war sein Stolz erwacht. Was tat er hier eigentlich? Er war doch kein Bittsteller, er musste doch nicht um ihre Aufmerksamkeit betteln. *Sie* hatte ihn verlassen. *Sie* hatte ihn sogar zweimal verlassen. Beschämt hatte Robert sich auf den Weg zu Nelly gemacht.

Doch auf dem Rückweg durch den Park war Nala ihm begegnet. Robert schüttelte den Kopf. War das zu fassen? Ella hatte den Dingo tatsächlich mit nach London genommen. Das Tier hatte ihn erkannt und war freudig auf ihn zugestürzt. Ein hilfloses Ding am anderen Ende der Leine hatte sich wortreich

bei ihm entschuldigt. »Sie müssen verzeihen, Sir, sie ist sonst so lieb. Ich weiß nicht, was in sie gefahren ist.«
Gerührt hatte Robert sich zu Nala gebeugt, um ihr über das Fell zu streichen. Dann hatte er ihr einen Gruß für Ella in die spitzen Ohren geflüstert. »Wúwéi«, hatte er gemurmelt. »Wúwéi.«
Die Oper war an diesem Abend gut gefüllt, das Publikum liebte Verdis *La Traviata.* Violettas Schicksal rührte es zu Tränen, auch jetzt, im zweiten Akt, sah er die Taschentücher blitzen.
Robert rutschte unruhig auf seinem Sitz hin und her. Schon in der Pause hatte er sich merkwürdig gefühlt, immer wieder liefen Schauer über seinen Rücken. Auf einem Schiff hätte er gedacht, dass ein Sturm aufzog.
Er unterdrückte ein Räuspern, rutschte wieder hin und her. Dann spürte er, dass er husten musste. Das war ihm noch nie passiert, nicht in der Oper. Der Reiz ließ nicht nach, Hals und Rachen kribbelten entsetzlich. Er räusperte sich, hüstelte und spürte die Blicke der anderen in seinem Nacken.
Wenn Nelly bei ihm gewesen wäre, hätte sie ihm ein Pfefferminz gereicht. Doch seine Frau war zu ihren Eltern an die Küste gefahren. Es half nichts, das Kribbeln kam zurück. Er würde aufstehen und hinausgehen müssen. Leise und vorsichtig erhob er sich, und unter gemurmelten Entschuldigungen schlich er aus dem Saal.
In den leeren Gängen atmete er durch. Die Musik des zweiten Aktes drang leise an sein Ohr, das Publikum stöhnte auf, auf der Bühne sank Violetta ohnmächtig zu Boden. Robert ging zur Garderobe und ließ sich seinen Mantel geben. Er dachte, dass ihm ein kleiner Spaziergang guttun würde. Vielleicht könnte er zum dritten Akt zurückkehren.

Warum nur konnten die Liebenden einander ihr Herz nicht öffnen? Ellas Augen füllten sich mit Tränen, sie hätte nicht gedacht, dass sie Violettas Schicksal so stark bewegen würde. Sie blinzelte und lehnte sich wieder vor. Das Publikum folgte dem Bühnengeschehen mit atemloser Spannung – vielleicht gab es doch noch eine Wendung zum Guten?
»Wúwéi«, flüsterte sie, das Wort hatte sich ganz plötzlich in ihre Gedanken geschlichen.
Dann sah sie eine Bewegung, einen Schatten, der zur Seite huschte. Eine kurze Unruhe, nur ein winziger Augenblick, dann war es vorbei. Im nächsten Moment sah Ella, dass jemand den Saal verließ.
Robert. Sie wusste es sofort. Nun gab es keinen Zweifel mehr. Ella sprang auf. Sie kümmerte sich nicht um die Blicke der anderen, drängte sich zwischen den Stühlen hindurch, öffnete die Tür, und da war sie – mit pochendem Herzen stand sie auf dem schmalen Gang.
Sie musste ihm folgen. Ihre Röcke rauschten wie ein Wasserfall, als sie die Treppen hinunter ins Foyer lief.
»Robert!« Sie sah ihn sofort. Sein Rücken straffte sich, dann drehte er sich um. Ein Lächeln kräuselte seine Lippen, er schüttelte den Kopf. Über dem Foyer schwebte ein riesiger Kristalllüster, sein prächtiges Licht sprühte blitzende Funken über den Freund.
»Robert!«
Die letzten Stufen sprang sie hinab, und er musste sie auffangen, die Freude trug sie in seine Arme.
»Ella …«
»Was machst du hier?« Die Worte sprudelten aus ihr heraus, es tat so gut, ihn zu umarmen. Wie lange hatten sie sich nicht gesehen? Er küsste sie sanft auf die Wangen.
»Ich lebe in London, Ella.«

Er hatte sich kaum verändert, sah vielleicht sogar noch besser aus als früher. Das Haar lag ihm eng am Kopf, doch sein Teint war immer noch gebräunt, so als käme er direkt von einer Fahrt auf der *Südstern.* Dann sah sie den Ring an seinem Finger und strich vorsichtig darüber. »Du hast eine Familie?«
Er schüttelte den Kopf und schob sie voran, hinaus in die Sommernacht. Feuchtigkeit lag in der Luft, es roch nach Regen, der sich vom Meer näherte.
»Ich bin verheiratet, Ella. Seit zwei Jahren. Aber wir haben keine Kinder.«
»Ich habe eine Tochter, Robert. Rosa …« Sie gingen ein Stück, die Straßen waren voll von Menschen. Dann sah er sie wieder an.
»Dann hast du ihn gefunden?«
Sie nickte. Robert legte ihr seine Jacke um die bloßen Schultern.
»Bist du glücklich, Ella?«
Er ließ ihr keine Zeit, Luft zu holen. Sie sah ihn an, dann schüttelte sie den Kopf.
»Ich muss dir so viel erzählen.«
»Wir haben nur diese eine Nacht, Ella.«
An seiner Stimme hörte sie, dass es ihm ernst war.
»Mein Hotel ist in der Nähe.«
Sie wagte nicht, ihn anzusehen, doch sie spürte, dass er nickte. Dann nahm sie ihn bei der Hand und zog ihn mit sich.
Eilig drängten sie sich durch die Passanten. Als die ersten Regentropfen fielen, begannen sie lachend zu laufen.

DAS GLÜCK

Eins

Und wieder hatte sie ihn gehen lassen. Am nächsten Morgen hatte Robert sie noch zum Schiff gebracht. Ein langer, zärtlicher Kuss, der alle Geheimnisse der Nacht in sich trug, besiegelte den Abschied. Dann hatte sie London mit Nala und ihren Sternenbildern verlassen.

Als Ella in Plymouth das Dampfschiff nach Australien bestiegen hatte, zweifelte sie für einen Moment. Aber dann sah sie das Bild der Mutter vor sich, ihr elendes Sterben. Sie dachte, dass sie Rosa nicht verlassen durfte. Und da war auch das Versprechen, das sie ihrem Vater gegeben hatte. Niemals wieder wollte sie ihn enttäuschen. Sie würde mit Rosa nach *Sophienlund* reisen. Sie wollte alles versuchen, um die Geister der Vergangenheit für immer hinter sich zu lassen. In vier Wochen wäre sie bei ihrer Familie in Melbourne.

Doch in ihren Gedanken reiste Robert mit ihr über den Ozean. Unterwegs überfielen Ella immer wieder Erinnerungen an die gemeinsame Nacht. Sie dachte an die langen Gespräche zurück und an das, was zwischen den Worten schwebte. Ihre Körper hatten schließlich wie selbstverständlich zueinander gefunden, sie waren sich schon vertraut. Und so war das Schönste wie ein lang erwartetes Geschenk zu ihnen gekommen. Sie hatten sich Zeit gelassen, und erst im Morgengrauen, als der Gesang der Amseln mahnend durch die Vorhänge sickerte, waren sie beisammen gewesen – ganz und gar.

Das war ihr Lebewohl gewesen. Sie waren sich einig, dass sie danach in ihr Leben, so, wie es sich gefügt hatte, zurückkehren müssten. Sie hatten offen miteinander gesprochen, ehrlich und klar. Robert hatte ihr von Nelly erzählt, und sie hatte ihm erklärt, dass Rosa sie an ihrer Seite brauchte. Sie wollte nicht die Fehler wiederholen, die ihre Mutter begangen hatte. »Sie hat mich ihr ganzes Leben vermisst, Robert. Und über dieses Sehnen ist sie krank geworden. Die Schuld hat sie nie mehr verlassen. Sie hat schwer für ihre Fehler bezahlt. Von ihren Träumen sind ihr nicht mehr als ein paar staubige Kostüme und der Trost des Alkohols geblieben.«

Trotzdem fuhr Ella mit dem Gefühl, einen Fehler zu machen. Ein Gefühl der Vergeblichkeit begleitete sie. Und auch Nala schien ihren Zweifel zu teilen. In den dunklen Augen des Dingos lag ein stummer Vorwurf.

Als nach fast vier Wochen auf See die australische Küste aus dem Dunst auftauchte, verspürte Ella mehr Angst als Freude. Sie hatte erwartet, Erleichterung zu verspüren, das Gefühl, nach Hause zu kommen. Doch da war nichts als Leere, die sie erwartete. Unsicher und auf wackeligen Beinen ging sie wenige Tage später in Melbourne von Bord.

Noch aus London hatte sie ein Telegramm an Jacob geschickt. Er wusste, auf welchem Schiff sie reiste. Doch am Anleger erwartete sie niemand, und auch die Hafenpraxis war geschlossen. Niemand konnte ihr helfen. Enttäuscht ließ Ella ihr Gepäck von Bord tragen, dann winkte sie einen Wagen heran und ließ sich mit Nala hinauf nach Upper Hill bringen.

Die Fahrt durch Melbourne war seltsam unwirklich. Nach den Wochen auf See, die Ella mit Zeichnen, Lesen und kurzen Spaziergängen an Deck verbracht hatte, kamen ihr die Straßen der Stadt laut und staubig vor. Es war noch Winter, doch das Frühjahr machte sich bereits bemerkbar. Hier und da meinte Ella winzige Knospen an den Bäumen und Büschen zu entdecken. Ob der Rosenbusch hinter der Hafenpension blühte? *Robert, Robert, Robert.* Sie konnte nicht aufhören, an ihn zu denken. Wie sollte sie Jacob gegenübertreten?

Upper Hill erwartete sie mit vornehmer Zurückhaltung. Mächtig wie eine Burg ragte das Haus an der Straße empor. Es erschien Ella dunkel und bedrohlich. Der Kutscher half ihr mit dem Gepäck, doch an der Tür stellten sie fest, dass diese abgeschlossen war. Ratlos pochte Ella gegen das Holz.

»Haben Sie denn keinen Schlüssel, Miss?«

Der Fahrer, der Ella erkannt hatte und sie unterwegs nach ihren Eindrücken von England befragt hatte, schüttelte den Kopf. »Erwartet Sie denn niemand?«

Ella rang sich ein Lächeln ab. In ihrem Kopf türmten sich die Fragen: War das Telegramm nicht angekommen? Hatten sich seine Signale irgendwo auf dem langen Weg verirrt? War die Linie wieder unterbrochen? Sie versuchte, durch eines der Fenster ins Haus zu spähen. An ihrer Seite jaulte Nala ungeduldig auf, Ella spürte ihre feuchte Schnauze an ihrem Arm.

»Lassen Sie das Gepäck an der Tür stehen.« Ella drehte sich um und bemühte sich, zuversichtlich zu klingen. »Ein Missverständnis. Wahrscheinlich haben wir uns im Hafen verpasst.« Sie nickte bekräftigend, denn sie wollte daran glauben.

Der Fahrer sah sie zweifelnd an, zuckte dann aber mit den Schultern. Ella bezahlte ihn, und als er davonfuhr, lief sie um das Haus herum. Der Garten lag verlassen vor ihr, selbst die Rabenkakadus schwiegen. Aufgeregt verschwand Nala zwischen den Büschen, während Ella zum Atelier hinüberging. Den Schlüssel hatte sie immer bei sich getragen, auch in London. Sie zog ihn aus der Manteltasche und steckte ihn ins Schloss. Dann fiel ihr ein, dass Robert noch den Schlüssel für das Atelier auf *Sophienlund* besaß. Sie hatten nicht mehr darüber gesprochen.

In der Werkstatt roch es nach trockenen Farben und Staub.

Ella strich über die Leinwände und Pinsel. Sie freute sich auf die Arbeit, in London hatte sie so viele Werke Turners gesehen. Sprachlos hatte sie vor seinen Bildern gestanden und gespürt, dass auch sie auf dem richtigen Weg war. Und in den zahllosen Kunstmagazinen, die in London erschienen, hatte sie Berichte über die neue französische Kunst gefunden. In Frankreich schien sich eine Richtung zu verfestigen, die ihrer Malerei sehr nahe kam. Ella hatte gedacht, dass sie von Deutschland aus endlich nach Paris reisen könnte.

In einer Teedose auf einem der Regale fand sie ihren Schlüssel zum Haus, den sie vor der Abreise dort deponiert hatte. Erleichtert steckte sie ihn ein, dann ging sie hinüber und schloss die Gartentür auf.

Das Haus empfing sie kalt und abweisend. Die Räume wirkten unbewohnt und verlassen. Jemand hatte die Möbel mit Tüchern verhängt, in der Küche war der Ofen kalt. Es roch nach Asche und abgestandenem Wasser. Die Stille war bedrohlich.

Wo waren sie? Ängstlich wanderte Ella durch das Haus. Was war hier geschehen? Hatte es ein Unglück gegeben? Was war mit Rosa, war ihr etwas zugestoßen? Die Angst schüttelte sie. Hatte man versucht, sie in London zu erreichen? War Rosa etwa … Ella konnte den Gedanken nicht zu Ende denken.

In Jacobs Arbeitszimmer fehlten alle Instrumente, doch sie fand einen Brief auf dem Schreibtisch. *Für Ella,* stand darauf. Mit zitternden Händen faltete sie den Bogen auseinander und überflog die Zeilen. Als sie geendet hatte, musste sie sich setzen.

Nur langsam setzten sich die Worte in ihrem Kopf zu einem verständlichen Text zusammen. Dann begann sie zu verstehen: Sie waren ins Outback zurückgekehrt. Jacob schrieb, dass er sich gemeinsam mit Gympie dazu entschlossen hatte.

Gemeinsam mit Gympie – plötzlich erinnerte Ella sich an die Innigkeit der beiden. Das Gefühl von Ausgeschlossenheit, das sie empfunden hatte, wenn sie Jacob, Gympie und Rosa beobachtet hatte. Die Intensität ihrer Blicke. Nun begriff sie, dass Jacob sich längst von ihr abgewandt hatte. Und ihre Reise nach England hatte ihn darin bestätigt, dass es für ihre Liebe keine Zukunft mehr gab. Es war ihr Fehler gewesen, sie stöhnte auf.

Rosa … Ella wimmerte, und Nala, die ins Haus gekommen und ihr durch die Räume gefolgt war, legte den Kopf in ihren Schoß.

Wir werden eine Station im Busch aufbauen, hatte Jacob geschrieben. *Die Aborigines brauchen uns. Mensch sein, Ella, das ist das Wichtigste – hier und jetzt.*

Ella keuchte. Was hatten sie ihr angetan? Sie dachte, dass Jacob nicht das Recht hatte, ihr das Kind zu nehmen. Und Gympie, was hatte sie sich dabei gedacht? Sie waren doch immer Freundinnen gewesen – und vielleicht sogar mehr als das. Sie hätten warten können, ein paar Wochen nur. Sie hätten ihr die Chance geben müssen, sich für ihre Familie und für ein anderes Leben zu entscheiden. Hatten sie nicht daran geglaubt, dass sie alles hinter sich lassen könnte – selbst die Malerei?

Wütend sprang Ella auf, Nala sah sie erschrocken an. »Wo sollen wir sie suchen?«, schrie sie. »Wo?« Ihre Schreie hallten durch die leeren Räume, sie schluchzte, stampfte mit den Füßen auf.

Für einen Moment glaubte sie, den Verstand zu verlieren. *Die Glut, die Glut …* Ella spürte, dass sie jederzeit zurückkommen könnte. Im nächsten Augenblick dachte sie, dass sie die Polizei einschalten müsste. Doch dann sah sie ein, wie lächerlich das war. Sie hatte ihr Kind bei Jacob gelassen, sie war

sorglos nach Europa gefahren und hatte sich in London feiern lassen. Auch in Melbourne hatte man das in den Zeitungen lesen können. Die Beamten würden sie verständnislos anblicken. *Sie haben Ihr Kind doch verlassen, Miss Carlsburg.*
»Wir müssen sie suchen, Nala«, flüsterte sie ihrem Schatten zu. »Wir müssen ins Outback reisen. Und wir werden sie finden.«
Johannes Vielbrock. Plötzlich sah sie ihn in Gedanken vor sich. Seine kräftige Statur, das gelassene Lächeln, die zupackenden Hände. Der Freund, er würde ihr helfen können.

Zwei

Ella hatte einige Wochen warten müssen, bis sie sich einem Treck ins Outback anschließen konnte. Die Reisenden, darunter viele Immigranten, die gerade erst nach Australien gekommen waren, befanden sich auf dem Weg nach Menindee. Die Handelsstation am Darling River war gewachsen, sie galt als Ausgangspunkt für die Besiedlung des australischen Hinterlandes. Inzwischen befuhren Dampfschiffe den breiten Strom.
Unterwegs beobachtete Ella die Reisenden, welchen Eindruck hinterließ die Kargheit der Natur in ihrer Seele? Sie selbst war an den endlosen Raum gewöhnt, an die Leere, um die alle Gedanken kreisten. Und sie hatte Nala an ihrer Seite. Der Dingo begrüßte das Tussockgras der Steppe wie einen Freund und schaffte es immer wieder, sie mit seinen wilden Sprüngen zum Lachen zu bringen.
Auf ihrer Reise nach England hatte Ella die Beschleunigung der Welt erlebt, doch der Ritt durchs Buschland war genauso zäh und beschwerlich, wie sie ihn in Erinnerung hatte. Die

Entfernungen waren immer noch gewaltig, auch wenn sie auf ihrer Route kleinere Siedlungen passierten, die es vor einigen Jahren noch nicht gegeben hatte. In Melbourne hatte sie gehört, dass man über den Bau einer Eisenbahnlinie in den Norden nachdachte. Die Trasse sollte der Telegrafenlinie folgen. Doch bis es so weit war, blieben Pferde und Kamele die einzigen Verbündeten auf der Reise durch den Kontinent. Die Entfernung zwischen Süd und Nord bemaß sich noch immer in Tagesritten.

Als sie den Murray River fast erreicht hatten, begann Ella die Stimmen der Ahnen zu hören. Ihre Lieder klangen zornig, und in ihrem Kopf brauste es wie in einem Nest wilder Bienen. Ella spürte, dass das Land in Unruhe war. *Sie verschwinden.* Immer wieder musste sie an Jacobs Worte denken. Waren die Aborigines tatsächlich ein dem Untergang geweihtes Volk?

Johannes Vielbrock erwartete Ella am Hotel von Swan Hill. Er sah ganz genauso aus, wie sie ihn in Erinnerung hatte, robust und gesund, mit einem breiten Lächeln im Gesicht, das sich um die Augen herum in zahllosen Falten auffächerte. Fröhlich schloss er sie in seine Arme und drückte sie an sich.

»Meine liebe Ella, wie schön, wie schön. Und Nala hast du auch mitgebracht.« Er schüttelte den Kopf, als könne er nicht glauben, dass der Dingo immer noch an ihrer Seite war. »Wirklich fabelhaft!«

Ella erwiderte seine Umarmung. Sie war erleichtert, dass Johannes ihr Telegramm erhalten hatte und sie auf der letzten Etappe ihrer Reise begleitete.

»Wie geht es auf der Farm, Johannes?«

»Es ist alles wieder aufgebaut, du wirst staunen. Und den Schafen geht es prächtig, die Schur steht bald an.«

»Hast du etwas von Jacob gehört?« Ella sah ihn ängstlich an.

Unterwegs hatte sie gedacht, dass er sich vielleicht in Vielbrocks Nähe niedergelassen haben könnte. Er würde Hilfe brauchen, gerade am Anfang.
Johannes schüttelte den Kopf. »Ich versteh diesen Kerl nicht«, murmelte er, während er Ellas Gepäck auf seinen Wagen lud. »Wie kann er nur mit seinem Kind in die Wildnis ziehen? Er hätte doch warten können, bis du aus Europa zurückkehrst.«
»Vielleicht dachte er, dass ich nicht zurückkommen würde. Er hat die Berichte in den Zeitungen über meinen Erfolg gelesen und …« Ella schwieg, sie dachte an das Telegramm aus London, das wenige Tage nach ihrer Rückkehr in Melbourne eingetroffen war. Der Postmeister, den sie aufgesucht hatte, hatte ihr beichten müssen, dass das Schreiben in Adelaide hängengeblieben war. Ein bedauerlicher Irrtum, der auf einem menschlichen Fehler beruhte. Ein Versehen, das sie vielleicht für immer von ihrer Familie trennen würde.
Dafür hatte die Verbindung nach Deutschland funktioniert. Der alte Baron hatte ohne Vorwurf auf Ellas verzweifeltes Telegramm geantwortet. *Wir werden immer auf euch warten, liebste Ella*, hatte er geschrieben. *Gott möge dich bei der Suche nach deiner Tochter beschützen.* Ella hatte gedacht, dass ihr Leben immer wieder Kapriolen schlug. Kaum hatte sie die Verbindung zu ihrem Vater geflickt, war das Band zu Jacob und Rosa zerrissen. Es schien, als ob sie nicht glücklich sein dürfte.
Johannes riss sie aus ihren Gedanken. »Ich weiß nicht, wo Jacob steckt«, brummte er, »aber sein Vorhaben hat sich unter den Farmern herumgesprochen. Es heißt, dass er sich irgendwo oben am Cooper Creek niedergelassen hat. Er baut dort an einem Holzhaus und erzählt jedem, dass er den Schwarzen helfen will. Er provoziert die Siedler, Ella. Er bringt sie gegen sich auf.«
»Er glaubt, dass er den Aborigines etwas schuldig ist, Johan-

nes. Sie haben ihn damals gerettet, und er sieht, dass ihre Welt in Gefahr ist. Die Weißen drängen immer weiter in das Land der Schwarzen vor, sie verlieren ihre Heimat. Jacob will ihnen helfen, soweit ihm das als Arzt möglich ist. Zwing mich nicht, ihn zu verurteilen. Er ist der Vater meiner Tochter.«

»Aber er bringt alle Farmer gegen sich auf, Ella. Und die Lage ist bereits angespannt. Du weißt, die Schwarzen halten sich nicht an die Verträge, die sie unterzeichnet haben. In einigen Siedlungen ist es schon zu Zwischenfällen gekommen, die Schwarzen haben Schafe getötet und Vorräte gestohlen. Die Siedler sagen, dass sich Banden bilden. Man beginnt, sich zu bewaffnen und Schutztruppen gegen sie aufzustellen. Die Leute glauben, dass es zu weiteren Unruhen kommt.«

»Jacob wird die Aborigines nicht gegen die Siedler aufhetzen. Jede Form von Gewalt ist ihm zuwider. Er setzt doch auf eine friedliche Lösung, auf ein mögliches Miteinander.«

Johannes sah sie zweifelnd an. Und in seinem Blick konnte sie lesen, dass er sie in diesem Moment für hoffnungslos naiv und leichtgläubig hielt.

»Und was zum Kuckuck hat Gympie dazu getrieben, Jacob zu folgen?« Jetzt schoss Johannes sich auf die Freundin ein. »Du hast dich doch immer auf sie verlassen können.«

Ella zuckte mit den Schultern. »Jacob und ich hatten Probleme«, wisperte sie.

»Das ist keine Antwort«, polterte Johannes. »Victoria und ich hatten auch unsere Schwierigkeiten. Es ist schwer, wenn Kinder kommen, allen Sehnsüchten und Bedürfnissen gerecht zu werden. Aber Probleme sind dazu da, dass man sie löst. Victoria und ich haben eine Ebene gefunden, auf der wir gut miteinander leben können. Da ist kein Groll mehr und kein Streit. Wir sind ein Paar, und wir tragen Verantwortung für unsere Kinder, basta.«

»Er wollte mir das Malen verbieten.«
Johannes sah sie erstaunt an.
»Er wollte, dass ich nur noch für Rosa da bin. Aber ich kann nicht auf meine Arbeit verzichten, Johannes.«
»Und Gympie?«
»Sie hat meinen Platz eingenommen, erst bei Rosa und dann …« Es war schwer in Worte zu fassen. »Und dann bei Jacob.«
Ella stiegen die Tränen in die Augen. Zum ersten Mal sprach sie aus, was sich in ihren Gedanken aufgestaut hatte.
»Es ist meine Schuld, Johannes, ich hätte Rosa nicht verlassen dürfen. Ich hätte mich selbst um sie kümmern müssen.« Unter vielen Tränen berichtete Ella vom Wiedersehen mit ihrer Mutter. »Sie hat es nie verwunden, dass sie mich bei meinem Vater zurückgelassen hat. Die Schuldgefühle haben sie zerfressen, sie ist darüber krank geworden.«
Johannes zügelte die Pferde, er brachte den Wagen in einer Staubwolke zum Stehen und nahm sie in seine Arme. »Du bist hier, Ella«, sagte er. »Und du kämpfst um deine Tochter. Du darfst dich nicht mit deiner Mutter vergleichen. Ich habe noch nie ein Frauenzimmer kennengelernt, das so stark ist und so zäh um sein Glück gekämpft hat wie du. Du hast alles aufgegeben, um Jacob zu finden. Dieser Kerl verdankt dir so viel. Und er dankt es dir mit Verrat und Tränen.« Johannes schüttelte den Kopf und reichte ihr sein Taschentuch. »Du hast es verdient, glücklich zu sein. Wir werden Rosa finden, und wenn ich Jacob gegenüberstehe, werde ich dem Burschen meine Meinung sagen. Es kann doch nicht sein, dass er für eine bessere Welt kämpft und seine eigene Familie darüber ins Unglück stürzt.«
Ella schnäuzte sich. Sie lachte über Vielbrocks Eifer, doch sie fühlte sich getröstet. Es tat gut, den Rückhalt des Freundes zu

spüren. Stockend begann sie zu erzählen, dass sie Robert in London getroffen hatte.

Auf Vielbrocks Farm erinnerte sie vieles an ihren ersten Besuch. *Grünau* erschien ihr genauso, wie sie es in Erinnerung hatte – solide und von zuversichtlichem Geist beseelt. Das Haupthaus, die Ställe und Scheunen leuchteten strahlend weiß vor dem ockerfarbenen Grund der Steppe. Die Akazien hatten wieder ausgetrieben, Rosenbüsche rankten an Spalieren, und sogar das Wasserbecken im Hof war wieder auferstanden.

»Nichts erinnert mehr an das Feuer.« Staunend war sie Johannes über das Gelände gefolgt. In den Ställen bereiteten die Arbeiter alles für die Schafschur vor.

Vielbrock lächelte, doch er schüttelte den Kopf. »Etwas ist doch geblieben.« Er führte sie hinunter zum Fluss. Nala folgte ihnen aufgeregt. An einer Stelle, etwa da, wo sie immer gebadet hatte, ragte ein Kreuz aus dem Schilf. Johannes zeigte darauf. »Ich wollte mich an Edvard erinnern«, sagte er.

Ella trat näher heran. *Für unseren guten Freund,* las sie auf dem dunklen Holz. *Edvard Hope, Maler und Reisender. Möge er seinen Weg gefunden haben.*

»Ich habe seine Asche in London in die Themse gestreut«, sagte sie und strich über das Holz. »Nun hat er ein Grab und ein Kreuz, ich denke, er wäre zufrieden mit uns.«

Vielbrock lächelte und zog sie zu sich, gemeinsam standen sie am Fluss und hingen ihren Gedanken nach, während Nala durch das seichte Wasser flitzte. Sie hatten beschlossen, dass sie nur ein paar Tage auf *Grünau* bleiben wollten, damit sich Ella von der Reise erholen könnte. Dann wollten sie in Richtung des Cooper Creek aufbrechen. Ella hoffte Jacob dort zu finden, wo er sein Herz an die Aborigines verloren hatte.

Drei

Die Station am Cooper Creek befand sich noch im Aufbau. Jacob und Gympie hatten sich an einer Biegung des Flusses im Gebiet der Dieri niedergelassen. Eukalypten säumten die Ufer, ihre weiten Kronen spiegelten sich im seichten Wasser. Das Land war freundlich und fruchtbar. Noch vor wenigen Jahren hatte der Cooper Creek die Grenze des von Europäern erforschten Landes markiert, nun lag die nächste Farm zwei Tagesmärsche entfernt. Die Gier der Weißen nach fruchtbarem Weideland war grenzenlos.

Sie hatten zunächst in ihrem Planwagen geschlafen, doch nachdem sie sich für diesen Ort entschieden hatten, begann Jacob, ein Holzhaus zu bauen. Das Häuschen bestand nur aus einem Raum, sie wollten ihrer Tochter ein Heim bieten.

Ihre Tochter. Bisweilen dachte Jacob, dass Rosa tatsächlich Gympies Kind wäre. Nachdem Ella nach England gereist war, hatte sie die Mutter kaum vermisst. Gympie war ihr Fels, gab ihr Zuneigung und Wärme. Wenn Jacob die beiden beobachtete, spürte er nichts als Liebe. Grenzenlose Liebe. Zum ersten Mal in seinem Leben dachte er, dass er angekommen war.

Der Winter war in diesem Jahr ungewöhnlich mild gewesen, die Pässe über die Snowy Mountains waren frei geblieben, und so hatten sie es gewagt, Melbourne noch vor Beginn des Frühjahrs mit einem Treck zu verlassen. Sie waren gut vorangekommen, und ihre Vorräte hatten sie unterwegs auffüllen können. Inzwischen gab es einige Siedlungen entlang der Route in den Norden, Menindee war inzwischen doppelt so groß, wie Jacob es in Erinnerung hatte.

Nach der Hälfte der Strecke hatte Gympie jedoch umkehren wollen. »Was ist, wenn Ella zurückkommt?«, hatte sie gefragt

und ihn voller Sorge angesehen. »In dem leeren Haus wird sie verrückt werden.«
»Ella kommt nicht zurück.« Jacob hatte den Kopf geschüttelt. Er war sicher, dass sie in London bleiben oder sogar nach Deutschland weiterreisen würde. »Ihr liegt doch mehr an ihrem Erfolg als an uns.«
Gympie hatte geschwiegen, doch er hatte ihr angesehen, dass die Skrupel plötzlich mit jeder Meile wuchsen. Liebevoll hatte er sie in die Arme genommen. »Du nimmst ihr das Kind nicht weg«, hatte er geflüstert. »Sie hat es dir anvertraut. Sie weiß es in guten Händen.«
»Aber ...«
»Wir tun doch nichts Falsches, Gympie.« Er hatte versucht, die Bedenken fortzulächeln. »Komm, schau nach vorn! Wir tun das Richtige, wir helfen den Schwarzen. Wir werden am Cooper Creek leben, so, wie wir es uns immer vorgestellt haben. Jetzt ist Schluss mit dem Leben auf Kosten der Aborigines.«
Jacob hatte gespürt, wie ihr Widerstand nachließ. In seinen Armen war Gympie weich und anschmiegsam, ihr warmer Körper glich einem freundlichen Strom. An ihren Ufern kam er zur Ruhe.
Jetzt arbeiteten sie schwer an ihrem Glück. Sie hatten Bäume gefällt und ein Gerüst gezimmert. Während er Balken aus den Stämmen der Eukalypten trieb, hatten sie die Hütte zunächst mit Rinde abgedeckt. Dann hatte Gympie begonnen, einen Garten hinter dem Rindenhaus anzulegen. Sie hatten Knollen, Samen und Zwiebeln im Gepäck und setzten diese in die feuchte Erde. Mit Glück würden sie im Sommer Gemüsezwiebeln, Bohnen, Erbsen und Kartoffeln ernten können. Später sollten Kräuter und Heilpflanzen dazukommen. In Menindee wollte Jacob einen gusseisernen Ofen kaufen, und

vielleicht würden sie auch eine Kuh oder Ziegen halten können. Sie müssten den Winter nicht fürchten.
Bald würde sich herumsprechen, dass es einen Arzt am Cooper Creek gab. Jacob wollte den Aborigines helfen, doch im Notfall würde er auch Reisenden oder Siedlern beistehen. Vorerst hatte er seine medizinische Ausrüstung in dem Wagen untergebracht, den er in Melbourne von Ellas Geld gekauft hatte.
Jeden Tag wachte Jacob mit einer unbändigen Energie auf. Ein Strom floss durch seinen Körper, er fühlte sich wie befreit. Er lebte mit und nicht gegen das Land, und bald kamen die Dieri bis an das Rindenhaus. Die Aborigines waren freundlich, neugierig beobachteten sie ihr Treiben. Nach einigen Wochen spielte Rosa mit ihren Kindern am Fluss, während Gympie mit den Frauen über das Land streifte und von ihnen lernte. Es war, als hätten sie sich auf eine wunderbare Reise begeben.

»Sie sind am Cooper Creek.« Johannes Vielbrock hatte sich umgehört, zuletzt waren ihm Gerüchte aus dem Norden zu Ohren gekommen, dass ein Weißer sich mit seiner Familie auf dem Gebiet der Dieri niedergelassen hatte. Es hieß, dass er mit den Aborigines gegen die Weißen paktierte. »Er wiegelt die Schwarzen auf«, raunten die Siedler. »Der Kerl ist verrückt.«
Doch als Ella und Johannes das kleine Holzhaus im Norden aufgespürt hatten, stießen sie dort auf nichts anderes als auf eine karge Hütte und den Traum von einem anderen Leben.
Sie hatten sich von Westen genähert, den Fluss hinauf. Schwärme von Undulatus-Papageien und Kakadus begleiteten ihren Weg, immer wieder sprang Nala mit ihrem lachenden Clowngesicht in den Strom. Es war bereits Abend, die

Sonne senkte sich in ihrem Rücken, als Ella ein Summen vernahm. Irritiert sah sie sich um, Johannes blickte sie fragend an, die Pferde stellten die Ohren auf. Das Geräusch schien jedoch nicht von außen zu kommen, es war in ihrem Inneren. Plötzlich wusste sie, dass sie am Ziel waren. Sie rief leise nach Nala und zog sie an ihre Seite.

»Wir sind da, Johannes.« Sie zeigte auf eine Anhöhe, die von Eukalypten beschirmt war. Sie ließen die Pferde zurück und kletterten vorsichtig den Hügel hinauf. Unter ihnen lag der Fluss, im Licht der untergehenden Sonne schimmerte das Wasser wie ein scharlachrotes Band. Ein Reiher stieg auf.

Ella schlug die Hände vor den Mund. Sie sah Kinder, die am Ufersaum spielten. Dunkle Kobolde huschten hin und her, sie plapperten und kicherten. Und mitten unter ihnen ein weißes Kind mit blondem Haar.

Ellas Herz tat einen Sprung. »Rosa!« Sie sprang auf und lief den Hügel hinab, so schnell sie konnte. Erschrocken stoben die Kinder auseinander.

»Ella …« Johannes folgte ihr und versuchte sie aufzuhalten. »Ella, warte, du erschreckst sie doch.«

Nur ein Kind blieb stehen, gebannt blickte es auf die Fremden.

»Rosa, mein Mädchen.«

Ein Lächeln zog über das Gesicht des Kindes. Fröhlich breitete es die Arme aus und lief auf Ella zu, dann umklammerte es wortlos ihre Beine. Jaulend drängte Nala sich an ihre Seite.

»Rosa, liebe Rosa …«

Ella begann vor Erleichterung zu schluchzen. Sie war auf die Knie gesunken und umarmte ihre Tochter. Die Welt versank im Glanz der untergehenden Sonne.

Eine Weile war es still, dann hörte sie, wie Johannes sein Gewehr entsicherte.

Ellas Kopf flog herum.
»Jacob …«
Er war hinter ihr und hielt eine Axt in den Händen. Entsetzen spiegelte sich in seinem Blick.
»Jacob, bitte …« Für einen furchtbaren Moment dachte Ella, dass er sie angreifen würde. Sie schloss die Augen.
»Ella …« Jetzt erst hatte er sie erkannt. Ella bemerkte, wie fremd sie ihm geworden war. »Jacob …«
Er ließ die Axt sinken. »Du bist zurück. Wie habt ihr …« Er schüttelte den Kopf. »Du kannst sie mir nicht nehmen, Ella.«
Mit einem Satz war er bei ihr und riss das Kind aus ihren Armen. Rosa schrie erschrocken auf, ihr Blick jagte zwischen den Eltern hin und her.
»Bastard …« Johannes spie das Wort wie Kautabak aus.
Ella meinte, einen Fluch zu hören. Sie richtete sich auf, während Nala leise jaulte.
»Jacob«, sagte sie und schüttelte den Kopf. »Ich will sie dir doch nicht nehmen, ich will nur bei ihr sein. Ich möchte bei meiner Tochter sein.«
»Schick ihn fort!« Jacob zeigte auf Johannes, noch immer hielt er die Axt mit einer Hand umklammert. Rosa schrie nun in seinen Armen.
Ella nickte bedächtig, sie drehte sich zu Johannes. »Bitte geh, ich komme hier schon zurecht.«
Johannes blickte sie zweifelnd an. Ella sah, wie es hinter seiner mächtigen Stirn arbeitete.
»Es ist meine Familie, Johannes. Ich liebe sie. Bitte …«
Er schüttelte den Kopf, doch dann ließ er das Gewehr sinken.
Langsam bewegte er sich rückwärts auf den Hügel zu.
Ella warf ihm einen dankbaren Blick zu, er hatte verstanden.
Sie wusste, wenn die Zeit gekommen wäre, könnte sie auf *Grünau* Zuflucht finden.

In der Nacht schlief sie nicht. Da war Gympie, die an ihrer Seite lag. Gympie, die sich erleichtert in ihre Arme geworfen hatte. Sie hatten nur einen Blick wechseln müssen, mehr war nicht nötig gewesen.

Sie kennt mich schon. Und ich kenne sie. Schon lange.

Da war kein Vorwurf, kein Streit. Ella dachte, dass Jacob auch ohne Gympie zurück ins Outback gegangen wäre. Nun war sie erleichtert, dass die Freundin Rosa die ganze Zeit über ihre Liebe geschenkt hatte.

Doch an Jacob hatte sie ihre Wut austoben müssen.

»Wie konntest du?«, hatte sie geschrien und mit ihren kleinen Fäusten gegen seine Brust getrommelt. »Ich habe dir vertraut. Du hättest in Melbourne auf mich warten müssen.«

»Du hättest mich nicht verstanden, Ella. Und du hättest sie mir weggenommen.« Jacob hatte ihre Fäuste gepackt und sie an sich gezogen. »Ich war mir sicher, dass du in England bleiben würdest, Ella. Ich dachte, dass du uns verlassen hast.«

»Ich bin nicht wie du.« Sie hatte versucht, sich aus seinen Armen zu befreien, sein fester Griff tat ihr weh. Im Hintergrund nahm sie Rosas erschrockene Blicke wahr. »Gehen wir«, hatte sie ihn flüsternd gebeten. »Sie versteht nicht, warum wir streiten.«

Am Fluss, weiter unten, ging es besser. Sie hatte ihm von ihrer Mutter erzählt, und plötzlich strich er ihr über das Haar. Dann hatten sie sich ausgesprochen. So viele Worte und Gedanken, die sie schon längst hätten teilen müssen. Nur über Gympie hatten sie nicht gesprochen. Und auch nicht über die Zukunft.

Als sie zum Lager zurückkehrten, hatte Jacob ihr gezeigt, was er geschaffen hatte. Mit blitzenden Augen sprach er über seine Station und das Vertrauen der Dieri. Sie spürte seine Leidenschaft für das Projekt, seinen Glauben an den Wandel.

Und in diesem Moment erinnerte sie Jacob wieder an den Mann, in den sie sich einst auf *Sophienlund* verliebt hatte. Sie wollte versuchen, eine Weile mit Jacob zu arbeiten.

Vier

Ella blieb, weil sie bei Rosa sein wollte. Sie blieb, weil sie nicht anders konnte. Und dann schien es möglich – ein gemeinsames Leben. Ein besonderes Leben: Ella und Jacob. Gympie und Jacob. Jacob mit Ella und Gympie. Und Rosa.

Eine Zeitlang bewegten sie sich auf unbekanntem Terrain, sie tasteten sich voran, steckten neue Grenzen ab. Wie weit könnten sie gehen?

Ella fügte sich in das Leben am Cooper Creek ein. Sie half Jacob, wenn er in seinem Planwagen Unterstützung brauchte. Wieder begann sie, die Aborigines zu zeichnen. Die Dieri blieben zurückhaltend, aber sie hatten Vertrauen gefasst. Manche kamen, um sich helfen zu lassen, wenn eine Wunde nicht verheilen wollte oder eine Krankheit der Weißen sie befallen hatte. Nachdem Jacob ein kleines Mädchen, das an hohem Fieber litt, gerettet hatte, erschien sogar der Karadji des Clans im Lager und dankte ihnen.

Und plötzlich, wie eine Flamme, die nie ganz verloschen war, flackerte Ellas Leidenschaft für Jacob wieder auf. Sie sah ihn in einem anderen Licht. In der Steppe, in der er sich fast ebenso sicher bewegte wie die Ureinwohner, schien er das zu sein, was sie immer in ihm gesehen hatte. Sie mochte seine Tatkraft, die plötzlich grenzenlos schien. Er hatte Pläne, und er steckte sie mit seinen Visionen an: Die Station würde wachsen, und vielleicht käme eine Schule für die Kinder der Dieri dazu. »Wenn wir ihnen Bildung geben, geben wir ihnen ihre Würde

zurück. Sie könnten von sich berichten, von ihrem Leben, ihrer Kultur. Sie würden nicht lautlos verschwinden, sondern für ihre Rechte kämpfen können. Nicht mit Waffen, aber mit Worten. Worte, die aller Welt verständlich wären. Wir müssen die Sprachlosigkeit bekämpfen, Ella.«
Und in den Nächten, wenn sie gemeinsam auf dem Lager in der Rindenhütte lagen, war es, als ob sie tatsächlich etwas Neues geschaffen hatten. Da gab es keine Grenze – und keine Scham. Sie fanden zueinander, und die Liebe, die sich auf Zehenspitzen hinterrücks wieder herangeschlichen hatte, vereinte Ella, Gympie und Jacob auf eine Weise, die vielleicht an keinem anderen Ort denkbar gewesen wäre. In ihrem Skizzenbuch hielt Ella die Launen der Nacht in kleinen, intimen Zeichnungen fest. Die Blätter wurden zu innigen Beweisstücken dieser erstaunlichen Liebe.

Es war ein glücklicher Sommer. Ein langer und glücklicher Sommer – bis Ellas Träume zurückkehrten. Zwischen Darling River und Cooper Creek hatte es einen Überfall auf eine abgelegene Farm gegeben. Es hieß, dass eine Bande schwarzer Männer nicht nur das Weidevieh, sondern auch die Siedlerfamilie verschleppt und getötet hatte. Reisende trugen die schreckliche Nachricht den Cooper Creek hinauf. Als Ella davon erfuhr, begann sie zu zittern.
»Das werden die Siedler nicht auf sich beruhen lassen«, sagte sie entsetzt, und Jacob nickte wie betäubt. »Sie werden nach den Mördern suchen.«
»Wir wissen nicht, was genau passiert ist.« Jacob schüttelte den Kopf und vertrieb die dunklen Ahnungen. Sie waren so weit vom Ort des Geschehens entfernt, dass niemand sagen konnte, was sich tatsächlich ereignet hatte. »Vielleicht sind das alles Gerüchte, und es handelt sich nur um einen harmlo-

sen Vorfall, ein paar tote Schafe.« Er versuchte, Ella zu beruhigen.
Doch in der folgenden Nacht wachte Ella schreiend auf. Die Glut war zurück, und ihre Träume und Visionen waren so stark, dass sie meinte, das Feuer riechen zu können. Panisch sprang sie aus der Hütte. Nur mit Mühe konnten Jacob und Gympie sie beruhigen, doch die Ängste ließen Ella nicht mehr los.
Und so begann ein Martyrium, schlimmer noch, als sie es bereits durchlebt hatte. Die Alpträume peinigten sie jede Nacht, und am Tag grübelte Ella über ihre Bedeutung.
»Die Glut war bislang immer eine Warnung für mich«, erklärte sie Jacob, der versuchte, sie mit einem Aufguss aus Teebaumrinde zu beruhigen. »Es ist immer etwas Furchtbares geschehen, wenn ich von ihr träumte. Gympie weiß das.«
Gympie schüttelte den Kopf. »Du musst dich deinen Träumen stellen«, sagte sie. »Du musst auf deinen Traumpfad zurückfinden und versuchen, auf die andere Seite der Glut zu gelangen.«
»Ich habe ein gesundes Kind geboren. Ich habe mich mit meinem Vater versöhnt, ich habe meine Mutter gefunden und zu Grabe getragen. Was kann mich auf diesem Pfad noch erwarten?« Ella dachte, dass Gympie sich irrte. Dieser Traum entsprang nicht dem, was bereits hinter ihr lag. Sie spürte, dass er etwas ankündigte, etwas Schreckliches, das sie erst durchleben musste.
Ella rang mit sich. Wenn sie in den Nächten aufschreckte und nicht mehr einschlafen konnte, wanderte sie mit Nala hinunter zum Fluss. Dort hatte sie einen Ort gefunden, an dem sie für einen Moment zur Ruhe kam. Es war ein Stein, der die Hitze des Tages gespeichert hatte und auf den sie sich in eine Decke gehüllt setzte. Während sie den Strom betrachtete, der

schwarz und leise murmelnd an ihr vorbeizog, dachte sie über einen Ausweg nach.

Sie wusste, dass sie ihre Familie verlassen müsste. Wenn sie bliebe, wären ihre Liebsten in Gefahr. Doch der Gedanke daran zerriss ihr das Herz. Sie dachte, dass Jacob sie nicht verstehen würde. Vielleicht würde er glauben, dass sie genug hätte von den Entsagungen der Wildnis. Und dass sie wieder malen wollte, große Formate in Öl. Dass sie Rosa und ihre Liebe endgültig für die alte Leidenschaft opfern würde. Dass sie nach Melbourne zurückginge, um an ihr altes, bequemeres Leben anzuknüpfen. Vielleicht sah er sie schon in ihrem Haus in Upper Hill?

»Es ist nicht wahr«, flüsterte Ella Nala zu. »Ich liebe sie über alles, nur deshalb muss ich gehen. Ich weiß, dass etwas geschehen wird, wenn ich bei ihnen bleibe. Doch sie werden mich nicht verstehen. Jacob glaubt an seine Medikamente und an den Willen, etwas verändern zu wollen. Und Gympie denkt, dass ich mich treiben lassen muss, um an die Quelle meiner Träume zu gelangen.«

Im diffusen Licht des Mondes schien Nala zu nicken, und Ella zwang sich weiterzudenken. Wie sollte sie Abschied nehmen? Sie müsste einen Weg finden, der ihr eine Rückkehr zu ihrer Familie ermöglichte – irgendwann, wenn sie sich wieder besser fühlte. Ein Vorwand, der Jacob überzeugte und ihn nicht gegen sie aufbrächte.

»Denk nach«, wisperte sie, während der Fluss wie ein geheimnisvolles Wesen summte. »Denk nach, denk nach …«

Gab es einen Grund, um nach Melbourne zurückzukehren?

Ella dachte, dass sie Ausrüstung für die Station bräuchten. Der Winter würde sie auf eine harte Probe stellen, noch immer fehlte ein Ofen, Vorräte. Und später: Medikamente und vielleicht Bücher für eine Schule.

Jacob würde kein Geld mehr von ihr nehmen, jedenfalls keines, das aus der Ausbeutung der Aborigines resultierte.
Aber vielleicht könnte er Spenden akzeptieren? Ausrüstung, die sie für seine Station gesammelt hatte. Auch in Melbourne gab es Menschen, die wohltätige Arbeit schätzten und unterstützten. Vielleicht könnte sie Mister Wilson dafür gewinnen, einen Aufruf in der *Melbourne Evening Post* zu veröffentlichen? Die Leute waren immer freigiebig, wenn es darum ging, eine Schule einzurichten und die Ureinwohner zu zivilisieren und auszubilden. Sie liebten den Gedanken, das Land zu missionieren und die Schwarzen zu gottesfürchtigen Menschen zu erziehen. In anderen Gegenden gab es bereits Reservate, in denen man die Aborigines religiösen Unterweisungen unterzog. Wer würde schon nachprüfen können, was am Cooper Creek tatsächlich mit den Spenden der Melbournians geschah?
Ella nickte in der Dunkelheit und zog Nala zu sich. So könnte es gehen, dachte sie. Sie wäre eine Zeitlang fort und könnte ihre Familie schützen. Und sie hätte einen Grund zurückzukehren, wenn ihre Träume sie nicht mehr quälten. Sie hätte Rosa nicht an Jacob und Gympie verloren. Gemeinsam könnten sie eine Schule in der Wildnis errichten. In Gedanken erschuf Ella das Bild einer möglichen Zukunft.

Am Morgen überfiel Ella Jacob mit ihren nächtlichen Plänen. Der Himmel spannte sich weit über das Land, das klare Licht zeichnete jede Pflanze, jeden Fels überdeutlich. Auf der anderen Seite des Flusses hörten sie die Dieri jagen, ohne sie zu sehen.
»Du meinst, die Leute spenden für eine schwarze Schule in der Wildnis?« Jacob sah sie zweifelnd an, doch dann belächelte er ihren Eifer. »Wir werden die Aborigines nicht missionie-

ren, Ella. Sie sollen lernen, ihre Würde in einer Welt zu behaupten, die sich verändert.«

Ella nickte. »Ich weiß, dass du ihnen keine Bibelsprüche aufzwingen wirst, aber das müssen wir den Melbournians ja nicht auf die Nase binden. Mister Wilson hat mich gelehrt, dass es immer darauf ankommt, eine Story möglichst gut zu verkaufen.«

Jacob lachte, und Rosa, die bei ihnen saß und mit Nala spielte, sah glücklich zu ihnen auf.

Ella streckte die Arme aus und zog ihre Tochter zu sich. Rosa war jetzt fast vier Jahre alt und trug das Haar in langen Zöpfen. Für einen Moment dachte sie darüber nach, was für eine ungewöhnliche Kindheit ihre Tochter erlebte. Sie wuchs zwischen Aborigines auf und erfuhr doch eine europäische Erziehung. Jacob hatte bereits begonnen, Rosa das Alphabet zu lehren, und Ella selbst bemerkte, dass sie die Kleine mit denselben Geschichten und Liedchen amüsierte, die ihr schon Greta und auch ihr Vater beigebracht hatten. Wie würde sich Rosa später in ihrer Welt zurechtfinden? Und wo würde sie leben? Sie dachte an ihren Vater, der sie sehnsüchtig auf *Sophienlund* erwartete.

»Mama muss für eine Weile fort«, flüsterte sie Rosa ins Ohr. »In die Stadt.«

Rosa nickte ernst, sie war es gewohnt, dass Ella von Zeit zu Zeit aus ihrem Leben verschwand.

»Aber du kommst wieder?«, fragte sie und kuschelte sich in ihre Arme. »Du kommst immer wieder.«

Ella zuckte zusammen, das blinde Vertrauen des Kindes traf sie wie ein Messerhieb. Gerührt schloss sie die Augen, um nicht zu weinen.

»Natürlich komme ich zurück, meine Süße«, wisperte sie. »Und in der Stadt werde ich jeden Tag an dich denken.«

»Und Nala?« Rosa zog den Dingo zu sich, über den Sommer waren die beiden unzertrennlich geworden. Nala folgte Rosa auf ihren Streifzügen durch die Flussauen und beschützte sie. Ella dachte daran, dass der gutmütige Jago sie auf *Sophienlund* auch nie aus den Augen gelassen hatte.
»Ich lasse sie bei dir«, antwortete sie und küsste Rosa aufs Haar. »Aber du musst mir versprechen, gut auf sie aufzupassen.«

Fünf

Melbourne hatte seinen Glanz verloren. Noch vor dem Winter war Ella zurück in ihr Haus in Upper Hill gekehrt. Doch die Stille darin bedrückte sie. Wenn sie durch die leeren Räume ging, hallten ihre Schritte wie Kanonenschläge auf dem Parkett. Und in ihrem Atelier fiel ihr Blick immer wieder auf die Liege, auf der sie ihre Tochter geboren hatte. Jeder Winkel barg Erinnerungen, und nicht nur Rosa fehlte.
Hin- und hergerissen zwischen der Malerei und dem Sehnen nach ihrem Kind, nach ihrer Familie, versuchte Ella umzusetzen, was sie im Busch geplant hatte. Sie besuchte Mister Wilson und überzeugte ihn, in seiner Zeitung für die Schule am Cooper Creek zu werben. Gemeinsam hatten sie eine Auktion geplant, auf der sie Bilder für den guten Zweck versteigern wollte. Und in den Wochen vor der Versteigerung, die im Foyer des Verlagsgebäudes stattfinden sollte, trug sie ihre Schätze zusammen. Ella sichtete Zeichnungen und Pastelle, sie war bereit, sich von dem größten Teil ihrer Bilder zu trennen, um Geld und Ausrüstung für die Station zu sammeln.
Neues jedoch schaffte sie kaum. Sie hatte gedacht, dass sie sich den Skizzen der Dieri zuwenden könnte, doch sobald sie

die Zeichnungen hervorholte, schien die Welt um sie herum zu wanken. Jeder Gedanke an das Leben am Cooper Creek ließ die Angst in zerstörerischen Wellen auf sie zurollen, und die daran anschließenden nächtlichen Träume lähmten jeden schöpferischen Impuls.

Rosa fehlte. Jacob und Gympie fehlten. Und Nala – ihre heitere Zuversicht, das Clowngesicht.

Ella fürchtete die Macht der Träume und ihre eigene Untätigkeit. Wieder kämpfte sie gegen ihren Dämon. Doch das Alleinsein verlieh dem Schrecken noch mehr Macht. Um der Angst zu entkommen, suchte sie Zuflucht in einer anderen Welt. Sie begann zu trinken.

Immer wieder betäubte sie ihre Sehnsucht und Verzweiflung mit Alkohol. Wein und Whisky schenkten ihr für einige Stunden Trost und unterbrachen den Strom der quälenden Gedanken. Ein Gefühl von Schwerelosigkeit senkte sich auf sie nieder und ließ sie zur Ruhe kommen. Und in Gesellschaft konnte sie vorgeben, ganz die Alte zu sein.

Doch dieser Zustand war trügerisch, und Ella spürte, dass sie im Strudel von Schmerz und Einsamkeit den Halt verlor. Je näher der Termin der Versteigerung rückte, desto weniger konnte Ella sich auf ihre Arbeit konzentrieren. Sie hätte hinausgehen müssen, um auf den Winterbällen für ihr Anliegen zu werben, doch die Angst umklammerte sie wie ein Ring aus Eisen. Sie war darin gefangen und fühlte sich so allein wie noch nie zuvor in ihrem Leben. Sie wusste, dass sie scheitern würde, und der Gedanke, mit leeren Händen ins Outback zurückzukehren, ließ sie nicht mehr los. Sie dachte, dass sie Rosa verlieren würde.

In der Nacht vor der Auktion träumte Ella von einem tintenschwarzen Nachthimmel über der Steppe. Sie sah sich an einem Feuer sitzen und verzweifelt nach den Sternen rufen.

Doch es blieb dunkel und kalt, ein Grollen war wie aus weiter Ferne zu hören. Sie rief und rief, wollte aufstehen und nach den Sternen suchen, doch sie konnte sich nicht bewegen. Ihre Füße waren schwer und unbeweglich, und als sie nach unten blickte, sah sie die Sterne wie zerbrochenes Kinderspielzeug vor sich liegen. Flammen leckten an den funkelnden Splittern. Im nächsten Moment fingen die Sternenreste Feuer. Die Stücke explodierten förmlich, und die Glut sprang auf sie über und fraß sich durch die Kleider hindurch bis auf ihre Haut.
Der Schmerz war unbeschreiblich. Ella schrie und schrie und schrie, und mit jedem Schrei füllten sich ihre Lungen mit noch mehr heißem Rauch, der ihr die Luft zum Atmen raubte. Sie verglühte – von innen und von außen, und ihr letzter Gedanke war, dass der Wind ihre Asche über die Steppe tragen würde. Dann war alles schwarz.
Nur dieses Mal wachte Ella nicht von ihren Schreien auf.

Das Haus war dunkel und wirkte unbewohnt. Niemand öffnete, als er gegen das Holz der Tür pochte. Johannes Vielbrock schüttelte den Kopf. Er dachte, dass sie doch da sein müsste. Oder war Ella etwa schon allein vorausgefahren?
Ein merkwürdiges Gefühl beschlich ihn, schnell umrundete er das Haus.
»Ella?« Er klopfte an der Gartentür. Keine Antwort. Sie hatten doch vereinbart, dass er sie abholen würde, damit er sie zur Auktion begleiten könnte. Und wo war Nala?
Plötzlich dachte Vielbrock, dass er sich besser hätte um sie kümmern sollen. Er war erst seit ein paar Wochen zurück in der Stadt und hatte Ella nur einmal abends im *Flinders* getroffen. In der Kneipe war es schummerig gewesen, die wenigen Lampen hatten nur Inseln aus Licht geschaffen. Dennoch hatte er bemerkt, dass es ihr nicht gutging, und erstaunt regis-

triert, dass sie Whisky bestellte. Doch dann hatte sie ihm von Jacob und ihren Plänen erzählt. Und weil er nicht verstehen konnte, dass sie ihm wieder verziehen und Rosa ein zweites Mal in seiner Obhut zurückgelassen hatte, hatte er geschwiegen. Er hatte gedacht, dass sie ihren Weg allein gehen müsste und dass sie sich schon bei ihm melden würde, wenn sie ihn brauchte. Victorias Bedürfnisse, die Wünsche der Kinder und die Geselligkeiten des Winters hatten ihn beschäftigt. So waren die Tage dahingeflogen, und er hatte geglaubt, dass sie sich nach der Auktion aussprechen könnten.

»Ella?« Die Tür zum Garten war nicht verschlossen. Zögernd trat er in die Küche, es roch nach kalter Asche und Staub. Auf dem Tisch stapelten sich Zeichnungen, fleckige Skizzen, halbvolle Gläser mit Wein und Stärkerem. Ein heilloses Durcheinander. Vielbrock sah sich eines der Blätter an – eine Fratze bleckte die Zähne. Erschrocken ließ er die Zeichnung fallen.

»Ella?« Keine Antwort. Auch in den angrenzenden Räumen herrschte Chaos – ein Sumpf aus Papieren, Kleidern, leeren Flaschen und anderem. Er meinte, eine Maus durch den Flur flitzen zu sehen. Und in den Vorhängen hatte sich ein Vogel verfangen. Als Vielbrock den Zebrafinken aus den Stoffbahnen pflückte, verlor der winzige Körper seine Federn. Das Tier war tot.

Jacobs Arbeitszimmer schien unberührt, Tücher verdeckten die Möbel, der Raum schwieg ihn an. Vielbrock schloss die Tür und stieg die Treppen hinauf.

»Ella?«

Er fand sie in ihrem Schlafzimmer. Ella schien zu schlafen, doch er konnte sie nicht wecken. Ihr Atem roch sauer und ging flach, sie war an einem anderen Ort.

Was hatte sie getan?

Die Angst ließ ihn fluchen. Er versuchte, sie aufzusetzen,

doch ihr lebloser Körper widersetzte sich. Wie ein Aal glitt sie ihm aus den Armen.
Noch einmal. Er hüllte sie in eine Decke, dann trug er die Freundin die Treppen hinunter. Als sie in seinem Wagen saß, sah er, wie schmal sie geworden war.

Kinderstimmen schwirrten wie Vogelzwitschern durch den Raum. Ein Gedanke schlich sich bis in die Dunkelheit hinab. Etwas Klebriges in ihrem Mund ließ sie würgen. Ella schnappte nach Luft. Irgendjemand reichte ihr etwas Tee und stopfte ein Kissen in ihren Rücken.
Wo war sie?
Ella blinzelte, doch die Helligkeit zerschnitt den gnädigen Schleier des Vergessens. Wilde Sterne tanzten vor ihren Augen. Sie stöhnte auf.
»Ella, du musst trinken.«
Sie kannte die Stimme, doch sie konnte ihr kein Gesicht zuordnen. Sie verspürte Angst, mühsam öffnete sie die Augen.
Victoria Vielbrock saß an ihrem Bett und reichte ihr eine Tasse Tee. Im Hintergrund sah sie die Vielbrock'schen Kinder spielen.
»Du bist auf *Oakland*, Ella.« Victoria lächelte sanft, und Ella dachte, dass sie wunderschön aussah, sie glich einem üppigen Strauß flammender Rosen.
»Wie bin ich …?« Eine Welle von Scham erfasste sie und ließ Tränen in ihre Augen steigen. Sie wandte den Blick ab.
»Johannes wollte dich abholen.« Victoria schwieg für einen Moment, sie schien ihre Worte sorgsam zu wählen. »Er hat dich gefunden. Du verdankst ihm wohl dein Leben.«
»Aber …« Sie konnte sich nicht vorstellen, was geschehen war.
»Eine Vergiftung, Ella. Der Alkohol … Johannes sagte, dass

er vier Flaschen neben deinem Bett gefunden hat. Wir haben das Gift mit Salzwasser aus dir herausgespült.«

Ella schloss die Augen, vermutlich hatte sie sich die ganze Nacht übergeben müssen.

»Johannes schläft jetzt, ich habe ihm versprochen, bei dir zu bleiben.«

»Die Kinder …«

Victoria schüttelte den Kopf. »Sie denken, dass du krank bist, Ella. Ich habe ihnen gesagt, dass du heute etwas Ruhe brauchst. Kann ich dir etwas zu essen bringen?«

Ella sank zurück in die Kissen, sie tastete nach Victorias Hand und drückte sie dankbar. »Ich kann nichts essen«, flüsterte sie.

»Dann trink!« Resolut drückte Victoria ihr die Tasse in die Hand. »Ich kann nicht den ganzen Tag an deinem Bett sitzen bleiben, Ella«, sagte sie, doch sie lächelte dabei.

Ella nickte. Sie dachte, dass die kühle Victoria sie auf wundersame Weise in ihr Herz geschlossen hatte.

Die Auktion! Der Gedanke durchfuhr sie mit Schrecken. »Ich muss zu Mister Wilson!«

Noch bevor Victoria antworten konnte, schlug Ella die Decken zur Seite und sprang auf.

»Ella, nein, du darfst noch nicht …« Victoria fing sie auf, als Ella bemerkte, dass ihre Beine sie noch nicht trugen. Erschrocken sackte sie zurück auf das Bett.

»Johannes wird dir alles erklären. Ruh dich aus, es ist für alles gesorgt.«

Behutsam deckte Victoria sie wieder zu und strich ihr über das Haar. »Versuch zu schlafen, alles wird gut.«

Und plötzlich fühlte Ella sich so geborgen wie schon lange nicht mehr. Dankbar schloss sie die Augen und schlief ruhig und furchtlos ein.

Sechs

»Du machst denselben Fehler wie deine Mutter, Ella.« Johannes war am Nachmittag zu ihr gekommen und hatte sich an ihr Krankenbett gesetzt. Er sah sie mit einer Mischung aus Mitgefühl und Mitleid an.

Ella richtete sich auf. Sie dachte, dass er nicht das Recht hatte, sie zu verurteilen. Was wusste er von ihren Ängsten und von ihrer Liebe zu Rosa?

»Ich habe sie nicht bei Jacob gelassen, um mich in Melbourne zu vergnügen«, antwortete sie trotzig. »Ich bin vor meinen Träumen, vor meinen Ahnungen geflüchtet. Ich wollte sie nicht in Gefahr bringen.«

»Aber du hattest Pläne, die Auktion! Und dann finde ich dich so …« Johannes schwieg, ein vorwurfsvoller Blick beendete seinen Satz.

Ella schüttelte den Kopf, doch sie nahm seine Hand und drückte sie. »Ich schäme mich, Johannes«, sagte sie. »Ich schäme mich sogar sehr. Die Einsamkeit hat mich überwältigt, ich kann es dir nicht anders erklären.«

»Du hättest zu mir kommen können. Ich bin dein Freund, Ella. Ich hätte dir doch helfen können.«

Ella nickte. Ihr Stolz hatte sie daran gehindert, nach *Oakland* zu fahren. Sie hatte gedacht, dass sie die Angst allein schultern könnte. Und für eine Weile hatte die wohlige Wärme des Alkohols tatsächlich geholfen. Sie hatte sich stärker und unberührbar gefühlt. Sie hatte ihre Träume in schimmernde Seide eingeschlagen und in einer Kiste versteckt. Doch dann hatte der Deckel sich mit einem lauten Knall geöffnet, und die Angst war wie eine Teufelspuppe daraus hervorgesprungen.

»Hat Mister Wilson die Auktion abgesagt?« Wieder musste Ella die Tränen zurückhalten. Sie hatte nichts erreicht, und sie wusste, dass sie keine zweite Chance bekommen würde. In Gedanken sah sie die Bilder vor sich, die sie für die Versteigerung ausgewählt hatte. Sie dachte, dass sie mit dem Geld Medikamente und Ausrüstung für die Station am Cooper Creek hätte kaufen können.

»Ich habe ihm gestern Abend noch einen Boten geschickt und ihm ausrichten lassen, dass du krank geworden bist.«

»Dann wird man mir die Bilder zurückschicken?«

Johannes schüttelte den Kopf. Ella sah, dass sich sein Mund zu einem breiten Lächeln verzog. Er wirkte wie ein satter, zufriedener Bär. »Es ist alles verkauft worden, Ella. Die Auktion hat stattgefunden, und die Melbournians haben sich nicht lumpen lassen. Sie sind immer noch verrückt nach deinen Werken.«

Ella sah den Freund ungläubig an. Sie spürte, wie ihr Herz aufgeregt schlug. »Die Melbournians haben ihr Geld für Jacobs Station gegeben?«

Johannes lachte laut, aber er schüttelte den Kopf. »Sie haben ihr Geld für deine Bilder gegeben und für eine Schule im Outback. Ich glaube nicht, dass Mister Wilson ihnen deine Pläne in allen Einzelheiten erläutert hat. Er wird ihnen die eine oder andere Information vorenthalten haben.«

»Ihr seid einfach großartig!« Ella spürte, wie alle Ängste und Zweifel zu etwas Unbedeutendem zusammenschmolzen. Sie fiel Johannes um den Hals.

Der Freund umarmte sie fest, und Ella dachte, dass sie sich immer auf ihn hatte verlassen können. *Du bist von so vielen guten Geistern umgeben* – wie aus weiter Ferne erreichte sie Mister Wangs Stimme. Der gute Mister Wang. Sie schloss die Augen und sah sein Grab im Tempelgarten von Melbourne vor sich. In einer Bronzeschale glimmte Räucherwerk, das nach Sandelholz und Abschied duftete.

»Du musst zurückgehen, Ella. Bald.« Johannes strich ihr über den Rücken, sie spürte seinen Atem an ihrem Ohr. »Du musst Rosa zu dir holen. Da draußen braut sich etwas zusammen, das spüre sogar ich. Du musst endlich um deine Tochter kämpfen!«

Mister Wilson rauchte Pfeife, als Ella in sein Büro kam. Er sah nachdenklich auf, die Stapel von Papieren und alten Zeitungen auf seinem Schreibtisch hatten bedrohliche Höhen erreicht.
»Geht es Ihnen wieder besser?«
Ella nickte, sie hatte mehrere Tage bei den Vielbrocks verbracht und sich umsorgen lassen. Johannes hatte ihr das Versprechen abgenommen, nicht wieder mit dem Trinken anzufangen.
»Was werden Sie mit dem Geld machen, das wir eingenommen haben, Miss Carlsburg?« Wilson zwinkerte, er deutete auf einen dicken Umschlag, den er aus seiner Schublade zog.
Ella schwieg einen Moment. Es war merkwürdig, dass der Verleger sie immer noch so formell ansprach. Obwohl sie inzwischen so vieles voneinander wussten, hatten sie immer Distanz gewahrt. Bisweilen dachte Ella, dass sie nach wie vor nicht mehr als eine prickelnde Story für Mister Wilson war. Selbst in einem vertraulichen Moment wie diesem schien der Verleger in Schlagzeilen zu denken.
»Ich werde ins Outback zurückkehren und Mister Saalmuth helfen, die Station weiter auszubauen«, antwortete sie schließlich.
»Ich habe Ihren Mut immer bewundert.« Mister Wilson stand auf, er trat um den Schreibtisch herum und kam auf sie zu. Sein Blick suchte ihre Augen, und Ella spürte, dass sie errötete. Für einen winzigen Moment dachte sie, dass er vor ihr niederknien und um ihre Hand anhalten könnte.

»Mister Wilson …« Sie wusste nicht, was sie sagen sollte. Doch Wilson schüttelte lächelnd den Kopf und wandte sich zur Fensterfront.

»Es gibt nur wenige Frauen mit Ihrer Klasse, Miss Carlsburg.«

»Das hört sich an, als sei ich ein Rennpferd.« Ella hatte ihre Stimme wiedergefunden. Wilson lachte, sie sah, wie seine Schultern bebten. Doch im nächsten Moment klang seine Stimme ernst.

»Ich habe Informationen, dass die Siedler wieder Aktionen gegen die Aborigines planen. Und in der Regierung gibt es Pläne, die Schwarzen auch in Victoria in Reservaten zusammenzutreiben, um sie besser kontrollieren zu können.«

Noch mehr Reservate! »Man will die Schwarzen einsperren?« Ella wollte aufspringen, aber sie hatte nicht die Kraft dazu.

»Man wird ihnen bestimmte Gebiete zuweisen, die sie nicht verlassen dürfen.«

»Dann wird man die Aborigines von ihren Ahnen, von ihren Traumpfaden abtrennen. Sie werden um ihr Leben kämpfen.«

Wilson drehte sich wieder zu ihr, in seinen Augen konnte sie die Sorge lesen. »Verstehen Sie mich nicht falsch, Miss Carlsburg. Ich gehöre nicht zu denen, die diese Pläne gutheißen. Ich kann es aber auch nicht akzeptieren, dass die Schwarzen plündern, Farmhäuser in Brand setzen und Siedlerfamilien töten. Sie müssen lernen, unsere Regeln anzuerkennen.«

»Vielleicht müssen wir Europäer lernen, das andere zu akzeptieren.« Ella dachte, dass sie schon wie Jacob klang. »Es muss doch einen Weg geben, auf dem sich die beiden Lebenswelten friedlich begegnen können.«

»Dafür ist es bereits zu spät, Miss Carlsburg.«

»Nein.« Ella schüttelte den Kopf. »Es lohnt sich, dafür zu kämpfen. Und ich werde zurückgehen und Jacob dabei unterstützen.«

»Dann begeben Sie sich in Gefahr. Es hat bereits Drohungen gegen Europäer gegeben, die sich schützend vor die Schwarzen stellen.«

»Ich kann meine Familie nicht im Stich lassen, Mister Wilson. Und mit dem Geld aus der Auktion können wir tatsächlich eine Schule im Outback gründen. Die Aborigines müssen sich uns doch mitteilen können, wir müssen ihre Kultur verstehen, ihre Bedürfnisse, ihr Verhalten. Wir müssen von gleich zu gleich miteinander reden können, um Lösungen zu finden. Und Sie können uns helfen.« Ella legte ihre Hand auf Wilsons Arm und zog ihn näher zu sich heran. »Die Wahrheit, Mister Wilson! Die *Post* kann über das Projekt berichten und über das Leben der Aborigines. Es sind Menschen – und keine wilden Tiere. Und wenn die Europäer das begreifen, können wir uns doch aufeinander zubewegen.«

Mister Wilson nickte, er sah sie auffordernd an. »Dann bringen Sie mir Geschichten, Miss Carlsburg. Fotografien, Zeichnungen … In meiner Redaktion habe ich niemanden, den ich ins Buschland schicken könnte. Niemand, der es mit Ihnen aufnehmen kann.« Er streckte ihr die Hand entgegen, und Ella schlug ein. »Damit sich die Welt ein wahres Bild von der Situation im Outback machen kann!«

Sieben

Ellas Gepäck war schwer, neben ihren Farben und Blöcken hatte sie auch Kisten mit Medikamenten, medizinischem Gerät und Ausrüstung für die Station dabei. Und auch Mister Wilsons Kamera befand sich in einem speziellen Koffer. Inzwischen hatte er sich ein etwas handlicheres Modell zugelegt, doch das Fotografieren war immer noch mit großem Aufwand verbunden.

Wahre Bilder. Der Verleger hatte Ella davon überzeugt, dass die Fotografien, die Wahrheit also über das Leben der Aborigines, die Brisanz ihrer Berichte aus dem Outback unterstreichen könnten. Sie hatte mit Mister Wilson vereinbart, dass er ihr nach ihrer Rückkehr Platz für einen ausführlichen Bericht in der *Post* einräumen würde. Ella reiste mit einem Auftrag in den Busch, und sie dachte, dass Jacob stolz auf ihren Einsatz und ihr Engagement sein würde.

Sie war zuversichtlich. Vielleicht würde er sogar begreifen, dass ihre Tochter auch bei der Mutter leben könnte, wenn die Bedrohungen im Busch weiter zunahmen. Er konnte die Augen doch nicht vor dem Offensichtlichen verschließen!

Rosa. Gympie. Und Jacob. Auf dem Weg nach Norden hatte Ella Zeit, sich ihren Liebsten auch in Gedanken zu nähern. Und sie horchte in sich hinein: Lauerte die Glut nicht noch immer in einem versteckten Winkel ihres Denkens? War es richtig, an den Cooper Creek zurückzukehren?

Johannes, der sie begleitete, ließ keinen Zweifel zu. »Es geht um Rosa, Ella. Und es geht um deine Familie. Du musst bei deiner Tochter sein, und vielleicht musst du mit ihr nach Melbourne zurückkehren, falls sich die Zustände im Outback weiter zuspitzen. Und wenn Jacob sie nicht gehen lässt …« Er zeigte auf seine Flinte, deren Lauf aus seiner Satteltasche ragte. »Dieses Mal bin ich vorbereitet. Er darf nicht mit dem Leben deiner Tochter spielen.«

»Johannes, bitte …!« Ella schüttelte den Kopf, doch sie dachte, dass sie dem Freund vertrauen müsste. Vielbrock war ein nüchterner Beobachter, er neigte nicht zum Dramatisieren. Und er hatte regelmäßig Berichte vom Murray River erhalten. Sein Verwalter hatte ihm gemeldet, dass die Siedler sich weiter bewaffnet hätten. An einigen Orten, wo es Überfälle gegeben hatte, war das Buschwerk umstellt worden. Dann hätte man

auf die Aborigines gefeuert, doch bis auf zwei waren alle Schwarzen den Häschern entkommen.
»Sie machen Jagd auf die Aborigines«, hatte Johannes erklärt, und zum ersten Mal in all den Jahren, die sie sich kannten, hatte Ella bemerkt, dass seine Stimme sich vor Empörung überschlagen hatte. »Das hat nichts mehr mit Rechtsstaatlichkeit zu tun.«
Unterwegs nach *Grünau* standen Ella immer wieder die Bilder dieser empörenden Hatz vor Augen: Sie sah eine Hundemeute, die sich kläffend und winselnd ins Unterholz schlug, doch statt des Fuchses liefen dort die Schwarzen um ihr Leben. Eine schreckliche Vorstellung. Schließlich, um sich von den inneren Bildern zu befreien, zeichnete sie das Motiv, und als sie die Bilder Johannes zeigte, nickte der Freund. »Man muss die Aborigines überreden, freiwillig umzusiedeln. So jedenfalls darf man nicht mit ihnen umgehen. Das ist unmenschlich.«
Sie kamen bis nach *Grünau,* doch auf der Farm erreichten sie neue Nachrichten aus dem Norden. Die Unruhen eskalierten. »Es hat wieder brutale Übergriffe am Darling River gegeben«, meldete Johannes' Vorarbeiter ihnen nach ihrer Ankunft. »Es heißt, dass man die Schwarzen mit einer gewaltigen Menschenkette zusammentreiben und noch weiter ins Hinterland abdrängen will. Wer nicht schnell genug flieht, der wird erschossen.«
»Das ist Krieg!« Am Abend versuchte Johannes Ella zu erklären, dass sie die Weiterreise verschieben müssten. »Wir können nicht wie geplant zum Cooper Creek reiten, denn dann müssten wir mitten durch das Kampfgebiet ziehen. Es ist zu gefährlich, wir geraten zwischen die Fronten. Man wird uns verdächtigen, die Aborigines warnen zu wollen, und uns bedrohen. Wir müssen abwarten, bis sich die Lage wieder beruhigt.«

»Aber vielleicht können wir vermitteln – und dadurch Leben retten. Man weiß doch, wer du bist. Deine Stimme hat Gewicht bei den Siedlern.« Ella dachte, dass sie jetzt nicht still sitzen könnte. Vor ihrem inneren Auge sah sie wieder schreckliche Bilder: Weiße, die auf Aborigines schossen, und Schwarze, die sich verzweifelt mit ihren Speeren wehrten. Sie waren den Angreifern hilflos unterlegen.
Die Geschichte schien sich auf schreckliche Weise zu wiederholen. Schon mehrfach war es zu Massakern an den Ureinwohnern gekommen. Vor fast fünfzig Jahren hatten die Europäer im Süden auf Van Diemen's Land mehr als tausend Aborigines getötet. Und Mister Wilson hatte Ella erzählt, dass die Zahl der Schwarzen zwischen 1788 und 1850 von geschätzten siebenhundertfünfzigtausend auf unter dreihunderttausend gesunken war. Und heute waren es vermutlich noch weniger. Die Ureinwohner verschwanden – in einem letzten, verzweifelten Kampf.
Johannes schüttelte den Kopf, er würde sich nicht zwischen die Feuerlinien begeben. »Am Cooper Creek scheint es doch ruhig zu sein, Ella«, versuchte er sie zu beruhigen. »Wir müssen die nächsten Meldungen abwarten. Vielleicht können wir in einigen Tagen weiterziehen.«

Das Warten zerrte an Ellas Nerven, sie konnte den Gedanken an den Schrecken kaum ertragen. Auf *Grünau* blieb es friedlich, doch weiter nördlich schossen die Weißen auf die ihnen hilflos unterlegenen Aborigines. Wenn Ella unten am Fluss zeichnete oder fotografierte, meinte sie, die Stimmen der Ahnen zu hören, die sie wie die Schreie eines Vogelschwarms aus weiter Ferne erreichten. Die Stimmen vermeldeten die Katastrophe, die sich in der Steppe ereignete. So viele Tote … Bedrängt von den Weißen töteten die Aborigines sogar ihre Kinder, weil diese sonst durch ihr Schreien die Verstecke der Schwarzen verraten hätten. Ella spürte, dass eine ganze Generation ihr Leben verlor, und sie litt schrecklich. Sie wusste, dass sie nicht mehr länger auf *Grünau* abwarten durfte. Wenn Johannes sie nicht begleitete, musste sie alleine weiterreiten.

Nachdem die Unruhen erneut ausgebrochen waren, hatte Johannes die Wachen auf seiner Farm verstärkt. Tagsüber hatte er die Männer auf dem umgebenden Weideland postiert, in den Nächten patrouillierten die Wachen rund um das Farmhaus. Die Männer waren mit Jagdflinten bewaffnet, und sie hatten die Anweisung bekommen, bei Gefahr zu schießen.
Johannes spürte, dass Ella vor Angst und Sorge den Verstand zu verlieren drohte. Besonders abends, wenn die Dunkelheit über die Steppe herankroch und sich wie ein undurchdringlicher Schleier über das Land legte, schien ihre Welt nur noch aus Schatten zu bestehen. Dann strich sie verzweifelt durch das Haus – unfähig, auch nur einen Moment ruhig zu sitzen und klar zu denken. Immer wieder bedrängte sie ihn, sie nach Norden zu begleiten. Schließlich wich er nicht mehr von ihrer Seite.
Auch in den Nächten horchte Johannes auf jedes Geräusch, und immer wieder stand er auf, um nach Ella zu sehen. Lag sie auch in ihrem Bett? Er wusste, wozu sie fähig wäre und dass sie wahrscheinlich versuchen würde, sich unbemerkt davonzustehlen, um sich allein auf den Weg an den Cooper Creek zu machen.
Sie waren seit knapp zwei Wochen auf *Grünau,* als Johannes nachts eine Tür über den Holzboden schleifen hörte. Schritte folgten, jemand schlich die Treppe hinunter. Er hatte tief geschlafen, und es dauerte eine Weile, bis er ganz bei sich war. Als Johannes aufstand, um nach Ella zu sehen, hörte er, dass

sich die Vordertür öffnete. Schnell zog er sich Jacke und Stiefel über und stolperte hinaus.
Ellas Bett war leer, er hatte sich nicht getäuscht. Fluchend zündete Johannes eine Lampe an und stieg nach unten. Er dachte, dass sie versuchen würde, an ein Pferd zu kommen. Wahrscheinlich lief sie dabei einer der Wachen in die Arme. Trotzdem beeilte er sich, er wollte nicht, dass Ella in ihrer Verzweiflung anfing, zu schreien oder um sich zu schlagen. Er wollte sie vor sich selbst beschützen.
Als er aus der Tür heraustrat, hörte er Geschrei, dann gab es einen Schuss. Johannes stockte der Atem, eine furchtbare Ahnung beschlich ihn. Hatten die Wachen Ella mit einem Eindringling verwechselt und auf sie geschossen?
Brüllend rannte er auf den Pferdestall zu, aus dem der Lärm zu kommen schien. Von allen Seiten stürmten nun die Leute herbei, Fackeln und Lichter wurden entzündet, die Männer wussten nicht, was geschehen war.
Und dann sah er sie. Ella lag auf dem Rücken, sie hatte die Augen geschlossen. Etwas Dunkles lag auf ihr, und dann war dort Blut. So viel Blut. Johannes würgte, er hörte einen Schrei, bis er merkte, dass er selbst derjenige war, der schrie. Getroffen sank er auf die Knie, und dann, so als hätte er sie eben erst kennengelernt, sah er ihr Bild vor sich: die strahlende Ella, die mit Robert nach *Oakland* gekommen war, um für ihn zu arbeiten.

Acht

Es war alles gutgegangen, bis sie den Stall erreicht hatte. Schon am Nachmittag hatte Ella alles, was sie benötigte, in ihren Satteltaschen verstaut. Jetzt ging es darum, schnell zu sein. Und

leise. Wie eine Wildkatze schlich sie durch die Nacht. Sie wusste, dass die Wachen ihre Runden drehten, vorsichtig huschte sie voran, von Schatten zu Schatten. In den vergangenen Nächten, in denen sie über ihren Plan nachgedacht hatte, hatte Ella sich den Rhythmus der Patrouille eingeprägt. Als die Wachen nun hinunter zum Fluss schlenderten, wagte sie es, den Hofplatz zu überqueren.
Während sie lief und die Kühle der Nacht ihr Gesicht streifte, rief sie sich noch einmal ihren Plan in Erinnerung. Sie wollte allein zum Cooper Creek reiten. Und sie würde Rosa in Sicherheit bringen – auch gegen Jacobs Willen. Und gegen die Bedenken des Freundes. Johannes, das wusste sie, würde sie nicht mehr aus den Augen lassen, wenn man sie jetzt aufgreifen sollte.
Ella keuchte, sie hatte den Stall fast erreicht, als sie etwas in der Dunkelheit spürte. Da war eine Bewegung, ein Schatten, der in ihre Richtung huschte. Etwas, das atmete und Wärme verströmte und das sich jetzt immer schneller auf sie zubewegte.
Ella hielt den Atem an.
Im nächsten Moment leuchteten gelbe Augen auf, und noch bevor Ella weiterdenken konnte, sah sie, wie der Schatten zum Sprung ansetzte. Abwehrend hob sie die Hände vors Gesicht, jeder Gedanke an Flucht war sinnlos.
Der Schatten war nun über ihr, und in diesem Augenblick erkannte sie das Wesen. Ihr Herz tat einen Sprung, sie öffnete die Arme und zog den Körper an sich, umarmte ihn voller Liebe und Erleichterung. »Alles ist gut«, flüsterte sie. »Alles ist gut.«
Dann hörte sie den Schuss und spürte einen Schlag gegen ihre Brust. Die Wucht riss sie nach hinten, und noch im Fallen dachte sie, dass nun alles vorbei wäre. Dass ihr Leben in diesem Moment endete.

Blut sickerte durch ihre Kleidung, warmes, klebriges Blut, das sich mit dem Sand zu einer zähen Masse vermischte und den Boden tränkte. Sie spürte, wie das Leben verrann, wie es sich von dem geliebten Wesen löste. Ein, zwei Herzschläge noch, dann wehte seine Seele mit einem Seufzer davon.

Ellas Schrei hallte wie eine furchtbare Anklage durch die Dunkelheit. Und in diesem Schrei lagen die ganze Angst und der Schmerz der vergangenen Wochen, die sie nun aus sich herausschleuderte. Sie wusste, dass etwas Furchtbares geschehen war. Nicht nur hier, auf der Farm, sondern auch dort draußen, am Cooper Creek.

Schluchzend nahm sie den warmen Kopf des Tieres in die Arme, das Clowngesicht. Sie strich über sein Fell, immer wieder und wieder, bis Johannes an ihrer Seite war.

Dann ließ sie sich fallen. »Sie haben Nala getötet«, schrie sie und trommelte verzweifelt gegen die breite Brust des Freundes. »Sie haben Nala erschossen.«

Johannes wiegte sie in seinen Armen. »Die Wachen haben ein wildes Tier gesehen, das auf dich zugesprungen ist, Ella. Das war kein böser Wille. Man wollte dich schützen. Es tut mir so leid …«

»Es ist etwas geschehen, Johannes. Da draußen ist etwas geschehen, Nala hätte sich sonst nicht allein auf den Weg gemacht.«

»Ich werde die Wachen hinausschicken, sie sollen die Umgebung absuchen. Vielleicht haben sich Jacob und Gympie bis nach *Grünau* durchschlagen können.«

Johannes zog sie hoch und stützte sie. Ella bemerkte, dass sie sich im Fallen verletzt hatte. Ihr Knöchel schmerzte, sie konnte den Fuß nicht belasten.

»Ich komme mit.«

»Ella, du bist verletzt und …«

»Ich kann nicht hierbleiben und warten.«
Johannes nickte. »Vielleicht kannst du reiten.« Dann bückte er sich und hob Nalas leblosen Körper auf. »Wir werden sie unten am Fluss beerdigen«, murmelte er, und plötzlich strich auch er gerührt über das Fell des Dingos.
Als sie langsam auf das Haus zuliefen, fielen weitere Schüsse auf dem Gelände.
Wieder hörten sie, dass die Wachen durcheinanderriefen.
»Nicht schießen!« Johannes drückte Ella den toten Dingo in die Arme. »Nicht schießen, Männer.« Er lief um den Stall herum und fuchtelte mit den Armen.
Inzwischen war es etwas heller geworden, am Horizont kroch ein Streifen Morgenröte über das Land.
Ella blinzelte durch die Tränen, ängstlich horchte sie auf die Kommandos der Männer, die sich nun alle auf das Flussufer zubewegten.
Dann hörte sie ein Pferd wiehern. Ein fremder Reiter. War es Jacob?
Der tote Körper glitt aus ihren Armen. Ella biss sich auf die Lippen, dann versuchte auch sie, hinunter zum Fluss zu laufen. Die Angst überlagerte den Schmerz.

Sie waren wohl vor mehr als drei oder vier Wochen aufgebrochen. Tagsüber hatten sie sich in Büschen und Senken vor den Siedlern versteckt, im Schutz der Dunkelheit waren sie vorangekommen. Sie hatten sich fortbewegt, fort von dem, was am Cooper Creek geschehen war.
Sie hatten den Schrecken hinter sich gelassen.
Irgendwie hatten sie es bis an das Ufer des Murray River geschafft. Dort hatte Gympie warten wollen, bis der Morgen hereinbrach. Im Schutz einiger Büsche hatten sie sich in ihre Decke gerollt.

»Morgen sind wir auf *Grünau*«, hatte sie geflüstert, bevor sie erschöpft eingeschlafen war.

Doch dann hatte Nala sich davongeschlichen. Sie musste durch den Fluss geschwommen sein, denn plötzlich gab es auf der anderen Seite Tumult.

Wenig später hörten sie einen Schuss und dann einen furchtbaren Schrei, der über das Wasser bis zu ihnen drang. Die Wasservögel waren aufgeschreckt, und Rosa hatte angefangen zu weinen.

Das arme Kind! Gympie dachte, dass es ein Wunder war, wie tapfer und furchtlos das Mädchen bislang durchgehalten hatte. Zuerst das furchtbare Unglück – und dann die Strapazen der Flucht. Sie nahm Rosa in die Arme.

Doch Rosa riss sich los, und Gympie, die jetzt nicht mehr so beweglich war, schaffte es nicht, sie wieder einzufangen. Mit einem Satz war Rosa bei ihrem Pferd, kletterte irgendwie auf den Rücken der Stute und preschte auf den dunklen Fluss zu. Das Wasser spritzte auf, und im diffusen Licht des heraufziehenden Morgens sah Gympie, wie das Tier bis zur Brust darin versank.

»Rosa!« Gympie stand am Ufer und schrie ihr nach. »Rosa!« Sie sah, dass sich auf der anderen Seite des Flusses Lichtpunkte auf das Wasser zubewegten. Dann sah sie eine Explosion, das Feuer eines Gewehrlaufs, und im nächsten Augenblick hallte der Schuss auch schon über das Wasser.

»Nicht schießen!« Sie wedelte mit den Armen und schrie und schrie und schrie. Sah denn niemand, dass dort ein Kind durch die Furt ritt? Gympie stolperte ins Wasser, fiel hin, schluckte Wasser, würgte, schrie und kam mühsam auf die Beine. »Nicht schießen, bitte nicht schießen!«

Das Pferd wieherte, panisch hatte es einen Satz zur Seite gemacht, doch Rosa hatte sich halten können. Gympie sah, dass sie nun am Hals des Pferdes hing. Wenn sie in den Fluss fiel, würde sie ertrinken.

»Halt dich fest, Liebes. Ich bin gleich bei dir!«

Doch auch Gympie konnte nicht schwimmen, hilflos watete sie durch das Wasser, das ihr nun bis über die Schultern reichte und an ihren Kleidern zog. Ein, zwei Schritte noch, dann wären die Fluten über ihr. Sie war fast besinnungslos vor Angst.

Schon sah sie in Gedanken die nächste Kugel durch die Luft jagen, und die Vorstellung, dass diese das Kind treffen könnte, ließ sie wieder würgen.

Ihre Stimme versagte, sie brachte keinen Ton mehr heraus. Wieder schlug das Wasser über ihrem Kopf zusammen, und sie verlor den Halt. Sie strampelte, trat gegen die kalte Wasserwand. Als sie wieder nach oben kam, hörte sie eine Männerstimme.

»Nicht schießen, verdammt noch mal!« Es war Johannes' Stimme, Gympie sah, wie er sich in den Fluss stürzte. Und dann hörte sie Ella, die nach ihrer Tochter rief. »Rosa, Rosa, Rosa …«

Ein Band aus Fackeln erhellte das Ufer, Männer liefen ins Wasser. Jemand zog das Mädchen vom Hals des Pferdes, nahm es in seine Arme.

Gympie spürte, wie etwas vor Erleichterung in ihrem Inneren zerriss, und sie wusste, dass das Kind nun kommen würde.

Neun

Gympie war am Ende ihrer Kräfte. Nachdem Johannes sie auf seinem Pferd sicher über den Murray River getragen hatte, sank sie Ella in die Arme. Nass und zitternd schmiegte

Gympie sich an die Freundin, dann krümmte sie sich unter Krämpfen. Da erst bemerkte Ella, dass Gympie schwanger war.

»Sie bekommt ein Kind!«

Johannes, der Gympies geschwollenen Leib bereits registriert hatte, nickte. »Sie hat Wehen, Ella. Starke Wehen. Wer weiß, wie lange sie sich schon gegen die Geburt gewehrt hat. Wir müssen sie ins Haus schaffen.«

Auf dem Weg hinauf kam Gympie wieder zu sich. »Rosa, wo ist Rosa?«, flüsterte sie.

»Es ist alles gut«, Ella hielt ihre Hand und zeigte auf Rosa, die sich nass, aber wohlbehalten in Johannes' Arme drückte. »Wir haben die Wachen losgeschickt, damit sie Jacob über den Fluss holen.«

Gympie stöhnte auf, ein Zittern durchfuhr ihren Körper. Die Männer, die sie auf einem Holzkarren zum Hof zogen, hielten erschrocken an.

»Was ist mit Jacob?« Ella drückte Gympies Hand. Sie dachte an die furchtbaren Bilder, die sie immer wieder gesehen hatte, an ihren Traum.

Doch Gympie schüttelte den Kopf.

»Sie haben den Wagen angezündet.« Rosa begann zu schluchzen.

»Wer hat den Wagen angezündet, Liebling? Was ist passiert?«

»Da waren Männer … Weiße, die uns fortjagen wollten. Papa hat ihnen gesagt, dass wir nicht gehen werden. In der Nacht sind sie zurückgekommen, plötzlich hat alles gebrannt, das Haus, der Wagen. Papa hat uns hinunter zum Fluss gebracht.«

»Mein Schatz …« Gympies Hand, die eiskalt war, löste sich aus Ellas Griff und fiel herab. Sie war wieder bewusstlos.

Ella dachte, dass sie Jacob finden müssten. Schnell, sie brauchten seine Hilfe. Tröstend nahm sie ihre Tochter auf den Arm und versuchte, dass schluchzende Kind zu beruhigen. Was hatte das Mädchen nur durchmachen müssen? Ella wiegte Rosa wie ein Baby, es tat so gut, das Kind zu halten, seine Wärme zu spüren, sein schlagendes Herz. Sie war bei ihr. Rosa war in Sicherheit.

Ella roch den Brandgeruch, der wie eine Bestätigung ihrer Träume in Rosas nassem Haar hing. Bilder stiegen vor ihrem inneren Auge auf, Bilder, die sie nicht sehen wollte und die doch unaufhörlich auf sie einströmten.

Sie sah Jacob, sah, wie er vom Cooper Creek zu der brennenden Station zurückeilte. Jacob, der seine Arzttasche retten wollte, die Instrumente, seine Aufzeichnungen.

Brüllend vor Zorn schlug er die brennenden Planen des Wagens zurück. Er sprang hinein, sprang in die Flammen, tastete sich voran und, sie spürte es, zog an dem heißen Leder der Tasche, das sich in seine Handflächen brannte.

Ella fühlte den Schmerz, seinen Schmerz. Und seine Angst, die ihn erstarren ließ. Jetzt brannten seine Kleider, die Haare, die Wimpern. Jacob ließ die Tasche los, schlug um sich, stolperte zurück, doch in diesem Moment fielen die Aufbauten des Planwagens in sich zusammen. Die Flammen waren jetzt überall, und der Schmerz ließ sich nicht mehr beschreiben. Das Fleisch brannte jetzt, die Haut warf Blasen, löste sich, löste sich auf in der gierigen Glut, die um seinen Körper schwappte.

Mensch sein. Mensch. Sein. Asche. Staub. Vielleicht ein letzter Gedanke noch, dann war es vorbei. Die Flammen flossen auseinander, leckten im Sand nach neuer Nahrung.

Jacob … Ella sackte zusammen. Die Träume, dachte sie. War es also doch nicht das tote Kind gewesen, die Aborigines, die Angst um Rosa? War es Jacob gewesen? Jacob, der Fremde, der Geliebte, der Vater ihrer Tochter. Jacob, der ihr immer vorausgegangen war und den sie nun endgültig verloren hatte. Schluchzend bedeckte sie Rosa mit Küssen.

Irgendwie waren sie alle ins Haus gelangt. Johannes hatte Gympie in ein Schlafzimmer bringen lassen, er hatte sich um Ella und Rosa gekümmert, getröstet und zugehört. Dann war ihm eingefallen, dass Nalas Körper noch im Hof lag. Jemand brachte den toten Dingo in die Küche, wo Ella das Tier in ein weißes Laken hüllte.

Ihre größte Sorge war jedoch Gympie. Immer wieder verlor sie das Bewusstsein, und in diesen Phasen setzten auch die Wehen aus. Johannes dachte, dass sie Mutter und Kind verlieren würden. Auf *Grünau* gab es niemanden, der wusste, was zu tun war, und der nächste Arzt war in Menindee, zwei Tagesritte entfernt.

Doch Ella gab nicht auf, und über die Sorge um die Freundin konnte sie den Schmerz um Jacob aushalten. Der Tag verging im Auf und Ab von Gympies wechselnden Zuständen, die Zeit zerrann zwischen Hoffen und Bangen.

Erst in der Nacht setzten die Wehen wieder in regelmäßigen Abständen ein. Für einen Moment schöpften sie alle Hoffnung, aber die Geburt blieb schwer und zog sich weiter über Stunden hin. Gympies schwacher Körper schaffte es nicht, das Kind aus sich herauszutreiben. Hilflos wand sie sich unter Schmerzen.

Nach Mitternacht zog Ella Johannes zur Seite. Sie war am Ende ihrer Kräfte. »Sie schafft es nicht allein«, sagte sie. Verzweiflung lag in ihrem Blick.

Johannes sah tiefe, blaue Schatten unter Ellas Augen. Ihre Lippen waren trocken und aufgesprungen. Er dachte, dass sie den Tod der Freundin nicht auch noch verkraften könnte.

»Wir werden das Kind nicht retten können, Ella.« Er dachte

an die vielen tausend Schafsgeburten, die er erlebt hatte. Wenn ein Lamm länger als einen Tag im Leib der Mutter steckenblieb, konnte man es nur noch mit einem beherzten Griff aus seinem warmen Gefängnis befreien. Und mit etwas Glück überlebte das Mutterschaf diese Prozedur. Das Lämmchen jedoch war immer tot.

Ella schien seine Gedanken lesen zu können. Sie sah ihn verzweifelt an. »Jacob«, flüsterte sie. »Jacob …«

Johannes zog sie an sich.

Ella schmiegte sich in seine Arme, sie suchte Trost. Doch dann versteifte sie sich plötzlich. Mit einem Ruck löste sie sich wieder von ihm.

Kopfschüttelnd lief sie in ihr Zimmer, Johannes folgte ihr ratlos. »Du kannst sie jetzt nicht allein lassen«, murmelte er, denn er wusste nicht, ob er die Kraft haben würde, Gympie bis zum Ende zu begleiten. Er fürchtete sich vor dem Moment, in dem sie erkennen würde, dass ihr Kampf vergebens war.

Ella hatte eine der Kisten geöffnet, die sie aus Melbourne mitgebracht hatten. Sie wühlte darin herum, dann zog sie etwas daraus hervor.

Das Instrument sah aus wie zwei armlange Löffel, die man miteinander verbunden hatte. Eine Art Werkzeug zum Greifen, eine Zange. Johannes zuckte zurück.

»Das kannst du nicht tun, Ella. Du wirst sie töten.«

»Das ist eine Geburtszange, Johannes, kein Teufelszeug. Jacob hat mir einmal erklärt, wie man sie benutzt.« Ella lief an ihm vorbei, zurück zu Gympie.

»Du bringst sie um!« Johannes packte sie am Arm, zog sie zurück.

»Sie stirbt, Johannes. Sie stirbt, wenn wir ihr nicht helfen. Und ich weiß nicht, was ich anderes tun kann. Ich bin kein

Arzt, aber ich habe ein Kind geboren. Wir müssen es versuchen.«
Johannes spürte, wie eine Welle von Übelkeit in ihm aufstieg. Fluchend stieg er in die Halle hinunter, um nach seinem Whisky zu suchen. Er wusste, dass Ella recht hatte. Doch er wagte nicht, an das zu denken, was sie nun gemeinsam tun müssten.

Über den Tag war Gympie immer schwächer geworden. In der Nacht, Rosa schlief bereits in ihrem Bett, spürte Ella, dass ihnen nicht mehr viel Zeit blieb. Da war ihr die Zange eingefallen, Jacob hatte sie noch für seine Praxis in Melbourne bestellt. Doch damals war das Instrument nicht lieferbar gewesen, der Apotheker hatte es zwei oder drei Mal in England ordern müssen. Schließlich hatte Jacob die Bestellung vergessen, danach war er ins Outback gezogen. Doch die Zange hatte ihren Weg nach Melbourne gefunden. Der Apotheker hatte sie mit einigen Spritzen und einer Entschuldigung wegen der langen Lieferzeit in das Haus nach Upper Hill schicken lassen. Zunächst hatte Ella das furchteinflößende Ding zurücklassen wollen, sich dann jedoch anders entschieden. Die Zange hatte gerade noch in die Kiste mit den anderen Instrumenten gepasst, die sie für die Station gekauft hatte.
Vorsichtig klappte sie die metallenen Bügel der Zange auseinander, sie versuchte, sich mit ihrem Mechanismus vertraut zu machen. Sie wusste, dass Johannes sie im Stillen für verrückt erklärte. Doch sie wusste auch, dass dieses Instrument ihre einzige Chance war, Gympies Leben zu retten.
»Ich versuche, das Kind zu holen.« An Gympies Bett nahm sie die Hand der Freundin und drückte sie fest.
Gympie schien bei Bewusstsein zu sein, sie drehte ihren Kopf zu Ella, sah sie an. Ella strich ihr das lange Haar aus dem Gesicht.

»Hast du mich verstanden, Liebes? Wir müssen das Kind holen.«

Gympie schloss die Augen. Eine Wehe packte ihren Körper, schüttelte ihn, und sie begann zu schreien. Dann sackte ihr dunkler Kopf zur Seite, sie war wieder ohnmächtig.

»Schnell, schnell!«, rief Ella Johannes zu.

Vielbrock murmelte etwas Unverständliches, er hatte noch einmal heißes Wasser bringen lassen.

Während er die Zange reinigte, band Ella sich eine Schürze vor, hastig wusch sie Hände und Oberarme mit Whisky. Der Alkohol brannte auf der Haut und stieg ihr scharf in die Nase. Sie wusste, dass sie mit den Wehen arbeiten müsste. Sie musste sich in das Becken vortasten und den Kopf des Kindes mit beiden Zangenlöffeln umfassen.

Ella atmete tief durch, doch ihre Hände zitterten. Noch einmal griff sie nach der Flasche und nahm einen tiefen Schluck. Wie Feuerzungen floss der Whisky durch ihre Kehle, Wärme durchströmte sie. Sie schloss die Augen und rief sich Rosas Geburt vor Augen: Was hatte sie damals gespürt? Wo hatte der Kopf das Kind gesessen? Wie könnte sie die Zange plazieren? Sie ließ sich von ihren inneren Bildern leiten. Vorsichtig tastete sie nach dem Kopf des Kindes. Er saß tief im Becken fest.

Wieder rollte eine Wehe durch Gympies Körper, die Freundin seufzte auf. Ella spürte, dass sich ihr das Kind für einen Moment entgegenschob. »Jetzt!«, rief sie und griff nach der Zange. Dann ging alles sehr schnell. Sie spürte sofort, dass sie das Köpfchen erreicht hatte. Wie zuvor ihre Hände schlossen sich nun die Zangenlöffel um den Kopf des Kindes. »Warte die nächste Wehe ab«, hörte sie eine Stimme. »Arbeite mit den Wehen, du musst sie nur unterstützen.« Es war Jacobs Stimme, und Ella wunderte sich nicht. Erst später, als der kleine

Junge an der Brust seiner Mutter ruhte und alles hinter ihnen lag, erinnerte sie sich.

Plötzlich war da dieses Gefühl gewesen, nicht mehr allein zu sein. Wie selbstverständlich hatte sie die komplizierten Griffe ausgeführt, eingehüllt in eine Woge der Zuversicht. Und während ihr das Kind entgegenglitt, hatte sie Jacob gesehen – an der Seite eines Kindes.

Es war ihr erstes Kind, das spürte sie – das Geistwesen, das sie vor so vielen Jahren nach Australien geführt hatte. Es schien glücklich, wie befreit, und da wusste sie, dass die furchtbaren Träume sie nie wieder quälen würden.

Im nächsten Moment hielt sie Jacobs Sohn in den Armen. Es waren seine Augen, dunkel und schillernd, die sie angeblickt hatten – ein letzter Gruß. Blind vor Tränen hatte Ella das Kind geküsst, hatte es wach geküsst und aus den Fängen der Träume befreit, während Gympie mit einem Seufzer aus ihrer Ohnmacht erwacht war.

EPILOG

Endlich, die Elbe. Ella stand an Deck des Dampfers, der sie von Southend nach Hamburg brachte. Sie war früh aufgestanden, um die Fahrt den Fluss hinauf nicht zu verpassen. Vor ihr, an einem Ort, der immer unerreichbar bliebe, löste die Sonne sich aus morgendlichem Dunst. Zinkweiß, Kadmiumgelb und dann – die Palette der flammenden Rosentöne. Die Magie des Lichts, ein Rausch der Gefühle. Immer wieder.

Ella nickte gerührt, sie dachte, dass sie die anderen wecken sollte. Doch dann konnte sie sich nicht von dem Schauspiel lösen. Und so blieb sie stehen, beschirmte die Augen und ließ die Gedanken fließen. Der Wind hatte auf West gedreht, beinahe zärtlich fuhren die Böen durch Ellas Haar und bauschten ihren Rock.

Zurück. Wenige Stunden noch und das Schiff passierte das Steilufer von Blankenese, die weißen Herrenhäuser und Landsitze der reichen Kaufleute, und erreichte das weite Becken des Hamburger Hafens. Ella schloss die Augen. Frühjahr 1885 – vor mehr als zwölf Jahren also war sie aufgebrochen, nun kehrte sie zurück. Die Zeit, sie war nicht fassbar. Und Australien – schon verwandelte sich ihr Leben dort in längst Vergangenes. Ein Strom von Erinnerungen – sehnsuchtsvoll und bittersüß zugleich.

Die Neue Welt hatte sie mit so vielen Bildern in ihrem Gedächtnis entlassen. Wieder schoben sich die noch spürbaren Schichten des Gewesenen in die Gegenwart hinein und kratzten an der dünnen Firnis des Moments. Ella spürte, sie war umfangen von diesem Augenblick und zugleich getragen vom Strom der Zeiten. Sie dachte, dass sie nie vergessen würde.

Aus den sumpfigen Uferlandschaften stiegen Vögel auf, En-

ten und Graugänse. Scherenschnittartige Körper, die schwerfällig an Höhe gewannen, eine Formation vertrauter Silhouetten. Dann sah sie einen Reiher aufsteigen. Der grazile Körper, die weiten Schwingen und der gebogene Hals ließen sie zusammenzucken.
Plötzlich sah sie sich durch ein Kornfeld gehen. Die Halme streiften ihre nackten Arme, die Luft roch nach sonnenreifen Ähren, nach warmem Holz, nach Sommer. *Sophienlund.* Dann schoben sich wieder die Bilder der australischen Wildnis vor die Kulissen ihrer Erinnerung.
Ella schlug fröstelnd die Arme um ihren Körper. Sie hatte nicht bleiben können. Alles hatte sie fortgetrieben aus diesem Land – das Erlebte, die Trauer, die Verhältnisse. Und doch war auch das Fortgehen schwer gewesen. Zurück in Melbourne hatten Ella und Gympie ihren Haushalt aufgelöst und das Haus in Upper Hill verkauft. Mit jedem Möbelstück, jedem Bild, das durch die Türen hinausgetragen wurde, ließ Ella ein Stück ihres Lebens in der Kolonie hinter sich. Sie befreite sich von der Last der Ereignisse und von den vagen Versprechungen der Hoffnung. Allein der Abschied von Johannes Vielbrock war ihr schwergefallen. Der Freund jedoch hatte ihre Tränen fortgelacht. Sie hatten vereinbart, in Verbindung zu bleiben. Vielleicht würde er sie sogar in Deutschland besuchen.
Zuletzt hatte ihr Gepäck aus wenig mehr als dem bestanden, was sie einst aus Deutschland mitgebracht hatte. Die Sternenbilder ließ sie in Kisten verpacken, die Skizzenbücher, an die dreihundert Stück, eine Aufzeichnung ihrer Erlebnisse. Melbourne und *Oakland*, das Outback und *Grünau*, die Flusslandschaften bis hinauf zum Cooper Creek, das Leben der Aborigines. Und Jacob. Immer wieder Jacob.
Sein sinnloser Tod war das Zeichen gewesen zu gehen. Ella

hatte gespürt, dass die Konflikte zwischen Europäern und Aborigines immer neue Katastrophen nach sich ziehen würden. Eine endlose Abfolge von Leid. Und sie hatte gedacht, dass sie keinen Toten mehr ertragen könnte. Auf dem Weg zurück nach Melbourne hatte sie die vielen getöteten Aborigines gesehen, die bei den Kämpfen im Outback ums Leben gekommen waren. Wie in Trance hatte sie Wilsons Kamera genommen und Bilder von den aufgereihten Leibern geschossen. Wahre Bilder, die furchtbaren Zeugnisse der Barbarei. Grimmig und stolz, wie Jäger nach der erfolgreichen Hatz, hatten die Siedler sich neben den Getöteten ablichten lassen. Sie hatten nicht verstanden. Sie hatten nichts verstanden.

Doch Ella hatte allen, die sehen wollten, die Wahrheit gezeigt. Nach ihrer Rückkehr aus dem Busch hatte sie einen Bericht für die *Melbourne Evening Post* verfasst. Ihre Bilder und Skizzen der Aborigines waren Würdigung und Anklage zugleich. *Ecce homo* – so hatte sie den Artikel überschrieben: Siehe, der Mensch. Und das alte christliche Motiv, bislang ein Bild des leidenden Christus, stand nun für das Leid der Aborigines und für die Schuld der Weißen an ihrem furchtbaren Untergang.

Der Artikel war am Tag ihrer Abreise erschienen und hatte für einen Skandal gesorgt. Noch in England, wo sie Zwischenstation gemacht hatten, waren Ella die Wellen der Empörung entgegengeschlagen. Sie wusste, dass sie nie wieder australischen Boden betreten könnte.

Marvellous Melbourne. Die Sonne stand nun eine Handbreit über dem Strom. Das Licht veränderte sich, ein silbriger Glanz milderte die Glut. Ella strich sich die Haare aus dem Gesicht. Sie dachte, dass sie von vorne beginnen müsste. Ihr Leben und ihr Erfolg waren eng mit der Stadt in der Port Phillip Bay verknüpft, doch eine Zukunft gab es für sie nur in

Europa. Wieder hatte sie Bilder der neuen französischen Malerei in den Zeitungen gesehen, sie spürte, dass es einen Platz für sie gab.

Doch an erster Stelle stand jetzt ihre Familie. Sie hatte Verantwortung übernommen – endlich. Rosa, Gympie und Benjamin, Jacobs Sohn, waren bei ihr und vertrauten auf ihre Kraft. Sie durfte sich nicht vom Strom der Erinnerungen forttragen lassen.

»Ella …« Eine Stimme an ihrem Ohr, Arme, die ihren Körper umfingen. Dankbar lehnte sie sich zurück, genoss den Moment.

»Ich dachte mir, dass ich dich hier finden würde.«

»Es dauert nicht mehr lange … Sie werden alle da sein.« Bei dem Gedanken an ihre Familie stiegen Ella Tränen in die Augen. Sie würde ihren Vater in die Arme schließen können.

»Es wird alles gut.«

Ella nickte, der Wind wischte ihre Tränen fort.

»Schlafen die Kinder noch?«

»Es war alles still, ich habe mich hinausgeschlichen.«

Ein Kuss landete auf ihrem Haar, und eine Welle von Zärtlichkeit flutete ihren Körper.

»Ich muss dir noch etwas geben, Ella.«

Sie drehte sich und sah ihn nun an. Etwas Silbriges glitzerte in seiner Hand. Zuerst konnte sie nicht erkennen, was es war. Dann fiel es ihr ein.

»Der Schlüssel«, flüsterte sie. »Der Schlüssel zu meinem Atelier. Du hast ihn noch.«

»Damals hast du gesagt, dass du eines Tages zurückkehren würdest.«

Ella nahm den Schlüssel, das Metall fühlte sich kühl an, unzerstörbar. »Und jetzt bist du da. Wir sind zurückgekommen.«

Sie schwiegen, und in Gedanken reisten sie zurück zu dem Moment, der alles verändert hatte. In London, zwischen den beiden Etappen der Reise, hatten sie sich wiedergesehen und füreinander entschieden.
Dann küsste Ella Robert. Und dieser Kuss beschrieb alles, was sie verband.
Was würde noch kommen?, fragte sie sich. Was bliebe, und was würden sie hinter sich lassen?
Über dem Strom der Zeiten lag ein Ton, ein Klang, eine Melodie, die plötzlich unüberhörbar war.
Sie horchten beide auf, sahen sich an.
»Wúwéi«, flüsterte eine Stimme, die so hell wie ein Kinderlachen klang. Und dann ein letztes Versprechen: »Ihr seid von so vielen guten Geistern umgeben.«

ENDE

ANMERKUNGEN DER AUTORIN

Eine Geschichte wie diese zu schreiben, ist immer auch eine Reise ins Ungewisse. Manches, was in diesem Roman beschrieben wird, hat sich so zugetragen. Anderes ist frei erfunden. Einige der erwähnten Personen hat es tatsächlich gegeben, die meisten habe ich jedoch erst beim Schreiben kennengelernt.

Wahr ist, dass sich gegen Ende des 19. Jahrhunderts eine Kunstrichtung in Melbourne etablierte, die sich an den französischen Impressionismus anlehnte. Dank der *Heidelberger Schule* erlangte die australische Kunst erstmals internationale Anerkennung.

Dank schulde ich den Artikeln, Arbeiten und Werken von Jörg-Uwe Albig, Ralf Berhorst, Insa Bethke, Arnold Beuke, Simone Blaschka-Eick, Gabriele Crepaldi, Albrecht Hagemann und Sue Roe sowie dem inspirierenden Auswanderermuseum Ballinstadt in Hamburg.